国家出版基金项目

中国古代文体学史

吴承学 主编

第三卷 朱迎平 蒋旅佳 著

唐宋元文体学史

北京大学出版社
PEKING UNIVERSITY PRESS

图书在版编目(CIP)数据

中国古代文体学史. 第三卷，唐宋元文体学史 / 朱迎平，蒋旅佳著. -- 北京：北京大学出版社，2024.10. -- ISBN 978-7-301-35496-4

Ⅰ. I209.2

中国国家版本馆 CIP 数据核字第 2024JU4019 号

书　　　名	中国古代文体学史：第三卷·唐宋元文体学史 ZHONGGUO GUDAI WENTIXUESHI：DI-SAN JUAN · TANG-SONG-YUAN WENTIXUESHI
著作责任者	朱迎平　蒋旅佳　著
责 任 编 辑	郑子欣
标 准 书 号	ISBN 978-7-301-35496-4
出 版 发 行	北京大学出版社
地　　　址	北京市海淀区成府路 205 号　100871
网　　　址	http://www.pup.cn　新浪微博：@ 北京大学出版社
电 子 邮 箱	编辑部 wsz@pup.cn　总编室 zpup@pup.cn
电　　　话	邮购部 010-62752015　发行部 010-62750672 编辑部 010-62752022
印 刷 者	大厂回族自治县彩虹印刷有限公司
经 销 者	新华书店
	650 毫米 × 980 毫米　16 开本　25.25 印张　386 千字 2024 年 10 月第 1 版　2024 年 10 月第 1 次印刷
定　　　价	128.00 元

未经许可，不得以任何方式复制或抄袭本书之部分或全部内容。
版权所有，侵权必究
举报电话：010-62752024　电子邮箱：fd@pup.cn
图书如有印装质量问题，请与出版部联系，电话：010-62756370

目 录

绪 论 ·· 1
  第一节　唐宋元文体学的基本文献 ······································ 1
  第二节　唐宋元文体学的发展背景 ······································ 8
  第三节　唐宋元文体学的主要特点 ····································· 15
  第四节　唐宋元文体学的演进线索 ····································· 19

第一章　文体学观念的开拓 ·· 27
  第一节　"辨体"的确立和风行 ·· 27
  第二节　"尊体"和"破体"的博弈 ·································· 38

第二章　文体分类辨析的深化 ·· 51
  第一节　文体类分的新态势 ·· 51
  第二节　文体类聚的新格局 ·· 65

第三章　文学风格探索的拓展 ·· 78
  第一节　时代风格论 ·· 78
  第二节　作家风格论 ·· 87
  第三节　流派风格论 ·· 95
  第四节　风格类型论 ·· 99

第四章　文体研究体式的丰富 ··· 111
  第一节　总集编纂的创新化 ·· 111
  第二节　类书编纂的专门化 ·· 135

第三节　笔记体的普遍化 ………………………………… 143
第四节　专著体的多样化 ………………………………… 149

第五章　文体谱系的构建 ……………………………………… 154
第一节　《文章正宗》选文分类与文体谱系 …………… 154
第二节　陈绎曾《文筌》与簿录式文体谱系 …………… 171
第三节　郝经与经史一体的文体谱系建构 ……………… 208

第六章　小说戏剧文体论的萌芽 ……………………………… 221
第一节　小说概念的演变和辨析 ………………………… 221
第二节　戏剧观念的演进和探讨 ………………………… 233

第七章　诗体学的发展和成熟 ………………………………… 240
第一节　近体、古体分野的确认 ………………………… 240
第二节　乐府诗论的总结 ………………………………… 248
第三节　杂体诗论的发达 ………………………………… 260
第四节　诗格：律诗作法的精细化探索 ………………… 266
第五节　《沧浪诗话》：以辨体为中心的诗体学 ……… 275

第八章　辞赋体学的繁荣 ……………………………………… 284
第一节　唐宋律赋研究的崛起 …………………………… 284
第二节　宋代楚辞研究的兴盛 …………………………… 297
第三节　《古赋辩体》《文筌·赋谱》：赋体学的形成 … 300

第九章　词体学的形成 ………………………………………… 314
第一节　词体特性的争论 ………………………………… 314
第二节　词调的创制和探索 ……………………………… 320
第三节　《碧鸡漫志》《乐府指迷》《词源》：词体学的形成 … 324

第十章　四六文体学的发达
第一节　从"今文"文格到"四六"变体 …………………… 330
第二节　四六总集、类书的编纂 …………………………… 334
第三节　四六话、词科专书的产生 ………………………… 340
第四节　四六文体学内涵举要 ……………………………… 345

第十一章　古文文体学的成型
第一节　"古文"概念的演进 ………………………………… 355
第二节　古文选本的编纂和古文话的产生 ………………… 359
第三节　古文文体学内涵举要 ……………………………… 363

第十二章　时文文体学的兴起
第一节　"时文"概念的演进 ………………………………… 376
第二节　时文总集、类编的编刊 …………………………… 379
第三节　时文文体学内涵举要 ……………………………… 381
第四节　《论诀》《作义要诀》：时文专论的产生 …………… 392

结语　唐宋元文体学的承前启后 ……………………………… 395

绪 论

第一节 唐宋元文体学的基本文献

唐宋元文体学的基本文献主要包括四类：总集中的文体学文献、类书中的文体学文献、诗文评著述中的文体学文献和其他文体学文献。

一、总集中的文体学文献

古代对于各类文体进行系统梳理和整体研究，与总集的编纂密不可分。《四库全书总目》"总集"类序归纳总集的两大功能称："文籍日兴，散无统纪，于是总集作焉。一则网罗放佚，使零章残什，并有所归；一则删汰繁芜，使莠稗咸除，菁华毕出。是固文章之衡鉴，著作之渊薮矣。"[1] 无论是"网罗放佚"，还是"删汰繁芜"，都是为了"属辞之士"的"取则"，因而都与文体学有着内在的联系。总集是"众家之集"的汇聚，其编纂的核心因素则是文体。依据所收文体类别的不同，总集可区分为多体总集和单体总集两大类。单体总集的编纂是基础，其数量远大于多体总集。多体总集往往体现了编者对各种文体类别、性质及相互关系等内容的全面探索；单体总集更多地表现出编者对个别文体的细类、特点乃至具体作法的深入探究。两类总集的文体学意义各有不同的侧重点。

唐代多体总集的编纂数量不多，且主要集中在初唐和晚唐，主要

---

[1] 永瑢等《四库全书总目》卷一八六，中华书局，1965年，第1685页。

包括《文选》类和新编类。殷璠《河岳英灵集序》称萧统《文选》后,"相效著述者十余家,咸自称尽善"①。据卢燕新考证,唐代直接拟、续《文选》之作主要有孟利贞集撰《续文选》(13卷)、卜长福集编《续文选》(30卷)、卜隐之撰《拟文选》(30卷)、裴潾集撰《大和通选》(30卷)。②《文选》类除李善和五臣所注《文选》外均已不传。新编类仅有《文馆词林》残存30卷左右。

宋代多体总集中,沿袭《文选》体例而来的《文苑英华》,在文体分类辨析上多有创意;姚铉的《唐文粹》专录古文诸体,别具特色。选录宋文的则以吕祖谦编《宋文鉴》影响最大,记录了北宋文体演变的轨迹。南宋如魏齐贤、叶棻编《圣宋名贤五百家播芳大全文粹》,卷帙浩繁,类分细致,对研讨宋代文体十分珍贵。元代的《文选》类总集,首推苏天爵《国朝文类》,依体选文,辑录有元一代文章;周南瑞《天下同文集》亦为元一代文章之选,所载诗文"颇有苏天爵《文类》所未收"③者,仿效《文选》《唐文粹》《宋文鉴》分体编录体例遴选诗文;郝经《原古录》秉承"文源五经"之说,以经典统领各体文章,可惜已佚,但《原古录序》仍是考察其文体分类思想的重要文献。

唐代单体总集中,各类唐诗选编本层出不穷,留存至今的尚有元结《箧中集》、殷璠《河岳英灵集》、芮挺章《国秀集》、令狐楚《御览诗》、高仲武《中兴间气集》、姚合《极玄集》、韦庄《又玄集》、韦縠《才调集》、佚名《搜玉小集》等10余种④。这些选本大多关注诗坛

---

① 殷璠编《河岳英灵集》,傅璇琮、陈尚君、徐俊编《唐人选唐诗新编》(增订本),中华书局,2014年,第156页。
② 卢燕新《唐人编选诗文总集研究》,中国人民大学出版社,2014年,第3页。
③ 永瑢等《四库全书总目》卷一八八,中华书局,1965年,第1708页。
④ 上海古籍出版社1958年曾将上述9种选本加上《唐写本唐人选唐诗》1种,合编为《唐人选唐诗(十种)》出版。傅璇琮《唐人选唐诗新编》(陕西人民教育出版社,1996年)在上述9种基础上,增补《翰林学士集》(许敬宗等撰)、《珠英集》(崔融编)、《丹阳集》(殷璠编)、李康成编《玉台后集》(李康成编)4种,共13种。2014年,中华书局出版的傅璇琮、陈尚君、徐俊编《唐人选唐诗新编》(增订本),在上述13种基础上,增入《元和三舍人集》(佚名编)、《窦氏联珠集》(褚藏言编)、《瑶池新咏集》(蔡省风编)3种,共16种。

风会和审美趣味,从文体演变角度切入的不多。宋代诗总集的编纂有许多新的发展:在唐代诗人唱和集的基础上,发展出流派诗总集(如《九僧诗集》《西昆酬唱集》《江西宗派诗集》《四灵诗》等),编纂出许多专体诗总集(如《万首唐人绝句》《瀛奎律髓》《乐府诗集》等绝句、律诗、乐府诗总集),此外尚有地域诗总集(《昆山杂咏》《京口诗集》等)、僧道诗总集(《增广圣宋高僧诗选》《洞霄诗集》等)、题画诗集(《声画集》)、动植物诗集(《重广草木鱼虫杂咏诗集》)、诗集附诗话(《诗林广记》)等等。这些总集兼及诗体和题材,门类繁多,富于开创性。诗歌总集之外,《草堂诗余》《乐府雅词》《阳春白雪》《花庵词选》《绝妙好词》《百家词》《典雅词》等词总集的编纂层出不穷。单科举文体总集的大量刊印,如《论学绳尺》《十先生奥论注》《擢犀策》《擢象策》《指南赋》《指南论》《宏词总类》等。宋代单体总集编纂的不断拓展,体现出各别文体研究的不断深入。元代单体总集中,《唐宋近体诗选》《三体唐诗》《唐律体格》等诗集明显着眼于诗体,而《古赋辩体》更成为赋体辨析的力作。

唐宋元三代总集的发展趋势,从"网罗放佚"、汇聚作品,逐步向细分类别、鉴体辨体发展;从"删汰繁芜"、提供赏鉴,逐步向探讨规律、适于应用发展。

二、类书中的文体学文献

作为古典文献的一种特殊体类,"我国古代类书是'百科全书'和'资料汇编'的综合体。另外还要加上一条,就是它们的形式是区分门类的。'类书'的名称,本是由此得来。所谓'方以类聚,物以群分','事类相从,聚之义也'者是"①。隋唐时期类书编纂形成了高潮,流传至今的虞世南《北堂书钞》、徐坚《初学记》、欧阳询《艺文类聚》和白居易《白氏六帖》,合称"四大类书"。宋元时期,这一趋势

---

① 胡道静《中国古代的类书》,中华书局,2005年,第7页。

继续发展，除了《太平御览》等大型综合性类书外，更产生了大批中小型的专科性类书，使类书方便查检的功能在社会生活中得到了普遍的发挥。"原本始终，类聚胪列"①是类书文献的基本特点，也是类书的文体学价值所在。类书将散布在各类典籍中的文体学资料爬罗剔抉，依体"类聚胪列"，俨然成为各种文体的资料库。类书指导写作的功能和总集是相通的，只是各自的侧重点不同而已。按照包含的内容，类书可分为涵盖百科知识的综合性类书和专收某一门类知识的专科性类书。

唐宋元三代的综合性类书可以《北堂书钞》《艺文类聚》《初学记》《白孔六帖》《太平御览》等为代表。它们的体制有别，其文体学资料主要体现在"文部"。这五种综合性类书中的文体学文献，基本囊括了先秦迄至宋初文坛上流行的所有文体的相关资料，其中一些原始文献已经失传的资料尤足珍贵。类书的文体分类，表现了编者对文体谱系中不同文体特征的认识，反映了各种文体的渊源出处、文体学的源流发展以及特定的文体价值观，是名副其实的文体学文献的渊薮。

仅包含某一专科知识的专科性类书种类繁多，与文体学关系密切的主要是科举类和公文类类书。为满足唐宋时期科举应试的需求，围绕考试文体编纂的专科性类书层出不穷，如唐代的《兔园策》《韵海镜源》，宋代的《玉海》《历代制度详说》《永嘉八面锋》《古今源流至论》《群书会元截江网》等。另一方面，唐宋时期为学习写作诏令、章奏类文体而编纂的类书也比比皆是，如白居易编《白氏六帖》、陆贽编《备举文言》、李商隐编《金钥》、吴淑编《事类赋》、晏殊编《类要》等。至于如《圣宋名贤四六丛珠》《圣宋千家名贤表启翰墨大全》《新编事文类要启札青钱》《诚斋四六发遣膏馥》等，更是指导四六文写作的专门性类书。

---

① 焦竑《国史经籍志》卷四，商务印书馆，1939年，第237页。

三、诗文评著述中的文体学文献

诗文评指专门评诗论文的著述。由于文体学从来都是古代文论的重要组成部分之一,诗文评著述中的文体学文献就显得格外集中和重要,唐宋元时期同样如此。

唐代是诗歌创作的黄金时代,探讨诗歌作法成为文坛的一代风尚,并形成了一大批研讨诗歌法式、标准的诗格类著述,分别以"诗格""诗式""诗法"等命名,并扩展到赋格、文格等。如释皎然《诗式》、旧题白居易《金针诗格》、王叡《炙毂子诗格》、僧齐己《风骚旨格》等。今人张伯伟撰《全唐五代诗格汇考》,梳理著录此类著述29种、附录3种、诗文赋格存目34种,蔚为大观。南宋至元代,诗格类著述继续发展。从文体学的角度着眼,诗格类著述的研究呈现出精细化的特征,但也导致了日趋烦琐的倾向。

从宋代开始,诗、词、文话逐渐成为诗文评著述的主流形态,"辨句法,备古今,纪盛德,录异事,正讹误"①,内容广泛,信手拈来,片言中的,简练亲切,具有鲜明的特色。据郭绍虞《宋诗话考》,现存完整的宋人诗话42种,部分流传或由他人纂辑而成的46种,尚有佚文而未及辑者有50种,合计138种。其中理论成就较高的有张戒《岁寒堂诗话》、姜夔《白石道人诗说》、严羽《沧浪诗话》等。唐圭璋《词话丛编》收录宋代词话11种、元代词话2种,王灼《碧鸡漫志》、张炎《词源》、沈义父《乐府指迷》等较为重要。文话评论古代文章包括古文和四六文,王水照《历代文话》收录宋代文话20种、金元文话7种。诗、词、文话著述中的文体学文献,呈现出零星琐碎、点到即止的特点,但披沙拣金,时有精彩的论述。

唐宋文论缺少弥纶群言、体大虑周的著述。但宋元时期还是诞生了某些体类自成体系的文体学专著。如严羽《沧浪诗话》虽是诗

---

① 许顗《彦周诗话》,何文焕辑《历代诗话》上册,中华书局,1981年,第378页。

话体式,实际是一部自成体系的诗体学专著,构筑起相当完整的诗体学体系。王应麟《辞学指南》附于类书《玉海》之后,实际是一部独立的指导词科应试写作的专著。潘昂霄《金石例》10卷专述碑志文体作法,构成详尽的碑志文体学。陈绎曾《文筌》附《诗谱》,后被明人改称《文章欧冶》,论述诗歌、辞赋、古文、四六四大类别文体的体制、法度,试图以法、式、制、体、格、律等一整套范畴构建科举背景下文体学体系,框架清晰,分类细密,自成一体,在某种意义上可视为唐宋元文体学的总结性论著。

四、四部中的其他文体学文献

以上三类文体学文献相对较为集中,它们分属传统四部分类中的集部和子部,而散见于四部中的其他文体学文献,择其要者再分部列举于下。

唐初由孔颖达领衔,汇聚汉、晋传注,再加疏解,撰成官修《五经正义》,作为科举考试标准,影响深远。《五经正义》中对各种文体的注疏,是探讨文体缘起和源流变迁的重要文献,值得充分发掘和关注[①]。唐宋时期研究《诗经》的著述不断涌现。如唐代成伯玙《毛诗指说·文体》篇,宋代朱熹《诗集传》、辅广《诗童子问》、林岊《毛诗讲义》、严粲《诗缉》等著述中都有对诗体的不少阐述,是研究诗体学的重要文献。

史书《文苑传》《文学传》的序、论是评论一代文学的重要载体。唐宋时期大量修史,今传正史中就有《晋书·文苑传序》《隋书·文学传序》《旧唐书·文苑传序》《新唐书·文艺传序》等对一代文风嬗变的阐述,是文体学的重要文献。史部目录类的各种书目中,也有值得发掘的文体学文献。如史志目录中的《隋书·经籍志》《旧唐书·经籍志》《新唐书·艺文志》《宋史·艺文志》等,官修目录中的

---

① 可参考何诗海《唐代经学与文章之学》,《浙江学刊》2009年第1期。

《崇文总目》等,私家目录中的《郡斋读书志》《直斋书录解题》等,均值得关注。唐代史评类名著《史通》,既论史体,又论文体,其对史体类别的区分,对史体风格及其演变的阐述,对史体作法的探讨以及史书语言的剖析,等等,都与文体学的研讨一脉相承,是文体学的重要文献。

除前述类书之外,子部包含文体学文献较多的还有两类:笔记杂著和佛道经典。笔记起源甚早,至唐宋则数量剧增。笔记的内容包罗万象,"纪事实,探物理,辨疑惑,示劝戒,采风俗,助谈笑"[1],无所不有,其中考据辨证类笔记有较强的学术性,包含了不少文体学文献。如沈括《梦溪笔谈》、王得臣《麈史》、洪迈《容斋随笔》、吴曾《能改斋漫录》、罗大经《鹤林玉露》、刘壎《隐居通议》等,都有丰富的文体学资料足资借鉴。唐宋时期佛教、道教盛行,佛教《大藏经》和道教《道藏》多次刊刻,佛道文献广泛流传。佛道宗教活动中均使用多种专用文体,历来不被重视,也值得引起充分关注,深入发掘。

除前述总集、诗文评外,集部大量别集中的文体学文献也特别值得重视。文章作者是文体的学习者,也是文体的运用者,其对各种文体创作体验认识深刻,并往往在别集中留下研讨文体的篇章。即就唐、宋、元诸位大家文集看,其中的文体学资料也颇为可观,如韩愈、柳宗元、白居易、皮日休、欧阳修、司马光、苏轼、李纲、陆游、周必大、朱熹、叶适、刘克庄、王若虚、元好问、郝经等,都值得特别重视。完整流传至今的由作家生前编纂的别集,如王禹偁《小畜集》、欧阳修《居士集》、苏轼《东坡集》、苏辙《栾城集》、周必大《省斋文稿》、陆游《渭南文集》等,从其分体编录的体例设置中,可见出自编者的文体观念,颇可关注。

---

[1] 李肇《唐国史补序》,《唐国史补》卷首,上海古籍出版社,1979年,第3页。

第二节　唐宋元文体学的发展背景

文体学是对文体及其发展规律的探讨,因而文体的演进状况是文体学发展的基础背景。同时,文体学的发展又受到社会的政治、经济、文化等各方面的广泛影响,也值得充分关注。以下从文体演进格局和科举考试演变两方面概述唐宋元文体学的发展背景。

一、文体演进格局

唐宋元文体的演进主要包括语言体式的演变、诗文体裁的发展和小说戏剧文体的兴起三方面。

(一)语言体式的演变:韵散分途,古今交融

中国文学在汉魏六朝逐渐依据语言体式形成两种语体类分:一是基于韵、散的"文笔之分",二是基于骈、散的古体、今体之分。两种类分又相互交错,构成了唐前文体类分的基本脉络。唐宋元时期,两大语体类分继续发展,韵散分途逐渐形成,古今体式此消彼长,逐步走向稳定、融合。

唐代随着诗歌创作的繁荣,文坛上"诗笔之分"逐步代替了"文笔之分"。而从中唐至北宋,由于韩愈古文的影响日增,无韵之作不再称为"笔"而称为"文"了,因而"诗文之分"又逐步代替了"诗笔之分"。诚如清人冯班《钝吟杂录·正俗》所言:"南北朝以有韵为文,无韵为笔。至于唐季,凡文章皆谓文,与诗对言。今人不知古称'笔'语是何物矣。"[1]诗、赋为纯粹的韵文,并被列入科举考试文体;箴、铭、颂、赞等可以用韵,也可以不用韵,因而都被归入文类。晚唐五代,适应歌唱需要、配合燕乐的新的韵文体裁——词体应运而

---

[1] 冯班撰,何焯评《钝吟杂录》,中华书局,2013年,第41页。

生,并在入宋后迅速发展,蔚成大国,与诗分庭抗礼,成为一代文学。金元之际,北方少数民族相继入主中原,胡曲番乐与汉族原有的音乐相结合,孕育出新的韵文文体——散曲,也发展成为有元之一代文学。因此,历唐、宋、元三代,韵散分途发展的格局正式形成:以诗、赋、词、曲为核心的韵文文体,以言志抒情为主要功能,成为传统的纯文学文体,对这些韵文文体的探讨也形成相对独立的诗学、赋学、词学、曲学;而以适应社会生活各类需求为宗旨的各体文章,多用散体行文,与韵文走上了完全不同的发展道路。

唐宋文学古今体式的演变,由今体占据主导地位渐变为古体占据主导地位,但两种体式始终并存,在相互消长中由对立趋于融合。在韵文领域,唐代讲求声律、偶对的"今体诗"成熟定型,形成律体,后人称之为"近体诗",律体创作成为诗坛主流;但不受声律束缚、声调古朴自然的"古体诗"(又称古风、古调、格诗等)也仍然与"今体诗"分庭抗礼。赋体也由六朝的骈赋进一步律化,发展成为律赋,风行一时,但模仿汉魏古体的赋作也并未消失。今体诗、赋被选为科举文体,大大促进了诗赋创作的繁荣和研究;古体诗、赋承续汉魏传统,依然在文坛据有一方天地。新兴的词、曲二体因歌唱的需要,多用长短句式,但骈偶的短句常穿插其间,而声律的追求往往更为严格,因而可视为近体诗的变体。韵文领域古今体式逐步稳定,今体的比重总体上胜于古体。在散文领域,中唐之前主导文坛的仍是今文,以韩、柳为代表的古文崛起,影响日增,但今文仍是文坛流行的文体。晚唐到北宋前期,古文逐渐衰落,今文重新占据文坛主导地位,并被称为"四六文",其影响直至宋初的"西昆体"。北宋欧阳修再次倡导古文,革新文体,古文逐渐形成平易流畅的文风,而骈文被改造为"宋四六"的新体制,骈、散相互渗透,相互交融,呈现出新的发展趋势。南渡以降至宋末元代,古文、四六沿着北宋大家开辟的道路继续发展。古文融合了四六的某些手法,逐渐占据了文坛的主导地位,而四六则运用于多数应用体裁,并努力拓展阵地。古文和四六既相互竞争以扩展地盘，又逐渐分疆以共求发展，在文坛的态势渐趋平衡。

(二)诗文体裁的发展：拓展传统，创制新体

古代文学的各种体裁略备于战国，汉、魏开始较快发展，至齐、梁渐趋定型。唐宋元三代的诗文体裁继续有所发展，这主要表现为传统体裁的拓展和新兴体裁的创制。

六朝业已定型的传统文体进一步拓展，主要表现为体式的完备、功能的拓展和"破体为文"等。初盛唐完成的近体诗的定型，使汉语声律、偶对、藻饰等因素完美地融合在固定的体式中，为诗歌题材、风格的多方面拓展提供了稳定的文体形式，从而使汉语诗歌古体、近体两大类并驾齐驱的主流格局正式形成。各类杂体诗的试验和探讨蔚然成风，将汉语韵文可能达到的形式进行了尽可能的展示。赋体则在两汉大赋、汉魏小赋、六朝骈赋的基础上，又发展了唐代的律赋和宋代的文赋，使赋体的表现形式达到完备。功能的拓展则更为普遍。如序文类在传统的著述、文集序外，于唐代又衍生出宴游序、饯送序(后人称为赠序)。又如杂记一体，唐代以降开拓出公署厅壁记、楼堂亭阁记、山水宴游记、书画器物记、桥梁营造记、水利开凿记等丰富题材，宋代又大力创作学记，迅速发展成散文的大宗。再如宋代笺启之体得到长足发展，成为社会交际中无人不用的文体。此外，以文为诗、以诗为词、以文为赋、以记为论、以赋为记等等"破体为文"的现象，在唐宋作家笔下屡见不鲜。这种嫁接不同文体的表现手法以拓展文体功能的方法，使传统文体的表现力有了新的扩展，为文体的演进开辟出一条新路。

社会生活不断变化着的需求，是文体创新的不竭动力。唐宋元作家在新兴体裁的创制上用功甚深，文坛上出现了一大批崭新的诗文体裁。韵文领域的词、曲与音乐有着密切关系，是为适应歌唱的需求而产生。词、曲文体都是萌芽于民间，经过长期酝酿，并通过文人的加工而最终定型完备的。它们的功能首先是满足民间娱乐的

需求,然后才逐步雅化,成为文人的抒情文体,从而代表了古代文体新的创制方式,在文体发展史上具有独特意义。散文领域新型体裁的创制例证更多。唐代古文家在大力倡导古文的同时,还创造了一批适用于散体行文的新体裁,如辩、解、释、说、原、评、述、录等。它们大都篇幅短小,行文灵活,被统称为杂著或杂文,开创了灵活多变的古文新体制。宋代在创制新文体方面也多有突破。一是题跋文的勃兴,无论是学术类还是文学类,都是纯粹的抒情说理小品,折射出宋代学术文化的昌盛景象,展示了文人士大夫丰富的精神世界。二是尺牍的发达,它篇制短小,形式灵活,内容更为私人化,更能展现作者的内心世界和个性情趣,成为文人日常交际的重要手段。三是日记的盛行,它缘起唐代,盛行两宋,逐日记事,既有史料价值,又具文学风采。四是笔记的繁盛,其内容包罗万象,兼及记事、议论和考据,纵意而谈,涉笔成趣,名作层出不穷。上述新文体普遍带有小品化的倾向,体现了传统文体的大解放,同时显示出着重展现个人见解、个体情趣的文化倾向,突破了古代散文主要作为应用文体的局限,大大强化了散文的个性化、抒情性、学术性品味。唐代在古文文体大发展的同时,今体文开始进入俗文学领域,传奇小说、敦煌变文、俗赋中多穿插有骈语俪句,宋代庙堂之制进一步向专业化方向发展,同时大力创造应用于社会生活各方面的新体裁,如青词、疏文、上梁文、婚书、联语、致语等,都广泛流行于宋代从宫廷到民间的各个领域。

(三)小说戏剧文体的兴起

中国古代文学一向以诗、文为主流、为正宗,小说、戏剧类叙事文学样式成熟较晚,也不得列入正统文学的殿堂。唐宋元时期,在传统诗、文体裁继续发展的同时,小说、戏剧文体蓬勃兴起,开辟了古代文学的新天地。它们主要包括小说类的传奇和话本、戏剧类的南戏和杂剧。

六朝盛行志怪体小说,以想象和虚构为主要特征的叙事小说至唐传奇中才完全成熟。传奇体小说以华丽的文采和丰富的想象来反映现实,在体制上或为单篇,或为丛集,单篇多标为"传"或"记"。这类作品带着史传文的痕迹,但叙事类型开始趋于多样,注重场景刻画和人物描写,并常在叙事中插入诗赋韵语,故后人评其"文备众体,可以见史才、诗笔、议论"①。源于说话艺术的白话小说完全使用白话语体。"说话"就是讲故事,发展到宋代更成为职业化的专门技艺,以适应市民阶层的娱乐需求。宋代说话的家数(科目)主要有讲史、小说、说经、合生等类,各有不同的分工。说话人的底本通称"话本",讲史家一般称"平话",小说家一般称"小说"。它们保留了说话的鲜明胎记,将叙事艺术提升到新的高度。

中国戏剧的产生经历了漫长的历程。先秦的歌舞和俳优表演、汉代的"百戏"、六朝的伎艺、唐代的参军戏等,都从不同角度为戏剧的发展准备了条件。至宋杂剧已是具备多种戏剧因素的独立短剧。宋末至元代,先后诞生了南戏和杂剧,标志着中国戏剧的成熟。南戏又称戏文,起源于永嘉(今温州)。其体制特点比较自由灵活,一本戏可长可短,无严格的宫调要求,也不限通押一韵,音调节奏舒缓婉转,十分动听。杂剧又称北曲杂剧,吸取诸宫调等讲唱文艺的形式发展而来。它形成于金末元初,元统一后进入繁荣时期。王国维认为:"后代之戏剧,必合言语、动作、歌唱,以演一故事,而后戏剧之意义始全。"中国戏剧"至元杂剧出而体制遂定"。②

唐宋元时期小说、戏剧文体的蓬勃兴起和成熟定型,是中国古代文体发展中的一大转折,于传统的以诗、文为主体的士大夫雅文学之外,涌现出一批起源于社会下层的俗文学文体,推动着古代文学转型,也促使相应的小说、戏剧文体论萌芽。

---

① 赵彦卫《云麓漫钞》卷八,中华书局,1996年,第135页。
② 王国维《宋元戏曲史》,上海古籍出版社,1998年,第32、127页。

二、科举考试演变

唐宋元三代历时750年,这是中国封建社会发展的鼎盛时期。唐代疆域的拓展、国力的强盛,宋代文官政治的成熟、经济的繁荣,都在中国历史上居于前列。唐宋两朝的文学,更是达到了传统文学发展的巅峰。这些都对文体学的发展产生广泛的影响。而所有社会背景中,对文体学发展最为直接而重要的因素,当数科举考试制度的影响。

隋唐时期创立的科举制度,开辟了封建王朝选拔官吏的新途径,是封建政治的一种进步,并广泛影响到社会文化的各个方面。所谓科举,指朝廷开设科目,士人自由报考,主要以考试成绩决定取舍的选拔官员制度。创始于隋朝的科举制度,至唐代才真正确立。唐朝科举考试的科目分每年定期举行的常科和皇帝下诏临时举行的制科两类。常科的科目有秀才、明经、进士、明法、明书、明算等,其中主要是明经和进士两科,尤以进士科最受重视。唐朝许多宰相是进士出身。进士科考试分为两个层次,即州县主持的解试和尚书省主持的省试(又称礼部试)。常科的考生有两个来源:一是通过州县解试而赴京赶考的"乡贡",一是京师及州县学馆出身而直接参试的"生徒"。常科考试由礼部侍郎主持。每年取士数量严格控制,进士科少则几人、十几人,至多二三十人,因而及第称"登龙门"。常科登第后,还要经吏部铨选考试,合格者才能授予官职。唐代取士,不仅看考试成绩,还要有著名人士的推荐,因而形成了考生纷纷奔走于公卿之门投献代表作的"行卷"风尚。制科为皇帝不定期举行的特科考试,名目多至百余种,要求更严,录取人数也更少。

唐代确立的科举基本制度,到宋代才趋于完备。宋代科举在形式和内容上都做了重要改革:常科的科目大为减少,进士科仍最受重视,其他统称诸科,制科也逐渐合并为贤良方正一科;确立了三年一次的三级考试,在解试、省试的基础上增加了皇帝亲自主持的殿试,及第者都成为天子门生;殿试后分三甲放榜,一等称进士及第,二等称进士出身,三等赐同进士出身;扩大了录取范围,名额也成倍增加,两宋共取进士两万人以上,殿试中进士者皆即授官,不需要再经吏部选试;考官都为临时委派,并由多人担任,获任后要即刻锁院,实行考生试卷糊名、誊录、多人批阅等制度,防止徇私舞弊。这些改革使宋代科举制度更为成熟,社会影响力也逐渐扩大。元代科举基本沿袭宋代,只设一科,但分成右、左两榜,分别供蒙古人、色目人和汉人、南人应考;中间曾经停办,选拔的人才也没有受到足够的重视。

从文体学的角度着眼,对其影响更为直接的则是科举考试内容和形式的变迁。唐代科举最初只是试对策,后增试帖经和杂文(箴、铭、论、表之类)。天宝末年开始,明经科试帖经和墨义,进士科则专试诗、赋,仍并试时务策,成为定制。由此,"诗赋取士"成为唐代科举的主要特征,并延续到五代。宋初进士科仍重诗、赋,后增试论、策,但"以诗赋进退"[①];仁宗时实行改革,由重诗赋转向重论策;熙宁变法中,科举罢诸科,仅存进士科,考试罢诗赋、帖经、墨义,而以经义、论、策取士,实现了"变声律为议论"[②],即由考核讲究声律的诗赋转为考核议论文体。北宋后期,进士科分立诗赋、经义两类,分别先试诗赋、经义,然后再试论策。后又经罢诗赋,专试经义,至南宋初,又恢复诗赋、经义分类考试,而论、策仍为两类必试,并成为定制。宋代的制科历经变迁,至南宋时仅存贤良方正能直言极谏一科,而制科考试的初审、阁试、御试三部分,所试文体皆为论策,且要求极严格。可见,宋代科举形式最重要的变化是变"诗赋取士"为"策论经义取士",但并未全废诗赋。元代科举考试强调"以经术为先,词章次之"[③],考试形式包括第一场经义,第二场古赋、诏、诰、章表(选一)和第三场对策,最大的变化是将唐宋所试律赋改为古赋。

---

① 李焘《续资治通鉴长编》卷六八,中华书局,2004年,第1522页。
② 马端临《文献通考》卷三一《选举考四》,中华书局,2011年,第908页。
③ 宋濂等《元史》卷八一,中华书局,1976年,第2018页。

综合唐宋元三朝看,科举所试文体主要为诗(六韵的试帖诗)、赋(唐宋为律赋,元代改古赋)、论、策、经义(三者均为议论文体)几种,而这些考试文体的采用、更替及评判标准,引导着唐宋元三代文体学的演变轨迹,成为其发展的重要背景之一。

第三节　唐宋元文体学的主要特点

在文体本身演进及相关社会背景的影响下,唐宋元三代的文体学形成了一些前代所不具备的新特点,主要表现在以下两方面。

一、文体类聚的定型使专类文体学成为主体

中国古代的文体分类,最初主要是根据其不同功用区分的一些"元文体",如诗、赋、诏、册、制、诰、书、记、序、论等。"元文体"随着自身的发展不断演进,并往往根据不同的需求进行细分,如诗根据句式分为四言诗、五言诗、七言诗、杂言诗,赋根据体制分为骚赋、大赋、小赋等。与此同时,文坛上根据文体研讨和写作指导的需要,又从不同的角度对"元文体"进行类聚,乃至重新命名,从而产生了一些新的文类,如六朝时依据是否用韵将文体区分为"文""笔"两大类,唐代依据是否符合格律将诗歌区分为古体诗、近体诗两大类等。于是,文体的这些"元文体"名、细分名、类聚名等杂糅在一起,共同组成了古代文体的大家庭。古代文体学研究,从某种意义上说,就是要厘清这些不同层次的文体在文坛上争奇斗艳的繁复局面,并努力探索它们的发展规律。

如前所述,汉魏六朝文坛上主要形成两种文体类聚:一是基于韵、散的"文笔之分",二是基于骈、散的今体、古体之分。两种类分又相互交错,构成了唐前文体类聚的基本脉络。这一时期文体学的基本特点:一是以"元文体"的各别研究为主,如《文章流别论》《翰林论》之类

总集和傅玄《七谟序》、左思《三都赋序》之类序文等对多种"元文体"的探讨;二是《文心雕龙》笼罩群言,建立起综合性的文体学体系,虽然做了"论文叙笔"的区分,但仍以"元文体"单独或两两组合为基础立篇,以下再做细类的区分,可见仍是以"元文体"为根本。

唐宋元时期,两大文体类聚继续发展,韵散分途逐渐形成,古今体式此消彼长,逐步走向稳定、融合。"文笔之分"发展为"诗笔之分",再进而演变为"诗文之分"。诗、赋类韵文各自独立,并进一步拓展其细类,如近体诗、古体诗,古赋、骈赋、律赋等;相继产生并崛起了新的韵文类别——词和曲;无韵之作不再称为"笔"而称为"文",诗、赋以外的韵文被归入"文"类。这样,历唐宋元三代,韵散分途发展的格局正式形成:以诗、赋、词、曲为核心的韵文文体,以言志抒情为主要功能,成为传统的纯文学文体。在"文"(或称"文章")的领域,唐代韩愈首倡古文,明显与讲究骈偶声律的今文相对;经晚唐宋初古、今文的消长,自欧阳修领袖文坛后再倡古文,大力开发其功能,拓展使用领域,并变革文风,使古文渐趋主导地位;同时革新今文,改称"四六",继续占据诏、诰、笺、启等应用文体,拓展民间应用文体,并日益向专业化发展,成为词科考试的主要体式。古文和四六成为文章之体的基本类聚。由于科举考试的巨大影响,科举文体地位凸显,宋代用"时文"专指此类文体,尤以策、论、经义为核心形成特殊的类聚,而与古文和四六成鼎立之势。三者相对独立,又相互联系,不可截然分割。因此,经过唐宋元三代文体类聚的变迁,"文""笔"区分、今古对立的格局演变为韵散分途、多类并列的局面,并逐步定型。具体而言,韵文领域的诗、赋、词、曲和文章领域的古文、四六、时文,成为文坛的基本文体类聚,它们各自包含许多细类,走着相对独立的发展道路。

文体类聚的这种演变,使文体学的格局也发生了明显变化。唐宋元文体学中,较少对"元文体"展开全面探讨,也不再见《文心雕龙》式的综合性文体学论著出现,而密切结合新的文体类聚的专类文体学成为主体,有的专类中还形成细分一级的专类。诗体学中,近体诗、古体诗的分野得以确立,近体诗作法的精细化探索成为重心,乐府诗、杂体诗的研究都有总结性成果,《沧浪诗话》以"辨体"为中心的体系标志着诗体学的成熟。赋体学中,唐宋律赋研究迅速崛起,形成专著,宋代楚辞研究兴盛,元代古赋研究重兴,《古赋辩体》成为赋体学成熟的标志。词体学围绕词体特性、词调创制展开探索,《词源》等专著体现了词体学开始形成。曲体学则尚处于酝酿之中。四六总集、类书大量编纂,四六话、词科专书先后诞生,四六文体学内涵丰富,十分发达,《文筌·四六附说》初成体系。古文概念不断演进,古文选本大量编纂,古文话种类多样,古文文体学自具特色,《文筌·古文谱》标志古文文体学体系成型。时文总集、类编大量编刊,时文探讨程式化趋势明显,并形成策学、论学等专门之学,产生了相关专著。元代陈绎曾的《文筌》试图构建新的文体学体系,以诗、赋、古文、四六这四大文类作为其体系的支柱,说明这一专类文体学格局已经得到确认,词体学和时文文体学只是因为其文类地位较低而未予列入。本书后六章即从上述六类专类文体学的角度展现唐宋元文体学的基本内容。

二、科举文体的崛起使相关文体学成为主角

汉魏六朝的文体学研究主要是文人群体关注的对象,因而参与面十分狭窄。唐宋元科举制度分科以文章取士,文章的优劣成为进入仕途的"敲门砖",考试文体成为广大考试组织者(考官)、指导者(各级导师)、参与者(考生)共同关注的目标,考试文章作法及其效果成为整个社会聚焦的热点。科举文体的崛起使相关文体学迅猛发展,一举成为唐宋元文体学的主角,占据了核心地位。

某些文体一旦入选为考试文体,获得了作为"敲门砖"的资格,围绕这些文体的研讨很快成为文体学中的"显学"。唐代科举"诗赋取士"制度的确立,就使诗学、赋学立即繁盛起来并走向成熟;

宋代"变声律为议论"①,策、论、经义都在时文研究中成为新秀,并独立成为"策学""论学""经义学";元代废律赋,改试古赋,古赋之学在短时期内就成为研讨的热门。可以说,科举文体的确立和更替,牵动着从朝廷到民间的神经,朝官们争论文体选择的优劣得失,各种官学、私学根据考试的指挥棒调整指导的内容和形式,书商则抓住商机,在第一时间编刊出相关文体的选本、程文和写作指南,推向市场以牟利。"文体"从来没有在社会生活中获得这样"崇高"的地位。

由于考官对试卷的批阅要分出高下优劣,因而考试文体的评判都有相应的程式和标准,对这些文体的研讨往往不注重其发展沿革、创作原理等层面的深入发掘,而是聚焦于文体作法的分析和符合程式标准的探究,因而使相关的科举文体学日益趋向精细化、程式化。诗格、赋格、文格类著述层出不穷,对诗法、文法的剖析不厌其详,认题、立意、破题、原题、讲题、结题等一整套文章写作术语大行其道,成为文体学研究的中心。所有这些都是着眼于科举文体的写作易上手、能合规、巧出奇,吸引考官的眼球,以求最好的评判。由此,唐宋元文体学的视野反而有所收缩,以"格""法""诀""范"命名的著作比比皆是,陈绎曾《文筌》构建的文体学体系也是用法、式、制、体、格、律六项作为框架。

由于科举文体的"众目睽睽",其研讨很快成为上述专类文体学的主角。如在诗体学中,最发达的无疑是律诗作法的研讨。因为科举考试采用试帖诗(五言六韵的律诗),因此所有的诗格类著述都围绕律诗的作法展开研究探讨,分类之密,格法之细,例证之详,都到了无以复加之地步。当然,庞杂、琐碎的缺点也是普遍存在的。相对而言,古体诗的研讨在唐宋时期受关注极少,元代开始稍受重视,至明代才大受观照。赋体学同样如此,唐宋两代集中探究的就

---

① 马端临《文献通考》卷三一《选举考四》,中华书局,2011年,第908页。

是律赋,产生了《赋谱》《声律关键》等专著,体现出律赋写作的规范化、程式化趋势,详赡烦琐,亦达极致。而元代废律复古,赋体学立即转向古赋研究,更是鲜明地体现出科举的指挥棒作用。至于古文文体学和四六文体学,也都将科举文体的研讨作为核心,从而与时文文体学相融合。策、论、经义等时文,本以古文行文,但由于重义理而轻文章,并日趋骈俪化,偏离了古文的传统。苏门弟子重视时文作法的探究,并提出"以古文为法"来纠正科场文章的弊病。至吕祖谦《古文关键》卷首所附《看古文要法》,更是具体阐释了时文"以古文为法"的内涵和方法,将时文与古文打通,用研究时文的程式套路研究古文,探索古文文法,再用以指导时文的写作。而各种古文评点本都是实践这一思路的具体范本,古文文体学也由此深深带上了时文研究的烙印。至陈绎曾《文筌·古文谱》,则将古文文体学完全纳入格法型著述的框架之中,用探讨时文的体系研究古文的作法。至于四六文体学,与科举文体亦密切相关,词科考试的12种文体中,除少数用古文外,以制、表为代表的四六文所占比重最大,也最为重要。词科考试指导《词学指南》以四六体制和作法为中心,《文筌·四六附说》也以格法框架构筑起四六文体学的体系,这样四六文体学同样落入了时文研讨的窠臼。至于时文文体学,本身就以科场为对象,策、论、经义之学建立的程式化体系愈加严密,从而为明代时文八股文的形成铺平了路径。唐宋元文体学与科举的这种特殊关系,使其形成了与汉魏六朝文体学完全不同的特色和面貌。

第四节　唐宋元文体学的演进线索

唐宋元三代的文体学发展呈现不平衡的态势,大体是唐代文体学以诗体学为中心,其余则稍为消歇;宋代文体学全面繁荣,观念更新,著述丰繁,体式创新;元代文体学承续宋代,精品迭出,带有总结性。以下分述唐宋元三代文体学的演进线索。

一、以诗体学为中心的唐代

魏晋六朝形成了古代文体研讨的第一个高潮,《文心雕龙》构建起完备的文体学体系,其研讨对象涵盖了当时流行的所有文体,集魏晋六朝文体学之大成,对后代影响深远。接续其后的唐代,一方面受制于六朝传统的强大影响力,一方面囿于新兴文体尚未成熟,因而对文体的关注和研究较少。唐代文体学整体上显得稍为消歇,承袭多而创新少,体现出明显的过渡期特点。

由于唐代诗歌迅猛发展,创作的兴旺促进了理论研讨的繁荣,诗体学自然地成为唐代文体学的中心。首先是诗体的分类辨析得到较大的发展。由齐梁"永明体"发展而来的近体诗,经初唐沈、宋而成熟定型,至盛唐杜甫而臻于完美。而中唐诸名家通过大量的分类实践,进一步厘清了古体诗和近体诗的两大分野,至晚唐《松陵集》分作品为往体(即古体)、今体、杂体三大类,将这一分类体系固定下来。与此同时,六朝杂体诗创作首次在初唐类书《艺文类聚》中得到梳理,皮日休撰有《杂体诗序》,对这类诗体的沿革做了探讨,并确立了其类名。唐代乐府诗创作十分繁荣,吴兢《乐府古题要解》对古题乐府的源流、本事做了全面梳理,元、白的新乐府理论则对新题乐府的宗旨和特点做了充分阐发。这些分类辨析,为宋代古典诗歌完整体系的确立,奠定了基础。其次是诗格类著述崛起诗坛。伴随着唐代科举"诗赋取士"制度的确立和发展,对律诗创作的研讨贯穿整个唐代,其主要载体就是大量的诗格著述。保存在《文镜秘府论》中的初盛唐诗格,如元兢《诗髓脑》、崔融《唐朝新定诗格》、王昌龄《诗格》、上官仪《笔札华梁》等,多以论声律、对偶为核心,亦有专论病犯的。皎然《诗式》承前启后,是一部较为系统的诗格专著。晚唐五代诗格如王叡《炙毂子诗格》、郑谷等《新定诗格》、僧齐己《风骚旨格》

等,多分门论诗,关注诗势和篇体结构,别具特色。诗格的产生本于不断完善汉语格律诗本身的诗体规范,以丰富其表现功能,而其大批涌现体现了对诗律的精细化探究,是唐代诗人长期创作经验的总结。再次是唐诗选本对诗歌风格的评析和倡导。唐人往往选取相同或相似类型的诗人作品集为一帙,以标举某种风格类型相号召。如殷璠《河岳英灵集》大力倡导"既闲新声,复晓古体,文质半取,风骚两挟"①,即声律和风骨兼备的盛唐诗风,而高仲武《中兴间气集》则推崇"体状风雅,理致清新"②的大历诗风。它们"立意造论,各该一端"③,聚焦于不同的风格类型,旨在凝聚、张扬自己的诗歌主张,在唐代的风格理论中占有重要地位。

除了诗体学之外,唐代文体学中值得注意的专题还有:一是类书对文体学资料的整理。唐代四大类书《北堂书钞》《艺文类聚》《初学记》和《白氏六帖》,运用不同的体式对前代的文体学资料进行了汇聚梳理,为唐代文体学发展准备了大量文献资料。二是唐代史家的文体学理论。唐代史学发达,唐初史臣在史书的序、论中,对各时代文学体貌和时代风格做了准确描述,并进一步拓展到南北地域文风的区分,对后代颇有影响;刘知几的《史通》贯通文史,详论史体,兼论文体,并注意辨析史体、文体的异同,也是唐代文体学的组成部分。三是古文家的古文理论。唐代古文运动的先驱者对六朝柔靡文风进行了猛烈抨击。韩愈大力倡导古文,不但身体力行,努力创作,而且提出了一系列理论,主张文以明道,又声称好其文辞,提倡含英咀华,闳中肆外,要求文从字顺,务去陈言,并注重文体的开拓创新和语言的锤炼。这些理论树立起新文体的标杆,开启了古文文体学的先河。

---

① 殷璠编《河岳英灵集》,傅璇琮、陈尚君、徐俊编《唐人选唐诗新编》(增订本),中华书局,2014年,第157页。
② 高仲武编《中兴间气集》,同上书,第451页。
③ 高棅《唐诗品汇总叙》,高棅编纂《唐诗品汇》卷首,中华书局,2015年,第8页。

二、全面繁荣发展的宋代

经过唐代的过渡期,古代文体学在宋代学术文化繁盛的背景下也迎来了全面的繁荣发展。文体学观念得到了新的开拓,文体研究的体式不断创新,文体分类辨析继续深化,文体作法研究趋于细化,各专类文体学全面推进。宋人对文体的关注大为提升,研究大为深入,且多有创新和亮点,古代文体学发展进入了又一个高潮阶段。

宋代文体学观念中形成了一系列新的概念。"论诗文当以文体为先,警策为后"①,"文章以体制为先,精工次之"②,"尊体"的概念被宋人奉为评论诗文的首要标准。"尊体"的推崇促进了"辨体"的流行,辨体制、辨类别、辨风格、辨作法、辨家数、辨流派,围绕文体的一切元素都在辨析之列,而且越辨越细,越辨越精。"尊体"的同时又关注"破体",主张"破体",以文为诗、以诗为词、以古人律等等,不一而足,且形成了明显的文体品位观。"尊体"不但尊正体,也尊变体。宋人努力探索变体的规律,逐步形成通达的文体正变观。

文体分类辨析在宋代进一步深入。《宋文鉴》确立了以体式为标准的诗歌分类体系,包括四古、五古、七古、五律、七律、五绝、七绝诸体,加上乐府歌行、杂体和骚(体),共同奠定了古典诗体的完整体系。唐代形成的一批古文新文体在《唐文粹》等总集中得到了认定,而题跋、上梁文、致语之类北宋新兴文体,到南宋总集中已占据有一席之地。真德秀《文章正宗》独辟蹊径,首创以辞命、议论、叙事、诗赋类分文体,对后世影响深远。文体类聚至宋代形成韵散分途、多类并列的局面,诗、词、赋、古文、四六、时文的类聚格局逐步定型。

---

① 张戒《岁寒堂诗话》卷上,中华书局,1985年,第9页。
② 王应麟《玉海·辞学指南》卷二,王水照编《历代文话》第1册,复旦大学出版社,2007年,第946页。

文体作法研究在宋代进一步细化。宋代诗格类著述沿袭唐代，继续对律诗进行精细化探索，北宋《诗苑类格》分诗体多达近百门，宋末《三体唐诗》将七绝、七律、五律三体又细分为20格，《诗人玉屑》更是汇聚了大量的宋代此类资料，庞杂细致，从"玉屑"的命名亦可见一斑。宋代赋格的总结性著作《声律关键》论"五诀""八韵"，详论每韵的作用和写法，面面俱到，辨析入微。文章作法研究引入了诗赋格法的研究手段，从认题立意、谋篇布局、造语下字、用事引证等一系列环节入手，探索其文法，自成一套体系，从时文到古文，莫不如此。《论学绳尺》分论体为78格[①]，每格结合范文进行评点分析，可为这种文法研究的典型。

宋代以文体类聚为依托的专类文体学全面繁荣。诗体学承继唐代续有发展，《宋文鉴》的分类确立了古典诗体的完整体系，《乐府诗集》总结历代乐府诗论，成为集成某种成熟文体的典范；诗格类著述在宋初和宋末形成两个高潮，并产生了《诗苑类格》《吟窗杂录》《诗人玉屑》等集成性的著作；《沧浪诗话》更是以辨体为中心，从理论和实践两方面建立起一个完整的诗体学体系，标志着古代诗体学的成熟。赋体学方面，律赋的研究仍是重点，北宋秦观对律赋写作有全面论述，南宋郑起潜更撰成了指导律赋写作的集大成专著《声律关键》；与此同时，宋代的楚辞研究也形成高潮，晁补之、黄伯思、洪兴祖、朱熹等名家辈出，并多有专著传世，为楚辞体学奠定了基础。随着词体创作的普及，围绕词体特性的争论持续展开，对词调创制的探索也不断进行，《碧鸡漫志》《乐府指迷》《词源》三部论词专著的诞生，标志着宋代词体学的形成。宋代四六文实现变体，疆域缩

---

① 《四库全书总目》著录《论学绳尺》曰："凡甲集十二首，乙集至癸集俱十六首，每两首立为一格，共七十八格。"（永瑢等《四库全书总目》卷一八七，中华书局，1965年，第1702页）然细核可知，乙集至癸集每卷格目数量和论文数量并不平均，卷一分7格，选文12篇，卷二至卷十每卷选文16篇，各卷分格目数量依次为8、10、10、9、8、9、9、9、8，总计87格。除却各卷重复格目，计54格。参见蒋旅佳《宋元文章总集分体与分类研究》，中华书局，2021年，第398页。

小,成为文坛上有特殊分工的专门文体;随着词科的设立,四六进入了科举序列,四六文体学便应运而生。四六总集、类书大量编刊,四六话、词科专书先后登场,论体制、论作法(以用典、对偶为重点)、论演进、论文病,成为四六文体学的主要内容。欧阳修倡导的新古文逐步主导文坛,但对古文的研讨尚未全面展开。以南宋《古文关键》为代表的大批古文选本问世,对"古文"概念的认识不断深化。种类繁多的古文文话也同时诞生,对古文的研讨不断深入。文道关系论、古文演进论、古文风格论等全面展开,依托评点手法的古文作法论,成为古文文体学的中心。宋代科举"变声律为议论"[1],策、论、经义为代表的时文成为文坛的新宠。时文类总集、类编大批编刊面世,对时文程式及审题、立意、行文等方法的研讨成为时文文体学的核心,《论学绳尺·论诀》搜辑的时文专论说明时文文体学已达到了十分精细的程度。

宋代文体研究的体式在传统的基础上多有开新,大大丰富了这一领域的研究方式。总集的编纂颇多出新,单体总集(如《九僧诗集》《四灵诗》等流派诗总集,《万首唐人绝句》《乐府诗集》等专体诗总集)和专类总集(如大量的古文、四六文和科举时文总集)各有新意;总集前附总论,辑录相关名家论述,总述所录文体的源流、特点、作法等,提纲挈领,如《古文关键》卷首《看古文要法》一篇、《论学绳尺》卷首《论诀》一卷等都是如此;从《古文关键》开始又创设标抹批点之法,其后的古文选本《迂斋古文标注》《文章轨范》等多沿用之,用符号或简短评点揭示文章要点及结构关键之处,深入细致。宋代类书编纂出现专门化倾向,关涉文体的如《圣宋名贤四六丛珠》《圣宋千家名贤表启翰墨大全》等,都兼具四六总集和类书双重性质,实用性更为突出。宋代极其兴旺的笔记体著述,包括大量的诗话、词话、文话,为研讨文体开辟了一条方便随意而又生动活泼的新

---

[1] 马端临《文献通考》卷三一《选举考四》,中华书局,2011年,第908页。

途径,其中多有如《容斋随笔》《碧鸡漫志》《白石道人诗话》等名著。文体专著的体式也趋于多样化,始于唐而盛于宋的大量的诗格、赋格等格法型著述成为文体作法研究的重要体式。

总之,宋代文体学推崇"尊体",风行"辨体",以科举文体的研讨为核心,呈现出全方位繁荣发展的态势。

三、精品著述迭出的元代

元代文体学承宋代余绪,仍呈现繁荣景象,短短数十年内,亮点频现,著述迭出,多有精品,承上启下,为明代文体学的全面兴起做好了铺垫。

方回的《瀛奎律髓》是唐宋五七言律诗的大型选本,依题材分为49类,选诗多有精当评语,在诗歌分类、评点上颇有影响。郝经《原古录》为"以经统文"的总集,以四部,即《易》部("义理之文")、《书》部("辞命之文")、《诗》部("篇什之文")、《春秋》部("纪事之文")统领72种文体,虽书佚存序,但参考《续后汉书·文章总叙》,其独特的文体分类体系仍十分明晰。祝尧的《古赋辩体》在赋体复古的背景下,通过对时代之体(楚辞体、两汉体、三国六朝体、唐体、宋体)和体制之体(楚辞体、问答体、俳体、律体、文体)的综合辨析,以期达到"由今之体以复古之体"①的目标,全书集赋选、赋评、赋论于一体,构筑起一个完整的体系,是赋体学成熟的标志。潘昂霄的《金石例》本着"文章以体制为先"②的宗旨,专论碑碣铭志类文体的起源、功能,详细辨析其制度,并以韩愈碑志文为实例,归纳义例,总结作法,标为程式,以为准的,成为第一部碑志文体的研究专著,具有开创性。陈绎曾的《文筌》以阐明作文之法为宗旨,以四大

---

① 祝尧《古赋辩体》卷首,《景印文渊阁四库全书》集部第1366册,台湾商务印书馆,1983—1988年,第711页。
② 王应麟《玉海·辞学指南》卷二,王水照编《历代文话》第1册,复旦大学出版社,2007年,第946页。

文体类别(诗、赋、古文、四六)为经,以六项文体学要素(法、式、制、体、格、律)为纬,试图构建新的文体学体系。全书总结唐宋文体学的经验,以谱录式、格法型的体式,梳理文章作法、揭举文体规范,条分缕析、要言不烦,具有鲜明的特色。这一体系多有出新,也存在明显的缺陷,总体上仍不成熟,但在唐宋元文体学中带有某种总结性。

本卷叙述唐宋元文体发展史,分为前后两部分共12章。前6章着眼于拓展创新,从文体学观念的开拓、文体分类辨析的深化、文体风格探索的拓展、文体学体系的构建、文体研究体式的丰富和小说戏剧文体论的萌芽诸方面展开,突出唐宋元文体学的新面貌、新成就。后6章立足于分类铺叙,从诗体学、辞赋体学、词体学、四六文体学、古文文体学和时文文体学六个领域,展示唐宋元文体学的基本内容。前后两部分相互配合,相互补充,以期较为全面地揭示唐宋元文体学的发展历程和主要特点。

第一章　文体学观念的开拓

唐宋元文体学新的拓展,首先表现为文体学相关观念的拓新。这主要体现在"辨体"的确立和风行、"尊体"和"破体"的博弈两方面。

第一节　"辨体"的确立和风行

唐宋元文体学观念的开拓中,意义最为重要的是"辨体"观念的自觉确立。"辨体"是文体研究的基本目的之一,也构成了文体学内涵的重要方面,它"通过对某一体裁、文类或文体一定的内在质的规定性的把握,划分各种体裁、文类或文体之间的内外界限,划分各种体裁、文类或文体内部的源流正变的界限,并分别赋予高下优劣的价值判断"①。从这个意义上说,"辨体"观念在文体学诞生之时就已相伴而生,并随着其发展而不断演进。

一、"辨体"观念的确立

六朝文体学中,虽无"辨体"之名,却有辨体之实。曹丕《典论·论文》的"四科八体"说既分体裁,又辨风格,明显是辨体之论。六朝文论的两部经典,"飚究文体之源流,而评其工拙;嶸第作者之甲乙,而溯厥师承"②,亦无不究心于辨体。《文心雕龙》辨文笔、辨体

---

① 吴承学《中国古代文体学研究》(增订本),中华书局,2022年,第18页。
② 永瑢等《四库全书总目》卷一九五,中华书局,1965年,第1779页。

裁、辨源流、辨风格,所谓"文场笔苑,有术有门。务先大体,鉴必穷源"①;《诗品》辨滋味、辨源流、辨优劣、辨品第,所谓"辨彰清浊,掎摭病利"②。这些都说明六朝人辨体的视野已十分宽阔,只是尚未自觉地使用"辨体"的概念。

　　唐代诗体学中,首先明确地出现了"辨体"的说法。唐代诗格的代表作皎然《诗式》有"辨体有一十九字"一则,列举高、逸、贞、忠、节、志、气、情、思、德、诫、闲、达、悲、怨、意、力、静、远19字,每字均有说明。这里所辨之"体",包括思想内容、艺术形式,但主要是风格类型,并特别标举高、逸2类(参见本书第三章)。这就在文体学中,首次亮出了"辨体"的旗帜。殷璠所编唐诗总集《河岳英灵集》也有明显的辨体意识,其《序言》称"夫文有神来、气来、情来,有雅体、野体、鄙体、俗体。编纪者能审鉴诸体,委详所来,方可定其优劣,论其取舍"③,"审鉴诸体,委详所来"亦即辨体,揭示其宗旨在辨析雅、俗之体,并明其源流。晚唐司空图则有"辨味"之说,其《与李生论诗书》有云:"文之难而诗尤难。古今之喻多矣,愚以为辨于味而后可以言诗也。江岭之南,凡足资于适口者,若醯,非不酸也,止于酸而已;若鹾,非不咸也,止于咸而已。中华之人所以充饥而遽辍者,知其咸酸之外,醇美者有所乏耳。彼江岭之人,习之而不辨也宜哉。……噫!近而不浮,远而不尽,然后可以言韵外之致耳。"④辨析诗歌"咸酸之外"的"韵外之致",就是辨析其艺术风格,则"辨味"亦是辨体。从盛唐到晚唐,文坛在探索诗歌风格中明确揭举辨体之义,说明这一观念已逐渐深入人心。

---

① 刘勰《文心雕龙·总术》,詹锳义证《文心雕龙义证》,上海古籍出版社,1989年,第1649页。
② 钟嵘《诗品中·序》,曹旭笺注《诗品集注》(增订本),上海古籍出版社,2011年,第243—244页。
③ 殷璠编《河岳英灵集》,傅璇琮、陈尚君、徐俊编《唐人选唐诗新编》(增订本),中华书局,2014年,第156页。
④ 司空图《与李生论诗书》,郭绍虞集解《诗品集解》,人民文学出版社,1963年,第47页。

宋人好议论，其辨体意识则更为张大。元人祝尧《古赋辩体》称："宋时名公于文章必辩体，此诚古今的论。"①宋人的辨体由辨风格延伸到辨体制、辨源流、辨正变、辨高下、辨时代、辨地域、辨家数、辨流派，乃至辨字句、辨结构、辨格法、辨程式，有关文体的一切方面，无不列入辨析的范围，可谓将辨体的内涵演绎到极致。在此基础上，宋末严羽的《沧浪诗话》再次高举辨体的大旗，构筑起完整的诗体学体系。其《诗辨》篇提出其辨体的纲领，即"作诗正须辨尽诸家体制"，须辨别各种"家数"，"于古今体制，若辨苍素"；辨体的要求，是"辩家数如辩苍白，方可言诗"，"须是本色，须是当行"；②而辨体的途径，则是通过熟读（"熟参"）历代诗作来辨识诸家体制的是非、优劣。其《诗体》篇则是严氏的辨体实践，首论诗体流变缘起，然后从体性风格和体裁类别两方面展开，分别以时论体（时代风格）、以人论体（名家风格）、以派论体（流派风格），并罗列了依不同角度划分的数十种诗体。而《诗法》《诗评》《考证》三篇，则围绕辨体来探讨诗歌作法、评判诗家优劣、考证诗作真伪等。全书在阐明"以盛唐为法"的宗旨的同时，也构筑起文体学史上第一个以辨体为核心的体系。这标志着宋人自觉的辨体观念已经确立。

在宋人风行辨体、严羽以辨体构筑体系的基础上，元代诞生了以"辨体"命名的专著《古赋辩体》，使"辨体"进入了文体学核心概念的范畴。祝尧在《古赋辩体序》中揭橥全书辨体的宗旨是"因时代之高下而论其述作之不同，因体制之沿革而要其指归之当一，庶几可以由今之体以复古之体"③。辨时代之体，即是按时代阐述赋体的特点和演变，包括"楚辞体""两汉体""三国六朝体""唐体"和"宋

---

① 祝尧《古赋辩体》卷八，《景印文渊阁四库全书》集部第1366册，台湾商务印书馆，1983—1988年，第817页。
② 严羽《沧浪诗话》，郭绍虞校释《沧浪诗话校释》，人民文学出版社，1983年，第252、136、111页。
③ 祝尧《古赋辩体》卷首，《景印文渊阁四库全书》集部第1366册，台湾商务印书馆，1983—1988年，第711页。

体";辨体制之体,即是按体制阐述赋体的演进和优劣,包括楚辞体、问答体、俳体、律体和文体。辨时代之体和辨体制之体两者相互结合,共同建立在"赋源于诗,当本之以情"的理论基础之上。"源于诗,本之情"便成为全书辨体的依据,也是其评论历代赋家的标准。祝氏推崇《离骚》和汉赋,批评俳赋、律赋"专尚辞",抨击文赋"专以论理",都基于这一理论,从而实现"由今之体以复古之体"的最终目标。祝氏的辨体广泛涉及赋体源流之辨、体制之辨、优劣之辨、流变之辨,并与具体的赋选、赋评融于一体,从而构筑起完整的赋体学体系,较之《沧浪诗话》的辨体体系,在广度和深度上更提升了层次。《古赋辩体》的问世,说明辨体已从文坛流行观念上升为文体学理论的核心概念,它为明代文体学的进一步发展树立起典范。明代一系列集成性质的文体学专著《诗源辩体》《文章辩体》《文体明辨》《文章辨体汇选》等,大多以"辨体"命名,也大多以辨体为其论述中心,即是最好的证明。

二、辨体思潮的风行

唐宋元时期,随着辨体观念的深入人心和不断演进,文坛上辨体之风盛行,形成一股思潮,尤以宋元两代为盛,即所谓"于文章必辩体"①。辨体的视野日益扩大,辨体的内容愈加丰富,辨体的方法多种多样。从内容区分,主要有五类:一是辨体制流变(各种文体体制及其流变发展),二是辨体性风格(包括时代、作家、流派、文体各类风格及风格类型),三是辨格法程式(结构、体式、行文法等与文体作法相关的问题),四是辨源流正变(各种文体溯源及其正、变的辨析),五是辨异同优劣(不同作家之间在文体方面的异同优劣)。前三类将于本章第二节、第三章和后六章分别详述,以下主要考察源流正变之辨和异同优劣之辨,以见辨体思潮的风行情况。

---

① 祝尧《古赋辩体》卷八,《景印文渊阁四库全书》集部第1366册,台湾商务印书馆,1983—1988年,第817页。

(一) 源流正变之辨

辨文体源流,是六朝辨体的传统之一。《文心雕龙》对各体"原始以表末"①,《诗品》对诸家均揭示"其体源出于"某某②,都是源流辨析的典范。唐宋元时期此类辨体同样十分丰富。如《白石道人诗说》云:"诗有出于《风》者,出于《雅》者,出于《颂》者。屈宋之文,《风》出也;韩柳之诗,《雅》出也;杜子美独能兼之。"③而刘克庄《江西诗派小序》对诗派成员均论其源流,如论黄庭坚:"国初诗人,如潘阆魏野,规规晚唐格调,寸步不敢走作。……豫章稍后出,会萃百家句律之长,究极历代体制之变,搜猎奇书,穿穴异闻,作为古律,自成一家,虽只字半句不轻出,遂为本朝诗家宗祖,在禅学中比得达摩,不易之论也。"又如论韩子苍:"子苍蜀人,学出苏氏,与豫章不相接。吕公强之入派,子苍殊不乐。"④又诸古文评点本在评文时常揭出文体渊源,如楼昉《崇古文诀》评韩愈《进学解》:"设为师、弟子诘难之词,以伸其已意。机轴自扬雄《解嘲》、班固《宾戏》来。"又如评欧阳修《上范司谏书》:"此文出于韩退之《谏臣论》之后,亦颇祖其遗意,而文字无一语一言与之重叠,真是可与争衡。"⑤这些辨析或揭示体制源头,或指明风格传承,体现出文体之间的源流承续关系。

文体源流之辨更为重要的观念是文体"正变观"的形成。这一观念的源头是传统《诗经》研究中的"风雅正变"之说。《诗大序》云:"至于王道衰,礼义废,政教失,国异政,家殊俗,而变风、变

---

① 刘勰《文心雕龙·序志》,詹锳义证《文心雕龙义证》,上海古籍出版社,1989年,第1924页。
② 如《诗品》评"古诗"曰:"其体源出于《国风》。"(曹旭笺注《诗品集注》(增订本),上海古籍出版社,2011年,第91页)
③ 姜夔《白石道人诗说》,何文焕辑《历代诗话》下册,中华书局,1981年,第681页。
④ 刘克庄《江西诗派小序》,丁福保辑《历代诗话续编》上册,中华书局,1983年,第478、479页。
⑤ 楼昉《崇古文诀评文》,王水照编《历代文话》第1册,复旦大学出版社,2007年,第473、483页。

雅作矣。"①郑玄《诗谱序》则按照政教得失的标准,称周文王、武王时之诗,"风有《周南》《召南》,雅有《鹿鸣》《文王》之属。及成王,周公致大平,制礼作乐,而有颂声兴焉,盛之至也。本之由此风、雅而来,故皆录之,谓之《诗》之正经"。至周懿王以下,周室大坏,纪纲绝矣,"故孔子录懿王、夷王时诗,讫于陈灵公淫乱之事,谓之变风、变雅……足作后王之鉴"。②历代对《诗经》"风雅正变"的各种解释都发源于此。

宋人则将立足于政教的"风雅正变"说转变为立足于"文章"的"文体正变"说③。从文章的"诸体一源",宋人引申出"以一正统诸变"的观念。最常见的是以"六经为正",如陈耆卿有云:"论文之至,六经为至。经者,道之所寓也。故经以载道,文以饰经……必如是而后为天下之至文也已。子思氏得之而中庸,孟轲氏得之而醇,屈原得之而幽,庄周得之而博。降是则有太史公之洁、贾生之明、相如之富、扬雄之雅、班固之典、韩愈之闳深、柳宗元之健、元结之约、李白之逸、杜甫之工,门庭轨辙,不能一概。"④则六经为至为正,其余诸体为变。也有以《左传》为正,如陈骙《文则》"考诸《左氏》,摘其英华,别为八体,各系本文:……作者观之,庶知古人之大全也"⑤;以《楚辞》为正,如晁补之提出"盖《诗》之流,至楚而为《离骚》,至汉而为赋,其后赋复变而为诗,又变而为杂言、长谣、问对、铭赞、操引,苟类出于楚人之辞而小变者,虽百世可知"⑥;以"雅正之

---

① 《诗大序》,《毛诗正义》卷一,李学勤主编《十三经注疏》,北京大学出版社,1999年,第14页。
② 郑玄《诗谱序》,同上书卷首,第6—7、8—9页。
③ 参考罗立刚《史统、道统、文统:论唐宋时期文学观念的转变》第十二章"文体正变观的初步建立",东方出版中心,2005年,第355—378页。
④ 陈耆卿《上楼内翰书》,《篔窗集》卷五,《景印文渊阁四库全书》集部第1178册,台湾商务印书馆,1983—1988年,第43页。
⑤ 陈骙《文则》,王水照《历代文话》第1册,复旦大学出版社,2007年,第177页。
⑥ 晁补之《离骚新序》上,《鸡肋集》卷三六,《景印文渊阁四库全书》集部第1118册,台湾商务印书馆,1983—1988年,第682页。

乐"为正,如陆游认为:"雅正之乐微,乃有郑卫之音。郑卫虽变,然琴瑟笙磬犹在也。及变而为燕之筑,秦之缶,胡部之琵琶、箜篌,则又郑卫之变矣。《风》《雅》《颂》之后,为骚,为赋,为曲,为引,为行,为谣,为歌,千余年后,乃有倚声制辞,起于唐之季世,则其变愈薄。可胜叹哉!"①可见以文体论正变,已是宋人普遍的文学观念。

在此基础上,宋人进而形成各体自成正变的思想。在诗的领域,尊杜诗者大多仍不脱"致君尧舜""风雅正变"之说,但如晁说之引《诗品》评陶诗语,并云"如嵘之论,则彭泽为隐逸诗人之宗,而曹、刘、鲍、谢、李、杜者,岩廊诗人之宗也,窃尝譬之,曹、刘、鲍、谢、李、杜之诗,五经也,天下之大中正也。彭泽之诗,老氏也,虽可以抗五经而未免为一家之言也"②,则晁氏之"正",已不仅独尊杜诗,而是多家并举了。至严羽《沧浪诗话》则强调:"学诗者以识为主:入门须正,立志须高;以汉魏晋盛唐为师,不作开元天宝以下人物。……先须熟读《楚词》,朝夕讽咏以为之本;及读《古诗十九首》,乐府四篇,李陵苏武汉魏五言,皆须熟读,即以李杜二集枕藉观之,如今人之治经,然后博取盛唐名家,酝酿胸中,久之自然悟入。虽学之不至,亦不失正路。"③可见不满于江西诗派的严氏,则在入门之"正"上取径更宽。在词的领域,传统词派以《花间集》为词之正宗,革新词派则主张诗词同源,词为诗之变;而词坛又有"雅俗之辨",其实质同样是词体的正变之辨(参见本书第九章)。宋人在文体正变上的不同意见,成为各文学流派的重要区分标志,说明文体正变观在辨体中越来越受到重视。

真德秀所编总集《文章正宗》,则以源流正变观念作为选文的依

---

① 陆游《长短句序》,朱迎平笺校《渭南文集笺校》卷十四,上海古籍出版社,2022年,第717页。
② 晁说之《和陶引辨》,《景迂生集》卷十四,《景印文渊阁四库全书》集部第1118册,台湾商务印书馆,1983—1988年,第267页。
③ 严羽《沧浪诗话·诗辨》,郭绍虞校释《沧浪诗话校释》,人民文学出版社,1983年,第1页。

据,并涵盖了大部分文体,标志着源流正变之辨日趋成熟。其卷首《文章正宗·纲目》开宗明义地提出:"正宗云者,以后世文辞之多变,欲学者识其源流之正也。"他认为《文选》《文粹》之流均未能称"得源流之正",提出"故今所辑,以明义理、切世用为主,其体本乎古、其指近乎经者,然后取焉,否则辞虽工亦不录"的原则。对于"辞命""议论""叙事""诗赋"四大类文体,《纲目》一一阐明其源流正变。如"辞命"序题考述王言源流,称"学者欲知王言之体,当以《书》之诰、誓、命为祖,而参之以此编,则所谓正宗者,庶乎其可识矣"。又如"叙事"序题指出:"叙事起于古史官,其体有二:有纪一代之始终者,《书》之《尧典》《舜典》与《春秋》之经是也,后世本纪似之;有纪一事之始终者,《禹贡》《武成》《金縢》《顾命》是也,后世志、记之属似之。又有纪一人之始终者,则先秦盖未之有,而昉于汉司马氏,后之碑志事状之属似之。"再如"诗赋"序题称:"古者有诗,自虞赓歌、夏五子之歌始,而备于孔子所定三百五篇。若楚辞则又《诗》之变,而赋之祖也。朱文公尝言古今之诗凡有三变:盖自书传所记虞夏以来,下及汉魏,自为一等;自晋宋间颜、谢以后,下及唐初,自为一等;自沈、宋以后定著律诗,下及今日,又为一等。自唐初以前,其为诗者固有高下,而法犹未变;至律诗出,而后诗之古法始皆大变矣。"①真氏论文体源流正变,固然有一味尊经的局限,但他称"纪一人之始终"之体"昉于汉司马氏",称楚辞为"《诗》之变,而赋之祖",以及称诗以"定著律诗"为界析为古、近两大类等,则又都是实事求是,揭示出文体演变的规律,可谓辨源流正变的典范。

元代文体正变的观念进一步发展,并出现了"一代文学"的观念。所谓"一代文学"的提法,即否定传统的伸正绌变的正变观,而充分肯定变古之功,从而实现"文以代雄"。王沂《隐轩诗序》提出:

---

① 真德秀《文章正宗·纲目》,《景印文渊阁四库全书》集部第1355册,台湾商务印书馆,1983—1988年,第5—6页。

"一代之文有一代之体,犹大而忠质文之异尚,小而咸酸之殊嗜。"①罗宗信《中原音韵序》则明确标榜:"世之共称唐诗、宋词、大元乐府,诚哉!"②而孔齐引用元代文坛领袖虞集之语,更称:"一代之兴,必有一代之绝艺足称于后世者,汉之文章、唐之律诗、宋之道学,国朝之今乐府,亦开于气数音律之盛。其所谓杂剧者,虽曰本于梨园之戏,中间多以古史编成,包含讽谏,无中生有,有深意焉。是亦不失为美刺之一端也。"③可见元人已经形成了相当明确的以唐诗、宋词、元曲为"一代文学"的观念。宋元文体正变观的这些探索,为明清时期文体演变规律的深入探讨铺平了道路。

(二) 同异优劣之辨

首先是同异特色之辨。对不同作家,尤其是同时代齐名作家的风格同异进行辨析,以突出各自的特色,是辨体的常用方法。宋人多用此类辨体。欧阳修云:"孟郊、贾岛皆以诗穷至死,而平生尤自喜为穷苦之句。……人谓其不止忍饥而已,其寒亦何可忍也。"④《彦周诗话》云:"东坡《祭柳子玉文》:'郊寒岛瘦,元轻白俗。'此语具眼。"⑤这些对孟郊、贾岛穷寒之诗和元稹、白居易轻俗之诗的概括,可谓辨体细微,准确传神。又如欧阳修对同时代好友梅尧臣、苏舜钦诗风的辨析:"圣俞、子美齐名于一时,而二家诗体特异。子美笔力豪隽,以超迈横绝为奇;圣俞覃思精微,以深远闲淡为意。各极其长,虽善论者不能优劣也。余尝于《水谷夜行诗》略道其一二云:'子美气尤雄,万窍号一噫,有时肆颠狂,醉墨洒滂霈。譬如千里马,已发不可杀。盈前尽珠玑,一一难拣汰。梅翁事清切,石齿漱寒

---

① 王沂《隐轩诗序》,《伊滨集》卷十六,《景印文渊阁四库全书》集部第 1208 册,台湾商务印书馆,1983—1988 年,第 529 页。
② 罗宗信《中原音韵序》,《中原音韵校本:附 中州乐府音韵类编校本》,中华书局,2013 年,第 13 页。
③ 孔齐《至正直记》卷三,上海古籍出版社,1987 年,第 96 页。
④ 欧阳修《六一诗话》,何文焕辑《历代诗话》上册,中华书局,1981 年,第 266—267 页。
⑤ 许顗《彦周诗话》,同上书,第 384 页。

濑。作诗三十年,视我犹后辈。文词愈精新,心意虽老大。有如妖韶女,老自有余态。近诗尤古硬,咀嚼苦难嘬。又如食橄榄,真味久愈在。苏豪以气轹,举世徒惊骇。梅穷独我知,古货今难卖。'语虽非工,谓粗得其仿佛,然不能优劣之也。"①梅之"深远闲淡",苏之"超迈横绝",亦成为两家特色的定评。再如《岁寒堂诗话》云:"退之诗,大抵才气有余,故能擒能纵,颠倒崛奇,无施不可。放之则如长江大河,澜翻汹涌,滚滚不穷;收之则藏形匿影,乍出乍没,姿态横生,变怪百出,可喜可愕,可畏可服也。苏黄门子由有云:'唐人诗当推韩杜,韩诗豪,杜诗雄,然杜之雄犹可以兼韩之豪也。'此论得之。诗文字画,大抵从胸臆中出,子美笃于忠义,深于经术,故其诗雄而正。李太白喜任侠,喜神仙,故其诗豪而逸。退之文章侍从,故其诗文有廊庙气。退之诗正可与太白为敌,然二豪不并立,当屈退之第三。"②张戒对杜雄、李逸、韩豪三家诗风格及其成因的比较辨析,精准而理性,可谓这类辨体的典范。当然,这种风格特色之辨还与辨体主体的喜好兴趣相关,《碧溪诗话序》称:"作诗固难,评诗亦未易。酸咸殊嗜,泾渭异流。浮浅者喜夸毗,豪迈者喜遒警,闲静之人尚幽眇,以至嫣然华媚无复体骨者,时有取焉,而非君子之正论也。"③关注到这种评论者"酸咸殊嗜"的个性差别,无疑是风格之辨不断深入的体现。然而有些现象用"酸咸殊嗜"也难以解释,如《后山诗话》云:"欧阳永叔不好杜诗,苏子瞻不好司马《史记》,余每与黄鲁直怪叹,以为异事。"④作为苏门弟子的陈师道和黄庭坚,对于乃师苏轼的不好《史记》,以及欧阳修的不好杜诗,都"以为异事"而不可理解,只能"怪叹",充分说明风格之辨的微妙和复杂。

其次是优劣高下之辨。比高下、分等地,是钟嵘《诗品》已有的

---

① 欧阳修《六一诗话》,何文焕辑《历代诗话》上册,中华书局,1981年,第267—268页。
② 张戒《岁寒堂诗话》卷上,中华书局,1985年,第8页。
③ 陈俊卿《碧溪诗话序》,丁福保辑《历代诗话续编》上册,中华书局,1983年,第344页。
④ 陈师道《后山诗话》,何文焕辑《历代诗话》上册,中华书局,1981年,第303页。

辨体传统,唐宋元时期承续之,有些著名的命题甚至形成文学史上的"公案"。影响最大的莫过于李杜优劣论。李杜优劣之辨,中唐即已开始。元稹开启了扬杜抑李的先声,其《唐故工部员外郎杜君墓系铭并序》在高度评价了杜诗后说:"时山东人李白,亦以奇文取称,时人谓之'李杜'。予观其壮浪纵恣,摆去拘束,摸写物象及乐府歌诗,诚亦差肩于子美矣。至若铺陈终始,排比声韵,大或千言,次犹数百,词气豪迈而风调清深,属对律切而脱弃凡近,则李尚不能历其藩翰,况堂奥乎!"①白居易明显附和其说,《与元九书》称:"又诗之豪者,世称李、杜。李之作才矣奇矣,人不逮矣。索其风雅比兴,十无一焉。杜诗最多,可传者千余首。至于贯穿今古,觊缕格律,尽工尽善,又过于李。"②韩愈则明确表示了不同意见,反对在李、杜间区分高下,其《调张籍》诗云:"李杜文章在,光焰万丈长。不知群儿愚,那用故谤伤?蚍蜉撼大树,可笑不自量。"③宋代诸名家对李、杜诗的评论,虽因"酸咸殊嗜"而各有不同,如杨亿、欧阳修、朱熹等更为欣赏李白诗的丰富想象和宏大气魄,而苏轼、王安石、陆游等则更为推崇杜甫诗的爱国情怀和精深诗律,但并不扬此抑彼,特为轩轾。更有论者明确主张二人之间"不当优劣"之论。如《杜工部草堂诗话》所引《离经》云:"李谪仙,诗中龙也,矫矫焉不受约束。杜子美则麟游灵囿,凤鸣朝阳,自是人间瑞物。二豪所得,殆不可以优劣论也。"④严羽更曰:"李杜二公,正不当优劣。太白有一二妙处,子美不能道;子美有一二妙处,太白不能作。""子美不能为太白之飘逸,太白不能为子美之沉郁。太白《梦游天姥吟》《远别离》等,子美

---

① 元稹《唐故工部员外郎杜君墓系铭并序》,《元稹集》卷五六,中华书局,2015年,第691页。
② 白居易《与元九书》,谢思炜校注《白居易文集校注》,中华书局,2011年,第323页。
③ 韩愈《调张籍》,钱仲联集释《韩昌黎诗系年集释》卷九,上海古籍出版社,2020年,第1050—1051页。
④ 蔡梦弼《杜工部草堂诗话》卷二,丁福保辑《历代诗话续编》上册,中华书局,1983年,第212页。

不能道;子美《北征》《兵车行》《垂老别》等,太白不能作。论诗以李杜为准,挟天子以令诸侯也。"①这样的辨体显然更为细致具体,也更为实事求是。而通过此类辨体,则在不同意见的争论中,明显深化了经典作家体性风格的研究。除了李杜之外,韩柳优劣论、苏黄优劣论等,也都在宋元时期开其端倪,并为其在明清的拓展开辟了路径。辨体思潮在宋元时期的风行及其丰富内涵,从中可见一斑。

第二节 "尊体"和"破体"的博弈*

辨体的基本内容之一,是体制流变之辨,亦即辨析各种文体体制及其流变发展。六朝时期业已成熟的文体学体系中,已涉及文体发展流变的探讨。《文心雕龙》设专篇论述文体的"通变",主张"名理有常,体必资于故实;通变无方,数必酌于新声",提出"参伍因革,通变之数";②《风骨》篇也要求"洞晓情变,曲昭文体,然后能莩甲新意,雕画奇辞。昭体故意新而不乱,晓变故辞奇而不黩"③。唐宋元时期对文体"参伍因革"的探索,集中表现为"尊体"和"破体"两种观念的并存和博弈。

一、"尊体"观念被反复强调

所谓"尊体",即文体因革中"因"的一面,强调"设文之体有

---

① 严羽《沧浪诗话》,郭绍虞校释《沧浪诗话校释》,人民文学出版社,1983年,第166、168页。
* 本节参考王水照主编《宋代文学通论》文体编第三章"尊体和破体",河南大学出版社,1997年,第62—80页;吴承学《中国古代文体学研究》(增订本)上编第八章"辨体与破体",中华书局,2022年,第208—228页。
② 刘勰《文心雕龙·通变》,詹锳义证《文心雕龙义证》,上海古籍出版社,1989年,第1081、1098页。
③ 刘勰《文心雕龙·风骨》,同上书,第1066页。

常"①,推尊文体的体制规范,将其置于作文诸要素的首位。这种观念在唐初即已出现,《文镜秘府论》中"论体"一节云:"故词人之作也,先看文之大体,随而用心。遵其所宜,防其所失,故能辞成炼核,动合规矩。而近代作者,好尚互舛,苟见一涂,守而不易,至令摛章缀翰,罕有兼善。岂才思之不足,抑由体制之未该也。"②强调"先看文之大体",要求"遵其所宜,防其所失",已是明确的尊体主张。

宋代的尊体观念更为普遍,并被反复强调,主要表现为"本色当行"论和"体制为先"论。

(一)"本色当行"论

"本色""当行"原来均指本行、本业。宋代被引入文体学领域,指各种文体原先本质的规定性,亦即后来明人胡应麟所谓"文章自有体裁,凡为某体,务须寻其本色,庶几当行"③。

陈师道《后山诗话》云:"退之以文为诗,子瞻以诗为词,如教坊雷大使之舞,虽极天下之工,要非本色。"④晁补之有云:"黄鲁直间为小词,固高妙,然不是当行家语,乃着腔子唱好诗也。"⑤刘克庄则称:"唐文人皆能诗,柳尤高,韩尚非本色。"⑥三者均批评韩愈以文为诗和苏轼、黄庭坚以诗为词,分别违背了诗、词的本色。

严羽《沧浪诗话·诗辨》曰:"大抵禅道惟在妙悟,诗道亦在妙悟。且孟襄阳学力下韩退之远甚,而其诗独出退之之上者,一味妙

---

① 刘勰《文心雕龙·通变》,詹锳义证《文心雕龙义证》,上海古籍出版社,1989年,第1079页。
② 〔日〕弘法大师原撰,王利器校注《文镜秘府论校注》,中国社会科学出版社,1983年,第333—334页。王氏认为,此段文字疑为隋代刘善经《四声指归》之文。而日本学者小西甚一考证出于《文笔式》。《文笔式》一书,罗根泽、王利器认为产生于隋代,张伯伟则认为产生于武后时期(参见张伯伟《全唐五代诗格汇考》,凤凰出版社,2002年,第68—69页)。
③ 胡应麟《诗薮》内编卷一,中华书局,1958年,第20页。
④ 陈师道《后山诗话》,何文焕辑《历代诗话》上册,中华书局,1981年,第309页。
⑤ 赵令畤《侯鲭录》卷八,中华书局,2002年,第206页。
⑥ 刘克庄《竹溪诗序》,辛更儒笺校《刘克庄集笺校》卷九四,中华书局,2011年,第3996页。

悟而已。惟悟乃为当行,乃为本色。"①孟浩然通过妙悟所作的诗为当行本色,而韩愈以文为诗则差之甚远。其《诗法》又曰:"须是本色,须是当行。"郭绍虞解释说:"本色当行义似无别,总之都是说不可破坏原来的体制以逞才学。"②

由此可见,强调"本色当行"就是强调文体的原本体制特征;将它作为衡量作品的标准,符合的即为"得体",不合的即为"失体"。

(二)"体制为先"论

北宋王安石提出先体制、后工拙之说,黄庭坚称:"荆公评文章,常先体制,而后文之工拙。盖尝观苏子瞻《醉白堂记》,戏曰:'文词虽极工,然不是《醉白堂记》,乃是《韩白优劣论》耳。'"③王安石讽刺苏轼违反文体规范,将《醉白堂记》写成了"韩、白优劣论",并以此强调文章体制规范和文辞工拙的先后关系,明确将文体规范置于评价文章优先考虑的地位。

南宋初期的张戒提出"文体为先,警策为后"说,称:"论诗文当以文体为先,警策为后。若但取其警策而已,则'枫落吴江冷',岂足以定优劣?"④按《新唐书·崔信明传》载:"信明蹇亢,以门望自负,尝矜其文,谓过李百药,议者不许。扬州录事参军郑世翼者,亦骜倨,数抵轻忤物,遇信明江中,谓曰:'闻公有"枫落吴江冷",愿见其余。'信明欣然多出众篇,世翼览未终,曰:'所见不逮所闻!'投诸水,引舟去。"⑤张戒认为,"枫落吴江冷"诚然是警句,但不足以说明崔氏诗优,因此主张评论诗文要看对文体的总体把握,不能单凭是否有警策之句。

---

① 严羽《沧浪诗话·诗辨》,郭绍虞校释《沧浪诗话校释》,人民文学出版社,1983年,第12页。
② 严羽《沧浪诗话·诗法》,同上书,第111页。
③ 黄庭坚《书王元之竹楼记后》,《宋黄文节公全集·正集》卷二五,《黄庭坚全集》,四川大学出版社,2001年,第660页。
④ 张戒《岁寒堂诗话》卷上,中华书局,1985年,第9页。
⑤ 欧阳修、宋祁《新唐书》卷二〇一,中华书局,1975年,第5732页。

南宋末期的倪思提出"体制为先,精工次之"说,称:"文章以体制为先,精工次之。失其体制,虽浮声切响,抽黄对白,极其精工,不可谓之文矣。凡文皆然,而王言尤不可以不知体制。"①出身词科的倪思强调"失其体制""不可谓之文",固然是从"王言"出发立论,但他也指出"凡文皆然",则"文章以体制为先"适用于一切文章。

细绎三家之说,只是更换了个别文辞,其实质集中到一点,就是强调作文必须将体制放在首位,文辞的警策、精工只能居次、居后。

"本色当行"论和"体制为先"论都是主张推尊文体原本的体制规范,"得体"和"失体"的标准即在于此。从北宋到南宋初再到南宋末,这种尊体的观念在文坛上可谓一以贯之,绵延不绝。

二、"破体"现象被普遍关注

然而,尊体并非宋代文坛上的唯一倾向,与尊体相对立的"破体"同样大行其道。或者说,尊体之所以被反复强调,恰好说明"不尊体"(即"破体")的大量存在。

"破体"的概念,源于书法论著。唐代徐浩《书论》云:"厥后钟(繇)善真书,张(旭)称草圣,右军(王羲之)行法,小令(王献之)破体,皆一时之妙。"②唐代张怀瓘《书议》则称:"子敬(王献之)之法,非草非行,流便于行草,又处其中间……子敬执行草之权。"③又明人杨慎《书品》引《书断》称:"王献之变右军行书,号曰破体书。"④可知所谓"破体"是指王献之创造的突破"行法"、将行书和草书相结合的行草书。唐人多有用"破体"者,如李颀《赠张谞山水》

---

① 王应麟《词学指南》卷二,王水照编《历代文话》第 1 册,复旦大学出版社,2007年,第 946 页。倪思,字正父,理宗嘉熙二年(1238)中博学宏词科。
② 徐浩《书论》,张彦远辑录《法书要录》卷三,上海古籍出版社,2013 年,第 79 页。
③ 张怀瓘《书议》,同上书,第 105 页。
④ 杨慎《书品》卷一,中华书局,1991 年,第 1 页。

"小山破体闲支策,落日梨花照空壁"①,戴叔伦《怀素上人草书歌》"始从破体变风姿,一一花开春景迟"②,李商隐《韩碑》"文成破体书在纸,清晨再拜铺丹墀"③,均指书体。宋人也有此种用法,吴曾《能改斋漫录》载:"仁宗时,太常博士黄公孝先有诗名,尤工字学。常师右军笔法,深得其妙。每曰:学书当先务真楷,端正匀停,而后饶得破体,破体而后饶得颠草。"④将"破体"移于文学评论的较早用例,是元代方回。《瀛奎律髓》评陈师道《雪后》诗:"此诗第一句至第六句,皆出格破体,不拘常程,于虚字上极力安排。"⑤这里指出陈诗多用虚字,不拘律诗体的"常程",称其为"出格破体",十分妥帖。现代自钱锺书提出"名家名篇,往往破体,而文体亦因以恢弘焉"⑥的论断之后,"破体"就被广泛用于文学评论,尤其是文体论中。因此,在文体学上使用"破体"的概念,是渊源有自、顺理成章的。

文体学意义上的"破体",即文体因革中"革"的一面。它具体指将某种文体的特征植入另一种文体,使作品具有原先文体不具备的新的特色,如同书法中的行草书体;也可以泛指突破传统的体制规范,创造出新的文体。宋代虽无"破体"之名,但有破体之实。破体现象在宋代文人创作中已大量存在,也引起了文坛上的普遍关注,并常用"某似某""以某为某"来表述。以下是出自宋代诗话的一组材料:

> 范文正公为《岳阳楼记》,用对语说时景,世以为奇。尹师

---

① 李颀《咏张谑山水》,王锡九校注《李颀诗歌校注》下册,中华书局,2018年,第789页。
② 戴叔伦《怀素上人草书歌》,蒋寅校注《戴叔伦诗集校注》,上海古籍出版社,2010年,第57页。
③ 李商隐《韩碑》,刘学锴、余恕诚《李商隐诗歌集解》(增订重排本),中华书局,2004年,第909页。
④ 吴曾《能改斋漫录》卷十四,上海古籍出版社,1979年,第401页。
⑤ 方回选评,李庆甲集评校点《瀛奎律髓汇评》卷二一,上海古籍出版社,2020年,第943页。
⑥ 钱锺书《管锥编》,中华书局,1986年,第890页。

鲁读之曰："传奇体尔。"《传奇》，唐裴铏所著小说也。①

《醉翁亭记》初成，天下莫不传诵，家至户到，当时为之纸贵。宋子京得其本，读之数过曰："只目为《醉翁亭赋》，有何不可？"②

退之作记，记其事尔；今之记乃论也。少游谓《醉翁亭记》亦用赋体。③

王文公见东坡《醉白堂记》，徐云："此乃是韩、白优劣论。"东坡闻之，曰："不若介甫《虔州学记》乃学校策耳。"④

韦苏州律诗似古，刘随州古诗似律，大抵下李、杜、韩退之一等，便不能兼。⑤

东坡尝以所作小词示无咎、文潜，曰："何如少游？"二人皆对云："少游诗似小词，先生小词似诗。"⑥

苏子瞻词如诗，秦少游诗如词。⑦

以文体为诗，自退之始；以文体为四六，自欧阳公始。⑧

欧阳少师始以文体为对属，又善叙事，不用故事陈言而文益高，次退之云。⑨

闽士有好诗者，不用陈语常谈。写投梅圣俞，答书曰："子诗诚工，但未能以故为新，以俗为雅尔。"⑩

这组材料涉及的破体类型有以传奇为记、以赋为记、以论为记、以策为

---

① 陈师道《后山诗话》，何文焕辑《历代诗话》上册，中华书局，1981年，第310页。
② 朱弁《曲洧旧闻》卷三，上海古籍出版社，2012年，第115页。
③ 陈师道《后山诗话》，何文焕辑《历代诗话》上册，中华书局，1981年，第309页。
④ 蔡绦《西清诗话》卷中，吴文治主编《宋诗话全编》第3册，江苏古籍出版社，1998年，第2502页。
⑤ 张戒《岁寒堂诗话》卷上，中华书局，1985年，第9页。
⑥ 王直方《王直方诗话》，胡仔纂集《苕溪渔隐丛话》前集卷四二，人民文学出版社，1962年，第284页。
⑦ 陈师道《后山诗话》，何文焕辑《历代诗话》上册，中华书局，1981年，第312页。
⑧ 陈善《扪虱新话·诗四六类》，山东人民出版社，2018年，第112页。
⑨ 陈师道《后山诗话》，何文焕辑《历代诗话》上册，中华书局，1981年，第310页。
⑩ 同上书，第314页。

记、以律为古、以古为律、以诗为词、以词为诗、以古文为诗、以古文为四六,乃至以故为新、以俗为雅等等。此类材料尚多,充分说明破体为文在唐宋时期已是极为普遍的现象,且破体涉及的文体、文类极广,名家往往开破体风气之先,而文坛对此的关注、讨论也屡见不鲜。

三、"尊体"和"破体"的博弈

对于文坛上大量的破体现象,宋人的态度各不相同。上节材料中,除了较为客观的描述之外,如宋祁指出《醉翁亭记》可目为《醉翁亭赋》、陈师道揭示欧阳修"以文体为对属",都明显带有赞赏的态度。又如对于宋代破体为文的大家苏轼,曾季狸的《艇斋诗话》就称:"东坡之文妙天下,然皆非本色,与其它文人之文、诗人之诗不同。文非欧曾之文,诗非山谷之诗,四六非荆公之四六,然皆自极其妙。"①虽然"皆非本色",但仍肯定其"皆自极其妙",乃至"妙天下",表明曾氏对苏轼绝对认同。而对于苏轼、辛弃疾的以诗为词、以文为词,甚至以经史入词这样的破体现象,刘辰翁更是大加称赏:"词至东坡,倾荡磊落,如诗如文,如天地奇观,岂与群儿雌声学语较工拙;然犹未至用经用史,牵雅颂入郑卫也。自辛稼轩前,用一语如此者必且掩口。及稼轩横竖烂熳,乃如禅宗棒喝,头头皆是。"②评价之高,可谓无以复加。

但另一方面,持反对甚至否定破体意见的也大有人在:

> 退之以文为诗,子瞻以诗为词,如教坊雷大使之舞,虽极天下之工,要非本色。今代词手,惟秦七黄九尔,唐诸人不迨也。③
> 杜之诗法,韩之文法也。诗文各有体,韩以文为诗,杜以诗

---

① 曾季狸《艇斋诗话》,丁福保辑《历代诗话续编》上册,中华书局,1983年,第323页。
② 刘辰翁《辛稼轩词序》,辛弃疾著,邓广铭笺注《稼轩词编年笺注》,上海古籍出版社,1978年,第564页。
③ 陈师道《后山诗话》,何文焕辑《历代诗话》上册,中华书局,1981年,第309页。

为文,故不工尔。①

　　迨本朝,则文人多诗人少。三百年间,虽人各有集,集各有诗,诗各自为体,或尚理致,或负材力,或逞辨博。少者千篇,多至万首,要皆经义策论之有韵者尔,非诗也。②

　　《秋声》《赤壁》等赋,以文视之,诚非古今所及;若以赋论之,恐(教)坊雷大使舞剑,终非本色。③

　　文章各有体,本不可相犯,故古文不宜蹈袭前人成语,当以奇异自强。四六宜用前人成语,复不宜生涩求异。如散文不宜用诗家语,诗句不宜用散文言,律赋不宜犯散文言,散文不宜犯律赋语,皆判然各异。如杂用之,非惟失体,且梗目难通。④

这些材料中,对以文为诗、以诗为词、以经义策论为诗、以文为赋等破体现象,都明确表示否定,其理由是"文章各有体,本不可相犯",破体"终非本色","故不工尔"。这是尊体观对破体观的鲜明反击。值得注意的是,即使作为苏门弟子的陈师道,也对乃师的以诗为词做出了"虽极天下之工,要非本色"的论断,表现出尊体重于尊师的信念。而金人刘祁更对破体导致"失体"的忌讳做了具体条列,这是从反面总结了破体的规律。从总体上看,宋元文坛上尊体和破体的博弈中,主张尊体的力量还是更胜一筹。

四、"定体则无,大体须有"的总结

　　金代王若虚在尊体和破体问题上思考较为全面,结论颇为通达,其《文辨》《滹南诗话》集中了此类议论:

---

① 陈师道《后山诗话》引黄庭坚语,何文焕辑《历代诗话》上册,中华书局,1981年,第303页。
② 刘克庄《竹溪诗序》,辛更儒笺校《刘克庄集笺校》卷九四,中华书局,2011年,第3996页。
③ 祝尧《古赋辩体》卷八,《景印文渊阁四库全书》集部第1366册,台湾商务印书馆,1983—1988年,第818页。
④ 刘祁《归潜志》卷十二,中华书局,1983年,第138页。

> 凡人作文字，其他皆得自由，惟史书实录，制诰王言，决不可失体。世之秉笔者往往不谨，驰骋雕镌，无所不至。自以为得意，而读者亦从而歆美，识真之士何其少也！①
>
> 王元之《待漏院记》，文殊不典。人所以喜之者，特取其规讽之意耳。②
>
> 古人或自作传，大抵姑以托兴云尔。如五柳、醉吟、六一之类可也。子由著《颍滨遗老传》，历述平生出处言行之详，且诋訾众人之短以自见，始终万数千言，可谓好名而不知体矣。③
>
> 荆公谓王元之《竹楼记》胜欧阳《醉翁亭记》，鲁直亦以为然，曰："荆公论文，常先体制，而后辞之工拙。"予谓《醉翁亭记》虽涉玩易，然条达迅快，如肺肝中流出，自是好文章。《竹楼记》虽复得体，岂足置欧文之上哉！④
>
> 荆公谓东坡《醉白堂记》为韩、白优劣论，盖以拟伦之语差多，故戏云尔，而后人遂为口实。夫文岂有定法哉，意所至则为之，题意适然，殊无害也。⑤
>
> 陈后山谓子瞻以诗为词，大是妄论，而世皆信之。独茆荆产辨其不然，谓公词为古今第一。今翰林赵公亦云："此与人意暗同。"盖诗词只是一理，不容异观。……文伯起曰："先生虑其不幸而溺于彼，故援而止之，特立新意，寓以诗人句法。"是亦不然。公雄文大手，乐府乃其游戏，顾岂与流俗争胜哉！盖其天资不凡，辞气迈往，故落笔皆绝尘耳。⑥

前三则均为尊体之论，强调实录、制诰、自传之类"决不可失体"；而

---

① 王若虚《文辨》卷四，王水照编《历代文话》第 2 册，复旦大学出版社，2007 年，第 1150 页。
② 同上书，第 1148 页。
③ 同上书，第 1147 页。
④ 同上书卷三，第 1142 页。
⑤ 同上书，第 1145 页。
⑥ 王若虚《滹南诗话》卷二，中华书局，1985 年，第 10—11 页。

王禹偁《待漏院记》以宰相论作厅壁记,铺排对照,已开以论为记、以赋为记的先河,故言"文殊不典"。这都是从遵循传统文体规范的角度进行评论。后三则对宋代文坛上指责欧、苏破体的言论一一批驳,认为以赋为记的《醉翁亭记》"自是好文章",以论为记的《醉白堂记》"题意适然,殊无害也",而以诗为词的东坡词更是"辞气迈往,故落笔皆绝尘"的好作品。这些议论则都肯定破体,从文无定法着眼,主张"雄文大手"的名家不妨进行意至则为、直抒胸臆的"自由"创造。由此可见,王氏对尊体和破体二者,秉持十分融通的见解,诚如其所言:

> 或问:"文章有体乎?"曰:"无。"又问:"无体乎?"曰:"有。"然则果何如?曰:"定体则无,大体须有。"①

文章之体,可以无,也可以有,其原则是"定体则无,大体须有",既要遵循大体规范,又要不为规范所束缚,敢于突破"定体",这是创造出"古今第一"好文章的规律。王若虚揭示的这一文体观念,与《文心雕龙》提倡的"参伍因革"的"通变"之道可谓遥相呼应。刘勰在《通变》篇开宗明义说:"夫设文之体有常,变文之数无方。"②文的体势历代相沿有一定规范,这是"有常"之体;但文章的变化却无规律可袭,"文辞气力,通变则久,此无方之数也"③。在《风骨》篇中,他主张"洞晓情变,曲昭文体,然后能莩甲新意,雕画奇辞。昭体故意新而不乱,晓变故辞奇而不黩"④。把"昭体"与"晓变"结合起来,这是文体运用的"通"与"变"的关系。在《定势》篇中,刘勰更为明确地论述到文体融合的原则,他在谈到各种文体有一定体势之后说:"虽

---

① 王若虚《文辨》卷四,王水照编《历代文话》第 2 册,复旦大学出版社,2007 年,第 1150 页。
② 刘勰《文心雕龙·通变》,詹锳义证《文心雕龙义证》,上海古籍出版社,1989 年,第 1079 页。
③ 同上。
④ 刘勰《文心雕龙·风骨》,同上书,第 1066 页。

复契会相参,节文互杂,譬五色之锦,各以本采为地矣。"①他指出各种文体的体制可以互相融合、互相吸收。但各种文体虽"契会相参",其主要的体势仍然各有不同,就像五色锦仍有一定底色一样。这实质上提出了文体的主导风格的问题。刘勰既承认文体的相参,又强调文体的本色,辩证地论述了文体风格的多样化与统一性,很有理论意义。从哲学的色度看,每种事物都有保持自己质的稳定性的数量界限——"度"。在此界限之内,量的增减不会改变事物的质,一旦超过界限,事物就失去了质的稳定性而转化为其他事物。文之"大体"也就是文体的"度",在这个度内,作家可以"契会相参,节文互杂",充分发挥自己的创造力。而一旦超过"度",失去了"本采",也就破坏了文体固有的美了。刘勰所言的"契会相参""本采为地"之说,使我们想起历来对宋词婉约、豪放二派的不同评价(且不论这种分法是否科学)。词以婉约含蓄为其总体风格特征,是应该承认的。词的创作吸收某些诗的表现方法,提高了词的格调,也应予肯定。②但词的豪放有一定的规定性,必须以词的"本采为地",这就是在婉约含蓄基础上的豪放,含刚健于婀娜。同是豪放,词体应和诗体不同。如东坡《水调歌头·明月几时有》一词,写天上人间、现实和幻想、入世和出世,以人生哲理入词,然融理于情,融意于景,圆融无碍。"我欲乘风归去,又恐琼楼玉宇,高处不胜寒"③,更是兴寄微茫,委婉之极。辛弃疾的词踔厉风发,暗呜沉雄。但又摧刚为柔,有缠绵徘恻的词的"本采"。许多赞扬或抨击豪放词者,往往着眼于苏辛词和婉约词的差异,却没有从整体上看到苏辛词尽管突破了一些词体的束缚,引进了诗歌的一些表现手法,但其总体风格仍以词的"本采为地"为主,且不说他们创作大量可称为婉

---

① 刘勰《文心雕龙·定势》,詹锳义证《文心雕龙义证》,上海古籍出版社,1989年,第1129页。
② 参见吴承学《辨体与破体》,《文学评论》1991年第4期。
③ 苏轼《水调歌头》,邹同庆、王宗堂《苏轼词编年校注》,中华书局,2002年,第173—174页。

约的词作,就其优秀的豪放词来说,也是一种富有词体特点的豪放,与诗体相比自是不同。当然,他们也有些词因失去了"本采"而失败。

在古人的观念中,文体有正变、雅俗、高下之分。文体的地位决定于文体产生的年代与文体的艺术特征,如表现对象、语言特色和总体风貌。古人往往推尊正宗的、古典的、高雅的、朴素的、自然的文体,相对轻视时俗的、流变的、繁复的、华丽的、拘忌过多的体裁。《文章辨体》分内集、外集,内集收正体,外集收变体,内外有别。吕祖谦《文章关键》、真德秀《文章正宗》凡变体诗文皆摈于集外。一般古人也以品位区分文体。如词曲的地位就不如诗文[①]。在诗歌中,古诗的品位要高于律诗[②]。古人这种文体正变高下的观念,影响了古人的文学创作和批评,在破体为文中出现了一种极为普遍的情况,即以正体、品位高的文体去改造变体、品位卑的文体,以提高它们的格调和品位。相反的情况却非常罕见。以诗词融合为例,诗庄词媚,诗正词变,诗体高于词体。以词入诗,诗变软媚;以诗入词,词转刚劲。陈廷焯《白雨斋词话》卷五:"诗中不可作词语,词中不妨有诗语,而断不可作一曲语。"[③]以诗为词和以词为诗虽都不本色,然后者的地位显然不可与前者相提并论,东坡词和少游诗的历史命运多少说明了这一点。

又如古诗律诗相参。古人明确指出以古入律的审美价值高于以律入古。如李东阳就说:"律犹可间出古意,古不可涉律。"[④]沈德潜说:"古诗中不宜杂律诗体,恐凝滞也;作律诗正须得古风格。"[⑤]古

[①] 《四库全书总目》:"词曲二体在文章、技艺之间,厥品颇卑,作者弗贵,特才华之士以绮语相高耳。"(永瑢等《四库全书总目》卷一九八,中华书局,1965年,第1807页)
[②] 《文章辨体序说·律诗》:"律诗拘于定体,固弗若古体之高远。"(吴讷《文章辨体序说》,人民文学出版社,1962年,第56页)
[③] 陈廷焯《白雨斋词话》,人民文学出版社,1959年,第144页。
[④] 李东阳《怀麓堂诗话》,李庆立校释《怀麓堂诗话校释》,人民文学出版社,2009年,第6页。
[⑤] 沈德潜撰,王宏林笺注《说诗晬语笺注》,人民文学出版社,2013年,第346页。

诗品位高,故可提高律诗的格调;律诗品位低于古诗,故融入古诗就降低了其审美价值。又如在古文中有时文习气是大忌,反之则不然。如清代桐城派在理论上和创作上都表现了以古文为时文的兴趣,以古文改造时文,来提高其品位。这种破体为文的习惯,从其深层意义看,反映了中国古代崇尚古典、朴素与风骨的审美价值取向①。

张高评指出:"文体学研究有两大主轴,一曰辨体,或称尊体;二曰破体,又称变体。犹物理学之两大主力,一为向心力,一为离心力。辨体,犹向心力,惟恐不方圆规矩;破体,犹离心力,惟恐不超常越规。笔者以为,初始明辨体制,继则不墨守成规,终则致力创新发明,文学之生存发展,始能可大可久。不即不离,若即若离,是谓得之。……王若虚调和宋金文体学关于辨体与破体之纷争,揭橥'定体则无,大体则有'二语,可谓言简意赅,能得宋代文体学之大凡。"②

当然,宋元文体学中的尊体、破体之论,大多还只是结合具体作品的简单判定,这一对基本范畴的深入探讨,至明清文体学中才得以全面展开。

---

① 参见吴承学《辨体与破体》,《文学评论》1991 年第 4 期。
② 张高评《破体与创造性思维——宋代文体学之新诠释》,《中山大学学报(社会科学版)》2009 年第 3 期。

第二章　文体分类辨析的深化*

文体分类辨析是文体学的基本内容之一,到六朝为止,各类文体的辨析,在《文选》和《文心雕龙》中已得到了充分的展示。唐宋元时期,随着文坛上新文体的不断诞生和文体分类观念的不断更新,文体分类辨析仍然在发展深化之中,并继续成为这一时期文体学的重要内容。文体分类辨析主要有类分和类聚两大向度:类分主要按照文体的相异点条分缕析,以求体类的丰富;类聚主要根据文体的共同点分门别类,以求体类的精简。唐宋元时期文体分类辨析的深化主要体现在文体类分的新态势和文体类聚的新格局两方面。

第一节　文体类分的新态势

郭绍虞曾明确提出:"总集与文体分类学是有密切的关系的。"① 自从挚虞《文章流别集》确立了"类聚区分"、以文体为纲的总集体例之后,编纂总集就成为文体分类辨析的重要手段之一。尤其是那些囊括一代的大型总集,更成为考察和认定一定时期文体类分态势的重要标志。由于《文章流别集》早佚,《文选》就成为后世大型总集编纂的典范。唐宋元时期编纂的此类总集,主要有《文苑英

---

* 本章主要参考郭英德《中国古代文体学论稿》第五、六、八章,北京大学出版社,2005 年;吴承学《中国古代文体学研究》(增订本)下编第六章,中华书局,2022 年;任竞泽《宋代文体学研究论稿》第二、四章,商务印书馆,2011 年。

① 郭绍虞《提倡一些文体分类学》,《复旦学报(社会科学版)》1981 年第 1 期。

华》《唐文粹》《宋文鉴》《元文类》等几种①,其体现的这一时期的文体类分新态势主要包括三方面。

一、新兴文体的立类和确认

唐代之后产生的新兴文体,从北宋初编纂的《文苑英华》开始,才得到陆续确认,主要有以下几类。

(一)杂文(古文、杂著)

刘勰《文心雕龙·杂文》举宋玉"对问"、枚乘"七"体以及扬雄"连珠"三体为例,既高度评价他们的才华气势以及文采,又认为"凡此三者,文章之枝派,暇豫之末造也"②。"枝派"是在主流文体之外的分支流派。"末造"是指不重要之文章制作。他认为这三种文体是文人闲暇之时的即兴之作,因事造文,因文生义,属于文章的细枝末叶。刘勰对于杂文的看法比较复杂,一方面,认为它可以表现文人的"智术""博雅"和文学才能及文字技巧,也给文坛带来新异的风采与情趣;另一方面,又认为杂文文体处于非主流地位。刘勰的"杂文"内涵颇广,"对问""七""连珠"三体之外,还包含众多文体,"详夫汉来杂文,名号多品:或典诰誓问,或览略篇章,或曲操弄引,或吟讽谣咏。总括其名,并归杂文之区"③。他将典、诰、誓、问、览、略、篇、章、曲、操、弄、引、吟、讽、谣、咏等,这些难以纳入其他文体系统的小文体统统归入杂文类。所以,刘勰所谓的"杂文",主要

---

① 《文苑英华》1000卷,北宋初李昉等奉敕编纂,承接《文选》,主要收录陈、隋、唐、五代作家2000余人,诗赋文作品近20000篇,分文体为38类。《唐文粹》100卷,北宋姚铉编纂,收录唐代古体诗赋文作品2000余篇,不收近体诗、律赋、骈文,分文体为20类。《宋文鉴》150卷,南宋初吕祖谦编纂,收录北宋作家200余人、诗赋文作品2500余篇,分文体为53类。《元文类》70卷,元代苏天爵编纂,收录元初至中叶作家160余人、诗赋文作品800余篇,分文体为43类。参见蒋旅佳《宋元文章总集分体与分类研究》下编"宋元文章总集分类叙录"(中华书局,2021年,第300—485页)。
② 刘勰《文心雕龙·杂文》,詹锳义证《文心雕龙义证》,上海古籍出版社,1989年,第496页。
③ 同上书,第519页。

是指丛杂的韵文文体类别。后世一些学者沿袭刘勰的"杂文"观念,如明代何三畏《新刻何氏类镕》、清代孙梅《四六丛话》、刘师培《论文杂记》都列有"杂文"体,其分体思想大致皆采用刘勰"杂文"观念,以"对问""七""连珠"为杂文之主流。不过,他们所涉及的杂文文体种类越来越多,如上梁文、乐语、致语、口号、青词、步虚词、上寿词等等,这些后世兴盛的小文体,都被列入杂文之属。

《文心雕龙》"杂文"反映的是以诗赋骈文为主体的文体观念。到了唐宋时期,古文之学兴盛,古文家创作了一些新的文体,"杂文"的概念也逐渐出现变化。唐代李汉《昌黎先生集序》列举其作品有"杂著六十五"①之说,皮日休自编《文薮》中亦有"杂著"二卷,均指韩、皮二家用古文行文的短篇文章。北宋初期重要的文章总集《文苑英华》始立"杂文"类,凡29卷,中分问答、骚、明道、杂说、辩论、箴诫、谏刺、纪述、辩论、讽谕、论事、征伐、识行、纪事和杂制作纪事等子目,包括了韵文和散体文。其中,除"问答"(略同于《文心雕龙》之"对问""七")和"骚"两类外,不少文体是韩愈、柳宗元等唐代古文家以古文行文的传统文体之外的新创文章。这种杂文的概念既承六朝而来,又有相当大的扩大和变化。《唐文粹》则设"古文"类,凡七卷,收录上述古文家文章近200篇,并将其分类标明文体名,主要有原、规、书、议、言、语、对答、经旨、读、辩、解说、评等10余种,它们"绝大多数是产生于唐代的比较短小的、思辨性强的、有真知灼见的议论性文体","代表了宋人比较狭义的古文观念"。② 从宋代开始,"杂文"又有"杂著"之名。上述文章在《宋文鉴》和《元文类》中大都归入"杂著"类。吕祖谦《宋文鉴》卷一二五至卷一二七收录"杂著"。相较于《文心雕龙·杂文》主要是指"对问""七""连珠"等几种文体,《宋文鉴》"杂著"类

---

① 李汉《昌黎先生集序》,韩愈著,马其昶校注《韩昌黎文集校注》卷首,上海古籍出版社,2014年,第3页。
② 吴承学《中国古代文体学研究》(增订本)下编第六章"宋代文章总集的文体学意义",中华书局,2022年,第538页。

则不收这几种文体的作品。所收的刘敞《责和氏璧》、王回《告友》《记客言》、王令《道旁父老言》、刘恕《自讼》等文,都是随笔性的散体短篇,或偶感,或讽谕,或戏谑,或即录见闻。《元文类》卷四十至卷四五为"杂著"类,其中卷四十至卷四二分别收录《经世大典序录》一、二、三,卷四三选入《四经序录》《三礼叙录》《春秋诸国统纪序录》3篇,卷四四选文为《读易私言》《东西周辨》《改月数议》,卷四五收录《故物谱》《辩辽宋金正统》《读药书漫记》《七观》《工狱》5 篇文章。王理序之曰:"有事,有训,有言,有假,有类,不名一体,杂著第十。"①这些文章从标题看,难以明确归入某类文体。"杂文""古文""杂著"之外,也有部分总计单列"说""对问"等类,而到明代《文章辨体》《文体明辨》中,才一一分列为单个文体。可见,唐代古文家开创的这批以古文行文、总称为"杂文"(或古文、杂著)的文体,在北宋《文苑英华》和《唐文粹》中即已得到了确认。

(二)记

六朝之前,少有"记"体之文,"《文选》不列其类,刘勰不著其说,则知汉魏以前,作者尚少;其盛自唐始也"②。唐宋元记体文创作极盛,唐代主要纪事,宋元则多杂以议论,成为古文家特别重视的文体之一。《文苑英华》即已确立了这一新兴文体的地位,其收录的记体文达 38 卷 300 余篇之多,并分为宫殿、厅壁、公署、馆驿(附馆驿使)、楼、阁、城、城门、水门(附斗门)、桥、井、河渠、祠庙、祈祷、学校(附讲论)、文章、释氏、观(附院)、尊像、童子、宴游、纪事、刻候、歌乐、图画、灾祥、质疑、寓言、杂记共 29 小类,其中尤以厅壁记(凡 10 卷,中书、翰林、尚书省、御史台、寺监、符署、藩镇、州郡、判司、监军使、使院、幕职、州上佐、州官、县令、县丞、簿尉、宴飨 18 目)、宴游(凡 7 卷,宴游、溪谷丘、园圃、亭、居处、堂、泉、池、竹、山 10 目)、释

---

① 王理《国朝文类序》,苏天爵《国朝文类》卷首,《四部丛刊》本。
② 徐师曾《文体明辨序说》,人民文学出版社,1962 年,第 145 页。

氏(凡 5 卷,寺、院、佛像、经、塔、石柱、幢、方丈、僧 9 目)3 类数量最多。《唐文粹》则精选记体文 7 卷。其后,《宋文鉴》收录记体文 8 卷 90 篇,《元文类》收录记体文 5 卷 52 篇,数量也都不少。可见记体文在唐宋元时期已蔚成大国。

(三)传

《文心雕龙》设《史传》篇,《文选》录史论,不收史传。作传历来是史家的领地,文人不得参与。唐代古文家较多地涉猎传体文的写作,《文苑英华》立"传"类,凡 5 卷 30 篇,主要包括:《五斗先生传》《陆文学自传》《醉吟先生传》之类的文人自传,《毛颖传》《种树郭橐驼传》之类的寓言传,《圬者王承福传》《梓人传》之类的下层人物传,以及《陈子昂别传》《冯燕传》《长恨歌传》等。《唐文粹》精选传体文 1 卷 12 篇,并分为假物(《毛颖传》《下邳侯革华传》《容成侯传》)、忠烈(《李绅传》《杨烈妇传》《窦烈女传》)、隐逸(《江湖散人传》《负苓者传》)、奇才(《李贺小传》)、杂伎(《梓人传》《郭橐驼传》)、妖惑(《李赤传》)6 类,类别更为清晰,代表性更强。这类传体文《宋文鉴》收录 2 卷 17 篇,《元文类》收录 2 卷 11 篇,社会上各类普通人物入传更为普遍,说明历经唐宋元三代,文人作传在文坛上逐渐争得了一席之地。

(四)判

唐代吏部选拔官吏,须考核身(体貌)、言(言辞)、书(楷法)、判(文理)4 项,因此四六判文的写作成为入仕的基本能力之一。《文苑英华》依照案件性质分门、事由立题,分乾象、律历、岁时、雨雪、傩、水旱、灾荒、礼乐、乐、师学、勤学、惰教、师殁、直讲、教授、文书、书数、投壶、选举、礼贤、祭祀、丧礼、刑狱、田农、田税、沟渠、堤堰、陂防、户贯、帐籍、商贾、佣赁、拜命、职官等 70 余类,共计收录判文 1000 余道,内容涉及社会生活各领域,可谓洋洋大观,体现出唐代判文写作的普遍性。《唐文粹》因不收骈体而舍去判文。宋代承袭唐制,《宋文鉴》设有"书判"类,虽仅收文 8 道,仍备此一体。此外宋代还有书判总集《名公书判清明集》刊印流传,则判文在唐宋时期亦确立其地位。

(五)题跋

题跋之体,源于书画的跋尾和题为"书后""读某"的短文,唐代尚无专门创作,故《文苑英华》和《唐文粹》均无此类。欧阳修撰有"杂题跋"1 卷及《集古录跋尾》10 卷,此后题跋文崛起宋代。这类短文考订学术,评论艺文,抒怀寄慨,生动活泼,宋元文人多有所作,且数量巨大,仅宋代就不少于五六千首。《宋文鉴》首次设立"题跋"类目,收录欧阳修、王安石、苏轼、黄庭坚等 22 家作品 46 首;《元文类》亦立"题跋"类,收录吴澄、袁桷、虞集等作品 22 首。则题跋作为一类新兴文体,已为宋元文坛认可。

(六)上梁文、乐语

这是宋代分别用于民间或宫廷的两种通俗文体。"上梁文"为工师上梁时的致辞:"世俗营构宫室,必择吉上梁,亲宾裹面杂他物称庆,而因以犒匠人,于是匠人之长,以面抛梁而诵此文以祝之。其文首尾皆用俪语,而中陈六诗。诗各三句,以按四方上下,盖俗礼也。"①"乐语"为优伶献伎之辞,也称致语:"宋制,正旦、春秋、兴龙、地成诸节,皆设大宴,仍用声伎,于是命词臣撰致语以畀教坊,习而诵之;而吏民宴会,虽无杂戏,亦有首章:皆谓之乐语。"②乐语体制颇为复杂,但亦由俪语和七律诗句组成,亦被视为俗体。③《宋文鉴》立上梁文、乐语二类收录范文,确认其地位。

(七)札子

"札子"是北宋时期出现的官府文书的一种,介于表、状之间。

---

① 徐师曾《文体明辨序说》,人民文学出版社,1962 年,第 169 页。
② 同上书,第 170 页。
③ 参见任竞泽《宋代文体学研究论稿》第十章,商务印书馆,2011 年,第 278—288 页。

《文体明辨序说》:"札独行于宋,盛于元,有叠副提头画一之制,烦猥可鄙;然以吕祖谦之贤而亦为之,则其习非一日矣。"①北宋的札子分上行与下行两种:前者多用于上奏或长官进言议事,如王安石《上本朝百年无事札子》、陆游《上二府论事札子》等;另一种相对来说较为少见,程元凤拜呈提举郎中的《翰况帖》札子则是上司发号指令的下行公文。北宋的公文札子到了南宋逐渐演化成一种书信形式。《圣宋名贤五百家播芳大全文粹》收录"札子"多为上行公文,如卷五五收录熊子复《贺左丞相书成转官札子》《贺丞相生日札子》《被召谢丞相札子》,颇类"贺启""谢启"之作;而《上总领札子》《上太守札子》《上太师诗文札子》等则多用于上奏或进言议事。

(八) 牒

周南瑞《天下同文集》卷二三收录卢挚《移岭北湖南道肃政廉访司乞致仕牒》一文,标注为"牒"类。"牒"又称公牒、平牒。早在汉代就已经出现这种公文文体。《文心雕龙·书记》云:"牒者,叶也。短简编牒,如叶在枝……议政未定,故短牒咨谋。"②魏晋时期,各不相属的官府之间多用牒文磋商政事。唐宋时期,牒已经成为重要的公文文体。宋朝六部之间往来文移多用公牒。据《元典章》记载,元代平牒一般用于不相隶属、品级相当差三级之内的官员进行公务联系③。《天下同文集》以卢挚一篇牒文独为牒体一类,在一定程度上丰富了总集收录的公文文体类别。

---

① 徐师曾《文体明辨序说》,人民文学出版社,1962年,第128—129页。
② 刘勰《文心雕龙·书记》,詹锳义证《文心雕龙义证》,上海古籍出版社,1989年,第959页。
③ 《元典章》卷十四《吏部八·公规二·行移》"品从行移等第"条记载:"照得诸外路官司不相统摄应行移者,品同,往复平牒。三品于四品、五品并今故牒,六品以下皆旨挥;回报者,四品牒上,五品牒呈上,六品以下并申。其四品于五品往复平牒,于六品、七品今故牒,八品以下旨挥;回报者,六品牒呈上,七品以下并申。五品于六品以下今故牒;回报者,六品牒上,七品牒呈上,八品以下并申。六品于七品往复平牒,于八品今故牒;回报者,八品牒上,九品牒呈上。其七品于八品,及八品于九品,往复平牒。七品于九品今故牒,回报者牒上。即佐官当司有应行移往复者,并比类品从。职虽卑,并今故牒;应申,并咨。"(《元典章》,中华书局、天津古籍出版社,2011年,第514页)

(九)青词、劝农文

"青词"原为道教斋醮时上奏天神的祝文①。汉代道教繁盛,逐渐产生了祭祀、斋戒时专用的祝文。唐之前,这种道教斋醮祝告之文称"章"②,玄宗时期(天宝初年)改称青词。中晚唐至宋,青词创作大胜。据统计,唐人青词240余首,宋人青词1400余首③。与此同时,青词文体趋于定型。《圣宋名贤五百家播芳大全文粹》选录宋人"青词"4卷,即是对唐宋新出的俗文体的关注。

作为传统农业大国,中国很早就形成了劝农制度。"劝农"一词最早见于汉代。《汉书》记载汉文帝曾多次下劝农诏④,地方官员往往肩负劝农职责⑤。事实上,早在《诗经》时代即有相关劝农主题诗歌流传。较早以"劝农"为题的劝农诗要数陶渊明的《劝农》组诗,其后苏轼、苏辙皆有应和陶渊明之作。相对来说,劝农文出现较晚。地方官员担负劝农之责,故多有劝课农桑、谕告百姓之文,这种劝勉督进之作,逐渐形成一种新的文章体类。在宋代,劝农文尤盛,朱熹、陆游等皆有作品留世。《圣宋名贤五百家播芳大全文粹》收录张敬夫、朱熹等人劝农文9篇。

上述各种文体(类)都是唐宋时期产生和流传的新兴文体,经由《文苑英华》《唐文粹》《宋文鉴》《圣宋名贤五百家播芳大全文粹》

---

① 《文体明辨序说》:"按陈绎曾云:'青词者,方士忏过之词也,或以祈福,或以荐亡,唯道家用之。'其谓密词,则释道通用矣。"(徐师曾《文体明辨序说》,人民文学出版社,1962年,第172页)

② 《隋书·经籍志》:"消灾度厄之法,依阴阳五行数术,推人年命书之,如章表之仪,并具贽币,烧香陈读。云奏上天曹,请为除厄,谓之上章。"(魏徵、令狐德棻《隋书》卷三五,中华书局,1973年,第1092页)

③ 张海鸥、张振谦据《全唐文》《全唐文补遗》《全宋文》《文渊阁四库全书》及散存的宋人别集统计所得,见《唐宋青词的文体形态和文学性》,《文学遗产》2009年第2期。

④ 班固《汉书·文帝纪》:"诏曰:'农,天下之本,务莫大焉。今廑身从事,而有租税之赋,是谓本末者无以异也,其于劝农之道未备。'"(班固撰,颜师古注《汉书》卷四,中华书局,1962年,第125页)

⑤ 班固《汉书·平帝纪》载:"大司农部丞十三人,人部一州,劝农桑。"(班固撰,颜师古注《汉书》卷十二,中华书局,1962年,第351页)

《天下同文集》等总集立类而确立了其在文体大家庭的地位,并在后世得以继续发展。

(十)词

从上文列举的宋元分体编录类总集的文体类目来看,每一部总集所设置的文体类目大致反映出一个时期文体发展的总体情况。《唐文粹》《宋文鉴》《元文类》等总集在编纂之时,即以"一代之书"为目标,因此如何通过作品的选录和文体类目的设置来反映一代文学盛况,则显得尤为重要。一定时期内,新兴的文体类型,因创作兴盛,名家辈出,且在传播与接受中,逐渐得到社会认可,一般都会在分体编录的总集中有所体现,这点前文已述。当然,一部总集是否选取某一文体,原因错综复杂,或循总集文体分类传统,或受当下文体观念影响,还与编者的主观倾向和价值判断有关。唐宋元时期新兴文体中,也有少数特例被排除在这些总集之外,最典型的就是词体。

成熟于晚唐而大盛于两宋的词体,无疑是这一时期最为耀眼的新兴文体,但由于传统的"词为小道"观念,宋元的几部权威性总集均未将其列为类目,这无疑反映出编者的局限性。成书于北宋初年的《文苑英华》,是距离晚唐五代词体成熟时期最近的一部分体编录类总集。《文苑英华》选文非常关注新兴文体,如它首次将判文作为独立文体收录在集,有意将歌行与乐府区别开来。然其未收录晚唐五代新兴之词体,甚至于序文之中亦不置一词。《文苑英华》不收录词体,与北宋初期的上层文化特征、文化矛盾心理以及词体本身的文体特性和文体发展有关。① 北宋初年,出于维护儒学雅文化正统地位的需要,词体当时尚未赢得人们的重视,当然也不具备独立成体的资格。北宋时期,词体尚未脱离音乐而作为一种独立的案牍化

---

① 何水英《"分体编录"型文学总集不录词体辨——以〈文苑英华〉为例》,《新世纪图书馆》2009 年第 4 期。

文学,其与传统的诗歌文体仍有比较大的差异,尚未形成明确的词体意识,故《文苑英华》不予收录。第一次将词作为文体,按体选的诗文总集为江钿《圣宋文海》。《宋文海》原120卷,现仅存6卷。晁公武《郡斋读书志》载:"皇朝江钿编。辑本朝诸公所著赋、诗、表、启、书、论、说、述、议、记、序、传、文、赞、颂、铭、碑、制、诏、疏、词、志、挽、祭、祷文,凡三十八门。虽颇该博,而去取无法。"①从晁氏记载可知,此书录有词。其后,宋孝宗、周必大以《宋文海》编次"殊无伦理",与"一代之书"标准相距甚远,故命吕祖谦"专取有益治道"之文,重新编次成集。② 吕祖谦注意到《宋文海》选文颇有偏漏,故请求对此书"一就增损"③,编成《宋文鉴》150卷。《宋文海》一些文体如词、志、挽、祷文等,《宋文鉴》不再设立成体。政治目的和御用色彩浓烈的《宋文鉴》,在作品选择上自然细甄精拣。从这个角度来说,几乎不承担任何政教伦理功用的词体作品,难入选家法眼。《宋文鉴》弃词而不录,一方面是源于《文苑英华》类诗文总集不录词之传统,另一方面亦是其"有益治道"的编纂目的和选录标准的直接反映。宋代《文苑英华》《唐文粹》《宋文鉴》等诗文总集皆不录词,《宋文海》虽立词为类,惜其久佚,待及《宋文鉴》重新编次时径删词而不录。

分体编录的诗文总集不录词体的传统于《文苑英华》遂已确立。宋代文章总集对词体录与不录的这一过程,反映了人们对词体体性的探索、辨析、接受的漫长历程。后世断代诗文总集如《宋文鉴》《元文类》《明文衡》《清文颖》等皆沿袭之,不录词体。

《天下同文集》是现存的第一部立词为体的诗文总集,集中卷四八至卷五十选录卢挚、姚云、王梦应、颜奎、罗志仁、詹玉、李琳词

---

① 晁公武撰,孙猛校证《郡斋读书志校证》卷二〇,上海古籍出版社,2011年,第1071页。
② 吕乔年《太史成公编〈皇朝文鉴〉始末》,吕祖谦编《宋文鉴》,中华书局,1992年,第2117页。
③ 吕祖谦《吕祖谦奉圣旨铨次札子》,同上书,第2120页。

作 25 首。周南瑞所录作家兼顾南北,词作风格亦南北融合,这是元代前期"混一"的盛世文化心态,通过编纂总集来肯定和总结本朝文学实绩功能的体现。周南瑞选录雅词,则是其崇尚浑厚深重、格高雅正作品的时代需求和个人文学理想的双重结果。《天下同文集》本身亦有推崇词体的意识。北宋众多词集中,未见以词命名者。南宋时期,《乐府雅词》《绝妙好词》等词集编纂流传。可见,明确的词体意识在南宋已然盛行。且伴随着词体的雅化与诗化,词在文体功能上与诗体差异逐渐缩小。《天下同文集》将词收录集中,跟南宋以来词体意识的确立不无关系。将词作为独立的文体置于诗、文、赋诸体之列,则有从文体上为词立类之意,彰显了词体独立的文体性质,这在总集文体分类史上具有重要意义。《天下同文集》词体次于卷末,且以雅词为限,可见周南瑞秉持作品浑厚深重、格高雅正的收录标准,强调词具有情归雅正的诗教功能。此种抬高词体的策略,在元代则有推尊词体的"复雅"之意。

宋元时期诗文总集不录词体,虽为通例,但同时期大量的词别集、总集、丛刊以及词话、评论等,依然见证了这"一代文体"的辉煌。曲体的情况也与词体相似,它们都要到明代才得以在诗文总集中立类。吴讷《文章辨体》明确地将"近代词曲"列为一体,收录在《外集》中。徐师曾《文体明辨》附录卷三录"诗余"为体。吴、徐二书皆以辨体为编纂目的,重在文章体裁的源流、种类以及体质规定的辨析,选文立体求全求备。吴、徐二书录词不入《正集》,编次于《外集》、附录之中,这与词体的文体特性以及古人对词体价值的判断亦有很大关联。这里也可见出《天下同文集》录词标准、编次体例以及词体观念对于二集的影响,此不赘述。

二、传统文体的演变和扩容

当新兴文体不断在文坛亮相和得到确认的同时,六朝定型的传统文体也在演变和进一步扩容之中,主要有以下几类。

(一) 诗

诗是最古老的文体之一,在长期的演变发展过程中,其题材、体制不断扩展。初唐时期成熟定型的律诗体制,更是诗体演进中的重要里程碑。其后,古体、近体的分野逐渐清晰,乐府、杂体等专类也基本定型,古代诗歌的体制趋于完备。承袭《文选》"诗"类下以题材区分二级类目的传统,《文苑英华》"诗"类180卷,下亦列子目28类(天部、地部、帝德、应制、应令、应教、省试附州府试、朝省、乐府、音乐、人事、释门、道门、隐逸、寺院附塔、酬和、寄赠、送行、留别、行迈、军旅、悲悼、居处、郊祀、宿斋、祠堂、花木、禽兽),同时分列"歌行"类20卷,下列子目24类(天、四时、仙道、纪功、征戍、音乐、酒、草木、书、图画、杂赠、送行、山、石、隐逸、佛寺、楼台宫阁、经行、兽、禽、愁怨、服用、博戏、杂歌)。方回《瀛奎律髓》专选两代五七言近体律诗50卷,分登览、朝省、怀古、风土、升平、宦情、风怀、宴集、老寿、春日、夏日、秋日、冬日、晨朝、暮夜、节序、晴雨、茶、酒、梅花、雪、月、闲适、送别、拗字、变体、着题、陵庙、旅况、边塞、宫闱、忠愤、山岩、川泉、庭宇、论诗、技艺、远外、消遣、兄弟、子息、寄赠、迁谪、疾病、感旧、侠少、释梵、仙逸、伤悼49类。《唐文粹》"诗"类9卷,下分为古调(古今乐章、琴操、楚骚体、效古诗)、乐府辞(下分细目)、古调歌篇(下分细目)3类,全收古体诗。至《宋文鉴》收录诗19卷,则分为四言、乐府歌行、五言古诗、七言古诗、五言律诗、七言律诗、五言绝句、六言绝句、七言绝句、杂体、骚11类,这就奠定了诗歌依体制分类的标准框架。《元文类》中诗体仿此,分四言诗、五言诗、乐府歌行、七言古诗、杂言诗、杂体诗、五言律诗、七言律诗、五言绝句、七言绝句等类。至此,诗歌按题材和体制类分,这两种二级分类均已达到完备。

(二) 赋

赋是与诗并列的传统文体,其发展历经汉魏古赋、六朝骈赋,至唐代更因用于科举而演变成律赋,一时间达于极盛,宋代则又因受古文影响而形成文赋。赋体的这一演变过程在总集中都得到了体现。《文苑英华》"赋"类即收录有各体赋作,包括大量律赋(凡注明"以某某为韵"的大多为律赋)。章樵重新编次《古文苑》时,将赋分为"宋玉赋""汉臣赋""杨雄赋""赋十一首"①4 类,整体上以时间先后编次作品,以作者身份区别分类。《唐文粹》因排斥今体而只收古赋。至《宋文鉴》则设"赋"与"律赋"两类,前者包括古赋、骈赋、文赋诸体,后者则将律赋作为考试文体的独立地位更加彰显出来。元代更有祝尧《古赋辩体》系统辨析各类赋体并予以定名,为赋体的演变做了总结。

(三) 序

序文起源甚早,先秦时各类著述多有序文说明作者之义,至六朝则文集序渐盛,唐宋序文更有长足的发展。《文苑英华》收录序文 40 卷 600 篇之多,分为文集、游宴、诗集、诗序、饯送、赠别、杂序 7 类。其中除传统的诗文集序外,饯送一类就占半数以上,达 320 余篇。它实际是饯送诗序,因饯别赋诗成帙而为序,并突破交游别离的局限,抒怀抱,垂训诫,议论横生,后来居上,成为序文的主要类别之一,后清人将其与赠别类合称"赠序"。《宋文鉴》收录序文 8 卷,"赠序"类亦占很大比重,并又衍生出阐发取字缘由的"字序"一类。序文诸体至此也基本完备。

(四) 论

论文同样起源颇早,贾谊《过秦论》为早期名篇,魏晋后辨析名理、佛老交锋之论亦甚发达,《文选》选录论 13 篇,另有史论 9 篇。唐代论文续有发展,《文苑英华》收录"论"类 22 卷近 200 篇,分为天、道、阴阳、封建、文、武、贤臣、臣道、政理、释、食货、兄弟、宾友、刑赏、医、卜相、时令、兴亡、史论、杂论共 20 类,而"兴亡"和"史论"2 类近 80 篇,数量最多。宋人尚议论,论体又被作为宋代科举的主要文体之一,南宋更发展为专门的"论学",论文的写作更为广泛。《宋

---

① 《古文苑》卷二一《杂赋》收录残阙赋作 13 首,此处不论。

文鉴》收录"论"类 8 卷近 70 篇,而《论学绳尺》之类的试论选本更多,论体在唐宋两代得到了迅速的发展。

(五) 碑志

碑志虽是六朝传统文体,但当时所作不多,《文选》"碑文"类仅载 5 篇,包括墓碑和寺庙碑 2 体,而"墓志"类仅收 1 篇。唐宋以降,碑志文勃兴,数量大增,种类繁多。《文苑英华》"碑"类凡 90 卷,包括封禅、德政、纪功、寺观、陵庙、祠堂等 14 目;"志"类(即墓志)34 卷,包括皇亲、宰相、职官、杂、妇人 5 目;另有"墓表"类 1 卷。《唐文粹》"碑"类还包括庙记、庙碑、碑阴、庙文、碣、塔记等目。《宋文鉴》收录墓志 6 卷、墓表 1 卷、神道碑 4 卷,《元文类》除"墓志""墓表""神道碑"外,另有"墓碣"1 类。此外,元代潘昂霄著有专著《金石例》10 卷,详述各类碑志文源流和体式,并以韩愈作品为范例。可见,碑志文在唐宋元三代已蔚成大国。

(六) 诏册、奏疏

这是朝政使用的下行、上行公文。下行公文《文选》有"诏"和"册"两类,收入《文苑英华》的唐代此类公文分"中书制诰"和"翰林制诏"两大类,"中书制诰"有 20 项子目(北省、翰院、南省、宪台、卿寺、诸监、馆殿附监官、环卫、东宫、王府、京府、诸使、郡牧、幕府、上佐、宰邑、封爵、加阶、内官、命妇),"翰林制诏"有 10 项子目(赦书、德音、册文、制书、诏敕、批答、蕃书、铁券文、青词、叹文),总计 92 卷。《宋文鉴》中则分为"诏""敕""赦文""御札""批答""制""诰"7 类。上行公文《文选》有"表""上书""笺""奏记",《文苑英华》则为"表""笺""疏""状",每类多有子目,共计 95 卷;《宋文鉴》列为"表"和"奏疏",《元文类》则为"表"和"奏议"。从中可见唐宋元三代公文使用文体的嬗变及作品的繁富。

三、部分传统文体的衰亡

文体有新生,也有衰亡。唐宋元时期,六朝部分传统文体逐步走向衰亡,在相关总集中失去了它们的位置。如《文选》所收录的"七"体,是六朝时期颇为流行的文体,《文心雕龙·杂文》篇中也专论"七"体。但唐宋以后,此体少有创作,《文苑英华》以下诸总集均不立"七"类。如《文苑英华》收录《七契八首》(梁昭明太子)、《七励八首》(梁简文帝)以及《七召八首》,属于"杂文"体下"问答"类。又如《文选》有"符命"类,收录朝廷祭祀大典之文,《文心雕龙》则设《封禅》篇专论;《文苑英华》"杂文"类收录拟作一篇,《唐文粹》则归入"颂"类,《宋文鉴》以后也不见再收,可见唐宋以后其重要性明显下降了。再如《文选》中所立"令""教""难""设论""辞"等,在《文苑英华》之后诸总集中也都不再出现,说明这些文体或归并入相近体类,或趋于消亡。如《文选》"史论""史述赞"剪截《汉书》《晋纪》《后汉书》《宋书》成文,《文选补遗》将"史论"更名为"史叙论",将"史述赞"并入"赞"体。卷二六"史叙论"选录《史记》中《六国年表》《汉兴以来诸侯年表》《建元以来侯者年表》《建元以来王子侯者年表》《外戚世家》《货殖列传》《孟子荀卿列传》《儒林列传》《日者列传》《酷吏列传》《游侠列传》《滑稽列传》12篇。卷三八"赞"体从《史记》节录《燕世家赞》《韩世家赞》《孔子世家赞》《张良世家赞》等赞语20条。① 而所有这些,都是唐宋元时期文体类分新态势在大型总集中的具体体现。

第二节 文体类聚的新格局

六朝时期形成的文体类聚主要有两种:一是基于韵、散的"文笔之分",二是基于骈、散的今体、古体之分。二者又相互交错,构成了唐前文体类聚的基本脉络。而详考其类聚的基础,都是依据文体使

---

① 参见蒋旅佳《文献辑补、文体批评与文章功用——广补〈文选〉类总集的编辑维度与观念价值考察》,《中国文学研究》2023年第4期。

用的语言体式。唐宋元时期,一方面拓展了基于表达方式等新途径的类聚探索;另一方面,基于语言体式的类聚又有新发展,并逐步形成稳固的新格局。

一、文体类聚新途径的探索

语言体式是文体的基本表现形态之一,根据使用语言体式的相同或相似来类聚文体,显然是一条最基本的途径。然而在此之外的新途径的探索,也一直在进行之中。宋代真德秀的《文章正宗》和元代郝经的《原古录》《文章总叙》,就开辟出这样的文体类聚新途径。

(一)《文章正宗》:以表现方式类聚文体

记叙、议论、抒情、说明等,是古今文章展开其内容最常用的表现方式,古代文体论中阐述各类文体功能特点时也常分别使用,但集中将其作为类聚文体的方法,则始于宋代真德秀所编总集《文章正宗》。

作为朱熹理学思想的追随者,真德秀编纂《文章正宗》有其鲜明的宗旨,《文章正宗·纲目》开宗明义即称:"正宗云者,以后世文辞之多变,欲学者识其源流之正也。"真氏认为流行的《文选》《文粹》均未达此标准。而"士之于学,所以穷理而致用","故今所辑以明义理、切世用为主,其体本乎古、其指近乎经者,然后取焉,否则辞虽工亦不录"。[①] 随后,他对所收"辞命""议论""叙事""诗赋"四类文章的源流及收录标准一一进行阐述。

关于"辞命",真氏指出王言为"文章之施于朝廷、布之天下者,莫此为重"。他强调圣人经书不应与后世文辞同录,说明《文章正宗》所录为"《春秋》内外传所载周天子谕告诸侯之辞、列国往来

[①] 《文章正宗》卷首,《景印文渊阁四库全书》集部第1355册,台湾商务印书馆,1983—1988年,第5页。《文章正宗》分正、续二集,《正集》24卷,收录宋以前诗文,前有绍定五年(1232)真氏自撰《纲目》;《续集》为其晚年选评,尚未成书,阙"辞命""诗赋"二门,真氏去世后其弟子录得篇目及评语,并补选成书,刻之学宫。

应对之辞,下至两汉诏册而止","学者欲知王言之体,当以《书》之诰、誓、命为祖,而参之以此编,则所谓正宗者,庶乎其可识矣"。① 其选文涉及的文体有说、语、对、答、告、谕、书、论、责、争、会、盟、辞、命、昭、诏、策、问策、敕、玺书等。

关于"议论",真氏指出议论之文,或"发于君臣会聚之间",或"见于师友切磋之际,与凡秉笔而书、缔思而作者,皆是也"。他要求"以六经、《语》《孟》为祖",而取法《书》之"告君之体",还说明《文章正宗》所录为"《春秋》内外传所载谏争论说之辞,先汉以后,诸臣所上书疏、封事之属",以及"或发明义理,或敷析治道,或褒贬人物"之文,附以脍炙人口的"书记往来","学者之议论,一以圣贤为准的"。② 其选文涉及的文体有书、议、告、戒、规、原、读、解、辨、说、让、申、贺、责、奏、表、上书、疏、对策、封事、赞、移、赠序等。

关于"叙事",真氏指出:"叙事起于古史官,其体有二:有纪一代之始终者,《书》之《尧典》《舜典》,与《春秋》之经是也,后世本纪似之;有纪一事之始终者,《禹贡》《武成》《金縢》《顾命》是也,后世志记之属似之。又有纪一人之始终者,则先秦盖未之有,而昉于汉司马氏,后之碑志事状之属似之。"《文章正宗》所录为"《左氏》《史》《汉》叙事之尤可喜者,与后世记、序、传、志之典则简严者,以为作文之式"。③ 其选文涉及的文体有自序、问对、传、神道碑铭、庙碑、墓志铭、墓志、墓铭、圹铭、行状、逸事状、记、序等。

关于"诗赋",真德秀在《文章正宗·纲目》中论述曰:"古者有诗,自虞赓歌、夏五子之歌始,而备于孔子所定三百五篇。若《楚辞》则又《诗》之变,而赋之祖也。"真氏又根据朱熹关于古今诗有三变之论,说明《文章正宗》所录为"经史诸书所载韵语,下及《文选》古

---

① 真德秀《文章正宗·纲目》,《景印文渊阁四库全书》集部第1355册,台湾商务印书馆,1983—1988年,第5页。
② 同上书,第6页。
③ 同上。

诗,以尽乎郭景纯、陶渊明之作,自为一编,而附于三百篇、《楚词》之后,以为诗之根本准则;又于其下二等之中择其近于古者,各为一编,以为之羽翼舆卫。"关于诗之义理与性情之关系,真氏认为:"三百五篇之诗,其正言义理者盖无几,而讽咏之间,悠然得其性情之正,即所谓义理也。后世之作,虽未可同日而语,然其间兴寄高远,读之使人忘宠辱、去系吝,翛然有自得之趣,而于君亲臣子大义亦时有发焉,其为性情心术之助,反有过于他文者,盖不必颛言性命,而后为关于义理也。"①其选文涉及的文体有诗、箴、铭、颂、赞、乐歌、琴操等。

《文章正宗》以"明义理、切世用"的文章为"正宗",虽然也关注到诗歌讽咏性情的特点,但其选文标准与《文选》及类似系列总集明显不同。诚如四库馆臣指出的"大意主于论理而不论文","盖道学之儒与文章之士各明一义,固不可得而强同也"。真氏的道学家之论,遭到历来文章之士的诟病,因而"四五百年以来,自讲学家以外,未有尊而用之者,岂非不近人情之事,终不能强行于天下欤"。②然而,从文体学的角度着眼,《文章正宗》的文章四分法,却是真氏在文体分类辨析上的一大发明。

由于六经等一批儒家经典,是古代流传至今的最早的经过整理的文献,其中包含了文体的各种原始表现形态。真氏将各类文章的源头追溯到经典,并非其首创,但他独具慧眼,主要按照基本的表现方式将其分为四类,则是他的创见。其中"议论""叙事"两类极为清晰;"诗赋"各有独特功能,但其主要表现方式为抒情,真氏特为做了说明;"辞命"稍为复杂,它本身为功能类别,但主要表现方式为说明(宣示、告诫等)和议论。从今天的观念看,四类的立目在分类逻辑上不尽一致,但作为其基本着眼点的表现方式的区别还是清晰

---

① 真德秀《文章正宗·纲目》,《景印文渊阁四库全书》集部第 1355 册,台湾商务印书馆,1983—1988 年,第 6—7 页。
② 永瑢等《四库全书总目》卷一八七,中华书局,1965 年,第 1699 页。

的。这种不按使用语体而仅以主要表现方式类聚文章的途径,另辟蹊径,无疑是古代文章分类上的一大创新。相对于繁复的功能类分方法,它着眼于类聚,以简驭繁,更是一种颠覆,因而对后世产生了重大影响。李耆卿云:"真景元集《文章正宗》,分作四体:辞命一也,议论一也,叙事一也,诗赋一也,井然有条。"①元代刘壎评论称:"古今类编诗文如梁之《文选》、唐之《文粹》、宋之《文鉴》,虽篇帙浩博,可以考见累朝文字之盛,然俱无统纪。至近世真文忠公编类《文章正宗》,分为四门:曰辞命,曰议论,曰叙事,曰歌诗。去取有法,始为今书,足以垂训不朽。"②明人王立道论其分类云:"迨宋儒真德秀氏乃独于兹而究心焉。于是尽取古人之文……序以世次,体以类分,而总其凡例有四:为辞之不可以已也,故首之以辞命;为议之可以见天下之心也,故次议论;为古记事之别有史也,故次叙事;为诗所以言志也,故以诗赋终焉。夫则其辞命可以明民,法其议论可以尽变,效其叙事可以核故,模其诗赋可以章志。四体具而天下之文无余法矣。"③这里王氏高度赞扬真德秀《文章正宗》的分类依据、类目排列顺次及其用意,即注重"辞命"类文"明民","议论"类文"尽变","叙事"类文"核故","诗赋"类文的"章志"之用。王氏以为此选"四体"具备,而"天下之文无余法"。明代吴讷则称:"文辞以体制为先。……然《文粹》《文鉴》《文类》惟载一代之作,《文选》编次无序……独《文章正宗》义例精密,其类目有四:曰辞命,曰议论,曰叙事,曰诗赋。古今文辞,固无出此四类之外者",当然它也有"每类之中,众体并出,欲识体而卒难寻考"的缺点。④

真氏之后,依其选文标准编纂总集的并不多见,但循其类聚文体的思路继续进行探索的则大有人在。明代李天麟《词致录》,分汉晋

---

① 李涂《文章精义》,人民文学出版社,1998年,第72页。
② 刘壎《隐居通议》卷十三,中华书局,1985年,第139页。
③ 王立道《拟重刊〈文章正宗〉序》,《具茨文集》卷四,《景印文渊阁四库全书》集部第1277册,台湾商务印书馆,1983—1988年,第802—803页。
④ 吴讷《文章辨体凡例》,《文章辨体序说》,人民文学出版社,1962年,第9页。

至宋四六词命之文为"制词""进奏""启札""祈告""杂著"5门,清代李兆洛《骈体文钞》聚文章为"庙堂之制、进奏之篇""指事述意之作""缘情托兴之作"3类,曾国藩《经史百家杂钞》聚文体为"著述""告语""记载"3门,都直接受到《文章正宗》四分法的影响。

(二)《原古录》《文章总叙》:以经典为纲类聚文体

"文源五经"论是六朝文体学的传统观念,刘勰、颜之推等都有明确的阐述。① 但他们强调的是经典为各体文章的源头,并列举若干文体为例,而并非为每部经典和每种文体找出一一对应的关系。上述《文章正宗》也主要是从源流立论,说明四种文类的源流关系。而真正为经典和后世每种文体建立起严密的谱系,并以此来类聚文体的,则是元初名儒郝经。郝经于至元三年(1266)编成收录先秦至宋元文章的总集《原古录》,可惜已亡佚,但《原古录序》存于其文集《陵川集》内;郝氏又于至元九年(1272)撰成史籍《续后汉书》,其中"文艺"类卷首有《文章总叙》一篇,分类详述诸文体。《原古录序》和《文章总叙》的共同特点是以经典类聚文体。

《原古录序》开首即从文道关系切入,提出"道非文不著,文非道不生。自有天地,即有斯文,所以为道之用,而经因之以立也"。郝氏认为:"古今文章,皆经之所出,万言千论不能有以外,而莫能及焉。为之群分类聚,论定区别,以稽其变,益见经之大。"而儒家经典中,郝氏突出"四经",所谓"于是乎推本四象,贯三为一,尽兼天地之文。元、亨、利、贞,乾有四德;直、方、大、利,坤有四体;仁、义、礼、智,性有四端;《易》《书》《诗》《春秋》,而人有四经"。他详考历代

---

① 刘勰《文心雕龙·宗经》:"故论、说、辞、序,则《易》统其首;诏、策、章、奏,则《书》发其源;赋、颂、歌、赞,则《诗》立本;铭、诔、箴、祝,则《礼》总其端;纪、传、盟、檄,则《春秋》为根。"(刘勰撰,詹锳义证《文心雕龙义证》,上海古籍出版社,1989年,第78—79页)颜之推《颜氏家训·文章》:"夫文章者,原出五经:诏、命、策、檄,生于《书》者也;序、述、论、议,生于《易》者也;歌、咏、赋、颂,生于《诗》者也;祭、祀、哀、诔,生于《礼》者也;书、奏、箴、铭,生于《春秋》者也。"(颜之推撰,王利器集解《颜氏家训集解》,中华书局,1993年,第237页)

经与文的发展历程,提出"自源徂流,以求斯文之本,必自大经始。溯流求源,以征斯文之迹,众贤之书不可废也"。① 据此,郝氏将各种文体与四部"大经"一一对应,阐述全书体例称:

> 其体则各附于其类。以其皆本于经,故各附于经:如原、序、论、评、辨、说、解、问、对、难、读、言、语、命,十有四类,皆义理之文,《易》之余也,故为《易》部;国书、诏、赦、册文(哀谥册、告南郊昊天上帝封禅册)、制、制策、令、教下、记、檄、书、疏、表、封事、奏、奏议、笺、启、状、奏记、弹章、露布、牒,二十有三类,皆辞命之文,《书》之余也,故为《书》部;骚、赋、诗、联句、乐府(乐章)、歌、行、吟、谣、篇引、词、曲、长句、杂言、律诗(绝句),十有五类,皆篇什之文,《诗》之余也,故为《诗》部;碑、铭、符命、颂、箴、赞、记、纪、传、志录、墓表、墓铭、墓碣、墓志(坟版、墓版、权厝、志、志文、圹铭、殡志、归祔志、迁祔志、盖石文、墓砖记、坟记、葬志)、诔、述、行状、哀辞、杂文、杂著,二十类,皆纪事之文,《春秋》之余也,故为《春秋》部。凡四部,七十有二类,若干篇,若干卷。部为统论,类为序论,目为断论。凡立说之异同,命意之得失,造道之浅深,致理之醇疵,遣辞之工拙,用字之当否,制作之规模,祖述之宗趣,机杼之疏密,关键之开合,音韵之疾徐,气格之高下,章句之声病,粗凿巨细,远近鄙雅,皆为论次,本之大经,以求其原。②

由此,《原古录》以四"大经"《易》《书》《诗》《春秋》为四部,统摄72类文体,并对其逐一进行了详细"论次",可惜已难见到这些评论,但全书体系格局已一目了然。

郝氏于六年后撰成的《文章总叙》,仍以此四部类聚文体,只是各部文体有所归并缩减(因论后汉文章,六朝以后文体一般不

---

① 郝经《原古录序》,《陵川集》卷二九,山西古籍出版社,2006年,第989—999页。
② 同上书,第996—997页。

入),共58类,但整体格局一如《原古录》。其四部前均有总述称:

【易】昊天有四时,圣人有四经,为天地人物无穷之用,后世辞章,皆其波流余裔也。夫繇、彖、象、言、辞、说、序、杂,皆《易经》之固有;序、论、说、评、(辨)[辩]、解、问、对、难、语、言,以意言明义理,申之以辞章者,皆其余也。①

【书】书者言之经,后世王言之制,臣子之辞,皆本于书。凡制、诏、赦、令、册、檄、教、记,诰誓命戒之余也;书、疏、笺、表、奏、议、启、状,谟训规谏之余也;国书、策问、弹章、露布,后世增益之耳。皆代典国程,是服是行,是信是使,非空言比,尤官样体制之文也。②

【诗】《诗经》三百篇,《雅》亡于幽、厉,《风》亡于桓、庄,历战国先秦,只有诗之名,而非先王之诗矣。本然之声音,郁湮喷薄,变而为杂体,为骚赋,为古诗,为乐府,歌、行、吟、谣、篇、引、辞、曲、琴操、长句、杂言,其体制不可胜穷矣。③

【春秋】《春秋》《诗》《书》,皆王者之迹,唐虞三代之史也,孔子修经,乃别辞命为《书》,乐歌为《诗》,政事为《春秋》,以为大典大法,然后为经,而非史矣。凡后世述事功,纪政绩,载竹帛,刊金石,皆《春秋》之余,无笔削之法,只为篇题记注之文,则自为史,而非经矣。④

这就将四经和诸体的源流关系阐述得更为清晰。而其对各体的详细评述,恰好可补前书佚失之正文。将《原古录序》和《文章总叙》结合起来,可以较完整地见到郝经以经典为纲类聚文体的思路。

以郝氏的"四部"(《易》部"义理之文"、《书》部"辞命之文"、《诗》部"篇什之文"、《春秋》部"纪事之文"),与真氏"四类"(辞命、

---

① 郝经《文章总叙》,《续后汉书》卷六六上上,齐鲁书社,2000年,第847页。
② 同上书,第850—851页。
③ 同上书,第859页。
④ 同上书,第863页。

议论、叙事、诗赋)相对照,虽然二者立目有所不同,而内涵基本是一致的。郝氏或许受到《文章正宗》的影响,但他首创以四"大经"立类,统系全部文体,构成自具特色的文体谱系,还是有其鲜明的特色,是文体学发展史上类聚文体的又一种探索。明代黄佐的《六艺流别》正是在其基础上,构筑起以六经为本的更为细密的文体谱系。

二、文体类聚新格局的形成

上述两种分别以表现方式和以经典为纲类聚文体的探索,在文体学发展史上自然有其价值,但它们毕竟不是文体类聚的主流。唐宋元文坛上,占主流地位的仍然是以语言体式为基础的类聚形式,只是较六朝时期又有新的发展,即诗文分途逐渐形成,古今体式此消彼长,文体类聚逐步走向稳定,这成为唐宋元文坛文体类聚的总体趋势。

"文笔之分"先发展为"诗笔之分",再进而演变为"诗文之分"。六朝通行的"文笔"之语,至初唐仍常被使用,如刘知几《史通·自叙》云:"余初好文笔,颇获誉于当时。晚谈史传,遂减价于知己。"[1]随着唐代诗歌的日趋繁荣,"诗笔"之称更为流行。如殷璠《河岳英灵集》论陶翰称:"历代词人,诗笔双美者鲜矣。今陶生实谓兼之。"[2]又如窦蒙《述书赋注》云:"时议论诗,则曰王维、崔颢,论笔,则曰王缙、李邕。"[3]这两例中"诗笔之分"十分清晰。而赵璘《因话录》有云:"韩文公与孟东野友善。韩公文至高,孟长于五言,时号孟诗韩笔。"[4]这里既有"诗笔"对称,又有"诗文"对称。除"孟诗"外,"韩文""韩

---

[1] 刘知几《史通·自叙》,浦起龙通释《史通通释》卷十,上海古籍出版社,2009年,第272页。
[2] 殷璠编《河岳英灵集》卷上,傅璇琮、陈尚君、徐俊编《唐人选唐诗新编》(增订本),中华书局,2014年,第197页。
[3] 窦蒙《述书赋》下,张彦远辑录《法书要录》卷六引,上海古籍出版社,2013年,第145页。
[4] 赵璘《因话录》卷三,古典文学出版社,1957年,第82页。

笔"均指其古文。由于古文家多称其所作为"古文",亦称"文""文章",因此,无韵之文章不再称"笔"而称"文",而"文"也可不再包括诗,"诗文"遂并列使用,分别指有韵和无韵的作品,并逐步取代"诗笔""文笔"的用法。柳宗元《杨评事文集后序》有云:

> 文有二道:辞令褒贬,本乎著述者也;导扬讽喻,本乎比兴者也。著述者流,盖出于《书》之谟、训,《易》之象、系,《春秋》之笔削,其要在于高壮广厚,词正而理备,谓宜藏于简册也。比兴者流,盖出于虞、夏之咏歌,殷、周之风雅,其要在于丽则清越,言畅而意美,谓宜流于谣诵也。兹二者,考其旨义,乖离不合。故秉笔之士,恒偏胜独得,而罕有兼者焉。①

柳宗元用"著述""比兴"区分两大类文学,正是对应了"文"与"诗"的基本特点。欧阳修《答梅圣俞寺丞见寄》诗有云:"文会忝予盟,诗坛推子将。"②其《六一诗话》又云:"(赵师民)于文章之外,诗思尤精。"③而陈师道《后山诗话》则强调:"诗文各有体,韩以文为诗,杜以诗为文,故不工尔。"④二家均明确地将"文"(文章)与"诗"对举⑤。北宋后期张表臣《珊瑚钩诗话》称其"近作《示客》",应答客问"古今体制之不一",简述诗、文诸体的特点。先述诗体,分述风、赋、雅、颂、骚、辞、铭、箴、歌、谣、行、引、曲、吟诸体,并归纳称"吟咏情性,总合而言志谓之诗;苏李而上,高简古澹谓之古;沈宋而下,法律精切谓之律:此诗之语众体也";再述文体,分述制、诏、典、谟、训、诰、誓、命、教、令、敕、宣、赞、册、论、议、辨、说、记、纪、纂、策、传、序、碑、碣、诔、志、檄、移、表、笺、简、启、状、牒、露布、札子诸体,并归

---

① 柳宗元《杨评事文集后序》,《柳宗元集》卷二一,中华书局,1979年,第579页。
② 欧阳修《答梅圣俞寺丞见寄》,《欧阳修全集》卷五三,中华书局,2001年,第745页。
③ 欧阳修《六一诗话》,何文焕辑《历代诗话》上册,中华书局,1981年,第272页。
④ 陈师道《后山诗话》,同上书,第303页。
⑤ 参见王运熙、杨明《魏晋南北朝文学批评史》第二编第二章第一节"文笔说",上海古籍出版社,1989年,第203—206页。

纳成"青黄黼黻,经纬以相成者,总谓之文也"。① 这就清晰地划分了诗、文两大基本文体类聚的界线。

诗、赋历来是韵文的代表文体,自《汉书·艺文志》设"诗赋略"后,"诗赋"并称一直沿用。但箴、铭、颂、赞之类六朝韵文,至唐宋古文兴起后亦可用古文创作,不再用韵,因而逐渐被归入"文"的范畴。这样,"诗文之分"实际上是"诗赋"和"文章"之分。诗、赋两类韵文在唐宋时期进一步拓展其细类,并形成了完备的体制;加之律诗、律赋被用作科举文体,诗、赋始终为文坛关注的中心。同时,唐宋元时期又相继产生并崛起了新的韵文文体词和曲,并后来居上,迅速发展成为宋元两代的标志性文体。这样,历唐宋元三代,以诗、赋、词、曲为核心的韵文文体,以言志抒情为主要功能,成为今人所称的"纯文学"文体。

在"文"(文章)的领域,唐代韩愈首倡"古文",与讲究骈偶藻饰的"今文"分庭抗礼。经晚唐、宋初的此消彼长,欧阳修再倡的古文渐趋主导地位;同时,经革新的今文改称"四六",继续占据诏、诰、笺、启等应用文体,拓展至民间应用文体,并日益向专业化发展。古文和四六成为文章之体的基本类聚。由于科举考试的巨大影响,科举文体地位凸显,宋代用"时文"专指此类文体,尤以策、论、经义为核心形成特殊的类聚,而与古文和四六成鼎立之势。三者相对独立,又相互联系,不可截然分割。

至南宋后期及元代,新的文体类聚格局基本形成,并得到了文坛的认可。这首先体现在对部分作者文体成就的评价中。如孙德之《书刘改之词科进卷》有云:"夫文不难于工,而难体制之备。……盖文之有体,亦犹人之有体也。四体不备,不可以成人;众体不备,不可以为文。君之文不独辞藻之工,其大概高以体要为尚。其四六则

---

① 张表臣《珊瑚钩诗话》卷三,何文焕辑《历代诗话》上册,中华书局,1981年,第475—476页。

雅驯而工,散文则雄深而清,韵语则清新而壮。"①这里用"四六"、"散文"(即古文)、"韵语"概括刘过(改之)的各体作品。又如《鹤林玉露》引杨东山之语称:"文章各有体,欧阳公所以为一代文章冠冕者,固以其温纯雅正,蔼然为仁人之言,粹然为治世之音,然亦以其事事合体故也。如作诗,便几及李、杜。作碑铭记序,便不减韩退之。作《五代史记》,便与司马子长并驾。作四六,便一洗昆体,圆活有理致。作《诗本义》,便能发明毛、郑之所未到。作奏议,便庶几陆宣公。虽游戏作小词,亦无愧唐人《花间集》。盖得文章之全者也。"②欧阳修"文章之全"包括诗、古文(碑铭记序奏议)、四六、小词及经史著述,可见当时对文章类聚的大致区分。

文体类聚的新格局也体现在相关文论著作的论述和体例之中。如金代史家刘祁的《归潜志》论当时文体称:"文章各有体,本不可相犯,故古文不宜蹈袭前人成语,当以奇异自强。四六宜用前人成语,复不宜生涩求异。如散文不宜用诗家语,诗句不宜用散文言,律赋不宜犯散文言,散文不宜犯律赋语,皆判然各异。如杂用之,非惟失体,且梗目难通。然学者暗于识,多混乱交出,且互相诋诮,不自觉知此弊,虽一二名公不免也。"③其中论及的"判然各异"的文体类聚有古文、四六、诗、赋几类。又如元代学者刘壎的笔记名著《隐居通议》,广泛论及理学、经史、礼乐、地理等内容,而其中评诗论文达20卷,四库馆臣称其中"尤多前辈绪余,皆出于诸家说部之外,于征文考献皆为有裨,固谈艺者所必录也"④。而这20卷内容分为古赋、诗歌、文章(即古文)、骈俪(即四六)四部分,说明这当是其时文坛认可的主要文体类聚。而元代文论家陈绎曾著有《文筌》一书,详论作文之法,其内容包括《古文谱》、《四六附说》(即四六谱)、《楚赋谱》《汉赋谱》《唐赋附说》

---

① 曾枣庄、刘琳主编《全宋文》第334册,上海辞书出版社、安徽教育出版社,2006年,第173页。
② 罗大经《鹤林玉露》丙编卷二,上海古籍出版社,2012年,第163页。
③ 刘祁《归潜志》卷十二,中华书局,1983年,第138页。
④ 永瑢等《四库全书总目》卷一二一,中华书局,1965年,第1049页。

(三者即为赋谱),再将好友所作《诗谱》附于其后,即构成了古文、四六、赋、诗四谱组成的有较为严密体系的文体专著,其四大文体类聚恰与上述两位金、元学者的意见相同。可知在宋末元代,诗、赋、古文、四六的文体类聚格局已是文坛的共识。此外值得注意的是,词、曲和科举时文也是当时的主要文类,只是由于其地位低下,按照传统观念不入文章之流,因而正统文论少有论及而已。

总之,经过唐宋元三代文体类聚的变迁,"文笔"区分、今古对立的格局演变为诗文分途、多类并列的局面,并逐步定型。具体而言,韵文领域的诗、赋、词、曲和文章领域的古文、四六、时文,成为文坛的基本文体类聚,它们各自包含许多细类,走着相对独立的发展道路,并深深影响着明清两代的文体格局。

第三章　文学风格探索的拓展

中国古代文体学从形成到成熟，其研讨的主要对象始终有两项：一是文学的体裁、体类，一是文学的体貌、体性，现通称文学风格。因此，对各种文学体裁、体类的探讨，固然是古代文体学的主要任务，而对各种文学风格的研究，同样是古代文体学的重要内涵。古代文体学成熟的六朝时期，对文学风格的研讨已涉及风格与作家个性、风格与作品体制、风格与时代风会、风格与地理风情等广泛的领域。《文心雕龙》中《体性》《定势》《风骨》《通变》《时序》诸篇，集中阐释了风格理论，集六朝文学风格研究之大成。钟嵘《诗品》评述历代作家，着重从诗歌的体制风格方面论其特色和优劣得失，也是六朝风格论的巨著。

在此基础上，唐宋元三代的文学风格研究少有此类综论性质的阐述，更多的是从多个角度、用多种形式对文学风格进行深入的探索。这主要表现在时代风格论、作家风格论、流派风格论以及风格类型论几方面，文体风格则有破体之论，第一章中已论及，故不再列专节述论。

第一节　时代风格论

《文心雕龙·时序》提出："时运交移，质文代变，古今情理，如可言乎！"①并在历数各时代"质文代变"的情况后总结道："故知文变

---

① 刘勰《文心雕龙·时序》，詹锳义证《文心雕龙义证》，上海古籍出版社，1989年，第1653页。

染乎世情,兴废系乎时序,原始以要终,虽百世可知也。"①刘勰以文学史家的宏阔视野,考察了各时代文学体貌的历史变迁,总结了历代文风的基本特点,揭示出时代社会因素对文学发展的影响,从而为文学的时代风格论奠定了基础。

一、唐代史家的时代风格论

自从文学进入了史家的论述视野,探讨历代文学风格演变就成为史家的自觉追求,沈约《宋书·谢灵运传论》和萧子显《南齐书·文学传论》首开其例。史家对文学时代风格的宏观把握,也为探讨一时代的文学风貌提供了重要参考。唐代史学十分发达,二十四史中的八部正史就集中编纂于初唐时期,计有房玄龄等撰《晋书》,姚察、姚思廉撰《梁书》《陈书》,李百药撰《北齐书》,令狐德棻等撰《周书》,魏徵等撰《隋书》,李延寿撰《南史》《北史》。其中大多设有《文学传》或《文苑传》,前后各有《序》《论》,《周书》则有《王褒庾信传论》一篇,亦可看作其"文学传论"。继承六朝史家的传统,唐代史家对各时代文学体貌均有精彩的描述,对各时期代表作家多有精当的评论,在时代风格的研究上也多有拓展。这主要体现在两方面。

首先是接续宋、齐史论,对南朝梁、陈和北朝魏、齐、周诸朝以及隋朝的文学概貌和时代风格进行阐述。如《隋书·文学传序》概述梁、陈至隋的文学风会变迁称:"梁自大同之后,雅道沦缺,渐乖典则,争驰新巧。简文、湘东,启其淫放,徐陵、庾信,分路扬镳。其意浅而繁,其文匿而彩,词尚轻险,情多哀思。格以延陵之听,盖亦亡国之音乎!周氏吞并梁、荆,此风扇于关右,狂简斐然成俗,流宕忘反,无所取裁。高祖初统万机,每念斫雕为朴,发号施令,咸去浮华。然时俗词藻,犹多淫丽,故宪台执法,屡飞霜简。炀帝初习艺文,有

---

① 刘勰《文心雕龙·时序》,詹锳义证《文心雕龙义证》,上海古籍出版社,1989年,第1713页。

非轻侧之论,暨乎即位,一变其风。其《与越公书》《建东都诏》《冬至受朝诗》及《拟饮马长城窟》,并存雅体,归于典制。虽意在骄淫,而词无浮荡,故当时缀文之士,遂得依而取正焉。"①又如《周书·王褒庾信传论》则对历来少有人关注的北方文学做了全面梳理,尤其是西晋"中州版荡,戎狄交侵"以后直至北周朝的文学背景、历代文风及代表作家,进行了详细考察,并强调"文章之作,本乎情性",主张"以气为主,以文传意。……其调也尚远,其旨也在深,其理也贵当,其辞也欲巧"。② 而《隋书·经籍志》集部总序更是对《楚辞》产生以来文坛的风格演变做了贯通式的论述:

> 世有浇淳,时移治乱,文体迁变,邪正或殊。宋玉、屈原,激清风于南楚,严、邹、枚、马,陈盛藻于西京,平子艳发于东都,王粲独步于漳、滏。爰逮晋氏,见称潘、陆,并黼藻相辉,宫商间起,清辞润乎金石,精义薄乎云天。永嘉已后,玄风既扇,辞多平淡,文寡风力。降及江东,不胜其弊。宋、齐之世,下逮梁初,灵运高致之奇,延年错综之美,谢玄晖之藻丽,沈休文之富溢,辉焕斌蔚,辞义可观。梁简文之在东宫,亦好篇什,清辞巧制,止乎衽席之间,雕琢蔓藻,思极闺闱之内。后生好事,递相放习,朝野纷纷,号为宫体。流宕不已,讫于丧亡。陈氏因之,未能全变。其中原则兵乱积年,文章道尽。后魏文帝,颇效属辞,未能变俗,例皆淳古。齐宅漳滨,辞人间起,高言累句,纷纭络绎,清辞雅致,是所未闻。后周草创,干戈不戢,君臣戮力,专事经营,风流文雅,我则未暇。其后南平汉、沔,东定河朔,讫于有隋,四海一统,采荆南之杞梓,收会稽之箭竹,辞人才士,总萃京师。属以高祖少文,炀帝多忌,当路执权,逮相摈压。于是握灵蛇之珠,韫荆山之玉,转死沟壑之内者,不可胜数,草

---

① 魏徵等《隋书》卷七六,中华书局,2020年,第1942页。
② 令狐德棻等《周书》卷四一,中华书局,1971年,第743、744、745页。

泽怨刺,于是兴焉。古者陈诗观风,斯亦所以关乎盛衰者也。①

这段文字评述各时期的文风特征,多有画龙点睛之笔,如西晋的"黼藻"、东晋的"平淡"、宋齐的"辉焕斌蔚"、梁陈的"宫体""流宕"、北魏的"淳古"、北齐的"雅致"等等,都可称一语中的,体现出史家的宏阔视野和独到眼光,成为后世论述各时期文学的重要参考。文中"时移治乱,文体迁变"的总结,也与刘勰"文变染乎世情,兴废系乎时序"的观点遥相呼应,在更为广阔的背景下发挥了时代风格论。

其次是将文学时代风格的探索进一步拓展到南北地域文风的区分。中国地域辽阔,南方和北方在山川、水土、气候、物产,乃至民俗、文化等方面都有显著差异,因而古人一向重视南北的区分。南北文化上的差别,早已受到古人的关注,《吕氏春秋·音初》记载的上古传说中,分别将涂山氏之女所歌"候人兮猗"和有娀氏佚女所歌"燕燕往飞"作为南音、北音之始,可以看作区分南北文化的肇始。② 自东晋十六国始,因长期分裂,南北两地在学术文化方面呈现出很多差异。《世说新语·文学》所载南人褚裒和北人孙盛的对话很有代表性:"褚季野语孙安国云:'北人学问,渊综广博。'孙答曰:'南人学问,清通简要。'支道林闻之,曰:'圣贤固所忘言。自中人以还,北人看书,如显处视月;南人学问,如牖中窥日。'"③ 这里将南北学术特色的分野概括为"清通简要"和"渊综广博",并分别用"牖中窥日"和"显处视月"做比拟,形象地揭示了南北文化的差别。北齐邢邵则将这种比较引入文学领域:"昔潘陆齐轨,不袭建安之风;颜谢同声,遂革太原之气,自汉逮晋,情赏犹自不谐;江北江南,意制本

---

① 魏徵、令狐德棻《隋书》卷三五,中华书局,2020年,第1237页。
② 吕不韦《吕氏春秋·音初》,陈奇猷校释《吕氏春秋新校释》卷六,上海古籍出版社,2002年,第338页。
③ 刘义庆《世说新语·文学第四》,刘孝标注,杨勇校笺《世说新语校笺》(修订本),中华书局,2006年,第193—194页。

应相诡。"①则无论从时代看,还是从地域看,南北文学都存在情赏不谐、意制相诡的现象。

隋朝结束了南北长期对峙的局面,重新建立起大一统的封建王朝,这就使唐初的史家可以站在新的历史高度,来比较南北文学差异和优劣,从而为建立一代新文风提供借鉴。进行这一重要比较研究并做出阐释的是《隋书》的《文学传序》:

> 暨永明、天监之际,太和、天保之间,洛阳、江左,文雅尤盛。于时作者,济阳江淹、吴郡沈约、乐安任昉、济阴温子昇、河间邢子才、巨鹿魏伯起等,并学穷书圃,思极人文,缛彩郁于云霞,逸响振于金石。英华秀发,波澜浩荡,笔有余力,词无竭源。方诸张、蔡、曹、王,亦各一时之选也。闻其风者,声驰景慕,然彼此好尚,互有异同。江左宫商发越,贵于清绮,河朔词义贞刚,重乎气质。气质则理胜其词,清绮则文过其意,理深者便于时用,文华者宜于咏歌,此其南北词人得失之大较也。若能摄彼清音,简兹累句,各去所短,合其两长,则文质斌斌,尽善尽美矣。②

这一段论述涵盖了南朝齐、梁和北朝魏、齐时期的南北文人,也大致代表了整个南北朝时期的南北文学。从整个大时代的文学风格着眼,南朝文学"宫商发越,贵于清绮",因而"宜于咏歌",其弊病在"文过其意";北朝文学"词义贞刚,重乎气质",因而"便于时用",其不足在"理胜其词"。应该说,对南北文风的这一概括,总体上准确地揭示出南北文学之间的差异,体现了史家的宏观眼光。而要求"各去所短,合其两长",从而达到"文质斌斌,尽善尽美"的境地,则是史家为唐代文学发展指出的方向,从后来唐代文学取得的成就和达到的高度来看,《隋书·文学传序》在南北文风比较基础上提出的

---

① 邢邵《萧仁祖集序》,严可均辑《全北齐文 全后周文》卷三,商务印书馆,1999年,第37页。
② 魏徵、令狐德棻《隋书》卷七六,中华书局,2020年,第1941—1942页。

这一愿景,也是具有前瞻性的。

唐代史书对文学时代风格研究的拓展,一方面奠定了后世史书《文学传》序、论以及部分通代文学总集序文考察和总结时代文学风格的传统,另一方面,也开启了文学批评史上深入探索南、北文风乃至南、北宗派的先河。对这一论题的讨论,从唐代至近代绵绵不绝,也成为古代文体学中别具特色的一页。①

二、宋代文人的时代风格论

与唐代的时代风格论主要体现在史书相关篇章中不同,宋代的文人普遍参与对文学的时代风格探讨,并表现出更为深入和细致的特点。

首先是关注时代风格的流变。如果说唐代史家主要着眼于一时代文风的概括和描绘,那么,宋代文人更多关注的是时代风格的流变。如南北宋之间的文人刘一止论三代、汉魏、唐代之文有"三变"之说:

> 问:文者贯道之器,道有升降,故文有变革。虞、夏、商、周之文均于言道,而体则三变,曰:浑浑也,灏灏也,噩噩也。典谟、训诰、誓命存焉,可得而知其辨欤? 自汉至魏,辞人才子,文体三变,曰:善为形似之言也,长于情理之说也,以气质为体也。诗赋、纪传、书檄、论赞存焉,可得而知其辨欤? 终唐之世,文之变亦有三:饰句绘章,则王、杨为之伯;崇雅黜浮,则燕、许擅其宗;嚆咿道真,涵泳圣涯,则韩愈倡之,柳宗元等和之。今其文具在,可考而知。不识所谓文之变者,其必因时而变欤? 因人而变欤? 抑时与人相待也?②

---

① 参考吴承学《中国古典文学风格学》第十一章"文学上的南北派与南北宗",北京大学出版社,2011年,第169—187页。
② 刘一止《平江试院策问》,《刘一止集》卷九,浙江古籍出版社,2012年,第125—126页。

"三变"之论,着眼于时代文风的演变,进而考察其"因时""因人"而变的缘由,这显然突破了对时代风格的平面描述,而是努力探索其变迁轨迹,体现了风格研究的深化趋势。

相对于其他时代,宋人对唐代和本朝文风的流变阐述得更为详尽细致,如北宋姚铉《唐文粹序》云:"有唐三百年,用文治天下,陈子昂起于庸蜀,始振风雅。繇是沈、宋嗣兴,李、杜杰出,六义四始,一变至道。洎张燕公以辅相之才,专撰述之任,雄辞逸气,耸动群听。苏许公继以宏丽,丕变习俗。而后萧、李以二雅之辞本述作,常杨以三盘之体演丝纶,郁郁之文,于是乎在。惟韩吏部超卓群流,独高遂古,以二帝三王为根本,以六经四教为宗师,凭陵轥轹,首唱古文,遏横流于昏垫,辟正道于夷坦,于是柳子厚、李元宾、李翱、皇甫湜又从而和之,则我先圣孔子之道炳然悬诸日月。故论者以退之之文可继杨、孟,斯得之矣。至于贾常侍至、李补阙翰、元容州结、独孤常州及、吕衡州温、梁补阙肃、权文公德舆、刘宾客禹锡、白尚书居易、元江夏稹,皆文之雄杰者欤!世谓贞元、元和之间,辞人咳唾,皆成珠玉,岂诬也哉!"①从初唐陈子昂到中唐元、白,其间的代表作家及其风格变迁,文中均有简要而精准的评点。南宋周必大则对北宋文坛的风格演变进行了更为简练的概括:"建隆、雍熙之间,其文伟;咸平、景德之际,其文博;天圣、明道之辞古,熙宁、元祐之辞达。虽体制互兴,源流间出,而气全理正,其归则同。嗟乎,此非唐之文也,非汉之文也,实我宋之文也,不其盛哉!"②用"伟""博""古""达"四字勾画出北宋文风的变迁,强调了宋文的特点。《唐文粹》和《宋文鉴》分别是唐文和北宋文的总集名著,序文都是在研读了全部选文后做出的宏观判断,体现了宋代文人对时代风格的准确把握。

对南宋前、中期的文风流变,陆游在《陈长翁文集序》中进行了

---

① 姚铉《唐文粹序》,《唐文粹》卷首,《四部丛刊》本。
② 周必大《皇朝文鉴序》,吕祖谦编《宋文鉴》,中华书局,1992年,第1页。

剖析:"我宋更靖康祸变之后,高皇帝受命中兴,虽艰难颠沛,文章独不少衰。得志者司诏令,垂金石;流落不偶者,娱忧纾愤,发为诗骚。视中原盛时,皆略无可愧,可谓盛矣。久而浸微,或以纤巧摘裂为文,或以卑陋俚俗为诗,后生或为之变而不自知。"①周密则对南宋中后期太学文体的变迁进行了评述:"南渡以来,太学文体之变,乾、淳之文,师淳厚,时人谓之'乾淳体'。人材淳古,亦如其文。至端平江万里习《易》,自成一家,文体几于中复。淳祐甲辰,徐霖以书学魁南省,全尚性理,时竞趋之,即可以钓致科第功名。自此,非《四书》《东西铭》《太极图》《通书》《语录》不复道矣。至咸淳之末,江东李谨思、熊瑞诸人倡为变体,奇诡浮艳,精神焕发,多用庄、列之语,时人谓之换字文章,对策中有'光景不露''大雅不浇'等语,以至于亡,可谓文妖矣。"②从"乾淳体"的淳厚,到淳祐间的"全尚性理",再到咸淳末"奇诡浮艳"的"文妖",勾勒出南宋中、后期文坛风会的演变轨迹。从这些论述中可以看到,宋代文人都能自觉而及时地把握时代及文坛风会的变迁,做出自己的判断,从而指导文学评论和创作。他们将作者的经验和史家的见识结合在一起,把文学时代风格的探索不断推向深入。

其次是关注特定时段的文风。史家考察时代文风演变,常以朝代变迁为坐标,线条较为粗疏,宋人则将这种考察进一步细化。前代文论中有细化朝代至年号的先例,并加"体"字表述文学史上这些特定时段文风的特点,如"永明体""元和体"等③,但只是偶见,并不

---

① 陆游著,朱迎平笺校《渭南文集笺校》卷十五,上海古籍出版社,2022年,第788页。
② 周密《太学文变》,《癸辛杂识》后集,上海古籍出版社,2012年,第34—35页。
③ 萧子显《南齐书·陆厥传》:"永明末,盛为文章。吴兴沈约、陈郡谢朓、琅邪王融以气类相推毂。汝南周颙善识声韵。约等文皆用宫商,以平上去入为四声,以此制韵,不可增减,世呼为'永明体'。"(萧子显《南齐书》,中华书局,1972年,第898页)李肇《唐国史补》:"元和已后,为文笔则学奇诡于韩愈,学苦涩于樊宗师;歌行则学流荡于张籍;诗章则学矫激于孟郊,学浅切于白居易,学淫靡于元稹,俱名为元和体。"(李肇《唐国史补》卷下,上海古籍出版社,1979年,第57页)

普遍使用。全面整理并大量使用朝代、年号加"体"的形式表述特定时段文风的文论著作,是严羽的《沧浪诗话》。其《诗体》篇中"以时而论"下罗列的诸体有:

> 建安体(汉末年号。曹子建父子及邺中七子之诗)、黄初体(魏年号。与建安相接,其体一也)、正始体(魏年号。嵇、阮诸公之诗)、太康体(晋年号。左思、潘岳、二张、二陆诸公之诗)、元嘉体(宋年号。颜、鲍、谢诸公之诗)永明体(齐年号。齐诸公之诗)、齐梁体(通两朝而言之)、南北朝体(通魏、周而言之。与齐梁体一也)、唐初体(唐初犹袭陈隋之体)、盛唐体(景云以后,开元天宝诸公之诗)、大历体(大历十才子之诗)、元和体(元白诸公)、晚唐体、本朝体(通前后而言之)、元祐体(苏黄陈诸公)、江西宗派体(山谷为之宗)。①

以上所列 16 体中,除"江西宗派体"实为文学流派体外,均为相关朝代、年号的时代风格体,包括的时间范围从汉末历魏晋六朝以至唐宋,立体的有朝代名(如齐梁体)、朝代阶段名(如唐初体、盛唐体、晚唐体)和年号名(如建安体等),并大多注明各时期的代表诗人。其"某某体"的含义即这一时段代表诗人的创作所体现的时代文风。严氏未对各时代风格做具体阐述,或许因为这些特定时段、特定诗人在历代文论中早有定评,而严氏在《诗评》篇中对相关诗人也多有评价,因此其内涵仍是较为确定的。《沧浪诗话》对这些"以时而论"风格的"体"的关注和梳理,凸现了宋人对时代文风研究的精细化倾向,也使以时论体成为文学风格论的一种范式,后代学者多通过笺注等形式做进一步阐发,也有随着时代发展创立新的"某某体"进行探讨者。

---

① 严羽《沧浪诗话·诗体》,郭绍虞校释《沧浪诗话校释》,人民文学出版社,1983年,第 52—53 页。

第二节 作家风格论

一、作家风格的形象化描绘

在古代文学批评中,对于作家作品的风格评判,古人大多采用总体的感觉判断,如孔子评"《关雎》乐而不淫,哀而不伤",又评"《韶》尽美矣,又尽善也","《武》尽美矣,未尽善也";①也有少数运用形象化语言和比喻手法来描述作品的风格和美感,如《诗经》评"吉甫作诵,穆如清风"②。汉代辞赋的兴盛促使人们追求文采和形象性,对艺术风貌的铺陈和夸张描写屡见不鲜,如王褒《洞箫赋》描写洞箫声:"听其巨音,则周流泛滥,并包吐含,若慈父之畜子也;其妙声,则清静厌瘱,顺叙卑达,若孝子之事父也。……故其武声,则若雷霆辚輷,佚豫以沸愲;其仁声,则若飘风纷披,容与而施惠。"③慈父、孝子、雷霆、凯风都用以比喻箫声之美。魏晋的人物品评注重用玄远隽永、意味深长的形象传达人物的个性风神,更影响了文学批评以鉴赏艺术个性为中心来进行作品风格评判。如《世说新语》记载晋人孙绰论潘岳和陆机作品风格的不同:"潘文烂若披锦,无处不善;陆文若排沙简金,往往见宝。"④而钟嵘的《诗品》更常用丰繁的比喻描述诗歌的风格特征:"陈思之于文章也,譬人伦之有周、孔,鳞羽之有

---

① 孔子《论语·八佾》,《论语注疏》卷三,李学勤主编《十三经注疏》,北京大学出版社,1999年,第41、45页。
② 《诗·大雅·烝民》毛亨传,《毛诗正义》卷十八,李学勤主编《十三经注疏》,北京大学出版社,1999年,第1224页。
③ 王褒《洞箫赋》,萧统编、李善注《文选》卷十七,中华书局,1977年,第245页。
④ 刘义庆《世说新语·文学第四》,刘孝标注、杨勇校笺《世说新语校笺》(修订本),中华书局,2006年,第244页。

龙凤,音乐之有琴笙,女工之有黼黻。"①"陆才如海,潘才如江。"②"范诗清便宛转,如流风回雪。丘诗点缀映媚,似落花依草。"③这种对于作品的形象化品评方式,反映了人们审美感觉的细腻化,成为六朝风格评论的新潮流。

作为诗歌创作的黄金时代,唐代的文学批评具有鲜明的诗化倾向,作家作品风格的形象化描述得到了进一步的发展。

盛唐时期被誉为文坛"大手笔"的张说,在评论初唐四杰之一的杨炯时称:"杨盈川文思如悬河注水,酌之不竭,既优于卢,亦不减王。'耻居王后',信然;'愧在卢前',谦也。"又进而评论当代十家文章风格云:"李峤、崔融、薛稷、宋之问之文,如良金美玉,无施不可。富嘉谟之文,如孤峰绝岸,壁立万仞,浓云郁兴,震雷俱发,诚可畏也,若施于廊庙,则骇矣。阎朝隐之文,如丽服靓妆,燕歌赵舞,观者忘疲,若类之《风》《雅》,则罪人矣。""韩休之文,如太羹旨酒,雅有典则,而薄于滋味。许景先之文,如丰肌腻理,虽秾华可爱,而微少风骨。张九龄之文,如轻缣素练,实济时用,而微窘边幅。王翰之文,如琼怀玉斝,虽烂然可珍,而多有玷缺。"④将各家文章的特点、亮点、长处、短处,均用比喻出之,无不形象可观,历历如现眼前。中唐皇甫湜接续其评论,于《谕业》一文中对张说之后十一家文章的风格做详尽描述,而想象更觉新奇,描写更为细致,比喻也更感夸张。《谕业》又称:"书不千轴,不可以语化;文不百代,不可以语变。体无常轨,言无常宗,物无常用,景无常取。在殚其理,核其微,赋物而穷其致。"⑤可见,皇甫湜论文主变,认为作品的风格、语言、事物、景观

---

① 钟嵘《魏陈思王植诗》,曹旭笺注《诗品集注》(增订本),上海古籍出版社,2011年,第118页。
② 钟嵘《晋黄门郎潘岳诗》,同上书,第174页。
③ 钟嵘《梁卫将军范云 梁中书郎丘迟诗》,同上书,第412页。
④ 刘昫等《旧唐书》卷一九〇《杨炯传》,中华书局,1975年,第5003—5004页。
⑤ 皇甫湜《皇甫持正集》卷一,《景印文渊阁四库全书》集部第1078册,台湾商务印书馆,1983—1988年,第68页。

均无常态,主张深入事理,体察微妙,描写物态穷尽极致。这既是他描述作家作品风格的原则,也可视为他展开形象化品评的方法论。

晚唐杜牧评论李贺的诗歌,采用的也是这种品评方式,而且发挥得更为淋漓尽致。其为李贺集所作的序言称:"云烟绵联,不足为其态也;水之迢迢,不足为其情也;春之盎盎,不足为其和也;秋之明洁,不足为其格也;风樯阵马,不足为其勇也;瓦棺篆鼎,不足为其古也;时花美女,不足为其色也;荒国陊殿,梗莽丘垄,不足为其恨怨悲愁也;鲸呿鳌掷,牛鬼蛇神,不足为其虚荒诞幻也。盖《骚》之苗裔,理虽不及,辞或过之。"①文章从各个不同角度,运用丰富的想象和比喻,将李贺诗歌的多样风格一一展示,评论文字如此形象化,可谓极致。

宋人继承了这一传统,并乐此不疲,继续有精彩的呈现。如刘弇《上曾子固先生书》认为两汉之后,唐代"元和、长庆间文章号有前代气骨",其原因是"知变而然",并具体描绘云:"韩子之文如六龙解骖,放足千里,而逸气弥劲,真物外之绝羁也。柳子厚之文如蒲牢叩鲸钟,骁壶跃俊矢,壮伟捷发,初不留赏,而喜为愀怆凄泪之辞,殆骚人之裔比乎。李翱之文如鼎出汾阴,鼓迁岐阳,郁有古气,而所乏者韵味。皇甫湜之文如层崖束湍,翔霆破柱,当之者骇矣,而略无韶润。吕温之文如兰櫰桂橑,质非不美,正恐不为杞梓家所录。刘禹锡之文如剔柯棘林,还相影发,而独欠茂密。权德舆之文如静女庄士,能自检儆,无媒介则踬矣。"②中唐七位古文名家创作的特色和短长,历历如在眼前。敖陶孙《诗评》对魏晋以来诗人风格的评点更是脍炙人口,备受称道:

> 魏武帝如幽燕老将,气韵沉雄。曹子建如三河少年,风流自赏。鲍明远如饥鹰独出,奇矫无前。谢康乐如东海扬帆,风日流

---

① 杜牧《李贺集序》,《樊川文集》卷十,上海古籍出版社,2007年,第149页。
② 刘弇《龙云集》卷十五,《景印文渊阁四库全书》集部第1119册,台湾商务印书馆,1983—1988年,第183页。

丽。陶彭泽如绛云在霄,舒卷自如。王右丞如秋水芙蕖,倚风自笑。韦苏州如园客独茧,暗合音徽。孟浩然如洞庭始波,木叶微脱。杜牧之如铜丸走坂,骏马注坡。白乐天如山东父老课农桑,言言皆实。元微之如李龟年说天宝遗事,貌悴而神不伤。刘梦得如镂冰雕琼,流光自照。李太白如刘安鸡犬,遗响白云,核其归存,恍无定处。韩退之如囊沙背水,惟韩信独能。李长吉如武帝食露盘,无补多欲。孟东野如埋泉断剑,卧壑寒松。张籍如优工行乡饮,酬献秩如,时有诙气。柳子厚如高秋独眺,霁晚孤吹。李义山如百宝流苏,千丝铁网,绮密环妍,要非适用。本朝苏东坡如屈注天潢,倒连沧海,变眩百怪,终归雄浑。欧公如四瑚八琏,止可施之宗庙。荆公如邓艾缒兵入蜀,要以崄绝为功。山谷如陶弘景祇诏入宫,析理谈玄,而松风之梦故在。梅圣俞如关河放溜,瞬息无声。秦少游如时女步春,终伤婉弱。后山如九皋独唳,深林孤芳,冲寂自妍,不求识赏。韩子苍如梨园按乐,排比得伦。吕居仁如散圣安禅,自能奇逸。其他作者未易殚陈,独唐杜工部如周公制作,后世莫能拟议。①

或描绘,或用典,鉴裁精致,造语隽妙,对各家风格的形象化评点,可称极致。

作家之间的不同创作风格,经由形象化的比喻展示后,显得格外鲜明。据俞文豹《吹剑续录》载:"东坡在玉堂,有幕士善讴,因问:'我词比柳词何如?'对曰:'柳郎中词,只好十七八女孩儿,执红牙拍板,唱"杨柳外晓风残月"。学士词,须关西大汉,执铁板,唱"大江东去"。'公为之绝倒。"②柳永和苏轼截然不同的词风,经幕士的生动比喻,使人豁然开朗,遂成为文学史上的经典例证。而刘辰翁《辛稼轩词序》则将此种手法引入苏、辛词风的比较:"词至东坡,倾荡磊

---

① 曾枣庄、刘琳编《全宋文》第290册,上海辞书出版社、安徽教育出版社,2006年,第226—227页。

② 俞文豹《俞文豹集》,浙江古籍出版社,2016年,第42页。

落,如诗如文,如天地奇观,岂与群儿雌声学语较工拙;然犹未至用经用史,牵《雅》《颂》入《郑》《卫》也。自辛稼轩前,用一语如此者必且掩口。及稼轩横竖烂漫,乃如禅宗棒喝,头头皆是;又如悲笳万鼓,平生不平事并巵酒,但觉宾主酣畅,谈不暇顾。词至此亦足矣。"①在相互比较中将辛词的风格特色凸现出来。再如张炎的《词源》比较姜夔和吴文英的词风:"清空则古雅峭拔,质实则凝涩晦昧。姜白石词如野云孤飞,去留无迹。吴梦窗词如七宝楼台,眩人眼目,碎拆下来,不成片段。此清空质实之说。"②此论一出,"野云孤飞""七宝楼台"两个比喻遂成为姜、吴两家词风的定评。可见,形象化描绘手法的运用在此时已是十分纯熟。

当然,这种品评方法容易渗入品评者的主观因素,甚至将对他人的品评衍化为自己审美理想的流露。如韩愈崇尚奇崛雄健的艺术风貌,他评论李杜诗,称"想当施手时,巨刃磨天扬。垠崖划崩豁,乾坤摆雷硠"③;评论孟郊诗,称"横空盘硬语,妥帖力排奡。敷柔肆纡余,奋猛卷海潦"④;评论贾岛诗,称"蛟龙弄角牙,造次欲手揽。众鬼囚大幽,下觑袭玄窞。天阳熙四海,注视首不頷。鲸鹏相摩窣,两举快一啖"⑤。韩愈笔下的这些形象,明显带有强烈的主观色彩,不妨视为他理想中的艺术风格的展现。也有论者过分使用此种方法,致使品评的结果反而令人捉摸不透。如吴融评论陆龟蒙的诗文曰:"大风吹海,海波沧涟,涵为子文,无隅无边;长松倚雪,枯枝半折,挺为子文,直上巅绝;风下霜晴,寒钟自声,发为子文,铿锵杳清;武陵深阒,川长昼白,间为子文,渺茫岑寂;豕突禽狂,其来莫当,云沉鸟

---

① 辛弃疾著,邓广铭笺注《稼轩词编年笺注》,上海古籍出版社,2016年,第873页。
② 张炎《词源》卷下,唐圭璋编《词话丛编》第1册,中华书局,1985年,第259页。
③ 韩愈《调张籍》,钱仲联集释《韩昌黎诗系年集释》卷九,上海古籍出版社,1984年,第989页。
④ 韩愈《荐士》,同上书卷五,第528页。
⑤ 韩愈《送无本师归范阳》,同上书卷七,第820页。

没,其去倏忽;腻若凝脂,软于无骨;霏漠漠,澹涓涓,春融冶,秋鲜妍。触即碎,潭下月;拭不灭,玉上烟。"①大段的铺张夸饰,意象纷至沓来,令人目不暇接,仔细想来,却又印象模糊,难得要领。②

唐宋文学诗化背景下形成的对作家作品风格的形象化描述,成为文学风格论的独特景观。这种别致的风格品评成为古代文学风格研究的一项传统延续不断,并为托名司空图《诗品》等以风格类型的艺术描述为主体的著述开辟了道路。

二、名家风格论的深化

当然,形象化的描述只是形式之一,作家风格论更多地是通过书简、序跋、诗词文话、笔记杂著等载体深入展开,并且特别关注名家,尤其是当代名家的创作风格。如苏洵在《上欧阳内翰第一书》中,就通过与历代多位作家的比较,阐述了欧阳修的散文风格:

> 执事之文章,天下之人莫不知之;然窃自以为洵之知之特深愈于天下之人。何者?《孟子》之文,语约而意尽,不为巉刻斩绝之言,而其锋不可犯。韩子之文,如长江大河,浑浩流转,鱼鼋蛟龙,万怪惶惑,而抑遏蔽掩,不使自露;而人自见其渊然之光,苍然之色,亦自畏避,不敢迫视。执事之文,纡余委备,往复百折,而条达疏畅,无所间断;气尽语极,急言竭论,而容与闲易,无艰难劳苦之态。此三者,皆断然自为一家之文也。惟李翱之文,其味黯然而长,其光油然而幽,俯仰揖让,有执事之态。陆贽之文,遣言措意,切近的当,有执事之实。而执事之才,又自有过人者。盖执事之文,非《孟子》、韩子之文,而

---

① 吴融《奠陆龟蒙文》,董诰等编《全唐文》卷八二〇,中华书局,1983 年,第 8644 页。
② 参考吴承学《中国古典文学风格学》第十六章"传统文学批评方式的历史发展",北京大学出版社,2011 年,第 242—251 页。

欧阳子之文也。"①

这段论述,先以孟子、韩愈的文风与欧阳修做对比,肯定三家"皆断然自为一家之文",再以李翱、陆贽的文风做类比,强调欧阳修之才"又自有过人者",在多家相异或相似的风格中,突出欧文"纡余委备,往复百折,而条达疏畅,无所间断;气尽语极,急言竭论,而容与间易,无艰难劳苦之态"的特色,无疑剖析得极其准确,极其到位,从而成为欧文风格的权威解析。又如陆游《吕居仁集序》评述吕本中的创作:"宋兴,诸儒相望,有出汉唐之上者。迨建炎、绍兴间,承丧乱之余,学术文辞,犹不愧前辈。如故紫微舍人东莱吕公者,又其杰出者也。公自少时,既承家学,心体而身履之,几三十年。仕愈踬,学愈进,因以其暇尽交天下名士,其讲习探讨,磨砻浸灌,不极其源不止。故其诗文,汪洋闳肆,兼备众体,间出新意,愈奇而愈浑厚,震耀耳目,而不失高古,一时学士宗焉。"②文章在南宋初学术文辞发展的背景下,联系吕氏的家学渊源和仕履经历,评价其诗文创作的风格特色,视野开阔,立论稳妥。类似名家风格的评述,在宋人文集、笔记中比比皆是。更有南宋黄震撰有"读文集者"札记10卷,评述唐宋10位名家(韩愈、柳宗元、欧阳修、苏轼、曾巩、王安石、黄庭坚、汪藻、范成大、叶适)的文章,每人各为1卷,逐篇评点,卷末总评。其评述涉及内容、形式多方面,也有对各家风格的精要评点。如评柳文"纪志人物,以寄其嘲骂;模写山水,以舒其抑郁,则峻洁精奇,如明珠夜光,见辄夺目"③;评苏文"如长江大河,一泻千里。至其混浩流转,曲折变化之妙,则无复可以名状。盖能文之士莫之能

---

① 苏洵著,曾枣庄、金成礼笺注《嘉祐集笺注》,上海古籍出版社,1993年,第328—329页。
② 陆游著,朱迎平笺校《渭南文集笺校》卷十四,上海古籍出版社,2022年,第722—723页。
③ 黄震《黄氏日抄·读文集二 柳文》,王水照编《历代文话》第1册,复旦大学出版社,2007年,第659页。

尚也"①;比较曾、王之文,"南丰之文多精核,而荆公之文多澹靖;荆公之文多佛语,而南丰之文多辟佛;此又二公之不同者"②;评汪文"浮溪之文明彻高爽,欧苏之外邈焉寡俦"③;评叶文"水心之见称于世者,独其铭志序跋,笔力横肆尔"④;等等,无不体现了其研读之勤、评骘之精。

在名家风格论风行的基础上,《沧浪诗话》确立了另一种文学风格论范式,即以人论体。《诗体》篇在"以人而论"下列举了以下诸体:

> 苏李体(李陵、苏武也)、曹刘体(子建、公幹也)、陶体(渊明也)、谢体(灵运也)、徐庾体(徐陵、庾信也)、沈宋体(佺期、之问也)、陈拾遗体(陈子昂也)、王杨卢骆体(王勃、杨炯、卢照邻、骆宾王)、张曲江体(始兴文献公九龄也)、少陵体、太白体、高达夫体(高常侍适也)、孟浩然体、岑嘉州体(岑参也)、王右丞体(王维也)、韦苏州体(韦应物也)、韩昌黎体、柳子厚体、韦柳体(苏州与仪曹合言之)、李长吉体、李商隐体(即西昆体也)、卢仝体、白乐天体、元白体(微之、乐天,其体一也)、杜牧之体、张籍王建体(谓乐府之体同也)、贾浪仙体、孟东野体、杜荀鹤体、东坡体、山谷体、后山体(后山本学杜,其语似之者但数篇,他或似而不全,又其他则本其自体耳)、王荆公体(公绝句最高,其得意处,高出苏、黄、陈之上,而与唐人尚隔一关)、邵康节体、陈简斋体(陈去非与义也,亦江西之派而小异)、杨诚斋体(其初学半山、后山,最后亦学绝句于唐人。已而尽弃诸家之体,而别出机杼,盖其自序如此也)。⑤

---

① 黄震《黄氏日抄·读文集四 苏文》,王水照编《历代文话》第1册,复旦大学出版社,2007年,第729页。
② 黄震《黄氏日抄·读文集五 曾南丰文》,同上书,第755页。
③ 黄震《黄氏日抄·读文集八 汪浮溪文》,同上书,第801页。
④ 黄震《黄氏日抄·读文集十 叶水心文》,同上书,第870页。
⑤ 严羽《沧浪诗话·诗体》,郭绍虞校释《沧浪诗话校释》,人民文学出版社,1983年,第58—59页。

以上列举的36体涉及作家43人,除首列五体八家外,均为唐宋名家。严氏对各体一般仅提示其作家名字,只有少数几体有简要说明,而对部分作家在《诗辨》《诗评》篇中也有评点。虽然后代学者对这一名单多有不满,认为多有缺漏,但严氏旨在揭示有鲜明的创作个性、其风格在当时文坛已有定评的一批诗人,作为其以人论体范式的典范。他并未否定诗歌史上还有其他某某体,更不排斥将来有更多的新的某某体产生。以时论体之外,严氏又将以人论体作为探索文学风格的另一种重要范式固定下来,它们在《诗体》篇中相当的地位也说明了这一点。它表明名家风格论和时代风格论已成为风格研讨的两大重要领域。

第三节 流派风格论

宋代诗文风格研究的一大亮点是流派风格论的兴起。一般认为,古代文学中严格意义上的文学流派,产生于南宋以后,但文学流派的观念,齐梁时期就开始形成。同一流派中的作家往往具有大致相同的创作倾向,他们的作品风格也常常相似或相近。如钟嵘《诗品》关注诗人创作之间的承续关系和相互影响,将作家划为分别源于《国风》《小雅》《楚辞》的三个系统,"深从六艺溯流别"[1];萧子显则将刘宋文学按创作风貌区分为分别导源于谢灵运、傅咸和鲍照的"三体"[2]。晚唐张为所著《诗人主客图》把中晚唐诗人分为"六主客"即六派,以白居易、孟云卿、李益、孟郊、鲍溶、武元衡为"六主",其他诗人分属各主之下为"客","客"又分为上入室、入室、升

---

[1] 章学诚《文史通义·诗话》,叶瑛校注《文史通义校注》,中华书局,2014年,第518页。
[2] 萧子显《南齐书》卷五二《陆厥传》,中华书局,1972年,第908页。

堂、及门四等,陈振孙称:"近世诗派之说殆出于此,要皆有未然者。"①这些都可视为宋前文学流派论的先声。②

一、"西昆体"论

宋代文学流派论,缘起于北宋初期诗坛的"三体"。宋末方回有云:"宋划五代旧习,诗有白体、昆体、晚唐体。白体如李文正、徐常侍昆仲、王元之、王汉谋。昆体则有杨、刘《西昆集》传世,二宋、张乖崖、钱僖公、丁崖州皆是。晚唐体则九僧最逼真,寇莱公、鲁三交、林和靖、魏仲先父子、潘逍遥、赵清献之父,凡数十家,深涵茂育,气极势盛。"③对此"三体"即三个诗歌创作流派,当时人已多有议论,因而流派风格论在宋初已经渐成热点,其中关于"西昆体"的议论尤为典型:

> 盖自杨刘唱和,《西昆集》行,后进学者争效之,风雅一变,谓"西昆体"。由是唐贤诸诗集几废而不行。④

> 杨大年与钱刘数公唱和,自《西昆集》出,时人争效之,诗体一变。而先生老辈患其多用故事,至于语僻难晓,殊不知自是学者之弊。……盖其雄文博学,笔力有余,故无施而不可,非如前世号诗人者,区区于风云草木之类,为许洞所困者也。⑤

> 今杨亿穷妍极态,缀风月,弄花草,淫巧侈丽,浮华纂组,刓锼圣人之经,破碎圣人之言,离析圣人之意,蠹伤圣人之道,使天下不为《书》之《典》《谟》《禹贡》《洪范》,《诗》之《雅》《颂》,《春秋》之经,《易》之《繇》《爻》《十翼》,而为杨亿之穷妍

---

① 陈振孙《直斋书录解题》卷二二,上海古籍出版社,2015年,第645页。
② 参见吴承学《中国古典文学风格学》第十三章,北京大学出版社,2011年,第209—210页。
③ 方回《送罗寿可诗序》,《桐江续集》卷三二,《景印文渊阁四库全书》集部第1193册,台湾商务印书馆,1983—1988年,第662页。
④ 欧阳修《六一诗话》,何文焕辑《历代诗话》上册,中华书局,1981年,第266页。
⑤ 同上书,第270页。

极态,缀风月,弄花草,淫巧侈丽,浮华纂组。其为怪大矣。①

杨亿在两禁,变文章之体。刘筠、钱惟演辈皆从而教之,时号杨、刘。三公以新诗更相属和,极一时之丽。亿乃编而叙之,题曰《西昆酬唱集》。当时佻薄者谓之"西昆体"。其它赋颂章奏,虽颇伤于雕摘,然五代以来芜鄙之气,由兹尽矣。②

祥符、天禧中,杨大年、钱文僖、晏元献、刘子仪以文章立朝,为诗皆宗尚李义山,号"西昆体",后进多窃义山语句。赐宴,优人有为义山者,衣服败敝,告人曰:"我为诸馆职挦扯至此。"闻者欢笑。③

这几段议论约略同时,均围绕"西昆体"展开,内容涉及代表作家、风格特点、诗坛影响以及与《西昆酬唱集》的关系等,而尤其集中在"西昆体"的风格讨论上,指出其"多用故事""语僻难晓""穷妍极态,缀风月,弄花草,淫巧侈丽,浮华纂组""伤于雕摘""宗尚李义山"等特点。论者的态度也不尽相同,有的肯定其"雄文博学",有的指责其"蠹伤圣人之道",也有人记录对后进模仿者的嘲笑。可以说,"西昆体"已成为当时的热点话题,且众说纷纭,甚至观点绝然对立,这说明流派风格论已在诗坛兴起。其后有关"西昆体"的评论绵延不绝,至宋末严羽的《沧浪诗话》把它与"宫体"等并列,却又将其与"李商隐体"相混淆,可见流派风格研讨的风气在宋代之盛。除了"西昆体",宋初诗歌领域有关"白体""晚唐体"以及文章领域有关"太学体"的流派风格论,也都是热点话题。

二、"江西诗派体"论

宋代流派风格论的又一热门论题是"江西诗派体"。北宋后期

---

① 石介《怪说》中,《徂徕石先生文集》卷五,中华书局,1984年,第62—63页。
② 田况《儒林公议》,《景印文渊阁四库全书》子部第1036册,台湾商务印书馆,1983—1988年,第277页。
③ 刘攽《中山诗话》,何文焕辑《历代诗话》上册,中华书局,1981年,第287页。

至南宋初期，诗坛上诞生了"江西诗派"。这是宋代声势最大、流行最久、影响最为深远、最能代表宋诗风貌的诗歌流派。这一流派以黄庭坚、陈师道为核心，由一批效仿黄氏诗法进行创作的青年诗人组成。吕本中为之命名，并尊黄氏为诗派之祖，下列陈师道等25人。"吕居仁作《江西诗社宗派图》，其略云：'……歌诗至于豫章始大出而力振之，后学者同作并和，尽发千古之秘，亡余蕴矣。'录其名字，曰'江西宗派'，其原流皆出豫章也。宗派之祖曰山谷，其次陈师道（无己）、潘大临（邠老）……凡二十五人，居仁其一也。"①这些成员的身份、地位、年辈、才华各不相同，并不都为江西人，也并无组织体系，只是一个松散的诗人群体。然而诗派的主张得到了时人与后人的赞同，追随者日众，到南渡之后逐步成为诗坛主流。淳熙年间，隆兴知府程叔达依吕本中之图所列，将诸人诗汇刻于学官，并请杨万里作序。《江西宗派诗序》称："江西宗派诗者，诗江西也，人非皆江西也。人非皆江西，而诗曰江西者何？系之也。系之者何？以味不以形也。"②杨万里认为能维系江西派诗人的是"以味不以形"，揭示出江西诗派有大体相近的创作风味。陆九渊在受赠《江西诗派》刻本后所作的《与程帅书》中云："杜陵之出，爱君悼时，追蹑《骚》《雅》，而才力宏厚，伟然足以镇浮靡，诗家为之中兴。自此以来，作者相望，至豫章而益大肆其力。包含欲无外，搜抉欲无秘，体制通古今，思致极幽眇，贯穿驰骋，工力精到。一时如陈、徐、韩、吕、三洪、二谢之流，翕然宗之。由是江西遂以诗社名天下，虽未极古之源委，而其植立不凡，斯亦宇宙之奇诡也。"③对江西诗派给予极高的评价。南宋中期陆游、杨万里、范成大、尤袤等中兴大诗人无不出入江西，既从学习江西入手，又能突破江西藩篱，自成一家面目。南宋

---

① 赵彦卫《云麓漫钞》卷十四，中华书局，1996年，第244页。
② 杨万里《江西宗派诗序》，辛更儒笺校《杨万里集笺校》卷七九，中华书局，2007年，第3230页。
③ 陆九渊《与程帅书》，《陆九渊集》卷七，中华书局，2020年，第120页。

后期,严羽在《沧浪诗话·诗体》中明确标列"江西宗派体",又列"山谷体";在《诗辨》中称"山谷用工尤为深刻,其后法席盛行,海内称为江西宗派",又概括其特征"遂以文字为诗,以才学为诗,以议论为诗","其作多务使事,不问兴致;用字必有来历,押韵必有出处,读之反覆终篇,不知着到何在"。① 刘克庄亦称:"豫章稍后出,会粹百家句律之长,究极历代体制之变,蒐猎奇书,穿穴异闻,作为古律,自成一家。虽只字半句不轻出,遂为本朝诗家宗祖。"② 宋末元初的方回更提出"古今诗人当以老杜、山谷、后山、简斋四家为一祖三宗"③的江西诗派统系。这些论述可谓对江西诗派的全面总结。可见,有关江西诗派的流派风格论,从南渡前后直至宋末绵延不绝,而它对宋代诗论和诗歌创作的影响也延续了一个半世纪。此外,在南宋后期,以效仿晚唐体为特征的"四灵诗派"和"江湖诗派"先后崛起,围绕它们的流派风格论也成为诗坛新的话题中心。

综合上述,随着多种诗歌流派的形成和发展,对流派风格的探讨贯穿整个宋代,并呈现出日益繁盛的态势。以派论体的异军突起,是宋代文学风格研究的一大拓展,它为明代更为纷繁的文学流派理论的产生开辟了道路。

第四节 风格类型论

风格类型的探讨,是六朝文学风格论的重要内容。曹丕首次提

---

① 严羽《沧浪诗话·诗辨》,郭绍虞校释《沧浪诗话校释》,人民文学出版社,1983年,第26—27页。
② 刘克庄《江西诗派·黄山谷》,辛更儒笺校《刘克庄集笺校》卷九五,中华书局,2011年,第4023页。
③ 方回选评,李庆甲集评校点《瀛奎律髓汇评》卷二六,上海古籍出版社,2020年,第1149页。

出了"奏议宜雅,书论宜理,铭诔尚实,诗赋欲丽"①之说,在文体论中引入了风格类型的概括。刘勰则更为自觉地探索文学的风格类型,提出"八体"之论:"若总其归涂,则数穷八体:一曰典雅,二曰远奥,三曰精约,四曰显附,五曰繁缛,六曰壮丽,七曰新奇,八曰轻靡。……故雅与奇反,奥与显殊,繁与约舛,壮与轻乖。文辞根叶,苑囿其中矣。"②或两字,或一字,四组八体,两两相对,概括了文学作品的主要风格类型。唐宋元时期对风格类型的研讨继续发展,并形成了新的途径。

一、诗格著述对风格类型的探讨

唐代产生的一大批诗格类著述,详细讨论诗歌创作的法度、规则,诗歌风格类型的探讨也是其中的内容之一。如《文镜秘府论》中保存的隋代唐初的《论体》有云:

> 凡制作之士,祖述多门,人心不同,文体各异。较而言之:有博雅焉,有清典焉,有绮艳焉,有宏壮焉,有要约焉,有切至焉。夫模范经诰,褒述功业,渊乎不测,洋哉有闲,博雅之裁也;敷演情志,宣照德音,植义必明,结言唯正,清典之致也;体其淑姿,因其壮观,文章交映,光彩傍发,绮艳之则也;魁张奇伟,阐耀威灵,纵气凌人,扬声骇物,宏壮之道也;指事述心,断辞趣理,微而能显,少而斯洽,要约之旨也;舒陈哀愤,献纳约戒,言唯折中,情必曲尽,切至之功也。
>
> 至如称博雅,则颂、论为其标;语清典,则铭、赞居其极;陈绮艳,则诗、赋表其华;叙宏壮,则诏、檄振其响;论要约,则表、启擅其能;言切至,则箴、诔得其实。凡斯六事,文章之通义焉。苟非其宜,失之远矣。博雅之失也缓,清典之失也轻,绮艳之失

---

① 曹丕《典论·论文》,萧统编,李善注《文选》卷五二,中华书局,1977年,第720页。
② 刘勰《文心雕龙·体性》,詹锳义证《文心雕龙义证》,上海古籍出版社,1989年,第1014—1020页。

也淫,宏壮之失也诞,要约之失也阑,切至之失也直。体大义疏,辞引声滞,缓之致焉;理入于浮,言失于浅,轻之起焉;艳貌违方,逞欲过度,淫以兴焉;制伤迂阔,辞多诡异,诞则成焉;情不申明,事有遗漏,有遗漏,阑自见焉;体尚专直,文好指斥,直乃行焉。故词人之作也,先看文之大体,随而用心。遵其所宜,防其所失,故能辞成炼核,动合规矩。而近代作者,好尚互舛,苟见一涂,守而不易,至令摛章缀翰,罕有兼善。岂才思之不足,抑由体制之未该也。①

此段论述总结了六类"各异"的"文之大体",描述其特点,阐述其适用的体裁,探讨其容易产生的流弊,所谓"遵其所宜,防其所失",并归结到文学"体制"的该备。它承继了六朝风格论的余绪,可以看作一篇带有总结性的文字。

皎然《诗式》是唐代诗格的代表性著述,其序称"洎西汉以来,文体四变,将恐风雅浸泯,辄欲商较以正其源"②。书中"辨体有一十九字"一节明确标举辨体的宗旨,称"夫诗人之思初发,取境偏高,则一首举体便高;取境偏逸,则一首举体便逸。才性等字亦然。体有所长,故各功归一字。偏高偏逸之例,直与诗体;篇目风貌,不妨一字之下,风律外彰,体德内蕴,如车之有毂,众美归焉。其一十九字,括文章德体风味尽矣,如《易》之有象辞焉"③。其对"一十九字"的具体说明如下:

> 高,风韵朗畅曰高。逸,体格闲放曰逸。贞,放词正直曰贞。忠,临危不变曰忠。节,持操不改曰节。志,立性不改曰志。

---

① 〔日〕弘法大师原撰,王利器校注《文镜秘府论校注》,中国社会科学出版社,1983年,第331—334页。王氏认为,此段文字疑为隋代刘善经《四声指归》之文。而日本学者小西甚一考证出于《文笔式》。《文笔式》一书,罗根泽、王利器认为产生于隋代,张伯伟则认为产生于武后时期(参见张伯伟编著《全唐五代诗格汇考》,江苏古籍出版社,2002年,第68—69页)。
② 皎然著,李壮鹰校注《诗式校注》,人民文学出版社,2003年,第1页。
③ 同上书,第69页。

气,风情耿介曰气。情,缘境不尽曰情。思,气多含蓄曰思。德,词温而正曰德。诫,检束防闲曰诫。闲,情性疏野曰闲。达,心迹旷诞曰达。悲,伤甚曰悲。怨,词调凄切曰怨。意,立言盘泊曰意。力,体裁劲健曰力。静,非如松风不动、林狖未鸣,乃谓意中之静。远,非如渺渺望水、杳杳看山,乃谓意中之远。①

这里所辨之"体",内涵包括了内容和形式,即"德体""风味"两方面。诚如王运熙所言:"作品的体,以思想内容为基础,呈现为外部风貌,它是思想内容和艺术形式的综合表现。《诗式》说'风律外彰,体德内蕴',也是说体是思想、形式二者的结合。"②因而"一十九字"中,有的偏于思想内容,如忠、节、志、诚、意、悲等;有的偏于艺术形式,如贞、气、情、思、德等;而高、逸、闲、达、怨、意、力、静、远诸字,则更接近于风格类型。皎然辨体,可注意的有两点:一是强调"取境"来体现风格,即风格体现在由客观事物而形成的某种意境之中,如"松风不动、林狖未鸣"仅是自然界的事物,只有作者融入它们形成的意境中,并在作品中表现出来,达到"意中之静",才构成"静"的风格。将意境论与风格的探讨结合起来,是唐代风格研究深入的一种新趋向。二是标举"高""逸"的风格类型,直接主张"偏高""偏逸",《诗式》中还屡称"古今逸格,皆造其极"(《明势》)、"其体裁如龙行虎步,气逸情高"(《品藻》)等。这种"高""逸"之体,是因德行内蕴而表现出来的一种外在的精神气质,进而反映在作品中的艺术风格。虽然皎然的辨体同样有概念不清的通病,但其对风格类型的探索体现了新的内容,对后代同类著述有着较大的影响。

晚唐诗僧齐己的《风骚旨格》中亦有"诗有十体"一节,罗列了高古、清奇、远近、双分、背非、无虚、是非、清洁、覆妆、阖门十体,每体

---

① 皎然著,李壮鹰校注《诗式校注》,人民文学出版社,2003年,第69—71页。
② 王运熙、杨明《中国文学批评通史——隋唐五代卷》,上海古籍出版社,1996年,第335页。

引两句诗为证,但不做说明解释,如"高古"体之诗曰:"千般贵在无过达,一片心闲不奈高。"①这十体中高古、清奇、清洁三体尚可看作风格类型,其余则难详其意,因而其弊病更为明显。

由上可见,唐代诗格类著述中大凡论"体"者都与风格类型的研讨有着明显的联系,可以看作唐人在前人基础上的进一步探索。虽然由于诗格体例的局限,这些探索过于简略,不够明晰,其意义不宜高估,但其中仍有一些新的因素值得关注。后出严羽《沧浪诗话》、托名司空图《诗品》等,都明显受其影响。②

二、总集编选对风格类型的倡导

唐代风格类型研讨除了辨体之外,另一途径是对某种风格类型的倡导,其载体则是选诗类总集,亦即唐人选唐诗的兴起。随着唐代诗歌创作的日益繁荣,编选当代诗人诗作的选集大量涌现,这种唐人选唐诗的选本今存尚有10余种。这些选本的特点是,大多不以体裁为纲,也不以名家取胜,而是以标举某种风格类型为号召,选取相同或相似类型的诗人作品集为一帙,以利流传,并作为诗坛的倡导。其中最典型的代表是《河岳英灵集》和《中兴间气集》。

殷璠《河岳英灵集》选取盛唐时期常建、李白、王维、刘眘虚、张谓、王季友、陶翰、李颀、高适、岑参(以上10人为上卷)、崔颢、薛据、綦毋潜、孟浩然、崔国辅、储光羲、王昌龄、贺兰进明、崔署、王湾、祖咏、卢象、李嶷、阎防(崔颢及以下13人为下卷)24位诗人的诗作200余首。总集正文中,殷璠采用品评的方式,通过摘录具体诗人诗作,分别进行或详或略的评论,并揭示其创作风格。如卷上评王维曰:"维诗词秀调雅,意新理惬,在泉为珠,著壁成绘,一句一字,皆出

---

① 齐己《风骚旨格》,陈伯海主编《历代唐诗论评选》,河北大学出版社,2003年,第41页。

② 参考吴承学《中国古典文学风格学》第十三章,北京大学出版社,2011年,第201—205页。

常境。至如'落日山水好,漾舟信归风',又'涧芳袭人衣,山月映石壁''天寒远山净,日暮长河急''日暮沙漠陲,战声烟尘里'。"①在评论诗人诗作之外,殷璠于卷首《序言》《集论》对总集的选诗宗旨进行了详细阐述。《序言》称:"夫文有神来、气来、情来,有雅体、野体、鄙体、俗体。编纪者能审鉴诸体,委详所来,方可定其优劣,论其取舍。"②明确揭示其宗旨亦在辨体。《序言》梳理了萧统《文选》以来文坛风格的变迁,指出"自萧氏以还,尤增矫饰。武德初,微波尚在。贞观末,标格渐高。景云中,颇通远调。开元十五年后,声律风骨始备矣"③。《集论》则进而阐明其选诗标准为"既闲新声,复晓古体,文质半取,风骚两挟,言气骨则建安为传,论宫商则太康不逮"④。盛唐诗歌一方面吸取了南朝至初唐讲究声律的合理因素,另一方面又克服了"矫饰"的弊病,使作品的内容和形式较好地结合起来,形成明朗刚健的风格。殷璠在诗选中准确揭示出这一特点,并大力倡导这种声律和风骨兼备的盛唐诗风,起到了引领诗坛的作用,对唐诗的健康发展影响深远。

中唐时期高仲武所编《中兴间气集》收录大历年间26位诗人(卷上为钱起、张众甫、于良史、郑丹、李希仲、李嘉祐、章八元、戴叔伦、皇甫冉、杜诵、朱湾、韩翃、苏涣,卷下为郎士元、崔峒、张继、刘长卿、李季兰、窦参、道人灵一、张南史、姚伦、皇甫曾、郑常、孟云卿、刘湾)的130余首作品,各家均作评语。其《自序》称:"今之所收,殆革前弊。但使体状风雅,理致清新,观者易心,听者竦耳,则朝野通取,格律兼收。"⑤这里揭橥的"体状风雅,理致清新",正是大历诗歌的主导风格。这时期的诗作多为寄赠、送别之类,以写景抒情为主

---

① 殷璠编《河岳英灵集》,傅璇琮、陈尚君、徐俊编《唐人选唐诗新编》(增订本),中华书局,2014年,第181页。
② 同上书,第156页。
③ 同上。
④ 同上书,第157—158页。
⑤ 高仲武《唐中兴间气集序》,同上书,第451页。

要表达方式,追求清新淡雅、新颖别致的意趣,体裁上多用五言律诗,高仲武在评语中常用"清雅""新奇""婉丽""绮靡"等词予以赞美。诗选尤其推崇钱起、郎士元,认为二人是盛唐王维之后最杰出的诗人,将他们置于上下卷之首,称"右丞没后,员外为雄"①,"右丞以往,与钱更长"②,这些都鲜明地表现出其选诗宗旨。《中兴间气集》对大历诗风的倡导引领作用同样十分明显。

此外,如元结所编《箧中集》反对"拘限声病,喜尚形似"的时弊,专选"雅正"③的五言古体诗。韦縠所编《才调集》标榜"或闲窗展卷,或月榭行吟,韵高而桂魄争光,词丽而春色斗美"④的清丽诗章等,也都是通过选诗倡导某种鲜明的风格类型。诚如明人高棅《唐诗品汇总叙》所言:"《朝英》《国秀》《箧中》《丹阳》《英灵》《间气》《极玄》《又玄》《诗府》《诗统》《三体》《众妙》等集,立意造论,各该一端。"⑤唐人选唐诗的这种"立意造论,各该一端",聚焦于不同的风格类型,旨在凝聚、张扬自己的诗歌主张,在唐代的风格理论中占有重要的地位。鲁迅曾说:"凡选本,往往能比所选各家的全集或选家自己的文集更流行,更有作用。……凡是对于文术,自有主张的作家,他所赖以发表和流布自己的主张的手段,倒并不在作文心,文则,诗品,诗话,而在出选本。"⑥这一形式到宋代以后更是层出不穷,并为文学流派的形成和发展开辟了道路。

至宋代,文坛又重视诗歌唱和集的编选,使之成为总集编纂的新形式。作为一种特殊的创作形式,诗歌唱和在中唐时期已十分流行,《新唐书·艺文志》著录有多种唱和诗集,但都未流传。宋初诗

---

① 高仲武编《中兴间气集》,傅璇琮、陈尚君、徐俊编《唐人选唐诗新编》(增订本),中华书局,2014年,第459页。
② 同上书,第494页。
③ 元结编《箧中集》,傅璇琮、陈尚君、徐俊编《唐人选唐诗新编》(增订本),中华书局,2014年,第362页。
④ 韦縠《才调集叙》,同上书,第919页。
⑤ 高棅《唐诗品汇总叙》,高棅编纂《唐诗品汇》卷首,中华书局,2015年,第8页。
⑥ 鲁迅《集外集·选本》,《鲁迅全集》第7卷,人民文学出版社,2005年,第138页。

歌唱和集的编撰更为活跃。李昉淳化二年(991)编有《二李唱和集》一卷,收录他与李至的唱和诗篇,其序云:"朝谒之暇,颇得自适,而篇章和答,仅无虚日,缘情遣兴,何乐如之!"①吴处厚《青箱杂记》称:"昉诗务浅切,效白乐天体,晚年与参政李公至为唱和友,而李公诗格亦相类,今世传《二李唱和集》是也。"②可见这是二李"缘情遣兴",抒写"自适"乐趣的唱和集,风格效仿白居易的"浅切"一路,是宋初"白体"诗的代表作。此类唱和集还有《翰林酬唱集》《君臣赓载集》等多种,李昉大都参与其中。随后,杨亿将参与纂修《册府元龟》的文人在秘阁相互酬唱的诗篇编成《西昆酬唱集》,并作序称其创作"历览遗编,研味前作,挹其芳润",作品"雕章丽句,脍炙人口"。③刘攽称:"祥符、天禧中,杨大年、钱文僖、晏元献、刘子仪以文章立朝,为诗皆宗尚李义山,号'西昆体'。"④西昆体诗人师法李商隐,讲究对仗、使事、藻饰,多用近体,以富丽、华美、渊博来矫正"白体"的浅易平俗,一时间风靡诗坛。而略晚于《西昆酬唱集》,姚铉编成《唐文粹》百卷,其序称"今世传唐代之类集者","率多声律,鲜及古道",选文"止以古雅为命,不以雕篆为工。故侈言蔓辞,率皆不取"。⑤《唐文粹》之选,明显与西昆体对立:其选文只选古体,不录四六;选诗亦只取古体,不录五七言近体;最早于总集中立"古赋"为体,不录骈赋,显示出姚铉的精细赋体辨析观念,此点多为后之来者接受。它以鲜明的"古雅"风格对抗西昆体的"雕章丽句",是宋代诗文复古革新的先声。此类诗歌唱和集、诗文总集的编纂,对文坛风气的倡导和引领发挥了重要作用。它与文学流

---

① 曾枣庄、刘琳主编《全宋文》第 3 册,上海辞书出版社、安徽教育出版社,2005年,第 161 页。
② 吴处厚《青箱杂记》卷一,中华书局,1985 年,第 3 页。
③ 杨亿等《西昆酬唱集序》,王仲荦注《西昆酬唱集注》,上海书店出版社,2001年,第 2 页。
④ 刘攽《中山诗话》,何文焕辑《历代诗话》上册,中华书局,1981 年,第 287 页。
⑤ 姚铉《唐文粹序》,《唐文粹》卷首,《四部丛刊》本。

派的形成,也有着相辅相成的密切联系。后世的文学流派往往通过编刊诗文选集来倡导某种特定的风格,这种情形到明代更为普遍和典型。

三、《沧浪诗话》的九品论

宋末严羽的《沧浪诗话》中,有关于风格类型的重要论述,其《诗辨》篇云:

> 诗之品有九:曰高,曰古,曰深,曰远,曰长,曰雄浑,曰飘逸,曰悲壮,曰凄婉。其用工有三:曰起结,曰句法,曰字眼。其大概有二:曰优游不迫,曰沉着痛快。诗之极致有一,曰入神。诗而入神,至矣,尽矣;蔑以加矣!惟李、杜得之。他人得之盖寡也。①

这一段文字论述诗之九"品"、三"用工"、二"大概"、一"极致"等内容,郭绍虞认为根据《诗人玉屑》的版本所引应合为一条:"前一则论法,这一则论品,所谓'用工''极致'亦均与品有关。"②我们这里将其简称为九品论。较之皎然《诗式》中的"辨体有一十九字",严羽的九品论显然是更为纯粹的风格类型论。它摒弃了唐人常用的多义的"体"字,而采用了《诗品》的"品"字;它又不取钟嵘"品评"的含义,而用并列九品赋予其更明确的"品格"即风格的内涵。这就为其后的《二十四诗品》《词品》《文品》等风格研究专著开辟了新的门径。

严羽的九品论包含了四层含义。

首先,诗歌的风格类型有高、古、深、远、长、雄浑、飘逸、悲壮、凄婉九种。它们显然不是丰富多彩的文学风格类型的全部,而是有所

---

① 严羽《沧浪诗话·诗辨》,郭绍虞校释《沧浪诗话校释》,人民文学出版社,1983年,第7—8页。
② 同上书,第9页。

选择的。联系《沧浪诗话》论诗的主旨以汉、魏、晋与盛唐为法来看,这九品应是最能体现盛唐风貌的九种风格类型。严氏对九品未予详细阐述,近人陶明濬《诗说杂记》用传统的形象比喻法进行了发挥,颇为切合严氏之意,其曰:"何谓高?凌青云而直上,浮颢气之清英是也。何谓古?金薤琳琅,黼黻溢目者是也。何谓深?盘古狮林,隐翳幽奥者是也。何谓远?沧溟万顷,飞鸟决眦者是也。何谓长?重江东注,千流万转者是也。何谓雄浑?荒荒油云,寥寥长风者是也。何谓飘逸?秋天闲静,孤云一鹤者是也。何谓悲壮?箫拍铙歌,酣畅猛起者是也。何谓凄婉?丝哀竹滥,如怨如慕者是也。"①今人张健进一步指出:"高与古结合起来,代表一种超出凡俗的古典精神","汉魏诗歌传统是这种精神的典范";"深是纵向的,与浅相对;而远则是横向的,与近相反","长指诗味。其《诗法》说'味忌短',则其所主张者即是味长,即《诗辩》中所说的'言有尽而意无穷'","深、远、长三者主要是唐诗传统的概括";"雄浑是盛唐诗特征的概括";"飘逸以李白诗为代表";"悲壮主要是高适、岑参诗的特征。严羽又以雄浑悲壮概括盛唐诗的特征";凄婉"是《离骚》及其继承者的特征,以唐代柳宗元为代表"。严羽列出高、古等九种特征为诗之品,在于"这些特征实质上代表了他所说的第一义的诗歌的审美特征,也就是汉、魏、晋、盛唐诗歌审美传统的概括"。②张健之说可谓抓住了九品论的总纲。

其次,达到上述九品,要在诗歌技术上从三方面下功夫,即诗篇的起结、句法和字眼。诚如《文心雕龙》所谓"人之立言,因字而生句,积句而成章,积章而成篇。篇之彪炳,章无疵也;章之明靡,句无玷也;句之清英,字不妄也;振本而末从,知一而万毕矣"③。篇、章、

---

① 陶明濬《诗说杂记》七,转引自严羽撰,郭绍虞校释《沧浪诗话校释》,人民文学出版社,1983年,第8页。
② 严羽撰,张健校笺《沧浪诗话校笺》,上海古籍出版社,2012年,第100—103页。
③ 刘勰《文心雕龙·章句》,詹锳义证《文心雕龙义证》,上海古籍出版社,1989年,第1250页。

句、字各方面是形成诗篇整体风格不可忽视的基础,要达到九品的优良风格,起结、句法、字眼就是特别需要注重的篇章语言因素。

再次,诗歌的风格可以区别"优游不迫"和"沉著痛快"两大分野。郭绍虞解释说:"他所说这两大界限,也可把古今诗体,包举无遗。优游不迫,取出世态度,什么都可放过。沉著痛快,取入世态度,什么都不放过。这二种都是吟咏情性。然而优游不迫的诗,从容闲适,自然与所谓'羚羊挂角,无迹可求'者为近。而沉著痛快的诗,掀雷抉电,驱驾气势,当然与'羚羊挂角'的境界要远一些,但是也未尝不可做到'言有尽而意无穷'的地步。"①这两大分野,实际是对文学审美风格的更高层次的概括,清人姚鼐关于阳刚之美和阴柔之美的论述,明显受到这两大分野的启迪。②

最后,诗歌创作的最高境界是"入神"。所谓"入神",即是神化的境界,它不与特定的风格相联系。九品也好,"优游不迫""沉着痛快"也好,都可以"入神",但只有李白、杜甫达到了这一最高境界。

总之,严羽的九品论包括了九品列举、三"用工"、二"大概"和"入神"四项内容。它标举了九种汉魏晋盛唐诗歌的优良风格,强调了达到这些风格的三项"用工"关键,概括了"优游不迫""沉着痛快"两大分野,阐述了"入神"的最高境界。它对诗歌风格类型的探究较之唐人有了明显的深化,并且开辟了新的门径,姚鼐的"阳刚""阴柔"之说明显受到了其影响。

需要附带提到的是,元代陈绎曾在综论诗、赋、文的谱录式专著《文筌》中,用法、式、制、体、格、律等构建其文论体系,其中的"格"

---

① 郭绍虞《中国文学批评史》,上海古籍出版社,1979年,第282—283页。
② 姚鼐《复鲁絜非书》:"鼐闻天地之道,阴阳刚柔而已。文者,天地之精英,而阴阳刚柔之发也。……其得于阳与刚之美者,则其文如霆如电,如长风之出谷,如崇山峻崖,如决大川,如奔骐骥;其光也,如杲日如火如金镠铁;其于人也,如冯高视远,如君而朝万众,如鼓万勇士而战之。其得于阴与柔之美者,则其文如升初日,如清风,如云如霞如烟,如幽林曲涧,如沦如漾,如珠玉之辉,如鸿鹄之鸣而入寥廓;其于人也,漻乎其如叹,邈乎其如有思,暖乎其如喜,愀乎其如悲。"(姚鼐《惜抱轩全集》卷六,中国书店,1991年,第71页)

就专指风格类型。如诗之格分为甲、乙、丙、丁四等,每等再分5种,共20种风格类型;赋之格有楚辞格、汉赋格、唐赋格3类,每类分为上、中、下三等,各有若干种;古文之格则分为"未入格""正格""病格"3类,"未入格"有6种,"正格"再分上上至下下9等,每等若干种,共计68种,"病格"则有36种;另有四六之格三等3种(详见第五章第二节)。每种均用一两字概括,再用2—8字做简要说明,如"玄:精神极至,洞然无迹""滑稽:题有碍理,以戏出之"[①]等。《文筌》以"病格"与"正格"对举,颇有创造性;其对于风格类型划分等级,表达倾向性,或受钟嵘《诗品》的影响;而其辨析之细密可谓无以复加,可惜说明过于简略,又无实例佐证,故而实际指导意义不大。但著者对风格类型的重视和辨析,说明风格研讨已成为文体学、文章学中不可或缺的组成部分,日益受到文坛的关注。

---

① 陈绎曾《文章欧冶·古文谱》,王水照编《历代文话》第2册,复旦大学出版社,2007年,第1261页。

第四章 文体研究体式的丰富

六朝文体学的成熟,伴随着文体研究体式的基本稳定,其中主要包括以下三类:一是诗文序、著述序等专文,如傅玄《七谟序》、萧统《文选序》;二是总集编纂附专论,如《文章流别集》附《论》,《翰林集》附《论》(根据《隋书·经籍志》的著录,总集与专论应是分别单行的);三是文体学专著,如任昉《文章始》、钟嵘《诗品》、刘勰《文心雕龙》。唐宋元三代,随着文体学的新发展,文体研究的体式也多有创新,较之六朝大为丰富,主要体现在总集编纂的创新化、类书编纂的专门化、笔记体的普遍化和专著体的多样化诸方面。

第一节 总集编纂的创新化

总集的编纂与文体学有着密切的联系,各类总集的编纂体式也都具有鲜明的文体学意义。六朝时期的总集,依据《隋书·经籍志》的排列顺序,可分为多体总集(收录多种文体)和单体总集(收录单种文体)两大类,《文选》和《玉台新咏》分别是两类总集之代表。但六朝总集绝大多数都已不传,故其具体的编纂体例多难详考。唐宋元时期的各类总集编纂十分繁盛,存世数量较多,形态功能丰富,编纂方法多种多样,编纂体例也多有创新。

一、编纂方法的多样

唐宋元时期,多体和单体两大类别总集的编纂都有各自的特色,且与文体学关系密切。同时,多级分类的方法也在总集编纂中普遍使用。

（一）多体总集

多体总集是包罗众体的总集，又可区分为综合性和专门性两种。综合性总集以《文选》为典范，多有学者称之为《文选》类总集。这类总集的编纂往往规模宏大，收录文体齐备，意在总括一代或数代文学的全貌，带有相当的权威性。此时期内的代表作有《文苑英华》《唐文粹》《宋文鉴》《元文类》等。其中《文苑英华》接续《文选》，收录六朝末期至唐五代的各体作品，主要是李唐一代之作，收罗宏富；《唐文粹》则开启集录断代文学的先河，并专收古体诗文，选文精粹；《宋文鉴》囊括北宋诸体文学，搜罗广博，代表性强；《元文类》亦富于网罗诸家，体例完备，但编成于元代后期，未能收入元末之文。这些总集对考察一代文学全貌及其文体嬗变都具有重要意义，并逐步完善了综合性总集的体例，建立起编纂断代总集的传统，对后世影响深远。

专门性总集包括两类及以上文体，往往都有类聚的专名，如《宋大诏令集》《纶言集》等诏令类总集；《历代奏议》《国朝诸臣奏议》《皇朝名臣奏议》等奏议类总集，《名臣碑传琬琰之集》等碑传类总集；《古文关键》《古文集成》等古文类总集[①]；《三家四六》《四家四六》等四六类总集。这类总集收录的文体数量较少，但更为专门，能更为深入地反映各种专类文体的发展。其中尤以古文类总集影响巨大。"古文"概念经历了由唐代的语体向南宋的文类发展的过程。南宋中期至元初，这批题名为"古文"（或文章）的总集相继问世，可确考的约有 9 种，即吕祖谦《古文关键》2 卷，楼昉《崇古文诀》35 卷，真德秀《文章正宗》20 卷、《续集》20 卷，汤汉《绝妙古今》4 卷，《敩斋古文标准》，王霆震《古文集成·前集》78 卷，刘震孙《古今文章正印·前集》18 卷、《后集》18 卷、《续集》20 卷、《别集》20

[①] 古文类总集也可视为一种单体总集，但"古文"作为文类名，其中包含了多种文体，故本书仍将其作为多体总集。四六类总集与其类似。

卷,谢枋得《文章轨范》7 卷,黄坚《古文真宝》20 卷。① 这些选本对古文的理解并不完全相同,其选文标准的演变反映了人们对古文这一体类概念认识的不断深化。可以说,古文体类确立并为文坛所认同,是这批古文类总集的功绩,在文体学发展史上具有特殊的地位(参见本书第十一章第一节)。

(二) 单体总集

单体总集在数量上远大于多体总集,是总集编纂的基础。单体总集编纂缘起甚早,汉武帝命淮南王为《楚辞章句》,"旦受诏,食时而奏之"②,已肇其始。只是《隋书·经籍志》将《楚辞》类与别集、总集并列,掩盖了其单体总集的性质。唐前四部文献的流传情况主要体现在《隋书·经籍志》的著录之中。考《隋书·经籍志》总集类共著录总集 107 部,加上"梁有"的(即梁代阮孝绪《七录》著录而《隋书·经籍志》编纂时已亡佚)则共计 249 部。从《文章流别集》至《文章始》共 24 部,加上"梁有"已亡的则为 33 部,均为多体总集(包括《文心雕龙》《文章始》等文论)。而《赋集》以下直至《法集》的 200 余部均为单体总集,其汇集的文体依次为赋、封禅、颂、诗、乐府、箴铭、诫训、赞、七、吊文、碑、论、连珠、杂文、诏、表奏、露布、启、书、策、俳谐文等 20 余种,其中以赋、诗、乐府、诏、碑、表奏等体数量最多。这些单体总集除了《玉台新咏》等极少数流传下来外,大多散佚不传,难见其实况。但从《隋书·经籍志》的著录看,可注意的有两点:一是单体总集的数量远大于多体总集,可见单体总集的编纂是基础;二是从总集名判断,"网罗放佚"的单体总集多于"删汰繁芜"的,可见其功能尚以汇聚作品为主。此外,其著录编排有序,反

---

① 以上 9 种古文总集大多著录于《四库全书总目》,唯《敩斋古文标准》已佚,王霆震《古文集成前集》选录其批点的古文约 20 篇,敩斋名字待考;又黄坚《古文真宝》国内少见,但流传日本、韩国影响极大,参考黄坚选编《详说古文真宝大全》,湖南人民出版社,2007 年。

② 魏徵、令狐德棻《隋书》卷三五《经籍志》,中华书局,1973 年,第 1056 页。

映了唐初编修《隋书》时学者对总集体例的观点。

　　承继六朝总集编纂的传统,唐代的总集编纂继续呈现旺盛的态势,且有一些新的拓展。《新唐书·艺文志》著录的唐人所编总集约100种,但实际数量远不止此。卢燕新在吴企明《唐音质疑录》、陈尚君《唐人编选诗歌总集叙录》等研究成果的基础上,进一步详考文献,考定唐人编选的诗总集174种,文总集58种,二者总计230余种,另有待考的约80种。① 这些唐人编纂的总集中,多体总集仍占少数,主要为《文选》的音、注和拟、续以及《芳林要览》《丽正文苑》《文馆词林》等新编总集;而单体总集占据了其中的大多数。单体总集中,又以诗总集数量居绝对优势,其余文体仅涉及诏、策、表、奏等公文文体,这与《隋书·经籍志》中著录的六朝单体总集有很大的不同。由于唐诗创作的高度繁荣,从初唐至晚唐,各类唐诗选编本层出不穷,留存至今的尚有佚名《搜玉小集》、殷璠《河岳英灵集》、芮挺章《国秀集》、元结《箧中集》、高仲武《中兴间气集》、令狐楚《御览诗》、姚合《极玄集》、韦庄《又玄集》、韦縠《才调集》等10余种。这些选本多为选编者根据自己的诗歌主张和爱好编成,大多关注诗坛风会和审美趣味。另一类十分繁盛的单体总集为诗人唱和集,仅《新唐书·艺文志》著录的《元白继和集》《刘白倡和集》《名公倡和集》等就有20种之多,它们多为汇聚作品,而不涉文体辨析。此外通代的诗歌总集如惠净《续古今诗苑英华集》、刘孝孙《古今类聚诗苑》、郭瑜《古今诗类聚》等,数量也不多。

　　两宋的诗文创作继续繁盛发展,在文人别集数量大增的基础上,宋人总集编纂较之唐代有更多新的开拓。《宋史·艺文志》著录的宋人所编总集约250种,其中大部分已佚。祝尚书《宋人总集叙录》著录存世的宋代总集85种,附录《散佚宋人总集考》又著录180种,二者相加之数与《宋志》略同。在85种存世总集中,多体总集近

---

① 卢燕新《唐人编选诗文总集研究》,中国人民大学出版社,2014年,第92—100页。

30种,单体总集50余种。单体总集中,诗总集仍占半数以上,另有词总集11种、古文总集7种,其余涉及的文体有诏令、奏议、碑志、论策、判文、回文、四六等,其文体较之唐代有较大扩展。单体诗歌总集编纂形式多有开拓,如《九僧诗集》《西昆酬唱集》《江西宗派诗集》《四灵诗》《月泉吟社》等流派诗总集,《万首唐人绝句》《乐府诗集》《瀛奎律髓》等专体诗总集,《昆山杂咏》《京口诗集》等地域诗总集,《增广圣宋高僧诗选》《洞霄诗集》等僧道诗总集,《古今岁时杂咏》《群贤梅苑》《重广草木鱼虫杂咏诗集》《声画诗》等题材诗总集,以及《诗林广记》等诗总集附诗话,门类繁多,富于开创性。其对诗歌风格、体裁、题材等内容的关注,更与文体学直接相关。宋代词体创作呈现一代之盛,《草堂诗余》《乐府雅词》《阳春白雪》《花庵词选》《绝妙好词》等词总集的编纂层出不穷,更出现了《百家词》《典雅词》等大型词集丛刊。单体文总集中,除了传统的诏令、奏议集外,最值得注意是科举文体总集,如论体总集《论学绳尺》《十先生奥论注》《指南论》等,策体总集《擢犀策》《擢象策》等,赋体总集《指南赋》等,反映了科举文体在当时的重要地位,同时也说明文章总集的应用性越来越受到社会的重视。宋代单体总集编纂的不断拓展,体现出各别文体研究的不断深入。

元代承袭两宋,总集编纂又有新发展。明修《元史》未立《艺文志》,清人钱大昕撰有《补元史艺文志》,补录元一代文献,兼及辽、金之作。其集部总集类共著录80余种,而骚赋、制诰、科举、文史、评注、词曲均另外立类,其中亦有大量实为总集者。元代虽立国时间较短,但总集数量依然可观。元人总集之中,除了元好问《中州集》、苏天爵《国朝文类》、郝经《原古录》等多体总集之外,单体总集仍占多数。除了大量的地域集、流派集和唱和集,值得注意的是有较多的唐诗总集明显着眼于诗体,如《唐诗鼓吹》《唐诗选》《唐音》等,尤其是《唐宋近体诗选》《三体唐诗》《唐律体格》等,说明辨体已成为元代的潮流,而《古赋辩体》更成为赋体辨析的力作。此外如《论范》《策学统宗》《翰墨大全》《万宝书山》等科举类、应用类总集也颇为发达。

如果说,多体总集尤其是《文选》类总集的编纂,体现了编者对各种文体类别、性质及相互关系等的全面探索,那么,单体总集的编纂更多地表现出编者对各别文体的细类、特点乃至具体作法的深入探究。对全部文体的宏观把握固然是文体学不可或缺的内容,但对各别文体的深入观察同样是文体学的重要组成部分。

单体总集编纂的文体学意义,主要体现在单体总集的编纂大大促进了文体研究的细化和深入。单体总集选录作品的体制,可以细分为系人(作者)、系时(时代)、分类(题材)、分体(体裁)等多种形式。如《唐人选唐诗》中的总集大都以诗人为纲,每人选录若干首诗作;《古赋辩体》则按照赋体发展历程,将其划分为几个阶段分别选录代表作品;《瀛奎律髓》将唐宋律诗依不同题材分为49类,每类下选录若干作品;《松陵集》将诗歌区分为若干细类,再分别选录诗作。这些均是不同体制的单体总集之例。从文体学的角度着眼,这些单体总集对文体研究的深入程度主要表现在四个方面:

其一是细化文体分类。以诗体分类为例,自六朝后期"新体诗"逐渐形成,到初唐时期近体诗成熟,诗歌体类渐趋完备。但是,诗歌体类的确立和定名,则要到中晚唐时期。唐人选编的唐诗集通常以人系诗,并不分类或分体。万曼在《唐集叙录》中说:"大抵唐人诗集率不分类,也不分体。宋人编定唐集,喜欢分类,等于明人刊行唐集,喜欢分体一样,都不是唐人文集的原来面目。"[1]长庆四年(824)冬韩愈去世后,其门人李汉编定韩集,作《昌黎先生集序》称:"遂收拾遗文,无所失坠。得赋四、古诗二百一十、联句十一、律诗一百六十、杂著六十五、书启序九十六、哀词祭文三十九、碑志七

---

[1] 万曼《唐集叙录·韦苏州集叙录》,中华书局,1980年,第87页。

十六、笔砚《鳄鱼文》三、表状五十二,总七百,并目录合为四十一卷,目为《昌黎先生集》,传于代。"①大中八年(854)李群玉上呈《进诗表》称:"谨捧所业歌行、古体、今体七言、今体五言四通等合三百首,谨诣光顺门昧死上进。"②这是唐代别集中较早区分诗歌体类的例子。可以说,李汉、李群玉已将诗坛上早已认同的诗体分类贯彻到别集的编纂中。而稍后编成于晚唐咸通年间的单体总集《松陵集》则将这一诗体分类进一步固定下来。《松陵集》收录皮日休与陆龟蒙的唱和诗,"凡一年为往体各九十三首,今体各一百九十三首,杂体各三十八首,联句问答十有八篇在其外,合之凡六百五十八首"③。具体编排是卷一至四为"往体诗"(即古体诗),卷五为今体五言诗,卷六至八为今体七言诗,卷九为今体五七言诗,卷十为杂体诗。往体诗(古体诗)、今体五言、今体七言、今体五七言、杂体诗以及联句问答诗,这样的编排顺序体现了诗体的发展历程,也成为后来诗集分体的一般规则。极为可贵的是,皮氏在《松陵集序》中对春秋以降诗体的沿革做了详细回顾:"春秋之后,颂声亡寝;降及汉氏,诗道若作……盖古诗率以四言为本,而汉氏方以五言、七言为之也……逮及吾唐开元之世,易其体为律焉,始切于俪偶,拘于声势……由汉及唐,诗之道尽矣。"④皮氏在卷十撰有《杂体诗序》一篇,更对各类杂体诗的缘起和发展做了全面考察,文中提及的杂体诗有联句、离合、反覆、回文、叠韵、双声、短韵、强韵、四声诗、三字离合、全篇双声叠韵、县名、药名、建除、卦名、百姓、鸟名、龟兆、藁砧、五杂组、两头纤纤等20余种,并称:"由古至律,由律至杂,诗之道尽

---

① 李汉《昌黎先生集序》,韩愈著,马其昶校注《韩昌黎文集校注》卷首,上海古籍出版社,2014年,第2—3页。
② 李群玉《进诗表》,董诰等编《全唐文》卷七九三,中华书局,1983年,第8317页。
③ 皮日休《松陵集原序》,皮日休、陆龟蒙等撰,王锡九校注《松陵集校注》卷首,中华书局,2018年,第3页。
④ 同上书,第1—2页。

乎此也。"①皮氏并在《松陵集序》和《杂体诗序》两篇诗体学的重要文献中,对先秦以来的诗体沿革和杂体诗的缘起发展做了全面的考察,体现出对诗体分类的自觉探索,并带有总结性,为晚唐诗体类分的成熟定型奠定了基础。单体总集编纂对文体分类细化的作用在这里体现得十分典型。又如宋末元初的方回所编《瀛奎律髓》是一部专选唐宋律诗的总集。它沿袭《文选》在诗赋各体下再按题材分类的传统,将唐宋律诗依题材(少量依作法)分为:登览、朝省、怀古、风土、升平、宦情、风怀、宴集、老寿、春日、夏日、秋日、冬日、晨朝、暮夜、节序、晴雨、茶、酒、梅花、雪、月、闲适、送别、拗字、变体、着题、陵庙、旅况、边塞、宫闱、忠愤、山岩、川泉、庭宇、论诗、技艺、远外、消遣、兄弟、子息、寄赠、迁谪、疾病、感旧、侠少、释梵、仙逸、伤悼共49类,每类前冠以小序评述,其类目较之《文选》大大细化,对分类揣摩作品的效果十分明显。

其二是梳理文体发展。每种文体都有萌芽、生长、定型、发展的历程,对成熟文体发展过程的梳理,是文体研究深入的重要内容之一,《文心雕龙》文体论"原始以表末"讨论的就是这一过程。用文集选录作品可以使这样的梳理更为直观,能更好地指导写作。但是,别集和多体总集都不适合承担这一任务,只有单体总集最适合进行文体发展的梳理工作。前述《松陵集》就是将诗体沿革的探讨和作品的编选结合在一起。更为典型的例子则是元代祝尧所编纂的《古赋辩体》。祝氏述其编纂宗旨是"因时代之高下而论其述作之不同,因体制之沿革而要其指归之当一",从而达到"由今之体以复古之体"的目的。② 全书以《诗》为赋体源头,强调"诗人之赋"的特征是"吟咏情性";《诗》以下,赋体的发展历经"楚辞体""两汉体"

---

① 皮日休、陆龟蒙等撰,王锡九校注《松陵集校注》,中华书局,2018年,第2181—2182页。
② 祝尧《古赋辩体》卷首,《景印文渊阁四库全书》集部第1366册,台湾商务印书馆,1983—1988年,第711页。

"三国六朝体""唐体""宋体"几个阶段,其中"骚人之赋"尚能"发乎情""形于辞""合于理",其后的"词人之赋"则愈趋追逐辞与理,完全丢弃了诗人之义;失之情而尚辞不尚意的赋演变为俳体赋,失之辞而尚理不尚辞的赋演变为文体(即散体)赋,而俳体中又衍生出律体赋,"俳者律之根,律者俳之蔓"。祝氏大力倡导"祖骚而宗汉"的古体赋,强调"欲求赋体于古者必先求之于情,则不刊之言自然于胸中流出,辞不求工而自工,又何假于俳;无邪之思自然于笔下发之,理不求当而自当,又何假于文"。① 全书以情、辞、理串起赋体的演变线索,并以之为标准,将赋体体式区分为古赋、俳赋、律赋、文赋诸类,并对各阶段体现其体式变迁的代表作进行评点,体现了编纂者鲜明的宗旨。《古赋辩体》通过梳理文体沿革总结其演变规律,借由作品编选达到辨析文体的目的,《四库全书总目》评价其"采摭颇为赅备","于正变源流,亦言之最确",②从而成为赋体研究的经典性著作,也为通过编纂总集深入研讨文体树立了典范,对后代文体学产生了重要影响。

其三是探索文体作法。研讨文体的根本目的是指导文章写作,单体总集能在选录某种文体范文的基础上,深入探索这种文体的作法,从而起到多体总集难以起到的作用。这方面的典型例子是宋代魏天应编、林子长注的《论学绳尺》。宋代科举考试文体中,试论所占的比重越来越大,甚至还延伸到部分铨选考试,"当时每试必有一论,较诸他文,应用之处为多"③。因此,《十先生奥论》《指南论》《宋贤良分门论》等试论选本层出不穷,而《论学绳尺》则在编选试论范文时,从写作角度区分为54格,如"立说贯题格""贯二为一格""推原本文格"等,并通过题注、夹注、尾评等形式加以详尽的

---

① 祝尧《古赋辩体》卷三,《景印文渊阁四库全书》集部第1366册,台湾商务印书馆,1983—1988年,第746、801、818页。
② 永瑢等《四库全书总目》卷一八八,中华书局,1965年,第1708页。
③ 同上书卷一八七,第1702页。

评说,用以指导模仿写作,所谓"专辑一编,以备揣摩之具"①。这种形式的实质,是将传统的"诗格""文格"类著述体式,融于总集编纂中,将研读具体作品和探索文体作法结合在一起,从而将总集指导文章写作的文体学意义发挥到极致;又因为它着眼于单种文体,更能做到集中和深入,避免泛泛而论,故效果更为明显。类似的例子还有宋代周弼的《三体唐诗》,所谓"三体"指七言绝句、五言律诗和七言律诗。周氏将律诗句法区分为虚、实两种,抒情为虚,写景为实,认为一首诗内须虚实搭配。据此,他将七绝和五律各分为 7 格,七律分为 6 格,分格系诗,汇成一部诗选。这样分体、分格选诗也是为了便于深入探究诗歌作法,用以指导写作。《四库全书总目》认为,所列诸格虽"不足尽诗之变,而其时诗家授受,有此规程,存之亦足备一说"②。

其四是集成成熟文体。古代文体的演进发展呈现出十分复杂的情形。有的文体形成后就一直"热门",创作不断,历久不衰,如古体诗、近体诗、词以及社会生活中常用的一些实用文体;但有些成熟文体则因为环境变迁、本身局限等各种原因,在经历了创作高潮期后就逐步走向衰歇。而这类文体的集成总结工作,往往由单体总集来承担。宋代郭茂倩的《乐府诗集》即是一个典型的例子。乐府诗由于与音乐和乐府机构的特殊关系,在古代诗歌中成为一种相对独立的体类,《文心雕龙》中有《乐府》篇进行专题论述。其后南北朝乐府和唐代新乐府又有新的发展,只是自晚唐词体成熟后,乐府诗的创作渐趋式微,后人偶有仿作,已难成气候。《乐府诗集》对历代乐府诗创作进行了全面梳理,并按照其音乐特性分为郊庙歌辞、燕射歌辞、鼓吹曲辞、横吹曲辞、相和歌辞、清商曲辞、舞曲歌辞、琴曲歌辞、杂曲歌辞、近代曲辞、杂歌谣辞、新乐府辞 12 类,分题集成作

---

① 永瑢等《四库全书总目》卷一八七,中华书局,1965 年,第 1702 页。
② 同上。

品,并用小序和题解的形式探讨其源流演变,评论其代表作品,使之成为乐府诗一部集大成的总集。《四库全书总目》称:"是集总括历代乐府,上起陶唐,下迄五代……其解题征引浩博,援据精审,宋以来考乐府者无能出其范围……诚乐府中第一善本。"①此外如宋代桑世昌编《回文类聚》,汇聚历代回文作品,序文考述其源流、体制,也成为回文这一特色文体的集成之作。总之,唐宋元的单体总集逐步向细分类别、鉴体辨体和探讨规律、适于应用两个方向发展。

(三)多级分类

《文选》在文体分类中首创多级分类的方法,"凡次文之体,各以汇聚。诗赋体既不一,又以类分。类分之中,各以时代相次"②,即诗、赋二体均采用"文体—题材—时代"的多级分类方法。郭英德将其归纳为以体分类、以题分类、以时分类三种基本体式。③

唐宋元时期,这种多级分类的方法在总集编纂中得到了普遍运用,并有了新的发展。有的综合性多体总集的分类更为细密。唐许敬宗等曾奉敕编纂《文馆词林》1000卷,后经唐末五代战乱,是书渐次散亡。现存日藏弘仁本《文馆词林》卷一五六、一五七诗体分类结构为:文体—部—类(大)—类(小)—作品(具体作品以时编排)。诗体卷一五二、一五八"大类"之后,增加"四言"次一级诗歌体式,形成"文体(初级)—部—类(大)—文体(次级)—类(小)—作品(时代相次)"六级分类,这种复杂的文体分类结构是之前总集中所未见的。后出总集的文体分类,级次丰富性也未能超越《文馆词林》。《文馆词林》在继承魏晋南北朝总集文体分类成果的基础上,极大地丰富了文体分类的级次,部、类命名和分类标准上趋于统一,较之《文选》更具有体系,而其取经类书囊括宇内的"部""类"统摄体例,亦在丰富总集文体分类级次与分类方式层面为后之编者提

---

① 永瑢等《四库全书总目》卷一八七,中华书局,1965年,第1696页。
② 萧统《文选序》,萧统编,李善注《文选》卷首,中华书局,1977年,第2页。
③ 参见郭英德《中国古代文体学论稿》,北京大学出版社,2005年,第198页。

供示例之本。① 宋《文苑英华》第一级按文体分为 38 类，第二级如"赋"按题材分为天象、岁时、地类、水、帝德、京都等 41 类，第三级如"天象"再按题材细分为天、日、月、星、星斗、天河、云等 26 类，具体作品按作者时代的先后排序。这就形成了"文体—题材—题材细类—时代"的四级分类。又如《圣宋名贤五百家播芳大全文粹》第一级按文体分为 33 类，第二级如"表"按题材分为皇帝表笺、贺表、贺笺、起居表、陈请表、进文字表、进贡表、慰表、辞免表、谢表、陈乞表（附遗表）11 类，第三级如"贺表"再按题材细分为登极、逊位、上尊号、祥瑞等 19 类，第四级如"祥瑞"再按题材细分为九鼎、元圭、玉玺等 13 类，从而形成"文体—题材—题材细类—题材再细类"的四级分类结构。《文选》二级分类大致以诗、赋作品主题事类为标准，而唐宋元总集二级分类标准则呈现出多样化的特点：《文苑英华》"中书制诰"分北省、翰院、南省、宪台、卿寺、诸监、馆殿（附监官）、环卫、东宫官、王府、京府、诸使、郡牧、幕府、上佐、宰邑、封爵、加阶、内官、命妇等类，则据诰书所关涉的行政机构以及诏书主题内容划分二级类目；《宋文鉴》"诗"分四言、乐府歌行（附杂言）、五言古诗、七言古诗、五言律诗、七言律诗、五言绝句、六言绝句、七言绝句、杂体、骚（附如骚者）11 类，主要着眼于诗句字数和韵律的文体形式特征；《文苑英华》"状"分谢恩、贺、荐举、进贡、杂奏、陈情 6 类，是以文体功用与应用场合区别作为分类依据；《唐文粹》"古调"类下有古今乐章、琴操、楚骚、效古、乐府辞、古调歌篇 6 个二级类目，主要以文体形式和音乐因素为分类依据。②

总集多级分类中题材的细分最为突出，它反映出某些文体内容表达覆盖面的宽广度，也对这些文体的写作直接起到了示范指导作

---

① 蒋旅佳《〈文馆词林〉文体分类建树与影响》，《湖北民族学院学报（哲学社会科学版）》2013 年第 5 期。

② 蒋旅佳《异同分体与体类并重——唐宋总集分类体例与文学观念研究新论》，《青海社会科学》2019 年第 6 期。

用。与多体总集不同,有些单体总集的分类则更为灵活。如《瀛奎律髓》专收唐宋律诗,其第一级按题材分为登览、朝省、怀古、风土、升平等49类,第二级于每类中按诗体分为五言、七言2类,再按作者时代的先后排序。这就形成"题材—文体—时代"的三级分类,在文体固定的前提下,对学习律诗创作的指导意义更为明确。而《古赋辩体》的分类,第一级按时代顺序分为"楚辞体""两汉体""三国六朝体""唐体""宋体"5类,第二级于每类中再按作者顺序排列,如楚辞体分屈原、宋玉、荀卿等;其《外录》部分(赋家流别)第一级按文体分为后骚、辞、文、操、歌5类,第二级每类再按作者时代的先后排序。全书采用的是"时代—时代"和"文体—时代"的二级分类法,将赋体的沿革流别梳理得一目了然。

当然,这种多级分类中,往往存在标准不尽同一、层级相互混淆等弊端,引起后人对"分类殊为繁碎,又颇错互不伦"[①]之类的诟病,而与现代科学分类的原则差距更大。但这也说明古代文集的这种分类,目的本不在研讨理论,而仅着眼于从多种角度对文体进行深入解析。因而这些不同多级分类方法的普遍运用,使总集不但具有汇聚作品的作用,而且更能发挥探讨文体沿革、指导文体写作等多种功能。

二、编纂体例的创新

六朝时期的总集编纂体例,大多只是分类条列作品,如《文章流别集》和《文章流别论》,在目录中还是分别著录的。唐宋元时期的总集编纂,在体例上多有开拓创新,主要有首冠总论、分列序题、添加批点等几类。

(一)首冠总论

在总集卷首冠以总论,对该类文体的渊源流变、代表作品、写作

---

① 永瑢等《四库全书总目》卷一九〇,中华书局,1965年,第1729页。

要领等进行论述,起到提纲挈领的作用,可以更好地引导读者结合选录的作品,反复咀嚼揣摩,把握规律。这一总论可以由编者自撰,也可辑录前贤的相关论述而成。编者自撰总论的,如《古文关键》卷首有吕祖谦撰《看古文要法》一篇,分为"总论看文字法""论作文法""论文字病"三部分。如"总论看文字法":"学文须熟看韩、柳、欧、苏。先见文字体式,然后遍考古人用意下句处。苏文当用其意,若用其文,恐易厌人,盖近世多读故也。第一看大概主张。第二看文势规模。第三看纲目关键:如何是主意、首尾相应,如何是一篇铺叙次第,如何是抑扬开合处。第四看警策句法:如何是一篇警策,如何是下句、下字有力处,如何是起头换头佳处,如何是缴结有力处,如何是融化屈折、剪截有力处,如何是实体、贴题目处。"①吕祖谦将韩、柳、欧、苏古文作为习文的典范之作,而在具体诸家之文中亦有"看韩文法"之"简古","看柳文法"之"关键","看欧文法"之"平淡","看苏文法"之"波澜","看诸家文法"中曾巩、苏辙、张耒的各自文法。又"论作文法"曰:"文字一篇之中须有数行齐整处,须有数行不齐整处,或缓或急,或显或晦。缓、急、显、晦相间,使人不知其为缓、急、显、晦,常使经纬相通,有一脉过接乎其间,然后可。盖有形者,纲目;无形者,血脉也。""有用文字,议论文字是也。"②又如"论文字病"详细列举深、晦、怪、冗、弱、涩、虚、直、疏、碎、缓、暗、尘俗、熟烂、轻易、排事、说不透、意未尽、泛而不切19种文字病。③ 诸项目卷首"总论"对如何阅读所选各家文章的原则和要点,以及应领会的具体作文手法、文字病犯层面做了要言不烦的提示。

又如《文章正宗》卷首亦有编者真德秀自撰《文章正宗·纲目》一篇:

---

① 吕祖谦著,黄灵庚、吴战垒主编《吕祖谦全集》第11册,浙江古籍出版社,2017年,第1页。
② 同上书,第1—3页。
③ 同上书,第3页。

正宗云者,以后世文辞之多变,欲学者识其源流之正也。自昔集录文章者众矣,若杜预、挚虞诸家,往往埋没弗传。今行于世者,惟梁昭明《文选》、姚铉《文粹》而已。繇今视之,二书所录,果皆得源流之正乎?夫士之于学,所以穷理而致用也,文虽学之一事,要亦不外乎此:故今所辑以明理义、切世用为主,其体本乎古、其指近乎经者,然后取焉,否则辞虽工亦不录。其目凡四:曰辞命,曰议论,曰叙事,曰诗赋。今凡二十余卷云。绍定执除之岁正月甲申,学易斋书。①

首先揭橥出全书所辑"以明义理、切世用为主,其体本乎古、其指近乎经"的选文主旨。随后,真氏分别对"辞命""议论""叙事""诗赋"四大类文体进行了总括性的概述。四类叙述方式基本上沿袭刘勰《文心雕龙》"原始以表末,释名以章义,选文以定篇,敷理以举统"②的文体研究思路。具体落实到每一类,则首谈门目源流。如论说"辞命"时指出其源于周官太祝作六辞:辞、命、诰、会、祷、诔;六辞的文体功能是"以通上下亲疏远近"。"辞命"即"王言之制",后对诰、誓、命分别"释名以章义",并列举《尚书》之篇章以见其名称由来。其次说明此编所录之文标准,指出"辞命"本于"深纯温厚",故而不取魏晋以降文辞猥下和骈偶去古之文,"《书》之诸篇,圣人笔之为经,不当与后世文辞同录。独取《春秋》内外传所载周天子谕告诸侯之辞、列国往来应对之辞,下至两汉诏册而止","学者欲知王言之体,当以《书》之诰誓命为祖,而参之以此编,则所谓正宗者庶乎其可识矣"。如述"议论"类曰:"按议论之文,初无定体,都俞吁咈,发于君臣会聚之间;语言问答,见于师友切磋之际。与凡秉笔而书,缔思而作者皆是也。大抵以六经、《语》《孟》为祖,而《书》之《大禹》《皋

---

① 真德秀《文章正宗》卷首,《景印文渊阁四库全书》集部第1355册,台湾商务印书馆,1983—1988年,第5页。
② 刘勰《文心雕龙·序志》,詹锳义证《文心雕龙义证》,上海古籍出版社,1989年,第1924页。

陶》《益稷》《仲虺之诰》《伊训》《太甲》《咸有一德》《说命》《高宗肜日》《旅獒》《召诰》《无逸》《立政》,则正告君之体,学者所当取法。然圣贤大训,不当与后之作者同录,今独取《春秋》内外传所载谏争论说之辞,先汉以后,诸臣所上书疏、封事之属,以为议论之首。他所纂述,或发明义理,或敷析治道,或褒贬人物,以次而列焉。书记往来,虽不关大体,而其文卓然为世脍炙者,亦缀其末,学者之议论,一以圣贤为准的;则反正之评,诡道之辩,不得而惑。其文辞之法度,又必本之此编,则华实相副,彬彬乎可观矣。"①这里,真德秀明确提出要以六经、《论语》、《孟子》、《左传》等圣贤之文为议论类文章的作文规范。

《论学绳尺》卷首的总论《论诀》一卷,则是属于辑录型的,它包括"诸先辈论行文法"(辑录吕祖谦、戴溪、陈亮等8人相关论述)以及"止斋陈傅良云""福唐李先生《论家指要》""欧阳起鸣《论评》""林图南《论行文法》"五部分。

如"诸先辈论行文法"载录东莱吕公祖谦云:"论各有体,或清快,或壮健,不可律看。做论有三等:上焉藏锋不露,读之自有滋味;中焉步骤驰骋,飞沙走石;下焉用意庸庸,专事造语。看论须先看主意,然后看过接处。论题若玩熟,当别立新意说。作论要首尾相应,及过处有血脉。论不要似义方,要活法圆转。论之段片或多,必须一开一合,方有收拾。论之缴结处,须要着些精神,要斩截。论之转换处,须是有力,不假助语,而自接连者为上。若他人所详者我略,他人所略者我详。题常则意新,意常则语新。意深而不晦,句新而不怪,笔健而不粗,语新而不常。"②"止斋陈傅良云"收录陈傅良围绕"论"体之认题、立意、造语、破题、原题、讲题、使证、结尾等体制

---

① 真德秀《文章正宗·纲目》,《景印文渊阁四库全书》集部第1355册,台湾商务印书馆,1983—1988年,第5—6页。
② 魏天应编《论学绳尺·行文要法》,王水照编《历代文话》第1册,复旦大学出版社,2007年,第1077—1078页。

论述,如"结尾"云:"结尾正论关锁之地,尤要造语精密,遣文顺快。盖精密,则有文外之意,使人读之而愈不穷;顺快,则见才力不乏,使人读之而有余味。凡为论,未举笔之前,而一篇之规模已备于胸中;凡结尾,当如反覆如何议论已寓深意于论首。故一论之意,首尾贯穿,无间断处,文有余而意不尽。若至讲后而始思量结尾,则意穷而复求意,必无是理。纵求得新意,亦必不复浑全矣。"①"福唐李先生《论家指要》"之"全篇总论"曰:"论头恰似初状,题有是处,有不是处,当且含洪说,不可说太尽,不可说太直,不可说太泛,亦不可太拘。题下或本意起,或用证起,或辩难起,或连论头便径说去。本意起,贵乎转换,不要重复;用证起,贵乎的切,不要牵强,不可丛杂;辨难起,贵乎是当,不可泛讲;连论头下径说去,贵乎有议论,不可率略。论腹接乎题下之间,此乃要眼所在,过度处在此,引上生下;入末意处,不要勾得,做段一节高一节,自然有末意,上也。"②"欧阳起鸣《论评》"之"论腰"云:"变态极多,大凡转一转,发尽本题余意,或譬喻,或经句,或借反意相形,或立说断题,如平洋寸草中,突出一小峰,则耸人耳目。到此处文字,要得苍而健,耸而新。若有腹无腰,竟转尾,则文字直了,殊觉意味浅促。"③《论诀》收录上述 12 人对于试论结构体制方面的论述,核心是确立试论的"定体""定格"作为写作的绳尺,从而为以下的数十格范文起到举纲张目的作用。

(二) 分列序题

序为小序,题为题解,分别列于总集各类(卷)、各组(题)作品之前,对该类、该组作品的流变、特征等进行概括,更具体地指导阅读,可以看作总论以下的分论。总集的这种体式在唐代尚不多见,宋代开始较多出现。

---

① 魏天应编《论学绳尺·行文要法》,王水照编《历代文话》第 1 册,复旦大学出版社,2007 年,第 1084 页。
② 《论学绳尺》引福唐李先生语,同上书,第 1086—1087 页。
③ 《论学绳尺》引欧阳起鸣语,同上书,第 1088 页。

谢枋得《文章轨范》7卷,各卷前均有简要序题,提示本卷选文的特色和需要关注之点。卷一序题云:"凡学文,初要胆大,终要心小,由粗入细,由俗入雅,由繁入简,由豪荡入纯粹。此集皆粗枝大叶之文,本于礼义,老于世事,合于人情。初学熟之,开广其胸襟,发舒其志气,但见文之易,不见文之难,必能放言高论,笔端不窘束矣。"①这里,谢枋得不仅阐明了学文应由放胆到小心、由粗入细、由俗入雅、由繁即简、由豪荡入纯粹这一循序渐进的基本路径,同时也表明了全书编次分类原则,即前两卷"放胆文"与后五卷"小心文"对应的乃是学文的不同阶段,体现着由易入难的渐变趋势。卷一所选之文虽"礼义""世事""人情"皆备,然终属"粗枝大叶"之类,使学者初学古文即胸襟开阔,故能放胆放言高论而文笔流畅。卷二选"辩难攻击之文","虽厉声色,虽露锋铓",然气力雄健,初学者熟读之,则"意强而神爽",②从而丢掉作文时瞻前顾后的心理负担,使行文气势贯通,一气呵成,从而于场屋之中出类拔萃。《文章轨范》卷三、四、五序题云:

> 议论精明而断制,文势圆活而婉曲,有抑扬,有顿挫,有擒纵。场屋程文论当用此样文法。先暗记侯、王两集,下笔无滞碍,便当读此。

> 此集文章占得道理强,以清明正大之心,发英华果锐之气,笔势无敌,光焰烛天,学者熟之,作经义作策,必擅大名于天下。

> 此集皆谨严简洁之文,场屋中日晷有限,巧迟者不如拙速。论、策结尾略用此法度,主司亦必以异人待之。③

---

① 谢枋得《文章轨范》,《景印文渊阁四库全书》集部第1359册,台湾商务印书馆,1983—1988年,第544页。
② 同上书,第556页。
③ 同上书,第567、580、592页。

卷三所选苏洵《管仲论》《高祖论》《春秋论》与苏轼《范增论》《晁错论》《留侯论》《秦始皇扶苏论》《王者不治夷狄论》《荀卿论》九篇论体文，以二人史论作为论体之文的古文范本；卷四针对场屋考试经义、策来选文，卷五以选文示论、策的法度。三卷的序题都表明选文是在科举程文标准下，通过评点议论、说理之文的行文章法和艺术技巧来提高科举时文的写作水平。正如卷三序题"先暗记侯、王两集，下笔无滞碍，便当读此"之语，亦明确表明"小心文"是在"放胆文"的基础上继续深入，直接针对科举文体的写作选评古文，从而明确以古文为时文的科举时文创作路径。卷六所录皆"才学识三高，议论关世教"之文，使初学者熟读之，"学进识进而才亦进"。① 是卷目的在于使初学者在熟读"放胆文"与前三卷"小心文"之后，在学习古文胸襟、笔力、胆量和众多章法技巧的基础上，进一步学习才、学、识三高之文，特别是其中议论关切世教之处，使得创作主体的才、学、识有进一步的提升。卷七所选的韩愈、苏轼之文，谢枋得以其"皆自庄子"，"觉悟"此集之文可与庄子"并驱争先"。② 通过学习韩愈、苏轼之文，体悟出庄子文章极具个性的创造力。以庄子自写性情、无拘无束之文作为超越韩愈、苏轼古文的典范之本，则体现了谢枋得对于"小心文"的范畴体认，即在循序渐进的学习过程中，通过充分参透古文法度进一步"觉悟"，从而脱离具体法度技巧，达到不为法所拘束的自由之境。《文章轨范》各卷序题体现了以"技"叙次编排体例，选文按照创作技巧浅深程度不同分为"放胆文"与"小心文"两类。从一开始放胆行文，无所拘谨而笔力雄健、意强而神爽，逐渐深入针对科考时文写作程式而有意学习章法技巧的阶段，在此基础上进一步提升创作主体的才、学、识力，觉悟出极具个性与崇尚自由的创造力。这种由"豪荡"至"纯粹"、步

---

① 谢枋得《文章轨范》，《景印文渊阁四库全书》集部第1359册，台湾商务印书馆，1983—1988年，第601页。
② 同上书，第607页。

步推进的分类编次方式,不仅在把握写作规律的基础上,迎合了士子文章创作时的接受心理,同时也在实际文章创作中循序渐进,通过学习"放胆文"入门,再结合具体科考时文写作特点一步一步地提升"小心文"的创作层次,最终达到较高的文章境界。①

郭茂倩《乐府诗集》于 12 类乐府诗之前,各撰序题详述其源流沿革,而在不少乐府诗题之前,再用题解考述诗题的来龙去脉及代表作品。如"郊庙歌辞"序题云:"《周颂·昊天有成命》,郊祀天地之乐歌也,《清庙》,祀太庙之乐歌也,《我将》,祀明堂之乐歌也,《载芟》《良耜》,藉田社稷之乐歌也。然则祭乐之有歌,其来尚矣。两汉已后,世有制作。其所以用于郊庙朝廷,以接人神之欢者,其金石之响,歌舞之容,亦各因其功业治乱之所起,而本其风俗之所由。武帝时,诏司马相如等造《郊祀歌》诗十九章,五郊互奏之。又作《安世歌》诗十七章,荐之宗庙。至明帝,乃分乐为四品:一曰《大予乐》,典郊庙上陵之乐。郊乐者,《易》所谓'先王以作乐崇德,殷荐上帝'。宗庙乐者,《虞书》所谓'琴瑟以咏,祖考来格'。《诗》云'肃雍和鸣,先祖是听'也。二曰雅颂乐,典六宗社稷之乐。社稷乐者,《诗》所谓'琴瑟击鼓,以御田祖'。……按郊祀明堂,自汉以来,有夕牲、迎神、登歌等曲。宋、齐以后,又加裸地、迎牲、饮福酒。唐则夕牲、裸地不用乐,公卿摄事,又去饮福之乐。安、史作乱,咸、镐为墟,五代相承,享国不永,制作之事,盖所未暇。朝廷宗庙典章文物,但按故常以为程式云。"②

方回的《瀛奎律髓》则针对 49 类律诗题材,各撰成序题发掘其内涵,画龙点睛,要言不烦。如"变体"类序题曰:"周伯弢《诗体》,分四实四虚、前后虚实之异。夫诗止此四体耶?然有大手笔焉,变化不同。用一句说景,用一句说情。或先后,或不测。此一联

---

① 蒋旅佳、汪雯雯《科考视野下南宋总集分类的文章学意义》,《海南大学学报(人文社会科学版)》2017 年第 2 期。
② 郭茂倩《乐府诗集》卷一,中华书局,1979 年,第 1—2 页。

既然矣,则彼一联如何处置? 今选于左,并取夫用字虚实轻重。外若不等,而意脉体格实佳,与凡变例之一二书之。"①方回所言之"变体"实为律诗创作中因情景相生、虚实相接之法的运用,使诗歌具有别样的趣味,故汇选其优者为"变体"类一卷。"着题"序题曰:"着题诗,即六义之所谓赋而有比焉,极天下之最难。石曼卿《红梅》诗有曰:'认桃无绿叶,辨杏有青枝。'不为东坡所取,故曰:'题诗必此诗,定知非诗人。'然不切题,又落汗漫。今除梅花、雪、月、晴雨为专类外,凡杂赋体物肖形,语意精到者,选诸此。"②方回所谓的"着题",不仅要求诗歌切合题目,还要达到图形写貌以传神达意的艺术效果。

最为典型的则是祝尧的《古赋辩体》,该书"假文以辨体",并将序题同选文结合起来,以辨体为核心,着重梳理各类赋体的沿革流变和相互关系,同时紧密结合作品展开细致的辨析,两者相互补充,相互印证,共同构成一个体系严整、富于深度的辨体批评体系。如《正集》"两汉体"序题曰:

> 《汉艺文志》曰:"古者诸侯、卿大夫交接邻国,揖让之时,必称诗以喻意,以别贤不肖,而观盛衰焉。春秋之后,聘问咏歌不行于列国,学诗之士逸在布衣,而贤士失志之赋作矣。大傅荀卿及楚臣屈原离谗忧国,皆作赋以风,咸有恻隐古诗之义。其后宋玉、唐勒、枚乘、司马相如、扬子云,竞为侈丽闳衍之辞,没其风喻之义。子云悔之曰:'词人之赋丽以淫。'"愚谓骚人之赋与词人之赋虽异,然犹有古诗之义。辞虽丽而义可则,故晦翁不敢直以词人之赋视之也。至于宋、唐以下则是词人之赋,多没其古诗之义,辞极丽而过淫伤,已非如骚人之赋矣,而况于诗人之赋乎! 何者? 诗人所赋,因以吟咏情性也;骚人所赋,有古诗之义

---

① 方回选评,李庆甲集评校点《瀛奎律髓汇评》卷二六,上海古籍出版社,1986年,第1128页。
② 同上书,第1151页。

者,亦以其发乎情也。其情不自知而形于辞,其辞不自知而合于理。情形于辞,故丽而可观;辞合于理,故则而可法。然其丽而可观,虽若出于辞,而实出于情;其则而可法,虽若出于理,而实出于辞。有情有辞,则读之者有兴起之妙趣;有辞有理,则读之者有咏歌之遗音。如或失之于情,尚辞而不尚意,则无兴起之妙,而于则乎何有,后代赋家之俳体是已。又或失之于辞,尚理而不尚辞,则无咏歌之遗,而于丽乎何有,后代赋家之文体是已。是以三百五篇之《诗》、二十五篇之《骚》,莫非发乎情者,为赋、为比、为兴,而见于风、雅、颂之体,此情之形乎辞者。然其辞莫不具是理,为风、为雅、为颂,而兼于赋、比、兴之义,此辞之合乎理者。然其理本不出于情,理出于辞,辞出于情,所以其辞也丽,其理也则,而有风、比、雅、兴、颂诸义也与?汉兴赋家专取诗中赋之一义以为赋,又取骚中赡丽之辞以为辞,所赋之赋为辞赋,所赋之人为辞人。一则曰辞,二则曰辞,若情若理、有不暇及。故其为丽,已异乎风骚之丽,而则之与淫遂判矣。贾、马、扬、班,赋家之升堂入室者;至今尚推尊之。晦翁云:"自原之后作者继起,独贾生以命世英杰之材,俯就骚律,非一时诸人所及。"定斋云:"赋则漫衍其流,体亦丛杂。长卿长于叙事,渊云长于说理。"林艾轩云:"扬子云、班孟坚,只填得腔子满;张平子辈竭尽气力,又更不及。"如是则贾生之非所及,毋论也;张平子辈之更不及,不论也。若长卿、子云、孟坚之徒,诚有可论者。盖其长于叙事,则于辞也长,而于情或昧;长于说理,则于理也长,而于辞或略。只填得腔子满,则辞尚未长,而况于理。要之皆以不发于情故尔。所以渔猎掊撼,夸多斗靡,而每远于性情;哀荒亵慢,希合苟容,而遂害于义理。间如《上林》《甘泉》,极其铺张,终归于讽谏,而风之义未泯;《两都》等赋,极其眩曜,终折以法度,而雅颂之义未泯;《长门》《自悼》等赋,缘情发义,托物兴辞,咸有和平、从容之意,而比兴之义未泯。一代所见,其与几何？诚以其时经焚坑之秦，故古诗之义未免没，而或多淫；近风雅之周，故古诗之义犹有存，而或可则。古今言赋，自骚之外，咸以两汉为古，已非魏晋以还所及。心乎古赋者，诚当祖骚而宗汉，去其所以淫，而取其所以则可也。今故于此，备论古今之体制，而发明扬子丽则、丽淫之旨，庶不失古赋之本义云。①

序题中，祝尧虽对汉兴诸家专取"六义"之"赋"以为赋，取"骚中赡丽之辞"以为辞赋等作法多有不满，批评赋作"不因于情，不止于理，而惟事于辞"等不足之处，却因词人之赋犹有"辞虽丽而义可则"的"古诗之义"而别为一类。祝尧所取，为贾谊、司马相如、扬雄、班固诸赋家之升堂入室者之作。然亦注意到汉赋之"丽"已不同于"风骚之丽"，故是编所取《长门》《自悼》等赋，皆因其"缘情发义，托物兴辞，咸有和平、从容之意，而比兴之义未泯"而录之。《古赋辩体》一书对明代以后总集的辨体批评产生了深刻的影响。分列序题的体式，其实是承袭了《文章流别集》和《文章流别论》的传统，并将选文和附论合为一体，依体立论，就文辨体，从而成为文体学著述的重要体式。②

（三）添加批点

批注评点是在作品篇首或篇末针对全篇的批评文字，以及篇中针对段落、文句、字词的注释、点评文字。这类体式始于吕祖谦编《古文关键》，《直斋书录解题》著录："《古文关键》二卷，吕祖谦所取韩、柳、欧、苏、曾诸家文标抹注释，以教初学。"③《古文关键》编纂之旨即标举古文"命意布局之处，示学者以门径"④。为便于士子更好地学习古文章法门径，吕祖谦将古文选录与总论评点结合起来。前

---

① 祝尧《古赋辩体》卷三，《景印文渊阁四库全书》集部第 1366 册，台湾商务印书馆，1983—1988 年，第 746—747 页。
② 参考吴承学《论"序题"——对中国古代一种文体批评形式的定名与考察》，《文艺理论研究》2012 年第 6 期。
③ 陈振孙《直斋书录解题》卷十五，上海古籍出版社，2015 年，第 451 页。
④ 永瑢等《四库全书总目》卷一八七，中华书局，1965 年，第 1698 页。

述卷首《总论》论及古文写作鉴赏等多方面内容,架构了一个囊括古文效仿对象、文章构思立意、篇章结构架构、字句语言法度等方面学习古文的总纲,同时总论韩、柳、欧、苏诸大家文法。在正文中,吕祖谦则采用题下批与尾批,以及文中点抹与随行夹注的形式,将所录古文的立意、布局谋篇、句法、体格以及文体风格标明出来,以指导写作。《重答张籍书》题下批"此篇节奏严紧,铺叙回互分明"①,用于总论此文节奏铺叙特征。《泰誓论》尾批"缴结极好,移易不动,与《春秋论》结同",则关注此论收结之法。从明初刻本与日本官板《古文关键》来看,此本点抹可分为抹(有长抹,有短抹,形状是在本文右侧加上长线或短线)、点(形状是"、",用于本文右侧)和界划标志(明初本形状为"—",用于所标文字之下,日本官板形状为"⌞",用于所标文字的左下角)三种。② 清人胡凤丹评其曰:"虽所甄录,文仅数家,家仅数篇,而构局造意,标举靡遗,实能灼见作者之心源,而开示后人以奥窔……然则,不知此法,无以作文,不读先生是书,又何以知古人作文之法之妙哉?"③《古文关键》以选文结集与评点标注相结合的方式,既在阅读层面为初学者提供了经典范文,又在写作层面晓示出文章创作的法度门径。

此后问世的《崇古文诀》《文章正宗》《文章轨范》等古文选本,大多承袭这一体式,普遍添加批注标抹,并进而被扩展至其他诗文选本、小说、戏曲文本,成为富有鲜明特色的文学批评形式。④ 这些批点往往关注作文技法,亦有部分着眼于文体辨析,如《古文关键》评韩愈《谏臣论》"意胜反题格。此篇是箴规攻击体,是反题难

---

① 吕祖谦《古文关键》,黄灵庚、吴战垒主编《吕祖谦全集》第 11 册,浙江古籍出版社,2017 年,第 13 页。
② 吴承学《现存评点第一书——论〈古文关键〉的编选、评点及其影响》,《文学遗产》2003 年第 4 期。
③ 胡凤丹《重刻〈古文关键〉序》,吕祖谦《古文关键》附录,黄灵庚、吴战垒主编《吕祖谦全集》第 11 册,浙江古籍出版社,2017 年,第 135 页。
④ 参考吴承学《现存评点第一书——论〈古文关键〉的编选、评点及其影响》,《文学遗产》2003 年第 4 期。

文字之祖"①，评柳宗元《捕蛇者说》"感慨讥讽体"②。《崇古文诀》评刘歆《让太常博士书》"辨难攻击之体，峻洁有力"③，评王禹偁《待漏院记》"句句见待漏意。是时五代气习未除，未免稍俳。然词严气正，可以想见其人，亦自得体"④。《文章正宗》在《光武赐窦融玺书》后注"以上皆赐臣下玺书"⑤，《武帝问贤良策》后有"以上皆问贤良策，凡六首"⑥之语，注语标示所选篇目的文体属性。这类批点或揭示体性，或辨析语体，或比较体裁，广泛涉及文体研究诸领域，较之总论、序题，是更为具体、细致的文体辨析和批评。

以上几类总集编纂的创新体式，其共同特点是密切结合作品文本研讨文体，无论是总论、序题还是批点，都是将总集所选文章从文体学的角度展开研究，从而促使文体研究走向具体化、精细化，避免了泛泛而谈，因而使总集的文体学价值更为凸显出来。

第二节　类书编纂的专门化

明代焦竑《国史经籍志》"类家"序阐述类书的功能称："流览贵乎博，患其不精；强记贵乎要，患其不备。古昔所专，必凭简策；综贯群典，约为成书……大都包络今古，原本始终，类聚胪列之，而百世可知也。"⑦"原本始终，类聚胪列"是类书文献的基本特点，也是类

---

① 吕祖谦《古文关键》，黄灵庚、吴战垒主编《吕祖谦全集》第11册，浙江古籍出版社，2017年，第3页。
② 同上书，第32页。
③ 楼昉《崇古文诀评文》，王水照编《历代文话》第1册，复旦大学出版社，2007年，第468页。
④ 同上书，第480页。
⑤ 真德秀《文章正宗》卷三，《景印文渊阁四库全书》集部第1355册，台湾商务印书馆，1983—1988年，第79页。
⑥ 同上书，第83页。
⑦ 焦竑《国史经籍志》卷四下，商务印书馆，1939年，第237页。

书的文体学价值所在。唐宋元时期是类书编纂的高峰期,唐代的"四大类书"、宋代的《太平御览》等综合性类书和大量专科性类书等,共同形成了壮观的规模。类书尤其是综合性类书中的"文部"(或称"艺文""文学""文章""杂文"),对散布在各类典籍中的文体学资料爬罗剔抉,依体"类聚胪列",俨然成为各种文体的资料库。类书编纂以类相从,广泛涉及文体分类,既反映出当时文体分类的现状,又影响到同时总集的分类。此外,从文体学的角度看,有些类书同文体学领域关系尤其密切,表现出明显的专门化倾向。

一、事文兼备的类书

从编纂目的看,不少类书本是为诗文创作提供资料和范本的。《初学记》的编纂缘起就十分典型,《大唐新语》载:

> 玄宗谓张说曰:"儿子等欲学缀文,须检事及看文体。《御览》之辈,部帙既大,寻讨稍难。卿与诸学士撰集要事并要文,以类相从,务取省便。令儿子等易见成就也。"说与徐坚、韦述等编此进上,诏以《初学记》为名。①

唐玄宗因"儿子等欲学缀文,须检事及看文体",而命张说等文臣编成《初学记》。所谓"检事及看文体",即查检事类典故和掌握文体规范,正是作文的两大重要切入点。查检"要事"是类书的基本功能,掌握文体规范,则要从阅读"要文"即范文中揣摩获得,这就促使事、文兼备的专门性类书应运而生。

编纂类书一般是"类事"不"类文","类文"是编纂总集的任务,《艺文类聚》开创了既"类事"又"类文"的体例。欧阳询等撰《艺文类聚》100卷,分46部727子目,其序文称:"前辈缀集,各杼其意:《流别》《文选》,专取其文;《皇览》《遍略》,直书其事。文义既殊,寻检难一。爰诏撰其事且文……其有事出于文者,便不破之为

---

① 刘肃《大唐新语》卷九,中华书局,1984年,第137页。

事,故事居其前,文列于后,俾夫览者易为功,作者资其用,可以折衷今古,宪章坟典云尔。"①这种事文兼备、事前文后的新体制,起到了类书和总集的双重作用,对于学习写作,无疑更能起到"检事及看文体"的作用。如卷一"天部"首目"天",所谓"事居其前",即辑录《周易》《尚书》《礼记》《论语》《老子》《春秋繁露》《尔雅》直至《楚辞·天问》共 20 余种典籍中有关天的解释和论述;"文列于后",即依次辑录诗、赋、赞、表四种文体写到"天"的作品,如傅玄的《两仪诗》《天行篇》《歌》、成公绥的《天地赋》、郭璞的《释天地图赞》、颜延之的《请立浑天仪表》等。又如卷三六、三七"人部"之"隐逸"目,类事部分辑录《周易》《论语》《庄子》《高士传》《世说》等多种典籍中有关隐逸的解释和典故,类文部分依次辑录诗、赋、颂、赞、箴、志、训、讥、铭、碑、墓志、诔、吊、祭文、诏、敕、教、表、启、书、论 21 种文体有关隐逸题材的作品共百余首,包括 25 家诗、11 家赋、14 家赞等。这样的事文兼备,既能查检事类典故,又能读到相关各体范文。至如"隐逸"目类文,堪称一部专题文集,如能结合"杂文部"辑录的对相关文体的论述,确能从理论和实践相结合的角度把握文体规范,其文体学意义更能得以彰显。

稍晚撰成的类书《初学记》继承了《艺文类聚》"事文兼备"的传统,在体例上又有所改进。徐坚等撰《初学记》30 卷,分 24 部 313 子目,每个子目先列"叙事",次列"事对",再列"诗文"。如同以卷一"天部"首目"天"为例,"叙事"部分辑录《河图括地象》《释名》《物理论》《尔雅》《广雅》《纂要》等典籍有关"天"的解释和论述;"事对"部分列举与"天"相关的可组成对仗的词语 20 余组,如"转盖 倚杵""玉仪 铜浑""祥风 甘雨"等,每组下注明词语出处;"诗文"部分辑录赋、诗、赞三种文体有关"天"的作品。可见其特色在于增加了"事对"一栏,在类事、类文以外,再加上类对,则对须用

---

① 欧阳询《艺文类聚序》,《艺文类聚》卷首,上海古籍出版社,1982 年,第 27 页。

大量典故的骈文、律诗的写作,具有更为直接的指导意义。

这种事文兼备体例的类书,至南宋又有祝穆所编的《古今事文类聚·前集》60卷、《后集》50卷、《续集》28卷、《别集》32卷,共计170卷。祝氏自序强调记问与讲学不可偏废,"记事为难,记文为尤难","因考欧阳询、徐坚所著类书,采摭事实及诗文,合而成编,颇有条理。暇日仿其遗意,诠次旧藁,自羲农以至我宋,各循世代之次,纪事而必提其要,纂文而必拔其尤,编成辄以《古今事文类聚》名之"。① 各集亦均分部分目,每目下列"群书要语""古今事实""古今文集"3项。以"天道部"之"天"目为例,"群书要语"部分节录《说文》《易·乾卦》《中庸》等10余种典籍中论及"天"的短语;"古今事实"部分罗列"盘古开辟""女娲补天""杞忧天坠""梦至钧天""屈原天问""天门放榜"共10余则与"天"有关的典故;"古今文集"部分,"杂著"录柳宗元《天说》、刘禹锡《天论》、苏轼《上清辞》3篇,"古诗"录卢仝《与马异结交》1首,"律诗"录邵尧夫《易》1首。此书的特点,一是"语"和"事"分列,二是典故均撰有标题,三是文集均收录全篇,四是材料扩展到宋代。因而全书的内容较之《艺文类聚》和《初学记》大为丰富,对研讨文体和指导写作的价值也更大。祝氏之后,元人富大用又编成《新集》36卷、《外集》15卷,祝渊撰成《遗集》15卷,体例均一仍其旧。

事文兼备的类书,确能实现"检事及看文体"两方面的要求,因而也具备了汇聚文献以外的文体学价值,成为唐宋时期类书编纂中的一大创新。

二、科举应试的类书

唐宋时期科举发达,科目众多,而尤以进士科、制科及词科最受关注。这些科目使用的考试文体,唐代主要是诗、赋、策,宋代除诗、赋外,策、论、经义等尤为重要,此外词科另有专门规定的制、诰、诏、

---

① 祝穆《古今事文类聚序》,《古今事文类聚》卷首,《景印文渊阁四库全书》子部第925册,台湾商务印书馆,1983—1988年,第3页。

表等12种文体。为满足应试的需求,围绕这些考试文体编纂的专门性类书层出不穷,如唐代的《兔园策》《韵海镜源》,宋代的《玉海》《群书考索》《历代制度详说》《永嘉八面锋》《古今源流至论》《群书会元截江网》等均是,其中尤以《玉海》最为典型。

《玉海》200卷是南宋王应麟专为准备词科考试而撰的类书。全书分为天文、律宪、地理、帝学、圣文、艺文等21门,每门各分子目,凡240余类。王氏以词科起家,熟悉掌故制度,长于文献考证。《四库全书总目》称此书"胪列条目,率巨典鸿章。其采录故实,亦皆吉祥善事,与他类书体例迥殊。然所引自经、史、子、集,百家传记,无不赅具。而宋一代之掌故,率本诸《实录》《国史》《日历》,尤多后来史志所未详。其贯串奥博,唐宋诸大类书未有能过之者"[①]。其中"艺文"门29卷,略依四部分类编排,其集部又分总集文章、著书、别集、记志、传、录、诗、赋、箴、铭、碑等20类,共论及30余种文体。各体文献大体包含《文心雕龙》研讨文体使用的"释""原""选""敷"四方面。如述赋体,先引《文章流别论》"赋者,敷陈之称"和《释名》"敷布其义谓之赋"二条,此为"释名以章义";次列汉、魏、晋、唐、宋历代赋体代表作40余则,不录原文,而是节录史传的记载和目录的著录,这部分包含了"原始以表末""选文以定篇"的内容;末段节录《文心雕龙·铨赋》论"立赋之大体"、《文章流别论》论古今赋之区别和《西京杂记》所载司马相如论"赋家之心"的三段论述,此为"敷理以举统"。《玉海》这一部分用文献辑录的形式,大大扩充了《文心雕龙》的内容,将唐宋两代各种文体的发展补充进去,并注意引述宋代学者朱熹、吕祖谦、真德秀等的论述,因而其文体学价值尤高于一般类书。《玉海》书后所附《词学指南》四卷,更是指导全部词科考试文体写作的专著,在文体学发展史上影响巨

---

① 永瑢等《四库全书总目》卷一三五,中华书局,1965年,第1151页。

大。绍兴三年(1133),词科由"词学兼茂科"改为"博学宏词科"①,"制、诰、诏书、表、露布、檄、箴、铭、记、赞、颂、序。古今杂出,六题分为三场,每场一古一今"②。词科之文,与古体、时文不同,有它特殊的文体"规式"③。王应麟于各词科文体之下,列文体基本写作体式作法,序文体源流发展以及考试制度对该体规定的因革变化,引述诸名家之说并参以己论,多数文体后附有范文示例和历年考题,对词科文体做较为全面的总结。如《词学指南》卷四载录记体"今题式"曰:

> 曾子开《重修御史台记》首云:"元祐三年新作御史台,有诏臣某为之记"云云。末云:"辄因承诏诵其所闻,以告在位者,使有以仰称列圣,褒大崇显之意焉。"
>
> 周益公《选德殿记》首云"皇帝践阼以来,宫室苑囿无所增修,独辟便殿于禁垣之东,名之曰'选德'"云云。"一日命臣:'汝为之记。'臣愚学不足以推广圣意,词不足以铺陈盛美,谨采《诗》《礼》"云云次第其说。末云:"陛下神圣,必于此有得焉。而臣何足以知之!"④

"今题式"与后出类书如《事文类聚翰墨全书》诸式门事类所引作品一样,仅列出文体体制格式部分内容,与之无关的以"云云"二字替代。"今题式"后附有周必大《选德殿记》为文体示例。

由于词科文体多用四六体,而朝廷制诰、官场表启,也都须作四六文,因此,四六文的写作在宋代为一大热门。诚如元代刘壎所言:"士大夫方游场屋,即工时文;既擢科第,舍时文,即工四六。不者,弗得称文士。大则培植声望,为他年翰苑词掖之储;小则可以结

---

① 王应麟《词学指南》卷二,王水照编《历代文话》第1册,复旦大学出版社,2007年,第905页。
② 同上书,第908页。
③ 同上书,第942页。
④ 同上书,第1008—1009页。

知当路,受荐举,虽宰执亦或以是取人,盖当时以为一重事焉。"①类书编纂及时为这一社会需求服务,产生了四六类的专门性类书,《圣宋名贤四六丛珠》《圣宋千家名贤表启翰墨大全》两种可为代表。《圣宋名贤四六丛珠》100卷为南宋叶棻所编,今存明抄本。该书包括的四六门类有表笺、启、诸式、内简、札子、画一禀目、长书、婚启、青词、释疏、祝文、乐语、劝农文、上梁文、挽诗、祭文共16种,各类又分细目,每一类目下皆分为"总说""故事""四六"三栏。"总说"汇辑各类概说、官制源流等资料,"故事"收罗相关官职、地域、姓氏等材料,"四六"采辑四六文偶句或全篇,但均未标明作者和出处。部分类目(奏状、内简、札子等)下则详列各体首尾格式、起结段落等,作为固定体式便于写作时套用。该书主要供作者依据各人需求检索某类文体的相关典故、成句和格式,更具实用性。由于编者叶棻前此已参与编有《圣宋名贤五百家播芳大全文粹》,故《四六丛珠》可视为《播芳大全文粹》的副产品。《圣宋千家名贤表启翰墨大全》140卷,有庆元六年(1200)刊本,无编纂者名氏,今存20余卷。该书只收表、启两大类文体,分为贺表、贺笺、谢表、陈表、贺启、谢启、上启、回启、类姓、州郡事迹十大门类,后两类主要检索人名、地名材料。每类下再分细目,极为详尽细密;每门类之下,又有"总叙""事偶""句联""要段""全篇"等栏,尤其大量收录四六文全篇,并注明作者,保留了不少四六作品。以今存残本估计,此书"要段"和"全篇"涉及宋人表启文共约2800篇,数量极为可观。这种体例也明显受到前述事文兼备的类书的影响。其他如《翰苑新书》(又名《新编簪缨必用翰苑新书》)等,性质也与上述两书相似。这几种类书都可视为带有文集性质的四六类专门类书,用于具体指导四六文的写作,同样是四六文体学的文献渊薮。②

---

① 刘壎《隐居通议》卷二一,中华书局,1985年,第211页。
② 参见施懿超《宋四六论稿》第七章,上海古籍出版社,2005年,第195—209页。

除此之外,宋元时期应用写作类书在隋唐五代书仪与敦煌类书基础之上开始大量涌现。此类专门性类书面向的使用对象范围广泛,收录文体类别也较为丰富,故其收录材料范围和编排分类体例呈现出较强的实用性。《新编事文类聚翰墨全书》是其中较具有代表性的一部。黑龙江省图书馆与普林斯顿大学葛思德东方图书馆藏元刊本《新编事文类聚翰墨大全》145 卷,60 册,全线装。钱大昕《补元史艺文志》著录有《翰墨全书》一部:"一百四十五卷(甲至癸),后集六十二卷(甲至戊)。甲集十二,曰诸式、曰活套;乙集十八,曰冠礼、曰昏礼;丙集十四,曰庆诞、曰庆寿;丁集十一,曰庆寿、曰丧礼;戊集十三,曰丧礼、曰祭礼;己集十二、庚集十五,曰官职;辛集十六,曰儒学;壬集十七,曰儒学、曰人品;癸集十七,曰释教、曰道教;后甲十五,曰天时、曰地理;后乙十三,曰地理;后丙十一,曰人伦、曰人事、曰姓氏,后丁十四,曰第宅、曰器物、曰衣服、曰饮食;后戊九,曰花木、曰鸟兽、曰杂题。凡廿五门。"①《新编事文类聚翰墨全书》25 门类中,除少数门类外,多数门类下收录的文献分为事类与文类两个部分,事类、文类分别按文体类别收录文献,其中保存了大量的文体史料。如"诸式门"之"事类"分有书奏式、表笺式、书记式、启札式、杂文诸式、诗赋诸式、词科诸式、公牍诸式 8 类,各类又涵盖多种文体,"书奏式"包含上书、封事、奏对、奏议、奏疏、奏札、奏状 7 类,"杂文诸式"列出祝词、字说、制文、礼书、礼状、慰疏、奠状、哀辞、挽歌、祭文、行状、谥议、墓铭、送序、赠说、题跋、论辩、致语、上梁文等具体文体种类。

---

① 钱大昕《补元史艺文志》卷三,《宋辽金元明六史补编》,北京图书馆出版社,2005 年,第 24 页。

第三节　笔记体的普遍化

　　唐宋元时期对文体的探讨,常见的形式之一是使用笔记体。笔记原指执笔记叙,后成为用散文所写的零星琐碎的随笔、杂录的统称。笔记可以"纪事实,探物理,辨疑惑,示劝戒,采风俗,助谈笑"①,可谓包罗万象,但就其文体着眼,其实是一种杂记、杂议之体。它们兼及记事、议论和考据,纵意而谈,涉笔成趣;它们长短不拘,灵活自由,"意之所之,随即纪录"②。第一部正式以"笔记"命名的著述是北宋宋祁所撰《宋景文笔记》,仅宋人今存笔记总数就有500种左右。唐宋文体论普遍采用笔记体,与这一时期各类笔记的空前繁荣是分不开的。笔记总体上可分为小说故事、历史琐闻、考据辨证三大类③,文体研讨多见于考据辨证类,唐宋时期此类笔记名著就有《封氏闻见记》《资暇集》《梦溪笔谈》《考古编》《容斋随笔》《能改斋漫录》《老学庵笔记》《困学纪闻》等多种。此外,创始于宋代的大量诗话、词话、文话,实际上也主要是笔记体,只是专主论诗评文,因此与文体学的关系也更为密切,如《后山诗话》《苕溪渔隐丛话》《岁寒堂诗话》《沧浪诗话》《碧鸡漫志》《词源》等诗话、词话中,都有许多精彩议论,成为文体学的重要组成部分。这类笔记体文体论的主要功能特点,大体表现在以下三方面。

　　一、考辨深入具体

　　考据辨证类笔记唐代即已出现,但至宋代才大量涌现,它们虽因笔记体随意而论,不成体系,但因所涉论题较窄,便于深入,不作泛

---

① 李肇《唐国史补序》,《唐国史补》卷首,上海古籍出版社,1979年,第3页。
② 洪迈《容斋随笔》卷一,中华书局,2015年,第1页。
③ 参见刘叶秋《历代笔记概述》绪论,北京出版社,2011年,第4页。

泛之谈,每有精辟议论。下举二则为例。

唐代封演《封氏闻见记》中论及露布、壁记、石志、碑碣诸体,均在前人基础上做深入发掘,考察文体的缘由因革。其论碑体称:"墓前碑碣,未详所起。按,《仪礼》:'庙中有碑,所以系牲,并视日景。'《礼记》:'公室视丰碑,三家视桓楹。'丰碑桓楹,天子诸侯葬时下棺之柱,其上有孔,以贯绋索,悬棺而下,取其安审,事毕因闭圹中。臣子或书君父勋伐于碑上,后又立之于隧口,故谓之神道碑,言神灵之道也。……前汉碑甚少,后汉蔡邕、崔瑗之徒,多为人立碑。魏、晋之后,其流浸盛。……隋氏制,五品以上立碑,螭首龟趺,趺上不得过四尺,载在《丧葬令》。近代碑碣稍众,有力之家,多辇金帛以祈作者之谀,虽人子罔极之心,顺情虚饰,遂成风俗。"①这里将碑之缘起沿革及体制风俗梳理得十分清晰,可以补刘勰《诔碑》之未及。又如其论"壁记"称:"朝廷百司诸厅皆有壁记,叙官秩创置及迁授始末。原其作意,盖欲著前政履历,而发将来健羡焉。故为记之体,贵其说事详雅,不为苟饰。而近时作记,多措浮辞,褒美人材,抑扬阀阅,殊失记事之本意。韦氏《两京记》云:'郎官盛写壁记,以纪当厅前后迁除出入,浸以成俗。'然则壁记之由,当是国朝以来,始自台省,遂流郡邑耳。"②这是对壁记这种唐代新兴文体的首次记载和评论,将其缘起、功能、习俗、弊端,在不长的篇幅中娓娓道来,有叙有议,遂为经典,开启了壁记研讨的先河。四库馆臣对《封氏闻见记》评价颇高:"唐人小说,多涉荒怪,此书独语必征实。前六卷多陈掌故,七八两卷多记古迹及杂论,均足以资考证。……唐人说部,自颜师古《匡谬正俗》、李匡乂《资暇集》、李涪《刊误》之外,固罕其比偶矣。"③

---

① 封演《封氏闻见记》卷六,赵贞信校注《封氏闻见记校注》,中华书局,2005年,第57—58页。
② 同上书卷五,第41页。
③ 永瑢等《四库全书总目》卷一二〇,中华书局,1965年,第1033页。

宋代王得臣《麈史》对五言、七言诗的起源进行了详细考辨，认为五言诗"始于虞，衍于周，逮汉专为全体矣"；不赞同"七言诗肇于柏梁，而盛于建安"，认为"柏梁之作，亦有所祖袭"。[①] 它还关注到六朝的文体学专著，称："梁任昉集秦汉以来文章名之始，目曰《文章缘起》，自'诗''赋''离骚'至于'艺''约'八十五题，可谓博矣。既载相如《喻蜀》，不录扬雄《剧秦》，录《解嘲》而不收韩非《说难》，取刘向《列女传》赞而遗陈寿《三国志》评。至韩、柳、元结、孙樵，又作'原'，如《原道》《原性》之类；又作'读'，如《读仪礼》《读鹖冠》之类；又作'书'，如《书段太尉逸事》；'讼'，如《讼风伯》；'订'，如《订乐》等篇。呜呼，文之体可谓极矣！今略疏之，续彦昇之志也。"[②] 以下又对比了任昉之作和刘存《事始》的不同观点，指出其"或讨其事名之因，或具成篇而论，虽有不同，然不害其多闻之益"[③]。王氏对任昉之作进行了深入研究，提出了自己的补充意见，尤其是增添了唐代兴起的一批杂文文体的缘起之作，并明确自己乃"续彦昇之志"，表明了探讨文体学的自觉态度。《四库全书总目》谓《麈史》"凡朝廷掌故、耆旧遗闻，耳目所及，咸登编录，其间参稽经典，辨别异同，亦深资考证，非他家说部惟载琐事者比"[④]，也对其考证辨析之功力给予很高的评价。

此类笔记体的考证辨析，对文体学的相关问题进行深入探究，论题具体，辨析细致，立论有据，足资启迪。其他如《碧鸡漫志》中对词调的考述、《沧浪诗话》中对诗体的辨析等等，都成为文体学特定领域的重要论断。

二、评论见解独到

笔记体因其自由灵活、纵意而论的特点，尤其适于论者发挥其独

---

① 王得臣《麈史》卷二，上海古籍出版社，1986年，第42、49页。
② 同上书，第51页。
③ 同上。
④ 永瑢等《四库全书总目》卷一二〇，中华书局，1965年，第1036页。

特的体会、独到的见解,在文体风格的赏析评论领域更为突出。如宋代吴处厚《青箱杂记》中论台阁之文与山林之文的特点,历来脍炙人口:"然余尝究之,文章虽皆出于心术,而实有两等:有山林草野之文;有朝廷台阁之文。山林草野之文,则其气枯槁憔悴,乃道不得行,著书立言者之所尚也。朝廷台阁之文,则其气温润丰缛,乃得位于时,演纶视草者之所尚也。……又今乐艺,亦有两般格调:若教坊格调,则婉媚风流;外道格调,则粗野嘲哳。至于村歌社舞,则又甚焉。兹亦与文章相类。"①文中并引唐宋名家之文以为佐证。将文章风格如此区分,确是前人所未言的独到见解。又如宋代敖陶孙《诗评》载其对唐宋近30位名家诗风的精彩品鉴,均用比喻表述,如"魏武帝如幽燕老将,气韵沉雄。曹子建如三河少年,风流自赏。鲍明远如饥鹰独出,奇矫无前。谢康乐如东海扬帆,风日流丽"②,等等,无不准确传神,历代诗论家常乐于引用。

有些笔记作者善于评论时代风会,视野十分广阔。如王谠《唐语林》论中唐各家及时代文风演变云:"元和已后,文笔学奇于韩愈,学涩于樊宗师,歌行则学流荡于张籍,诗章则学矫激于孟郊,学浅切于白居易,学淫靡于元稹,俱名元和体。大抵天宝之风俗尚党,大历之风尚浮,贞元之风尚荡,元和之风尚怪也。"③可称言简意赅,一语中的,可视为定评。而宋末周密《癸辛杂识》论南宋文体风格称:"南渡以来,太学文体之变,乾、淳之文,师淳厚,时人谓之'乾淳体'。人材淳古,亦如其文。至端平江万里习《易》,自成一家,文体几于中复。淳祐甲辰,徐霖以书学魁南省,全尚性理,时竞趋之,即可以钓致科第功名。自此,非《四书》《东西铭》《太极图》《通书》《语录》不复道矣。至咸淳之末,江东李谨思、熊瑞诸人,倡为变

---

① 吴处厚《青箱杂记》卷五,中华书局,1985年,第46页。
② 敖陶孙《诗评》,曾枣庄、刘琳主编《全宋文》第290册,上海辞书出版社、安徽教育出版社,2006年,第226页。
③ 王谠《唐语林》,上海古籍出版社,1978年,第69页。

体,奇诡浮艳,精神焕发,多用庄、列之语,时人谓之换字文章,对策中有'光景不露''大雅不浇'等语,以至于亡,可谓文妖矣。"①从"淳厚",到"全尚性理",再到"奇诡浮艳",将南宋文风的演变清晰而准确地勾画出来。

此外如《苕溪渔隐丛话》论定体不如变体曰:"律诗之作,用字平侧,世固有定体,众共守之。然不若时用变体,如兵之出奇,变化无穷,以惊世骇目。"②《扪虱新话》论诗文相通曰:"韩以文为诗,杜以诗为文,世传以为戏。然文中要自有诗,诗中要自有文,亦相生法也。文中有诗,则句语精确;诗中有文,则词调流畅。"③《容斋随笔》论四六"得体"云:"四六骈俪,于文章家为至浅,然上自朝廷命令、诏册,下而搢绅之间笺书、祝疏,无所不用。则属辞比事,固宜警策精切,使人读之激卬,讽咏不厌,乃为得体。"④《荆溪林下偶谈》论"四六与古文同一关键"曰:"欧公本工时文,早年所为四六,见《别集》,皆排比而绮靡。自为古文后,方一洗去,遂与初作迥然不同。他日见二苏四六,亦谓其不减古文,盖四六与古文同一关键也。"⑤诸如此类都是见解独到,立论警策,成为笔记体文体论中的亮点。至如《隐居通议》这样遍论赋体、骈体、七律、绝句等文体演变及诸家诗文风格的著作,内容丰富精深,更类似笔记体的文体学专著,在文体学发展史上具有重要地位。

三、留存珍贵资料

由于笔记体在评论之外,兼具记叙功能,文体学上一些珍贵的资料,往往凭借此类著述得以留存下来。下举数例。

---

① 周密《癸辛杂识》后集《太学文变》,上海古籍出版社,2012年,第34—35页。
② 胡仔纂集《苕溪渔隐丛话》前集卷七,人民文学出版社,1962年,第42页。
③ 陈善《扪虱新话》卷九,山东人民出版社,2018年,第108页。
④ 洪迈《容斋随笔》卷八,中华书局,2015年,第402页。
⑤ 吴子良《荆溪林下偶谈》卷二,王水照编《历代文话》第1册,复旦大学出版社,2007年,第554页。

宋诗发展中极为重要的《江西诗社宗派图》，即是依赖笔记名著《云麓漫钞》的记载而留存下来。"吕居仁作《江西诗社宗派图》，其略云：'……国朝文物大备，穆伯长、尹师鲁始为古文，成于欧阳氏。歌诗至于豫章始大出而力振之，后学者同作并和，尽发千古之秘，亡余蕴矣。'录其名字，曰'江西宗派'，其原流皆出豫章也。宗派之祖曰山谷，其次陈师道（无已）、潘大临（邠老）、谢逸（无逸）、洪朋（龟父）、洪刍（驹父）、饶节（德操，乃如璧也）、祖可（正平）、徐俯（师川）、林敏修（子仁）、洪炎（玉父）、汪革（信民）、李錞（希声）、韩驹（子苍）、李彭（商老）、晁冲之（叔用）、江端本（子之）、杨符（信祖）、谢迈（幼槃）、夏倪（均父）、林敏功、潘大观、王直方（立之）、善权（巽中）、高荷（子勉），凡二十五人，居仁其一也。……"①这份25人名单成为江西诗派成员的主要依据，在文体学、文派研究史上极其珍贵。

又如早期古文称为"平文"，仅在《梦溪笔谈》中留有记载："往岁士人多尚对偶为文，穆修、张景辈始为平文，当时谓之'古文'。穆、张尝同造朝，待旦于东华门外，方论文次，适见有奔马践死一犬，二人各记其事，以较工拙，穆修曰：'马逸，有黄犬遇蹄而毙。'张景曰：'有犬死奔马之下。'时文体新变，二人之语皆拙涩，当时已谓之工，传之至今。"②从中可见北宋早期拙涩的古文表述，与后来欧阳修倡导的平易流畅的古文之间差距之大。

宋代名诗僧惠洪的《冷斋夜话》中，则保存了诸名家争论韩愈以文为诗的生动情景："沈存中、吕慧卿吉甫、王存正仲、李常公泽，治平中在馆中夜谈诗，存中曰：'退之诗，押韵之文耳，虽健美富赡，然终不是诗。'吉甫曰：'诗正当如是，吾谓诗人亦未有如退之者。'正仲是存中，公泽是吉甫，于是四人者相交攻，久不决。公泽正色谓正仲曰：'君子群而不党，公独党存中。'正仲怒曰：'我所见如此，偶因存

---

① 赵彦卫《云麓漫钞》卷十四，中华书局，1996年，第244页。
② 沈括《梦溪笔谈》卷十四，上海书店出版社，2009年，第126页。

中便谓之党,则君非党吉甫乎?'一坐大笑。"①四人谈诗,分为两派,实际上反映了当时文坛上对破体为文的两种不同看法,笔记体的形象记录,将文体学上的这一命题表现得惟妙惟肖。

鉴于上述几种功能的综合作用,笔记体成为唐宋元文体学中除少数专著和专论之外,运用最为普遍、讨论最为深入的一种体式。大量的笔记和诗词文话,成为文体学文献的渊薮。

第四节 专著体的多样化

六朝的文体学专著,除了集大成的《文心雕龙》之外,仅有《文章流别论》《诗品》《文章始》等寥寥几种,难成系列。唐宋元时期,文体学专著数量大增,其中虽然未产生影响深广如《文心雕龙》般的巨著,但体式丰富,种类繁多,并多有开创性,为明清时期的进一步发展开辟了道路。这些专著的体式大致可分为格法体、范例体、叙录体、谱录体几种。

一、格法体专著

格法体专著指唐代兴起的以"格""式""法""旨""议""律""诀"等命名的著述,其含义大多指法式、标准,其宗旨在于指导文体写作,并涵盖诗、赋、文诸领域。这类著述凭借科举考试的强大推动力,发展迅猛,经久不衰,成为唐宋元文体学专著的主流体式。

格法体著述的体式,可概括为撮举标题、条列名目、简释含义、罗列例句。具体说,即以若干小标题(用一个数词加上一个名词或动词构成的片语)为纲,以下再依次条列各项,并做简要说明,或引用例证。典型的如旧题王昌龄撰《诗格》,其标题有"十七势""六

---

① 惠洪《冷斋夜话》卷二,上海古籍出版社,2012年,第19页。

义""诗有三境""诗有三思""诗有三不""起首入兴体十四""常用体十四""落句体七""诗有三宗旨""诗有五趣向""诗有语势三""势对例五""诗有六式""诗有六贵例""诗有五用例"等。又"十七势"下,依次条列 17 种"势"之名目;每一名目下皆做简释,如第一,"直把入作势":"直把入作势者,若赋得一物,或自登山临水,有闲情作,或送别,但以题目为定;依所题目,入头便直把是也。皆有此例。"然后依次例举王昌龄诗五联,高适、陆士衡诗各一联,如:"昌龄《寄骧州诗》入头便云:'与君远相知,不道云海深。'又《见谴至伊水诗》云:'得罪由己招,本性易然诺。'……又如陆士衡云:'顾侯体明德,清风肃已迈。'"① 可见所谓"直把入作势",即是根据题目,首联直接点题的写法。当然,标题也可另取,简释和例句也可仅用其一,也可穿插一些较长的评述议论,但格法体著作的标准体式当如上述"十七势"之例。

初唐和晚唐五代的格法体著述以上述标准型为多,宋元时期又发展出汇聚型和集成型两种类型。汇聚型指将前人的多种此类著述汇于一帙,大多重新分类编排。早期的如旧题魏文帝所撰《诗格》,多出于《笔札华梁》《文笔式》等。北宋则有李淑所编《诗苑类格》3 卷和蔡传所编《吟窗杂录》30 卷,都是较大规模的汇聚类著作。南宋魏庆之所编《诗人玉屑》21 卷,收录了《沧浪诗话》论诗体、诗法的相关内容,并按句法、口诀、命意、造语、用事、属对等项,分类辑录南宋诗格类著述和笔记杂著中的内容,也是一部大型的汇聚型著述。集成型指将前人著述重新梳理,另立纲目,追求文章作法的体系性。这类著作产生于宋末元代,如郑起潜撰《声律关键》,分五诀、句法、八韵三部分论述律赋的作法,明显带有集成性;又如旧题杨载所著《诗法家数》就分为诗学正源、作诗准绳、律诗要法、古诗要法、题材之法、总论六部分,其内容虽多有因袭、辑录乃至拼凑,但总体

---

① 王昌龄《诗格》,张伯伟《全唐五代诗格汇考》,凤凰出版社,2002 年,第 152 页。

上略成体系;再如旧题范梈所著《木天禁语》,分为篇法、句法、字法、气象、家数、音节六部分,也是追求诗体及其作法的完备性。

格法体著述的内容集中于文体作法的梳理、归类、说明和例证,旨在指导写作,但理论上的阐述不多,理论价值一般不高。其体式从标准型向汇聚型、集成型发展,说明其原创性的衰减。而由此形成的分类琐碎、立目随意、概念不清、成成相因、可操作性不强等弊病,也有愈演愈烈的趋势。

二、范例体专著

范例体专著指详细列举文体的具体体式,并附录大量例文作为示范,用于指导写作的著述,多见于文章领域,可以《词学指南》和《金石例》为代表。

王应麟《词学指南》4卷,是专为指导词科考试而撰。除卷一总论外,卷二至卷四即为写作词科12种考试文体的具体指导,略分为四部分。以"制"体为例,首列其标准体式:"'门下'云云。'具官某'云云。'於戏'云云。可授某官,主者施行。"[①]其次是关于"制"体的一大段论述文字,内容包括追溯文体的源流、说明文体的特点、结合文体结构阐述文体的作法要求,并附录与制体写作密切相关的国名、郡名等资料。再次为列举5篇"制"体范文以示例,并引用大量前贤的论述进行分析评点,进一步阐明写作要求。最后罗列历年词科考试"制"体试题供参考。12种文体的指南有详有略,以制、表二体论述尤详,可见为其中最为重要者。

潘昂霄《金石例》10卷为指导碑志类文体写作的专著。杨本序称其"凡碑碣之制、始作之本、铭志之式、辞义之要,莫不放古以为准,以其可法于天下后世,故曰例"[②]。因而"例"有范例、义例之意。

---

① 王应麟《词学指南》卷二,王水照编《历代文话》第1册,复旦大学出版社,2007年,第929页。
② 杨本《金石例序》,同上书第2册,第1367页。

碑志类文体细类繁多,并涉及复杂的丧葬制度。全书卷一至卷五分述碑碣、墓志文之源流和制度,详列各细类如碑、碑阴文、德政碑、墓碑、神道碑、家庙碑、先庙碑、碣、墓碣、志、墓志、葬志、殡志等20余种文体之"式",均举先贤成文为例。卷六至卷八从韩愈碑志文中归纳出"韩文公铭志括例",对于家世、宗族、职名、妻子、兄弟、死葬日月等表述方法和用语规范,均标为程式,以为准的。卷九论其他文体,卷十为史院纂修凡例,均与金石无关;卷九实际是辑录《词学指南》所论12种文体的主要内容,包括体式、源流和体制特点,从中亦可见二书体式上的渊源关系。

范例体专著对文体写作的指导具有专门性,针对专业文体作法的研讨极为深细,强调对其源流体制的掌握,重视文体标准体式的规范和范文的示范作用,《金石例》更拓展到碑志制度层面的考察,其文体学理论深度明显超过格法体著述,并对后世起到了示范作用。明清时期,《金石例》的续作、补作不断出现,如黄宗羲《金石要例》、郭麟《金石例补》等,共同形成文体学中的一个特殊系列。

三、叙录体专著

叙录体专著指类似目录书中条列篇目、"撮其指要"的叙录体的著述。可以《续后汉书·文章总叙》为代表。

《文章总叙》是郝经所撰《续后汉书》卷六六艺文类传的总序,而实际则是一部有系统的文体学专著。它以经典为纲,分文体为四部,即易部、书部、诗部、春秋部,每部撰有小序(参见本书第二章第二节),依次条列文体,"撮其指要"。① 如"论"体:"六经无论。至庄、荀骋其雄辩,始著论,如《礼》《乐》《正论》《齐物论》等,皆篇第之名,未特以为文也。汉兴,贾谊初为《过秦》一篇,始以为题而立论(原注:应劭曰:《过秦》,贾谊书第一篇名也,言秦之过。则过秦

---

① 郝经《文章总叙》,《续后汉书》卷六六上上,齐鲁书社,2000年,第847页。

者,犹曰剧秦云耳),于是二京三国诸文士往往著论,大抵反覆明理而已。辞达义畅,不以文为胜也。"①可见,其内容仍以文体溯源析流为主,兼及体制特征。全书共论及文体58种,由于其所述局限在后汉一代,因此无论文体种类还是论述内容,均未超出《文心雕龙》所论,仅在"原始以表末"上有所发挥,故总体价值不高,在体式上亦乏创新之处。此类专著在唐宋元时期亦非主流。

四、谱录体专著

谱录体专著指按照类别、系统进行载录的著述。其特点,一是注重事物的统系,具总领之作用;二是注重内容的条列,具梳理之作用。汉代郑玄作有《诗谱》,宋代有关花木、文具的谱录编撰成风,元代陈绎曾则撰有谱录体的文体学专著《文筌》。

《文筌》全书立四谱,即古文谱、四六谱、赋谱和诗谱,以之构筑起文体学体系的间架;又汲取表述诗文创作的核心概念"法"(作法)、"体"(体制)、"式"(体裁)、"制"(结构)、"格"(风格)、"律"(声律)六项,作为文体学体系的要素,构成全书的主干。以四大文体类别为经,以六项文体学要素为纬,四谱和六要素纵横交错,构筑起《文筌》文体学体系的基本框架。然后由各个交叉点生发开去,密针细线,交织成这一体系的完整网络(详见本书第五章第二节)。

《文筌》的这种著述体式,带有唐宋元科举时代文体学的鲜明烙印,具有较大的创造性,在文体学发展史上别树一格。当然,这种体式也有较为明显的缺陷,一方面,全书采用"纲目撮要"的基本形式,点到即止,少有深入的论证,缺乏理论的深度;另一方面,条分缕析过细过密,且说明简略,含义难明,指导写作的实际效用十分有限。因此,虽然《文筌》有开创之功,但这种体式后继乏人,再也未出现有分量的著作。

---

① 郝经《文章总叙》,《续后汉书》卷六六上上,齐鲁书社,2000年,第848页。

第五章　文体谱系的构建

在六朝骈体文学繁盛的背景下,《文心雕龙》构筑起古代文体学的完备体系。唐宋以降,随着科举制度的成熟和相关考试文体的崛起,以及古文逐渐占据文坛的主导地位,唐宋两代文体学形成了新的特色和热点,但并无系统性的文体学论著诞生,《文心雕龙》在这一时期也未受重视。直至元代,在总结唐宋文体学新成果的基础上,陈绎曾尝试构建科举背景下的文体谱系,并形成了其文体学专著《文筌》。纵观唐宋元时期,文体谱系的载体大约表现在以下三个方面:一为总集,如真德秀《文章正宗》、郝经《原古录》;一为文论表述,如陈绎曾《文筌》;一为史部著作,如郝经《叙后汉书·文章总叙》。

第一节　《文章正宗》选文分类与文体谱系

《文章正宗》24卷,宋真德秀(1178—1235)编。刘克庄曾参与《文章正宗》"诗歌"门编纂①,林希逸称:"甲申……西山在朝,以公学贯古今,文追《骚》《雅》荐。西山还里,公以师事,自此学问益新矣。"②以此推测,《文章正宗》成书于宁宗末年至理宗初年之间。此书不见宋人书目著录,现点校本《直斋书录解题》所录乃后人据元马

---

① 刘克庄《后村诗话》,中华书局,1983年,第4页。
② 林希逸《宋修史侍读尚书龙图阁学士正议大夫致仕莆田县开国伯食邑九百户赠银青光禄大夫后村先生刘公行状》,刘克庄撰,辛更儒笺校《刘克庄集笺校》卷一九四,中华书局,2011年,第7549页。

端临《文献通考》补入,然是书宋代已有刊刻,且有多种版本。据李弘毅考察,《文章正宗》在宋代流传的刻本,起码有 3 种以上。此外,《文章正宗》亦有宋版元明递修本、元版、元明修本、明本以及清刻本等。①《文章正宗》历代版本流传情况,祝尚书《宋人总集叙录》梳理考辨详尽②,此不赘述。

一、"明义理、切世用":《文章正宗》的选文标准

从历代总集选文的体例方式来看,宋前文章总集的选文范围与体例标准,大致是按照《文选》模式设置的。宋初,柳开、穆修等接力唐代古文运动余绪,提倡复归古文传统,理论上主张文由道出,以重建"道统"与"文统";创作上学习韩柳古文,以六经为文章范式楷模,强调文章的政教功用。仁宗即位后,面临内困外扰的社会环境,有意革新逐渐显现的各项政治弊端,为此,曾诏文戒敕浮华文风。北宋时期的文章写作与革新,就与实际的社会政治密切结合起来。不仅如此,文章革新还与科举文风改革联系起来。特别是靖康南渡以后,文章具备"指陈时事、鲠亮切直"的价值功用得以进一步强化,一改空疏浮躁的文风,而趋向于平正朴实,推崇"学术深淳,文词剀切"的文章,③这对宋代文章和文体格局产生了深刻的影响。区别于《文选》时代的审美旨趣和文体观念,唐宋古文运动带来了文学观念的泛化,也扩大了"文"的概念的包容性。诸多古文家更侧重于文学的明道教化作用,文学观念退回到文学与经、子、史混同的阶段。这种观念认知与思想倾向反映在当时创作中,即文学本身的特质如情感抒发、辞藻音律和审美价值适度让位,文章的叙事、议论功能得以突出与强化。因此,更具实用性的制诰、奏议、表启、策论、碑

---

① 李弘毅《〈文章正宗〉的成书、流传及文化价值》,《西南师范大学学报(哲学社会科学版)》1997 年第 2 期。
② 祝尚书《宋人总集叙录》(增订本),中华书局,2019 年,第 284—297 页。
③ 徐松辑《宋会要辑稿》,上海古籍出版社,2014 年,第 5431、5336 页。

志等文体,开始占据文章创作的主流。宋代文章总集的选文评点与分类编排,一定程度上反映出不同于以往的审美旨趣和文学风尚,呈现出新的特点与倾向。这其实反映了宋人一种新的文章观念与眼光,同时又与当时的学术风尚密切相关。①

宋代总集编纂者们开始对古文文体与古文经典进行发掘与扩展,突破《文选》的选文禁忌,将文学经典的范围扩展到子、史两部,并为所选文本设立新的篇章与文体名称。北宋孔延之《会稽掇英总集》截录《史记·越王勾践世家》部分文字,命名为《越世家史辞》,并独立成"史辞"类。此集秉持文献主题内容是否关涉"会稽山水人物"这一标准选文入集,体现出地域总集编纂选文的地志化倾向。② 南宋楼昉《崇古文诀》"先秦文"中乐毅《答燕惠王书》与李斯《上秦皇逐客书》两文,分别出自《战国策》和《史记》。"两汉文"中文帝《赐南粤王佗书》、贾谊《过秦论》与司马迁《自序》,前文出自《汉书·西南夷两粤朝鲜传》,后两文源于《史记》。旧题王霆震编纂的《古文集成·前集》卷十五"书"体选录乐毅《报燕惠王书》、吕相《绝秦书》与李斯《上秦皇书》,前两文出自《战国策》,后文源于《史记》。卷五五"封事"中刘向《元光封事》,来源于《汉书·楚元王传》。由此可见,总集编纂宗旨的多样化,导致选文范围和选文标准突破既有的模式规范,作品篇制形态和分类体例也随之呈现出新的特点。《四库全书总目》曰:"《文选》而下,互有得失,至宋真德秀《文章正宗》,始别出谈理一派,而总集遂判两途。"③大体而言,宋代以前,总集多为文章之选,即重视文章辞采,服务于文学创作。而自《文章正宗》以后,总集编纂遂生而为二途:重辞章的文章之选与重义理的理学之选。放置于中国古代总集编纂的历史长河中审视,四库馆臣之言虽失之于绝对,但颇具慧眼地指明总集编纂选文的另

---

① 吴承学《宋代文章总集的文体学意义》,《中国社会科学》2009年第2期。
② 蒋旅佳《宋元文章总集分体与分类研究》,中华书局,2021年,第336页。
③ 永瑢等《四库全书总目》卷一八六,中华书局,1965年,第1685页。

一个方向:选文以明理,选文以显意。

真德秀批评当时诗文选本不得要领,称:"笔头虽写得数句诗,所谓本心不正,脉理皆邪,读之将恐染神乱志,非徒无益。"①西山选文,以正宗为的:"'正宗'云者,以后世文辞之多变,欲学者识其源流之正也。"②同时批评《文选》与《唐文粹》未得"源流之正",故述《文章正宗》编纂思想与体例曰:"夫士之于学,所以穷理而致用也。文虽学之一事,要亦不外乎此。故今所辑以明义理、切世用为主。其体本乎古、其指近乎经者然后取焉,否则,辞虽工亦不录。"③这里真德秀明确其选文标准:一是"以明义理、切世用为主";二是"其体本乎古、其指近乎经",否则,"辞虽工亦不录"。

真氏以圣贤之文为准的,强调诗文的美刺讽喻之功,以性命义理作为选文的规范,要求文章形式雅正。"辞命"类鄙弃不雅训之文,"议论"类选文"以圣贤为准的","叙事"类作品"典则简严","诗赋"所选皆是"深纯温厚"之作,体现了真氏理学家重实用的文学思想。刘克庄也说真德秀"晚岁论文,尤尚义理,本教化。于古今之作,视其格言名论多者取焉。若徒华藻而于义为无所当者,不录也"④。真德秀由此也开创了文章总集中谈理一派,后世多有效仿。如元金履祥《濂洛风雅》专选理学家诗作,在诗的甄选上,比真德秀选文理论走得更远,"自履祥是编出,而道学之诗与诗人之诗千秋楚越矣"⑤。四库馆臣评曰:"文质相扶,理无偏废,各明一义,未害同归。惟末学循声,主持过当,使方言俚语,俱入词章,丽制鸿篇,横遭嗤点,是则并德秀本旨失之耳。"⑥清刁包《斯文正统》仿真德秀《文

---

① 罗大经《鹤林玉露》,中华书局,1983年,第193—194页。
② 真德秀《文章正宗·纲目》,《景印文渊阁四库全书》集部第1355册,台湾商务印书馆,1983—1988年,第5页。
③ 同上。
④ 刘克庄《西山真文忠公行状》,辛更儒笺校《刘克庄集笺校》卷一六八,中华书局,2011年,第6529页。
⑤ 永瑢等《四库全书总目》卷一九一,中华书局,1965年,第1737页。
⑥ 同上书卷一八六,第1685页。

章正宗》的体例和标准,因持论过之,《四库全书总目》著录曰:"盖本真德秀《文章正宗》之例,持论可云严正。然三代以前文皆载道,三代以后流派渐分,犹之衣资布帛不能废五采之华,食主菽粟不能废八珍之味,必欲一扫而空之,于理甚正而于事必不能行。"①

总的来说,《文章正宗》重义理、重实用、明教化、正性情的选文标准,体现了真德秀理学家的文论思想,显示出尚理、宏道、宗经、资治的理论体系。真氏收录了大量诏书、论谏、奏疏、章表、赞颂、碑铭、序、记、传作品,超越了早期选本局限于文学史料的发掘、考辨及简单的整理、扩充层面,而更加系统化,更具综合性,充分体现了选者的理性思维能力和文学史眼光。真德秀虽以义理、世用为的,然亦不废文章风格、艺术形式,对一些艺术性较强而离义理较远的佳作也颇为推崇,《文章正宗》和《续文章正宗》中收录了不少具有较高艺术品相的作品。如《文章正宗·纲目》"议论"一节云:"书记往来,虽不关大体,而其文卓然为世脍炙者,亦缀其末。"②又"叙事"下序题云:"独取《左氏》《史》《汉》叙事之尤可喜者,与后世记序传志之典则简严者,以为作文之式。"③正文中《过秦论》文末评曰:"如谊所云,真书生之论也。今姑以其文而取之。"④由此可见,《文章正宗》在具体的选文择录和文章评语等层面有颇多建树。

二、辞命、议论、叙事、诗赋四分与文体谱系建构

《文章正宗》选文自《左传》《国语》始,迄于唐末⑤,分"辞命""议论""叙事"和"诗赋"四目编次作品。四目下各有序题,各序题的叙述方式基本上沿袭刘勰《文心雕龙》"原始以表末,释名以章

---

① 永瑢等《四库全书总目》卷一九四,中华书局,1965年,第1768页。
② 真德秀《文章正宗》,《景印文渊阁四库全书》集部第1355册,台湾商务印书馆,1983—1988年,第6页。
③ 同上。
④ 同上书卷十二,第364页。
⑤ 永瑢等《四库全书总目》卷一八七,中华书局,1965年,第1699页。

义,选文以定篇,敷理以举统"的文体研究思路。

具体落实到每一目,则首谈门目源流。如指出"辞命"之文源于周官太祝作六辞(辞、命、诰、会、祷、诔),六辞的文体功能是"以通上下亲疏远近"[①]。后又对诰、誓、命分别"释名以章义",并列举《尚书》篇章以见其名称由来。其次,说明此类录文标准。"辞命"类文章本于"深纯温厚",故不取魏晋以降文辞猥下和骈偶去古之文,"《书》之诸篇,圣人笔之为经,不当与后世文辞同录。独取《春秋》内外传所载周天子谕告诸侯之辞、列国往来应对之辞,下至两汉诏册而止","学者欲知王言之体,当以《书》之诰誓命为祖,而参之以此编,则所谓正宗者庶乎其可识矣"[②]。可见,"辞命"门目所录皆为王言之体。"议论之文,初无定体","凡秉笔而书,缔思而作者皆是也";真氏将"议论之文"源流追溯至六经、《论语》《孟子》以及"先汉以后"之文。因此,"议论之文"要"华实相副,彬彬乎可观",《文章正宗》"独取《春秋》内外传所载谏争论说之辞,先汉以后,诸臣所上书疏、封事之属,以为议论之首"[③]。这里,真德秀明确提出要以圣贤之文、六经、《论语》《孟子》《左传》为议论之文的创作范式。"叙事"源起于古史官,一为"有纪一代之始终者",一为"有纪一事之始终者";后"有纪一人之始终者",如"后之碑志事状之属"。"叙事"门目以"典则简严"为基本的文体规范,故而取"《左氏》《史》《汉》叙事之尤可喜者,与后世记序传志之典则简严者"为"作文之式"[④]。"诗赋",真德秀从"古者有诗"叙其原始,详其正变,引朱子"古今之诗凡有三变"以示诗歌发展源流,标举"自得之趣""兴寄高远"的艺术情感特征,"今惟《虞》《夏》二歌与三百五篇不录外,自余

[①] 《周礼注疏》卷二五,李学勤主编《十三经注疏》,北京大学出版社,1999年,第661页。
[②] 真德秀《文章正宗·纲目》,《景印文渊阁四库全书》集部第1355册,台湾商务印书馆,1983—1988年,第5页。
[③] 同上书,第6页。
[④] 同上。

皆以文公之言为准,而拔其尤者列之此编。律诗虽工,亦不得与。若箴、铭、颂、赞、郊庙乐歌、琴、操,皆诗之属,间亦采摘一二,以附其间,至于辞赋则有文公集注《楚词后语》,今亦不录"①。总其所录,辞命3卷(卷一至三),议论11卷(卷四至十五),叙事6卷(卷十六至二一),诗赋3卷(卷二二至二四)。编选诗文1185篇;其中文691篇,计《左传》133篇、《公羊传》11篇、《穀梁传》10篇、《国语》35篇、《战国策》8篇、《史记》65篇、《汉书》271篇、《后汉书》29篇,又班彪1篇、徐幹1篇、诸葛亮2篇、韩愈76篇、李翱4篇、柳宗元45篇;诗歌共494篇,虞夏以来至汉魏63首,晋宋至唐前98首,唐代333首②。

"辞命"为四目之首,所收一为王言,如辞、命、诰、令、祷、谏等;一为诏策,如内史、卿、大夫、御史等所为命、策、赞等,这些作品皆是"深纯温厚"之作,有"施于朝廷,布之天下"③的文体功能。"议论"类收录论、谏、疏、对、请、戒、奏、议、驳、表、书等作品,将《左传》《国语》等有关谏争论说的文章和西汉以后大臣上书、疏、封事放至类目首端,继而其他"或发明义理,或敷析治道,或褒贬人物"之文附于后,以其"华实相副,彬彬乎可观",为后学者写作提供"法度"。"叙事"类,真德秀选录《左传》《史记》《汉书》中"叙事之尤可喜者"以及韩愈、柳宗元记、序、传、志"典则简严"之文,以作为"作文之式"。

诚如前文所述,放置在南宋古文之学兴起和文章之学兴盛发达的背景下,《文章正宗》"辞命""议论""叙事""诗赋"类目的得名与分类方式,则鲜明地体现了当时的文学创作倾向变化以及总集编纂者对于文章功能定位的思考。区别于诗赋、骈文盛行的时

---

① 真德秀《文章正宗·纲目》,《景印文渊阁四库全书》集部第1355册,台湾商务印书馆,1983—1988年,第7页。
② 漆子扬、马智全《从〈文章正宗〉的编选体例看真德秀的选学观》,《湖南大学学报(社会科学版)》2008年第2期。
③ 真德秀《文章正宗·纲目》,《景印文渊阁四库全书》集部第1355册,台湾商务印书馆,1983—1988年,第5页。

代,此一时期文章在抒情功能之外,其叙事、议论功能得以突出与强化。真氏立意宗旨,欲学者识得源流之正,为读者提供一个正本清源的文章范本。"辞命""议论""叙事"类目的命名以及各类文章的编集入选,实际上是真德秀提升文学品质与总集品格的重要手段。

"辞命""议论""叙事""诗赋"四分,颠覆了传统诗文总集以文体、作家(时代)、题材内容为主的分类编纂方式。真德秀从文章功能入手,将不同历史时期的各体文章加以重新编排归类;从文章所反映具体内容的表达方式的不同,分"议论""叙事"两类;又以文章运用的具体场合、领域和读者对象来揭示其实际功用特点,确立"辞命"类,"诗赋"类则以文体形态分类划分。《文章正宗》将文章功用与表现方式以及文体形态综合起来加以分类,以四目总括众多文体作品,其简明的分类,在宋代便已为人所称道。李耆卿云:"真景元集《文章正宗》,分作四体:辞命一也,议论一也,叙事一也,诗赋一也,井然有条。"① 元刘壎将《文选》《唐文粹》《宋文鉴》《文苑英华》等总集分类体例与真氏四分法比较,凸显《文章正宗》分类简明有法的优长:"古今类编诗文如梁之《文选》、唐之《文粹》、宋之《文鉴》,虽篇帙浩博,可以考见累朝文字之盛,然俱无统纪。至近世真文忠公编类《文章正宗》,分为四门:曰辞命,曰议论,曰叙事,曰歌诗。去取有法,始为今书,足以垂训不朽。"② 明人王立道云:"迨宋儒真德秀氏乃独于兹而究心焉。于是尽取古人之文……序以世次,体以类分,而总其凡例有四:为辞之不可以已也,故首之以辞命;为议之可以见天下之心也,故次议论;为古记事之别有史也,故次叙事;为诗所以言志也,故以诗赋终焉。夫则其辞命可以明民,法其议论可以尽变,效其叙事可以核故,模其诗赋可以章志。四体具而天

---

① 李涂《文章精义》,人民文学出版社,1998年,第72页。
② 刘壎《隐居通议》卷十三,中华书局,1985年,第139页。

下之文无余法矣。"①明郑真云:"世之为文者不过议论、叙事两端,而贵于识体,体制不立而别出新奇可乎? 或蹈袭成言,支离骫骸,将焉用哉?"②吴讷独推《文章正宗》四分法义例精密,包罗众体的归类之功曰:"《文章正宗》,其目凡四:曰辞命,曰议论,曰叙事,曰诗赋。天下之文,诚无出此四者。"③真氏四分法以四类包罗所有文体,这种文章归类法具有极强的概括力和典范性。④

《文选》类总集在分类上一体一类,《文章正宗》采取了"文体并类"的办法,"开了后世分门系类的先例"⑤。虽《文章正宗》"辞命""议论""叙事""诗赋"四目之下,没有再细分二级文体类目;但真德秀却通过选文篇章后的"注语"标示文体类别。如《光武赐诸侯策》文后注有"以上皆封策",《赐东平太后玺书》后注"以上皆玺书,凡四首",《武帝问贤良策》后注有"以上皆问贤良策,凡六首"之语,《遗匈奴书》后注"以上皆赐夷狄书,凡三首"。卷三选文篇末又缀"右两汉诏册,凡一百首"数语,⑥说明卷二、卷三选文的文体类别。以上注语明确标注"辞命"选文分属"封策""玺书""策问""赐书"等类文体属性。真氏四分法是"从文体的表现方式(即体式)着眼,对文体形态的宏观把握,应该说基本上概括了中国古代所谓或'文'或'文章'的实际构成状况"⑦。而"像'议论''叙事'这样的完全从形式和反映生活的方式上高度概括的划分,此前确实还没有

---

① 王立道《拟重刊〈文章正宗〉序》,《具茨文集》卷四,《景印文渊阁四库全书》集部第 1277 册,台湾商务印书馆,1983—1988 年,第 802—803 页。
② 郑真《亡兄金华府义乌县儒学教谕郑先生行状》,《荥阳外史集》卷四二,《景印文渊阁四库全书》集部第 1234 册,台湾商务印书馆,1983—1988 年,第 262 页。
③ 吴讷《文章辨体序说》,人民文学出版社,1962 年,第 7 页。
④ 夏静《〈文章正宗〉的文类意识》,《光明日报》2019 年 6 月 24 日第 13 版。
⑤ 钱仓水《文体分类学》,江苏教育出版社,1992 年,第 180 页。
⑥ 真德秀《文章正宗》卷三,《景印文渊阁四库全书》集部第 1355 册,台湾商务印书馆,1983—1988 年,第 73、74、83、85 页。
⑦ 郭英德《中国古代文体学论稿》,北京大学出版社,2005 年,第 114 页。

过"①。作为总集,真德秀《文章正宗》继承了挚虞开创的选文定篇并对文体进行分类辨析的总集编纂模式,在遴选正宗文章之外,又以"序题"的形式对"辞命""议论""叙事""诗赋"的文体的源流、体制、功用等进行了详细论说,大大提升了总集编纂的理论价值,对文体分类学、文体理论的建构具有催助之功。②当然,也对后世总集选文分类产生重要的影响。

三、《文章正宗》分体归类的体例建树与后世影响

以总集为代表的中国古代文体分类,从《文章流别集》《文选》开始就分体编录,并显露出文体分类日趋繁复细密的趋势,这一方面体现了文体发展过程中,新文体层出不穷的客观事实,同时也是分体辨体不断深入的结果。在辨体明体发达的明代,被罗根泽称为"集文体之大成"的徐师曾《文体明辨》更是达到了120多类,然文体细分在另一个层面上也显示出其琐碎庞杂的弊病。四库馆臣称后之总集体类"千条万绪,无复体例可求"③,这种趋于繁杂细密的文体分类方式虽遭人诟病,实际上一直是中国古代文体分类的客观事实和主流倾向。

另一个层面上,化繁为简、由博趋约的文体合并归类趋势也有发展。受中国哲学"一元论"思想的影响,古人在文学观念的认定上,认为所有文体的本原和内质都是一元的。曹丕《典论·论文》所谓"文本同而末异",正是在区分辨析不同文体的形态特征的同时,又看到文体之间的相似之处,即同中见异,异中见同。④ 文体分类中"同中见异"的层面,重点在于采用辨析区分的方法把握文体的

---

① 赵逵夫《〈中国文章分类学研究〉序》,朱广贤《中国文章分类学研究》,民族出版社,2000年,第10页。
② 刘湘兰《尊经与重文:中国古代文体分类的两个思想维度》,《文学评论》2021年第5期。
③ 永瑢等《四库全书总目》卷一九二,中华书局,1965年,第1750页。
④ 郭英德《中国古代文体学论稿》,北京大学出版社,2005年,第149页。

差异特征。另一个维度,即在分类的同时采用归纳的方法,将具有相同属性的文体合并归类,重点在于把握文体之间的共同之处。曹丕提出"四科八体"之说,陆机将"诗赋""碑诔""箴铭""颂论""奏说"两两合并,而后刘勰《文心雕龙》以"文"(有韵)、"笔"(无韵)区分,将"颂赞""祝盟""箴铭""诔碑""哀吊""谐谶""论说""诏策""檄移""章表""奏启""书记"等内容形式和功能相近的两种或两种以上的文体合并成类;又于《定势》篇中从文体风格特点出发,将诸多文体分为"章表奏议""赋颂歌诗""符檄书移""史论序注""箴铭碑诔""连珠七辞"六大部类,此种在把握文体差异的基础上,注重从文体形态的角度进行归类合并的"异中见同"之法,在后世总集分类之中多加以运用,从而以简驭繁,形成另一种总集分类框架与文体谱系。

吴承学指出:"分体与归类,是中国古代文体分类学的两种不同路向,前者尽可能详尽地把握所有文体的个性,故重在精细化;而后者尽可能归纳出相近文体的共性,故所长在概括性。"[①]中国古代总集在长期的编纂实践中和文体论的发展影响下形成两个方向的分类传统,即以文体为中心,一是将文体类目作为母体,运用题材内容、文体样式、音乐元素、作家时代等因素进行层层划分,形成网状发散的分类结构,可以概括为总集文体分类的"析类"传统,以《文章流别集》《文选》《文苑英华》《文体明辨》《文章辨体汇选》等为是;另一种,则以文体类目为构成元素,将某些文体按照一定的标准归纳综合成"类",再由"类"入"门",试图建立一种"文体—类—门"的多层级归类体系,以明李天麟《词致录》和清储欣《唐宋八大家类选》、姚鼐《古文辞类纂》、李兆洛《骈体文钞》、曾国藩《经史百家杂钞》等为代表,从而形成中国古代总集文体分类的"归类"传统。

最早在总集分类中采用归类合并之法,以真德秀《文章正宗》为

---

① 吴承学《中国古代文体学研究》(增订本),中华书局,2022年,第551页。

是。真氏在借鉴曹丕、刘勰等人文体分类观念的基础上将集中作品"辞命""议论""叙事""诗赋"四分,一变分体编录类总集"析类"传统转而取向"归类"一途,其编纂理念和归类实践颇为后人取则,影响深远。

郝经《原古录》的第二级分类"义理之文""辞命之文""篇什之文""纪事之文"直接继承了真德秀的四目分类成果(次序略有不同),这足以显示郝经的独到眼光。[1] 明代程敏政《新安文献志》选文"略依真德秀《文章正宗》之例,分类辑录"[2],"首辞命,而以诗余附诗杂体之后"[3]。明王心《郴州文志》以"命制""记载""议论""咏歌"四类编次,因袭真氏四分之法。上述总集以文体类目为构成元素,采用分门别类之法编次作品的体例设置,大体多受真氏编集实践影响。

成书于康熙三十八年(1699)的《唐宋八大家类选》14卷,是储欣(1631—1706)在其51卷本《唐宋十大家全集录》的基础上,为指导子孙习文进一步改编的家塾读物。[4] 储欣于《唐宋八大家类选引言》中,将韩愈、柳宗元、欧阳修、苏轼等人文章分为6大类29体:奏疏第一,曰书、曰疏、曰札子、曰状、曰表、曰四六表;论著第二,曰原、曰论、曰议、曰辨、曰说、曰解、曰题、曰策;书状第三,曰状、曰启、曰书;序记第四,曰序、曰引、曰记;传志第五,曰传、曰碑、曰志铭、曰墓表;词章第六,曰箴、曰铭、曰哀辞、曰祭文、曰赋。[5] 一方面,《引言》

---

[1] 魏崇武《论郝经文体分类的特色及价值》,《社会科学研究》2012年第1期。
[2] 永瑢等《四库全书总目》卷一八九,中华书局,1965年,第1715页。
[3] 黄宗羲纂辑《明文海》卷二二五,人民文学出版社,2023年,第4664页。
[4] 《四库全书总目》与《清史稿·艺文志》著录《唐宋十大家全集录》名称卷数不尽一致,后者以《唐宋八大家全集录》名之,《清史稿·艺文志拾遗》则易《总目》51卷为52卷。今检《四库全书总目》曰:"是编乃仿明茅坤《唐宋八家文钞》,增李翱、孙樵为十家,各为批评,亦间附考注。其中标识,悉依茅本之旧。"(永瑢等《四库全书总目》卷一九四,中华书局,1965年,第1773页)可见,《清史稿》"八家"有误无疑。而"卷数"之差,多半是因版本不同,将卷首序文独立出来衍为一卷,51卷遂增至52卷。参见常恒畅《储欣及其〈唐宋八大家类选〉》,《学术研究》2013年第4期。
[5] 储欣《唐宋八大家类选》,静远堂藏版,清光绪九年(1883)重刊本。

分体编录,细分29种文体类别。另一方面,在文体"析类"之上进行文体"归类",用某一能涵盖辖内各种文体共同特征的类目名称将相近文体合并归类。《引言》原意为阐释各类的命名缘由以及涵括的文体类别,但《唐宋八大家类选》正文具体分类编排中仍以"人"(八大家)为目。储欣以"奏疏""论著""书状""序记""传志""词章"六类涵括29体,在分体的基础上归类,形成自成一家的文体谱系。自此而后,姚鼐《古文辞类纂》、吴曾祺《涵芬楼古今文钞》编纂分类多取鉴于此。

姚鼐编《古文辞类纂》卷首《序目》分13类:论辨类一,收录论、原、辨、解、说等说理论道类文章;序跋类二,录史序、诗文集序和跋语;奏议类三,将战国以后的上书、表、奏疏、奏议、封事,并附时务策、对策等收录在内;书说类四,录游说辞令以及呈献上位和友朋之间往来的书牍;赠序类五,录离别赠文和寿序文等;诏令类六,录诏令、封册和檄文等;传状类七,以史书以外的传记、行状为收录对象;碑志类八,大致包括刻石文、碑文、墓志铭和墓表文等文体;杂记类九,收录刻石文外记物、记景、记事作品;箴铭类十,录箴文、铭文、座右铭等作品;颂赞类十一,录史赞、画赞和颂文;辞赋类十二,收楚辞(《九歌》入哀祭类除外)、古赋、骈赋、文赋等作;哀祭类十三,录哀祭性的辞赋、祭文、哀辞等。姚鼐《古文辞类纂》从文体功能出发,将具有相近功用之文体合并归类,并以文体名称组合命名,以类为纲,以体为目,在总集文体分类日趋烦琐之时走向简明一途,在分体归类方式上趋向《文章正宗》。姚永朴盛赞其"辨别体裁,视前人乃更精审",在精简类目的同时合并归类,"分合出入之际,独厘然当于人心。乾隆、嘉庆以来,号称善本,良有以也"。[①]《古文辞类纂》分类成果和体例方式很快被广泛接受,被总集编纂家奉为圭臬,在文

[①] 姚永朴《文学研究法》,许结讲评,凤凰出版社,2009年,第36页。

体分类学上产生了重要影响。① 清吴曾祺《涵芬楼古今文钞》"仿桐城姚氏之法,分为十三类,使各以类相从。又以姚氏之书,纲则具矣,而目未备。乃于一类之中,分为十余类,至数十类。熟乎此者,则所见易明,所为易成,此可决之理也"②,除以"书牍"替换"书说"外,其他类目名称和排列顺次几乎全依《古文辞类纂》。

李兆洛(1769—1841)编纂《骈体文钞》31卷,分为上、中、下三编,上编"庙堂之制,奏进之篇",收录铭刻、颂、杂飏颂、箴、谥诔哀策、诏书、策命、告祭、教令、策对、奏事、驳议、劝进(表)、贺庆(表)、荐达(表)、陈谢(表)、檄移、弹劾类文;中编"指事述意之作",录书、论、序、杂颂赞箴铭、碑记、墓碑、志状、诔祭类文;下编"缘情托兴之作",收设辞、七、连珠、笺牍、杂文类文。③ 相对于《唐宋八大家类选》6类29体之分,《骈体文钞》三编的设置明显有着更高一级的意图。储欣的六分法及类目命名,其基本的分类思维是文体合并立类,在文体类目基础上,将几种文体功能相近的文体合并归类组成文体类群,这是建立在《典论·论文》《文赋》二分法基础之上的合并归类。李兆洛的上、中、下三编,在类目分类设置上受《文章正宗》四分法影响更为直接。"庙堂之制,奏进之篇"收录王言诏策以及臣属进奏陈谢之文,类于《正宗》"辞命"类;"指事述意之作"录书论、序记、碑状、杂颂赞箴铭以及诔祭之文,相当于《正宗》"议论""叙事"类;"缘情托兴之作"类于《正宗》"诗赋"类。《骈体文钞》三编类目名称不同于《唐宋八大家类选》以及后出姚鼐的《古文辞类纂》,后二者类目命名多以文体名称为基础,将文体功能相近的文体

---

① 梅曾亮《古文词略》分文体为论辨、序跋、奏议、书说、诏令、赠序、传状、碑志、杂记、箴铭、颂赞、辞赋、哀祭、诗歌14类,王先谦《骈文类纂》分论说、序跋、表奏、书启、赠序、诏令、檄移、传状、碑志、杂记、箴铭、颂赞、哀吊、杂文、辞赋15类,都明显吸收了姚鼐的分类成果。参见何诗海《从文章总集看清人的文体分类思想》,《中山大学学报(社会科学版)》2012年第1期。
② 吴曾祺《〈涵芬楼古今文钞〉叙》,《涵芬楼古今文钞》,商务印书馆,1910年。
③ 李兆洛《骈体文钞》,上海古籍出版社,2001年。

并称立类,《骈体文钞》"庙堂之制,奏进之篇""指事述意之作""缘情托兴之作"三编之目,在具体文体类目的基础上加以归纳概括,一级类目命名设置上完全剥离《唐宋八大家类选》《古文辞类纂》等建立在文体类目基础上的合并归类,而走向抽象概括,在一级分类上走出了新路。

曾国藩《经史百家杂钞》3 门 11 类包容各体作品,是直接受《古文辞类纂》《骈体文钞》启发而进行的文体归类实践。《经史百家杂钞》中"论著""词赋""诏令""奏议""书牍""哀祭""传志""杂记"类 9 者,与姚书完全相同;删《古文辞类纂》"赠序"类,增"叙记""典志"2 类;姚书"颂赞""箴铭"类则并入曾书"辞赋"类,姚之"碑志"附入曾书"传志"类。如果说《经史百家杂钞》11 类之分,是受姚鼐《古文辞类纂》启发进而有所调整变化,那曾国藩以 11 类归并"著述""告语""记载"3 门,则更多地受李兆洛《骈体文钞》体例影响。《经史百家杂钞》吸收《唐宋八大家类选》《古文辞类纂》以来以相近文体合并归类的分类成果,在此基础上增加"门"来统摄,建立起"由体归类""由类入门"的"门—类—文体—作品"分类层级,体统于类,类归于门,在文体类目之上以类(种)制体(样)、以门(科)摄类(种),在文体"析类"的同时加以文体"归类",以达分门别类、纲举目张之效果。

今人颇以曾国藩《经史百家杂钞》为总集中首次运用"门"的概念进行分类,而实际上早在明代即有以"门"分类的总集。明人李天麟编《词致录》16 卷,录汉晋至宋四六词命之文,分"制词""进奏""启札""祈告""杂著"5 门,各门之中以文体分类,个别文体之下再分细目。具体分类如下:卷一至二,制词门一,收录册文、诏令、制诰、敕、麻、赦、批答、铁券文、德音、赐书、策问 11 种文体,其中,制诰下分 9 个三级类目;卷三至七,进奏门二,收录表、章、状、议、书札、致语、对策、露布、笺 9 种文体,其中,表、笺又以具体功用和应用场合细分三级类目,贺表、谢表再细分四级类目;卷八至十四,启札门三,收录启、状、长书、小简、合尖①5种文体,启类又进行更细层次的分类,先以启之功用场合分贺启、谢启、上启、通启、回启、与启、婚启7类,7类之中贺启、上启、通启、回启再次分类;卷十五,祈告门四,收录朱表、青词、疏语、告文、祭文、叹文、榜7种文体;卷十六,杂著门五,收录序、记、论、文②碑、辞、箴、连珠、檄、牒、教、判12种文体。

  《词致录》的分类体例是以"门"制"体","体"下细分次级类目,形成"门—体—类(大)—类(小)—作品"五级分类结构。若仅从门目名称上看,《经史百家杂钞》"著述门""告语门""记载门"与《词致录》之"制词门""进奏门""启札门""祈告门""杂著门"颇相关联。然《经史百家杂钞》的分类结构是"门—类—体",其"门"是由"体"并"类"之后的更高层级的归类,而《词致录》"门"下涵括的是具体单个文体类目。由此看来,《词致录》的"门"在功能上同李兆洛《骈体文钞》"庙堂之制,奏进之篇""指事述意之作""缘情托兴之作"之分颇相一致,唯一不同的是《骈体文钞》三编类目名称尚处于描述形容的层面,而《词致录》则以抽象概括的门目名称统系文体。值得注意的是,虽然《词致录》"门"属之下直接系文体类目,"门"在文体归类上的功能相当于《唐宋八大家类选》《古文辞类纂》的"类";若细化分析,从上文《词致录》"门"下所系文体类目来看,各门之下涵括数量和内容远比《唐宋八大家类选》《古文辞类纂》丰富。由此可见,李天麟《词致录》"门"虽在总集分类结构中与后出《唐宋八大家类选》《古文辞类纂》"类"所承担的功能一样,都是基于文体类目之上高一级次的归类概念,然而在实质的涵括文体容量层面却超越后者,特别是首次在总集分类中确立"门"这一超越

---

① 《词致录》收"合尖"二首,皆宋人作四六,其一被《五百家播芳大全文粹》收录,二首皆为赴试举子干请之辞。参见李天麟《词致录》卷十六,明万历十五年刻本,《四库全书存目丛书》集部第327册,齐鲁书社,1994—1997年,第197页。
② 实际收录上梁文2篇,劝农文1篇,移文1篇。参见李天麟《词致录》卷十六,明万历十五年刻本,《四库全书存目丛书》集部第327册,齐鲁书社,1994—1997年,第198页。

文体类目之上的更高级次类目名称,确立了"门—体—类(大)—类(小)—作品"五级分类结构;《词致录》在宋真德秀《文章正宗》四目基础上,"制词门""进奏门""启札门""祈告门""杂著门"五分,兼顾文体细化分类的同时进行文体归类,为清代文章总集分体归类确立了体例榜样。特别是"门"之概念,至曾国藩之手,用于包举天下文章,在由"体"并"类"的基础上,由"类"入门,确立了中国古代总集在文体类目基础之上的三级归类系统,即"门—类—体"。

光绪末年,来裕恂《汉文典·文章典》第三卷"文体"论中,以"叙记篇""议论篇""辞令篇"三分古今文体,各为一篇;各篇之中细分三大类,每类各为一章,如"叙记篇"分"序跋""传记""表志"类,"议论篇"分"论说""奏议""箴规"类,"辞令篇"分"诏令""誓告""文词"类;每类再细分若干文体,如"序跋"类分序、引、跋、题、书、读六体,每体各为一节。来裕恂《文章典》第三卷"文体"以篇、章、节建构起3目9类103体的分类体系。① 在文体类目的基础上进行归类,类属之上再以"叙记""议论""辞令"统领,其分类思路以至于类目名称多与《经史百家杂钞》相近。

由此可见,明清总集将《文章正宗》作品编次中采用的归类合并之法进一步发展延伸,在分类中逐渐形成"体—类—门"的归类体系。这种建立在文体类目基础上的归类体例在清末民初总集编纂中继续沿用。张相《古今文综》以"部""编""章"三层划分文体,三层对应的正是明清总集文体分类体系中的"属""类""体"三个层级。② 张相在文体类目基础上归并成"类","类"合并成"属",两次归类之后形成类似于《经史百家杂钞》的"门—类—体"三层结构。所不同的是,《经史百家杂钞》于文体之下直接编次作品,而《古今文综》则再次根据主题或题材细分次级类目,如"论"体下再细分"论

---

① 来裕恂《汉文典注释》目录,高维国、张格注释,南开大学出版社,1993年,第16—20页。
② 张相《古今文综》目录,中华书局,1922年。

理""论文""论政""论史""杂论"5个四级类目,四级类目"论史"再分"史传论"与"史论"2个五级类目,其中"史论"再分"论制度""论学术""学形式""论人物"4个六级类目,又"论人物"分论"一人一事"和"数人合论"2个七级类目,其分类细致到无以复加的地步。

《古今文综》分类,以文体为基础,在文体之上归并成类,由类入门,借鉴了《经史百家杂钞》等总集所形成的"门—类—体—作品"四级归类体系,而在文体之下分层细分类目,则是沿用《文馆词林》《文苑英华》等总集所形成的"文体—类(大)—类(小)—……—作品"的多级分类体系。其所确立的"属(门)—类(文体类)—文体—类(大)—类(小)—……—作品"分类体系,集中国古代总集析类与归类编纂体例之大成。综上所述,明清总集在《文章正宗》分类体例成果的基础之上,类目设置命名趋向于概括抽象性,分类结构趋向于以简驭繁。这些分类趋势既是传统分类学的终结,又意味着近现代分类学的开端[①],推动着总集文体谱系的近代化转型。

第二节　陈绎曾《文筌》与簿录式文体谱系

《元史·陈旅传》之后附有陈绎曾的传记,称:"同时有程文、陈绎曾者,皆名士。"又:"绎曾字伯敷,处州人。为人虽口吃,而精敏异常,诸经注疏,多能成诵。文辞汪洋浩博,其气烨如也。官至国子助教。"[②]惜所述过于简略。经现代学者研究,陈绎曾字伯敷,原籍为处州龙泉,后侨居吴兴。曾流寓齐鲁一带,故自号汶阳左客。其曾祖陈存,字体仁,被称为龙泉公,淳祐七年(1247)进士,官至兵部尚

---

① 详情可参考何诗海《从文章总集看清人的文体分类思想》,《中山大学学报(社会科学版)》2012年第1期;任竞泽《〈文章正宗〉"四分法"的文体分类史地位》,《北方论丛》2011年第6期。

② 宋濂等《元史》卷一九〇《陈旅传》附,中华书局,1976年,第4348页。

书,出知庆元府兼沿海制置使。宋亡,入元不仕。其父陈康祖,字无逸,曾任郡博士、婺源山长等,颇有诗名。

陈氏生年不详,曾从父执戴表元受学。经许有壬荐举入仕,其荐辞称:"江南陈绎曾,博学能文,怀材抱艺,挺身自拔乎流俗,立志尚友乎古人。"①后任翰林院编修,参与《辽史》编纂,官至国子监助教。卒年在至正十一年(1351)左右,终年约七十岁。② 陈绎曾是著名书法家,《书史会要》卷七称其"学识优博,真、草、篆、隶俱通习之,各得其法"③,其书法论述有《翰林要诀》一卷传世。陈绎曾文章论著较多,钱大昕《补元史艺文志》著录有《科举天阶》《文说》《文筌》和《古文矜式》共四种。其中《科举天阶》已佚,其余三种今存。《四库全书总目》诗文评类《文说》提要记载"《吴兴续志》称绎曾尝著《文筌》《谱论》《科举天阶》,使学者知所向方,人争传录。焦竑《经籍志》又载绎曾《古今文矜式》二卷",可见其著述在当时的影响。四库馆臣还推测《文说》或为《科举天阶》和《古今文矜式》二书之一,"但名目错互,莫能证定"。④

《文筌》版本现知最早的为元代麻沙坊刻本。《四库全书总目》"诗文评"类存目著录浙江巡抚采进本《文筌》八卷附《诗小谱》二卷,提要称:"此编凡分《古文小谱》《四六附说》《楚赋小谱》《汉赋小谱》《唐赋附说》五类,体例繁碎,大抵妄生分别,强立名目,殊无精理。《诗小谱》二卷,据至顺壬申绎曾自序,称为亡友石桓彦威所撰,因以附后。是此编本与《诗谱》合刻,元时麻沙坊本乃移冠《策学

---

① 许有壬《荐吴炳陈绎曾》,《至正集》卷七五,《景印文渊阁四库全书》集部第1211册,台湾商务印书馆,1983—1988年,第534页。
② 参考慈波《陈绎曾与元代文章学》,《四川大学学报(哲学社会科学版)》2007年第1期;黄丽、杨抱朴《陈绎曾生卒年、籍贯及仕宦考辨》,《社会科学辑刊》2007年第2期。
③ 陶宗仪《书史会要》卷七,上海书店,1984年,第316页。
④ 《古今文矜式》二卷或为《古文矜式》《今文矜式》各一卷。《古文矜式》今已包含在《文章欧冶》之中,则《文说》或即《科举天阶》欤? 从内容看似有相合之处,可备一说。参见永瑢等《四库全书总目》卷一九六,中华书局,1965年,第1791页。

统宗》之首,颇为不伦。今仍析之,各著于录。"①又"总集"类存目著录浙江巡抚采进本《残本诸儒奥论策学统宗》二十卷,提要称:"是编杂选宋人议论之文,分类编辑,以备程试之用。凡《后集》八卷、《续集》七卷、《别集》五卷,而阙其《前集》,盖不完之本。原本又以陈绎曾《文筌》、石桓《诗小谱》冠于卷首,而总题曰《新刊诸儒奥论策学统宗》。增入《文筌》《诗谱》,文理冗赘,殆麻沙庸陋书贾所为。今析《文筌》《诗谱》别入诗文评类,而此书亦复其本名,庶不相淆焉。"②合此二书提要观之,则四库馆臣所得为浙江巡抚采进麻沙坊本《新刊诸儒奥论策学统宗》,因冠于书前的《文筌》《诗谱》与总集体例不合,故将其析为二书,分别著录于存目。可惜此二本现都已不见。杜泽逊《明宁献王朱权刻本〈文章欧冶〉及其他》一文,考证明初刊本《文章欧冶》为朱权所刻。杜文节录该书卷首陈绎曾《新刊诸儒奥论统宗文筌序》称:"余成童剽闻道德之说于长乐敖君善先生,痛悔雕虫之习久矣。乃得《诸儒奥论统宗》观读,议论精当,文章有法,手录以还。比游京师,东平王君继志,讲论之隙,索书童时所闻笔札之靡者。因感其言,悉书童时之要,命曰《文筌》焉。又云:亡友石桓彦威,尝共为《诗小谱》二卷,因以附于其后云。由陈序可知,《文筌》之作与《策学统宗》紧密相关,最初刻印当即冠于《策学统宗》之首。至于单行,当在其后。馆臣认为其初与《诗小谱》合刻单行,后乃为书估取冠《策学统宗》卷端,恐非其实。"③但杜文未明言其是否亲见此本,而此本现在是否仍藏于台湾"中图",亦未可知。因此,《文筌》的元代麻沙原刻本似尚未得以充分利用。

明初有题为《文章欧冶》的刊本问世,今山东省图书馆有藏本。经杜泽逊通过版本比对后考定,此本刊刻者为宁献王朱权,这一结

---

① 永瑢等《四库全书总目》卷一九七,中华书局,1965年,第1799页。
② 此残本现已佚失。而《总目》附录阮元《四库未收书提要》卷三著录《策学统宗前编》五卷,恰与《残本》相合,此五卷本前编今存《宛委别藏》。参见永瑢等《四库全书总目》卷一九一,中华书局,1965年,第1738页。
③ 杜泽逊《明宁献王朱权刻本〈文章欧冶〉及其他》,《文献》2006年第3期。

论已为学界普遍接受。朱权重新发现了《文筌》这部"奇书"的价值,将其更名为《文章欧冶》重刻之,并撰序称:"其书有可法者,故取之,乃命寿诸梓以示后学,使知夫文章体制有如此法度,庶不失其规矩也。更其名曰《文章欧冶》,以奇益奇,不亦奇乎?"① 朱权的更名重刊,使《文筌》作为独立著述的性质凸显出来,并为其后的流传奠定了基础。此本《文章欧冶》明清时传入朝鲜、日本。

由于《文筌》一书流传极少,王水照编纂《历代文话》时收入,即依据通行的合刻本进行整理,并参校华东师范大学的清抄本,使之成为现在最为便于阅读的通行本,对于深入研讨该书贡献甚巨。当然,如能以元代麻沙原刻本为底本,校以明初朱权刻本、合刻本和清抄本,则《文筌》的原貌将显示得更为清晰。这里所引仍依《历代文话》本,虽然此本是依朱权的更名重刊本《文章欧冶》而来,但在研讨元代的文体学理论时,仍以陈绎曾所题原名《文筌》称之。

一、《文筌》的宗旨和内容

《文筌》卷首有陈绎曾撰于至顺三年(1332)七月的《文筌序》一篇,其文曰:

> 文者何?理之致精者也。三代以上行于礼乐刑政之中,三代以下明于《诗》《书》《易》《春秋》之策。秦人以刑法为文,靡而上者也。自汉以来,以笔札为文,靡斯下矣。乌乎,经天纬地曰文,笔札其能尽诸?战国以上,笔札所著,虽舆歌巷谣,牛翳狗相之书,类非汉魏以来高文大策之所能及,其故可知也:彼精于事理之文,假笔札以著之耳;非若后世置事理于精神之表,而唯求笔札之华者也。
>
> 予成童,剽闻道德之说于长乐敖君善先生,痛悔雕虫之习久

---

① 陈绎曾《文章欧冶·序》,王水照编《历代文话》第 2 册,复旦大学出版社,2007 年,第 1223 页。

矣。比游京师,东平王君继志讲论之隙,索书童时所闻笔札之靡者。以为不直则道不见,直书其靡,使人人之惑于是者,晓然知之,所谓笔札之文不过如此,则靡者不足以玩时惕日,而吾道见矣。因感其言,悉书童习之要,命曰《文筌》焉。

夫筌所以得鱼器也,鱼得则筌忘矣。文将以见道也,岂其以笔札而害道哉!且余闻之,《诗》者情之实也,《书》者事之实也,《礼》有节文之实,《乐》有音声之实,《春秋》有褒贬,《易》有天人,莫不因其实而著之笔札。所以六经之文不可及者,其实理致精故耳。人之好于文者求之此,则鱼不可胜食,何以筌为?亡友石桓彦咸尝共为《诗小谱》二卷,因附其后。①

序文首段提出文是"经天纬地"的"致精"之理,汉代以上都是"精于事理之文,假笔札以著之",汉魏以下则是"置事理于精神之表,而唯求笔札之华者"。次段从童时习文说起,认为达到"笔札之靡"的写作技巧"不过如此",人人可"晓然知之",这些"童习之要",就是《文筌》所论。末段解释"文筌"之义,发挥《庄子·外物》"筌者所以在鱼,得鱼而忘筌"②的典故,强调"文将以见道",作文求道,"则鱼不可胜食,何以筌为"。序文将《文筌》所论,归于人人可晓的"童习之要",比之为"所以得鱼"之器,似有自贬自谦之义。其实全文陈义颇高,以复古求道立论,说明要见道、明道,离不开作为工具的"筌",以"筌"题名,形象地凸显了所论内容的性质,并将它与"文将以见道"的根本目标联系在一起。元代理学当道,儒者论文,好言理论道,陈氏此序也难脱窠臼,加之论场屋之文的作法,历来被儒者视为小道,不宜张扬,故陈氏用"文筌"之喻,来概括一切笔札的写作技法,确实可谓言简意赅,构思精妙,而他对于这得鱼可忘的"筌",还

---

① 陈绎曾《文章欧冶·文筌序》,王水照编《历代文话》第2册,复旦大学出版社,2007年,第1226—1227页。
② 王先谦《庄子集解》卷七《外物》,刘武《庄子集解内篇补正》,中华书局,2012年,第295页。

是倾注了大量心血,进行了精心构建。

从正面更为明晰地阐述《文筌》主旨的则是明初朱权重刊本前的《文章欧冶序》。序文称:"汶阳陈绎曾演先圣之未发,泄英华之秘藏,撰为是书,名曰《文筌》,可谓奇也。然出乎才学,见乎制作规模,又可谓宏远矣。《孟子》所谓'能与人规矩,不能使人巧',要在天性明哲之何如耳。得之者可以宣天地之化育,拯纲常,以匡道德之学,安世治民,以明仁义之教,方谓之文。不知体制,不知用字之法,失于文体,去道远也。孰不知文章制作五十有一,各有体制,起承、铺叙、过结皆有法度,稍失其真,则不为文。其间取舍轻重之法,囊括蕴奥精微之旨,有不可形容而举者。若海天澄彻,万象倒影,仿乎其有形,扩乎其无迹。看周秦汉之文章,则得之矣。有只用一字以明万世之功、一字以正万世之罪者,有下一字不言罪而莫大乎罪、不言功而莫大乎功,有诸中而不形诸外:若此者,皆作文之法,能知此者,可以语于文矣。"[①]文章称《文筌》为奇书,阐明全书宗旨是论"作文之法",包括体制、文体、用字之法等"不可形容而举者",文末更强调此书是使后学"知夫文章体制有如此法度,庶不失其规矩",并将其更名为《文章欧冶》。欧冶子为春秋时著名的铸剑工匠,善于熔铸宝剑,《越绝书·外传记宝剑》载:"欧冶乃因天之精神,悉其伎巧,造为大刑三、小刑二:一曰湛卢,二曰纯钧,三曰胜邪,四曰鱼肠,五曰巨阙。"[②]则"文章欧冶"之义,当为指明此书为熔铸文章之技巧。此外,《文章欧冶》合刻本末伊藤长胤的《后序》也明确指出:"《文章欧冶》者,作文之规矩准绳也。凡学为文者,不可不本之于六经,而参之于此书。本之于六经者,所以得之于心也;参之于此书者,所以得之于器也。穷经虽精,谭理虽邃,苟不得其法

---

① 陈绎曾《文章欧冶·序》,王水照编《历代文话》第 2 册,复旦大学出版社,2007年,第 1222 页。
② 袁康、吴平《越绝书》卷十一《越绝外传·记宝剑第十三》,李步嘉校释《越绝书校释》,中华书局,2013 年,第 302 页。

焉,则不足为文。然则欲作文者,舍此书其何以哉?此书简帙虽少,然作文之法悉矣。若吴氏《辨体》、徐氏《明辨》,其论体制虽颇详备,然至于作文之法,则未若此书之纤悉无遗也。"①将陈氏原序和《文章欧冶序》《后序》结合起来,其阐明的全书宗旨则更为醒豁。

《文筌》全书的内容,据四库馆臣所述之元麻沙坊本,为"凡分《古文小谱》《四六附说》《楚赋小谱》《汉赋小谱》《唐赋附说》五类",后再附《诗小谱》,录入《四库全书》时则从合刻本中析出,著录为《文筌》8卷附《诗小谱》2卷。② 而明初朱权重刻本之内容,则为"自'古文谱一'至'古文谱七',次'四六附说''楚赋谱''汉赋谱''唐赋附说''古文矜式',次'诗谱'二十则。前后相接,页码连贯,计正文六十二叶"③。两相比照,可见朱权在重刊时对原书做了调整:一是原来各称"小谱"者均去"小"字,径称为"谱";二是增入了原来没有的《古文矜式》;三是将《诗谱》与前诸项连贯,作为《文筌》的组成部分,而非附录。考诸陈氏《文筌》原序,可以推测《诗小谱》2卷"附其后",一则因为亡友石桓"共为"(可理解为相约分工而为),故特为另列;二则"文筌"之文主要指"笔札",泛指文章,诗似有别,但《诗谱》的体例框架与《文筌》相仿。可见,在陈氏构想中,《诗谱》本当与《文筌》合为一个整体,"附于后"则表示略有区别。从这样的角度看问题,明初朱权重刊本将《诗谱》与诸谱连贯,是符合陈氏本意的;将各"小谱"去"小"字,更为正式一些,也是可取的;只是增入《古文矜式》,与诸谱并列,显然不符合原书体例,是将一单行著作掺入其中,则明显为败笔。因此,今人探讨《文筌》的文体学体系,应将《古文矜式》一节析出。《文筌》的内容,是由古文谱、四六谱(即《四六附说》)、赋谱(分《楚赋谱》《汉赋谱》《唐赋附说》三节)和诗谱四部分组成的论

---

① 陈绎曾《文章欧冶·后序》,王水照编《历代文话》第2册,复旦大学出版社,2007年,第1332页。
② 永瑢等《四库全书总目》卷一九七,中华书局,1965年,第1799页。
③ 杜泽逊《明宁献王朱权刻本〈文章欧冶〉及其他》,《文献》2006年第3期。

述"作文之法"的一个完整自足的体系。

二、《文筌》文体学体系的特点

《文筌》的文体学体系产生于唐宋文体学的基础之上,而唐宋文体学最显著的特点即它的科举背景。随着唐宋科举制度的发展和成熟,对科举考试文体的研讨成为唐宋文体学的重要内容。科举文体学带有鲜明的功利色彩,其共性是实用性、通俗性和简易性,对文体的研讨着重于文体作法,强调规范、法度,追求简明扼要、易学易记,而不注重全方位的学理探究。这些特征是唐宋科举文体论著的普遍现象,也是陈绎曾赖以构建《文筌》文体学体系的基础。具体而言,《文筌》的文体学体系有以下几方面的鲜明特点。

(一)谱录式、格法型的体式特点

《文筌》全书的体式,综合了谱录式和格法型两类著述的特点。"谱""录"均是古代的著述体式,"谱"是记载事物类别或系统的书,"录"为记载言行事物的册籍。《文心雕龙·书记》:"是以总领黎庶,则有谱、籍、簿、录。"又:"谱者,普也。注序世统,事资周普,郑氏谱《诗》,盖取乎此。"又:"录者,领也。古史《世本》,编以简策,领其名数,故曰录也。"[①]此类著述颇为庞杂,历代多有,但目录书中却无其专类。宋代尤袤《遂初堂书目》中始列"谱录"类,《四库全书总目》沿用之,在子部中亦设此类目著录这批杂书。检视其所著录,则大多产生于宋代,如《考古图》《啸堂集古录》《文房四谱》《砚谱》《墨谱》《香谱》《石谱》《茶录》《酒谱》《糖霜谱》《扬州芍药谱》《洛阳牡丹记》《范村梅谱》《百菊集谱》《海棠谱》《橘录》《菌谱》《蟹谱》等数十种,可见宋人撰写谱录蔚然成风。陈绎曾采用谱录式论文体,应当与此种风尚有关。当然,在文学领域,更有标杆意义的

---

① 刘勰《文心雕龙·书记》,詹锳义证《文心雕龙义证》,上海古籍出版社,1989年,第942、944页。

应是汉代郑玄所著《诗谱》。这部《诗经》研究名著或是陈氏以谱论文的更直接的范本,陈氏自称所著各谱为"小谱",或正寓不敢与郑玄《诗谱》并称之意。郑氏《诗谱序》明其体例曰:"欲知源流清浊之所处,则循其上下而省之;欲知风化芳臭气泽之所及,则傍行而观之,此《诗》之大纲也。举一纲而万目张,解一卷而众篇明,于力则鲜,于思则寡,其诸君子亦有乐于是与。"①这或许正是陈氏追求的论文目标。要而言之,谱录式著述的特点,一是注重事物的类别和系统,具总领之作用,二是注重内容的条列和载录,具梳理之作用,从而达到纲举目张、举一反三之效果。

所谓格法型,是指唐宋以来盛行的诗格、诗法类著述的体式。这类以研讨诗的法度、规则为主的著述,从六朝文学批评术语中提炼出一些概念,另外也可能受到唐代律、令、格、式之类法律文书的启发,逐步形成了一系列表述诗文创作范畴的专门术语,其中用得最多的是"格""法""式""律"等词,并作为著述的题名。这类著述的体式,往往以若干小标题为纲,用一个数词加上一个名词或动词构成的片语作为小标题(如十七势、十四例、五忌之类),以下再依次条列各项,并做简要说明,或引例证。② 有些则层次众多,结构颇为复杂。其共同特色,一是条分缕析,细致入微,叠床架屋,不厌其详;二是概念迭出,例证繁多,但少有阐述,语焉不详,从而使读者如入迷宫,难得要领。《文筌》着眼于文章写作技巧,欲解众人之惑,采用此种格法型体式,既是顺应潮流,也似有集其大成之意图。

《文筌》全书包括四谱,即古文谱、四六谱、赋谱和诗谱。由于陈氏全书以复古求道立论,因而在古今文体中推崇古体,贬抑今体。书中在《古文谱》后设《四六附说》,其论述体例与《古文谱》全同,因

---

① 郑玄《诗谱序》,《毛诗正义》,李学勤主编《十三经注疏》,北京大学出版社,1999年,第9页。
② 参考张伯伟《诗格论》,《全唐五代诗格汇考》卷首,凤凰出版社,2002年,第1—54页。

此实际即为四六谱,称"附说"仅表示其地位或重要性不应与古文并列,但它仍是古文之外独立的一类文章。同样地,在《楚赋谱》《汉赋谱》后设《唐赋附说》,只是表示唐赋以律体为主,不应与楚、汉古赋并列,而其实质即是唐赋谱。至于楚赋、汉赋、唐赋分设三谱,或是因三时期赋的体制特征鲜明而分述,其总为赋谱而与诗谱、古文谱、四六谱并列,则是一目了然的。四谱中以古文、诗二谱内容最详,赋谱次之,四六谱又次之。这固然有文类本身的因素,但四谱似在未经严密构思的情况下先后撰成,因而在内容和体例上存在畸轻畸重的状况。尽管如此,《文筌》所立四谱,囊括了当时文坛正统文体的四大专类,构筑起其文体学体系的第一层次。

《文筌》文体学体系的第二层次,由格、法等一系列概念组成。这些概念中最核心的有法、式、制、体、格(以上四谱均设)、律(古文、诗二谱设)六项;其他还有目(仅四六谱设)及本、情、景、事、意、病、变、范、要、性、音、调、会(仅诗谱设)等。各项在四谱中的先后次序也不尽相同。六项核心概念可以视为其文体学的六项要素,其内涵在四谱中基本相似,有时也有混淆。具体来说,"法"泛指文章作法,"体"指文章体制,"式"指文章体裁,"制"指文章结构,"格"指文章风格,"律"指文章声律。除首项"法"主要涉及文章内容外,其余五项关涉的都是文章的形式,包括体制、体裁、结构、风格和声律。它们共同构成了《文筌》文体学体系的主干。

这样,以四大文体类别为经,以六项文体学要素为纬,四谱和六要素纵横交错,亦即谱录式和格法型相互结合,构筑起《文筌》文体学体系的基本框架。然后由各个交叉点生发开去,密针细线,交织成这一体系的整体网络。尽管这一框架和网络尚不够严密,疏漏抵牾之处亦时有可见,但著者的苦心经营从中可见一斑,其力图构筑体系的意识在全书的体式架构中体现得十分明显。

(二)梳理作法、揭举规范的内容特点

古代文体学发展至六朝已经形成了完备的内容体系,其代表就是《文心雕龙》上篇中的四项纲领:"原始以表末,释名以章义,选文以定篇,敷理以举统。"①它们分别从渊源流变、命名立意、典型范本、创作纲要诸方面对文体展开全面深入的研讨,并形成了完备自足的体系,对后世影响深远。《文筌》在构建自身体系的时候,并未完全沿袭《文心雕龙》的框架,而是立足文体,另辟蹊径,以文体作法为中心,努力构建新的体系。《文心雕龙》文体学前三项都归结到"敷理以举统",就是在写作原理的阐发中揭举出该体的纲要,从而示人以写作的规范。这个纲要,诸篇分别称之为"大要""枢要""纲领之要""大体""大略"等,它具体包括内容、结构、风格、修辞等方面的规格要求,这也就是该文体的体制规格或称体统。② 因此,揭示各体文章的写作规范,实际上是《文心雕龙》文体学的归宿和核心。而《文筌》也正是围绕这一核心,尤其是在梳理作法、揭举规范上做文章,从而展开自己的文体学体系。这一体系主要有体式论、结构论、风格论、声律论和文法论五方面。

一是体式论。上述六项核心概念中的"体""式"二项,阐述的内容相近,也很难绝然区分,可归为一类,即研讨文章的体制体式,亦即根据不同的功用或表达方式区分的文章体裁及其功能特点。如《古文谱》"式"项所列三纲十八目,就将古文体裁分为"叙事""议论""辞令"3大类;"叙事"分叙事、记事2目,"议论"分议、论、辨、说、解、传、疏、笺、讲、戒、喻11目,"辞令"则分礼辞、使辞、正辞、婉辞、权辞5目。目下说明文字如:"叙事,依事直陈为叙,叙贵条直平易。记事,区分类聚为记,记贵方整洁净。"③又如:"礼辞,尊卑上下礼法之辞,贵高下中节。使辞,使命往来传命致事之辞,贵简要而动

---

① 刘勰《文心雕龙·序志》,詹锳义证《文心雕龙义证》,上海古籍出版社,1989年,第1924页。
② 参考王运熙《〈文心雕龙·总述〉试解》,《文心雕龙探索》,《王运熙文集》第3卷,上海古籍出版社,2012年,第126—127页。
③ 陈绎曾《文章欧冶·古文谱三》,王水照编《历代文话》第2册,复旦大学出版社,2007年,第1241页。

中事情。"①均简要说明文体功能及表述规范。又如《四六附说》"体"项列"唐体""宋体"2类,"唐体"举代表作家苏颋、张说、常衮、陆贽、白居易、元稹六家,并说明"唐体四六,不俱粘,段中用对偶,而段尾多以散语衬贴之,犹古意也"②;"宋体"举代表作家杨大年、欧阳修、王安石、苏轼、邵泽民、邵公济、汪藻七家,并说明"宋体,拘粘,拘对偶,格律益精,而去古益远矣"③。其"式"项则分列诏、诰、表、笺、露布、檄、青词、朱表、致语、上梁文、宝瓶文、启、疏13体,启又细分为谢启、通启、陈献启、定婚启、聘婚启、贺启、小贺启7种,其说明,如"上梁文,匠人上梁之文,一破题,二颂德,三入事,四陈抛梁,东西南北上下诗各三句"④,又如"谢启:一破题,二自叙,三颂德,四述意"⑤。分别对各体的功用、特点和体式进行精要的说明。

二是结构论。六项核心概念中的"制"项,主要研究文体的结构特点。这一内容在《文心雕龙》中讨论较少,在《文筌》中则占据较大篇幅。如《古文谱》"制"项将古文结构分为起、承、铺、叙、过、结六种体段,对每种体段提出规范要求,并用人体做比喻:"起,贵明切,如人之有眉目。承,贵疏通,如人之有咽喉。铺,贵详悉,如人之有心胸。叙,贵转折,如人之有腹脏。过,贵重实,如人之有腰膂。结,贵紧快,如人之有手足。"⑥又表列"制法九十字",细分各种结构行文之法,均做简要说明,如"引,洗为虚词,引入本题;出,说出题外,或生意外;入,直入本题;归,复归题中,或生意中"⑦等等,并用符号指明其在各种体段、体式中的运用。又如《汉赋谱》中"汉赋制"将汉赋结构分为起端、铺叙、结尾三部分;起端"是一篇之首",又具

---

① 陈绎曾《文章欧冶·古文谱三》,王水照编《历代文话》第2册,复旦大学出版社,2007年,第1242页。
② 陈绎曾《文章欧冶·四六附说》,同上书,第1269页。
③ 同上书,第1270页。
④ 同上书,第1272页。
⑤ 同上。
⑥ 陈绎曾《文章欧冶·古文谱四》,同上书,第1243页。
⑦ 同上书,第1244页。

体分为问答、颂圣、序事、原本、冒头、破题、设事、抒情诸种起端之法;铺叙"是一篇之实,物理为铺,事情为叙",又分为体物、叙事、引类、议论、用事诸种铺叙之法,每种再做细分,如体物分实体、虚体、象体、比体、量体、连体、影体等;结尾"是一篇之终,收意结辞"①,分为问答、张大、收敛、会理、叙事、设事、抒情、要终、歌颂诸种结尾之法。每一类目均有简要说明。其对汉赋结构的剖析及结构手法的梳理可谓细致入微。

三是风格论。六项核心概念中的"格"项,主要研究文章的品第层次和风格类型特点。如《古文谱》"格"项分为"未入格""正格""病格"三部分。所谓"未入格"即指不合文格,下列6种。"正格"部分列有上上、上中至下下九等,每等再分若干种,各用一字概括,再进行说明,总计68种。如"玄:精神极至,洞然无迹""圆:辞情理趣,圆美粹然""怪:常理之外""巧:组织小巧""熟:陈辞熟语"等等。② "病格"部分条列晦、浮、涩、浅等36种,每种亦有简要说明。对风格分类的精细化是其根本特点,正格和病格的对举也颇有开创意义,对风格的分等则体现了著者的风格偏好。又如《诗谱》之"格"项亦分甲、乙、丙、丁四等,每等再各分5种进行说明,总计20种,如甲等"玄,境极清虚,了无影迹""圆,八面中间,透彻明莹",③丁等"奇,惊天动地,迥出常情""丽,文华绮丽,烨然精妙",等等。④ 对风格的分等析类,应是受钟嵘《诗品》及唐宋诗格的影响,但如此精细,可称空前绝后。有学者认为陈氏的文章学深受陆九渊心学的影响⑤,从其风格偏好看,也是颇为切合的。

---

① 陈绎曾《文章欧冶·汉赋谱》,王水照编《历代文话》第2册,复旦大学出版社,2007年,第1281、1282、1286页。
② 陈绎曾《文章欧冶·古文谱六》,同上书,第1261、1264页。
③ 同上书,第1316页。
④ 同上书,第1317页。
⑤ 参见慈波《陈绎曾与元代文章学》,《四川大学学报(哲学社会科学版)》2007年第1期。

四是声律论。诗歌讲究声律,因而《诗谱》中多节论及五音(宫、商、角、徵、羽,对应稳、响、起、唱、细五字)、二声(平分上平、下平,仄分上、去、入)、十二律(黄钟、太簇等),并讨论将其应用于古诗和律诗创作中的规则。而《古文谱》的"律"项分为音声、律调两部分,说明古文吟诵时要区分其声调的高低疾徐,应符合五声十二律的声调规律。这在古文文体学中少见论及。四六和赋两类则不论声律。

五是文法论。四谱论文法角度各有不同。《古文谱》强调养气法和识题法。养气是作文前的准备,其法分澄神、养气、立本、清识、定志五项;识题是临文时的审题,其法分虚实、抱题、断题三项。各项均有细目。《四六附说》分四六作法为古法和今法。古法"一曰约事,二曰分章,三曰明意,四曰属辞,务欲辞简意明而已";今法"一曰剪截,二曰融化","以用事亲切为精妙,属对巧的为奇崛"。赋谱论法探讨抒情、体物与说理之关系,楚赋"以情为本,以理辅之",汉赋"以事物为实,以理辅之",唐赋"以唐为本,以辞附之"。[1]《诗谱》则讨论处理情、景、事、意之方法,"情"分十二感、三体,"景"分十二类、四真、三奇、四玄,"事"分四即事、五故事、六设事,"意"则有十取[2],分别论述诗歌诸体处理的原则。[3]

除此之外,《文筌》对文体源流、典型范本等问题也都有论及,但它们都被纳入了上述体系中展开。如《古文谱》对各种文体的"变""原""流"都有梳理,如"叙"体之"变","序其始末,以明事物";之

---

[1] 陈绎曾《文章欧冶·四六附说》,王水照编《历代文话》第2册,复旦大学出版社,2007年,第1266—1267、1273、1280、1287页。
[2] 《历代文话》整理中漏了"㊃情",直接由"㊂制"进入"㊄景",而"十二感"与"三体"实际上是隶属于"㊃情"下的概念范畴。详见陈绎曾著,慈波辑校《陈绎曾集辑校》,人民文学出版社,2017年,第142—144页。
[3] 陈绎曾另有文法论专著《文说》,专门讨论"为文之法",包括养气法、抱题法、明体法、分间法、立意法、用事法、造语法和下字法,更为系统和专一,似在《文筌》的基础上重新整理撰著(陈绎曾《文说》,王水照编《历代文话》第2册,复旦大学出版社,2007年,第1338—1352页)。

"原","小序、大序、《书小序》《易卦后序》《诗大雅》《荀子后序》";之"流","韩"(按,指韩愈文)。又"录"体之"变","实录、总录、附录其事、杂录";之"原","《金縢》《顾命》"(按,均《尚书》篇名);之"流","《国语》《国策》"。① 都用列表的方式点明各体的渊源("原")和流别的代表作家作品("流")。又如《诗谱》对各体诗歌的典型范本均有梳理和评点,如"古三体"分三百篇、骚、汉诗、建安诗、《文选》诗,盛唐、中唐诸时段;"律体"分端源、盛唐、中唐三时段,每一时段都有总评,均分列代表诗人,各又有点评。如评唐诗古体:"分三节,盛唐主辞情,中唐主辞意,晚唐主辞律。"评李白:"风度气魄,高出尘表,善播弄造化,与鬼神竞奔,变化极妙,乃诗中之仙,诗家之圣者也。其雄才大略,亘古尊之,无出右者。"评杜甫:"体制格式,自成一家。祖《雅》《颂》之作,故诗人尚之,以为诗家之贤者也。"评柳宗元:"斟酌陶谢之中,用意极工,造语极深。"评韩愈:"祖《风》《雅》,宗汉乐府,不入诗境,其实有韵文也。"② 三言两语,极为精到,自成一家之说。这说明陈绎曾非无批评眼光,只是《文筌》重点在揭示文法,故文评只能点到为止。

以上述体式论、结构论、风格论、声律论、文法论构成的文体学体系,明显以文体的作法、规范为核心,目的是指导实际的写作,而并非对文体做全方位的学术探讨。这一体系带有科举时代文体学的鲜明特色,从而表现出与《文心雕龙》文体研究的不同路径。《文筌》对四大专类文体学体系的建构,详见本书有关章节,此不赘述。

(三)条分缕析、要言不烦的表述特点

作为一部完整的文论著述,《文筌》全书的表述形式也具有鲜明的特色。它不取传注体围绕经文、广征博引展开论述的方式,也不取著述体分题设篇、各立中心进行论证的方式,而是采用纲目体加

---

① 陈绎曾《文章欧冶·古文谱五》,王水照编《历代文话》第 2 册,复旦大学出版社,2007 年,第 1253 页。
② 陈绎曾《文章欧冶·诗谱》,同上书,第 1321—1323 页。

说明的方式,形成条分缕析、要言不烦的表述特点,以达到纲举目张、科条明晰、说明精要、补充达意的效果。《文筌》的表述方式可归纳为以下几项:

1. 普立纲目,构成框架。全书以文类四谱和文体学六要素经纬交错,结构起全书的基础纲目框架,已如上述。在需要时则突破框架,增立纲目,如《诗谱》另立本、病、变、范、要等目,以为补充。

2. 多层类分,明其条理。全书在纲目之下,往往再做多层类分。如《汉赋谱》论汉赋为第一层,"汉赋制"论结构为第二层,"制"下分起端、铺叙、结尾三结构项为第三层,"铺叙"中又分体物、叙事、引类、议论、用事5种铺叙法为第四层,"叙事"中再分正叙、总叙、间叙、引叙、铺叙、略叙、列叙、直叙、婉叙、意叙、平叙11种叙事法为第五层。如此层层类分,将汉赋的叙事法罗列明晰。而一层之类目,往往不厌其详,如《诗谱》"格"分为20项,《古文谱》"正格"析为68项,"制法"更列有90项等。

3. 提炼主词,务求醒豁。多层纲目分类中,均提炼出一主词(今称关键词)置于首位,起提领作用。多用各类术语的固有名词,也有表方法的动词、表风格的形容词等,并常用数词领起的集合词,如《诗谱》"式"的十八名、二十三题,"制"的三停、十一变、八用等。

4. 精撰宾语,数言举要。与主词对应的起说明作用的宾语,往往撰写得十分精要,寥寥数言,甚至仅用四字,就揭明主词的要点。如《楚赋制》之"起端":"原本,推原本始……叙事,宜叙事实。抒情,抒写至情。设事,假设而言。冒头,立说起端。破题,说破本题。"①或述方法,或明要求,言简意赅。而在各谱论"格"项中,更是将多种风格的差别,用一二字主词及四字、八字宾语体现出来,可谓细致入微。

5. 短序小结,精华迭出。在类目加说明之外,《文筌》还用短序

---

① 陈绎曾《文章欧冶·楚赋谱》,王水照编《历代文话》第2册,复旦大学出版社,2007年,第1274页。

和小结的形式，以稍长的篇幅，对某些论题做出阐述，或进行总结，这些文字多为著者心得，往往精义迭现。如《四六附说》论今法分剪截、融化二法，这是宋代四六家经常论及但语焉不详的方法，《文筌》又将剪截分熟、剪、截三法，将融化分融、化、串三法，并阐释得十分明晰，具有可操作性。此类例子所在多有。

6. 表格圈点，辅助表述。《文筌》中还引入史家列表说明和评点家圈点表意的方法，在《古文谱》中列表加圈点来说明"制法九十字"，省略了许多需重复表述之语。由此，朝鲜光州刊本之末还专门附撰一段注文，解释表格的读法。① 上述这些表述手法的综合运用，使全书体现出条分缕析、要言不烦的整体特色，与传统论著的表述方式形成了鲜明对照。

《文筌》表述形式的鲜明特色，与全书体式和内容的特点紧密相关。首先是全书谱录式、格法型的体式决定了它纲目式加说明的表述形式。谱录类著述着眼于统绪的梳理、品种的类分、事物的条列，故普遍使用纲目式展开其内容，注重条理的明晰、分类的精细和载录的简要。而格法类著述则以探讨规则、法度为指归，擅长提炼概念，编造术语，分条列项，点到为止，不做深入阐述。《文筌》融汇了这两类体式的表述特点，以纲目为统领，以说明为补充，试图在一个完备的框架体系中将相关内容面面俱到而又科条分明地展示出来。其次是全书梳理作法、揭举规范的内容决定了它不追求学术的严密性，而追求实用的操作性。罗列详尽的作法，总结简明的规范，使文章的写作有迹可寻，有法可依，易于上手，合规合范，这是所有科举写作指导的宗旨，也决定了它的表述形式。《文筌》是科举时代的产物，是唐宋时期以科举为核心的文体学的总结。《文筌》的目的显然包括指导科举时文的写作，因而刻上了科举文体学的深深烙印，其体式、内容和表述方式体现出高度的一致性。这也是当时文章作法一类著述共同的特征。但全

---

① 陈绎曾《古文谱四》《〈古文谱〉体制法注》，《文章欧冶》，王水照编《历代文话》第2册，复旦大学出版社，2007年，第1244—1252、1330页。

书的宗旨又不限于此,作者力图涵盖当时文坛上的全部文体,探索其写作规律,阐明其写作方法。从这个角度看,它与《作义要诀》《诗法家数》之类纯科考指导用书又不尽相同,著者的意图仍在于阐明一切文章通用之"筌",将时文作法推广到古文、四六、诗赋等所有体类,从而构建起一个科举背景下的文体学体系。

三、《文筌》簿录式文体谱系建构

《文筌》是一部谱录体的文章学著述,其中文体论占据了主要部分,因此也可视之为文体学的专著。由前述《文筌》的内容大概可知,陈绎曾构建了一个由古文谱、四六谱、赋谱和诗谱四部分组成文体谱系。每个部分以"谱"为名,具体论述各类文体的体制格式。

(一)《文筌·古文谱》:古文文体学体系成型

自韩、柳以来,尽管对古文的探讨日趋广泛深入,尤其是南宋以后,引入了时文的分析手法,古文研讨的内容不断拓展深化,但总体而言,这些成果仍较为零散,多为随笔式的杂论,且不成体系,古文文体学的整体架构尚未成型,也缺乏有体系的专著。直到元代陈绎曾的《文筌·古文谱》的诞生,才标志着古文文体学体系的基本成型。虽它包含了古文、四六、赋、诗诸谱,而明显以《古文谱》为主干。《古文谱》分为七部分:一为养气法;二为识题法,分论作文素养和作文审题,此不详论①;三至七共五部分依次论式、制、体、格、律,则构建起古文文体学的基本框架,按内容可分为体式体类论、结构行文论、古文风格论、古文声律论四部分。

1. 体式体类论。这部分为古文体类论,论述古文文体 3 大类 51 种,包括《古文谱三》"式"和《古文谱五》"体"。

《古文谱三》为古文体式论,依据文章的表达方式,沿袭真德秀

---

① 祝尚书《宋元文章学》第四章"宋元文章学论作家修养"、第五章"宋元学论认题与立意",中华书局,2013 年,第 79—114 页。

《古文正宗》的分类方法,将古文体式分为"叙事""议论""辞令"3大类。"叙事"又分为叙事(依事直陈)和记事(区分类聚)2种;"议论"又分为议、论、辨、说、解、传、疏、笺、讲、戒、喻11种;"辞令"则分为礼辞、使辞、正辞、婉辞、权辞5种。总计三纲十八目,"随宜议拟,诸文体中皆通用之"①。

《古文谱五》为古文体类论,分述了三大类51种文体,计有"叙事"类的叙、传、录、碑、述、表、谱、记、纪、志、志、碣、状、注14种;"议论"类的议、说、辨、赞、铭、约、喻、跋、弹、状、书、连珠、笺、论、解、义、箴、戒、规、题、奏、表、札、对、原25种;"辞令"类的诏、诰、册、榜、教、誓、启、简、檄、露布、祝、盟12种。每类文体分"变"(简述文体功用)、"原"(简述文体源头)、"流"(简述文体流变)三项分述,如"叙"体之"变"为"序其始末,以明事物";"原"为"小序、大序、《书小序》《易卦后序》《诗大雅》《荀子后序》";"流"为"韩"。② 条列文体后又列举"家法",即师徒传授的古文经典,包括经(7种)、史(4种)、子书(21种)、总集(《文选》《古文苑》《文粹》《文鉴》4种)、别集(韩文、柳文、宣公文、欧文、荆公文、三苏文、曾文7种)经典共43种。

2. 结构行文论。这部分是古文作法论,主要论述古文结构和行文方法,见于《古文谱四》"制"。又分为"体段""体式""体制"三部分。"体段"部分将文章结构区分为起、承、铺、叙、过、结六节,并将其比喻为人之眉目、咽喉、心胸、腹脏、腰膂、手足,强调"大小诸文体中皆用之。……可随宜增减,有则用之,无则已之……其间起结二字,则必不可无者也。起结二法,在作文家最为难事"③。"体式"部分则略同《古文谱三》"式",分古文为叙事(叙事、叙言)、记事(记

---

① 陈绎曾《文章欧冶·古文谱三》,王水照编《历代文话》第2册,复旦大学出版社,2007年,第1242页。
② 陈绎曾《文章欧冶·古文谱五》,同上书,第1253页。
③ 陈绎曾《文章欧冶·古文谱四》,同上书,第1243页。

事、记言)、议论(论事、论理)、辞令(应辞、问对)数类。"体制"部分包括"制法九十字"和"改润法十字"。"制法"实即行文之法,列举90种之多,即引、入、出、归、承、粘、送、歇、过、设、影、转、折、警、激、顿、挫、起、伏、提、颠、点、应、呼、唤、排、抑、扬、开、合、收、纵、援、证、按、据、撒、伸、衍、掉、缠、蹙、叠、难、辨、解、规、戒、劝、颂、愿、欲、许、蔽、正、反、破、露、蓄、含、疑、断、憾、叹、剧、拙、覆、铺、叙、陈、录、述、探、斡、留、剪、超、跳、蓦、撤、钤、分、总、拾、兜、缴、截、贬、结、褒。每种均有简述,如论"引"为"洗为虚词,引入本题",论"入"则是"直入本题"。①"改润法"实即修改润色之法,列举的10字为翻、融、点、莹、补、变、化、割、熨、掇,每种也有说明,如"翻"则是"辞理已具,重新翻改","融"为"意有断续,融而通之"。②《古文谱》总结说:"右一百字,作文活法,变化之妙,尽在是矣。此谱不可以言传,而可以心得。当于先辈作文时,观其用处而默识,所谓千学不如一见者也。"③这100字的"作文活法"剖析细密,可惜其内涵区别实在难于领会把握,"活法"反而成为"死法"。

3. 古文风格论。这部分见于《古文谱六》"格",又分为"未入格""正格""病格"三部分。所谓"未入格"当指排除在正格分等之外,亦即不合文格,下列布置、顺铺、直叙、绱后、滑稽、顿挫六项,各有简要说明,但含义不甚清晰。④"正格"部分列上上、上中、上下、中上、中中、中下、下上、下中、下下九等,每等再分若干种,每种用一字概括,再用一两个四字句进行说明,总计分为68种风格,即上上等,玄、圆;上中等,妙、适;上下等,沉、雄;中上等,清、婉、闲、典、雅、深、核、精、严、伟、绝、卓、高、远、大、莹、古、逸;中中等,重、奇、老、健、简、遒、劲、壮、峭、

---

① 陈绎曾《文章欧冶·古文谱四》,王水照编《历代文话》第2册,复旦大学出版社,2007年,第1244页。
② 同上书,第1252页。
③ 同上书,第1253页。
④ 参考祝尚书《宋元文章学》第十五章第三节"陈绎曾论各体文风格",中华书局,2013年,第406—413页。

活、和、肃、正、秀、缜、润、新、华;中下等,响、亮、紧、谨、平、实、俊、温;下上等,富、密;下中等,险、稳、流、丽、淡、赡、直、明、详、快、易、工、滑;下下等,怪、巧、熟。各种风格的说明如"玄:精神极至,洞然无迹","圆:辞情理趣,圆美粹然","怪:常理之外","巧:组织小巧","熟:陈辞熟语"等等。① "病格"部分条列36种,即晦、浮、涩、浅、轻、率、泛、俗、略、软、訐、短、秽、胖、俚、虚、排、疏、嫩、散、枯、缓、宽、粗、尖、巉、琐、碎、猥、冗、急、陈、庸、低、杂、陋,每种亦有简要说明,如"晦:不明","浮:不沉","庸:凡下之谈","低:志意不扬","陋:闻见可鄙",等等。② 《古文谱》的"正格""病格"分类可谓精细,但其间的区别有的仅凭简短的说明难以分辨,其对风格的分等体现了著者的风格偏好,也大体反映了当时文坛对古文风格的评判。

4. 古文声律论。这部分见于《古文谱七》"律",又分为"音声""律调"两部分。"音声"部分罗列宫、商、角、徵、羽五声,并称"右五声于读先秦古文时,以平、响、起、细、喝五字调切之,久当心解矣"。"律调"部分列举十二乐律,即黄钟、太簇、姑洗、蕤宾、夷则、无射、大吕、夹钟、中吕、林钟、南吕、应钟,每一律调配以历法十二月中的一月和五声中的一声,如"黄钟:十一月声,喝下","太簇:正月声,起上",等等。③ 这是指古文吟诵时要区分其声调的高低疾徐,应符合五声十二律的声调规律。这在古文文体学中少见论及。

《古文谱》用上述体式体类论、结构行文论、古文风格论、古文声律论搭建起古文文体学的大体框架,使古文文体学体系基本成型。陈氏摒弃了结合作家作品进行文体评述的传统方法,力图用抽象概念加简要说明的形式,构建文体学的理论图谱,这种创新的尝试值得赞赏。其使用的这套式、制、体、格、律等构成的话语范畴,能基本

---

① 陈绎曾《文章欧冶·古文谱六》,王水照编《历代文话》第2册,复旦大学出版社,2007年,第1261、1264页。
② 同上书,第1264—1265页。
③ 陈绎曾《文章欧冶·古文谱七》,同上书,第1265—1266页。

涵盖文体学的丰富内容,对后代文体学产生着重要影响,如桐城派的神理气味、格律声色等。但这样的谱录体有其难以克服的缺陷,如概念的语焉不详、名目的极其烦琐等,都极大地影响了其理论的指导意义,甚至著者本来的意图都难以为读者准确理解。从应用的角度看问题,《古文谱》的价值就远不及评点式的古文选本了。

(二)《文筌·四六附说》:四六文体学体系初成

元代四六文创作日趋衰微,但在总结唐、宋两朝四六发展的基础上,却诞生了标志四六文体学初成体系的著作——《文筌·四六附说》。陈绎曾《文筌》一书,以《古文谱》为主干,论四六一节附于其后,故称"附说",实即《四六谱》,它体现了全书以复古为宗旨的取向。与《古文谱》体系相似,《四六附说》以法、目、体、制、式、格六项建构起四六文体学的体系框架,主要包括以下几方面:

1. 四六分类论。"目"项述四六文体的分类,依照文体的功用,区分为"台阁""通用""应用"三大类,每类再分为若干文体,"台阁"类分诏、诰、表、笺、露布、檄六体,"通用"类分青词、朱表、致语、上梁文、宝瓶文五体,"应用"类分启、疏、札三体。

2. 结构体式论。"制"项将四六文体的结构统分为起(破题)、承(解题)、中(述德,或作入事)、过(自述,或在述德之前)、结(述意)五部分,并说明:"右四六制大概,此其准也。其余各具于式,变换之为或不用解题,或不用自叙,或变自叙而叙他人,此又随题变换者也。""式"项列举各种文体的体式,有的还分为细类,重点在其结构,即上述"制"的具体化。如述"诰":"多用散文,亦多用四六者。今代词命、宜命多三段,一破题,二褒奖,三戒敕,或奖谕,封赠则用慰喻。"又如述"疏":"请疏:一破题,二颂德,三述意。劝缘疏:一破题,二入事,三述意。"①

---

① 陈绎曾《四六附说》,王水照编《历代文话》第 2 册,复旦大学出版社,2007 年,第 1270—1272 页。

3. 体制作法论。"体"项将四六文体制分为"唐体"和"宋体"两大类,分别列举代表作家和特点。述"唐体":"苏颋、张说、常衮、陆贽、白居易、元稹。右唐体四六,不俱粘,段中用对偶,而段尾多以散语衬贴之,犹古意也。"①述"宋体":"杨大年、欧阳修、王安石、苏轼、邵泽民、邵公济、汪藻。右宋体,拘粘,拘对偶,格律益精,而去古益远矣。凡唐体四六,《文苑英华》最为详赡;宋体四六,唯蜀本《四六适用集》,皆南渡以前精选之文。格律浑厚,辞气雄雅,无后来雕镂之弊,余不足观也。"②这里所述的"唐体""宋体"亦即论"法"部分所述的"古体""今体",与今人理解的不同,所列举的作家与今人所论大体相合,但也有出入。

"法"项即四六作法,为全书的核心部分,其论曰:

> 四六之兴,其来尚矣。自典谟誓命,已加润色,以便宣读。四六其语,谐协其声,偶俪其辞,凡以取便一时,使读者无聱牙之患,听者无诘曲之疑耳。故为四六之本,一曰约事,二曰分章,三曰明意,四曰属辞,务欲辞简意明而已。此唐人四六故规,而苏子瞻氏之所取则也。后世益以文华,加之工致,又欲新奇,于是以用事亲切为精妙,属对巧的为奇崛。此宋人四六之新规,而王介甫氏之所取法也。变而为法凡二,一曰剪截,二曰融化。能者得之,则兼古通今、信奇法也;不能用之,则贪用事而晦其意,务属对而涩其辞,四六之本意失之远矣,又何以文为哉?③

这一段先述四六源头甚远,然后分论"唐体"和"宋体"的特点和作法:"唐体"的特点是"四六其语,谐协其声,偶俪其辞",以取便宣读,作法则依次为"约事""分章""明意""属辞"四步,此"故规"为

---

① 陈绎曾《四六附说》,王水照编《历代文话》第 2 册,复旦大学出版社,2007 年,第 1269 页。
② 同上书,第 1269—1270 页。
③ 同上书,第 1266—1267 页。

古法;"宋体"的特点是"用事亲切为精妙,属对巧的为奇崛",作法有"剪截""融化"两项,此"新规"为今法。以下分别详述古法、今法的内涵。古法将内容析为事、意两部分:"事分则明,既以约事分章取之矣。意分则朗,故以明意,属辞取之也。"①"约事"指选材提炼,删除枝叶;"分章"指内容分段,布置得当;"明意"指各段发挥,使明白洞达;"属辞"指构筑对句,以散句配合。这四步彼此连贯,构成完整的行文过程。今法则沿用宋人术语,予以阐发:"剪截"指"事意深长,有非片言可明白者,于是作者取古人事意与此相似者,点出所数字,而以今日事意串使成联",又可分为"熟"(取人人耳熟易晓者)、"剪"(剪出属对字样备用)、"截"(截取声律谐顺、语意明白、字样稳切者用之)三步;"融化"指"融以神思,化以笔力",也可分为"融"(融会截取字样,使与题中本事相合)、"化"(用语助词化合为混成之语)、"串"(联串两句,融化明白)三步。② 则"剪截"是剪裁语料、组织对句的步骤,"融化"则是前后连贯、融合全篇的过程。

陈氏所论的"唐体""宋体",似更接近今人所谓的欧阳修改革前、后骈文的形态,因此称苏轼"取则""故规",也不尽妥当。苏轼、王安石都是宋人"新规"的代表。但对四六古法、今法的条分缕析,则是四六文体学中最具系统性的梳理和阐发,极为可贵。

4. 四六风格论。"格"项则是四六文的风格论,陈氏将四六文的风格分为上、中、下三等:"上,混成格:辞意明白,浑然天成;中,精严格:法律精严,妙入规矩;下,巧密格:用事巧中,无少疏漏。"③他还曾指出宋代南渡以前精选之文"格律浑厚,辞气雄雅,无后来雕镌之弊,余不足观也"④。可见,陈氏追求的还是明白晓畅、雄浑典雅的

---

① 陈绎曾《四六附说》,王水照编《历代文话》第 2 册,复旦大学出版社,2007 年,第 1267 页。
② 同上书,第 1268 页。
③ 同上书,第 1272—1273 页。
④ 同上书,第 1270 页。

四六风格。

上述四六分类论、结构体式论、体制作法论和风格论,共同组成了一个较为完备的四六文体学体系。它汲取了宋代四六文体学的丰富内容,加以条理化、系统化,尤其在体制作法论上展开了理论性的阐述,更是对四六作法论的全面总结,标志着四六文体学的初成体系。由于《四六附说》只是陈绎曾构建的庞大的文体学体系的一个子项目,它仍然带着这一谱录式文体学的许多缺憾,但作为构筑较为完整的四六文体学的初次尝试,《文筌·四六附说》仍然是古代文体学发展史上值得重视的一环。

(三)《文筌·诗谱》:谱录式的诗体学

在元代诗格、诗法类著述追求体系化的背景下,陈绎曾在他的《文筌》中附设《诗谱》,努力用谱录体的方式构筑其诗体学的体系。由于唐宋诗论的发达和诗格类著述的繁盛,《诗谱》的诗体学体系较之《古文谱》、四六谱、赋谱更为丰富。《诗谱》以本、式、制、情、景、事、意、音、律、病、变、范、要、格、体、情、性、音、调、会 20 字为纲,其中末 5 项与前 15 项有重复交叉,似原为相互独立的两部分。① 除了前三谱共同的体、制、格、式、律诸项外,《诗谱》的体系中增添了许多内容。以下试将其归纳为七方面。

1. 立本论(包括"本""要" 2 项)。此论作诗修养,亦即作诗前的务虚准备,略相当于《古文谱》之"养气法"。"本"即"立本",强调作五七言古诗、五七言律诗、绝句等各体诗前,主体需秉持的心境,均要"澄静此心",注重涵养。如:"凡作五言古诗,先须澄净此心,如沧海不波,空碧无际,纤月倒景,万象涵精。题目如镜中物影,悲惧动静,了无遁情,怀天地于秋毫,洞古今为一瞬,视彼区区者,而谈笑道之。大抵五言古诗,所养浩荡,所见详明,所取精微,所用轻快。""凡作七言古诗,先须澄净此心,如泛舟沧溟,春晴秋雨,风

---

① 据著者《文筌序》末云:"亡友石桓彦威尝共为《诗小谱》二卷,因附其后。"

波作止,万变随时。题目如大海受风,泠风则微澜应,疾风则骇浪惊,自然而然,吾取其神奇者而用之。大要七言古诗,所养浩荡,所见详明,所取奇崛,所用峭绝。""凡作五言律诗,先须澄静此心,如春江无风,澄绿千里,万象森列,皆有温柔平远之意,就其中择取事情极明莹者而用之,务要涵养宽平,不可迫切。"①

"要"为"撮要",包括养气之法8条(不同题材的养气要求)、锻思之法6条(详、要、博、精、真、雅)、炼句之法4条(险、易、今、古)、下字之法4条(音、意、故、新)。如"八养气"曰:"朝廷宗庙宜肃。山河军旅宜壮。山林神仙宜清。欢娱通达宜和。幽险豪杰宜奇。宫苑佳丽宜丽。览古搜玄宜古。登临志士宜远。右养气之法,宜澄心静虑,以此景此意此人此事嘿存于胸中,使之融化,与吾心为一,则此气油然自生,当有乐处,诗思自然流动充满,而不可遏矣。切不可作气,若强作其气,则昏而不可用,所出之言,皆浮辞客气,非诗也。气之变万方,以此例推之。"②"四炼法"曰:"险:倒持造化,鬼神莫知。易:浑然天成,人人惬意。今:一时新语,千古阙文。古:楚汉晋唐,情辞纯粹。右炼语之法,险易相须,古今不杂,炼如金鼎火候,不疾不徐。"③"四下字"曰:"音:顺时之声,高下中节。意:详文之意,隐显得宜。故:平稳之处,宜求古字。新:出奇之处,宜下新字。右下字之法,下稳字处,为意当有所回避故也;若(下)新字,须是不经人道。"④

2. 内容论(包括"情""景""事""意"4项及末5项中"情""性"2项)。此论诗歌内容,分为情、景、事、意四类。"情"即"抒情",包括"十二感"(喜、怒、哀、惧、爱、欲、恶、忧、羞、惜、思、乐)和"三体"(体察情感的三个角度:己,要"发尽真情,去浮取切";人,要"以心

---

① 陈绎曾《诗谱·本第一》,王水照编《历代文话》第2册,复旦大学出版社,2007年,第1301—1302页。
② 陈绎曾《诗谱·要第十三》,同上书,第1314—1315页。
③ 同上书,第1315页。
④ 同上书,第1315—1316页。

体之真切犹己";物,"心体造化,鼓舞天机"①)。末5项中"情"(五不足)、"性"(五性)2项亦可归入。"景"为"写景",包括12类(时候、天文、地理、宫室、人物、鬼神、鸟兽、草木、器物、饮馔、音乐、艺文)及其运用的标准(四真、三奇、四玄)。"事"为"用事",分为即事(眼前之事)、故事(过去之事)、设事(设想之事)3类,并提出"即事贵真,故事贵切,设事贵新"的原则。"意"为"立意",分为10类,并提出"五言诗意常含蓄""七言诗意欲显露"的原则。②

3. 体式论(包括"体""式"2项)。此论诗歌体式。"体"即"体类",分为"古体""律体""绝句体"3类。"古体"又分三段:三百篇(《诗经》)、《文选》诗(又分三节:东都以上主情,建安以下主意,三谢以下主辞)和唐诗(又分三节:盛唐主辞情,中唐主辞意,晚唐主辞律)。每节均列举代表作家,并撮举其风格特点。"律体"亦分三段:端源(齐梁,犹近古,风度远)、盛唐(视齐梁益严,意思从容,乃有古意)和中唐(诗律益熟,步骤渐拘迫),每段列举代表作家。"绝句体"亦分三段:六朝(语绝意不绝)、盛唐(意绝语不绝)和中晚唐(意语俱绝),每段列举代表作家。

"式"为"体式",包括诗的"十八名"(别名,含诗、歌、吟、行、曲、谣、风、唱、叹、乐、解、引、弄、调、辞、舞、怨、讴)和"二十三题"(题材,含送、别、逢、寄、酬、赠、答、游、宴、行、至、归、兴、谢、登、览、题、咏、思、挽、寿、应制、贺),每种均有简要说明。

如论"十八名"曰:"五言章句整洁,声音平淡;七言章句参差,音声雄浑。"论"弄"曰:"情通辞丽,音声圆壮。"论"舞"曰:"情通辞丽,音声应节。"论"讴"曰:"情扬辞直,音声高放。"③

---

① 陈绎曾《诗谱·情第四》,王水照编《历代文话》第2册,复旦大学出版社,2007年,第1305—1306页。参见陈绎曾著,慈波辑校《陈绎曾集辑校》,人民文学出版社,2017年,第142—144页。
② 陈绎曾《诗谱·意第七》,王水照编《历代文话》第2册,复旦大学出版社,2007年,第1308、1309页。
③ 陈绎曾《诗谱·式第二》,同上书,第1302—1303页。

论"二十三题"之"至"云:"至必有为,不宜徒善。"论"应制"曰:"气欲严肃,辞贵曲丽。"①

4. 作法论(包括"制""变""范""病"4项)。此论诗歌作法。"制"论结构段落和方法,包括"三停"(起、中、结三段结构及各段要求)、"十一变"(表现手法,含抒情、立意、写景、设事、叙事、论事、用事、拟人、比物、咏物、论理)和"八用"(结构方法,含入、序、转、折、出、归、警、超),每种均有简要说明。

"变"论创作中字、句、声、篇各种变化,包括"四字变"(虚、实、死、活)、"四句变"(情、景、事、意)、"五声变"(稳、响、起、嘔、细)和"二篇变"(制、律),说明变化的原则。

"范"列举各体诗歌的典范作家,如"五言古诗"列十九首、汉乐府、建安、陶潜、陈子昂、李白、杜甫;"七言绝句"列杜牧、岑参、刘禹锡、李白等;并云"初学诗者且宜模范此数家,成趣之后方可广看"②。

"病"列举作诗病犯 31 种,如违式、体制散乱、无情、七情相干、古诗叶韵不合例、五言律失粘失律、七言拗律不合例等,但无说明。

5. 声律论(包括"音""律"2项及末5项中"音""调"2项)。此论诗歌声律,略与《古文谱七》"律"(音声、律调)相应。"音"包括五音和二声。五音将宫、商、角、徵、羽五音和稳(上平声)、响(下平声)、起(上声)、嘔(去声)、细(入声)一一对应,并提出"响、起音扬,嘔、细音抑,稳声和,叶其间而用之,循环无端,然有疏有密,消息用之"③的原则。二声为平声(上平、下平)和仄声(上、去、入),并总结了五律、七绝"贵谐和",七律、五绝"贵拗律"的规律。"律"排列十二乐律,但无说明,并称"凡律声声有五音,字字有十二律,消息活法用之"④。末 5 项中音(八音)、律(十二律)2 项亦可归入。

---

① 陈绎曾《诗谱·式第二》,王水照编《历代文话》第 2 册,复旦大学出版社,2007 年,第 1303、1304 页。
② 陈绎曾《诗谱·范第十二》,同上书,第 1314 页。
③ 陈绎曾《诗谱·音第八》,同上书,第 1309—1310 页。
④ 陈绎曾《诗谱·律第九》,同上书,第 1311 页。

6. 风格论(包括"格"项)。此论诗歌风格,分为甲、乙、丙、丁四等,每等再各分5级,每级用1字概括。五甲等为玄、圆、沉、雄、郁;五乙等为清、明、深、壮、密;五丙等为逸、温、重、健、婉;五丁等为淡、奇、俊、怪、丽。每级均用8字说明,如论甲等之"玄"曰:"境极清虚,了无影迹。"乙等之"密":"精力造微,周密无罅。"丙等之"婉":"意思从容,辞旨微婉。"丁等之"丽":"文华绮丽,烨然精妙。"①

7. 总论(包括末5项中"会"项)。此为诗体学总论,"会"即会通,亦即通过"六悟",达到"五妙"之境界。"六悟"指情(诗本人情,性之妙用)、性(诗正礼义,性之本体)、声(情意于声,天机之妙)、文(声发成文,万象之精)、政(诗与政通,用之天下)、气(诗动元气,通于鬼神)六方面,"必有心悟,当领会之"②。

"五妙"指格(诸格,随机用之)、体(诸家体制,随宜象之)、情(喜怒哀乐,人之至情,随感应之)、性(仁义礼智,人之本性,随理用之)、韵调(八音之用,物之至音,随声叶之)五方面,强调"心悟者""不可执一","虽到化处,心长要在腔子中,自然出于微妙"。③

综合上述,《文筌·诗谱》所论包括立本论、内容论、体式论、作法论、声律论、风格论和会通论,涉及诗体写作的各个方面,形成一个较为完备的诗体学体系。它以《文筌》全书的复古倾向为中心,以谱录体的形式进行体系的构建,优点是覆盖面广,包含丰富,纲目条理清晰,多有闪光的体悟点。但这一体系的缺陷也十分明显,即缺乏深入的论述和具体的分析,纲目过于烦琐,概念多不明确,影响了体系内涵的阐释。与《沧浪诗话》的诗体学体系相较,其理论价值明显逊色,而涉猎面则更为广泛。两者都是唐宋诗歌创作空前繁荣之后的总结,标志着古代诗体学的成熟。

---

① 陈绎曾《诗谱·格第十四》,王水照编《历代文话》第2册,复旦大学出版社,2007年,第1316—1317页。
② 陈绎曾《诗谱·会第二十》,同上书,第1328页。
③ 同上书,第1328—1329页。

(四)《文筌·赋谱》:谱录式的赋体学

约与《古赋辩体》同时,元人陈绎曾在其《文筌》一书中,设《楚赋谱》《汉赋谱》《唐赋附说》三篇,从另一角度构建起一个赋体学体系。统观三篇赋谱,可以发现陈氏论赋,专论古赋,将六朝骈赋、唐宋律赋一概排除在外。《唐赋附说》首尾有说明称:"汉赋至齐梁而大坏,务为轻浮华靡之辞,以剽掠为务,以俳谐为体,以缀缉饾饤小巧为工,而古意扫地矣。"①"凡唐赋外又有律,始于隋进士科,至唐而盛,及宋而纤巧之变极矣。然赋,古诗之流也,律赋巧,或以经语为题,其实则押韵讲义,其体则押韵四六,虽曰赋,实非赋也。"②可见陈氏亦以"赋为古诗之流"为理论基础。因此,"古意扫地"的骈赋可以不论,称赋而"实非赋"的律赋更是不予承认了。唐赋欲变六朝之弊,但"未能反本穷原",因而"难以谱定",只能称为"附说",而真正合格的古赋,就只有楚赋和汉赋了。

遵循《文筌》的著述体系,其《赋谱》3篇亦以法、体、制、式、格5项建构起赋体学的体系框架,综合梳理如下:

1. 赋体体制论("楚赋体""汉赋体""唐赋体")。对于赋体体制,《赋谱》列举各时期典范作家(称之为"祖")和作品,并加以简要说明。如论楚赋:"屈原《离骚》为楚赋祖。只熟观屈原诸作,自然精古。宋玉以下,体制已不复浑全,不宜遽杂乱耳。"③以下列屈原赋11篇,并称"变化之妙备于此矣"④。论汉赋:"宋玉、景差、司马相如、枚乘、扬雄、班固之作,为汉赋祖,见《文选》者,篇篇精粹可法,变化备矣。《文粹》《文鉴》诸赋多杂,唐宋人新体少合古制,未宜轻

---

① 陈绎曾《文章欧冶·唐赋附说》,王水照编《历代文话》第2册,复旦大学出版社,2007年,第1287页。
② 同上书,第1290页。
③ 陈绎曾《文章欧冶·楚赋谱》,同上书,第1273—1274页。
④ 同上书,第1274页。

览。"①以下依规模分"大体""中体""小体"3类列举其典范作品。论唐赋:"鲍照、陈子昂、宋之问、萧颖士,为唐古赋之祖;江淹、庾信、王勃、卢照邻、杨炯、骆宾王,为唐排(俳)赋之祖。唐古赋见《文粹》,排赋见《文苑英华》。"②

2. 赋体结构论("楚赋制""汉赋制""唐赋制")。对于赋体结构,《赋谱》论之颇详。如论楚赋首分"起端""铺叙""结尾"三部分。"起端"又分原本、叙事、抒情、设事、冒头、破题诸项;"铺叙"又分况物、设事、序事、论事、论理、比物、用事、少歌、倡诸项;"结尾"又分述意、论事、设事、抒情、论理、超绝、乱辞诸项。每项间有简要说明,并称:"楚赋段法之变,尽于此矣。体认而善用之,不言之妙用当自得之。凡楚赋(变之)正制,每以四句为小段。"③可见其考察的重点在赋体的"段法",即段落之法,包括其中的各种四句"小段"。论汉赋亦分"起端""铺叙""结尾"三部分,"起端"又分问答、颂圣、序事、原本、冒头、破题、设事、抒情诸项;"铺叙"又分体物、论事、引类、议论、用事诸项,每项下再分若干小项;"结尾"又分问答、张大、收敛、会理、叙事、设事、抒情、要终、歌颂诸项;每项亦有简要说明。论唐赋则分论古赋和排赋,亦分项说明。

3. 赋体句式论("楚赋式""汉赋式")。对于赋体句式,《赋谱》对楚赋剖析极细,分为六言长句兮字式(又分正式和八种变式)、四言兮字式(又分正式和变式)、六字短句式(又分正式和三种变式)、四言只字式和杂言式,并称"凡楚赋以六言长句为正式,其间变化无方"④。论汉赋则分为设问、设事、六言、四六言、四言、散韵语、兮字,但未有说明。唐赋句式则付阙如。

4. 赋体作法论("楚赋法""汉赋法""唐赋法")。对于赋体作

---

① 陈绎曾《文章欧冶·汉赋谱》,王水照编《历代文话》第2册,复旦大学出版社,2007年,第1280页。
② 陈绎曾《文章欧冶·唐赋附说》,同上书,第1288页。
③ 陈绎曾《文章欧冶·楚赋谱》,同上书,第1276页。
④ 陈绎曾《文章欧冶·楚赋谱》"楚赋式",同上书,第1277页。

法,《赋谱》有精彩而简要的阐述。如论楚赋:"楚赋之法,以情为本,以理辅之。先清神沉思,将题目中合说事物,一一了然在心目中,却都放下,只于其中取出喜怒哀乐爱恶欲之真情,又从而发至情之极处……写情欲极真,写物欲极活,写事欲极超诣。以身体之则情真,以意使之则物活,以理释之则事超诣。"①论汉赋:"汉赋之法,以事物为实,以理辅之。先将题目中合说事物,一一依次铺陈,时默在心,便立间架,构意绪,收材料,措文辞。布置得所,则间架明朗;思索巧妙,则意绪深稳;博览慎择,则材料详备;锻炼圆洁,则文辞典雅。写景物如良画,制器物如巧工,说军陈如良将,论政事如老吏,说道理通神圣,言鬼神极幽明之故。事事物物,必须造极。处事欲巧,造语贵拙。"②论唐赋:"以唐为本,以辞附之。将题中合说事皆撇过,自成一种简便轻浮之意,就立间架而敷衍之。发意欲巧而新,间架欲明而简,措辞欲切而妍,如斯而已。"③可见陈氏对作赋之法,强调楚赋"以情为本"和汉赋"以事物为实"两大区别,并从构思的角度加以发挥,虽有偏颇,但还是抓住了各自的特征,言之成理。他还将"以理辅之"与"缘情""体物"结合在一起,则与《古赋辩体》论情、辞、理三者关系相通,只是将理放在辅助的地位,突出了古赋更重视缘情体物的传统。

5. 赋体风格论("楚赋格""汉赋格""唐赋格")。关于赋体风格,《赋谱》均注意区分等次。如楚赋《离骚》为上格"清玄",有说明称"神清思精,意真语起"④。其余 10 篇分别为中格:即清婉、超逸(《远游》)、壮丽、清丽、典雅、奇丽、顿挫、缒后、布置、顺布,每格亦有八字说明。汉赋之格则分为"上,壮丽;中,典雅;下,布置"⑤,但

---

① 陈绎曾《文章欧冶·楚赋谱》,王水照编《历代文话》第 2 册,复旦大学出版社,2007 年,第 1273 页。
② 陈绎曾《文章欧冶·汉赋谱》,同上书,第 1280 页。
③ 陈绎曾《文章欧冶·唐赋附说》,同上书,第 1287—1288 页。
④ 陈绎曾《文章欧冶·楚赋谱》,同上书,第 1279 页。
⑤ 陈绎曾《文章欧冶·汉赋谱》,同上书,第 1287 页。

未做说明。唐赋之格分为"上,壮丽、清丽;中,立意、(自立新意,以为机轴。)布置;下,体贴(结构古语,体贴题字。)"①。其含义虽不清晰,但基本可明。

《楚赋谱》《汉赋谱》之末,分别说明凡"短篇以格为主,中篇以式为主,大篇以制为主,而法一也"②。由此可知,《赋谱》认为短篇之赋重在凝练风格,中篇之赋重在锤炼句式,大篇之赋重在谋划结构,至于缘情体物之法,则短、中、大篇是相同的。三篇《赋谱》构成的赋体学体系,虽然有着谱录式著述的根本缺陷,然而它的体系自成一格,与《古赋辩体》路数不同,但同样是总结古赋创作实践的理论探索。二者的理论价值诚然有高下之分,然而共同标志着元代赋体学的基本成熟,在文体学发展史上占有一席之地。

三、《文筌》文体学体系的出新和缺陷

作为科举背景下的文体学体系,《文筌》与800多年前《文心雕龙》的文体学体系相比,有与时俱进的出新,也有明显不足的缺陷。

(一)《文筌》文体学体系的出新

首先,从"论文叙笔"到四谱为纲。六朝时期对文体区分的基本认识是"文笔之分",即依据有韵、无韵分为"文""笔"两大类。因而《文心雕龙》以"论文叙笔"来统领上篇,以下再分类展开对文体的论述。唐宋以来,"文笔之分"变为"诗笔之分",又变为"诗文之分",文体类分的总体格局,随着大量新文体的兴起和部分旧文体的衰亡,处在不断变动之中,至南宋逐步趋于稳定。《文筌》全书立四谱为纲,即以古文、四六、赋、诗四大专类统摄全部文体,说明它们已在文坛上取得了独立而又稳固的地位,而这一基本的文体类分已成为文坛的共识。至于词曲、小说等通俗文体,还未提升到与正统

---

① 陈绎曾《文章欧冶·唐赋附说》,王水照编《历代文话》第2册,复旦大学出版社,2007年,第1289—1290页。

② 陈绎曾《文章欧冶·汉赋谱》,同上书,第1287页。

文体并列的地位,故不入其体系之内;特殊用途的时文实际兼跨这四大专类,在文坛上也无地位,但时文写作的研究方式实际已经渗透到全书之中。《文筌》确立的文类四分法,及时总结了唐宋文体分类的实际变化,为明清时期的文体分类格局奠定了基础。

其次,从"剖情析采"到作法规范。《文心雕龙》下篇"剖情析采"部分,打通文体综论写作方法,从《神思》《体性》到《附会》《总术》,几乎涉及写作的所有环节,但多为理论阐述,缺少可操作性。《文筌》立足于写作方法的具体指导,集中于文体的分析、结构的剖析、风格的辨析等数项,做细致入微的类分和说明,以期学习者准确地把握。即如较为抽象的"养气",《文心雕龙》强调保持平和虚静的心境,使神清气爽,文思通畅;《文筌》则将养气与考虑文章的情、景、事、意相联系,与贯通天理、物理、事理、神理相联系,与专精、博习、旁通、泛览的后天学习相联系,认为养气之法分为澄神、养气、立本、清识、定志五步,更具实践性。因而,较之《文心雕龙》的全面理论阐述,《文筌》突出作法规范来构建文体学体系的主体,开辟了一条新路径,也体现了其内容方面的出新。

再次,从"体大虑周"到"纲目撮要"。《文心雕龙》体系庞大,思虑周密,结构匀称,论述精详,论著体式几近完美,古代少有能与之比肩者。《文筌》在体式上明显另辟蹊径,它采用了总结唐宋文体学成果的体式,也采用了唐宋时期流行的著述体式——将谱录体和格法型相结合。由于全书的宗旨不在阐述写作理论,而是着重梳理说明作法规范,因而条列纲目、撮要说明显然是最为适合的形式。《文筌》在体式选择上,既是与时俱进,也是水到渠成,实现了一种著述体式的创新。在此之前,文体论采用最多的是总集附论说体、单篇论文体、笔记体等,独立专著少,自成体系的更是绝无仅有。《文筌》的体式虽然存在颇多缺陷,但它在文体学领域无疑能自成一格。

(二)《文筌》文体学体系的缺陷

一是体系不够严整,缺乏理论深度。《文筌》全书以四谱为纲，但著者对全书整体构思不够严谨，各谱似先后独立撰成，故整个体系中各谱的不平衡、概念的不统一、篇幅的不齐整等问题所在多见，整体给人粗糙之感。《诗谱》更是与亡友"共为"，也未经著者整合，在体例上与前三谱相差更大。虽然《文筌序》以复古求道立论，但仅着眼于"笔札"的写作，自视所论仅为得鱼之"筌"，是"童习之要"，这就缺少了理论上的高屋建瓴之势。更由于全书采用"纲目撮要"的基本体式，对大部分命题、名词都缺乏明确的阐释，甚至对关键性的核心概念也无明确界定，对重要的问题也未做深入的论证，全书像一份表面纵横交错的拼盘，缺少深层的理论贯通。在这一点上，《文筌》与"体大思精"的《文心雕龙》显然不在一个层次；即使与专论诗体的《沧浪诗话》相比，也明显逊色。

二是规范过于烦琐，实际效用有限。作为《文筌》重要出新之处的对文体作法规范的条列说明，其目的是指导初学者对号入座，快速上手，写出合规中矩的文章，但实际效用恐怕十分有限。一方面，作法规范条分缕析过细过密，说明又过于简略，使人无所适从。如《汉赋制》列举"引用古事以证题发意"的"用事"一法，就罗列了正用、历用、列用、衍用、援用、评用、反用、活用、借用、设用、假用、藏用、暗用共13种，要弄清其区别已十分困难，要在写作时具体选用则更难操作。又如《古文谱》论"格"，3类共列举112格，多用一字二字立目，四字八字说明，在准确辨别的基础上付诸应用几无可能。另一方面，作法规范舍弃了使用作品例证辅助说明的方法，使众多概念缺少形象直观的比照体味，也无法模拟效仿，也降低了全书的实用价值。四库馆臣评全书"体例繁碎，大抵妄生分别，强立名目，殊无精理"[①]，并仅将其列于诗文评类存目，虽过于苛严，但还是颇中肯綮的。

(三)《文筌》文体学体系的评价和影响

《文筌》文体学体系的出新和缺陷，都与其产生的科举背景密切

---

① 永瑢等《四库全书总目》卷一九七，中华书局，1965年，第1799页。

相关。《文筌》及时总结了科举文体兴起后文类格局的嬗变,立四谱为纲;它又汲取科举文体学内容和体式上的特色,用于构建新的体系,这些出新之处无疑体现了著者与时俱进的追求。但科举应试的急功近利,科举文体学的实用性、通俗性和简易性,使其体系带上了科举时代的深深烙印,将文体学研究引入了狭窄的境地,导致全书缺陷明显,带有很大的局限性。这些缺陷使《文筌》所构建的文体学体系只能被看作科举时代构建另类文体学体系的一次尝试,而难以与《文心雕龙》构建的经典文体学体系相提并论。

当然,在刘勰之后800余年,陈绎曾试图在科举时代背景下再建新的体系,囊括当时所有文体,这一尝试的勇气是可嘉的,其成果也有较为鲜明的特色,在唐宋元文体学发展中带有某种总结性特征,在文体学发展史上应给予相当的地位。但这一尝试算不得很成功,也不够成熟,缺陷颇为明显。正因为如此,《文筌》的初刻本与《策学统宗》合刊,仅被视为普通的举业参考用书,湮没在元代大量的科举格法类图书之中,后来虽被明初朱权析出、整理和重刊,并流播海外,但《文筌》在明清两代的影响实在有限,《四库全书总目》列《文说》于正编,而将《文筌》归入存目,是有其道理的。《文筌》之后的文体学论著,也很少再有采用此种体式的,仅清末来裕恂《汉文典》一书,其纲目的设立、类目的细分和说明的简要,似与《文筌》有相似之处,但从内容和体例上看,则较之《文筌》成熟和丰富得多了。

四、《古文矜式》《文说》附论

陈绎曾有关文体的著述,除了《文筌》之外,还有《古文矜式》和《文说》两种,所论内容与《文筌》多有呼应。它们似应作于《文筌》之后,显得比《文筌》更为集中和精粹,故附论于此。

《古文矜式》在钱大昕《补元史艺文志》中与《文说》《文筌》《科举天阶》并列著录,可见曾经单行。后被明初朱权并入《文章欧冶》

之中,成为其一部分。① 其实这是一部独立的著述,所谓"矜式"亦即"法式"之义,指论述古文创作的法式。全书分为"培养"和"入境"两部分。"培养"分"养心""养力""养气"三类。"养心"之法又有"地步高则局段高""见识高则意度高""气量高则骨格高"三项,强调"自得于心,而实践于身";②"养力"之法又有"读书多则学力富""历世深则材力健"二项,强调"行则涉世""止则读书";③"养气"又分为"养元气以充其本""养题气以极其变"二项,④从生理之气到审题之气。"入境"似指进入古文之风格意境,分为"识体""家数"二类。"识体"之法又分"体格明则规矩正"和"体段明则制作当"二项,⑤前者分述各类文体的风格要求,如叙事之文贵简实、议论之文贵精到、辞令之文贵婉切、辞赋之文贵婉丽,并再分论各文体细类的风格要求;后者依结构分述篇首、篇中、篇尾的风格特点。"家数"又分"历代有风气之殊"和"诸家有材气之别"二项,⑥前者分述历代文章的风格特色,后者历论先秦诸子、西汉诸家和唐代韩柳古文的特点。《古文矜式》所论,似在《文筌》之《古文谱》的基础上,将"养气法"扩展为"三养"(养心、养力、养气),将古文各体风格、各时代风格、各代表作家风格提炼得更为精粹,可以补《古文谱》之不足。

《文说》一直作为独立的著述被著录,《四库全书》更将其列入"诗文评"类的正编。⑦ 全书集中论述"为文之法"和"为学之法"两部分。"为文之法"分列八法,即养气法、抱题法、明体法、分间法、立意法、用事法、造语法和下字法,贯穿了从作文前的养气到作文时的审题、辨体、架构、立意直至造语、下字等整个写作过程,每法中再细

---

① 陈绎曾《古文矜式》,王水照编《历代文话》第 2 册,复旦大学出版社,2007 年,第 1290—1301 页。
② 同上书,第 1290—1291 页。
③ 同上书,第 1292—1293 页。
④ 同上书,第 1293 页。
⑤ 同上书,第 1294、1297 页。
⑥ 同上书,第 1297、1298 页。
⑦ 陈绎曾《文说》,同上书,第 1338—1352 页。

分各项进行阐述。其中大部分内容与《文筌》相对应,其中"造语法""下字法"等则不见于《文筌》。"为学之法"一是强调"不可不随宜"①,即参考《朱子语录》以作科举之文,这是元代科举以程朱理学为规范所决定的;另一方面则强调"从先辈求点化,芟繁就简,扫博归约"②,详细阐述了"读诸经"(《诗》《书》《易》《礼》《春秋》《大学》《论语》《孟子》《中庸》)、"读史"(分历代兴亡、古今人才、古今事迹、历代典章、断是非粹驳五科)、"读诸子"(分见地、文章、事料三科)、"读文章"(孟子、韩文、苏文)的具体方法和要求,这部分多有精彩之处,而为《文筌》所未及。

总之,《古文矜式》和《文说》作为独立的著述,继承了《文筌》的文体学思想和体式特征,但较之《文筌》更为集中和精粹,论述也更为深入和展开。它们作为陈绎曾学术思想的发展,可以看作其文体学体系的一种补充,当然它们终究未能改变这一体系的根本面貌和价值。

第三节　郝经与经史一体的文体谱系建构*

郝经是元初有重要影响的理学家和文学家。四库馆臣在《陵川集》提要中说:"其生平大节,炳耀古今,而学问文章,亦具有根柢,如《太极先天诸图说》《辨微论》数十篇,及论学诸书,皆深切著明,洞见阃奥。《周易》《春秋》诸传,于经术尤深。故其文雅健雄深,无宋末肤廓之习;其诗亦神思深秀,天骨挺拔,与其师元好问可以雁

---

①　陈绎曾《文说》,王水照编《历代文话》第2册,复旦大学出版社,2007年,第1347页。
②　同上书,第1352页。
*　本节参考何诗海《经史一体与文体谱系——郝经文体学思想初探》,《学术研究》2007年第8期。

行,不但以忠义著也。"①此处高度评价郝经的人品、学问,并以其诗文与元好问相提并论,足见推重之意。可是,在此后很长的历史时期内,郝经极少引起学界的关注。直到近30年来,才开始出现一些关于郝经的专题论文,论题则主要集中在其理学思想、文学观念及文学创作成就上,而对其文体学成就,学界关注较少。②实际上,郝经是重要的文体学家,《原古录》《文章总叙》等重要文体学论著蕴含着丰富而独特的文体学思想,理应得到文学与文体学研究者更广泛的关注。以经世致用为宗旨,在"六经自有史"学术理念的指导下,郝经初步构建了一个"文本于经"的文体学谱系,并以详尽的文体论充实了这一谱系,在文体学发展史上具有承前启后的地位和影响。

(一)"六经自有史":经史一体说

郝经家世儒业,是元初最早接受程朱学说的北方儒者之一,又是一位积极有为的政治活动家。因此,其读书治学重视实用,力图把儒家理论与治国安邦结合起来。早年作《志箴》曰:"不学无用学,不读非圣书。不为忧患移,不为利欲拘。不务边幅事,不作章句儒。达必先天下之忧,穷必全一己之愚。贤则颜孟,圣则周孔,臣则伊吕,君则唐虞。毙而后已,谁毁谁誉?讵如韦如脂,赵趄喏嚅,为碌碌之徒欤!"③足见其经世致用的儒学旨趣与理想抱负。

郝经一生信奉儒道,推崇六经。在他看来,道是具体可感的,存在于天地万物中,而总萃于人,尤其是圣人。六经则是道的形器,是圣人载道、传道的工具,"故《易》,即道之理也;《书》,道之辞也;《诗》,道之情也;《春秋》,道之政也;《礼乐》,道之用也。至中而不

---

① 永瑢等《四库全书总目》卷一六六,中华书局,1965年,第1422页。
② 参见吴承学、陈赟《对"文本于经"说的文体学考察》,《学术研究》2006年第1期;何诗海《经史一体与文体谱系——郝经文体学思想初探》,《学术研究》2007年第8期;魏崇武《论郝经文体分类的特色及价值》,《社会科学研究》2012年第1期。
③ 郝经《郝文忠公陵川文集》卷二一,山西人民出版社,2006年,第316页。

过,至正而不偏,愚夫愚妇可以与知,可以能行,非有太高远以惑世者","至易者乾,至简者坤。圣人所教、六经所载者,多人事而罕天道,谓尽人之道,则可以尽天地万物之道"。① 可见,郝经的道,不同于天道、性理、象数等抽象、玄虚、高远的观念,而是以人事为归依,明而易见、近而易行的。六经则从不同方面反映了道的内容和精神,是客观世界与现实生活的表现,而非至高无上的神圣教条。

六经既是特定历史时期社会生活的反映,自然在某种意义上具备"史"的性质。《春秋制作本原序》:"《春秋》以一字为义,一句为法,杂于数十国之众,绵历数百年之远,而其所书虽加笔削,不离乎史氏纪事之策,而无他辞说。"②明确指出《春秋》纪事的史体特征。又《〈一王雅〉序》:"六经具述王道,而《诗》《书》《春秋》皆本乎史。王者之迹备乎《诗》,而废兴之端明;王者之事备乎《书》,而善恶之理著;王者之政备乎《春秋》,而褒贬之义见。圣人皆因其国史之旧而加修之,为之删定笔削,创法立制,而王道尽矣。"③这里把经与史更密切地联系起来。首先,在起源上,六经中的《诗》《书》《春秋》是圣人"因其国史之旧"修订而成的,可谓经、史同源;其次,在内容上,三部经典分别反映了王者之迹、王者之事、王者之政;换言之,即王者之史。六经所传王道,是通过王者之史体现出来的。合此二端,则经、史本为一体。分疆划界,实出后世。《经史》曰:

> 古无经史之分。孔子定六经,而经之名始立,未始有史之分也,六经自有史耳。故《易》,即史之理也;《书》,史之辞也;《诗》,史之政也;《春秋》,史之断也;《礼》《乐》经纬于其间矣。何有于异哉?至马迁父子为《史记》,而经史始分矣。其后遂有经学,有史学,学者始二矣。

> 经者,万世常行之典,非圣人莫能作。史即记人君言动之

---

① 郝经《郝文忠公陵川文集》卷十七,山西人民出版社,2006年,第265页。
② 同上书卷二八,第389页。
③ 同上书,第388页。

一书耳,经恶可并?虽然,经史而既分矣,圣人不作,不可复合也。第以昔之经,而律今之史可也;以今之史,而正于经可也。若乃治经而不治史,则知理而不知迹;治史而不治经,则知迹而不知理。苟能一之,则无害于分也。①

从学术发展史的角度,指出"古无经史之分",明确倡言并具体论证"六经自有史"。汉代以后,经、史由同源而分流,已不可逆转,经主阐发义理,史主记载事迹。尽管如此,两者依然互相渗透,互为依存,是不可分割的统一体。这不仅因为二者同源,更因为经和史、义理和事迹,与天地万物一样,都是道的形器,是道在不同内容与性质上的不同表现形式。

郝经的经史一体说在宋元时期并非空谷足音。南宋末叶适《徐德操春秋解序》曰:"盖笺传之学,惟《春秋》为难工。经,理也;史,事也。《春秋》名经而实史也,专于经则理虚而无证,专于史则事碍而不通,所以难也。"②虽仅就《春秋》一经而论,其对郝氏的影响则显而易见。饶有意味的是,叶适为南宋"事功派"的代表,主张功利之学,反对空谈天理性命,这与郝经也是声气相通的,由此不难窥见经史一体说的深层动因。又元延祐五年(1318),集贤殿大学士奏郝氏《续后汉书》于朝廷,仁宗诏江西行省付梓,江西学正冯良佐董其役,且为此书作《后序》曰:"人有恒言曰经史,史所以载兴亡,而经亦史也。《书》纪帝王之政治,《春秋》笔十二公之行事,谓之非史,可乎?盖定于圣人之手,则后世以经尊之,而止及乎兴亡则谓之史也。"③这里的"经亦史也",自是对郝经"六经自有史"的发挥;而以学正身份推衍此论,足见这种观点在当时绝非惊俗之论,而是具有一定的普遍性。

近现代学者多注意到"六经皆史"说并非章学诚首创,隋代王

---

① 郝经《郝文忠公陵川文集》卷十九,山西人民出版社,2006年,第290页。
② 叶适《水心文集》卷十二,《叶适集》,中华书局,1961年,第221页。
③ 郝经《续后汉书》,齐鲁书社,2000年,第1页。

通,明代王守仁、王世贞、胡应麟、李贽,清代顾炎武、袁枚等,都曾直接或间接提出类似观点。元初郝经的"六经自有史"说,无疑是其中重要的一环,它提醒我们,至少在宋元时期,人们已开始较多关注经史性质异同、源流分合以及经书文体与史书文体的联系和区别等问题。其中郝经的研究,内容比较丰富,论述也颇系统,与章学诚"六经皆史也","古人未尝离事而言理,六经皆先王之政典也"①等论断最为接近,贡献也最大。可是,长期以来,这种贡献却有意无意被忽略了,这不能不说是一个遗憾。当然,笔者更关注的,则是这种学说对于郝经文学观念以及文体学思想的影响。

(二) 对"文本于经"说的丰富和发展

由于以史观经,把经作为社会历史生活的反映,郝经在论述经书的不同内容与性质时,已涉及经书的文体分类,如"《易》,即道之理也;《书》,道之辞也;《诗》,道之情也;《春秋》,道之政也"②等。在《续后汉书》卷六六上上《文艺·文章总叙》中,郝经进一步发挥这种观点,把历代文体归入《易》《书》《诗》《春秋》四部,《易》部有序、论、说、评、辨、解、问、难、语、言10体,《书》部有书、国书、诏、册、制、制策、敕、令、教、下记、檄、疏、表、封事、奏、议、笺、启、状、奏记、弹章、露布、连珠23体,《诗》部有骚、赋、古诗、乐府、歌、行、吟、谣、篇、引、辞、曲、琴操、长句杂言14体;《春秋》部有国史、碑、墓碑、诔、铭、符命、颂、箴、赞、记、杂文11体,总计古今文章58体。③ 每部之前有总序,论述其分类依据。如《易》部序曰:"昊天有四时,圣人有四经,为天地人物无穷之用,后世辞章,皆其波流余裔也。夫彖、象、象、言、辞、说、序、杂,皆《易经》之固有;序、论、说、评、辩、解、问、

---

① 章学诚著,叶瑛校注《文史通义校注》,中华书局,2014年,第1页。
② 郝经《郝文忠公陵川文集》卷十七,山西人民出版社,2006年,第265页。
③ 在郝经的文体谱系中,没有《礼》《乐》的地位。这一方面由于《乐》经自古无传,更重要的是,郝经以《礼》《乐》为"道之用",即儒家伦理道德的实践,而非以文载道,故不能成为后世文章的文体渊源。详参《郝文忠公陵川文集》卷十七《论八首·道》、卷十九《论·礼乐》。

对、难、语、言,以意言明义理,申之以辞章者,皆其余也。"①《诗》部序:"《诗经》三百篇,《雅》亡于幽、厉,《风》亡于桓、庄,历战国先秦,只有诗之名,而非先王之诗矣。本然之声音,郁湮喷薄,变而为杂体,为骚赋,为古诗,为乐府,歌、行、吟、谣、篇、引、辞、曲、琴操、长句杂言,其体制不可胜穷矣。"②分别论述各类文章的功用、性质、发展流变以及与儒家经典的关系,集中反映了郝经的文体分类思想。

  从表面看,郝经把各体文章归入四部经书,是受了"文本于经"传统的影响,从儒家经典追溯文体的源流。然而,细究各部总序,则可发现,郝经的观点并非照搬传统,而是融进了经、史一体的学术理念,极大地丰富了"文本于经"的思想内涵。如以《易》言义理,"即史之理也"③,《书》载王言,即"史之辞也"④,"《春秋》《诗》《书》皆王者之迹,唐虞三代之史也"⑤等,都贯穿着经、史相通的思想。既然如此,那么,由经书衍生出来的各体文章,自然也有史的性质。这在《〈一王雅〉序》中有明确的表述。序文在提出"六经具述王道,而《诗》《书》《春秋》皆本乎史"⑥之后,论述战国以来的文章流变说:"战国而下,逮乎汉、魏,国史仍存,其见于词章者,如《离骚》之经传,词赋之绪余,至于郊庙乐章,民谣歌曲,莫不浑厚高古,有三代遗音。而当世之政不备,王者之事不完,不能纂续正变大小风雅之后。汉、魏而下,曹、刘、陶、谢之诗,豪赡丽缛,壮峻冲澹,状物态,寓兴感,激音节,固亦不减前世骚人词客,而述政治者亦鲜。齐、梁之间,日趋浮伪,又恶知所谓王道者哉?隋大业间,文中子依放六经,续为《诗》《书》,骋骥骤而追绝轨,甚有意于先王之道,乃今坠灭而不传。李唐一代,诗文最盛,而杜少陵、李太白、韩吏部、柳柳州、

---

① 郝经《续后汉书》卷六六上上,齐鲁书社,2000年,第847页。
② 同上书,第859页。
③ 郝经《郝文忠公陵川文集》卷十七,山西人民出版社,2006年,第290页。
④ 同上。
⑤ 郝经《续后汉书》卷六六上上,齐鲁书社,2000年,第863页。
⑥ 郝经《郝文忠公陵川文集》卷二八,山西人民出版社,2006年,第388页。

白太傅等为之冠。如子美诸《怀古》,及《北征》《潼关》《石壕》《洗兵马》等篇,发秦州、入成都、下巴峡、客湖湘,八哀九首,伤时咏物等作;太白之《古风》篇什,子厚之《平淮雅》,退之之《圣德诗》,乐天之《讽谏集》,皆有风人之托物,二雅之正言,中声盛烈,止乎礼义,抉去污剥,备述王道,驰骛于月露风云花鸟之外,直与三百五篇相上下。惜乎著当世之事,而及前代者略也。"①把"《离骚》之经传,词赋之绪余"作为"国史仍存"的体现,正是以史家眼光来看待辞章;而他对历代文章的评价,也确实是从史家标准出发,推崇表现"当世之政""王者之事""先王之道"的作品,认为只有这样的作品才体现了经书的精神。这些内涵是传统的"文本于经"说所不具备,因而也是无法比拟的。

郝经以史观经,是为了强调六经并非章句训诂之学,更非空谈义理之文,而是社会历史的生动反映,是王者之道与王者之迹的统一,是圣人经世致用的产物。在《文章总叙》中,郝经已对此再三致意,如《易》部序称"昊天有四时,圣人有四经,为天地人物无穷之用",《书》部序称《书》类文体"皆代典国程,是服是行,是信是使,非空言比,尤官样体制之文也",《春秋》部序称"凡后世述事功,纪政绩,载竹帛,刊金石,皆《春秋》之余"。这种将文章与政事紧密联系,强调文章济世功用的观点,使郝经反对一切无用之末学和无用之虚文。《上紫阳先生论学书》曰:"经生今二十有八年矣。自十有六,始知问学,世有科举之学,学之无自而入焉,蜡乎其无味也;有文章之学,学之无自而入焉,蜡乎其无味也。退而叹曰:'利禄其心,组绣其辞,质日斫,伪日翔,何区区尔也?'而狃于俗,陷于世,有不能已焉者。如是者有年,始取六经而读之,虽亦无自而入,而知圣之学、道之用,二帝、三王致治之具,在而不亡也,真有用之学也。"②自述求学经历,天性不喜科举之学、文章之学,故"学之无自而入",而于圣

---

① 郝经《郝文忠公陵川文集》卷二八,山西人民出版社,2006年,第388页。
② 同上书卷二四,第343页。

人之学,则心领神会,并由衷赞美六经使"二帝、三王致治之具,在而不亡","真有用之学也"。① 又《文弊解》曰:"事虚文而弃实用,弊亦久矣。自为己之学不明,天下之人狃于习而啖于利,是以背而驰之,力炫而为之噪;援笔为辞,缀辞为书,藉藉纷纷,不过夫记诵辞章之末,卒无用于世,而谓之文人。果何文耶?俾佛、老二氏蠹于其间,文、武之道坠于地,而天下沦于非类也宜矣。其不幸而不观于大庭氏之先,而不见夫文之质也;不幸而不游于孔氏之门,而不见夫文之用也;不幸而不穷夫六经之理,而不见夫文之实也。仰而观,俯而察,天地之间,众形之刻镂,众色之光绚,众声之咿喔,众变之错蹂,烂乎其文而若此也。不知孰为之而孰缀之。乃规规以为工,切切以为巧,斐斐以为丽,角胜而相尚,为文而无用,何哉?三代之先,圣君贤臣,唯实是务。至于诰誓、敕戒之辞,赓和之歌,皆核于实而晔于华,和顺积中,而英华发外。故史臣赞曰'聪明文思',孔子称之曰'焕乎其有文章',自其发见者而言,不以文为本也。天人之道,以实为用,有实则有文,未有文而无其实者也。《易》之文实理也,《书》之文实辞也,《诗》之文实情也,《春秋》之文实政也,《礼》文实法而《乐》文实音也,故六经无虚文,三代无文人。夫惟无文人,故所以为三代,无虚文,所以为六经,后世莫能及也。"② 提倡为文要追求"文之质""文之实""文之用",严厉抨击"事虚文而弃实用"的风气,斥之为文之大弊。在郝经看来,六经之所以不可企及,是因为务于实,周于用。而他之所以把诸体文章归入经书各部,正是为了强调各体文章不同的实用、济世功能,在立论宗旨上,与"六经自有史"是完全一致的。这种宗旨,与刘勰、颜之推等仅从五经追溯文体源流,或为推尊文体而倡言"文本于经",自不可同日而语。

在《续后汉书》成书前六年,郝经已编纂成文章总集《原古录》,惜后世失传。从《原古录序》看,此书分体编排,也将古今各体

---

① 郝经《郝文忠公陵川文集》卷二四,山西人民出版社,2006年,第343页。
② 同上书卷二〇,第301页。

文章归入《易》《诗》《书》《春秋》四部之下。① 由此可见,这是郝经成熟、稳定的文体学思想。在序文中,郝经介绍自己的分类依据,大旨同于《文章总叙》,而更为明确地概括出各部文体的功能特征,如称《易》部为"义理之文",《书》部为"辞命之文",《诗》部为"篇什之文",《春秋》部为"纪事之文"。② 在此之前,北宋真德秀《文章正宗》首次把纷繁复杂的文章分为"辞命""议论""叙事""诗赋"四类。郝经的分类当受此影响,表现了文体学研究开始重视综合归类,执简驭繁以起纲举目张之效的新风气。所不同的是,郝经把四部文章分别纳入经书体系中,初步构建了一个"文本于经"的文体分类谱系。明代黄佐《六艺流别》在此基础上加以丰富和发展,把古今 150 多种文体分系于《诗》《书》《礼》《乐》《易》《春秋》之下,形成六大文体系列,完备、充实了郝经的谱系,可谓实践"文本于经"文体学理念的集大成者。

(三)以经为纲的文体谱系建构

在《原古录序》中,郝经介绍《原古录》编纂体例说:"凡四部,七十有二类,若干篇,若干卷。部为统论,类为序论,目为断论。凡立说之异同,命意之得失,造道之浅深,致理之醇疵,遣辞之工拙,用字之当否,制作之规模,祖述之宗趣,机杼之疏密,关键之开阖,音韵之疾徐,气格之高下,章句之声病,粗凿巨细,远近鄙雅,皆为论次,本之大经,以求其原。"③具体说来,分为《易》《书》《诗》《春秋》四部。其中《易》部统领"义理之文",分原、序、论、评、辨、说、解、问、对、难、读、言、语、命 14 种文体;《书》部统领"辞命之文",有国书、诏、赦、册文(哀册、谥册、告南郊、昊天上帝、封禅附)、制、制策、令、教、下记、檄、书、疏、表、封事、奏、奏议、笺、启、状、奏记、弹章、露布、牒 23 种文体;《书》部统领"篇什之文",涵括骚、赋、诗、联句、乐

---

① 郝经《郝文忠公陵川文集》卷二九,山西人民出版社,2006 年,第 399 页。
② 同上书,第 401 页。
③ 同上。

府(乐章附)、歌、行、吟、谣、篇、引、词、曲、长句(杂言附)、律诗(绝句附)15种文体;《春秋》部统领"纪事之文",涵括碑、铭、符命、颂、箴、赞、记、纪、传、志录、墓表、墓铭、墓碣、墓志(圹版、墓版、权厝志、志文、圹铭、殡志、归袝志、迁袝志、盖石文、墓砖记、坟记、葬志附)、诔、述、行状、哀辞、杂文①、杂著20种文体。可见这部文章总集根据文体类聚区分,以部统类,以类系目,部有总论,类有序论,目有论断,共同构成一个集文选与文论为一体的,层次分明、结构严密的文体学研究体系。这样严密的体系,此前大概只有晋代挚虞的《文章流别集》才具备,可惜挚书久佚。郝经之后,尤其是明清以来的不少著名文章总集,如吴讷《文章辨体》、徐师曾《文体明辨》、储欣《唐宋八大家类选》、姚鼐《古文辞类纂》、曾国藩《经史百家杂钞》等,多采用了类似的体系,其接受郝经的影响,应比早于郝经近千年的挚虞更直接、更具体。

由于《原古录》失传,今天已无法见到此书各类文体的序论,所幸六年之后成书的《续后汉书》至今保存完好。此书所载《文章总叙》的文体分类方法与《原古录》完全一致,所涉文体名目及排列秩序也大致相当。也许《文章总叙》本身就是总结甚至摘录《原古录》总论和序论而成。因此,这篇总叙应可大致反映郝经的文体论内容及特征。

《文章总叙》对源于经书的58种文体一一论其体性,内容相当丰富。如《书》部"檄"类序曰:"檄者,传布告召之文,自丞相、尚书令、大将军、藩府、州郡皆用之。或以征兵,或以召吏,或以命官,或以谕不庭,或以讨叛逆,或以诱降附,或以诛借伪,或以告人民,皆指陈事端罪状,开说利害,晓以逆顺,明其去就。其文峻,其辞切,必警动震竦,撼摇鼓荡,使畏威服罪,然后为至已。其制以木简为之,长一尺二寸;若有急,则插以鸟羽,谓之羽檄,取其疾速也,故亦谓之羽

---

① 魏崇武据郝经《甲子集序》的文体排序,认为"杂文"疑应作"祭文"。参见魏崇武《论郝经文体分类的特色及价值》,《社会科学研究》2012年第1期。

书。初,汉高帝谓'吾以羽檄征天下兵',又谓'可传檄而定',则三代先秦已自有之,而其文未见也。至孝武遣司马相如责唐蒙等,始见《喻巴蜀》一篇,首曰'告巴蜀太守',终曰'咸谕陛下意,毋忽'。盖古制然也。至三国之际,益尚事辞,其制愈备矣。"①详细介绍檄的起源、性质、作用、使用场合、体貌特征、书写工具、递送情况等,在阐述角度与研究方法上,大体继承了刘勰"原始以表末,释名以章义,选文以定篇,敷理以举统"的文体学研究传统。在刘勰之后至明代以前的漫长历史时期中,体系严密、内容丰富的文体论专著寥寥可数,因此,《文章总叙》的序论便显得弥足珍贵。

  郝经论文体体性,注意揭示相关文体的共同特征。这在四部总论中概述每部文体特征时已有所表现,而在具体的文体分析时,更是时时关注这一点。如《易》部"评"类序曰:"先秦二汉所未有,桓、灵之季,宦戚专朝,学士大夫激扬清议,题拂品核,相与为目,如曰'天下模楷李元礼''不畏强御陈仲举'。许劭在汝南,而为'月旦评',评之名昉此。至陈寿作《三国志》,更'史赞'曰'评',而始名篇,然特'论'之异名也。"②"辩者,别嫌疑,定犹豫,指陈是非之文也","故凡论说之文皆辩也,先秦二汉犹未以名篇,后世始与'论'别而为题矣"。③ 这里,郝经指出评、论、辩三种文体都有议论曲直、辨别是非的功用。又如《书》部"疏"类序曰:"疏者,疏通其意,达之于上也。凡政有所未便,事有所未当,冤枉有所未信,壅蔽有所未达,臣下为之论列奏上,则用之。亦三代先秦之故有。至汉高帝五年诛项羽东城,诸侯王皆上疏请尊汉王为皇帝,疏之名始见。其后臣下往往上疏,同夫书矣。"④"封事"类序:"汉制表书皆启封,其言密事则皂囊重封,谓之封事,其文亦书疏也。"⑤"奏"类序:"凡进

---

① 郝经《续后汉书》卷六六上上,齐鲁书社,2000 年,第 856 页。
② 同上书,第 849 页。
③ 同上。
④ 同上书,第 856 页。
⑤ 同上书,第 857 页。

言于君皆曰奏,《书》谓'敷奏以言',是也。汉世凡劾验政事,特有奏请,乃特作奏,其文亦书疏也。"①指出疏、奏、封事诸文体,都是臣子向君主陈政言事的文体。这些共同特征是文体分类得以实现的基础。郝经以经书四部统帅众多文体,必须具备这种提纲挈领、敷理举统的功夫。

除了善于把握共同特征外,郝经还善于区分相关或相近文体的细微差别。如《诗》部"吟"类序曰:"吟,亦歌类也。歌者发扬其声而咏其辞也,吟者掩抑其声而味其言也,歌浅而吟深,故曰'吟咏情性,以风其上'。"②论吟与歌的区别,切中肯綮,发人之所未发。又《书》部"书"类序曰:"至战国、秦、汉,不可胜载,而体制多矣。臣子之于君父,小臣之于大臣,布衣之于达官,弟子之于师长,小国之于大国,皆谓之'上书',名位相埒则谓之'遗书',平交往反则谓之'复书',上之于下则谓之'谕书',告戒论列则谓之'移书',躬亲裁制则谓之'手书',天子下书则谓之'赐书',用玺封题则谓之'玺书',敌国讲信则谓之'国书',吉庆相贺则谓之'贺书',胜敌报多则谓之'捷书',丧师败绩则谓之'败书',无礼相陵则谓之'嫚书',叛君指斥则谓之'反书',死丧凶讣则谓之'哀书'。"③论述"书"这种文体,因使用场合、对象、目的不同而发生的种种衍变,可谓细致入微。这些区别,是各种文体具有独立存在价值的前提,也是文体学研究的重要内容。《文章总叙》在这方面的成就,也颇为引人注目。

宋元时期,文体学研究的热点问题和核心内容是辨体批评。这种批评,在理论形态上多以诗话、序跋、书信等形式表现出来,显得零散、随意,缺乏系统性。这实际上也是整个中国文论与文体论普遍存在的问题。郝经从经世致用的宗旨出发,倡言"六经自有史",对章学诚"六经皆史"说的形成有重要贡献。以这种学术理念

---

① 郝经《续后汉书》卷六六上上,齐鲁书社,2000年,第857页。
② 同上书,第862页。
③ 同上书,第851页。

为指导,郝经撰成《原古录》《文章总叙》等文体学研究专著,初步构建了一个以经为本的文体学谱系,并以详尽、系统的文体论充实了这一谱系。从理论的立足点来看,郝经建构以经为纲的文体谱系及理论框架,主要着眼于经、文关系的思考,并将其聚焦至文章学的范畴。其云:"右四类,其别五十有八,皆战国秦汉以来文章体制,原于四经而滋蔓于四经之后,所以为文章学后世之制也。"①在郝经看来,后世文人不唯要师法儒经之义理精神,也要将儒经视为文章体制之典范,以此规范各类文体的写作,并以之作为后世创作之规摹准绳。② 其后,明代黄佐《六艺流别》踵事增华,将150余种文体分别系于《易》《诗》《书》《礼》《乐》《春秋》各经之下,建构了一个更为庞大的文体谱系。从这个层面来看,郝经文体学研究的内容、方法及文体谱系,上承六朝的挚虞、刘勰,下启明清的黄佐、吴讷、徐师曾、姚鼐、曾国藩等,不仅在宋元时期别树一帜,在整个文体学发展史上,也有不可忽视的地位和影响。

---

① 郝经《续后汉书》卷六六上上,齐鲁书社,2000年,第869页。
② 刘湘兰《尊经与重文:中国古代文体分类的两个思想维度》,《文学评论》2021年第5期。

第六章　小说戏剧文体论的萌芽

唐宋元时期是中国小说和戏剧类文体的重要发展时期。在小说领域,笔记体小说在前代基础上迅猛发展,传奇体小说成熟于唐代,且创作日繁,话本体小说崛起于宋元,章回体小说亦萌芽于元末;在戏剧领域,南戏兴起于南宋,并持续发展,杂剧成熟于元代,成就了一代文学。在两大类文体创作兴盛的背景下,相关的文体论也开始萌生,成为唐宋元文体学别具特色的组成部分。

第一节　小说概念的演变和辨析[*]

"小说"一词起源于先秦,其概念历经演变,作为文体(文类)的含义在唐宋元时期基本确立。小说类文体的细类,包括志怪体、笔记体和传奇体等的文体辨析,也开始在文坛受到关注。片言只语,虽不成体系,但标志着小说文体论的萌芽。

一、"小说"概念的演变

（一）小说为"子之末"

"小说"在先秦诸子中是指与高深理论相对的浅薄言论,《庄子》所谓"饰小说以干县令,其于大达亦远矣"[①],与《荀子》所谓"故知者

---

[*] 本节主要参考谭帆等《中国古代小说文体文法术语考释》一书中"'小说'考""'志怪'考""'笔记'考""'传奇'考"诸篇,上海古籍出版社,2013年。

[①] 王先谦《庄子集解》卷七《外物》,中华书局,2012年,第289页。

论道而已矣,小家珍说之所愿皆衰矣"①,均为此意。《汉书·艺文志》诸子略列"小说家",称其"盖出于稗官。街谈巷语,道听涂说者之所造也"②,桓谭《新论》称"若其小说家,合丛残小语,近取譬论,以作短书。治身理家,有可观之辞"③,其小说观念与先秦一脉相承,只是开始带有文类的含义。魏晋南北朝时期,"小说"一词仍然或指称"小道",或指称论说"小道"之书,其用例甚多。

隋唐以降,在各类书目的著录中,"小说"的范围越来越宽泛,《隋书·经籍志》"小说家叙"称:"小说者,街说巷语之说也。《传》载舆人之诵,《诗》美询于刍荛。古者圣人在上,史为书,瞽为诗,工诵箴谏,大夫规诲,士传言而庶人谤。孟春,徇木铎以求歌谣,巡省观人诗,以知风俗。过则正之,失则改之,道听涂说,靡不毕纪。《周官》,诵训'掌道方志以诏观事,道方慝以诏辟忌,以知地俗';而训方氏'掌道四方之政事,与其上下之志,诵四方之传道而观衣物',是也。孔子曰:'虽小道,必有可观者焉,致远恐泥。'"④这一界定,延续了《汉志》的说法,但在实际著录中,《隋书·经籍志》"小说"类不但将各类社会人士的言说包括在内,而且将艺术器物介绍、历史传闻、杂钞杂说之类都收录其中,"小说"成为容纳无类可归的"小道""小术"之作的渊薮。至宋代《新唐书·艺文志》《郡斋读书志》《直斋书录解题》等公私书目中,"小说家"既著录志怪、传奇、杂记等叙事类作品,也著录《资暇集》《能改斋漫录》《封氏闻见录》《梦溪笔谈》《云麓漫钞》等非叙事类作品,而与杂说、杂考、杂纂等"杂家"类作品大体相当。

总之,"小说"由先秦时期无关政教的"小道",至唐宋时期作为"子之末"在目录著作中奠定了自己的文类地位,这是"小说"概念

---

① 《荀子·正名》,王先谦《荀子集解》卷十六,中华书局,2016年,第508页。
② 班固撰,颜师古注《汉书》卷三〇《艺文志》,中华书局,1962年,第1745页。
③ 桓谭撰,朱谦之校辑《新辑本桓谭新论》卷一,中华书局,2009年,第1页。
④ 魏徵、令狐德棻《隋书》卷三四《经籍志三》,中华书局,1973年,第1012页。

演变的途径之一。

(二) 小说为"史之余"

"小说"的另一概念,是指区别于正史的野史、传说。这一概念始于南朝梁代殷芸所著《小说》,姚振宗《隋书经籍志考证》云:"此殆是梁武作《通史》时,凡此不经之说为《通史》所不取者,皆令殷芸别集为《小说》,是此《小说》因《通史》而作,犹《通史》之外乘也。"①这是借用《汉志》"街谈巷语,道听涂说"的定义,将"小说"引申为"不经之说"的历史传闻。六朝私家撰史风行,产生了大量的杂史、杂传类作品,正统史家则以"信史""实录直书"等观念批评此类著作的虚妄、怪诞,《隋书·经籍志》即称其"体制不经。又有委巷之说,迂怪妄诞,真虚莫测"②。唐初史学更为发达,不但大量修史,刘知几更撰成史学理论批评巨著《史通》,全面阐述了史书的源流、体例和编纂方法等。《史通》在详述"六家""二体"之后,又列《杂述》一篇,专论"史流之杂著",称:"是知偏记小说,自成一家。而能与正史参行,其所由来尚矣。""权而为论,其流有十焉:一曰偏纪,二曰小录,三曰逸事,四曰琐言,五曰郡书,六曰家史,七曰别传,八曰杂记,九曰地理书,十曰都邑簿。""考兹十品,征彼百家,则史之杂名,其流尽于此矣。"③对于这一大批"偏记小说",《史通》认为:"虽复门千户万,波委云集。而言皆琐碎,事必丛残。固难以接光尘于《五传》,并辉烈于《三史》。古人以比玉屑满箧,良有旨哉!然则刍荛之言,明王必择;葑菲之体,诗人不弃。故学者有博闻旧事,多识其物,若不窥别录,不讨异书,专治周、孔之章句,直守迁、固之纪传,亦何能自致于此乎?且夫子有云:'多闻,择其善者而从之。''知

---

① 姚振宗《隋书经籍志考证》卷三二,王承略、刘心明主编《二十五史艺文经籍志考补萃编》第 4 卷,清华大学出版社,2011 年,第 1293 页。
② 魏徵、令狐德棻《隋书》卷三三《经籍志二》,中华书局,1973 年,第 962 页。
③ 刘知几《史通·杂述》,浦起龙通释《史通通释》卷十,上海古籍出版社,2009 年,第 253、256—257 页。

之次也。'苟如是,则书有非圣,言多不经,学者博闻,盖在择之而已。"①刘知几对这一大批"偏记小说"的梳理和评述,确立了野史传说之类著述在史部的地位,也为"小说"作为"史之余"概念的转换奠定了基础。

北宋初年,《新唐志》"小说家"即按照这一观念著录了《搜神记》等一批原属《隋书·经籍志》"杂传"类的著述,并收录了《博异志》《玄怪录》《传奇》等大批唐代志怪、琐闻、传奇类作品。"小说"作为正史之外的野史传说,成为普遍的认识。司马光《进资治通鉴表》称"遍阅旧史,旁采小说"②,即将"旧史"和"小说"对举。沈括《梦溪笔谈》载"盖小说所记各得于一时见闻,本末不相知,率多舛误"③,指出了"小说"的特点。晁公武《郡斋读书志》则谓:"《艺文志》以书之纪国政得失、人事美恶,其大者类为杂史,其余则属之小说。然其间或论一事、著一人者,附于杂史、小说皆未安,故又为传记类,今从之。"④晁氏将正史以外的记叙类文体分为杂史、小说、传记诸类,而"小说"亦有"纪国政得失、人事美恶"的功能,这说明"小说"为"史之余"的概念已深入人心。

(三) 小说为"伎艺"名

"小说"的又一概念则指民间的"说话"伎艺。这一用法较早见于《三国志》裴松之注引《魏略》:"临菑侯(曹)植亦求(邯郸)淳,太祖遣淳诣植。植初得淳甚喜,延入坐,不先与谈。时天暑热,植因呼常从取水自澡讫,傅粉。遂科头拍袒,胡舞五椎锻,跳丸击剑,诵俳优小说数千言讫,谓淳曰:'邯郸生何如邪?'"⑤这里的"俳优小说"

---

① 刘知几《史通·杂述》,浦起龙通释《史通通释》卷十,上海古籍出版社,2009年,第257页。
② 司马光《进资治通鉴表》,司马光编著,胡三省音注《资治通鉴》卷末,中华书局,1956年,第9607页。
③ 沈括《梦溪笔谈》卷四《辩证二》,上海书店出版社,2009年,第29页。
④ 晁公武著,孙猛校证《郡斋读书志校证》,上海古籍出版社,2011年,第359页。
⑤ 陈寿《三国志》卷二一《魏书·王粲传》注,中华书局,1959年,第603页。

即指说故事的伎艺。又《隋书》载时人侯白"好学有捷才,性滑稽,尤辩俊。举秀才,为儒林郎。通倪不恃威仪,好为俳谐杂说,人多爱狎之,所在之处,观者如市"①。这种"俳谐杂说"引起"观者如市",可见其受欢迎的程度。唐代的"小说"伎艺进一步发展。《唐会要》载元和十年"韦绶罢侍读,绶好谐戏,兼通人(按,即'民')间小说"②。此"人间小说"应亦是"说话"表演。段成式《酉阳杂记》载:"予太和末,因弟生日观杂戏。有市人小说,呼'扁鹊'作'褊鹊',字上声。令座客任道昇正之,市人言:'二十年前,尝于上都斋会设此,有一秀才甚赏呼"扁"字与"褊"同声,云世人皆误。'"③则"市人小说"已成为杂戏中的保留节目。

南宋时期,勾栏瓦舍的"说话"伎艺迅速发展,产生了分工,体制渐趋成熟。吴自牧《梦粱录》"小说讲经史"条载:"说话者谓之'舌辩',虽有四家数,各有门庭。且小说名'银字儿',如烟粉、灵怪、传奇、公案、朴刀杆棒、发发踪参(发迹变泰)之事……谈论古今,如水之流……但最畏小说人,盖小说者,能讲一朝一代故事,顷刻间捏合,与起令随令相似,各占一事也。"④"小说"即是"说话""四家数"之一,题材广泛,且能将故事"顷刻间捏合",具有极强的感染力。罗烨《醉翁谈录》的描述更为淋漓尽致:"夫小说者,虽为末学,尤务多闻。非庸常浅识之流,有博览该通之理。幼习《太平广记》,长攻历代史书。烟粉奇传,素蕴胸次之间;风月须知,只在唇吻之上。《夷坚志》无有不览,《琇莹集》所载皆通。……举断模按,师表规模,靠敷演令看官清耳。只凭三寸舌,褒贬是非;略传万余言,讲论古今。说收拾寻常有百万套,谈话头动辄是数千回。……有灵怪、烟粉、传

---

① 魏徵、令狐德棻《隋书》卷五八《陆爽传》附,中华书局,1973 年,第 1421 页。
② 王溥《唐会要》卷四,中华书局,1955 年,第 47 页。
③ 段成式《酉阳杂俎》续集卷四《贬误篇》,许逸民校笺《酉阳杂俎校笺》,中华书局,2015 年,第 1725—1726 页。
④ 吴自牧《梦粱录》卷二〇,《东京梦华录(外四种)》,古典文学出版社,1956 年,第 312—313 页。

奇、公案,兼朴刀、捍棒、妖术、神仙。自然使席上生风,不枉教坐间星拱。……曰得词,念得诗,说得话,使得砌。言无讹舛,遣高士善口赞扬;事有源流,使才人怡神嗟讶。诗曰:小说纷纷皆有之,须凭实学是根基。……世间多少无穷事,历历从头说细微。"①这段描述强调了小说表演者的博学多闻,以及"说话"的广泛题材和动人效果,并将小说表演概括为"曰得词,念得诗,说得话,使得砌",即以散说来敷演故事,以韵语念诵诗词,并穿插以插科打诨(使砌),可谓对"小说"伎艺做了全面总结。

与此同时,由"小说"伎艺衍生的书面读本,即小说家话本,也被称为"小说"。如元刊本《新编红白蜘蛛小说》末尾题为"新编红白蜘蛛小说",《清平山堂话本》原名《六十家小说》,篇末题记多有"新编小说某某终"或"小说某某终"的字样。这样,"小说"由伎艺名称又引申为"话本"的代名词,并进而演化为通俗小说的文体概念。

总而言之,唐宋元时期的"小说"一词,既是传统的"子(书)之末",又是正宗的"史(籍)之余",同时还由伎艺名演化为通俗文学的文体名。这三种概念同用并存,且承上启下,为明清时期向近代小说概念的进一步演变开辟了道路。此外,这一时期还开展了对小说诸文体的探讨辨析。

二、志怪体辨析

"志怪"一词起源甚早,见之于《庄子·逍遥游》论鲲鹏一节:"齐谐者,志怪者也。谐之言曰:'鹏之徙于南冥也,水击三千里,抟扶摇而上者九万里,去以六月息者也。'"②"齐谐"一说为人名,一说为书名,但"志怪"则为记录怪异之意。先秦另有"志异""记异""夷

---

① 罗烨《新编醉翁谈录》甲集卷一"小说开辟",辽宁教育出版社,1998年,第3—4页。
② 《庄子·逍遥游》,王先谦《庄子集解》卷一,中华书局,2012年,第9页。

坚"等词与"志怪""齐谐"同义。① 六朝时期,"志怪""齐谐"被广泛用作书名,如《孔氏志怪》《齐谐记》《志怪集》等层出不穷,均有"传闻异辞"的特点。《隋书·经籍志》将此类著述列在史部杂传类,认为其虽然"杂以虚诞怪妄之说",但"推其本源,盖亦史官之末事也"。②

唐宋时期,文坛对"志怪"的认识不断发展。刘知几《史通》将"志怪"类著述列为"偏记小说"十类之一,称:"阴阳为炭,造化为工,流形赋象,于何不育。求其怪物,有广异闻,若祖台《志怪》、干宝《搜神》、刘义庆《幽明》、刘敬叔《异苑》。此之谓杂记者也。"③对于其得失利弊,《史通》又云:"杂记者,若论神仙之道,则服食炼气,可以益寿延年;语魑魅之途,则福善祸淫,可以惩恶劝善,斯则可矣。及谬者为之,则苟谈怪异,务述妖邪,求诸弘益,其义无取。"④作为正统史家的刘氏,既肯定其可以"益寿延年""惩恶劝善"的价值,也指斥其"苟谈怪异,务述妖邪"的弊端。唐代的这种"偏记小说"尤为发达,晚唐高彦休《唐阙史序》称"自武德、贞观而后,吮笔为小说、小录、稗史、野史、杂录、杂记者多矣。贞元、大历已前,捃拾无遗事。大中、咸通而下,或有可以为夸尚者、资谈笑者、垂训诫者,惜乎不书于方册,辄从而记之",其中即多有志怪的内容,高氏并称"讨寻经史之暇,时或一览,犹至味之有菹醢也"⑤,十分赞赏其独特的风味。段成式则明确提出了"志怪小说之书",其《酉阳杂俎序》云:"夫《易·象》'一车之言',近于怪也;诗人'南淇之奥',近乎戏也。固服缝掖者,肆笔之余,及怪及戏,无侵于儒。无若《诗》《书》之味大羹,史为

---

① "夷坚"出《列子·汤问》:"(鲲鹏)大禹行而见之,伯益知而名之,夷坚闻而志之。"(杨伯峻集解《列子集释》卷五,中华书局,1979年,第157页)
② 魏徵、令狐德棻《隋书》卷三三《经籍志二》,中华书局,1973年,第982页。
③ 刘知几《史通·杂述》,浦起龙通释《史通通释》卷十,上海古籍出版社,2009年,第254—255页。
④ 同上书,第256页。
⑤ 高彦休《唐阙史序》,《唐阙史》卷首,《知不足斋丛书》本。

折俎,子为醓醢也。炙鸮羞鳖,岂容下箸乎?固役而不耻者,抑志怪小说之书也。"①段氏认为,怪言戏语,无损于儒家经典;经史子书,研讨已多,志怪小说同样有其价值,可以"役而不耻"。《四库全书总目》称:"其书多诡怪不经之谈,荒渺无稽之物。而遗文秘籍,亦往往错出其中,故论者虽病其浮夸,而不能不相征引。自唐以来推为小说之翘楚。"②则唐人好为志怪小说,已蔚然成风。

宋人对"志怪"认识的一大变化是在图书目录中将其移到子部小说类。北宋欧阳修强调"实录"是史传的基础,小说有其价值,但宜另立,其云:"《书》曰'狂夫之言,圣人择焉',又曰'询于刍荛',是小说之不可废也。古者惧下情之壅于上闻,故每岁孟春,以木铎徇于路,采其风谣而观之。至于俚言巷语,亦足取也。今特列而存之。"③他在编撰《新唐志》时,即将原来《隋书·经籍志》和《旧唐志》著录于史部杂传类的大批志怪类著述,移入子部"小说家"类,而与《世说新语》等志人类著述并列。这一迁移揭示了志怪类著述作为"小说"的性质,并成为后世目录书的常态。南宋洪迈撰成大型志怪小说集《夷坚志》,其《夷坚乙志序》称:"《夷坚》初志成,士大夫或传之,今镂板于闽,于蜀,于婺,于临安,盖家有其书。人以予好奇尚异也,每得一说,或千里寄声,于是五年间,又得卷帙多寡与前编等,乃以乙志名之。凡甲、乙二书,合为六百事,天下之怪怪奇奇尽萃于是矣。夫齐谐之志怪,庄周之谈天,虚无幻茫,不可致诘。逮干宝之《搜神》,奇章公之《玄怪》,谷神子之《博异》,《河东》之记,《宣室》之志,《稽神》之录,皆不能无寓言于其间。若予是书,远不过一甲子,耳目相接,皆表表有据依者。谓予不信,其往见乌有先生而问之。"④洪迈"好奇尚异",尽萃天下怪怪奇奇之事。他虽自称所作

---

① 段成式《酉阳杂俎序》,许逸民校笺《酉阳杂俎校笺》,中华书局,2015年,第1页。
② 永瑢等《四库全书总目》卷一四二,中华书局,1965年,第1214页。
③ 欧阳修《崇文总目叙释》,《欧阳修全集》卷一二四,中华书局,2001年,第1893页。
④ 洪迈《夷坚乙志序》,《夷坚志》,中华书局,1981年,第185页。

"表表有据依",但往问"乌有先生",说明他对志怪小说"虚无幻茫,不可致诘"的特征十分清楚,而自己深得大众欢迎的根本原因就在于此。虽然宋人对"志怪体"的体制特点少有论述,但从洪迈所言,可知宋人对此类小说题材特性的认识有了进一步的提升。

三、笔记体辨析

"笔记"原指执笔记叙,《文心雕龙》云"路粹杨修,颇怀笔记之工;丁仪邯郸,亦含论述之美"①,即以"笔记"和"论述"对举。又称"书记""笔札"曰:"夫书记广大,衣被事体,笔札杂名,古今多品。"②则"笔记"已带有初步的文类概念,《隋书·经籍志》"杂家"类著录有不少如《杂记》《典言》《杂语》《内训》等被后世称为笔记类的著述。宋代开始,"笔记"被广泛用作书名,继宋祁《笔记》首开其例后,《密斋笔记》《仇池笔记》《老学庵笔记》等层出不穷;又有称之为"随笔""笔谈""漫录""杂志""杂记""丛谈""笔录""札记"等,都可视为"笔记"的别称,如《容斋随笔》《梦溪笔谈》《能改斋漫录》《清波杂志》《云谷杂记》《四友斋丛说》等,均是其中的名著。《容斋随笔》所谓"意之所之,随即纪录,因其后先,无复诠次,故目之曰《随笔》"③,可谓概括了此类著述的特点。随后,"笔记"也成为指称此类著述的文类概念,如"前辈笔记、小说固有字误或刊本之误,因而后生末学,不稽考本出处,承袭谬误甚多"④,其中"笔记"已具文类含义。

由于早期小说如志怪、琐闻、杂记等都是随笔记录性质,实际上都是笔记类著述,因此,"笔记"和"小说"的概念是交叉的。今人刘

---

① 刘勰《文心雕龙·才略》,詹锳义证《文心雕龙义证》,上海古籍出版社,1989年,第1802页。
② 刘勰《文心雕龙·书记》,同上书,第917页。
③ 洪迈《容斋随笔》卷一,中华书局,2015年,第1页。
④ 史绳祖《学斋占毕》卷二,王云五编《丛书集成初编》本,商务印书馆,1936年,第31页。

叶秋《历代笔记概述》将笔记分为小说故事、历史琐闻和考据辨证三大类，所收录的著述大多也都可归入小说，两者之间并无明确的界限。因此，虽然"笔记小说""笔记体小说"之类概念是近代产生的，但是，"笔记体"作为古代小说的一种体式，在唐宋元时期实际上已被社会接受，对它们的题材、功用、体制特点也有所探讨。

刘知几《史通》所录十类"偏记小说"中，有几类即为笔记体，如谓："国史之任，记事记言，视听不该，必有遗逸。于是好奇之士，补其所亡，若和峤《汲冢纪年》、葛洪《西京杂记》、顾协《琐语》、谢绰《拾遗》。此之谓逸事者也。"又如："街谈巷议，时有可观，小说卮言，犹贤于己。故好事君子，无所弃诸，若刘义庆《世说》、裴荣期《语林》、孔思尚《语录》、阳玠松《谈薮》。此之谓琐言者也。"又如："阴阳为炭，造化为工，流形赋象，于何不育。求其怪物，有广异闻，若祖台《志怪》、干宝《搜神》、刘义庆《幽明》、刘敬叔《异苑》。此之谓杂记者也。"[1]这里的"逸事""琐言""杂记"类小说，或是辑录历史人物的遗闻轶事、琐碎言谈，或是记载鬼怪神仙的奇特事迹、怪异举动，它们都是笔记体小说的主要题材类别。

笔记体小说的功用颇受时人的关注。曾慥《类说序》指出："小道可观，圣人之训也。……可以资治体，助名教，供谈笑，广见闻，如嗜常珍，不废异馔，下箸之处，水陆俱陈矣。"[2]陈振孙《直斋书录解题》则谓"稗官小说，昔人固有为之者矣。游戏笔端，资助谈柄，犹贤乎已可也"[3]。他们都指出了此类作品多方面的价值，后来《四库全书总目》所谓"寓劝戒、广见闻、资考证"[4]较好地概括了其功能。笔记体小说的篇章体制，时人也多有论述。《史通·杂述》所谓"言皆

---

[1] 刘知几《史通·杂述》，浦起龙通释《史通通释》卷十，上海古籍出版社，2009年，第254—255页。
[2] 曾慥《类说序》，书目文献出版社，1988，第6页。
[3] 陈振孙《直斋书录解题》卷十一，上海古籍出版社，2015年，第336页。
[4] 永瑢等《四库全书总目》卷一四〇，中华书局，1965年，第1182页。

琐碎,事必丛残"①,《卓异记序》所谓"随所闻见,杂载其事,不以次第"②,《梦溪笔谈》所谓"各得于一时见闻,本末不相知"③等,都指明了这类小说随笔杂记、不拘体例、篇帙短小的特征。

总之,作为古代小说的文类之一,笔记体以载录鬼神怪异故事和人物遗闻琐事为主要题材,以"寓劝戒、广见闻、资考证"为功能定位,以及"言皆琐碎,事必丛残"的篇章体制,这些主要特征都已受到唐宋元文坛的关注。

四、传奇体辨析

"传奇"一词,唐人最先使用,是指传示奇异之事。中唐元稹撰有名篇《莺莺传》,又名《传奇》,其篇末交代:"贞元岁九月,执事李公垂,宿于予静安里第,语及于是。公垂卓然称异,遂为《莺莺歌》以传之。崔氏小名莺莺,公垂以命篇。"④即李公垂作歌,元稹作传,来传述这一奇异故事。此类例子甚多。如白行简因李娃"节行瑰奇"而为之作《李娃传》,李公佐因"宵话征异"而作《庐江冯媪传》,薛调因"人生之契阔会合多矣,罕有若斯之比,常谓古今所无"而作《无双传》⑤,等等,均不脱奇异二字。唐末裴铏撰成《传奇》一书,"所记皆神仙恢谲事"⑥,也都为传示奇异故事。唐人撰写这种传奇之文成为一时风尚,从初唐至晚唐绵绵不绝,王绩、张说、李华、韩愈、柳宗元、皮日休、陆龟蒙等著名文人均参与其中,并形成了事怪文奇的"传奇"笔法。具体而言,这些传奇文多用散体古文叙事,穿插骈词俪

---

① 刘知几《史通·杂述》,浦起龙通释《史通通释》卷十,上海古籍出版社,2009年,第257页。
② 李翱《卓异记序》,《卓异记》卷首,《景印文渊阁四库全书》史部第448册,台湾商务印书馆,1983—1988年,第116页。
③ 沈括《梦溪笔谈》卷四《辩证二》,上海书店出版社,2009年,第29页。
④ 李昉《太平广记》卷四八八,中华书局,1961年,第4017页。
⑤ 同上书卷四八六,第4005页。
⑥ 晁公武《郡斋读书志》卷十三《传奇》,孙猛校证《郡斋读书志校证》,上海古籍出版社,2011年,第555页。

语、诗词歌赋,并追求叙事的曲折和人物的塑造。在体制上,这些传奇文一般多题为"传"或"记"。宋代《太平广记》将《李娃传》《东城老父传》《周秦行记》等传奇文归为"杂传记"类,晁公武《郡斋读书志》称传奇文总集《异闻集》"以传记所载唐朝奇怪事,类为一书"①,都指明了其体制上的特点。其区别仅在于"叙一人之始末者为传之属,叙一事之始末者为记之属"②而已。

依据唐代传奇文的这些特征,宋人提出了"传奇体"的概念。陈师道《后山诗话》载:"范文正公为《岳阳楼记》,用对语说时景,世以为奇。尹师鲁读之曰:'传奇体尔。'《传奇》,唐裴铏所著小说也。"③当然,这里的"传奇体",是古文家尹洙用《传奇》之文骈散交替的特色来指称《岳阳楼记》用古文议论、用骈语描绘的写法,含有讥讽之意,并非定义传奇文体,却也揭示出传奇文的部分体制特征。《太平广记》全书按题材分为90类之后,再分出"杂传记""杂录"2类,倒似有揭示小说文体(即传奇和志怪)的意图,值得重视。宋代"传奇"又发展成为民间伎艺的题材类型,吴自牧《梦粱录》"妓乐"条载孔三传"编成传奇灵怪,入曲说唱"④,《都城纪胜》《武林旧事》等也都有相似记载。而宋代"说话四家数"中,传奇也成为"小说家"的题材之一,《醉翁谈录》"小说开辟"载:"夫小说者……有灵怪、烟粉、传奇、公案、兼朴刀、捍棒、妖术、神仙。……论《莺莺传》《爱爱词》……《唐辅采莲》,此乃为之传奇。"⑤可见"传奇"是《莺莺传》为代表的专门讲述男女爱情的小说类别。至宋末谢采伯《密斋

---

① 晁公武《郡斋读书志》卷十三《异闻集》,孙猛校证《郡斋读书志校证》,上海古籍出版社,2011年,第548页。
② 永瑢等《四库全书总目》卷五九,中华书局,1965年,第531页。
③ 陈师道《后山诗话》,何文焕辑《历代诗话》上册,中华书局,1981年,第310页。
④ 吴自牧《梦粱录》卷二〇,孟元老等《东京梦华录(外四种)》,古典文学出版社,1956年,第310页。
⑤ 罗烨《新编醉翁谈录》甲集卷一"小说开辟",辽宁教育出版社,1998年,第3页。

笔记·自序》中将"稗官小说、传奇、志怪"①三者并举,则说明"传奇"已具有初步的文体概念。元代文章大家虞集更明确地赋予"传奇"作为小说文体的含义,其《写韵轩记》云:"盖唐之才人于经义道学有见者少,徒知好为文辞,闲暇无所用心,辄想象幽怪遇合、才情恍惚之事,作为诗章答问之意,傅会以为说。盍簪之次,各出行卷以相娱玩,非必真有是事,谓之传奇。元稹、白居易犹或为之,而况他乎!遂相传信。"②这里揭橥的"想象幽怪遇合、才情恍惚之事,作为诗章答问之意,傅会以为说",正概括了此类小说的基本特征,并称"谓之传奇",将其视为一类文体之意甚明。陶宗仪《南村辍耕录》亦称"唐有传奇,宋有戏曲、唱诨、词说,金有院本、杂剧、诸宫调"③,又云"稗官废而传奇作,传奇作而戏曲继"④,说明至元代,作为小说类别之一的传奇体已基本得到文坛的认同。尽管正式确立传奇体的小说文体地位要到鲁迅《中国小说史略》之中,但唐宋元时期对"传奇"的辨析,仍是其不可忽视的先声。

第二节　戏剧观念的演进和探讨*

　　中国古代戏剧经历了漫长的孕育阶段,王国维《宋元戏曲史》概述其演进历程称:"我国戏剧,汉魏以来,与百戏合,至唐而分为歌舞戏及滑稽戏二种;宋时滑稽戏尤盛,又渐借歌舞以缘饰故事,于是向之歌舞戏,不以歌舞为主,而以故事为主;至元杂剧出而体制遂定,南戏出而变化更多。于是我国始有纯粹之戏曲;然其与百戏及

---

① 谢采伯《密斋笔记·自序》,《景印文渊阁四库全书》子部第 864 册,台湾商务印书馆,1983—1988 年,第 644 页。
② 虞集《写韵轩记》,《虞集全集》卷三八,天津古籍出版社,2007 年,第 740 页。
③ 陶宗仪《南村辍耕录》卷二五,上海古籍出版社,2012 年,第 276 页。
④ 同上书卷二七,第 297 页。
* 本节主要参考谭帆、陆炜《中国古典戏剧理论史》,中国社会科学出版社,1993 年。

滑稽戏之关系,亦非全绝。"①唐宋元时期是古代戏剧走向成熟的关键时期,这一阶段有关戏剧活动和戏剧表演的文献记载、考辨较多,相对而言,戏剧理论批评还十分薄弱,戏剧文体的探讨仍处于萌芽状态。这些探讨主要涉及戏剧观念的演进、戏剧功能的评判和戏剧特征的揭示等。

一、戏剧观念的演进

上古的戏剧,起源于巫觋祭神的歌舞表演,春秋以后又有俳优的演出,王国维称:"巫与优之别:巫以乐神,而优以乐人;巫以歌舞为主,而优以调谑为主;巫以女为之,而优以男为之。……后世戏剧,当自巫、优二者出;而此二者,固未可以后世戏剧视之也。"②因此,早期只有朦胧的戏剧意识,即将戏剧看作一种表演伎艺,或称"戏"的观念。这种观念至唐宋时期仍未得到根本改变。《旧唐书·音乐志》记载唐代的"俳优歌舞杂奏"称:"睿宗时,婆罗门献乐,舞人倒行,而以足舞于极铦刀锋,倒植于地,低目就刃,以历脸中,又植于背下,吹筚篥者立其腹上,终曲而亦无伤。……梁谓之《舞盘伎》。梁有《长蹻伎》《掷倒伎》《跳剑伎》《吞剑伎》,今并存。又有《舞轮伎》,盖今戏车轮者。《透三峡伎》,盖今《透飞梯》之类也。《高絙伎》,盖今之戏绳者是也。梁有《猕猴幢伎》,今有《缘竿》,又有《猕猴缘竿》,未审何者为是。又有《弄碗珠伎》《丹珠伎》。歌舞戏有《大面》《拨头》《踏摇娘》《窟垒子》等戏。玄宗以其非正声,置教坊于禁中以处之。……其余杂戏,变态多端,皆不足称。"③从中可见《大面》《拨头》《踏摇娘》等歌舞戏同各种"杂戏"伎艺是混同不分的。宋代杂剧的地位较高,所谓"散乐传学教坊十三部,唯以杂剧为

---

① 王国维《宋元戏曲史》,上海古籍出版社,1998年,第127页。
② 同上书,第4页。
③ 刘昫等《旧唐书》卷二九,中华书局,1975年,第1073—1074页。

正色"①,但《东京梦华录》《都城纪胜》《梦粱录》等书仍将其列于"京瓦众伎"之下,与大旗、狮豹、诸宫调、缠达等百戏伎艺相并列。可见宋人仍将戏剧视为一种表演性的伎艺。

元代开始,随着北曲杂剧和南曲传奇的成熟,"戏"的观念逐步演变为"曲"的观念,即将戏剧视为诗歌的一种。元代的戏剧表演论著十分发达,如《唱论》《中原音韵》《青楼集》《录鬼簿》等,都不是单一的戏剧论著,而往往是戏剧和散曲不分,研究对象是作为二者合成体的"曲"。"曲"就是诗,亦即文辞和音乐的统一。因而承续古代诗论的传统,元人研讨戏剧的角度主要是文辞和音律。这种观念到明代中叶可谓一脉相承,明初朱权的《太和正音谱》和明中叶徐渭的《南词叙录》,仍是以"曲"论为中心。直到清代,"曲"的观念才演变为"剧"的观念,关注叙事艺术和表演特性。可见在戏剧观念上,由唐宋时期的"戏"演变到元代的"曲",还只是前进了一小步,反映出古代戏剧理论远远落后于戏剧创作和演出实践的特点。

二、戏剧功用的评判

唐宋时期的戏剧演出活动已十分普遍和频繁,这必然引起社会的关注和反响。但在封建正统观念统治下,评判戏剧往往都从儒家的伦理道德观念出发,无论是正面的还是反面的。对戏剧的正面评价仍不脱传统的讽谏说,如《旧唐书·李实传》载优人"因戏作语",反映百姓困苦,遭到李实迫害,"言者曰:'瞽诵箴谏,取其诙谐以托讽谏,优伶旧事也。设谤木,采刍荛,本欲达下情,存讽议,辅端不可加罪。'德宗亦深悔,京师无不切齿以怒实"。② 辩白之词,反映了时人对戏剧讽谏价值的肯定。宋代马令在《南唐书》中也指出:"谈谐之说,其来尚矣。秦、汉之滑稽,后世因为谈谐,而为之者多出

---

① 耐得翁《都城纪胜》,《景印文渊阁四库全书》史部第 590 册,台湾商务印书馆,1983—1988 年,第 7 页。
② 刘昫等《旧唐书》卷一三五《李实传》,中华书局,1975 年,第 3731 页。

乎乐工优人。其廓人主之褊心,讥当时之弊政,必先顺其所好,以攻其所蔽。虽非君子之事,而有足书者。"①马令称道"乐工优人"的演出活动,认为其廓褊心、讥弊政、"有足书者",也是对戏剧功能的充分肯定。

而当戏剧表演在某些方面触犯了封建秩序和伦理道德之时,文人士大夫往往会基于儒家的伦理道德观念批评指责,统治者甚至明令例禁。如《新唐书》载武后时武平一曾上书称:"乐正则风化正,乐邪则政教邪,先王所以达废兴也。伏见胡乐施于声律,本备四夷之数,比来日益流宕,异曲新声,哀思淫溺。始自王公,稍及闾巷,妖伎胡人、街童市子,或言妃主情貌,或列王公名质,咏歌蹈舞,号曰'合生'。昔齐衰,有《行伴侣》,陈灭,有《玉树后庭花》,趋数骜僻,皆亡国之音。夫礼慊而不进即销,乐流而不反则放。……不容以倡优媟狎亏污邦典。"②此类言论所在多有,宋代朱熹弟子陈淳更是列举民间戏剧演出的八大罪状云:"其名若曰戏乐,其实所关利害甚大:一、无故剥夺民膏为妄费;二、荒民本业事游观;三、鼓簧人家子弟玩物丧恭谨之志;四、诱惑深闺妇人,出外动邪僻之思;五、贪夫萌抢夺之奸;六、后生逞斗殴之忿;七、旷夫怨女邂逅为淫奔之丑;八、州县二庭纷纷起狱讼之繁,甚至有假托报私仇,击杀人无所惮者。其胎殃产祸如此,若漠然不之禁,则人心波流风靡,无由而止,岂不为仁人君子德政之累。"③如此条列罪状,大加挞伐,将人间罪恶都归之于戏剧,显然充满了道学家的偏见,但也从反面证明了戏剧巨大的影响力。

与上述文人士大夫囿于传统观念的价值判断不同,在元代戏剧取得成熟形态和独立地位的背景下,钟嗣成撰成《录鬼簿》这部史上

---

① 马令《南唐书》卷二五《谈谐传序》,傅璇琮等《五代史书汇编》,杭州出版社,2004年,第5418页。
② 欧阳修、宋祁《新唐书》卷一一九《武平一传》,中华书局,1975年,第4295页。
③ 陈淳《上傅寺丞论淫戏书》,陈多、叶长海选注《中国历代剧论选注》,上海古籍出版社,2010年,第60页。

首次为"戏子"立传的名著。其序文阐述了取名《录鬼簿》的缘由："人之生斯世也,但知以已死者为鬼,而未知未死者亦鬼也。酒罂饭囊,或醉或梦,块然泥土者,则其人虽生,与已死之鬼何异?"而同时,自"天地阖辟,亘古迄今,自有不死之鬼在。何则?圣贤之君臣,忠孝之士子,小善大功,著在方册者,日月炳煌,山川流峙,及乎千万劫无穷已,是则虽鬼而不鬼者也"。他认为元曲作家"门第卑微,职位不振,高才博艺,俱有可录,岁月縻(弥)久,湮没无闻,遂传其本末","使已死未死之鬼,得以传远"。① 全书著录了150余位元曲作家及其500余部作品,为后人留下了元代戏剧发展的珍贵史料。钟氏将戏剧作家与圣贤君臣、忠孝士子并举,认为同样"得以传远",体现了全新的戏剧价值观,可以视为古代戏剧独立的宣言。

三、戏剧特征的揭示

作为高度综合的艺术样式,古代戏剧包括了诗歌、音乐、舞蹈、说唱、杂技等多种艺术成分,并形成了以曲为本位的民族特色。唐宋元时期对戏剧还未从综合艺术的角度展开研讨,只是在某些领域注意揭示戏剧的艺术特征。

宋代早期的杂剧,以即兴的说笑逗乐为特点。孔平仲《谈苑》载:"山谷云:'作诗正如杂剧,初时布置,临了须打诨,方是出场。'"②吕本中《童蒙训》亦云:"如作杂剧,打猛诨入,却打猛诨出也。"③《梦粱录》亦云杂剧"大抵全以故事,务在滑稽"④。故王国维总结道:"宋时所谓杂剧,其初殆专指滑稽戏言之。……此杂剧最初

---

① 钟嗣成《录鬼簿序》,钟嗣成、贾仲明《录鬼簿新校注》,文学古籍刊行社,1957年,第1—2页。
② 孔平仲《谈苑》卷四,《景印文渊阁四库全书》子部第1037册,台湾商务印书馆,1983—1988年,第154页。
③ 吕本中《童蒙训辑佚》,韩西山辑校《吕本中全集》,中华书局,2019年,第1028页。
④ 吴自牧《梦粱录》卷二〇,《东京梦华录(外四种)》,古典文学出版社,1956年,第309页。

之意也。至《武林旧事》所载之官本杂剧段数,则多以故事为主,与滑稽戏截然不同,而亦谓之杂剧,盖其初本为滑稽戏之名,后扩而为戏剧之总名也。"①宋人还注意到戏剧语言的风格,张邦基《墨庄漫录》云:"优词乐语,前辈以为文章余事,然鲜能得体。"又谓:"凡乐语不必典雅,惟语时近俳乃妙。"又谓:"乐语中有俳谐之言一两联,则伶人于进趋诵咏之间,尤觉可观而警绝。"②其所谓"得体",其实已涉及戏剧语言的"本色"问题。

元人对戏剧特征的关注,主要集中于音律和文辞。周德清《中原音韵》提出的"作词十法",包括知韵、造韵、用事、用字、入声作平声、阴阳、务头、对耦、末句、定格 10 项③,正说明时人对戏剧的关注焦点所在。杨维桢评元曲称:"士大夫以今乐府鸣者,奇巧莫如关汉卿、庾吉甫、杨淡斋、卢疏斋,豪爽则有如冯海粟、滕玉霄,蕴藉则有如贯酸斋、马昂父。其体裁各异,而宫调相宜,皆可被于弦竹者也。继起者不可枚举,往往泥文采者失音节,谐音节者亏文采,兼之者实难也。"④将"文采"与"音节"对举作为评价标准,与《中原音韵》可谓一脉相承。

戏剧的本质是一种诉诸舞台的表演艺术,戏剧搬演的重要性不言而喻。元代大量的戏剧搬演实践,使表演艺术受到了极大的关注,并进行了多方的探讨。胡祗遹《黄氏诗卷序》中提出的表演"九美"说具有代表性,其曰:"一、姿质浓粹,光彩动人;二、举止闲雅,无尘俗态;三、心思聪慧,洞达事物之情状;四、语言辨利,字真句明;五、歌喉清和圆转,累累然如贯珠;六、分付顾盼,使人人解悟;七、一唱一说,轻重疾徐,中节合度,虽记诵闲熟,非如老僧之诵经;

---

① 王国维《宋元戏曲史》,上海古籍出版社,1998 年,第 128—129 页。
② 张邦基《墨庄漫录》卷七,中华书局,2002 年,第 203—204 页。
③ 周德清《中原音韵》卷下"作词十法",《中原音韵校本:附 中州乐府音韵类编校本》,中华书局,2003 年,第 64—81 页。
④ 杨维桢《周月湖今乐府序》,《东维子集》卷十一,《景印文渊阁四库全书》集部第 1221 册,台湾商务印书馆,1983—1988 年,第 477 页。

八、发明古人喜怒哀乐、忧悲愉佚、言行功业,使观听者如在目前,谛听忘倦,惟恐不得闻;九、温故知新,关键词藻,时出新奇,使人不能测度为之限量。九美既具,当独步同流。"①"九美"说涉及戏剧演员的形体、气质及演唱技巧等多方面的要求,说明戏剧的表演特征已受到元人的全面关注。此外,夏庭芝的《青楼集》记录了元代一百多位女演员,往往从色、艺两方面来进行评说,并形成模式,也可见时人对扮演的看重。燕南芝庵的《唱论》则以要诀的形式,对歌曲的格调节奏、人的嗓音特点、各种宫调的调性色彩以及戏剧演唱的基本要求和忌讳等问题,进行全面的总结,成为最早的一部戏剧声乐论著。这些都从不同的角度揭示出戏剧的部分艺术特征,而对古代戏剧的曲学体系、剧学体系和叙事理论体系的全面探索,则要到明清时期才得以深入展开。

---

① 胡祇遹《黄氏诗卷序》,《紫山大全集》卷八,《景印文渊阁四库全书》集部第 1196 册,台湾商务印书馆,1983—1988 年,第 149 页。

第七章　诗体学的发展和成熟

唐宋元时期是中国诗歌创作的黄金时代,是各种诗歌体裁定型、完备的时期,也是诗体学发展、成熟的阶段。这时期诗体学的主要内容围绕诗体的分类辨析、律诗作法的探索和诗学体系的构建三方面展开。

第一节　近体、古体分野的确认

一、从"永明体"到律诗的定型

齐梁时期"永明体"诗歌的出现,标志着古代诗歌开始了格律化的进程。"永明体"的代表诗人沈约,倡"四声八病"之说,奠定了新诗体的理论基础。其《宋书·谢灵运传论》云:"五色相宣,八音协畅,由乎玄黄律吕,各适物宜。欲使宫羽相变,低昂互节,若前有浮声,则后须切响。一简之内,音韵尽殊;两句之中,轻重悉异。妙达此旨,始可言文。"①其《答甄公论》称:"作五言诗者,善用四声,则讽咏而流靡;能达八体,则陆离而华洁。"②清人沈名荪亦云:"约等文皆用宫商,将平上去入四声以此制韵,有平头、上尾、蜂腰、鹤膝,

---

① 沈约《宋书》卷六七,中华书局,1974 年,第 1779 页。
② 〔日〕弘法大师《文镜秘府论》天卷《四声论》引,王利器校注《文镜秘府论校注》,中国社会科学出版社,1983 年,第 102 页。"八体"即指"八病"。

五字之中音韵悉异,两句之内宫商顿殊,不可增减,世呼为永明体。"①这种基于对汉语声调音律效果自觉追求所形成的诗体,与原先字句、押韵、平仄均无限制的诗体相比而言,划分出明显的分野,文坛上新体、旧体的区分开始产生。《南史·徐摛传》称:"摛幼好学,及长,遍览经史,属文好为新变,不拘旧体。"②又《徐陵传》云:"其文颇变旧体,缉裁巧密,多有新意。"③初唐卢照邻《南阳公集序》则云:"邺中新体,共许音韵天成;江左诸人,咸好瑰姿艳发。精博爽丽,颜延之急病于江、鲍之间;疏散风流,谢宣城缓步于向、刘之上。"④可见从齐梁至唐初,诗坛上"新体""旧体"的概念已然通行。

唐初对诗歌格律的探讨仍在进行之中。保存在空海《文镜秘府论》中的大量初唐诗格类著述,均以研讨声调、病犯、对偶为中心。这些著述都是密切结合诗歌创作实践,对"新体诗"的格律规范进行多方面的推敲、探索,以逐步推动诗歌格律定型(详见本章第四节)。从创作上看,现在一般公认,至八世纪初沈佺期、宋之问的作品中,律诗的各项格律规范已臻成熟完备。《新唐书·宋之问传》称"魏建安后迄江左,诗律屡变,至沈约、庾信,以音韵相婉附,属对精密。及之问、沈佺期,又加靡丽,回忌声病,约句准篇,如锦绣成文。学者宗之,号为'沈、宋'"⑤。又《杜甫传赞》:"唐兴,诗人承陈、隋风流,浮靡相矜。至宋之问、沈佺期等,研揣声音,浮切不差,而号'律诗',竞相袭沿。"⑥所谓"回忌声病",是指确立了律诗上下句间的"粘对"规律;所谓"约句准篇",则指规定了律诗的句数、字数和对偶要求。这样,一首规范的五言律诗的格律达到了完备,亦即清人

---

① 沈名苏《南史识小录》,《景印文渊阁四库全书》史部第 462 册,台湾商务印书馆,1983—1988 年,第 549 页。
② 李延寿《南史》卷六二,中华书局,1975 年,第 1521 页。
③ 同上书,第 1525 页。
④ 卢照邻著,李云逸校注《卢照邻集校注》卷六,中华书局,1998 年,第 313 页。
⑤ 欧阳修、宋祁《新唐书》卷二〇二,中华书局,1975 年,第 5751 页。
⑥ 同上书卷二〇一,第 5738 页。

钱良择《唐音审体》所称,律诗"至沈、宋而其格始备"①。尽管沈、宋并无相关的论著流传,但他们的创作实践却成为文体学发展中的一杆标尺。

沈、宋之后,倾力于律诗创作、努力探索其规律并做出重大贡献的是杜甫。今存1400余首杜诗中,各体律诗达900余首,占三分之二。杜甫在创作中,一直注意诗歌声律的推敲、斟酌,他自称"遣词必中律"(《桥陵诗三十韵》),"律中鬼神惊"(《敬赠郑谏议十韵》),"陶冶性灵存底物,新诗改罢自长吟。熟知二谢将能事,颇学阴、何苦用心"(《解闷十二首》其七)。杜甫到晚年尤究心于七律,所谓"晚节渐于诗律细"(《遣闷戏呈路十九曹长》),直言"为人性僻耽佳句,语不惊人死不休。老去诗篇浑漫与,春来花鸟莫深愁"(《江上值水如海势聊短述》)。正是由于他对诗律精深细密的不懈追求探究,才达到了"老去诗篇浑漫与"的境界。杜甫在探索诗律层面致力尤深,尤其在七律、排律和律诗的拗救等领域做出了开创性的贡献,杜诗成为古代格律诗的典范。此外,杜甫《暮冬送苏四郎徯兵曹适桂州》云:"飘飘苏季子,六印佩何迟。早作诸侯客,兼工古体诗。"②这就在与律诗对立的意义上,明确地提出了"古体诗"的概念,开启了古体诗、近体诗并立的先河,在文体学发展上具有特殊意义。

二、古体、近体分野的明晰

以杜诗为典范的律诗臻于完善之后,中唐诗坛上,作为古代诗歌两大主要体类的近体诗和古体诗分庭抗礼的局面开始形成。这在名家文集的编纂中可见端倪。明人胡震亨《唐音癸签·体凡》有云:

---

① 钱良择《唐音审体》,王夫之等撰,丁福保辑《清诗话》,上海古籍出版社,2015年,第810页。
② 上引杜诗见杜甫著,仇兆鳌注《杜诗详注》卷二三,中华书局,1979年,第235、110、1515、1602、810、2035页。

"今考唐人集录,所标体名,凡效汉、魏以下诗,声律未叶者,名往体;其所变诗体,则声律之叶者,不论长句、绝句,概名为律诗、为近体;而七言古诗,于往体外另为一目,又或名歌行。举其大凡,不过此三者为之区分而已。至宋元编录唐人总集,始于古、律二体中备析五、七等言为次。"①唐人所编原集少有传世,仅能从存世的文集序及目录中窥见一斑。韩愈长庆四年(824)去世后,门人李汉编定韩集,并撰《昌黎先生集序》称:"收拾遗文,无所失坠。得赋四、古诗二百一十、联句十一、律诗一百六十、杂著六十五、书启序九十六、哀词祭文三十九、碑志七十六、笔砚《鳄鱼文》三、表状五十二,总七百,并目录合为四十一卷,目为《昌黎先生集》,传于代。"②其中"联句"实即排律。因此,韩愈所著诗歌在当时已明确分为"古诗"和"律诗"两大部分。李群玉大中八年(854)上呈《进诗表》称:"谨捧所业歌行、古体、今体七言、今体五言四通等合三百首,谨诣光顺门昧死上进。"③这里明显将所作诗歌分为"古体""今体"和"歌行"三大类。中唐诗坛影响极大的诗人还有元稹和白居易,所谓"文章新体,建安、永明。沈、谢既往,元、白挺生"④。两人均自编诗文集。白居易在《与元九书》中自述:"检讨囊箧中,得新旧诗。各以类分,分为卷目。自拾遗来,凡所遇所感,关于美刺兴比者;又自武德讫元和,因事立题,题为《新乐府》者,共一百五十首,谓之讽谕诗。又或退公独处,或移病闲居,知足保和、吟玩情性者一百首,谓之闲适诗。又有事务牵于外,情理动于内,随感遇而形于叹咏者一百首,谓之感伤诗。又有五言七言长句、绝句,自一百韵至两韵者四百余首,谓之杂律诗。凡为十五卷,约八百首。"⑤白居易在为《白氏长庆集》后集所撰《后序》中则称"迩来复有格诗、律诗、碑志、序记、表

---

① 胡震亨《唐音癸签》卷一,上海古籍出版社,1981年,第1页。
② 韩愈著,马其昶校注《韩昌黎文集校注》,上海古籍出版社,2014年,第2—3页。
③ 李群玉《进诗表》,董诰等编《全唐文》卷七九三,中华书局,1983年,第8317页。
④ 刘昫等《旧唐书》卷一六六《元稹白居易传赞》,中华书局,1975年,第4360页。
⑤ 白居易著,谢思炜校注《白居易文集校注》,中华书局,2011年,第326页。

赞,以类相附,合为卷轴"①。其为元宗简所撰《故京兆元少尹文集序》中,亦称元氏"著格诗一百八十五,律诗五百九,赋述铭记书碣赞序七十五,总七百六十九章,合三十卷"②。而其《香山寺白氏洛中集记》则自称在洛中"其间赋格律诗凡八百首,合为十卷"③。元稹则在《叙诗寄乐天书》中称:"仆因撰成卷轴。其中有旨意可观,而词近古往者,为古讽。意亦可观,而流在乐府者,为乐讽。词虽近古,而止于吟写性情者,为古体。词实乐流,而止于模象物色者,为新题乐府。声势沿顺属对稳切者,为律诗,仍以七言、五言为两体。其中有稍存寄兴、与讽为流者为律讽。不幸少有伉俪之悲,抚存感往,成数十诗,取潘子《悼亡》为题。又有以干教化者,近世妇人晕淡眉目,绾约头鬓,衣服修广之度,及匹配色泽,尤剧怪艳,因为艳诗百余首。词有今古,又两体。自十六时,至是元和七年矣,有诗八百余首,色类相从,共成十体,凡二十卷。"④梳理上述文献,可知元、白均是从题材和诗体两者结合的角度为自己的诗集分类,除去题材的类别,基本上就是古体、律诗两大类,乐府诗则夹杂其中。白居易则使用"格诗""律诗"的名称,亦合称"格律诗","格诗"应即为"古诗"。因此,在元、白的观念中,古诗、律诗两大分野已十分清晰。从韩愈、李群玉、元稹、白居易四位名家的文集编纂看,古体诗和近体诗的区分,在中唐已得到诗坛的普遍认同,其名称也逐步趋于接近。

晚唐时期,顾陶编成于大中十年(856)的大型唐诗选本《唐诗类选》,虽然以题材分类,但其序言概述唐代诗人的两大群体称:"国朝以来人多反古,德泽广被,诗之作者继出,则有杜、李挺生于时,群才莫得而问。其亚则昌龄、伯玉、云卿、千运、应物、益、适、建、况、鹄、当、光羲、郊、愈、藉,合十数子,(李白、杜甫、王昌龄、陈伯玉、孟云

---

① 白居易《白氏长庆集后集后序》,《白居易集》卷二一,中华书局,1979年,第454页。
② 白居易著,谢思炜校注《白居易文集校注》,中华书局,2011年,第1823页。
③ 同上书,第2015页。
④ 元稹《元稹集》卷三〇,中华书局,2015年,第406—407页。

卿、沈千运、韦应物、李益、高适、常建、顾况、于鹄、畅当、储光羲、孟郊、韩愈、张藉、姚合。)挺然颓波间,得苏、李、刘、谢之风骨,多为清德之所讽览,乃能抑退浮伪流艳之辞,宜矣。爰有律体,祖尚清巧,以切语对为工,以绝声病为能,则有沈、宋、燕公、九龄、严、刘、钱、孟、司空曙、李端、二皇甫之流,实系其数,(沈佺期、宋之问、张说、张九龄、严维、刘长卿、钱起、孟浩然、司空曙、李端、皇甫曾、皇甫冉。)皆妙于新韵,播名当时,亦可谓守章句之范,不失其正者矣。"①这里隐然划分出唐诗中"古诗"和"律体"的两大阵营。

稍后编成于咸通年间的总集《松陵集》则将这一诗体分野进一步固定下来。《松陵集》是晚唐诗人皮日休咸通十年(869)前后任苏州刺史从事时与陆龟蒙(另有少数其他朋友)的唱和诗集,"凡一年,为往体各九十三首,今体各一百九十三首,杂体各三十八首,联句、问答十有八篇在其外,合之凡六百五十八首"②。极为可贵的是,皮氏在《松陵集序》中对春秋以降诗体的沿革做了详细回顾:"春秋之后,颂声亡寝;降及汉氏,诗道若作……盖古诗率以四言为本,而汉氏方以五言、七言为之也。……逮及吾唐开元之世,易其体为律焉,始切于俪偶,拘于声势……由汉及唐,诗之道尽矣。吾又不知千祀之后,诗之道止于斯而已耶?"③《松陵集》的编排是卷一至卷四为往体诗(即古体诗),卷五为今体五言诗(即五言律、绝),卷六至卷八为今体七言诗(即七言律、绝),卷九为今体五七言诗(含五言和七言律、绝,多人唱和),卷十为杂体诗。这样的编排顺序体现了诗体的发展历程,也成为后来诗集分体的一般规则。皮日休对诗体分类的自觉探索带有总结性,为到唐代已成熟定型的诗歌体类区分奠定了基础,在文体学上值得充分重视。

综合上述,从齐梁时期的"永明体"到唐初的"新体诗",近体诗

---

① 顾陶《唐诗类选序》,《文苑英华》卷七一四,中华书局,1982年,第3686页。
② 皮日休、陆龟蒙等撰,王锡九校注《松陵集校注》,中华书局,2018年,第3页。
③ 同上书,第1—2页。

的格律诸要素在不断地发展、完善之中,经沈、宋而成熟定型,至杜甫而臻于完美。中唐诸名家的分类实践,进一步厘清了古体诗和近体诗的两大分野,晚唐皮日休的总结性论述,更为古代诗歌主流诗体的类分奠定了基础。唐代是古代诗歌创作的黄金时期,广泛的创作实践促进了诗歌分类辨析的不断发展。虽然这种研讨多是建立在大量作品的整理编纂之上,也缺乏完备的理论形态和明晰的理论表述,但这在文体学发展史上,仍具有重要意义。

三、古典诗体完整体系的形成

经唐代诗人的反复探索,古体诗、近体诗的两大分野已逐步形成诗坛的共识。北宋前期诗人在编纂自己的别集时,多有将诗、赋作品分类编排的。王禹偁自编文集《小畜集》卷一标为"古赋",卷二标为"律赋",卷三至卷六标为"古调诗",卷七至卷十一标为"律诗",卷十二至卷十三标为"歌行"。北宋刊本范仲淹《范文正集》卷一至卷二标为"古赋、古诗",卷三至卷四标为"律诗"。欧阳修自编文集《居士集》卷一至卷九标为"古诗",卷十至卷十四标为"律诗"。三种别集的共同特点是"古诗"中五、七言混编,"律诗"中五、七言以及律诗、绝句、排律均混编。可见当时别集编纂中,古诗、律诗分类编排,已成为常规。北宋后期李之仪对律诗、古诗的区分有一段说明:"近体见于唐初,赋平声为韵,而平侧协其律,亦曰律诗。由有近体,遂分往体,就以赋侧声为韵,从而别之,亦曰古诗。"① 虽然以"平声""侧声"(即仄声)为区分标准不甚准确,但已经使用"近体"(即律诗)的名称,可见近体与古体的分野已十分清晰。

更为重要的是总集编纂。总集的诗、赋之中再依题材进行类分,这是《文选》开始形成的传统。北宋前期编成的以汇聚唐代作品为主的大型总集《文苑英华》仍然承袭了这一传统。诗赋部分共

---

① 李之仪《谢人寄诗并问诗中格目小纸》,《姑溪居士全集》卷十六,商务印书馆,1935年,第129页。

250卷,卷一至卷一五〇为"赋",卷一五一至卷三三〇为"诗",卷三三一至卷三五〇为"歌行",三个大类下均按题材类分,如"诗"180卷,分为天部、地部、帝德、应制、应令、应教、省试、朝省、乐府、音乐、人事、释门、道门、隐逸、寺院、酬和、寄赠、送行、留别、行迈、军旅、悲悼、居处、郊祀、宿斋、祠堂、花木、禽兽共28部,部下再各分若干细类,从而将这一分类体系发挥到了极致。改变总集诗歌按题材类分这一传统体例的,则是南宋吕祖谦所编的北宋诗文总集《宋文鉴》。该书诗赋部分共30卷,卷一至卷十为赋,卷十一为律赋,卷十二至卷十四为四言古诗、乐府歌行,卷十五至卷二十为五言古诗,卷二一为七言古诗,卷二二至卷二三为五言律诗,卷二四至卷二五为七言律诗,卷二六为五言绝句,卷二七至卷二八为七言绝句,卷二九为杂体,卷三十为骚。这一类分体系完全颠覆了总集的传统,确立了以体式为标准的诗歌分类体系,划分了古诗、律诗两大基本分野(包括四古、五古、七古;五律、七律、五绝、七绝诸体),加上乐府歌行、杂体和骚(体),共同奠定了古典诗体的完整体系,这在诗体学发展中是具有标志性的重大变革,对后代的总集编纂起到了重要的示范作用。

至南宋后期集大成的诗体学著作《沧浪诗话》中,论述各种诗体分类,居首的就是"有古诗,有近体(自注:即律诗也),有绝句"三类,这里将绝句与律诗并列,其实更为通用的还是古体、近体的两分法,近体包括律诗和绝句。宋代诗话等著述中,对古体、近体及其中的各细类的特点和作法,已多有探讨和论述,但作为新兴诗体的近体诗,显然更是诗坛关注的重心。宋末元初诞生的《三体唐诗》《瀛奎律髓》等选本,都是专选近体诗的。直到元代诗坛复古之风兴起,古体诗重新受到重视,而对各类诗体进行系统全面的研究,则要等到明代才普遍展开。

第二节　乐府诗论的总结

一、唐代的乐府诗整理和新乐府理论*

乐府诗是乐府中配合乐曲所用的歌词,由于与音乐的密切关系,故成为古代诗歌中相对独立的一类诗体。汉乐府多为创题,篇题常有命名缘起的本事,且重视协律,多能被之管弦。魏晋以后,文人多有模拟汉乐府之作,称为"拟乐府",承袭汉乐府篇名,篇章字句皆仿之,但不重协律,只重辞采。唐代的乐府诗创作,既有沿袭乐府旧题的拟作,更有自创的新题乐府。清人冯班称:"杜子美创为新题乐府,至元、白而盛,指论时事,颂美刺恶,合于诗人之旨,忠志远谋,方为百代鉴戒,诚杰作绝思也。"①唐代不仅乐府诗创作十分繁盛,对乐府诗的整理、辨析和研讨也蔚然成风,成为唐代文体学的重要内容之一。

早在初唐,卢照邻就在《乐府杂诗序》中对齐梁以来拟乐府千篇一律的弊病进行批评,并提出"发挥新题,孤飞百代之前;开凿古人,独步九流之上"②的主张。稍后,盛唐著名史家吴兢则强调从汉魏古题的角度批评齐梁拟乐府,要求"后生""取正",③并通过对乐府古题的全面整理、总结,撰成《乐府古题要解》二卷。他还曾撰有《古乐府词》十卷,惜已失传。其《乐府古题要解·自序》称:"乐府之兴,肇于汉魏。历代文士,篇咏实繁。或不睹于本章,便断题取义。赠夫利涉,则述《公无度河》;庆彼载诞,乃引《乌生八九子》;赋

---

* 本小节内容参考钱志熙《唐人乐府学述要》,《中国社会科学》2013年第8期。
① 冯班撰,何焯评《钝吟杂录》卷三,中华书局,2013年,第41页。
② 卢照邻著,李云逸校注《卢照邻集校注》,中华书局,1998年,第339—340页。
③ 吴兢《乐府古题要解》卷上,丁福保辑《历代诗话续编》上册,中华书局,1983年,第24页。

雉斑者,但美绣颈锦臆;歌天马者,唯叙骄驰乱蹋。类皆若兹,不可胜载。递相祖习,积用为常,欲令后生,何以取正?余顷因涉阅传记,用诸家文集,每有所得,辄疏记之。岁月积深,以成卷轴,向编次之,目为《古题要解》云尔。"①全书罗列汉魏六朝乐府古题百余个,分别考释其命名缘起,阐发其最初的主旨、含义,有的还引录古词,考证本事,叙述流变,内容翔实。如论《长门怨》:"右为汉武帝陈皇后作也。后,长公主嫖女,字阿娇。及卫子夫得幸,后退居长门宫,愁闷悲思。闻司马相如工文章,奉黄金百斤,令为解愁之辞。相如作《长门赋》,帝见而伤之,复得亲幸者数年。后人因其赋为《长门怨》焉。"②右《江南曲》:"古词云:'江南可采莲,莲叶何田田。'又云:'鱼戏莲叶东,鱼戏莲叶西,鱼戏莲叶南,鱼戏莲叶北。'盖美其芳晨丽景,嬉游得时。若梁简文'桂楫晚应旋',唯歌游戏也。又有《采菱曲》等,疑皆出于此。"③明人毛晋评价其"叙事简核,人以董狐目之。其捃摭乐府故实,与正史互有异同,真堪与《国史补》并垂不朽"④。在这方面,晚唐段安节《乐府杂录》中也载有不少乐府名的缘起,其中包括部分唐代新题乐府,如《离别难》《康老子》《得宝子》等。⑤

李白在乐府诗创作中以"复古"为己任,声称:"将复古道,非我而谁与?"⑥时人还称他向后辈"授以古乐府之学"⑦,可惜除了创作实绩,李白在这方面没有更多的论述流传下来。元结则努力地建立其古乐府的创作理论,他有《系乐府十二首》之作,其序云:"天宝辛

---

① 吴兢《乐府古题要解》卷上,丁福保辑《历代诗话续编》上册,中华书局,1983年,第24页。
② 同上书卷下,第58页。
③ 同上书卷上,第24页。
④ 同上书卷下,第67页。
⑤ 段安节《乐府杂录》,《中国古典戏曲论著集成》第1册,中国戏剧出版社,1959年,第58—60页。
⑥ 孟棨《本事诗》,丁福保辑《历代诗话续编》上册,中华书局,1983年,第14页。
⑦ 权德舆《权德舆诗文集》卷三四《左谏议大夫韦君集序》,上海古籍出版社,2008年,第524页。

未中,元子将前世尝可称叹者为诗十二篇,为引其义以名之,总命曰'系乐府'。古人歌咏不尽其情声者,化金石以尽之,其欢怨甚耶戏。尽欢怨之声者,可以上感于上,下化于下,故元子系之。"①元结将古乐府"欢怨之声"的传统归结为"上感于上,下化于下",并在创作中努力继承(即"系")之,故自称"系乐府"。元结创作出的《舂陵行》《贼退示官吏》《漫歌八首》等一批作品,也都是拟古性质的新题乐府。由此可见,元结提倡的显然是回归反映现实的古乐府传统。

　　元、白为代表的新乐府理论,对新题乐府的宗旨和特点,做了充分的阐发。元稹在《乐府古题序》中,对历代乐府诗的词、乐关系做了全面考察后,称:"况自《风》《雅》,至于乐流,莫非讽兴当时之事,以贻后代之人。沿袭古题,唱和重复,于文或有短长,于义咸为赘剩。尚不如寓意古题,刺美见事,犹有诗人引古以讽之义焉。曹、刘、沈、鲍之徒,时得如此,亦复稀少。近代唯诗人杜甫《悲陈陶》《哀江头》《兵车》《丽人》等,凡所歌行,率皆即事名篇,无复倚傍。予少时与友人乐天、李公垂辈,谓是为当,遂不复拟赋古题。"②他揭示了乐府诗之于《诗经》风雅比兴传统的继承和发扬,以及新乐府诗"即事名篇,无复倚傍"的特点,明确主张乐府创作的核心是"讽兴""刺美"。白居易创作了总数达50首的新题乐府诗,其《新乐府序》称:"篇无定句,句无定字,系于意,不系于文。首句标其目,卒章显其志,《诗》三百之义也。其辞质而径,欲见之者易谕也。其言直而切,欲闻之者深诫也。其事核而实,使采之者传信也。其体顺而肆,可以播于乐章歌曲也。总而言之,为君、为臣、为民、为物、为事而作,不为文而作也。"③序文揭示了新乐府诗的宗旨是"为君、为臣、为民、为物、为事而作,不为文而作",亦即其在《与元九书》中所

---

① 元结《元次山集》,中华书局,1960年,第18页。
② 元稹《元稹集》卷二三,中华书局,2015年,第292页。
③ 白居易《白居易集》卷三,中华书局,1979年,第52页。

谓"文章合为时而著,歌诗合为事而作"①的现实主义精神。作为"因事立题"的新乐府诗,在表现方法上,倡导"辞质而径""言直而切""事核而实""体顺而肆"的特色,以达到"易谕""深诫""传信""播于乐章歌曲"的效果。元、白的主张遥相呼应,对乐府诗的文体革新做出了重大贡献。

晚唐皮日休则作有《正乐府十首》,其序称:"乐府,盖古圣王采天下之诗,欲以知国之利病,民之休戚者也。得之者,命司乐氏入之于埙篪,和之以管籥。诗之美也,闻之足以观乎功;诗之刺也,闻之足以戒乎政。故《周礼》,太师之职掌教六诗。小师之职掌讽诵诗。由是观之,乐府之道大矣。今之所谓乐府者,唯以魏、晋之侈丽,陈、梁之浮艳,谓之乐府诗,真不然矣! 故尝有可悲可惧者,时宣于咏歌,总十篇,故命曰'正乐府诗'。"②可见皮氏提倡之"正",是与"魏晋之侈丽、陈梁之浮艳"相对立,而要求从乐府诗中"知国之利病、民之休戚"。其十篇《正乐府》的题目分别为《卒妻怨》《橡媪叹》《贪官怨》《农父谣》《路臣恨》《贱贡士》《颂夷臣》《惜义鸟》《消虚器》《哀陇民》,从中即可看出其内容正是咏叹"国之利病、民之休戚"之作,具体生动地反映了当时的社会矛盾,从中可见出皮氏关心人民疾苦的情感态度。因此,其内涵与元、白的新乐府是完全一致的,从而成为晚唐新乐府的殿军。

从盛唐经中唐至晚唐,乐府诗创作在沿袭旧题的基础上大力开新,创造出新题乐府,有作品、有理论,在诗坛上风靡一时,成为唐代文体学发展上的奇观。

---

① 白居易著,谢思炜校注《白居易文集校注》,中华书局,2011年,第324页。
② 皮日休《皮日休文集》卷十《正乐府十篇》,《皮子文薮》,上海古籍出版社,1981年,第107页。

二、宋代的乐府诗论总结*

宋代拟乐府、新乐府的创作稍显消歇,但乐府诗论却进入了总结期,其代表著述是郭茂倩的《乐府诗集》和郑樵的《通志·乐略》。

郭茂倩,字德粲,郓州东平(今山东东平)人。祖劝,官至翰林侍读学士。父源明,官至职方员外郎。茂倩为源明长子,通音律,善篆隶,元丰年间任河南府法曹参军。编有《乐府诗集》100卷。《乐府诗集》汇聚汉代至唐五代的乐府诗作,集乐府诗体之大成。

《乐府诗集》网罗宏富,分类精当。《郡斋读书志》著录曰:"《乐府诗集》一百卷。右皇朝郭茂倩编次,取古今乐府,分十二门:郊庙歌辞十二,燕射歌辞三,鼓吹曲辞五,横吹曲辞五,相和歌辞十八,清商曲辞八,舞曲歌辞五,琴曲歌辞四,杂曲歌辞十八,近代歌辞四,杂谣歌辞七,新乐府辞十一,通为百卷,包括传记、辞曲,略无遗轶。"①郭茂倩在唐人吴兢《乐府古题要解》区分八类的基础上,将乐府诗分为十二大类,即郊庙歌辞、燕射歌辞(两种均用于朝廷礼仪)、鼓吹曲辞、横吹曲辞(两种均为军乐)、相和歌辞、清商曲辞(两种均为丝竹伴奏的通俗乐曲)、舞曲歌辞(伴舞乐曲)、琴曲歌辞(以琴弦谱奏)、杂曲歌辞(文人模仿的通俗歌曲)、杂歌谣辞(不入乐的民间歌谣)、近代曲辞(隋唐时代燕乐杂曲歌辞)、新乐府辞(两种均产生于隋唐时代,近代曲配合燕乐歌唱,新乐府不入乐,自制新题)。《乐府诗集》十二类目,若以乐府题出现的历史时代——隋唐为界限,则可分为古题、新题两个部分。前九类所录皆为隋唐以前乐府古题歌辞及其后代拟作歌辞,其中,除"近代曲辞""杂歌谣辞""新乐府辞"外,皆以音乐曲调以及礼乐制作而分。古题乐府之分类序解,多依

---

* 本小节参考王运熙《郭茂倩与乐府诗集》《汉魏六朝乐府诗研究书目提要》,《乐府诗述论》,《王运熙文集》第1卷,上海古籍出版社,2012年。

① 晁公武《郡斋读书志》卷二,孙猛校证《郡斋读书志校证》,上海古籍出版社,2011年,第96页。

历代正史乐志以及《永嘉三年正声技录》《大明三年宴乐技录》《古今乐录》。隋唐时期新题乐府按其入乐与否分为"近代曲辞"与"新乐府辞"。诚如清代钱良择所云,《乐府诗集》"分隋、唐杂曲为近代曲辞,以别于古而不列之新乐府,以其皆有所本,皆被于乐,与古不异也"①。"近代曲辞"实为隋唐燕乐系统的杂曲歌辞,以区别于隋唐前"杂曲歌辞"。而同为新题乐府之"新乐府辞",收录对象以初唐谢偃、长孙无忌、刘希夷为始,涵盖众诗家唐世新歌,因其皆不入乐,而别于"近代曲辞"。

《乐府诗集》十二类先乐府古题后乐府新题,古题之中,先"鼓吹曲辞"后"横吹曲辞",先"相和歌辞"后"清商曲辞",盖因后者皆从前者独立而出,大致遵循歌辞产生的先后顺序编次。而将"杂歌谣辞"与"新乐府辞"置于后,则体现了郭茂倩以音乐性由强至弱编次排列类目的标准。在另外一个层面上,古题乐府中,《乐府诗集》以"郊庙歌辞""燕射歌辞"居首,"鼓吹曲辞""舞曲歌辞"位后,则体现了郭茂倩以礼仪性强弱顺次,按礼乐之作官署与应用场合编排作品之意。郊庙歌辞、燕射歌辞多用于祭祀天地神明宗庙社稷和朝廷燕飨大射之时;相对来说,鼓吹曲辞虽与朝廷仪仗之乐相关,然后渐用于朝廷节日之会与帝王出行道路等场合,其仪式性相对较弱。至于相和歌辞、清商曲辞本源于民间,故列于后。元末李孝光评价《乐府诗集》十二类目排列顺次曰:"太原郭茂倩所辑乐府诗百卷,上采尧舜时歌谣,下迄于唐,而置次起汉郊祀,茂倩欲因以为四诗之续耳。郊祀若颂,铙歌鼓吹若雅,琴曲杂诗若国风。"②《乐府诗集》十二类目的排列顺序,大致上体现了先"颂"后"雅"再"风"的编次观念。事实上从宋代开始,以《诗经》"六义"之风、雅、颂来划分和

---

① 钱良择《唐音审体》,王夫之等撰,丁福保辑《清诗话》,上海古籍出版社,2015年,第807页。
② 李孝光《乐府诗集序》,《五峰集》卷一,《景印文渊阁四库全书》集部第1215册,台湾商务印书馆,1983—1988年,第92页。

解说乐府之说已然盛行。郑樵《通志·乐府总序》以为"今乐府之行于世者,章句虽存,声乐无用,崔豹之徒以义说名,吴兢之徒以事解目,盖声失则义起,其与齐、鲁、韩、毛之言诗无以异也"[1]。郑樵正声类"风雅之声""颂声"两类目已有以风、雅、颂三分乐府之意。可见,元人李孝光将郊庙歌辞、铙歌鼓吹曲辞、琴曲杂诗比附"颂""雅""国风"之说,亦有合理之处。这一分类立足于音乐系统的差别,赅备妥帖,各大类下或依音乐特性再分小类,或按题材相近者类从,后世治乐府诗者,莫能出其范围。

《乐府诗集》详考体制,阐明源流。其著录歌辞,参照《宋书·乐志》《南齐书·乐志》《古今乐录》等书,务存原貌,以明乐府诗的体制特色。它于各曲调歌辞下,先列原作和古辞,再按作者时代先后列各家仿作,由此考见其渊源流变。集中多设序说、题解,对各曲辞之名称、内容、源流、特色等均做详尽论述,《四库全书总目》称其"征引浩博,援据精审"[2]。郭氏又在征引大量材料后附加按语,见解颇为精当,如"吴声歌曲序"在引录《晋书·乐志》记载后,加按语云:"盖自永嘉渡江之后,下及梁、陈,咸都建业,吴声歌曲起于此也。"[3]这里指出吴声歌曲大抵产生于六朝都城建业一带,意见中肯允当,符合历史事实。

《乐府诗集》被《四库全书总目》誉为"乐府中第一善本"[4],同时又集历代乐府诗论之大成。由于乐府诗具有相对独立的地位,《文心雕龙》曾设《乐府》篇进行专题论述。至唐代乐府诗又有新的拓展,完成了一种成熟文体发展的全过程。《乐府诗集》十二类目在注重乐府音乐属性的同时,亦保存了乐府歌辞失声之后的徒歌文献,在清晰地呈现乐府古题发展全貌的基础上,又包容了唐人新题

---

[1] 郑樵《通志》卷四九,中华书局,1987年,第625页。
[2] 永瑢等《四库全书总目》卷一八七,中华书局,1965年,第1696页。
[3] 郭茂倩《乐府诗集》卷四四,中华书局,1979年,第640页。
[4] 永瑢等《四库全书总目》卷一八七,中华书局,1965年,第1696页。

乐府。《乐府诗集》对此进行了全面总结,成为集成某种成熟文体的典范,从而在文体学发展史上做出了特殊的贡献。《乐府诗集》类目设置与分类详明而不烦琐,后世的乐府总集分类虽与是书不尽一致,然大抵不出此本。《乐府诗集》十二类目排列顺序所隐含的颂、雅、风三分乐府之意,后世总集乐府类目排序多加以转化运用,形成多样的乐府类目序列。更有甚者,如《九代乐章》《乐府广序》等直接将乐府作品各系于"风""雅""颂"之下,在《乐府诗集》所建立的以音乐曲调为标准类分乐府之外,建立起以《诗经》风、雅、颂三分乐府的分类体例。

郑樵(1104—1162),字渔仲,兴化军莆田(今福建莆田)人,世称夹漈先生。郑樵一生不应科举,刻苦力学30年,读遍古今书,著述80余种,是宋代著名的史学家、目录学家。《通志》200卷初稿完成于1157年,是纪传体通史的典范之作,与《通典》《文献通考》并称"三通"。全书分为传、谱、略三大部分,其中"二十略"涉及诸多知识领域,堪称世界上最早的百科全书,备受世人称道,于成书后不久即单独刊行。

据《通志总序》记载,郑樵曾撰《系声乐府》一种,纂集乐府歌辞,《通志·乐略》即删取该书叙目而成。《通志·乐略》二卷是一部言简意赅、自成一体的音乐通史,首卷叙乐府歌诗,次卷论乐律、乐器。郑樵论乐府,最重声诗合一。《通志总序》有云:"乐以诗为本,诗以声为用。风土之音曰风,朝廷之音曰雅,宗庙之音曰颂。仲尼编诗,为正乐也。……继风雅之作者,乐府也。"[①]《乐略》对乐府分类自成体系,仿《诗经》风、雅、颂的分类,将乐府分为"风雅正声""风雅遗声""祀飨正声""祀飨别声"四大类(后两类相当于颂),贯通先秦至六朝之乐章。"正声"为常用的正乐,分风、雅之声与颂声两种:《短箫铙歌》《鞞舞歌》《拂舞歌》《鼓角横吹》《胡角》《相和歌》

[①] 郑樵《通志》卷首,中华书局,1987年,第2页。

《吟叹》《四弦》《平调》《瑟调》《楚调》《大曲》《白纻歌》《清商》14类251曲系之正声,即风、雅之声①;《郊祀》十九章、《东都》五诗、梁十二雅、唐十二和,凡48曲,亦系之正声,即颂声。"遗声"为逸诗之流,故而别于正声、别声。遗声因不入乐,故以"义类"相属,分古调、征戍、游侠、行乐、佳丽、别离、怨思、歌舞、丝竹、觞酌、宫苑、都邑、道路、时景、人生、人物、神仙、梵竺、蕃胡、山水、草木、车马、鱼龙、鸟兽、杂体25门。"别声"为非常用之乐。汉三侯之诗、汉房中之乐、隋房内之乐、梁10曲、陈4曲、北齐2曲、唐55曲,共7类91曲,系之别声。又因"古者,丝竹与歌相和,故有谱无辞。所以,六诗在三百篇中,但存名耳。汉儒不知,谓为六亡诗也。琴之九操十二引,以音相授,并不著辞。琴之有辞,自梁始。舞与歌相应,歌主声,舞主形,自六代之舞至于汉魏,并不著辞也,舞之有辞,自晋始。今之所系,以诗系于声,以声系于乐,举三达乐,行三达礼,庶不失乎古之道也",将琴57曲归为"正声之余",舞23曲归为"别声之余"。②

这一分类体系及曲调名目体系庞大,项目繁多,大抵本《古今乐录》《乐府古题要解》《通典》《乐典》诸书,但疏于剪裁,流于烦琐,且有重复,虽时有精辟见解,但也有疏于考订的缺点。较之郭茂倩《乐府诗集》,《通志·乐略》的价值虽显逊色,但也是宋代对乐府诗的一项总结性成果。

略早于郑樵的周紫芝的《太仓稊米集》中有《古今诸家乐府序》一篇,称其曾"集古今之作,如古乐府所载及诸公文集中有之,及《文选》《玉台》《唐文粹》类,悉编次成书,为三十卷,谓之《古今诸家乐府》。至于事之本源、时之废兴有不同者,吴兢言之详矣,此不复考

---

① 实为15类,漏"相和歌清调六曲"一种。
② 郑樵《乐府总序》,《通志》卷四九,中华书局,1987年,第625页。

焉"①。该集早佚,但据此可知,这是一部规模不小的乐府诗集,但不考本源、兴废,纯为乐府总集而已。其序文对古今乐府的演变论述较详,认为乐府起源于虞舜之时,"其来远矣";魏、晋六朝之作偏离正道,"后人之作,其不与古乐府题意相协者十八九,此盖不可得而考者,余不复论。独恨其历世既久,事失本真,至其弊也,则变为淫言,流为亵语,大抵以艳丽之词更相祖述,至使父子兄弟不可同席而闻,无复有补于世教";对唐代乐府评价颇高:"至唐诸君子出,乃益可喜。余尝评诸家之作,以谓李太白最高而微短于韵,王建善讽而未能脱俗,孟东野近古而思浅,李长吉语奇而入怪,唯张文昌兼诸家之善,妙绝古今。近出张右史酷嗜其作,亦颇逼真。余尝见其《输麦行》,自题其尾云:'此篇效张文昌而语差繁。'则知其效蘸之意盖甚笃,而乐府亦自是为之反魂矣。"②可知,周氏为宋代继承唐代新乐府传统的一位诗论家,其汇聚诸家乐府的贡献也值得重视。

三、元代乐府总集编纂与乐府观念新变

元左克明辑有《古乐府》10卷。左克明《古乐府序》明确提出其对乐府流传过程中"古乐废缺""日就泯没"的忧患意识,故选诗入集"欲世之作者溯流穷原而不失其本旨"。③ 是集收录隋以前古题乐府古辞以及古题变体拟作,分"古歌谣辞""鼓吹曲辞""横吹曲辞""相和曲辞""清商曲辞""舞曲歌辞""琴曲歌辞""杂曲歌辞"八类。八类之下各有总序,援引历代史志、乐书以及乐府题解等典籍文献,来辨述各类乐府在国家礼乐制作以及音乐曲调变革中的源流演变;各类之中,每一曲调歌辞下有题解,释其本事本义以及后世流传之中拟作、演变的情况,同一曲调之中先录乐府古辞,再次以拟作乐

---

① 周紫芝《太仓稊米集》卷五一,《景印文渊阁四库全书》集部第1141册,台湾商务印书馆,1983—1988年,第361页。
② 同上书,第360—361页。
③ 左克明《古乐府》,中华书局,2016年,第9页。

府,拟作以时间先后顺序按上古、三代、春秋战国、两汉、魏晋、南朝、北朝依次编排。

《古乐府》后出于《乐府诗集》,故后人多将之与《乐府诗集》比较评定。清人冯班比较二集收录乐府作品的差异时指出:"郭茂倩《乐府诗集》为诗而作,删诸家乐志作序,甚明而无遗误,作歌行乐府者,不可不读。左克明乐府,只取堪作诗料者,可便童蒙学诗者读之。"①《乐府诗集》收录相对成熟的乐府诗歌,是后之"作歌行乐府者"必读之书,而《古乐府》则以录作诗材料而供"童蒙学诗者读之";前者选诗注重成熟流变之作,后者注重古辞本源。《四库全书总目》认为"郭书务穷其流,故所收颇滥","此集务溯其源,故所重在于古题古词,而变体拟作,则去取颇慎,其用意亦迥不同"。②季锡畴于元刻本跋言:"宋郭茂倩有《乐府诗集》考核为详。左氏此书与郭氏互有出入,郭下及于唐,此专取陈隋以上。一穷其流,一溯其源也。"③区别于《乐府诗集》,《古乐府》重古辞古意而不录隋唐乐府。左克明以为六朝后乐府"渐流于新声","留连光景者有间矣",④与复古乐府古意的编纂宗旨不合,故不选。同时代的吴莱亦有此意,吴氏编《乐府类编》时,于序中强调选诗"以古辞重也"⑤。《古乐府》录乐府歌辞、谣辞821首,古辞有425首之多。

此外,《古乐府》弃郊庙歌辞、燕射歌辞之颂声而不录,实际上是把先秦以来祭祀天地神明、宗族祠庙以及辟雍燕射之颂声排除于乐府之外。左克明选辑《古乐府》,或与杨维桢、李孝先等于泰定五年(1328)倡导以"宗唐复古"为标帜的"古乐府运动"有直接的关联。

---

① 冯班《钝吟杂录·古今乐府论》,王夫之等撰,丁福保辑《清诗话》,上海古籍出版社,1978年,第39页。
② 永瑢等《四库全书总目》卷一八八,中华书局,1965年,第1710页。
③ 季锡畴《〈古乐府〉跋》,左克明《古乐府》,中华书局,2016年,第3页。
④ 左克明《〈古乐府〉原序》,同上书,第9页。
⑤ 吴莱《〈乐府类编〉后序》,《渊颖集》卷十二,《景印文渊阁四库全书》集部第1209册,台湾商务印书馆,1983—1988年,第205页。

杨维桢等将唐人自创新题乐府划入"古乐府"的概念范围之中,所创作的乐府诗歌体格"务造恢奇,无复旧格"①,强调有悖于传统诗歌之雅道的个性化因素,给元中期所崇尚的雅正诗风带来极大的冲击。元代中期诗坛提倡的雅正诗风,实际上正是"风雅之正",戴良即有本朝"得夫《风》《雅》之正声,以一扫宋人之积弊"②之说。总的来说,他们以《诗经》的风雅传统要求诗"须要寓意深远,托词温厚,反复优游,雍容不迫。或感古怀今,或怀人伤己,或潇洒闲适。写景要雅淡,推人心之至情,写感慨之微意,悲怀含蓄而不伤,美刺婉曲而不露,要有三百篇之遗意方是"③。元中期以来的雅正之风,正是以《诗经》之《风》《雅》为标准的。左克明将古乐府古意与《诗经》的风雅传统紧密结合起来,在取舍上相较于《乐府诗集》,删去郊庙歌辞和燕射歌辞之颂诗,而保留鼓吹曲辞、横吹曲辞以及少量古歌谣辞中的雅诗,另外还存录相和曲辞、清商曲辞、舞曲歌辞、琴曲歌辞和杂曲歌辞以及大部分古歌谣辞的风诗。

从类目排序来看,《古乐府》将"古歌谣辞"置于卷首,除因产生时间最早外,更有注重诗歌"发乎自然"④的特质,崇尚古诗古歌原生态的用意。"杂曲歌辞"收录历代"或情思之所感,或宴游之所发,或叙离别悲伤之怀,或言征战行役之苦"之作;因历代丧乱,声辞亡失既多,所录既有"名存义亡,不见所起,而有古辞可考者",又有"古辞已亡,而后人继有拟述者",⑤或因意命题、学古叙事之作;《古乐府》将其置于最末,则因其不合"雅乐"而"渐流于新声"⑥之故。《古乐府》将"古歌谣辞"置于前、"杂曲歌辞"置于后这一古乐府类目排列

---

① 永瑢等《四库全书总目》卷一八八,中华书局,1965年,第1710页。
② 戴良《皇元风雅序》,《戴良集》,吉林文史出版社,2009年,第325页。
③ 杨载《诗法家数·五言古诗》,何文焕辑《历代诗话》上册,中华书局,1981年,第731页。
④ 左克明《古乐府》,中华书局,2016年,第9页。
⑤ 同上书,第297页。
⑥ 同上书,第9页。

方式,体现了左克明注重"自然—古调—新声"这一乐府曲调发展流变过程,同时突出《古乐府》注重溯乐府之源、强调乐府古辞古意的编纂宗旨。

第三节　杂体诗论的发达

一、唐代杂体诗的梳理和专论

在齐梁诗坛以声律为核心的"永明体"诗歌崛起的同时,各种以奇异体式为特征的诗体也在蓬勃兴起,后人总称之为杂体诗。① 它们大多利用汉语单音多义、汉字单体独义的特点,变化字形、语音、句法,重组篇章体式,形成不同于常规诗体的独特形式,往往带有文字游戏的性质,多是文人逞才斗智的产物,也有部分含有讽喻的意蕴。吴讷称:"昔柳柳州读退之《毛颖传》,有曰:'"善戏谑兮,不为虐兮",学者终日讨说习复,则罢惫而废乱,故有息焉游焉之说。'譬诸饮食,既'荐味之至者,而奇异苦咸酸辛之物,虽蛰吻裂鼻、缩舌涩齿,而咸有笃好之者,独文异乎'? 予于是而知杂体之诗类是也。然其为体,厥各不同。今总谓之杂者,以其终非诗体之正也。博雅之士,其亦有所不废焉。"②

首先关注此类特异诗体并加以汇编整理的,是初唐欧阳询主编的大型类书《艺文类聚》。其卷五六"杂文部二·诗"下,汇集了"柏梁体"等 36 种杂体诗,共计 79 首,包括柏梁体诗 4 首、离合诗 14

---

① 梁代江淹著有《杂体诗三十首》,内容为模拟汉魏晋宋齐梁五言诗代表作家(自古诗、李陵、班婕妤、曹丕至鲍照)的创作风格而作的五言古诗。其序称"今作三十首诗,效其文体,虽不足品藻渊流,庶亦无乖商榷"。这里所称"文体"是指创作风格而非体裁。故《昭明文选》虽全录《杂体诗三十首》,但将其系于《诗·杂拟下》,归于"杂拟"一体。这与本文基于奇异体裁的"杂体诗"概念不同。

② 吴讷《文章辨体序说》,人民文学出版社,1962 年,第 58 页。

首、回文诗 6 首、建除诗 4 首、六甲诗 1 首、十二属诗 1 首、六府诗 2 首、两头纤纤诗 2 首、藁砧诗 3 首、五杂组诗 3 首、四气诗 1 首、四色诗 6 首、谜字诗 1 首、道里名诗 1 首、数名诗 3 首、郡县名诗 4 首、州名诗 1 首、卦名诗 1 首、药名诗 4 首、姓名诗 2 首、相名诗 1 首、鸟名诗 1 首、兽名诗 1 首、歌曲名诗 1 首、龟兆名诗 1 首、针穴名诗 1 首、将军名诗 1 首、宫殿名诗 1 首、屋名诗 1 首、车名诗 1 首、船名诗 1 首、树名诗 1 首、草名诗 1 首、八音诗 1 首、口字咏绝句 1 首。这些杂体诗，许多是尝试式的首作，也有首作后的仿作、拟作。作者除汉武帝、孔融等少数汉魏时人外，多为南朝文人，齐梁时期尤多，仅梁元帝一人就作有 18 首，可称杂体诗大家。由于《艺文类聚》是分类排比相关资料的类书，其在"诗"目下汇聚如此规模的数十种特异诗体，显然有着鲜明的文体意识，虽然其未能赋予"杂体诗"的总名，每类下也仅是列举作品，未加评述，但它无疑开启了杂体诗研究的先河。

盛唐时期史家吴兢所著的《乐府古题要解》，主要考述各乐府古题的本事，在卷下之末，罗列了连句、离合诗、盘中诗、回文诗、百年诗、步虚诗、道里名诗、星名、郡县名、卦名、药名、姓名、相名、宫殿名、草树鸟兽名、歌曲名、针穴名、将军名、车名、船名、无名、寺名、数、八音、六甲、十二属、六府共 27 种杂体诗的名称，并于每种下做简要解释和源头考述。如论"回文诗"曰："右回复读之，皆歌而成文也。"论"步虚词"曰："右道观所唱，备言众仙缥缈轻举之美。"[1]其中 21 种与《艺文类聚》所载相同。著者具有明显的文体意识，汇聚了大量此类诗题，并加以考述，在杂体诗的研究上，又跨进了一步。

唐代近体诗趋于成熟，近体诗和古体诗作为诗坛"正体"，主流的地位逐渐确立，但杂体诗的创作并未消歇，且与近体诗的格律要求相结合，产生出新的体裁。盛唐的李白、杜甫、高适，中唐的韩愈、

---

[1] 吴兢《乐府古题要解》卷下，丁福保辑《历代诗话续编》上册，中华书局，1983 年，第 62 页。

孟郊、白居易、元稹、柳宗元、刘禹锡,晚唐的温庭筠、韦庄、姚合等名家都有杂体诗作。[①] 晚唐皮日休与陆龟蒙更倾心于此,多有杂体诗唱和,皮氏将其编入唱和诗集《松陵集》卷十,并于卷首撰有《杂体诗序》一篇,对杂体诗的流变做了全面的梳理。其文云:

> 案《舜典》:"帝曰:'夔!命汝典乐,教胄子。……诗言志,歌永言'"在焉。《周礼》:"太师之职,掌教六诗。"讽赋既兴,风雅互作,杂体遂生焉。后系之于乐府,盖典乐之职也。在汉代,李延年为协律,造新声,雅道虽缺,乐府乃盛。《铙歌鼓吹》《拂舞》《予》《俞》,因斯而兴,词之体不得不因时而易也,古乐书论之甚详,今不能备载,载其他见者。
>
> 案《汉武集》:元封三年作柏梁台,诏群臣二千石有能为七言诗者,乃得上坐。帝曰:"日月星辰和四时。"梁王曰:"骖驾驷马从梁来。"由是联句兴焉。孔融诗曰:"渔父屈节,水潜匿方。"作郡姓名字离合也。由是离合兴焉。晋傅咸有《回文反复诗》二首,云反复其文者,以示忧心展(辗)转也,"悠悠远迈独茕茕"是也。由是反复兴焉。晋温峤有《回文虚言诗》云:"宁神静泊,损有崇亡。"由是回文兴焉。梁武帝云:"后牖有朽柳。"沈约云:"偏眠船舷边。"由是叠韵兴焉。《诗》云:"蟏蛸在东。"又曰:"鸳鸯在梁。"由是双声兴焉。《诗》云:"维南有箕,不可以簸扬。维北有斗,不可以挹酒浆。"近乎戏也。古诗或为之,盖风俗之言也。古有采诗官,命之曰风人。"围棋烧败袄,看子故依然。"由是风人之作兴焉。《梁书》云:"昭明善赋短韵,吴均善压强韵。"今亦效而为之,存于编中。陆生与予各有是为,为凡八十六首。至如四声诗、三字离合、全篇双声叠韵之作,悉陆生所为,又足见其多能也。

[①] 参考鄢化志《中国古代杂体诗通论》第八章"隋唐两宋时期杂体诗的格律化与成熟流行",北京大学出版社,2001年。

> 案齐竟陵王《郡县诗》曰："追芳承荔浦,揖道信云丘。"县名由是兴焉。案梁元《药名诗》曰："戍客恒山下,当思衣锦归。"药名由是兴焉,陆与予亦有是作。至如鲍昭之建除、沈炯之六甲、十二属,梁简文之卦名,陆惠晓之百姓,梁元帝之鸟名、龟兆,蔡黄门之口字,古两头纤纤、藁砧、五杂组已降,非不能也,皆鄙而不为。
>
> 噫!由古至律,由律至杂,诗之道尽乎此也。①

序文中涉及的杂体诗共 20 余种,虽然少于《艺文类聚》汇集的数量,但说明皮、陆两位诗人对杂体诗的全貌还是有充分的了解,并且身体力行地进行了创作。更重要的是,序文将杂体诗的源头追溯到儒家经典,所谓"讽赋既兴,风雅互作,杂体遂生"。由风雅讽喻的特色,流及乐府,再衍为各类杂体诗,这是将杂体诗的源流纳入传统儒家诗论的范畴,明显有尊体的目的。序文进而追溯了联句、离合、反复、回文、叠韵、双声、风人、短韵、强韵、县名、药名诸体的缘起,并对编集的体例做了交代。对于建除、六甲、十二属、卦名、百姓、鸟名、龟兆、口字、两头纤纤、藁砧、五杂组等类,作者表明了"鄙而不为"的态度,体现了在杂体诗创作中崇雅的追求,与文首的尊体相呼应。作者还总结出古代诗歌"由古至律,由律至杂"的发展规律,进一步将杂体诗提升到与古诗、律诗并列的地位。这是文体学发展史上首篇杂体诗的专论,确立了"杂体诗"的类名,是唐人分类辨析诗体的重要组成部分,对后代的杂体诗研究产生了重要影响。

二、宋代杂体诗的探讨和定位

作为古代诗歌中的特殊体类,杂体诗在唐代受到诗坛关注,并得到了初步梳理,这一趋势在宋代继续发展。由于杂体诗多为文人逞

---

① 皮日休、陆龟蒙等撰,王锡九校注《松陵集校注》,中华书局,2018 年,第 2181—2182 页。

才斗智的产物,而宋代又是传统文化各领域全面繁盛的时代,诗坛上更是形成了"以文字为诗,以议论为诗,以才学为诗"①的鲜明特色,因而杂体诗的创作愈趋普遍,而杂体诗论也层出不穷。

宋代杂体诗论的主要载体是诗话。由于诗话的内容包括"辨句法,备古今,纪盛德,录异事,正讹误"②,杂博而随意,恰与杂体诗的特点相吻合。如《王直方诗话》论集句诗、十七字诗,《西清诗话》论药名诗、集句诗、重韵诗,《潘子真诗话》论双声叠韵诗,《石林诗话》论人名诗、禁物诗、离合体诗,《观林诗话》论柏梁题诗,《对床夜语》论数字诗、人名诗、联句体诗,等等③,所在多有,不胜枚举。这些诗论的作者一般不对杂体诗做全面的梳理,而是抓住熟悉或感兴趣的某几种诗体进行发掘、辨析。如叶梦得的《石林诗话》论"人名诗"云:

> 王荆公诗有"老景春可惜,无花可留得。莫嫌柳浑青,终恨李太白"之句,以古人姓名藏句其中,盖以文为戏。或者谓前无此体,自公始见之。余读权德舆集,其一篇云:"蕃宣秉戎寄,衡石崇位势。年纪信不留,弛张良自愧。樵苏则为惬,瓜李斯可畏。不顾荣宜尊,每陈农亩利。家林类岩巘,负郭躬敛积。忌满宠生嫌,养蒙恬胜智。疏钟皓月晓,晚景丹霞异。涧谷永不谖,山梁冀无累。颇符生肇学,得展禽尚志。从此直不疑,支离疏世事。"则德舆已尝为此体,乃知古人文章之变,殆无遗蕴。德舆在唐不以诗名,然词亦雅畅,此篇虽主意在立别体,然亦自不失为佳制也。④

---

① 严羽《沧浪诗话·诗辨》,郭绍虞校释《沧浪诗话校释》,人民文学出版社,1983年,第26页。
② 许顗《彦周诗话序》,何文焕辑《历代诗话》上册,中华书局,1981年,第378页。
③ 参见曾枣庄《中国古代文体学史》第五章第十一节"宋人诗话中的文体论",上海人民出版社,2012年。
④ 叶梦得《石林诗话》卷上,何文焕辑《历代诗话》上册,中华书局,1981年,第415页。

作者由王安石的诗句追溯到唐代权德舆文集中的人名诗,20 句中,每句皆藏有古人姓名,并指出其"主意在立别体",则作者用其丰富的阅读经验,发掘出又一杂体诗的代表作。

杂体诗在宋代诗坛上占据到一席之地的标志,是《宋文鉴》设立的"杂体诗"专卷。这部专选北宋诗文作品的总集,卷二九标为"杂体诗",与赋、律赋、四言古诗、乐府歌行、五言古诗、七言古诗、五言律诗、七言律诗、五言绝句、七言绝句、骚等体类并列,共同组成"诗"的大家庭。卷中选录星名、人名、郡名、药名、建除、八音、四声、藏头、离合、回文、一字至十字、两头纤纤、五杂组、了语不了语、难易语、联句、集句 17 类杂体诗共 36 首,作者均为北宋诗人。在断代的大型总集中设立了专卷,说明杂体诗在宋代诗坛的地位已得到确认。值得一提的是,据葛立方《韵语阳秋》载,北宋后期编纂有《乐府诗集》的郭茂倩,还编有《杂体诗》一书。① 杂体诗和乐府诗都是相对独立的体类,故王运熙认为:"杂体诗体制与乐府相近,吴兢《乐府古题要解》末尾尝论述之,茂倩此编殆与《乐府诗集》相辅而行者也。"② 根据《乐府诗集》的性质和规模,可以推测郭氏的《杂体诗》也是具有相当规模的总集。可惜早已佚失,但杂体诗在宋代诗坛所受到的重视,可见一斑。

南宋后期严羽的《沧浪诗话》的《诗体》部分,也有论列杂体诗的专节:

> 论杂体,则有风人、(上句述其语,下句释其义。如古《子夜歌》《读曲歌》之类,则多用此体。)藁砧、(古乐府"藁砧今何在,山上复安山;何当大刀头,破镜飞上天",僻辞隐语也。)五杂组、(见乐府。)两头纤纤、(亦见乐府。)盘中、(《玉台集》有此

---

① 葛立方《韵语阳秋》卷四:"郭茂倩《杂体诗》载《百一诗》五篇,皆(应)璩所作。"(何文焕辑《历代诗话》上册,中华书局,1981 年,第 513 页)
② 王运熙《汉魏六朝乐府诗研究书目提要》,《乐府诗述论》,《王运熙文集》第 1 卷,上海古籍出版社,2012 年,第 279 页。

诗,苏伯玉妻作,写之盘中,屈曲成文也。)回文、(起于窦滔之妻,织锦以寄其夫也。)反覆、(举一字而诵,皆成句,无不押韵,反复成文也。李公《诗格》有此二十字诗。)离合、(字相拆合成文,孔融"渔夫屈节"之诗是也。)虽不关诗之重轻,其体制亦古。至于建除、(鲍明远有《建除诗》。每句首冠以"建除平定"等字。其诗虽佳,盖鲍本工诗,非因建除之体而佳也。)字谜、人名、卦名、数名、药名、州名之诗,只成戏谑,不足法也。(又有六甲十属之类,及藏头、歇后等体,今皆削之。近世有李公《诗格》,泛而不备,惠洪《天厨禁脔》,最为误人。今此卷有旁参二书者,盖其是处不可易也。)①

这里列举的杂体诗有风人、藁砧、五杂组、两头纤纤、盘中、回文、反复、离合、建除、字谜、人名、卦名、数名、药名、州名,六甲、十属、藏头、歇后共19种,并于部分诗体后用注文简要说明其体制、特点或出处等。虽然其种类较之唐人所论并不算多,且多为常见之体,但在论述诗体的诗学专著中,杂体诗依然占据了一席之地,与总集中设专卷一样,同样说明了其在诗坛不可或缺的地位。

第四节　诗格:律诗作法的精细化探索*

唐宋元诗坛上,作为新兴诗体的近体诗,表现出强大的生命力,很快占据了诗坛的主体地位。对近体诗的研究成为这一时期诗体学的中心,而对律诗作法的精细化探索是其主要倾向,其载体则是蓬勃兴起的诗格类著述。

---

① 严羽《沧浪诗话·诗体》,郭绍虞校释《沧浪诗话校释》,人民文学出版社,1983年,第100—101页。
* 本节主要参考张伯伟《全唐五代诗格汇考·诗格论》卷首,凤凰出版社,2002年;罗根泽《中国文学批评史》第四篇第一、二章和第五篇第二、三章,商务印书馆,2017年。

诗格类著述包括以"诗格""诗式""诗法"等命名的著作,其含义都是指诗的法式、标准。诗格类著述兴起的背景主要有两方面:一方面是格律诗艺术形式发展自身的需求,即早期的诗律探索促进律诗走向定型,而定型之后则进一步发掘怎样利用诗律达到更好的表现效果;另一方面是科举制度的推进,唐代科举采用五言六韵的试律诗作为考试形式之一,推动了诗律的精细化探索;初学者积极主动学习诗律规范,并在创作中精益求精,以求取更好的考试评价。这内部和外部两方面的背景汇合在一起,形成了唐宋元三代诗格类著述长盛不衰的局面,其发展大体上可区分为初盛唐、晚唐宋初和宋末元代三个阶段。

一、初盛唐时期的诗格

从文体学的角度着眼,诗格类著述的意义在于不断完善汉语格律诗本身的诗体规范,以丰富其表现功能。齐梁"新体诗"形成的过程中,对汉语对偶、声律的探讨已蔚然成风。初盛唐时期延续这一传统,产生了第一批诗格类著述,所谓"(周)颙、(沈)约已降,(元)兢、(崔)融以往,声谱之论郁起,病犯之名争兴;家制格式,人谈疾累"[1],这批著述大多已经亡佚,仅在空海的《文镜秘府论》中留存下部分内容,其中论声韵的有元兢《诗髓脑》、崔融《唐朝新定诗格》、王昌龄《诗格》等,论病犯的有《论病》《文二十八种病》等,论对偶的有上官仪《笔札华梁》等,而尤以论声律、对偶为核心。

初盛唐诗格的声律论在沈约"四声八病"之说的基础上有了新的拓展,陈伯海《唐诗学引论》指出了唐诗声律对于"四声八病"的超越之处:"第一,前者以'四声'为基础,区分声调要顾及平上去入,在调声上不免陷于苛细;而后者以平仄为基础,将四种声调归结为平声、仄声(包括上去入三声)两大类别,对于"四声"律做了合理

---

[1] 〔日〕弘法大师《文镜秘府论》西卷《论病》,王利器校注《文镜秘府论校注》,中国社会科学出版社,1983年,第396页。

的简化。第二,前者讲声律而注重病犯,容易给人以触处犯禁的消极印象,不利于创作的自由开拓;后者因声律以协调平仄,建设起一整套有则可循的规范化的谱式,便于人们去学习和掌握。第三,前者严于一句一联的内部,对各联之间的粘合贯通少有考虑;后者推扩于全篇组织,诗格声律的运用方始有了整体的布局。"①这种超越主要体现在诗格类著述中。如《诗髓脑》提出的"调声之术,其例有三:一曰换头,二曰护腰,三曰相承"②。所谓"换头"就是:"第一句头两字平,次句头两字去上入;次句头两字去上入,次句头两字平;次句头两字又平,次句头两字去上入;次句头两字又去上入,次句头两字又平。如此轮转,自初以终篇,名为双换头,是最善也。……此换头,或名拈二。拈二者,谓平声为一字,上去入为一字。"又:"腰,谓五字之中第三字也。护者,上句之腰不宜与下句之腰同声。然同去上入则不可,用平声无妨也。"又:"相承者,若上句五字之内,去上入字则多,而平声极少者,则下句用三平承之。用三平之术,向上向下二途,其归道一也。"③这里明显将平声和上去入三声对举,实际是将声调二元化,放宽了声律规则,并通过联与联之间的平仄粘对关系,使声律理论具有可操作性,促进了律诗的定型。又如传统的"八病"即所谓平头、上尾、蜂腰、鹤膝、大韵、小韵、正纽、旁纽 8 项之外,《诗髓脑》又"别为八病",增添了龃龉、丛聚、忌讳、形迹、傍突、翻语、长撷腰、长解蹬 8 项。其中除"龃龉"1 项仍为声病外,其余都是用字、结构方面的病犯,则唐人诗格明显将病犯的概念扩展了。《文镜秘府论》西卷中更汇聚有"文二十八种病",大都也是如此。病犯的名目增多了,而避忌的尺度却反而宽泛了,尤其在声韵方面,如元兢在"蜂腰"项下有云:"以下四病,但须知之,不必

---

① 陈伯海《唐诗学引论》,知识出版社,1988 年,第 16 页。
② 元兢《诗髓脑·调声》,张伯伟《全唐五代诗格汇考》,凤凰出版社,2002 年,第 114 页。
③ 同上书,第 115—116 页。

须避。"①"大韵"项下云:"此病不足累文,如能避者弥佳。若立字要切,于文调畅,不可移者,不须避之。"②这些都应是在大量创作实践的基础上对声律病犯规则所做的调整。

对偶论是初盛唐诗格的又一核心论题,罗根泽甚至称"初盛唐是讲对偶的时代"③。《文镜秘府论》东卷《论对》称:"文词妍丽,良由对属之能;笔札雄通,实安施之巧。若言不对,语必徒申;韵而不切,烦词枉费。"④其后汇聚的"二十九种对",包括"古人同出"(实出自上官仪《笔札华梁》、无名氏《文笔式》)的 11 种(的名对、隔句对、双拟对、连绵对、互成对、异类对、赋体对、双声对、叠韵对、回文对、意对),出自元兢《诗髓脑》的 6 种(平对、奇对、同对、字对、声对、侧对),出自皎然《诗议》的 8 种(邻近对、交络对、当句对、含镜对、背体对、偏对、双虚实对、假对),出自崔融《唐朝新定诗格》的 3 种(切侧对、双声侧对、叠韵侧对),以及无名氏的"总不对对",另有"首位不对"。各对均有例句和解释。这些对属种类的发展趋势,由早期的严密工整,渐趋宽泛和追求新奇,至旧题王昌龄《诗格》中所归纳的"五对",即势对、疏对、意对、句对、偏对,更表现出简化种类、力求自然、为整体表达效果服务的倾向。

除了声律论和对偶论之外,初盛唐诗格还关注篇法、句法、体性等问题。如旧题王昌龄《诗格》中有"十七势"之论,罗根泽将其分为七组:第一组为直把入作势(指开门见山)、都商量入作势(指泛论引起)、直树一句第二句入作势(指第一句写景,第二句入题,以下两种类推)、直树二句第三句入作势、直树三句第四句入作势、比兴入作势(指比兴开头),都是讲诗歌发端之法的;第二组遣比势和感兴

---

① 元兢《诗髓脑·调声》,张伯伟《全唐五代诗格汇考》,凤凰出版社,2002 年,第 119 页。
② 同上书,第 120 页。
③ 罗根泽《中国文学批评史》第 2 册,商务印书馆,2017 年,第 345 页。
④ 〔日〕弘法大师《文镜秘府论》东卷《论对》,王利器校注《文镜秘府论校注》,中国社会科学出版社,1983 年,第 222 页。

势,讲诗的含蓄作法;第三组含思落句势和心期落句势,讲结尾之法;第四组下句拂上句势和相分明势,讲一联中两句关系;第五组生煞回薄势,讲诗意的前后拂救;第六组一句中分势和一句直比势,讲句法;第七组理入景势和景入理势,讲景和理的相互关系。① 可见其以研讨篇章结构和句法为主。而皎然《诗式》中的"辨体有一十九字",则是专门研讨诗格体貌体性的(参见本书第三章第四节)。总起来看,初盛唐的诗格著述,以声律、对偶论为核心,广泛涉及诗体创作的各个方面,在前人论述的基础上,既有精细化的发掘,也有合理性的调整,从而为律诗体式在沈、宋时代的正式定型和确立奠定了基础。它在形式上常用若干小标题构成,并以一个数词加上一个名词(或动词)构成片语,如"二十八种病""十七势"等,也为成为后世同类著述的典范。

二、晚唐宋初的诗格

晚唐、五代至宋初,诗格类著述的编著形成了又一个高潮。今存此类著述尚有王叡《炙毂子诗格》、李洪宣《缘情手鉴诗格》、郑谷等《新定诗格》、僧齐己《风骚旨格》、僧虚中《流类手鉴》、徐夤《雅道机要》、徐衍《风骚要式》、王玄《诗中旨格》、王梦简《诗格要律》、僧神彧《诗格》、僧保暹《处囊诀》、桂林僧景淳《诗评》,以及旧题白居易《金针诗格》《文苑诗格》、旧题贾岛《二南密旨》与旧题梅尧臣《续金针诗格》等 10 余种。北宋李淑所编诗格总集《诗苑类格》3 卷和蔡传所编诗格丛书《吟窗杂录》30 卷,对产生于这一时段的诗格类著述进行了汇聚。

分"门"论诗,是晚唐宋初诗格的一大特点。它明显受到了以皎然为代表的诗僧论诗的影响。《雅道机要》"明门户差别"云:"门者,诗之所通也。如人门户,未有出入不由者也。"②即言诗格为初学

---

① 参见罗根泽《中国文学批评史》第 2 册,商务印书馆,2017 年,第 377—381 页。
② 徐夤《雅道机要》,张伯伟《全唐五代诗格汇考》,凤凰出版社,2002 年,第 426 页。

者学诗入门的通道,这也点明了其时大部分诗格用以指导初学作诗的性质与功能。《风骚旨格》首列"诗有四十门"论题材,其后《风骚要式》《诗格要律》《雅道机要》等均沿袭其设门论诗,至北宋李淑编《诗苑类格》,"中卷叙古诗杂体三十门,下卷叙古人体制别有六十七门"①,分体至近百门之多,说明诗格研讨作诗之法的精细化已经发展到无以复加的烦琐地步。

同初盛唐诗格以论声律、对偶为核心不同,晚唐宋初诗格的一大论题是"势"。皎然《诗式》中已有"明势"之论,但含义未明。至齐己《风骚旨格》中就专列"诗有十势",即狮子返掷势、猛虎踞林势、丹凤衔珠势、毒龙顾尾势、孤雁失群势、洪河侧掌势、龙凤交吟势、猛虎投涧势、龙潜巨浸势、鲸吞巨海势,每势下引两句诗例,但没有说明文字。② 据张伯伟研究,这些"势"的名目,大多与禅宗话头有关,而"势"的含义,"以'力'为释最为的当"③。徐夤《雅道机要》"明势含升降"有云:"势者,诗之力也。如物有势,即无往不克。此道隐其间,作者明然可见。"④而"势"在诗格中的具体含义,"实际上是诗歌创作中的句法问题。这里讲的句法,指的是由上下两句在内容上或表现手法上的互补、相反或对立所形成的'张力'。这种'张力'存在于诗句的节奏律动和构句模式之间,因而就能形成一种'势',并且由于'张力'的正、反、顺、逆的种种不同,遂因之而出现种种名目的'势'"⑤。《风骚旨格》之后,神彧《诗格》"论诗势"称"先须明其体势,然后用思取句"⑥。下又列十势,即芙蓉映水势、龙潜巨浸势、龙行虎步势、狮子返掷势、寒松病枝势、风动势、惊鸿背飞

---

① 王应麟《玉海》卷五四,江苏古籍出版社、上海书店,1987年,第1033页。
② 张伯伟《全唐五代诗格汇考》,凤凰出版社,2002年,第403—404页。
③ 张伯伟《略论佛学对晚唐五代诗格的影响》,《唐代文学研究》第3辑,广西师范大学出版社,1992年。
④ 张伯伟《全唐五代诗格汇考》,凤凰出版社,2002年,第434页。
⑤ 张伯伟《全唐五代诗格汇考·诗格论》,同上书,第31—32页。
⑥ 神彧《诗格》,张伯伟《全唐五代诗格汇考》,凤凰出版社,2002年,第493页。

势、离合势、孤鸿出塞势、虎纵出群势,并举一篇四联诗分属不同的四"势",称"观此一诗,凡具四势,其他可以类推矣"①。可见这种句法的研讨日趋精细的程度,但不免走向玄虚一路。

除了句法之外,晚唐宋初诗格对律诗一篇四联的篇体结构也颇为关注。如神彧《诗格》八节中就有四节专论四联。其论"破题"云诗有五种破题:"一曰就题,用题目便为首句是也";"二曰直致,就题中通变其事,以为首句是也";"三曰离题,外取其首句,免有伤触是也";"四曰粘题,破题上下二句,重用其字是也";"五曰入玄,取其意句绵密,只可以意会,不可以言宣也"。②论"额联"云:"诗有额联,亦名束题,束尽一篇之意。其意有四到:一曰句到意不到;二曰意到句不到;三曰意句俱到;四曰意句不俱到。"论"诗腹"云:"诗之中腹亦云颈联,与额联相应,不得错用。"论"诗尾"云:"诗之结尾亦云断句,亦云落句,须含蓄旨趣。"③每联说明下均引用诗例,并做简要解释。这里对四联的名称、作用、要求及其细类都有阐述,是对律诗篇体研究的细化。此外如《雅道机要》"叙句度"中也有四联句法的分析。

三、宋末元代的诗格

宋代诗话的崛起,将部分对诗歌作法研讨的内容融入诗话之中,因而单纯的诗格类著述的编撰稍为消歇。而自宋末并延续到元代,此类著述又重新趋热,形成第三个高潮,只是不少著述已不直接以"诗格"命名。如严羽《沧浪诗话》、魏庆之《诗人玉屑》都有探讨诗法的论述,周弼《三体唐诗》、方回《瀛奎律髓》则以选诗的形式出现,而元代此类著述尚有旧题杨载《诗法家数》、旧题范梈《诗学禁脔》和《木天禁语》、旧题揭傒斯《诗法正宗》以及旧题傅若金《诗法

---

① 神彧《诗格》,张伯伟《全唐五代诗格汇考》,凤凰出版社,2002年,第494页。
② 同上书,第488—489页。
③ 同上书,第491—492页。

正论》等多种。①

　　较之前两个时期，宋末元代诗格的一大特点，是变而为以"格""法"为中心，二者并无本质区别。其实，北宋诗僧惠洪的《天厨禁脔》就"皆标举诗格，而举唐宋旧作为式"，又林越的《少陵诗格》"发明杜诗篇法"，"每首皆标立格名"。② 至宋末周弼《三体唐诗》则分"格"选诗，其三体为七言绝句、七言律诗、五言律诗；七绝分为7格（实接、虚接、用事、前对、后对、拗体、侧体），七律分为6格（四实、四虚、前虚后实、前实后虚、结句、咏物），五律分为7格（前四格与七律同，增一意、起句、结句），共计20格。③ 方回《瀛奎律髓》则专选唐宋五、七言律诗共3000余首，依题材分为登览、朝省、怀古、风土等49类之多，而其《自序》称："文之精者为诗，诗之精者为律。所选，诗格也。所注，诗话也。学者求之，髓由是可得也。"④将律诗题材分为49格进行选诗。而于济、蔡正孙《联珠诗格》则"专选唐宋绝句立为三百格，在后世影响很大，并远被域外"⑤。立格之多，可谓无以复加。而元代题为"诗法"的著述更是连篇累牍，其所论的内容则更为广泛。

　　宋末元代诗格的另一特点，是追求集成性、体系性。宋末广泛辑录宋人诗论的汇总性著述《诗人玉屑》即是典型。《诗人玉屑》编者为魏庆之，生活于南宋后期，其卷首黄昇序称："诗之有评，犹医之有方也。评不精，何益于诗；方不灵，何益于医！然惟善医者能审其方之灵，善诗者能识其评之精，夫岂易言也哉！"并称该书"自有诗话以

---

① 关于元代诗法类著述真伪，学术界尚有争议。参看张伯伟《元代诗学伪书考》（《文学遗产》1997年第3期），他认为此类著述大多为书贾托名抄撰而成；张健《元代诗法校考》（北京大学出版社，2001年）收录元代诗法著述25种，并逐一考订，指出其价值所在。
② 永瑢等《四库全书总目》卷一九七，中华书局，1965年，第1797页。
③ 同上书卷一八七，第1702页。
④ 方回《瀛奎律髓序》，李庆甲集评点校《瀛奎律髓汇评》卷首，上海古籍出版社，2020年，第1页。
⑤ 张伯伟《全唐五代诗格汇考·诗格论》，凤凰出版社，2002年，第38页。

来,至于近世之评论,博观约取,科别其条;凡升高自下之方,由粗入精之要,靡不登载。其格律之明,可准而式;其鉴裁之公,可研而核;其斧藻之有味,可咀而食也"。①《诗人玉屑》21卷,前11卷论诗体、诗法等,后10卷评论历代诗人。它首次收录了《沧浪诗话》,而其分类和排列顺序,也基本与《沧浪诗话》相对应。从卷三"句法"到卷十一"诗病、碍理",实际是《沧浪诗话·诗法》的具体化,辑录了大量诗格类著述和笔记杂著中的内容,分类编入,从诗歌创作的各个环节指导初学者。如卷三、卷四的句法,卷五的口诀、初学蹊径,卷六的命意、造语、下字,卷七的用事、压韵、属对,卷八的锻炼、沿袭、夺胎换骨、点化等,莫不如此。其所收材料极为驳杂,这恐怕也是其命名为"玉屑"的缘由。因此,除去后半部分评论诗人的材料,《诗人玉屑》可以视为一部以南宋相关资料为主的集成性的诗格。

元代诗法类著述沿袭了这一特点,更加追求集成性乃至体系性。如旧题杨载所著《诗法家数》就分为诗学正源、作诗准绳、律诗要法、古诗要法、题材之法、总论六部分。"诗学正源"述六艺;"作诗准绳"分述立意、炼句、逐对、写景、写意、书事、用事、押韵、下字共9项;"律诗要法"分论起承转合(破题、颔联、颈联、结句)、七言、五言;"古诗要法"分论五古、七古、绝句;"题材之法"则分论荣遇、讽谏、登临、征行、赠别、咏物、赞美、赓和、哭挽9类题材;最后以"总论"收尾。②全书体现了较强的体系性,虽然其内容多有因袭、辑录乃至拼凑,但著者的意图似要努力构筑一个较为完整的诗歌作法体系,其对律诗篇法"起承转合"的完整阐述,以及将律诗作法扩展到古诗作法等,都还是颇具价值的。又如旧题范梈所著《木天禁语》,分为篇法、句法、字法、气象、家数、音节六部分,所谓"六关"。"篇法"分述七言律诗、五言长古、七言长古、五言短古、七言短古、乐

---

① 魏庆之《诗人玉屑》,中华书局,2007年,第1页。
② 旧题杨载《诗法家数》,见张健《元代诗法校考》,北京大学出版社,2001年,第12—39页。

府、绝句共 7 种,七律篇法又分一字血脉、二字贯穿、三字栋梁等 10 余种;"句法"分述问答、当对、上三下四、上四下三、上应下呼、上呼下应、行云流水、颠倒错乱、言倒理顺、议论语、两句成一句共 11 种;"气象""家数"分论题材和风格。① 全书亦带集成性,追求诗体的完备,但使用的方法仍主要是列举诗例,并常常不做说明,含义难明。

总之,从唐代至元代,诗格类著述总体上可谓长盛不衰。它们满足了科举应试者和诗歌初学者的需求,也成为书贾反复编印以射利的工具,然而其中无疑也渗透了三代诗人、学者对律诗作法的精细化探索。这类著述因其庞杂、琐碎、陈陈相因,而为清代以后的学者所不屑,但披沙拣金,可以找到唐宋元三代诗坛学界孜孜不倦地探索各体诗歌作法的足迹。从文体学的角度看,诗格类著述是对古人长期创作经验的总结,是古代诗体学不可或缺的组成部分。它的影响还辐射到其他文体,赋格、文格类著述也层出不穷,明人对这类著述形式的延用依旧乐此不疲。因而它在文体学上的价值,仍是不可全盘抹杀的。

第五节 《沧浪诗话》:以辨体为中心的诗体学*

在各类诗体论不断发展的基础上,南宋末年,诗坛上诞生了第一部体系较为完备的诗学专著——严羽《沧浪诗话》,诗体论则是其诗学的核心。

一、严羽和《沧浪诗话》的诗学体系

严羽,字仪卿,一字丹丘,自号沧浪逋客。邵武莒溪(今属福

---

① 旧题范梈《木天禁语》,见张健《元代诗法校考》,北京大学出版社,2001 年,第 135—183 页。
* 本节参考任竞泽《宋代文体学研究论稿》第一章"严羽《沧浪诗话》之辨体批评",商务印书馆,2011 年,第 25—57 页。

建)人。生卒年不详,生活于南宋宁宗、理宗、度宗时期。早年师事理学家包扬,与著名江湖诗人戴复古来往密切。一生未曾出仕,大半隐居在家乡。淳祐年间,其诗论著作被同为闽人的魏庆之编入《诗人玉屑》。卒后著作多有散佚,所存者于元初被编为《沧浪严先生吟卷》刊行。严羽的诗论著作主要有《诗辩》《诗体》《诗法》《诗评》及《考证》(又名《诗证》)、《答出继叔临安吴景仙书》。前五篇被后人称为《沧浪诗话》,《答吴景仙书》作为附录,也是其不可分离的部分。

《沧浪诗话》构建了一个较为系统完整的诗学体系,其内容包括诗歌本质论、体裁论、风格论、创作论、批评论,其核心则是以辨体为中心的诗体学。

严羽在《答吴景仙书》中极为自负地宣称:

> 仆之《诗辩》,乃断千百年公案,诚惊世绝俗之谈,至当归一之论。其间说江西诗病,真取心肝刽子手。以禅喻诗,莫此亲切。是自家实证实悟者,是自家闭门凿破此片田地,即非傍人篱壁、拾人涕唾得来者。李杜复生,不易吾言矣。……仆意谓:辨白是非,定其宗旨,正当明目张胆而言,使其词说沉着痛快,深切著明,显然易见;所谓不直则道不见,虽得罪于世之君子,不辞也。①

严羽"自家实证实悟""闭门凿破此片田地,即非傍人篱壁、拾人涕唾得来者"是什么呢?他在《诗辩》的结尾处总结道:"故予不自量度,辄定诗之宗旨,且借禅以为喻,推原汉魏以来,而截然谓当以盛唐为法,(后舍汉魏而独言盛唐者,谓古律之体备也。)虽获罪于世之君子,不辞也。"②

---

① 严羽《答吴景仙书》,郭绍虞校释《沧浪诗话校释》,人民文学出版社,1983年,第251页。

② 严羽《沧浪诗话·诗辩》,同上书,第27页。

"以盛唐为法",这是《沧浪诗话》所定的诗学"宗旨",也是其"辨白是非"的结论。《诗辩》提出"诗有别材""诗有别趣","诗者,吟咏性情也",而盛唐诗人"惟在兴趣,羚羊挂角,无迹可求。故其妙处透彻玲珑,不可凑泊,如空中之音,相中之色,水中之月,镜中之象,言有尽而意无穷",正是体现了诗的本质特点。宋代江西宗派"以文字为诗,以才学为诗,以议论为诗",违背了诗的本质特点,"终非古人之诗也。盖于一唱三叹之音,有所歉焉"。江湖诗人"独喜贾岛姚合之诗,稍复就清苦之风",然而"不知止入声闻辟支之果,岂盛唐诸公大乘正法眼者哉"。①

二、《沧浪诗话》的辨体理论

《诗辩》阐述的诗学宗旨,建立在辨体的基础之上。《诗辩》云"诗之法有五:曰体制,曰格力,曰气象,曰兴趣,曰音节"②,将"体制"放在首位;《诗法》亦云"荆公评文章,常先体制而后文之工拙"③,同样以体制为先。可见"体制"在严羽诗学中的核心地位。所谓"体制",即是不同时期、不同诗人、不同体裁诗作形成的不同审美特性、形制规范。严羽《答吴景仙书》又称:

> 作诗正须辨尽诸家体制,然后不为旁门所惑。今人作诗,差入门户者,正以体制莫辨也。世之技艺,犹各有家数。市缣帛者,必分道地,然后知优劣,况文章乎?仆于作诗,不敢自负,至识则自谓有一日之长,于古今体制,若辨苍素,甚者望而知之。来书又谓:忽被人捉破发问,何以答之?仆正欲人发问而不可得者。不遇盘根,安别利器;吾叔试以数十篇诗,隐其姓名,举以相试,为能别得体制否?惟辨之未精,故所作或

---

① 严羽《沧浪诗话·诗辩》,郭绍虞校释《沧浪诗话校释》,人民文学出版社,1983年,第26—27页。
② 同上书,第7页。
③ 严羽《沧浪诗话·诗法》,同上书,第136页。

杂而不纯。①

"辨尽诸家体制",辨别各种"家数"。"于古今体制,若辨苍素"是严羽确立的辨体纲领,也是实现其诗学宗旨的前提。

辨体的要求,正如《诗法》所言:"辨家数如辨苍白,方可言诗。""须是本色,须是当行。"②明人胡应麟《诗薮》曾言:"文章自有体裁,凡为某体,务须寻其本色,庶几当行。"③从一个方面解释了辨体的含义。而辨体的途径,《诗辨》称之为"熟参":"试取汉魏之诗而熟参之,次取晋宋之诗而熟参之,次取南北朝之诗而熟参之,次取沈宋王杨卢骆陈拾遗之诗而熟参之,次取开元天宝诸家之诗而熟参之,次独取李杜二公之诗而熟参之,又取大历十才子之诗而熟参之,又取元和之诗而熟参之,又尽取晚唐诸家之诗而熟参之,又取本朝苏黄以下诸家之诗而熟参之,其真是非自有不能隐者。"④亦即通过熟读历代诗作来辨识诸家体制的是非、优劣。

三、《沧浪诗话》的辨体实践

严羽不但有辨体的理论,还有辨体的实践,《诗体》一篇正是严羽梳理、辨析前人所论各种诗歌体制后整理的诗体谱系。《诗体》首论诗体流变缘起,然后从体性风格和体裁类别两方面展开其辨体实践。

《诗体》论诗体流变缘起云:

> 《风》《雅》《颂》既亡,一变而为《离骚》,再变而为西汉五言,三变而为歌行杂体,四变而为沈宋律诗。五言起于李陵

---

① 严羽《答吴景仙书》,郭绍虞校释《沧浪诗话校释》,人民文学出版社,1983年,第252页。
② 严羽《沧浪诗话·诗法》,同上书,第136、111页。
③ 胡应麟《诗薮》内编卷一,中华书局,1958年,第21页。
④ 严羽《沧浪诗话·诗辨》,郭绍虞校释《沧浪诗话校释》,人民文学出版社,1983年,第12页。

苏武。七言起于汉武《柏梁》。四言起于汉楚王傅韦孟。六言起于汉司农谷永。三言起于晋夏侯湛。九言起于高贵乡公。①

这一诗体"四变"说,以《诗经》为起点,略依时间顺序,简明扼要地勾画了骚体、五言古体、七言古体(歌行)、杂体、近体的诗歌流变过程,基本符合诗歌史的发展进程,也与各类总集选录的代表作品相吻合,可以作为定论,并作为以下辨体的基本线索。至于继而追溯的五言、七言、四言等各体的缘起,均取自《文章缘起》一家之说,则较少理论意义。

关于体性风格之"体",严羽将其归为三类。一是"以时而论"之体,列举了以朝代、年号立目的16体,略相当于今人所谓时代风格;二是"以人而论"之体,列举了以代表作家立目的36体,略相当于今人所谓名家风格(以上两类详见本书第三章第四节);三是主要以总集立目的一类,包括选体、柏梁体、玉台体、西昆体、香奁体、宫体6体(其中柏梁体、宫体非总集),略近似于今人所谓的流派风格。这50余种诗体的名目,并非严羽首创,历代诗论中大多有论及;严羽也未做具体阐述,只是用小注略做说明。严羽的贡献在于将它们从历代诗论中梳理出来,并分为三大类,建立起风格之体的清晰谱系,并形成文学风格论的范式。其中有些体类对后代产生了巨大影响,如"以时而论"将唐诗区分为唐初体、盛唐体、大历体、元和体、晚唐体,开启了唐诗发展初、盛、中、晚"四期说"的先河;"以人而论"中罗列的唐宋名家"家数",成为后世考察唐宋诗史的基本线索。以时论体、以人论体、以派论体,从此成为辨体的重要角度和领域,严羽在这方面的开创之功不容磨灭。

关于体裁类别之"体",这方面的情况极为复杂。严羽罗列了依不同角度划分的各种诗体,主要有:一是基本体类,包括古诗、近体、

---

① 严羽《沧浪诗话·诗体》,郭绍虞校释《沧浪诗话校释》,人民文学出版社,1983年,第48页。

绝句、歌行、乐府、楚辞、杂体等;二是基本体类的细类,如歌行、乐府类中的琴操、谣、吟、词、引、咏、曲、篇、弄、长调、短调、叹、愁、哀、怨、思、乐、别等;三是按句式区分的体类,包括杂言、三五七言、半五六言、一字至七字、三句之歌、两句之歌、一句之歌、口号;四是按声韵划分的体类,包括全篇双声叠韵、全篇字皆平声、全篇字皆仄声、律诗上下句双用韵、辘轳韵、进退韵、古诗一韵两用、古诗一韵三用、古诗三韵六七用、古诗重用二十许韵、古诗旁取六七许韵、古诗全不押韵、律诗至百五十韵、律诗止三韵等;五是按对仗划分的体类,包括律诗彻首尾对、律诗彻首尾不对、十字对、十字句、十四字对、十四字句、扇对、借对、就句对等;六是按作诗方式划分的体类,包括拟古、连句、集句、分题、分韵、用韵、和韵、借韵、协韵、今韵、古韵、古律、今律;七是按病犯划分的体类,如四声、八病、绝句折腰、八句折腰等;八是专列杂体类,包括风人、藁砧等19体(详见本章第三节)。这些不同标准划分的体类往往杂糅在一起,排列也不连续,其中还夹杂着颔联、颈联、发端、落句等诗歌创作中的专用名称等。每类下多用小注或说明特点,或列举篇目、诗句。如注"三五七言"曰:"自三言而终以七言,隋郑世翼有此诗:'秋风清,秋月明。落叶聚还散,寒鸦栖复惊。相思相见知何日,此时此夜难为情。'"注"半五六言"曰:"晋傅玄《鸿雁生塞北》之篇是也。"注"律诗上下句双用韵"云:"第一句,第三五七句,押一仄韵;第二句,第四六八句,押一平韵者。唐章碣有此体,不足为法,漫列于此,以备其体耳。"注"律诗彻首尾不对"曰:"盛唐诸公有此体,如孟浩然诗:'挂席东南望,青山水国遥,轴舻争利涉,来往接风潮。问我今何适,天台访石桥。坐看霞色晚,疑是赤城标。'又'水国无边际'之篇,又太白'牛渚西江夜'之篇,皆文从字顺,音韵铿锵,八句皆无对偶。""扇对"后注云:"又谓之隔句对,如郑都官'昔年共照松溪影,松折碑荒僧已无,今日还思锦城事,雪消花谢梦何如'是也。盖以第一句对第三句,第二句对第四句。"注"风人"曰:"上句述其语,下句释其义,如古之《夜歌》《续曲歌》之类,则多用此体。"注"藁砧":"古乐府'藁砧今何在,山上复安山;何当大刀头,破镜飞上天',僻辞隐语也。"① 这些体裁名目同样不是严羽的创造,而是历来诗论中广泛涉及的,严羽将其搜罗后进行归类排比,其意义主要在于,在初步梳理古代诗歌杂乱纷繁体类的基础上,列目示例,辨别体制特点。这部分内容较为杂乱,理论价值也难与体性辨体相比。

《诗人玉屑》在所收录的严羽《诗体》后注有"沧浪编"三字,揭示了《诗体》篇的内容多为严羽编纂前人旧说而成,并非其独创。郭绍虞指出"沧浪此节之病,在体与格不分,格与法不分,混体格法三者而为一"②,可谓击中要害。然而,严羽的功绩就在全面汇聚、梳理有关诗体的资料,将其排比为自成体系的诗体谱系,为古代诗体学奠定了基础。其中虽有混杂乃至疏误之处,但其筚路蓝缕的开创之功,仍值得在文体学史上大书一笔。清人冯班对《沧浪诗话》多有不满,其《严氏纠谬》揶揄《诗体》篇称"沧浪一生学问最得意处,是分诸体制"③,此说不免严苛,却也道出了严羽最为自负的"于古今体制,若辨苍素"的功夫所在。严羽在辨体方面所下的这种功夫,也成为他阐述作诗宗旨的坚实根基。

四、以辨体为中心的诗体学

《诗辩》《诗体》二篇以阐述辨体理论和展示辨体实践为主,而《诗法》《诗评》《考证》三篇也都紧密围绕着辨体展开,同样可以看作辨体的应用。《诗法》篇首述"学诗先除五俗",居于首位的即是除"俗体";余如论"须是本色,须是当行","律诗难于古诗,绝句难于八句","看诗须着金刚眼睛,庶不眩于旁门小法","辩家数如辩

---

① 严羽《沧浪诗话·诗体》,郭绍虞校释《沧浪诗话校释》,人民文学出版社,1983年,第71、73—74、100页。
② 同上书,第100页。
③ 同上书附辑三,第285页。

苍白,方可言诗",等等,①均直接关联辨体。《诗评》篇则多为"由辨入评",通过辨家数、辨体制,区分优劣高下,如"大历以前,分明别是一副言语;晚唐,分明别是一副言语;本朝诸公,分明别是一副言语。如此见,方许具一只眼",又如"子美不能为太白之飘逸,太白不能为子美之沉郁。太白《梦游天姥吟》《远别离》等,子美不能道;子美《北征》《兵车行》《垂老别》等,太白不能作"。②这些评论往往与《诗体》篇辨家数相对应,且多为严氏精心辨体的真知灼见,一语中的,痛快酣畅,被历代的诗论家奉为圭臬。《考证》篇则立足辨体考辨真伪、是非,如云:"太白集中《少年行》,只有数句类太白,其他皆浅近浮俗,决非太白所作,必误入也。"又如:"'迎旦东风骑蹇驴'绝句,决非盛唐人气象,只似白乐天言语。今世俗图画以为少陵诗,渔隐亦辩其非矣;而黄伯思编入《杜集》,非也。"③二者均根据李、杜诗的体制特色来甄别集中诗作的真伪,说明严羽已将辨体作为考辨真伪的重要方法,其意义更非一般。

以辨体为中心,《沧浪诗话》各篇共同构建成一个较为完整的诗体学体系。这一体系有理论,包括辨体的纲领、要求和途径;也有实践,包括对前人诗体论的系统梳理和重新分类;既有体性论方面以时论体、以人论体、以派论体的创造性区分,也有繁杂的体裁论的详尽罗列和说明,从而建立起基本完备的诗体谱系;这种实践还包括应用辨体探讨诗歌作法、评判诗家优劣、考证诗作真伪等。而这一相对独立的诗体学作为《沧浪诗话》诗学总体系的核心部分,又是为全书"以盛唐为法"的宗旨服务的,即通过广泛而精细的辨体实现诗歌创作的最高目标。诚如《诗辩》篇开篇所言:"夫学诗者以识为主,入门须正,立志须高;以汉、魏、晋、盛唐为师,不作开元、天宝以

---

① 严羽《沧浪诗话·诗法》,郭绍虞校释《沧浪诗话校释》,人民文学出版社,1983年,第108、111、127、134、136页。
② 严羽《沧浪诗话·诗评》,同上书,第139、168页。
③ 严羽《沧浪诗话·考证》,同上书,第226、229页。

下人物。"①从这样的角度看问题,《沧浪诗话》在创建一个较为完备的诗学体系的同时,也成为古代诗体学成熟的标志。

---

① 严羽《沧浪诗话·诗辨》,郭绍虞校释《沧浪诗话校释》,人民文学出版社,1983年,第1页。

第八章　辞赋体学的繁荣

　　唐宋元时期,辞赋作为历史悠久的传统文体,创作依旧十分繁荣。唐宋律赋依托科举制度迅速崛起,宋代新文赋随着古文运动登上文坛,骚赋、骈赋、散体大赋等赋体也代有人作。这时期的辞赋研究也十分繁荣,唐宋赋格等律赋研究、宋代骚赋(楚辞)研究等都有很多成果,元代更诞生了总结性的研究专著《古赋辩体》和《文筌·赋谱》。

第一节　唐宋律赋研究的崛起*

　　律赋是唐宋科举进士科考试的主要文体之一。它形成于唐初,为适应科举考试而逐步完备,其体式由骈赋的句式(押韵)加上骈文的句式(讲究平仄格律),再加以限韵(八字韵脚)而构成。宋代文人论赋则更为普遍,对律赋尤为重视,由此促成唐宋律赋研究的崛起。下文试论之。

一、《赋谱》《赋赋》:唐代的律赋研究

　　《能改斋漫录》载:"赋家者流,由汉、晋历隋、唐之初,专以取士。止命以题,初无定韵。至开元二年,王丘员外知贡举,试旗赋,始有八字韵脚,所谓'风日云野,军国清肃'。见伪蜀冯鉴所记文体指

---

* 本节主要参考詹杭伦《唐宋赋学研究》,中国社会科学出版社、华龄出版社,2004年;祝尚书《宋元文章学》,中华书局,2013年。

要。"①因此,至迟到开元年间,律赋的体制已完全成熟,而研讨律赋写作的赋格类著述也大量涌现。见于《新唐书·艺文志》和《宋史·艺文志》著录的唐五代此类著作有:张仲素《赋枢》三卷、范传正《赋诀》一卷、浩虚舟《赋门》一卷、白行简《赋要》一卷、纥干俞《赋格》一卷、和凝《赋格》一卷。可惜这些与诗格相近的赋格类著述均已不存。今存唯唐抄本《赋谱》一卷,因由入唐求法的僧人带去日本,留存至今。作者佚名,约作于唐穆宗长庆至唐宣宗大中年间(822—847)。②

《赋谱》主要讨论了律赋的句法、结构、用韵、题目等问题。

其一,论句法:"凡赋句有壮、紧、长、隔、漫、发、送,合织成,不可偏舍。"③即将律赋的句式分为壮句(三字句)、紧句(四字句)、长句(五至九字句)、隔句(隔句对,又细分为轻、重、疏、密、平、杂六种)、漫句(不对之句,用于赋头或赋尾)、发语(发端词,分原始、提引、起寓三种)和送语(煞尾语气词)共七类,它们穿插使用,共同组成赋体。如论"发"曰:"发语有三种:原始、提引、起寓。若'原夫''若夫''观夫''稽其''伊昔''其始也'之类,是原始也。若'洎夫''且夫''然后''然则''岂徒''借如''则曰''佥曰''矧夫''于是''已而''故是''是故''故得''是以''尔乃''知是''徒观夫'之类,是提引也。'观其''稽其'等也或通用之。如'士有''客有''儒有''我皇''国家''嗟乎''至矣哉''大矣哉'之类,是起寓也。原始发项,起寓发头尾,提引在中。"④"凡句,字少者居上,多者居下。紧、长、隔以次相随。但长句有六七字者、八九字者。相连不要

---

① 吴曾《能改斋漫录》卷二,上海古籍出版社,1960年,第27页。
② 《赋谱》全文点校注释本有三:张伯伟《全唐五代诗格汇考》附录三,凤凰出版社,2002年,第554—569页;詹杭伦《唐宋赋学研究》第三章"赋谱校注",中国社会科学出版社、华龄出版社,2004年,第53—88页;詹杭伦、沈时蓉等校注《历代律赋校注》,武汉大学出版社,2009年,第515—532页。
③ 詹杭伦、沈时蓉等校注《历代律赋校注》,武汉大学出版社,2009年,第516页。
④ 同上书,第520页。

以八九字者,似隔故也。自余不须。且长隔虽遥相望,要异体为佳。其用字'之、于、而'等,晕澹为绮矣。凡赋以隔为身体,紧为耳目,长为手足,发为唇舌,壮为粉黛,漫为冠履。苟手足护其身,唇舌叶其度,身体在中而肥健,耳目在上而清明,粉黛待其时而必施,冠履得其美而即用,则赋之神妙也。"①在综论各类句式和发语、送语特点的基础上,以人为喻,呈现出理想赋体句式结构,以达"神妙"之境。

其二,论结构:"凡赋体分段,各有所归。但古赋段或多或少,若《登楼》(按,王粲《登楼赋》)三段、《天台》(按,孙绰《天台山赋》)四段之类是也。至今新体分为四段:初三四对,约三十字为头;次三对,约四十字为项;次二百余字为腹;最末约四十字为尾。就腹中更分为五:初约四十字为胸,次约四十字为上腹,次约四十字为中腹,次约四十字为下腹,次约四十字为腰。都八段,段转韵发语为常体。"②同样也以人体为喻,将律赋结构分为头、项、胸、上腹、中腹、下腹、腰、尾共八段,要求每段转韵。

其三,论用韵:"近来官韵多勒八字,而赋体八段,宜乎一韵管一段,则转韵必待发语,递相牵缀,实得其便。若《木鸡》(按,虚浩舟《木鸡赋》)是也。若韵有宽窄,词有长短,则转韵不必待发语,发语不必由转韵。逐文理体制以缀属耳。"③具体交代赋体用韵规制与原则。

其四,论题目:"凡赋题有虚实、古今、比喻、双关,当量其体势,乃裁制之。"④虚题须阐发抽象哲理,实题须描绘具体事物;古题要求咏叹古事,今题要求立足今事;有的赋题包含比喻(明喻、暗喻),有的赋题中二物互相关联。对于这些赋题,书中均举例说明需在审题时仔细辨别。

---

① 詹杭伦、沈时蓉等校注《历代律赋校注》,武汉大学出版社,2009年,第523页。
② 同上书,第523—524页。
③ 同上书,第525页。
④ 同上书,第526页。

以上《赋谱》所论,均具体而实在,且条理清晰,逻辑完整,是一部成熟的律赋写作指导。因其为此类著述中之硕果仅存,故尤足珍贵。

除《赋谱》外,唐人数量不多的赋论中值得重视的还有白居易的《赋赋》(以"赋有古诗之风"为韵)。这是一篇以律赋形式阐述作者律赋观的作品,赋云:

> 赋者,古诗之流也。始草创于荀宋,渐恢张于贾马。冰生乎水,初变本于典坟;青出于蓝,复增华于风雅。而后谐四声,祛八病,信斯文之美者。我国家恐文道寖衰,颂声凌迟,乃举多士,命有司。酌遗风于三代,明变雅于一时。全取其名,则号之为赋;杂用其体,亦不出乎诗。四始尽在,六艺无遗。是谓艺文之儆策,述作之元龟。观夫义类错综,词彩舒布。文谐宫律,言中章句。华而不艳,美而有度。雅音浏亮,必先体物以成章;逸思飘飘,不独登高而能赋。其工者,究笔精,穷指趣,何惭《两京》于班固?其妙者,抽秘思,骋妍词,岂谢《三都》于左思?掩黄绢之丽藻,吐白凤之奇姿。振金声于寰海,增纸价于京师。则《长扬》《羽猎》之徒胡可比也,《景福》《灵光》之作未足多之。所谓立意为先,能文为主;炳如缋素,铿若钟鼓。郁郁哉溢目之黼黻,洋洋乎盈耳之韶濩。信可以凌轹风骚,超轶今古者也。今吾君网罗六艺,淘汰九流。微才无忽,片善是求。况赋者,雅之列,颂之俦。可以润色鸿业,可以发挥皇猷。客有自谓握灵蛇之珠者,岂可弃之而不收?[①]

白居易的律赋作品今存尚有 16 篇之多,绝大多数都为限韵之作。《赋赋》开篇继承班固"赋者,古诗之流"的成说,叙述辞赋的起源,却排除了屈原的首创之功,目的当是突出辞赋的政治功能和讽喻作用。文中再三强调赋体"变本于典坟","增华于风雅","雅之列,颂之俦。可以润色鸿业,可以发挥皇猷",并认为其"四始尽

---

① 白居易《赋赋》,谢思炜校注《白居易文集校注》,中华书局,2011 年,第 73—74 页。

在,六艺无遗。是谓艺文之徽策,述作之元龟",这些观点与其"文章合为时而著,歌诗合为事而作"①的创作主张是一脉相承的。文中对律赋"义类错综,词彩舒布。文谐宫律,言中章句。华而不艳,美而有度","可以凌轹风骚,超轶今古"的特色做了充分肯定和高度评价。此外,文章还提出了"立意为先,能文为主;炳如缋素,铿若钟鼓"的创作原则和要求。与赋格类著述不同,这是一篇贯彻传统儒家思想的赋论,在唐宋律赋论中颇具代表性。

二、宋代诸家的律赋论

宋代文人论赋则更为普遍,尤其是对律赋的研讨。欧阳修曾说:"自科场用赋取人,进士不复留意于诗,故绝无可称者。"②刘克庄更比较唐、宋两朝称:"唐世以赋诗设科,然去取予夺,一决于诗,故唐人诗工而赋拙。……本朝亦以诗赋设科,然去取予夺,一决于赋,故本朝赋工而诗拙。"③可见宋人对律赋的重视。较有代表性的是孙何、范仲淹、秦观、洪迈和叶适的赋论。

宋初文坛上多有倡导复古、反对律赋的主张,如姚铉编纂《唐文粹》就明确标举"止以古雅为命,不以雕篆为工,故侈言曼辞,率皆不取"④,是编文、赋唯取古体,四六之文不录。《唐文粹》选唐代古赋9卷55篇,律赋一篇不选。虽姚铉选文分类体例沿袭《文选》标准,以题材内容细分"圣德""失道""京都""名山""花卉草木""哀乐愁思""梦"等18个二级类目⑤,然其于总集中专选古体,最先立"古赋"为体,已经显示出姚铉的赋体辨析与分类观念,此点多有益于后之来者。与姚铉同时的孙何,则极力支持进士考试试赋,其著论有

---

① 白居易《与元九书》,谢思炜校注《白居易文集校注》,中华书局,2011年,第324页。
② 欧阳修《六一诗话》,何文焕辑《历代诗话》上册,中华书局,1981年,第272页。
③ 刘克庄《跋李耘子诗卷》,辛更儒笺校《刘克庄集笺校》卷九九,中华书局,2011年,第4163页。
④ 姚铉《唐文粹序》,《唐文粹》,《四部丛刊》本。
⑤ 《唐文粹》将"辞""连珠"之作归"古赋"类。

云:"惟诗赋之制,非学优才高不能当也。破巨题期于百中,压强韵示有余地。驱驾典故,混然无迹;引用经籍,若己有之。咏轻近之物,则托意雅重,命词峻整;述朴素之事,则立言遒丽,析理明白。其或气焰飞动,而语无孟浪;藻绘交错,而体不卑弱。颂国政则金石之奏间发,歌物瑞则云日之华相照。观其命句,可以见学植之浅深;颐其构思,可以见器业之大小。穷体物之妙,极缘情之旨,识《春秋》之富艳,洞诗人之丽则,能从事于斯者,始可以言赋家流也。"①此论对科举考诗赋(包括律赋)竭尽称颂之能事,或与他淳化三年中进士甲科有关,但也反映出宋初士大夫中能文之士对科举的态度。

清人李调元《雨村赋话》有云:"宋初人之律赋最夥者,田、王、文、范、欧阳五公。"②范仲淹今存赋38篇,绝大部分均为律赋。他还编有律赋总集《赋林衡鉴》,收唐人作品为主,共百余首,并依题材或写作手法细分为叙事、颂德、记功、赞序、缘情、明道、祖述、论理、咏物、述咏、引类、指事、析微、体物、假象、旁喻、叙体、总数、双关、变态共20类。可惜原书不存,仅有《赋林衡鉴序》收于《范文正别集》内。序文追溯赋体缘起,充分肯定其"感于人神,穆乎风俗"的社会意义,并称:"律体之兴,盛于唐室。贻于代者,雅有存焉。可歌可谣,以条以贯。或祖述王道,或褒赞国风,或研究物情,或规戒人事,焕然可警,锵乎在闻。国家取士之科,缘于此道。"下述编纂缘起称:"仲淹少游文场,尝禀词律。惜其未获,窃以成名。近因余闲,载加研玩,颇见规格……别析二十门,以分其体势……区而辩之,律体大备……聊取其可举者,类之于门。门各有序,盖详其指。……命

---

① 孙何(961—1004),字汉公,淳化三年(992)进士。《宋史》卷三〇六有传。孙何此论,见于南宋沈作喆《寓简》卷五"中书舍人孙何汉公著论",《景印文渊阁四库全书》集部第864册,台湾商务印书馆,1983—1988年,第132页。
② 李调元《雨村赋话》卷五,孙福轩、韩泉欣编辑校点《历代赋论汇编》,人民文学出版社,2016年,第104页。

之曰《赋林衡鉴》，谓可权人之轻重，辨己之妍媸也。"①这是宋代较早的律赋总集，颇具规模，并为赋体分类做出了典范。

"苏门"弟子之一的秦观，不仅善作婉约词，在诗文包括辞赋创作上也有突出成就。他的同门师弟李廌，在《师友谈记》中记录下秦观论律赋创作的谈话十余则，称："秦少游论赋至悉，曲尽其妙。盖少时用心于赋，甚勤而专。"②这些谈话内容十分丰富，主要包括以下六方面：

其一，论结构："凡小赋，如人之元首，而破题二句乃其眉。惟贵气貌有以动人，故先择事之至精至当者先用之，使观之便知妙用。然后第二韵探原题意之所从来，须便用议论。第三韵方立议论，明其旨趣。第四韵结断其说以明题，意思全备。第五韵或引事，或反说。第七韵反说或要终立义。第八韵卒章，尤要好意思尔。"③

其二，论押韵："赋中工夫不厌子细，先寻事以押官韵，及先作诸隔句。凡押官韵，须是稳熟浏亮，使人读之不觉牵强，如和人诗不似和诗也。"④

其三，论用事："赋中用事，唯要处置。才见题，便类聚事实，看紧慢，分布在八韵中如事多者，便须精择其可用者用之，可以不用者弃之，不必惑于多爱，留之徒为累耳。如事少者，须于合用者先占下，别处要用，不可挪辍。"又："赋中用事，如天然全具对属亲确者固为上，如长短不等对属不的者，须别自用其语而裁剪之，不可全务古语而有疵病也。"⑤

其四，论用字炼句："赋中用字，直须主客分明，当取一君二民之义。借如六字句中，两字最紧，即须用四字为客，两字为主。其为客

---

① 范仲淹《赋林衡鉴序》，《范文正公别集》卷四，《范仲淹全集》，中华书局，2020年，第447—448页。
② 李廌《师友谈记》，中华书局，2002年，第18页。
③ 同上。
④ 同上。
⑤ 同上书，第19页。

者,必须协顺宾从,成就其主,使于句中焕然明白,不可使主客纷然也。"又:"赋中作用,与杂文不同。杂文则事词在人意气变化,若作赋,则惟贵炼句之功,斗难、斗巧、斗新。借如一事,他人用之,不过如此,吾之所用,则虽与众同,其与之巧,迥与众别,然后为工也。"又:"凡赋句,全借牵合而成。其初,两事甚不相侔,以言贯穿之,便可为吾所用。此炼句之工也。"①

其五,论声律:"赋家句脉,自与杂文不同。杂文语句,或长或短,一在于人。至于赋,则一言一字,必要声律。凡所言语,须当用意曲折斫磨,须令协于调格,然后用之。不协律,义理虽是,无益也。"②

其六,总论律赋:"今赋乃江左文章凋敝之余风,非汉赋之比也。国朝前辈多循唐格,文冗事迂。独宋、范、滕、郑数公,得名于世。至于嘉祐之末,治平之间,赋格始备。废二十余年而复用,当时之风,未易得也已。"又:"少游言:'赋之说,虽工巧如此,要之,是何等文字?'廌曰:'观少游之说,作赋正如填歌曲尔。'少游曰:'诚然。夫作曲,虽文章卓越,而不协于律,其声不和。作赋何用好文章,只以智巧钉饾为偶俪而已;若论为文,非可同日语也。朝廷用此格以取人,而士欲合其格,不可奈何尔。'"③秦观用明白如话的口语阐述了律赋创作中的要点,俨然是一篇"律赋写作指南"。值得注意的是他对律赋的总体认识:律赋承六朝文章的余风,不能与汉赋相比;宋代到嘉祐、治平间赋格始备,熙宁变法时被废除二十余年,恢复不易;作赋不同文章,"只以智巧钉饾为偶俪而已",但朝廷以此取士,士人无可奈何。即律赋的地位与汉赋(古赋)、文章(古文)不能相比,其讲求声律偶俪仍是六朝余风,但士人为求科举,必须用心于赋,做到曲尽其妙。这应是代表了当时相当一部分通过科举入仕的

---

① 李廌《师友谈记》,中华书局,2002年,第19—20页。
② 同上书,第20页。
③ 同上书,第21页。

文人的观点。

洪迈的《容斋随笔》五集是南宋笔记中的巨著,与沈括《梦溪笔谈》、王应麟《困学纪闻》并称宋代三大笔记,《四库全书总目》称其"辩证考据,颇为精确","南宋说部终当以此为首"。①《容斋笔记》中有大量赋论,而尤以对唐宋试赋制度和作品的考述最具价值。如《随笔》卷三"进士试题"条云:"唐穆宗长庆元年,礼部侍郎钱徽知举,放进士郑朗等三十三人,后以段文昌言其不公,诏中书舍人王起、知制诰白居易重试,驳放卢公亮等十人,贬徽江州刺史。白公集有奏状论此事,大略云:'伏料自欲重试进士以来论奏者甚众。盖以礼部试进士,例许用书策,兼得通宵,得通宵则思虑必周,用书册则文字不错。昨重试之日,书策不容一字,木烛只许两条,迫促惊忙,幸皆成就,若比礼部所试事校不同。'及驳放公亮等敕文,以为《孤竹管赋》出于《周礼》正经,阅其程试之文,多是不知本末。乃知唐试进士许挟书及见烛如此。国朝淳化三年,太宗试进士,出《卮言日出赋》题,孙何等不知所出,相率扣殿槛乞上指示之,上为陈大义。景德二年,御试《天道犹张弓赋》。后礼部贡院言,近年进士,惟钞略古今文赋,怀挟入试,昨者御试以正经命题,多懵所出,则知题目不示以出处也。大中祥符元年,试礼部进士,内出《清明象天赋》等题,仍录题解,摹印以示之。至景祐元年,始诏御药院,御试日进士题目,具经史所出,摹印给之,更不许上请。"②此条对唐代试赋考场"许挟书及见烛"和宋初试赋命题的记载较为详尽。又如《续笔》卷十三"诗赋用韵"条云:"唐以赋取士,而韵数多寡,平侧次叙,元无定格。故有三韵者,《花萼楼赋》以题为韵是也。有四韵者,《蒉荚赋》以'呈瑞圣朝',《舞马赋》以'奏之天廷',《丹甑赋》以'国有丰年',《泰阶六符赋》以'元亨利贞'为韵是也。……八韵有二平六侧者,《六瑞赋》以'俭故能广,被褐怀玉',《日五色赋》以'日丽九

---

① 永瑢等《四库全书总目》卷一一八,中华书局,1965年,第1020页。
② 洪迈《进士试题》,《容斋随笔》卷三,上海古籍出版社,2015年,第24页。

华,圣符土德',《径寸珠赋》以'泽浸四荒,非宝远物'为韵是也。有三平五侧者,《宣耀门观试举人》以'君圣臣肃,谨择多士',《悬法象魏》以'正月之吉,悬法象魏',《玄酒》以'荐天明德,有古遗味',《五色土》以'王子毕封,依以建社',《通天台》以'洪台独出,浮景在下',《幽兰》以'远芳袭人,悠久不绝',《日月合璧》以'两曜相合,候之不差',《金柅》以'直而能一,斯可制动'为韵是也。有五平三侧者,《金用砺》以'殷高宗命傅说之官'为韵是也。有六平二侧者,《旗赋》以'风日云舒,军容清肃'为韵是也。自太和以后,始以八韵为常。唐庄宗时尝覆试进士,翰林学士承旨卢质以《后从谏则圣》为赋题,以'尧、舜、禹、汤倾心求过'为韵。旧例,赋韵四平四侧,质所出韵乃五平三侧,大为识者所消,岂非是时已有定格乎?国朝太平兴国三年九月,始诏自今广文馆及诸州府、礼部试进士律赋,并以平侧次用韵,其后又有不依次者,至今循之。"①此处论及唐宋律赋限韵变迁的考述:唐代虽然也以赋取士,但律赋用韵尚未形成固定的程式要求,而到了宋初,科举文体形式要求愈加严苛,律赋用韵也趋于程式化的标准和规范。此外,诸如《五笔》卷八中对宋代韵书《礼部韵略》的考辨,《四笔》卷七中对晚唐黄滔等人律赋特色的评论等,都对研究律赋体制的形成和演变具有重要意义,是难得的律赋资料。

南宋吕祖谦编纂的总集《宋文鉴》中,卷一至十为赋,卷十一为律赋,明确别录"赋"于"律赋"之外,收录唐宋新体"律赋"为一类②,说明律赋在断代总集编纂中已取得了独立地位。叶适《习学记言序目》为大型读书札记,其读《宋文鉴》中"律赋"一卷有云:"汉以经义造士,唐以词赋取人。方其假物喻理,声谐字协,巧者趋之;经义之朴,阁笔而不能措。王安石深恶之,以为市井小人皆可以得之

---

① 洪迈《诗赋用韵》,《容斋续笔》卷十三,上海古籍出版社,2015年,第203—204页。
② 周必大《皇朝文鉴序》,吕祖谦编《宋文鉴》,中华书局,1992年,第1—2页。

也;然及其废赋而用经,流弊至今,断题析字,破碎大道,反甚于赋。故今日之经义,即昔日之赋;而今日之赋,皆迟钝拙涩,不能为经义者然后为之;盖不以德而以言,无向而能获也。诸律赋皆场屋之伎,于理道材品,非有所关。"①精于科举文体写作的叶适,将科举考律赋和考经义的弊病进行了比较,尖锐地指出,经义并非优于律赋,它们都是"场屋之伎",不关"理道材品","不以德而以言,无向而能获也"。这一振聋发聩的揭示表明晚年叶适对科举制度认识的深入,也是宋代律赋论中不可多得的见解。

三、《声律关键》:宋代赋格的总结性著述

宋人的赋格类著述,承袭唐代继有所作,《宋史·艺文志》著录的有马偁《赋门鱼钥》15卷、吴处厚《赋评》1卷等;文天祥撰有《八韵关键序》,称"义山朱君时叟所编赋则也"②,当也是此类著述。但这类赋格均已不存,今存唯郑起潜《声律关键》一种。

郑起潜,字子升,吴县(今江苏苏州)人。嘉定十六年(1223)进士,曾任吉州州学教授,官至直学士、权兵部尚书。明《姑苏志》有传。《声律关键》为郑氏任职吉州州学时所作,前有淳祐元年(1241)正月上尚书省札子,称:"起潜屡尝备数考校,获观场屋之文,赋体多失其正。起潜初任吉州教官,尝刊《赋格》。自《三元衡鉴》、二李,及乾淳以来诸老之作,参以近体,古今奇正,粹为一编,总以五诀,分为八韵,至于一句亦各有法,名曰《声律关键》。建宁书肆亦自板行。欲望朝廷札下吉州,就学取上《声律关键》印板,付国子监印造,分授诸斋诵习,庶还前辈典型之旧。其于文治,不为无补。"③则本书当时是指导律赋写作的教本,也可视为宋代律赋赋格

---

① 叶适《习学记言序目》卷四七,吕祖谦编《宋文鉴》附录二,中华书局,1992年,第2128页。
② 文天祥《文天祥全集》卷九,中国书店,1985年,第227页。
③ 郑起潜《声律关键》卷首,阮元《宛委别藏》本,台湾商务印书馆,1981年。

的总结。

《声律关键》全书分为"五诀""八韵"两大部分,前者为总论,后者为分论。两部分均采用分类(体)、简释、举例的方式展开,不做大篇阐述,主要用大量实例示以规范。

"五诀"为认题、命意、择事、琢句、压韵。"何谓认题?凡见题目,先要识囗(按,当作'体')。"①下列体物、譬喻、过所喻、比方、鼎足、两脚、独脚、藏头、叙事、方位、篇卦、数目、宾主、本末、体用、名义、脉络、两全、交相、大要、极致、度几、品藻、反说、轻虚、重实、头轻脚重等29体。"何谓命意?有一题之意,有一韵之意。有意方可措辞。"②即将命意(立意)分为"一题之意"与"一韵之意"两类。"何谓择事?故事虽多,切题为工。如高祖从谏若转圜,高祖从谏事甚多。第五联云:著始前陈,已反楚权之挠;足方后蹠,遽回齐国之封。有转圜意。如文帝爱民如赤子,文帝爱民事甚多。第五联云:业欲相安,嬉戏有小儿之状;刑为顿驰,悲伤因少女之书。有赤子意。如文帝以道德为丽,文帝道德事甚多。第五联云:苑囿无增,惟化民之专以;金缯不惜,与弃过以偕之。有丽意。如此用事可见精切,凡圣人题合用唐虞三代事,帝者题合用五帝事,王者题合用三王事,帝王题合用五帝三王事。杂用后世事者,非也。凡关君德国体题目,宜用古人好事,最为得体。"③"何谓琢句?前辈一联两句,便见器识。"④下论长句短句、上下贯通、声律对偶等,又有起句、结句、缴句、散句、联句,并有各种句法。"何谓压韵?前辈云如万钧之压,言有力也。欲压韵有力,须有来处。能赋者就韵生句,不能者就句牵韵。"⑤"五诀"所论,涵盖了律赋写作的主要环节,通过大量的例证,阐明各个环节的构思细节,具有极强的可操作性。

---

① 郑起潜《声律关键》,阮元《宛委别藏》本,台湾商务印书馆,1981年,第1页。
② 同上书,第9页。
③ 同上书,第10页。
④ 同上。
⑤ 同上书,第11页。

律赋写作固定为"八韵"后,每韵都有不同功能,也有不同作法。第一韵破题,即点明题意,具体有八字包题、八字体面、贴第一句凡贴句皆有意、贴第二句、贴第三句、贴第四句、贴两句、四方井田垂万世以开先、贴三句、四句分题、布置难题、一字包意、两字包意、第四句见本意、切对、假对、挑斡题字、不失重字、省重字、不失虚字、四句意贯、本出处意、本韵脚意、添外字对题字浑成、赋眼用虚字、下字移上、第二句压韵见意、第四句压韵见意、自在、叫应、上实下虚、全题字作一句破、挑转题字压官韵、实贴、虚贴、轻贴、全句贴、总贴、贴句有意、贴句有来处、下两句意贯、下截倒贴、鼎足题分两脚在上、独脚题分上下截、善贴虚字、反贴、虚字形容、乃对、过于所喻、双字题用双字贴、双字题用单字贴共 51 种。第二韵原韵(原题),即挖掘题目内涵,具体有自古原起、古人原起等 20 余种。第三、第四韵为贴题,即将题目分为上、下两截,第三韵照应上截,第四韵照应下截,"庶得贯通,体贴最要周备"①。两韵也各分数十种。第五韵讲题,即敷演讲解题意,具体有推演题意、体物、譬喻等 10 余种。第六、第七韵为贯通,即进一步发挥题意,贯通古今,也各分一二十种。第八韵结尾,"此韵是一篇结尾,最要动人,尤见笔力。前辈云:如人上梯,一级高一级"②。具体有题外立意、叹后世、古者等 20 余种。"八韵"以律赋之韵为单位,详论每韵的作用和写法,面面俱到,辨析入微。

由"总以五诀,分为八韵"组成的《声律关键》,是南宋律赋写作的全面总结,它与前述秦观的赋论多有呼应相通之处,也有新的发展。它体现的是律赋写作的进一步程式化、规范化,并将赋格类著述的详赡烦琐发展到极致。此外,它多以例代论,缺乏明确的阐述,使不少体、格的内涵只能凭例句猜测,这是其一大弊端,当然这也是所有诗格、赋格类著述的通病。

---

① 郑起潜《声律关键》,阮元《宛委别藏》本,台湾商务印书馆,1981 年,第 131 页。
② 同上书,第 287 页。

第二节　宋代楚辞研究的兴盛

自汉代刘向集录屈原及其门徒和汉初文人的作品编成《楚辞》后,经王逸注释而成《楚辞章句》,形成楚辞研究的第一个高潮,可惜两书都已失传。六朝楚辞研究的总结性成果是刘勰《文心雕龙》的《辨骚》篇,指出"《楚辞》者,体宪于三代,而风杂于战国,乃《雅》《颂》之博徒,而词赋之英杰也。观其骨鲠所树,肌肤所附,虽取镕经旨,亦自铸伟辞"①,给予高度的评价。撰成于唐初的《隋书·经籍志》开始明确区分经、史、子、集四部,于集部首列楚辞一类,与别集、总集等并列,楚辞开始取得独立而特殊的地位。但唐代楚辞研究不被关注,也无重要成果流传。

宋代形成了楚辞研究的又一个高潮,注家蜂起,成果卓著。姜亮夫《楚辞书目五种》所载现存宋代楚辞研究著作,就有辑注类12种、音义类8种,可谓洋洋大观,而其他文集、笔记中论及楚辞的,更是难以数计。

苏轼是较早关注楚辞的宋代作家,对当时楚辞之学日渐衰微深感忧虑。他曾"手校"十卷本《楚辞》②,对楚辞下过很深的功夫。对于楚辞在当时文坛"好之而欲学者无其师,知之而欲传者无其徒"的情况,苏轼极感悲哀。他对鲜于子骏作拟骚《九诵》给予高度评价:"今子骏独行吟坐思,寤寐于千载之上,追古屈原、宋玉,友其人于冥寞,续微学之将坠,可谓至矣。"③字里行间充满了对屈骚传统回归的期盼。

---

① 刘勰《文心雕龙·辨骚》,詹锳义证《文心雕龙义证》,上海古籍出版社,1989年,第152—155页。
② 陈振孙《直斋书录解题》卷十五《楚辞考异》,上海古籍出版社,2015年,第434页。
③ 苏轼《书鲜于子骏楚词后》,《苏轼文集》卷六六,中华书局,1986年,第2057页。

"苏门六君子"之一的晁补之,则是一位著名的楚辞研究者,他的"楚辞三书"在宋代楚辞研究史上占有重要地位。《宋史》本传载:"补之才气飘逸,嗜学不知倦,文章温润典缛,其凌丽奇卓出于天成。尤精《楚词》,论集屈、宋以来赋咏为《变离骚》等三书。"①"三书"均亡佚,仅有序文存其文集《鸡肋集》。《重编离骚》16卷以王逸《楚辞章句》为蓝本,移出王逸《九思》,并对篇目顺序做了调整;《续楚辞》20卷选编荀卿、贾谊、刘向直至宋人楚辞类作品60篇,篇目不详;《变离骚》20卷选录的96篇则是"大意祖述《离骚》"而有"恻隐规诲"之意的赋篇,如宋玉《登徒子好色赋》、司马相如《子虚》《上林》、扬雄《甘泉》《羽猎》、曹植《洛神》、王粲《登楼》等赋,这部分在赋体分类上带有较大的主观随意性。晁补之在"楚辞三书"中阐述了屈原"爱君""忠死"的思想人格,对历代赋家赋篇多有评述,并着重发挥了其辞赋发展史观。他认为:"《诗》亡而后《离骚》之辞作。……然则(司马)相如始为汉赋,与(扬)雄皆祖(屈)原之步骤……自《风》《雅》变而为《离骚》,至《离骚》变而为赋。……盖《诗》之流,至楚而为《离骚》,至汉而为赋,其后赋复变而为诗,又变为杂言、长谣、问对、铭赞、操引,苟类出于楚人之辞而小变者,虽百世可知。"②又说:"古诗风刺所起,战国时皆散矣,至原而复兴。则列国之风雅始尽,合而为《离骚》。是以由汉而下,赋皆祖屈原。"③他以《离骚》为中心,强调其上承《风》《雅》、下启汉赋及多种文体的关键作用,从而建立起他的辞赋发展序列,自成一家之说。

稍晚于晁氏的黄伯思,字长睿,自号云林子,邵武人,元符三年(1100)进士,博学好文,精于书艺,著有《东观余论》《法帖勘误》等。

---

① 脱脱等《晁补之传》,《宋史》卷四四四,中华书局,1985年,第13112页。
② 晁补之《离骚新序》上,《鸡肋集》卷三六,《景印文渊阁四库全书》集部第1118册,台湾商务印书馆,1983—1988年,第681—682页。
③ 同上书,第687页。

黄伯思编有《校定楚辞》10卷(附《翼骚》1卷)。他注意到楚辞名称的演变,在《校定〈楚辞〉序》中说:"《楚词》虽肇于楚,而其目盖始于汉世,然屈、宋之文与后世依放者通有此目,而陈说之以为惟屈原所著则谓之《离骚》,后人效而继之则曰《楚词》,非也。自汉以还,文师词宗慕其轨躅,摘华竞秀,而识其体要者盖寡。盖屈、宋诸骚,皆书楚语,作楚声,纪楚地,名楚物,故可谓之'楚词'。若些、只、羌、谇、蹇、纷、侘、傺者,楚语也;顿挫悲壮,或韵或否者,楚声也;沅、湘、江、澧、修门、夏首者,楚地也;兰、茝、荃、药、蕙、若、蘋蘅者,楚物也。他皆率若此,故以楚名之。"①这一对于楚辞渊源及其特点的论述,使人耳目一新,在楚辞研究史上影响巨大。

洪兴祖,字庆善,镇江丹阳人。登政和上舍第,绍兴中官秘书省正字、太常博士等。《宋史》本传称:"兴祖好古博学,自少至老,未尝一日去书。著《老庄本旨》《周易通义》《系辞要旨》《古文孝经序赞》《离骚楚词考异》行于世。"②其所著《楚辞补注》十七卷,是继汉王逸《楚辞章句》之后楚辞研究的总结性著作。该书广罗宋代流传的《章句》诸本进行校勘,阐发并补充王逸注文,多有独到见解,援据该博,考证详审,尤于名物训诂,条析无遗。《四库全书总目》称:"汉人注书,大抵简质,又往往举其训诂,而不备列其考据。兴祖是编,列逸注于前,而一一疏通证明;补注于后,于逸注多所阐发;又皆以'补曰'二字别之,使与原文不乱。……于楚辞诸注之中,特为善本。"③

理学大家朱熹刻苦好学,穷经博古,于经、史、子、集之学无不深思博辩。他在文学方面尤于楚辞之学用力甚勤,所著《楚辞集注》8卷,在王逸《章句》和洪兴祖《补注》的基础上另做编排,将屈原所作25篇编为"离骚"5卷,将宋玉及汉人拟骚16篇编为"续离骚"3卷。他不满于前人仅详于训诂的楚辞研究范式,重点发明屈子的忠魂义

---

① 黄伯思《校定楚辞序》,《东观余论》,人民美术出版社,2010年,第179页。
② 脱脱等《宋史》卷四三三,中华书局,1985年,第12856页。
③ 《楚辞补注》提要,永瑢等《四库全书总目》卷一四八,中华书局,2003年,第1268页。

魄,每章均标明赋、比、兴手法,但立意多有偏颇。他将相关考据另撰为《楚辞辩证》2卷,而在晁补之《续楚辞》《变离骚》二书基础上,别做取舍,精选52篇编为《楚辞后语》6卷,并进行评论。朱熹论楚辞,强调"义理",且有重道轻文的倾向,但也重视辞赋的规谏作用,并注意到部分辞赋的审美特色,在楚辞研究史上仍有相当的价值。

总之,宋代的楚辞研究,继汉代后掀起了又一个高潮,其重点在于版本旧注的梳理校勘、名物制度的考证研究以及屈原精神人格的挖掘阐发。从文体学的角度着眼,宋人已开始注意屈原作品和后人拟骚作品的区别和分类、楚辞和赋体关系的辨析、楚辞源流的考述、楚辞特征的发掘等领域的探讨论辩,楚辞作为一种特殊的文体已经引起关注,从而为楚辞体学的发展奠定了基础。

第三节 《古赋辩体》《文筌·赋谱》: 赋体学的形成

自先秦至元,辞赋文体的体式竞相衍变,先秦的骚体赋、两汉的散体大赋和抒情小赋、六朝的骈赋、唐代的律赋、宋代的文赋等皆已出现。祝尧秉承元人文学复古思潮中重"情"的文学观念,提倡复归楚骚"哀情"传统。自金亡后科举停考,再举之时废律赋考古赋,这在一定程度上也刺激祝尧系统全面地审视辞赋的发展历程,以期获得对古赋的文体认知。祝尧在以复古为新变的发展道路中提倡以"古赋"为体,可以说是个人和时代的双重选择。《古赋辩体》之外,陈绎曾《文筌》中《楚赋谱》《汉赋谱》《唐赋附说》建构起另一种赋体学体系。本书第五章第二节有详论,此不赘述。故下文即以祝尧《古赋辩体》为中心,通过梳理中国古代"赋"体分类的演变,来探讨祝尧如何在历史的契机中,于承接前人文体观念的基础上进一步地深化总结、建构评述,从而奠定《古赋辩体》在中国古代"赋"体辨析与分类史上的重要地位。

一、元代古赋研究的兴起

如果说唐宋律赋研究的勃兴是由于科举试律赋的需求,那么元代古赋研讨的盛行,则是元代科举改试古赋的结果。元人不满于唐宋律赋崇尚浮华和议论的风尚,元仁宗皇庆二年(1313)议行科举,强调"举人宜以德行为首,试艺则以经术为先,词章次之。浮华过实,朕所不取",决定考试程式"汉人、南人,第一场明经经疑二问……第二场古赋诏诰章表内科一道,古赋诏诰用古体,章表四六,参用古体。第三场策一道,经史时务内出题,不矜浮藻,惟务直述,限一千字以上成"。① 两年后的延祐二年(1315)科举即开始实行。于是律赋趋于衰落,而古赋的创作开始受到重视,赋学的重点也自然转向古赋研究。

较早研讨古赋创作的是刘壎的《隐居通议》,其卷四、卷五标为《古赋》,选录唐宋元三代 11 名作者的 16 篇古赋作品,并进行评论,另有对汉晋六朝时期作品的评点,其中尤以江西籍赋家为主。卷首"总评"称:"作器能铭,登高能赋,盖文章家之极致。然铭固难,古赋尤难。自班孟坚赋《两都》、左太冲赋《三都》,皆伟赡巨丽,气盖一世,往往组织伤风骨,辞华胜义味,若涉大水,其无津涯,是以浩博胜者也。六朝诸赋,又皆绮靡相胜,吾无取焉耳。至李泰伯赋《长江》、黄鲁直赋《江西道院》,然后风骨苍劲,义理深长,驾六朝,轶班、左,足以名百世矣。"以下并高度评价邑人傅幼安的赋作"风骨义味,足追古作"。② 从中可以看出,刘壎所谓"古赋",与六朝骈赋、唐宋律赋相对立,而以"风骨苍劲,义理深长"为最高标准。其倾向固然带有个性色彩,但却开启了专力研讨古赋的先河。其

---

① 宋濂等《元史》卷八一《选举志》,中华书局,1976 年,第 2018、2019 页。
② 刘壎《隐居通议》卷四,中华书局,1985 年,第 31 页。

后,元人研究古赋蔚然成风,相继诞生了专著《古赋辩体》和《文筌·赋谱》。钱大昕《补元史艺文志》另著录有吴莱《楚汉正声》2卷(钱大昕原注:"集宋玉、司马相如、扬雄、柳宗元四家赋")、郝经《皇朝古赋》1卷、虞廷硕《古赋准绳》10卷(原注:"字君辅,建安人"),也都是选录和研讨古赋的总集和专著,《古赋准绳》规模尤其可观,可惜已经亡佚。

二、《古赋辩体》:以辨体为纲的赋学专著

祝尧(生卒年不详)字君泽,江西上饶人,延祐五年(1318)进士,历官南城丞、江山令、萍乡同知等。他对科举研究颇深,著有《大易演义》《四书明辨》《策学提纲》《古赋辩体》等。祝尧《古赋辩体》是以辨析古赋体制源流为宗旨的赋体总集,同时也是具有较高理论价值的赋学专著。

祝氏《古赋辩体序》称:"古今之赋甚多,愚于此编,非敢有所去取而妄谓赋之可取者止于此也,不过载常所诵者尔。其意实欲因时代之高下而论其述作之不同,因体制之沿革而要其指归之当一,庶几可以由今之体以复古之体云。"[①]指明了其所谓辨体的两层含义:一是时代之体,二是体制之体。

祝尧将历代古赋作为一个整体,汇编成集,在分类选文之中辨其源流、体格。《古赋辩体·正集》8卷,将元前的古赋按时代先后分为"楚辞体""两汉体""三国六朝体""唐体""宋体"五类,每类之中遴选数位赋家,作品各系其下,共35人76篇赋作,所选多为历代名家名作,颇为精审。

所谓辨时代之体,即是"因时代之高下而论其述作之不同"[②],亦即按时代阐述赋体的特点和演变。《正集》分论五体有云:

---

① 祝尧《古赋辩体》卷首,《景印文渊阁四库全书》集部第1366册,台湾商务印书馆,1983—1988年,第711页。
② 同上。

宋景文公曰："《离骚》为词赋祖。后人为之，如至方不能加矩，至圆不能过规。"则赋家可不祖楚骚乎？然骚者，诗之变也。……（屈）原最后出，本《诗》之义以为骚……但世号楚辞，初不正名曰赋，然赋之义实居多焉。自汉以来，赋家体制大抵皆祖原意。①

汉兴，赋家专取诗中赋之一义以为赋，又取骚中赡丽之辞以为辞……贾、马、扬、班，赋家之升堂入室者，至今尚推尊之。……则古今言赋，自骚而外，咸以两汉为古，已非魏晋以还所及。心乎古赋者，诚当祖骚而宗汉。②

三国、六朝之赋，一代工于一代。辞愈工则情愈短，情愈短则味愈浅，味愈浅则体愈下。建安七子，独王仲宣辞赋有古风。……六朝之赋，所以益远于古。然其中有士衡《叹逝》、茂先《鹪鹩》、安仁《秋兴》、明远《芜城》《野鹅》等篇，虽曰其辞不过后代之辞，乃若其情，则犹得古诗之余情。③

尝观唐人文集及《文苑英华》所载唐赋，无虑以千计，大抵律多而古少。……唐之一代，古赋之所以不古者，律之盛而古之衰也。就有为古赋者，率以徐庾为宗，亦不过少异于律尔。……李太白天才英卓，所作古赋，差强人意。……惟韩、柳诸古赋，一以骚为宗，而超出俳、律之外。④

宋时名公于文章必辩体，此诚古今的论。然宋之古赋，往往以文为体，则未见其有辩其失者。……愚考唐宋间文章，其弊有二：曰俳体，曰文体。……渡江前后人能垄断声律，盛行《赋格》《赋范》《赋选粹》，辩论体格，其书甚众。至于古赋之学，既非上

---

① 祝尧《古赋辩体》卷一，《景印文渊阁四库全书》集部第1366册，台湾商务印书馆，1983—1988年，第718页。
② 同上书卷三，第746—747页。
③ 同上书卷五，第778—779页。
④ 同上书卷七，第801—802页。

所好,又非下所习,人鲜为之。①

从古赋"五体"类目命名设置上看,祝尧以"代"(时)先后顺序,将各时期赋家赋作汇编成集,分类方式略显简单,似难见出祝尧辨体之意。然《古赋辩体》编纂特点即选、论、注、评四位一体,除总论外,各体各家各篇皆有题注,将总集编选之以时叙次、选文定篇与辨体理论结合起来,以达辨体目的。具体说来,"楚辞体""两汉体""三国六朝体""唐体""宋体"虽以代区分,然其分类标准则综合古赋题材内容、艺术成就和文体特征多方面因素,同时亦注意不同时代辞赋的发展流变特点。

祝尧以骚为《诗》之变,合"本《诗》之义"而立"楚辞体"为古赋第一类。楚辞虽不正名曰"赋",然其赋之本义"居多",故而选屈原、宋玉、荀卿三人赋作,推崇"《离骚》为词赋祖",②实有追源溯流之意。虽对汉兴诸家专取"六义"之"赋"以为赋,取"骚中赡丽之辞以为辞"等作法多有不满,却因词人之赋犹有"辞虽丽而义可则"的"古诗之义"而别为一类。选篇时亦注意到汉赋之"丽"与风骚之"丽"的区别,"汉赋体"取贾谊、司马相如、班婕妤、扬雄、班固、祢衡赋作,以"丽以则"衡之。③

三国六朝时期,赋作弃情就辞,遂使赋作有辞无情。建安七子中独王粲辞赋有古风,《登楼赋》因有得于"诗人之情,以为风比兴等义",祝尧誉为魏赋之"极"。同时批评陆机辈等作以辞为要,徐、庾等愈演愈烈,"有辞无情,义亡体失"之弊尽出。相对而言,陆机《叹逝》、张茂先之《鹪鹩》、潘安仁《秋兴》、鲍照《芜城》《野鹅》等赋犹有古诗之余情,尚可入三国六朝古赋之选。祝尧选王粲、陆机、张茂先、潘安仁、成公子安、孙兴公、颜延年、谢惠连、谢希逸、鲍照、江淹、

---

① 祝尧《古赋辩体》卷八《宋体》,《景印文渊阁四库全书》集部第1366册,台湾商务印书馆,1983—1988年,第817—819页。
② 同上书卷一,第718页。
③ 同上书卷三,第746—747页。

庾信12人16篇赋为"三国六朝体"①。

唐以律赋取士,律盛而古衰,古赋亦不免受徐、庾影响。李白古赋类六朝赋,杜牧《阿房宫赋》专以论为主,不及古赋以情为本;唐人古赋可取者,唯韩愈、柳宗元,二人古赋以骚为宗,远超俳、律之外,唐赋之古莫古于此②。唐体选录陈子昂、李白、韩愈、柳宗元、杜牧5人13篇赋作。

宋人厌俳律,赋以文为体,终因尚理而"昧于情","风之优柔,比、兴之假托,雅、颂之形容,皆不复兼矣"。③《秋声赋》《赤壁赋》等若以文视之,则为古今佳作;以赋视之,则失赋本色。祝尧选录宋祁、欧阳修、苏轼、苏辙、苏洵、黄庭坚、秦观、张耒、洪舜俞9人14篇赋作以为"宋体"。

由此可见,"楚辞体""两汉体""三国六朝体""唐体""宋体"是祝尧对古赋发展演变的历史阶段性特点的分类总结,体现出"赋以代变"的赋体发展流变思想。然这种"代变"绝不是截然割裂的,各体之间又体现了源流承接关系。祝尧以"代"(时)区分古赋,一方面"因时代之高下而论其述作之不同",另一方面也"因体制之沿革而要其指归之当一"。④"重情"即为祝尧衡量古赋之第一标准。以情衡古赋,则"诗人所赋""骚人所赋"皆"有古诗之义者,亦以其发乎情也";⑤汉代"辞人之赋"可取者,"丽以则"尔;三国六朝之赋,一代工于一代,辞工则情短,情短则味浅,味浅则体下;宋唐以下词人之赋多失古诗之义,极其文辞,固已非骚人赋之旨,更何及诗人之赋乎?由此可知,祝尧在呈现"赋以代变"的特点时,又在"代变"之中表现出"赋以代降"的发展趋势。

---

① 祝尧《古赋辩体》卷五,《景印文渊阁四库全书》集部第1366册,台湾商务印书馆,1983—1988年,第778—779页。
② 同上书卷七,第801—803页。
③ 同上书卷八,第818页。
④ 同上书卷首,第711页。
⑤ 同上书卷三,第746页。

祝氏考察赋体的渊源流变,旗帜鲜明地主张"《离骚》为词赋祖",倡导"祖骚而宗汉",揭示汉以后赋体之弊,即三国六朝之"工"、唐宋之"俳"和"文",从而为古赋张本。祝尧根据"赋以代变"的流变特点"赋以代分",而在具体辨析中又进一步明确了"赋以代降"的特点。故祝尧古赋"五分"亦有溯源明流之意,以"楚辞体"最为正宗,以复古为新变,要求复归"古赋",并明确提出"祖骚宗汉",以"骚体赋"为后学取法的古赋范式。这一考察勾画出赋体自先秦至唐宋的发展轨迹:骚赋(先秦)——散体大赋和抒情小赋(汉)——俳(骈)赋(三国六朝)——律赋(唐)——文赋(宋),使之成为一部简明的赋史。

所谓辨体制之体,即是"因体制之沿革而要其指归之当一",亦即按体制阐述赋体的演进和优劣。祝氏在时代之辨中,又贯穿着体制之辨,一一对应地揭橥了五体——楚辞体、问答体、俳体、律体、文体,并分体对其特征进行了阐述:

> 风、雅既变,而楚狂"凤兮"之歌,《沧浪》《孺子》"清兮""浊兮"之歌莫不发乎情,止乎礼义,而犹有诗人之六义,故动吾夫子之听。但其歌稍变于诗之本体,又以"兮"为读,楚声萌蘖久矣。原最后出,本《诗》之义以为骚……故能赋者,要当复熟于此,以求古诗所赋之本义。则情形于辞,而其意思高远;辞合于理,而其旨趣深长。①

> 赋之问答体,其原自《渔父》《卜居》篇来,厥后宋玉辈述之。至汉,此体遂盛。此两赋及《两都》《两京》《三都》等作皆然,盖又别为一体。首尾是文,中间乃赋。世传既久,变而又变。其中间之赋,以铺张为靡而专于辞者,则流为齐梁、唐初之俳体;其首尾之文,以议论为驶,而专于理者,则流为唐末及宋之文体。②

---

① 祝尧《古赋辨体》卷一,《景印文渊阁四库全书》集部第1366册,台湾商务印书馆,1983—1988年,第718页。
② 同上书卷三,第749—750页。

> 观士衡辈《文赋》等作,全用俳体。……流至潘岳,首尾绝俳,然犹可也。沈休文等出,四声八病起,而俳体又入于律。为俳者,则必拘于对之必的;为律者,则必拘于音之必协。精密工巧,调和便美,率于辞上求之。……徐、庾继出,又复隔句对联,以为骈四俪六;篾事对偶,以为博物洽闻。有辞无情,义亡体失,此六朝之赋所以益远于古。①

> 盖俳体始于两汉,律体始于齐梁。俳者律之根,律者俳之蔓。后山云:"四律之作,始于徐、庾;俳体卑矣,而加以律;律体弱矣,而加以四六。此唐以来进士赋体所由始也。……后生务进干名,声律大盛,句中拘对偶以趋时好,字中揣声病以避时忌,孰肯学古哉!"②

> 后山谓欧公以文体为四六,但四六对属之文也,可以文体为之,至于赋,若以文体为之,则专尚于理而遂略于辞、昧于情矣。俳律卑浅固可去,议论后发亦可尚,而风之优柔,比兴之假托,雅颂之形容,皆不复兼矣。非特此也,赋之本义当直述其事,何尝专以论理为体耶?以论理为体,则是一片之文,但押几个韵尔,赋于何有?今观《秋声》《赤壁》等赋,以文视之,诚非古今所及,若以赋论之,恐(教)坊雷大使舞剑,终非本色。③

祝氏从赋的体制入手,揭示出五种不同赋体的特征,并勾勒出其间的流变轨迹,多有发前人之未发之处。

祝尧以"古赋"命集,彰显辨体之意,故选文精审。《古赋辩体》每朝录取数篇古赋,以便一一"辨其体格"④。何谓古赋?一般而言,存有这两种理解:一是以时间为限,专指先秦两汉赋;二是以体

---

① 祝尧《古赋辩体》卷五,《景印文渊阁四库全书》集部第1366册,台湾商务印书馆,1983—1988年,第779页。
② 同上书卷七,第801页。
③ 同上书卷八,第818页。
④ 永瑢等《四库全书总目》卷一八八,中华书局,1965年,第1708页。

制类分,指不讲求格律的赋作,是区别于唐宋以来律赋而提出来的概念。① 若如第一种所言,以某一特定的历史时代为断限,将古赋片面地理解为赋体产生之初以及大盛之时的先秦两汉赋,则必将忽视"古赋"本身特定的文体内涵;设若仅将"古赋"作为区分"律赋"的另一称谓,则势必忽视古赋与律赋的源流关系,当然这样也直接给赋体分类带来极大的困难。祝尧"古赋"自有他意。祝尧于编选赋作之时,首先将历代辞赋作为一个整体,辨其源流,系统地梳理了辞赋发展过程中几个重要的历史变革阶段,将辞赋划分为"古赋""俳赋""律赋""文赋"四体,后三者皆以"古赋"为基,于特定历史时期创作盛行而别于"古赋",自为一体。

祝尧以古诗之"义"和吟咏"情性"为标准,衡量"古赋"与"俳赋""律赋""文赋"之区别。汉人赋作已有悖于此标准之作;逮及魏晋,自陆机辈《文赋》等作全用俳体,三国六朝赋文辞愈工而情愈短,味愈浅而体愈下,"古赋"一变而为"俳赋"②;徐陵、庾信将"隔句对"运用赋中,骈四俪六之句盛行,赋作遂"有辞无情,义亡体失",俳体又渐入于律。唐以"律赋"取士,创作和研究兴盛之时,体式却日渐卑弱。宋人为矫律赋之弊,以文为体,"比、兴之假托,雅、颂之形容,皆不复兼矣"③。可见,俳赋、律赋和文赋皆源于古赋而变,变而愈下,体而愈卑。

---

① 《辞赋大辞典·古赋》条:"古赋系指先秦两汉赋。这个时期的赋相对于刻意讲求对偶声律的六朝俳赋、唐宋律赋,风格比较古朴,又因产生年代早,故概称古赋。"(霍松林主编《辞赋大辞典》,江苏古籍出版社,1996年,第279页)《历朝赋格·凡例》云:"古赋之名始于唐,所以别乎律也。"(陆茅评选《历朝赋格》,《四库全书存目丛书》集部第399册,齐鲁社,1994—1997年,第275页)马积高《赋史》:"正如唐人把律诗、绝句称为近体诗而把不拘格律的诗称为古诗一样,宋以来人们也把律赋以外的赋(包括骚赋、汉文赋、骈赋以及四言诗体赋等)都称为'古赋'。"(马积高《赋史》,上海古籍出版社,1987年,第257页)
② 祝尧《古赋辩体》卷五,《景印文渊阁四库全书》集部第1366册,台湾商务印书馆,1983—1988年,第778页。
③ 同上书卷八,第818页。

因此，祝尧曰："古赋者，诚当祖骚而宗汉。"①此处祝尧绝非有以"古赋"为先秦两汉赋之意。"骚者，诗之变也"，祝尧以屈原等楚辞之作"本《诗》之义"，"莫不发乎情，止乎礼义"，汉代诸家赋作体制大抵"皆祖原意"，故以楚骚体与汉赋问答体为古赋范式。然两者之间亦有甄别区分，即"去其所以淫，而取其所以则"；楚辞体中宋玉一些赋作"已不如屈，而为词人之赋"，荀卿五赋"意味终不能如骚章之渊永"；两汉一些散体大赋多应制骋才，"不发于情"，故祝尧引用林艾轩之言，批评扬子云、班孟坚、张平子等人"只填得腔子满"。② 三国六朝时期，赋作讲求文辞对仗，俳赋盛行。唐宋时期，律赋作为举子应试科目，其创作和研究相对兴盛，而古赋却相对式微。一直到元初，关于古赋的认识以及写作都无法摆脱律赋的影响。元中期仁宗恢复科考，变律赋为古赋，古赋创作和研究才逐渐繁荣起来。祝尧此本既是元代古赋创作范例之集，亦为古赋辨体分类研究之本。《古赋辩体》通过遴选历代古赋，将选赋编纂与辨体分类结合起来。《四库全书总目》评为"于正变源流，亦言之最确"③。而明人将赋体区分为古赋、骈赋、律赋、文赋四体之说，则明显出于祝氏之论。

《古赋辩体·正集》8 卷外，另有《外集》2 卷，区分后骚、辞、文、操、歌 5 类为赋体流变，录 33 人 44 篇作品。祝尧引用唐元稹"诗讫于周，《离骚》讫于楚，是后诗人流而为二十四"④之说，并结合宋晁补之"诗之流至楚而为《离骚》，至汉而为赋，其后赋复变而为诗，又

---

① 祝尧《古赋辩体》卷三，《景印文渊阁四库全书》集部第 1366 册，台湾商务印书馆，1983—1988 年，第 747 页。
② 同上。
③ 永瑢等《四库全书总目》卷一八八，中华书局，1965 年，第 1708 页。
④ 《古赋辩体·外录上》题识所言"二十四名"分别为："赋、颂、铭、赞、文、诔、箴、诗、行、吟、咏、题、怨、叹、章、篇、操、引、谣、讴、歌、曲、词、调。自操以下八名皆是起于郊祭军宾吉凶等乐，由诗以下九名皆缘事而作，虽题号不同，而悉谓之诗음。"(祝尧《古赋辩体》卷九，《景印文渊阁四库全书》集部第 1366 册，台湾商务印书馆，1983—1988 年，第 835 页)

变为杂言、长谣、问对、铭赞、操引"①之论,借鉴晁氏集"后世文赋与《楚辞》类者"②为《续楚辞》,选文赋与《离骚》相似者为《变离骚》的做法,编纂《外录》。祝尧以为元稹所谓"二十四名"皆源于诗,至于铭、赞、文、诔、箴之类,则不可与诗、赋例论。后代所出之赋本取于"《诗》之义"以为赋名,虽题名为赋,而其"义"实则出于诗,汉人遂以"古诗之流"名之;而后代所出之文,其间取于"赋之义"而题文名,其"义"则实出于赋,故晁补之以之为"古赋之流"③。

祝尧从诗之"六义"角度辨诗、赋、文之别:

> 人徒见赋有铺叙之义,则邻于文之叙事者;雅有正大之义,则邻于文之明理者;颂有褒扬之义,则邻于文之赞德者;殊不知古诗之体,六义错综。昔人以风、雅、颂为三经,以赋、比、兴为三纬,经其诗之正乎,纬其诗之葩乎。经之以正,纬之以葩,诗之全体始见,而吟咏情性之作,有非复叙事、明理、赞德之文矣,诗之所以异于文者以此。④

赋既源于诗,故为赋者须以诗为体,而不当以文为体。作赋者,不明赋体之本,反以为文,则失其体要;又或作文者,不拘泥于文之体要,反而为赋,则使文、赋体制杂糅,遂有"文中之赋""赋中之文",使赋家"高古之体"不复见于赋,而其支流逸出。故《古赋辩体·外录》所收,其名虽不曰赋,其文则"有赋之义",以为"赋体之流"而分体录之。

---

① 晁补之《离骚新序》上,《鸡肋集》卷三六,《景印文渊阁四库全书》集部第1118册,台湾商务印书馆,1983—1988年,第682页。
② 晁公武撰,孙猛校证《郡斋读书志校证》卷十七,上海古籍出版社,2011年,第808页。
③ 祝尧《古赋辩体》卷三,《景印文渊阁四库全书》集部第1366册,台湾商务印书馆,1983—1988年,第746页。
④ 同上书卷九,第836页。

《外录》所收之文皆"历代祖述楚语者为本,而旁及他有赋之义者"①,诸如《秋风辞》《吊屈原文》等,皆为"赋之本义见于他文者"。故仿晁补之"古赋之流"之义编之,此为"取有赋之义于赋之外"之说。

　　"流"者,同其源而殊流。祝尧采用"赋体之流,固当辨其异;赋体之源,又当辨其同",此种"异同两辩"②之法,方能尽赋之义、明赋之体,此为《外录》辨体。《外录》所选诸作之名虽异而义有同。祝尧将同与异、源与流、义与名三者结合起来,分"后骚""辞""文""操""歌"五类,各类皆有题解,选录作家以时代先后编排,作品系于人后,一一为之注评。

　　如"后骚"类,祝尧于《正集》中唯载《离骚》《九歌》《九章》《九变》之作,是以区分骚、赋之体,明确提出"骚为赋祖"。唯选屈原、宋玉之骚,有"正赋之祖"之用。《外录》则专选后世骚体之作,赋虽祖于骚,骚却未名赋,若然全编骚、赋不分,以骚为赋,则恐诸学者"泥图骏之间而不索骊黄之外"③。"后骚"录于"他文"之冠,遂显因委知源、因述知祖之意。"辞"与"赋"实为一名,古人合而名曰辞赋。骚名"楚辞",《渔父》篇亦以"辞"称,故以后世名为"辞"而义为赋者,归为"辞"类,以为赋之流尔。"文"类取历代"名则文而义则赋"④之作,实秉之于《续楚辞》录韩、柳诸文以为楚声之续之意,认为"赋中有文"之作往往不及此等之文,故而别录"文"类,以为"古赋之流"。"操"者,歌之别名耳。祝尧取晁氏之说,以"三百篇皆弦歌之操,亦弦歌之辞也"⑤,认为《离骚》原本古诗而衍,至汉愈极,《离骚》亡后,操与诗赋同出而异名。虽《汉书·艺文

---

① 祝尧《古赋辩体》卷九,《景印文渊阁四库全书》集部第1366册,台湾商务印书馆,1983—1988年,第837页。
② 同上书,第836页。
③ 同上书,第837页。
④ 同上书卷十,第849页。
⑤ 同上书,第854页。

志》言"不歌而诵谓之赋",然祝尧以为骚中《抽丝》与荀卿赋篇皆有少量可歌者,《渔父》篇末亦引《沧浪孺子歌》。可见,"歌"者,与诗赋同出而异名尔。祝尧选历代以"歌"为名而又符合"六义"之作者汇为"歌"类,以助赋者。"古赋之流"者,名不同而皆"有赋之义",同中辨异,以明古赋之体,以通古赋之义。祝尧所选皆严辨其体,可见古赋之流。

《古赋辩体》对时代之体和体制之体的综合辨析,是建立在其理论基础之上的,即"赋源于诗,当本之以情"。祝氏认为:"后代之赋,本取于诗之义,以为赋名。虽曰赋,义实出于诗。"①对于诗的本质特征,祝氏强调:"诗所以吟咏性情,如风之本义,优柔而不直致;比之本义,托物而不正言;兴之本义,舒展而不刺促。得于未发之性,见于已发之情,中和之气形于言语,其吟咏之妙,真有永歌嗟叹舞蹈之趣,此其所以为诗,而非他文所可混。"②"古赋"者,贵"以本心之情有为而发"③。俳赋、律赋专求"辞之工""律之切",文赋专求"理之当",致使"言之不足与咏歌嗟叹""情动于中与手舞足蹈"等义尽失。④故欲求古赋之体,必先求之于情,则可使不刊之言自然流出于胸。只有作品既有动荡乎天机、感发乎人心之效,又兼出于风、比、兴、雅、颂之义,此乃可谓得赋之正体,合赋之本义。基于此,祝氏着重论述情、辞、理三者的关系:"诗人所赋,因以吟咏性情也;骚人所赋,有古诗之义者,亦以其发乎情也。其情不自知而形于辞,其辞不自知而合于理。情形于辞,故丽而可观;辞合于理,故则而可法。"⑤"盖赋之为体,固尚辞。然其于辞也,必本之于情,而达之于

---

① 祝尧《古赋辩体》卷九,《景印文渊阁四库全书》集部第1366册,台湾商务印书馆,1983—1988年,第835页。
② 同上书,第836页。
③ 同上书卷七,第802页。
④ 同上书卷八,第818页。
⑤ 同上书卷三,第746页。

理。"①"若使辞出于情,情辞两得,尤为善美兼尽,但不可有辞而无情尔!愚故尝谓赋之为赋,与有辞而无情,宁有情而无辞。盖有情而无辞,则辞虽浅而情自深,其义不失为高古;有辞而无情,则辞虽工而情不及,其体遂流于卑弱。"②以"六义"评辞赋优劣,其根本出发点则是辞赋与古诗同义,要求辞赋创作追求诗人之旨。于此种思想上厘清情、辞、理三者关系,以情统辞、以辞统理③,在情本位的基础上,不偏废理和辞,抵达"情形于辞而其意思高远,辞合于理而其旨趣深长"④的理想状态。这一"源于诗,本之情"的理论基础,便是全书辨体的依据,也是其评论历代赋家的标准。祝氏对《离骚》和汉赋的推崇,对俳、律赋"专尚辞"的批评,对文赋"专以论理"的抨击,都基于这一理论而构筑起一个自足的体系,从而达到著者"由今之体以复古之体"的最终目标。加之全书集赋选、赋评、赋论于一体,既有微观的作品研究基础,又有宏观的理论阐述和辨析,从而构筑了完整的赋学体系。从这一角度看,《古赋辩体》无疑是《文心雕龙·辨骚》之后最有价值的赋论著作,也是唐宋元时期具有较完备理论形态的文体学论著。

---

① 祝尧《古赋辩体》卷四,《景印文渊阁四库全书》集部第 1366 册,台湾商务印书馆,1983—1988 年,第 766 页。
② 同上书卷六,第 791 页。
③ 《古赋辩体》卷三:"然其丽而可观,虽若出于辞,而实出于情,其则而可法。虽若出于理,而实出于辞。有情有辞,则读之者有兴起之妙趣,有辞有理,则读之者有咏歌之遗音。"(同上)
④ 同上书卷一,第 718 页。

第九章　词体学的形成*

词体起源于配合燕乐歌唱所用的曲子词,以五代时期的《花间集》为代表,主要功能是娱乐消遣,风格香艳柔弱。宋代词体发展迅速,蔚为大国,从北宋到南宋,词的文学性不断加强,与音乐渐趋疏离,体制逐步完备,风格得到拓展,词体渐渐取得了与诗体并列的文学地位。在这一过程中,词体学应运而生。围绕词体特性的争论贯穿两宋,对词调的研究探索不断深入,南宋时期《碧鸡漫志》《乐府指迷》和《词源》三部专著,标志着词体学的正式形成。

第一节　词体特性的争论

一、从《花间集序》到苏轼的词体观

欧阳炯的《花间集序》,是第一篇论词的专文。序中描绘词的演唱环境和风格特点:"绮筵公子,绣幌佳人,递叶叶之花笺,文抽丽锦;举纤纤之玉指,拍按香檀。不无清绝之辞,用助娇娆之态。自南朝之宫体,扇北里之倡风。"可谓形象揭示了词的应歌特点和"艳科"特色。序文并称编集的目的是"将使西园英哲,用资羽盖之欢;南国婵娟,休唱莲舟之引",说明此集在于提供新歌佐欢备唱。①《花间集序》代表了晚唐五代人们的词体观念。

---

* 本章参考吴熊和《唐宋词通论》,浙江古籍出版社,1989 年。
① 赵崇祚编,杨景龙注《花间集校注》,中华书局,2017 年,第 1—2 页。

南唐君臣和北宋士大夫开始注重词的文学性,注重用词抒发个人情感,词的体式与风格趋向于成熟,但词的地位仍列于小说之下。欧阳修《归田录》载著名文人钱惟演在留守洛阳时,"尝语僚属言:平生惟好读书,坐则读经史,卧则读小说,上厕则阅小辞"①,可见一斑。

苏轼以大手笔开拓词风,尝试"以诗为词",并发表了不少词论,从而在苏门弟子中引出了关于词体特性的大讨论。苏轼在词体地位卑下的背景下大力推尊词体。《与蔡景繁书》有言:"颁示新词,此古人长短句诗也。得之惊喜,试勉继之,晚即面呈。"②这里苏轼将词体上接"古人长短句"(即《诗经》和汉魏古乐府),与前述《花间集序》上溯词体至"南朝宫体"截然不同。他又在《与陈季常书》中说:"又惠新词,句句警拔,诗人之雄,非小词也。"③这里将词体与"诗人之雄"相提并论,称赞陈词"句句警拔",与传统的浅斟低唱的"小词"划断界限。一方面为词正本清源,一方面将诗、词并论,都体现了苏轼对词体全新的认识。苏轼还开启了将词称为"诗余"的先声。《题张子野诗集后》称:"张子野诗笔老妙,歌词乃其余技耳。"④这里,苏轼将词称为诗之"余技",并非后来使用"诗余"一词的贬义,而是与上述推尊词体的观念一脉相承的。在推尊词体的同时,苏轼还以创作大力革新词风,他在《与鲜于子骏书》中说:"近却颇作小词,虽无柳七郎风味,亦自是一家。呵呵。数日前,猎于郊外,所获颇多。作得一阕,令东州壮士抵掌顿足而歌之,吹笛击鼓以为节,颇壮观也。"⑤他将柳永为代表的传统婉约词风作为对立面,创作了《江城子·密州出猎》《念奴娇·赤壁怀古》等境界阔大、风格豪放的词作,并自信地宣称"自是一家"。这种"以诗为词"的作法

---

① 欧阳修《归田录》卷二,《欧阳修全集》卷一二七,中华书局,2001年,第1931页。
② 苏轼《苏轼文集》卷五五,中华书局,1986年,第1662页。
③ 同上书卷五三,第1569页。
④ 同上书卷六八,第2146页。
⑤ 同上书卷五三,第1560页。

彻底颠覆了传统词体的特征和意境，掀开了词体发展崭新的一页。

二、"以诗为词"与苏门弟子的争论

苏轼"以诗为词"的词体创新，在苏门弟子中引起了争论。黄庭坚为晏几道《小山集》所作序文称其："独嬉弄于乐府之余，而寓以诗人句法，清壮顿挫，能动摇人心。士大夫传之，以为有临淄（按，指其父晏殊）之风尔，罕能味其言也。……至其乐府，可谓狎邪之大雅，豪士之鼓吹。其合者《高唐》《洛神》之流，其下者岂减'桃叶''团扇'哉！"①序文称道小晏之词"寓以诗人句法"，风格"清壮顿挫，能动摇人心"，则与东坡词论有异曲同工之妙。张耒在为贺铸《东山词》所作序中称："予友贺方回，博学业文，而乐府之词高绝一世……'是所谓满心而发，肆口而成，虽欲已焉，而不得者。'若其粉泽之工，则其才之所至，亦不自知也。夫其盛丽如游金（日䃅）、张（安世）之堂，而妖冶如揽（毛）嫱、（西）施之袪，幽洁如屈（原）、宋（玉），悲壮如苏（武）、李（陵），览者自知之，盖有不可胜言者矣。"②文中赞扬贺词"满心而发，肆口而成"，合于《毛诗序》"情动于中而形于言"的古训，因而"高绝一世"，并有盛丽、妖冶、幽洁、悲壮等多种风格，则其论词也近于东坡一路。

陈师道《后山诗话》中有一则极为著名的论断："退之以文为诗，子瞻以诗为词，如教坊雷大使之舞，虽极天下之工，要非本色。今代词手，惟秦七黄九尔，唐诸人不迨也。"③这里明确提出了苏轼"以诗为词"的命题，并以雷大师之舞做比，强调其"要非本色"，肯定"今代词手"只有秦七（秦观）、黄九（黄庭坚）。这就旗帜鲜明地批评了苏轼"以诗为词"的创作倾向，维护了秦观等人词作体现的词

---

① 黄庭坚《宋黄文节公全集·正集》卷十五，《黄庭坚全集》，四川大学出版社，2001年，第413页。
② 张耒《张耒集》卷四八，中华书局，1999年，第755页。
③ 陈师道《后山诗话》，何文焕辑《历代诗话》上册，中华书局，1981年，第309页。

体"本色"。南宋陆游即已怀疑并否认《诗话》为陈师道所作①,当有所据。但苏门议论"以诗为词"则另有记载。《王直方诗话》有云:"东坡尝以所作小词示无咎(晁补之)、文潜(张耒),曰:'何如少游?'二人皆对云:'少游诗似小词,先生小词似诗。'"②苏门词人对东坡"以诗为词"的特点有较为一致的认识,但各家的评价却不相同。

晁补之《评本朝乐章》对柳永、欧阳修、苏轼、黄庭坚、晏殊、张先、秦观诸家词作都有评论,其评苏轼及苏门云:"东坡词,人谓多不谐音律,然居士词横放杰出,自是曲中缚不住者。黄鲁直间作小词,固高妙,然不是当家语,自是着腔子唱好诗。……近世以来作者,皆不及秦少游,如斜阳外,寒鸦万点,流水绕孤村。虽不识字,亦知是天生好言语。"③晁补之并不否认对东坡词"不谐音律"的指责,但强调其"横放杰出",自然不受曲子束缚,这无疑是十分通达的见解。而从他对黄庭坚"着腔子唱好诗"的不满和对秦观的肯定来看,他更强调词体的当行本色,与上述陈师道《后山诗话》中的观点相近。

李之仪则有《跋吴思道小词》一篇,亦纵论《花间集》及北宋诸家词作。他论词"专以《花间》所集为准",称:"长短句于遣词中,最为难工,自有一种风格,稍不如格,便觉龃龉。……良可佳者,晏元宪(献)、欧阳文忠、宋景文,则以其余力游戏,而风流闲雅,超出意表,又非其类也。谛味研究,字字皆有据,而其妙见于卒章,语尽而意不尽,意尽而情不尽,岂平平可得仿佛哉!"④李之仪未论及东坡

---

① 陆游《跋后山居士诗话》:"《谈丛》《诗话》皆可疑,《谈丛》尚恐少时所作,《诗话》决非也。"(陆游著,朱迎平笺校《渭南文集笺校》卷二六,上海古籍出版社,2022年,第1333页)
② 王直方《王直方诗话》,胡仔纂集《苕溪渔隐丛话》前集卷四二,人民文学出版社,1962年,第284页。
③ 晁补之《评本朝乐章》,胡仔纂集《苕溪渔隐丛话》后集卷三三引《复斋漫录》,人民文学出版社,1993年,第266页。
④ 李之仪《跋吴思道小词》,《姑溪居士全集》卷四〇,商务印书馆,1935,第310页。

词,但大力推尊《花间》词,欣赏晏殊、欧阳修、宋祁的小令"语尽而意不尽,意尽而情不尽",并强调词体"自有一种风格,稍不如格,便觉龃龉",从这些方面看,李之仪对"以诗为词"也是持有异议的。

从上述苏门弟子的词论以及创作倾向来看,他们对于东坡的"以诗为词",明显有两种意见:黄庭坚、张耒持论较为接近东坡,而晁补之、李之仪持相反态度,秦观则被视为体现词体"本色"的典范。两种意见的争论,其实是围绕词体特性展开的:赞同东坡者主张"满心而发,肆口而成"地作词,以"诗人句法"入词,以创造"高绝一世"的意境;持异议者则强调词体"自有一种风格",强调词体的当行本色。从实际效果看,苏轼的"以诗为词"在弟子中间并未引起强烈认同,甚至有持明显异议的。这说明,词坛上传统的力量依然十分强大,苏轼的词体革新未能形成主流。

三、李清照的"别是一家"说

北宋末年,李清照旗帜鲜明地倡导词体"别是一家"说,直接与苏轼的"以诗为词"对立,其《词论》在评述唐五代词体的兴起、演变之后称:

> 逮至本朝,礼乐文武大备。又涵养百余年,始有柳屯田永者,变旧声作新声,出乐章集,大得声称于世。虽协音律,而词语尘下。又有张子野、宋子京兄弟、沈唐、元绛、晁次膺辈继出,虽时时有妙语,而破碎何足名家。至晏元献、欧阳永叔、苏子瞻,学际天人,作为小歌词,直如酌蠡水于大海,然皆句读不葺之诗尔。又往往不协音律者何耶?盖诗文分平侧,而歌词分五音,又分五声,又分六律,又分清浊轻重。且如近世所谓声声慢、雨中花、喜迁莺,既押平声韵,又押入声韵。玉楼春本押平声韵,又押上去声,又押入声。本押仄声韵,如押上声则协,如押入声,则不可歌矣。王介甫、曾子固文章似西汉,若作一小歌词,则人必绝倒,不可读也。乃知别是一家,知之者少。后晏叔

原、贺方回、秦少游、黄鲁直出,始能知之。又晏苦无铺叙;贺苦少典重;秦即专主情致,而少故实,譬如贫家美女,虽极妍丽丰逸,而终乏富贵态;黄即尚故实,而多疵病,譬如良玉有瑕,价自减半矣。①

李清照遍评北宋诸家词,虽被称为"此论未公"②,但其核心在于强调词体必须"协音律",即必须入乐可歌。相较于诗、文要求符合平仄,词体五音、五声、六律、清浊轻重,都是"协音律"的要求。正是在此意义上,她标榜词"别是一家",认为对此"知之者少",批评晏殊、欧阳修、苏轼、王安石、曾巩等都不知音律;柳永虽协音律,但文字不雅("词语尘下");晏几道、贺铸、秦观、黄庭坚等能知音律,但所作又分别缺少铺叙、典重与故实,总是"良玉有瑕"。可见,李清照对词体的要求十分严格,"协音律"是基本条件,此外还需用铺叙、主情致、讲典重、尚故实。这些都是词有别于诗、文而"别是一家"的内涵,是她认识的词体的当行本色,也可看作她对词和诗、文进行的辨体。李清照的这些看法,显然与苏轼开拓题材、拓展意境、"以诗为词"、提升词体地位的革新道路相对立。简言之,李清照是要坚持词体的音乐性本色,苏轼则是强调词的文学性,使词与诗一起成为文学大家庭的一员。从苏轼革新词体,努力"自是一家",到苏门热烈争论、意见分歧,再到李清照坚持传统,力主"别是一家",这场关于词体特性的争论展示了词体发展的不同道路,也为宋代词体学的形成打下了基础。

---

① 李清照《词论》,王仲闻校注《李清照集校注》卷三,人民文学出版社,1979 年,第 214—215 页。

② 《苕溪渔隐丛话》后集卷三三引李清照《词论》后评曰:"易安历评诸公歌词,皆摘其短,无一免者,'此论未公吾不凭'也。其意盖自谓能擅其长,以乐府名家者。"(胡仔纂集《苕溪渔隐丛话》,人民文学出版社,1993 年,第 268 页)

第二节　词调的创制和探索

词是配合燕乐乐曲创作的合乐的歌词,因此,词的体制与乐曲密切相关。《词源·音谱》有云:"词以协音为先,音者何,谱是也。古人按律制谱,以词(按,疑为'谱')定声,此正声依永律和声之遗意。"①因而作词被称为"填词"或者"倚声"(依声)。

词体的形成过程是"依曲定体"。曲调是一首歌曲的音乐形式,词调则是符合某一曲调的歌词形式。词调的长短、分段、韵位、句法及字声,主要取决于曲调,但词调一经成体,就可以脱离曲调,成为一种新的格律诗形态。从文体学的角度着眼,词体学可以说主要是词调之学。词调同近体诗有着明显的区别:每个词调都有调名,来源于曲调的曲名,表明曲调的内容、性质和类别(令、引、近、慢等);词调须依照乐曲的分段而分片,大都为两片,也有一片或三、四片;一片内又分若干小段,称"均",词调于此断句、押韵,因而韵无定位;一均又分若干小节,称"拍",词于此分句,拍有轻重急慢,因而词用长短句,句法参差多变;词调以文字声调与曲调配合,字声组合较诗复杂,除分平仄,有时还须讲四声、辨阴阳,才能适应歌唱的需要。由于音谱失传,唐宋词今已无法歌唱,但词调的音律还在它的文字声调中寄寓了一部分,而为今人所欣赏。《四库全书总目》称:"词萌于唐,而盛于宋。当时伎乐,惟以是为歌曲。而士大夫亦多知音律,如今日之用南北曲也。金元以后,院本杂剧盛,而歌词之法失传。然音节婉转,较诗易于言情,故好之者终不绝也。于是音律之事变为吟咏之事,词遂为文章之一种。"②较之诗体,词调的数量远为

---

① 张炎《词源》卷下,唐圭璋编《词话丛编》,中华书局,1986年,第255页。
② 永瑢等《四库全书总目》卷二〇〇,中华书局,1965年,第1833页。

庞大,元人燕南芝庵称为"词山曲海,千生万熟,三千小令,四十大曲"①。据今人吴熊和统计,总数在一千个以上。虽然没有留下系统、完整的词谱,但唐宋歌者词人在创制这些词调的过程中,也对其体式、选用、来源等进行了大量的探索。

词调的体式有令、引、近、慢等,大都源于曲调中的大曲。大曲是唐宋时期大型歌舞曲,由同一宫调的若干曲子组成。《碧鸡漫志》云:"凡大曲有散序、靸、排遍、攧、正攧、入破、虚催、实催、衮遍、歇指、杀衮,始成一曲,此谓大遍。而凉州排遍,予曾见一本有二十四段。"②可见大曲体制之庞大。而令、引、近、慢都是大曲之中的单支只曲,统称杂曲。《碧鸡漫志》又云:"凡大曲就本宫调制引、序、慢、近、令,盖度曲者常态。"③《词源》则对令、引、近、慢的唱法有详细的说明,如《令曲》篇云:"词之难于令曲,如诗之难于绝句,不过十数句,一句一字闲不得。末句最当留意,有有余不尽之意始佳。当以唐花间集中韦庄、温飞卿为则。又如冯延巳、贺方回、吴梦窗亦有妙处。至若陈简斋'杏花疏影里,吹笛到天明'之句,真是自然而然。大抵前辈不留意于此,有一两曲脍炙人口,余多邻乎率易。近代词人,却有用力于此者。倘以为专门之学,亦词家射雕手。"④此外,曲调的移调变奏,也会造成词调的异体变格。将令、引、近、慢等本调,改变其宫调、旋律和节奏,就变成了一些新调或变体,其中又有转调、犯调、偷声、减字、添字、摊声、摊破、叠韵、改韵等方法。如以《木兰花令》为本调,由其衍生的变体,就有《转调木兰花》《偷声木兰花》《减字木兰花》《摊破木兰花》等四种。曲调的移调变奏,为词调的丰富多彩开辟了新的途径,唐宋词家对于这些移调手法多有

---

① 燕南芝庵《燕南芝庵唱论》,陶宗仪《南村辍耕录》,上海古籍出版社,2012年,第302页。
② 王灼《碧鸡漫志》卷三《凉州曲》,唐圭璋编《词话丛编》,中华书局,1986年,第100页。
③ 同上书卷三《甘州》,第101页。
④ 张炎《词源》卷下,唐圭璋编《词话丛编》,中华书局,1986年,第265页。

研讨说明。如姜夔《满江红序》称:"满江红旧调用仄韵,多不协律;如末句云'无心扑'三字,歌者将'心'字融入去声,方谐音律。予欲以平韵为之……末句云'闻佩环',则协律矣。"①这是"改韵"之例,将《满江红》原先的仄声韵改为平声韵,达到了协律的效果,此后多有效仿者。

如同作诗先要择体,填词则先要择调。词调的适用范围都有一定限制,要考虑调体的长短、调情的哀乐、调声的美恶和调名与内容的关系。故杨缵《作词五要》有"第一要择腔"②之说。曲调有哀乐、刚柔、急慢等分别,或雄壮,或哀怨,或高昂,或低沉。择调首要择声情,使调的声情和词的文情相协调。如《竹枝》其声哀怨凄苦,苏轼《竹枝歌引》:"《竹枝歌》本楚声,幽怨恻怛,若有所深悲者。"③又如《念奴娇》是高调,晏殊《山亭柳》:"偶学念奴音调,有时高遏行云。"④再如《苏武令》声韵凄楚,《云麓漫抄》载"绍兴初,盛传《苏武令》词……云李丞相纲作"⑤。择调还讲究择新声,佳词新腔,时调新声,时尚动听,流传极快。柳永词是当时流传最广者。《碧鸡漫志》载:"柳耆卿乐章集,世多爱赏该洽,序事闲暇,有首有尾,亦间出佳语,又能择声律谐美者用之。惟是浅近卑俗,自成一体,不知书者尤好之。"⑥郑樵《通志》更是一语中的:"今都邑有新声,巷陌竞歌之,岂为其辞义之美哉,直为其声新耳!"⑦

关于词调的来源,唐宋作者也多有探讨考证。如刘禹锡《竹枝

---

① 姜夔著,夏承焘笺校《姜白石词编年笺校》卷三,上海古籍出版社,1981年,第32页。
② 张炎《词源》卷下附录,唐圭璋编《词话丛编》,中华书局,1986年,第267页。
③ 苏轼著,王文诰辑注《苏轼诗集》卷一,中华书局,1982年,第24页。
④ 晏殊《山亭柳·赠歌者》,晏殊、晏几道《晏殊词集 晏几道词集》,上海古籍出版社,2010年,第70页。
⑤ 赵彦卫《云麓漫钞》卷十四,中华书局,1996年,第244—245页。
⑥ 王灼《碧鸡漫志》卷二《〈乐章集〉浅近卑俗》,唐圭璋编《词话丛编》,中华书局,1986年,第84页。
⑦ 郑樵《正声序论》,《通志》卷四九,中华书局,1987年,第626页。

词序》载:"余来建平(按,今重庆巫山),里中儿联歌《竹枝》,吹短笛击鼓以赴节。歌者扬袂睢舞,以曲多为贤。聆其音,中黄钟之羽。卒章激讦如吴声。"①黄庭坚亦有诗序称"《竹枝歌》本出三巴,其流在湖湘耳"②。这就指明了《竹枝词》的词调来自民间。曾敏行《独醒杂志》载:"先君尝言,宣和间客京师,时街巷鄙人多歌蕃曲,名曰《异国朝》《四国朝》《六国朝》《蛮牌序》《蓬蓬花》等,其言至俚,一时士大夫亦皆歌之。"③说明有的词调来自域外。《乐府杂录》有云:"'雨淋铃'者,因唐明皇驾回至骆谷,闻雨淋銮铃,因令张野狐撰为曲名。"④张野狐为唐玄宗时乐工,因此《雨霖铃》词调为乐工所创。又如宋徽宗时设置大晟府,执掌朝廷音乐,创制了不少词调,周邦彦诸人"又复增演慢曲、引、近,或移宫换羽,为三犯、四犯之曲,按月律为之,其曲遂繁"⑤。有的词人精通音律,能作自度曲,如姜夔《惜红衣》词序称:"丁未之夏,予游千岩,数往来红香中,自度此曲,以无射宫歌之。"⑥这些都是对词调多种来源的探索和说明。而王灼《碧鸡漫志》卷三至卷五,则专门考证研讨了《念奴娇》《清平乐》《菩萨蛮》等近30个词调的来龙去脉,如论《望江南》词调:

> 《乐府杂录》云,李卫公为亡妓谢秋娘撰望江南,亦名梦江南。白乐天作"忆江南"三首,第一江南好,第二第三江南忆。自注云:"此曲亦名谢秋娘,每首五句。"予考此曲,自唐至今,皆南吕宫,字句亦同。止是今曲两段,盖近世曲子无单遍者。然卫公为谢秋娘作此曲,已出两名。乐天又名以"忆江南",又名以

---

① 刘禹锡著,瞿蜕园笺证《刘禹锡集笺证》卷二七,上海古籍出版社,2021年,第883页。
② 黄庭坚《欸乃歌二章戏王稚川序》,《宋黄文节公全集·正集》卷九,《黄庭坚全集》,四川大学出版社,2001年,第210页。
③ 曾敏行《独醒杂志》卷五,上海古籍出版社,1986年,第45页。
④ 段安节《乐府杂录》,凤凰出版社,2021年,第38页。
⑤ 张炎《词源》卷下,唐圭璋编《词话丛编》,中华书局,1986年,第255页。
⑥ 姜夔著,夏承焘笺校《姜白石词编年笺校》卷二,上海古籍出版社,1981年,第21页。

"谢秋娘"。近世又取乐天首句名以"江南好"。予尝叹世间有改易错乱误人者,是也。①

这段考证引《乐府杂录》将《望江南》的来历以及白居易续作交代清楚,并对此调的多种别名进行了辨析,发出了"改易错乱误人"的感叹。

总之,词体词调远较诗歌复杂,不但数量多,变化也多,又与曲调音律紧密相连。在唐宋数百年的发展过程中,对词调的探讨构成了词体学的重要组成部分。虽然这些研讨较为零碎,也没有系统的著述流传,但它们仍是研究词体学的第一手资料,值得引起充分的重视。

第三节 《碧鸡漫志》《乐府指迷》《词源》:词体学的形成

宋代词体创作日益繁盛,但词论之书却屈指可数。吴梅《词话丛编序》指出:"北宋诸贤,多精律吕,依声下字,井然有法。而词论之书,寂寞无闻……南渡以还,音律之学日渐陵夷。作者既无准绳,歌者益乖矩矱。知音之士,乃详考声律,细究文辞。玉田《词源》,晦叔《漫志》,伯时《指迷》,一时并作,三者之外,犹罕专篇。"②这三部"专篇"是南宋词论的代表作,也是词体学开始形成的标志。

一、《碧鸡漫志》:开启词论专著先河

王灼,字晦叔,号颐堂,四川遂宁人。生卒年不详,约生活于北

---

① 王灼《碧鸡漫志》卷五,唐圭璋编《词话丛编》,中华书局,1986年,第114页。
② 唐圭璋编《词话丛编》卷首,中华书局,1986年,第3页。

宋后期至南宋初。终身未入仕,流落江湖,寄人幕下。晚年潜心著述,乃宋代著名学者。《碧鸡漫志》5卷,作于绍兴十九年(1149),是其晚年客居成都碧鸡坊妙胜院论词之作。《碧鸡漫志》卷一专论乐歌,自歌曲产生至唐宋词兴起,考述历代递变。如"歌词之变"一则叙述"古歌变为古乐府,古乐府变为今曲子"的过程,又如"唐绝句定为歌曲"一则说明"唐时古意亦未全丧,竹枝、浪淘沙、抛球乐、杨柳枝,乃诗中绝句,而定为歌曲",而唐代"伶伎,取当时名士诗句入歌曲,盖常俗也",①都是揭示歌词演变的有得之见。卷二集中评述北宋词人的创作特色,"各家词短长"一则论及词人近50人,可以视为北宋词家的"点将录",其余各则对几位名家的评点也都一针见血,颇中肯綮。如评柳永《乐章集》"世多爱赏该洽,序事闲暇,有首有尾,亦间出佳语,又能择声律谐美者用之。惟是浅近卑俗,自成一体,不知书者尤好之",评苏轼"东坡先生非心醉于音律者,偶尔作歌,指出向上一路,新天下耳目,弄笔者始知自振",②都成为后人乐于引用的评述。卷三至卷五则专门考证近30个词调的来历和变化,已见前述。探索词体的历史变迁,考证词调的渊源流变,二者都是词体学的重要内容,《碧鸡漫志》可称开启了专书研讨词体的先河。

二、《乐府指迷》:论词标举"典雅"

沈义父,字伯时,号时斋,吴江人。生卒年不详,约宋理宗淳祐年间前后在世。工词,以周邦彦为宗,持论多中理。所著《乐府指迷》1卷,自序称得词法于翁逢龙、吴文英,故作此以传子弟。书中述"得之所闻",糅合己意,共28则。序中又称:"词之作难于诗。盖音

---

① 王灼《碧鸡漫志》卷一《歌词之变》《唐绝句定为歌曲》,唐圭璋编《词话丛编》,中华书局,1986年,第74、77、78页。
② 同上书卷二《各家词短长》《〈乐章集〉浅近卑俗》《东坡指出向上一路》,第82、84、85页。

律欲其协,不协则成长短之诗;下字欲其雅,不雅则近乎缠令之体;用字不可太露,露则直突而无深长之味;发意不可太高,高则狂怪而失柔婉之意。思此,则知其所以难。"[1]这里提出的作词"四要",被称为"雅词四标准",其中核心词是"协律""典雅""深长""柔婉",而四者的核心则是"典雅"。这是对词体本质特性的概括,也是全书论词的纲领。基于此,《乐府指迷》提出了"独尊清真(周邦彦)"的主张,认为"凡作词,当以清真为主。盖清真最为知音,且无一点市井气,下字运意,皆有法度,往往自唐、宋诸贤诗句中来,而不用经史中生硬字面,此所以为冠绝也。学者看词,当以《周词集解》为冠"[2]。因为清真词是"协律""典雅"的典范。这从作者对白石、梦窗词的评论也可看出:"姜白石清劲知音,亦未免有生硬处"[3],"梦窗深得清真之妙,其失在用事下语太晦处"[4],亦即"柔婉"不足之缺憾。以"典雅"为核心,全书又从词体的结构、作法乃至用字多方面展开,如论起句、过处、结句,论造句、押韵、虚字,论词腔、咏物、用事等,无不贯彻"雅词"的要求。如云:"炼句下语,最是紧要。如说桃,不可直说破桃,须用'红雨''刘郎'等字;说柳,不可直说破柳,须用'章台''灞岸'等字。……如说情,不可太露。"[5]又如:"咏物词,最忌说出题字。如清真梨花及柳,何曾说出一个梨、柳字?"[6]都是强调作词要讲究深婉曲折,不可直露,回避鄙俗,其出发点都是"典雅"二字。要之,《乐府指迷》标举清真,倡导"典雅"词风,在宋末词体学上独树一帜,使辨析词体词风成为词体学的重要内容。

---

[1] 沈义父著,蔡嵩云笺释《乐府指迷笺释》,人民文学出版社,1963 年,第 43 页。
[2] 同上书,第 44—45 页。
[3] 同上书,第 48 页。
[4] 同上书,第 50 页。
[5] 同上书,第 61 页。
[6] 同上书,第 88 页。

三、《词源》:倡导"雅正""清空"

张炎,字叔夏,号玉田,又号乐笑翁。祖籍秦州成纪(今甘肃天水)。生于淳祐八年(1248),前半生富贵无忧。南宋亡,家道中落,漫游吴、越间,晚年寓居临安,落魄而终。他自称生平好为词章,得声律之学于杨守斋、徐南溪等,用功40年。有《山中白云词》,邓牧序称:"美成、白石,逮今脍炙人口,知者谓'丽莫若周,赋情或近俚;《骚》莫若姜,放意或近率'。今玉田张君,无二家所短,而兼所长。"①《词源》约成书于元大德年间(1297—1307),是一部理论色彩鲜明的词论专著。

《词源》的内容,诚如阮元《四库未收书提要》所概括:"上卷详论五音十二律,律吕相生,以及宫调、管色诸事,厘析精允,间系以图,与姜白石歌词、九歌、琴曲所记用字纪声之法,大略相同。下卷历论制曲、句法、字面、虚字、清空、意趣、用事、咏物、节序、赋情、离情、令曲、杂论、五要十四篇,并足以考见宋代乐府之制。"②全书上卷论音律,从五音、十二律、八十四调讲起,由古乐到今乐,全面探讨、阐述了词乐之源;其中《讴曲旨要》一篇,以七言诗的形式记录了当时"讴曲"的方法,尤足珍贵。这些都为后人留下了宋代最为详尽而宝贵的音律资料。《四库全书总目》评《山中白云词》曰:"至其研究声律,尤得神解,以之接武姜夔,居然后劲,宋元之间,亦可谓江东独秀矣。"③下卷之论词,包括词的体制(音谱、拍眼、令曲)、作法(制曲、句法、字面、虚字、用事)、题材(咏物、节序、赋情、离情)、风格(清空、意趣)等项,而其核心,则是倡导"雅正""清空"之说。

---

① 邓牧《〈张叔夏词集〉序》,邓牧著,江山宜人评注《伯牙琴》,安徽文艺出版社,2011年,第167页。
② 永瑢等《四库全书总目》附录,中华书局,1965年,第1858页。
③ 同上书卷一九九,第1822页。

《词源》谓:"古之乐章、乐府、乐歌、乐曲,皆出于雅正。粤自隋、唐以来,声诗间为长短句。至唐人则有尊前、花间集。迄于崇宁,立大晟府,命周美成诸人讨论古音,审定古调,沦落之后,少得存者。由此八十四调之声稍传。而美成诸人又复增演慢曲、引、近,或移宫换羽,为三犯、四犯之曲,按月律为之,其曲遂繁。美成负一代词名,所作之词,浑厚和雅,善于融化词句,而于音谱,且间有未谐,可见其难矣。"①这里从古乐到周邦彦,勾画出"雅正"之词的源流演变之迹,将周奉为当代雅词之冠。同时,书中又批评柳永之词"失其雅正之音"②,辛弃疾、刘过之"作豪气词,非雅词也"③,更加烘托出周邦彦的正宗地位。然而,周邦彦也有缺陷:"美成词只当看他浑成处,于软媚中有气魄。采唐诗融化如自己者,乃其所长。惜乎意趣却不高远。"④这就引出了另一位高手:"所以出奇之语,以白石骚雅句法润色之,真天机云锦也。"⑤较之周邦彦的"雅正",张炎更欣赏姜夔的"清空"且"骚雅":

> 词要清空,不要质实。清空则古雅峭拔,质实则凝涩晦昧。姜白石词如野云孤飞,去留无迹。吴梦窗词如七宝楼台,眩人眼目,碎拆下来,不成片段。此清空质实之说。……白石词如疏影、暗香、扬州慢、一萼红、琵琶仙、探春、八归、淡黄柳等曲,不惟清空,又且骚雅,读之使人神观飞越。⑥

张炎在与"质实"的对比中突出"清空",并用"如野云孤飞,去留无迹"的比喻进行描绘。这种"清空"是比"雅正"更高一等的词风,在词体的风格审美上,揭示出一种更高的境界。《词源》倡导的"雅

---

① 张炎《词源》卷下,唐圭璋编《词话丛编》,中华书局,1986年,第255页。
② 同上书,第266页。
③ 同上书,第267页。
④ 同上书,第266页。
⑤ 同上。
⑥ 同上书,第259页。

正"与"清空"之说,是对词体风格研究的新贡献。

总之,《碧鸡漫志》《乐府指迷》《词源》三部论词专著,涉及词体学的方方面面,包括词体变迁的考察、词调源流的考证、词乐声律的梳理、词风意境的探寻等等。虽然每部著作的重点不同,也缺乏系统的论述,但它们在宋代词体创作大繁荣的同时,开始了词体的理性探讨,以指导创作的进一步发展,其筚路蓝缕之功不可磨灭。以它们为标志,宋代词体学开始形成,而词体学更为全面深入的研讨,则要等到清代。

第十章　四六文体学的发达*

唐宋骈文的发展,经历了从"今文"向"四六"的过渡。今文文体学主要以文格类著述为载体。宋代"四六"逐渐成为专门之学,四六总集和类书大量编纂,四六文话和词科专书应运而生,四六文体学在宋代极为发达,并蕴含了丰富的内容。元代陈绎曾的《文筌·四六附说》标志着四六文体学初成体系。

第一节　从"今文"文格到"四六"变体

汉魏以后逐步形成、至齐梁成熟定型的骈体文,在当时并无此名称,而是称为"今体"或"今文",称为"骈文"则要到清代中期。这种讲求偶对、声律、典故、藻饰的今文,发展到唐代仍是文坛的主流文体。虽然中间有古文运动的冲击,但今文在文坛的主导地位一直延续到唐末、五代乃至宋初。宋初,间有使用"四六"之名者;北宋中期以后,四六成为文坛上有特殊分工的专门文体,与唐代"今文"迥异,"宋四六"的地位得以确立。

一、唐代的"今文"文格

作为骈体文学(包括诗、文)时代文体学的集大成巨著,《文心雕龙》已构筑起完备的体系,因而唐代有关今文的文体学,同诗歌领域

---

* 本章主要参考施懿超《宋四六论稿》(上海古籍出版社,2005年)、奚彤云《中国古代骈文批评史稿》(华东师范大学出版社,2006年)、祝尚书《宋元文章学》(中华书局,2013年)。

的近体诗一样,主要向探讨文章作法的方向发展,从而形成了一批类似于诗格的文格类著述。

同许多诗格类著述因保存在《文镜秘府论》中而得以流传一样,唐代的文格类著述也都已佚失,仅靠《文镜秘府论》的收录而保留下一部分。《文镜秘府论》之"文",实际是涵盖诗、文而言,当然有些内容专门针对诗歌尤其是近体诗(如论体、论势、论病犯等),有些部分则专门针对骈文(如论句端),也有的部分兼论诗、文(如论对句、论调声)。如《文镜秘府论》北卷《论对属》篇即统论诗、文,其中"句端"一节,专述篇首的发语之词和篇中用于转折、连接之词,则是专对骈文而言。其小序云:"属事比辞,皆有次第,每事至科分之别,必立言以间之,然后义势可得相承,文体因而伦贯也。"①而"句端"一节,实出自唐初杜正伦撰《文笔要决》一书。② 又如北卷《帝德录》篇,分类归纳、梳理了叙述帝王功业、恩德习用的词汇和成句,供写作骈文对句时选用。篇中称"叙述帝德,体制甚多"③,共分为叙帝王名状、叙功业、叙礼乐法、叙政化恩德、叙天下太平、叙远方归向、叙瑞物感致等类别。有的类别末还有用法说明,如"叙瑞物感致"末云:"右并瑞应。诸文须开处,可于此叙之。文大者,可作三对、四对,若太平、巡狩,及瑞颂、封禅、书表等,可准前状,或连句、隔句对,并总叙等语参用之。小者,或一句,若瑞表等,可用瑞物之善者,一句内并陈二事而对之,论其众多之意。"④这里对不同体制的文体选用此类瑞应词句的用法做了具体提示。此篇显然用于指导各体骈文的写作。文格类著述的情况,从中略可窥见端倪。此外,《新唐书·艺文志》总集类还著录有倪宥《文章龟鉴》一卷和孙郃《文

---

① 遍照金刚撰,卢盛江校考《文镜秘府论汇校汇考》,中华书局,2006 年,第 1692 页。
② 参见张伯伟《全唐五代诗格汇考》附录一《文笔要决》,凤凰出版社,2002 年,第 540—548 页。
③ 遍照金刚撰,卢盛江校考《文镜秘府论汇校汇考》,中华书局,2006 年,第 1783 页。
④ 同上书,第 1932 页。

格》二卷,但前者《通志·艺文略》著录时注云"唐倪宥集前人律诗"①,则其可能为诗选,而后者作者孙郃为晚唐时人,《文格》一书无其他资料留存。可见,唐代文格类著述与诗格的繁盛难以相比。

中唐时期韩愈倡导的古文运动,在文坛上造成了相当的影响,写作古文一时间成为时尚,然而今文并未退出历史舞台,仍是社会各应用领域的主流文体。晚唐随着古文创作的衰落,今文的地位更为巩固,并产生了今文大家李商隐。李商隐的写作经历颇具典范性,他早年以古文名世,后入幕府,"始通今体",写作了大量的表、启等作品,标榜"时得好对切事,声势物景,哀上浮壮,能感动人"②,将骈偶、藻饰、抒情等今文特征发挥到极致,成为文坛上今文写作的模范。他将自己的文集题为《樊南四六》,强调今文的句式特征,首次将今文正式称作为"四六"。虽然此前柳宗元曾用"骈四骊六,锦心绣口"③来形容今文的句式,但并未将其作为文体的名称。因此,李商隐是将"四六"用作文体名称的开创者,而且在这类文体的创作中取得了文坛公认的成就,其影响在晚唐、五代经久不衰。李商隐之后,"四六"作为今文的代称逐渐流行开来。五代诗僧神郁有《四六格》一卷④,当为今文的文格类著述,可惜已不传。

二、宋代"四六"的变体

宋代初期,间有使用"四六"之名者,如王禹偁《谏议大夫臧公墓志铭并序》:"公十七八,始执笔为四六文字,甚有风彩……后变格慕韩柳文,颇近阃阈。"⑤又如孙何《文箴》述晚唐、五代之文,称:"土德既衰,文复喧卑。制诰之俗,侪于四六;风什之讹,邻于讴歌。怀经

---

① 郑樵《通志》卷七〇,浙江古籍出版社,2000 年,第 828 页下。
② 李商隐《樊南甲集序》,刘学锴、余恕诚《李商隐文编年校注》,中华书局,2002 年,第 1713 页。
③ 柳宗元《乞巧文》,《柳河东集》卷十八,上海古籍出版社,2008 年,第 316 页。
④ 僧神郁《四六格》一卷,著录于《通志·艺文略》文史类,《宋秘书省四库阙书目》亦有著录。神郁即神彧,另著有《诗格》一卷,参见张伯伟《全唐五代诗格汇考》,凤凰出版社,2002 年,第 486—495 页。
⑤ 王禹偁《谏议大夫臧公墓志铭并序》,《王黄州小畜集》卷二八,《四部丛刊》本。

囊史,孰遏颓波?"①但这种用法毕竟尚不多见。至欧阳修出,才较多地使用了"四六"名称。他回忆自己的创作经历时说:"况今世人所谓四六者,非修所好,少为进士时,不免作之,自及第,遂弃不复作。在西京,佐三相幕府,于职当作,亦不为作,此师鲁所见。"②他将自己在翰林学士任内所作制、诏、表、册等作品编为《内制集》,并作序文称:"今学士所作文书多矣,至于青词斋文,必用老子、浮屠之说;祈禳秘祝,往往近于家人里巷之事;而制诏取便于宣读,常拘以世俗所谓四六之文,其类多如此。"③他晚年还编有收录表、奏、书、启作品的《四六集》七卷。④可见,欧阳修是李商隐之后第二位用"四六"为自己文集命名的作者。更重要的是,欧阳修还首创"以文体为四六"来改造传统四六文的作法,他在《笔说》"苏氏四六"条中说明这种"变体"四六的写法:"往时作四六者多用古人语,及广引故事,以炫博学,而不思述事不畅。近时文章变体,如苏氏父子以四六述叙,委曲精尽,不减古人。"⑤这种叙述委曲、气势畅达、不用故事、不炫博学的"变格"四六,与古文的特征相接近,而与传统四六有明显区别。因此,欧阳修在大力倡导古文的同时,也确立了宋代"四六"的名称及其文体变革方向。

北宋中期以后,随着古文在文坛的主导地位逐渐确立,四六的文体疆域缩小到制诰表状类公文和笺启类交际文体的狭小范围,成为文坛上有特殊分工的专门文体,而与唐代"今文"迥异,"宋四六"的地位得以确立。王铚《四六话序》称:"世所谓笺题表启号为四六者,皆诗赋之苗裔

---

① 吕祖谦编《宋文鉴》卷七二,中华书局,1992年,第1043页。
② 欧阳修《答陕西安抚使范龙图辞辟命书》,李之亮笺注《欧阳修集编年笺注》卷四七,巴蜀书社,2007年,第255页。
③ 欧阳修《内制集序》,同上书,第194页。
④ 《四六集》七卷在吴充《行状》、韩琦《墓志铭》、苏辙《神道碑》中均有提及,当是欧阳修生前编成。后在收入《欧阳文忠公集》时重新编次,更名为《表奏书启四六集》。见施懿超《宋四六论稿》,上海古籍出版社,2005年,第26页。
⑤ 欧阳修《苏氏四六》,李之亮笺注《欧阳修集编年笺注》卷一三一,巴蜀书社,2007年,第174—175页。

也。故诗赋盛,则刀笔盛,而其衰亦然。"①言"诗赋之苗裔"是欲抬高四六的地位,称"刀笔"则是形象说明了四六的文体限制。自哲宗绍圣二年(1095)设立宏词科(后改为词学兼茂科、博学宏词科,通称词科),选拔文学博异之士,"试以制、表,取其能骈俪;试以铭、序,取其记故典"②,用以培养朝廷应用文体的写作人才。宋代四六进入了科举的序列,因而获得了特殊的发展机遇。诚如刘壎《隐居通议·骈俪·总论》所云:"宋初承唐习,文多俪偶,谓之昆体。至欧阳公出,以韩为宗,力振古学,曾南丰、王荆公从而和之,三苏父子又以古文振于西州,旧格遂变,风动景随,海内皆归焉。然朝廷制诰、缙绅表启,犹不免作对,虽欧、曾、王、苏数大儒,皆奋然为之,终宋之世不废,谓之四六,又谓之敏博之学,又谓之应用。士大夫方游场屋,即工时文;既擢科第,舍时文即工四六,不者,弗得称文士。"③终宋之世,四六之文有着自己独特的应用场域,已然深入文人士大夫生活的方方面面。这样,在新的时代背景下,宋代四六文体学便应运而生。

第二节　四六总集、类书的编纂

一、四六文总集的编纂

宋代四六文体学的重要基础是四六相关文献的汇集,主要是四六总集和类书的编纂。宋人所编的四六文总集,最重要的是《宋大诏令集》和《圣宋名贤五百家播芳大全文粹》两种。《宋大诏令集》240卷,为绍兴年间宋绶家子孙所编,有嘉定间刻本,今存196卷。该集辑录北宋九朝诏令3800余首,起太祖,终徽宗(含钦宗)。

---

① 王铚《四六话序》,王水照编《历代文话》第1册,复旦大学出版社,2007年,第6页。
② 叶绍翁《四朝闻见录》,中华书局,1989年,第19页。
③ 刘壎《隐居通议》卷二一,中华书局,1985年,第211页。

全书分为帝统、太皇太后、皇太后、皇太妃、皇后、妃嫔、皇太子、皇子、亲王、皇女、宗室、宰相、将帅、军职、武臣、典礼、政事共17门,门下按内容分为若干细目,如帝统之下分为即位、诞节、改元、名讳、尊号批答、尊号册、违豫康复、内禅、遗制、谥议、谥册、哀册共12目,17门共170余目。每一细目下列各文种的诏令全文,所涉文体主要有制、诏、诰、册文、批答、德音、敕书、策文等,几乎全为四六文体,是北宋诏令类文章的大汇总。《圣宋名贤五百家播芳大全文粹》100卷,为南宋后期魏齐贤、叶棻同编,有宋刊本存世,后人又补辑至150卷。《四库全书总目》称是书"皆录宋代之文,骈体居十之六七,虽题曰五百家,而卷首所列姓氏实五百二十家,网罗可云极富。中间多采宦途应酬之作,取充卷数,不能一一精纯。……然渣滓虽多,精华亦寓。宋人专集不传于今者,实赖是书略存梗概,亦钟嵘所谓'披沙拣金,往往见宝者'矣"①。《宋集珍本丛刊》录宋刻本《圣宋名贤五百家播芳大全文粹》100卷,卷首《播芳大全杂文之目》录表、启、制辞、奏状、奏札、封事、长书、叠幅小简、四六札子、叠幅札子、尺牍、慰书、青词、朱表、释疏、祝文、婚启、生辰赋颂诗、乐语、劝农文、檄文、杂文、上梁文、祭文、挽词、记、序、碑、铭、赞、箴、颂、题跋33类目;其后所附的《圣宋名贤五百家播芳大全文粹门类》变《播芳大全杂文之目》中"制辞"为"制诰",变"叠幅小简"为"叠幅内简",变"封事"为"万言书",合并《播芳大全杂文之目》"四六札子""叠幅札子"为"札子","尺牍"之外衍出"道释尺牍"一体,"青词"两出,缺"奏札"体;每大类之下细分若干小类。实际上《圣宋名贤五百家播芳大全文粹》正文实为32类,即卷六二"四六札子""叠幅札子"为"札子"类下的二级类目,故分类文体应以正文为准。《宋集珍本丛刊》另收的清抄本《圣宋名贤五百家播芳大全文粹》150卷则未有误。是本少100卷本《播芳大全杂文之目》,其《播芳文粹类目》

---

① 永瑢等《四库全书总目》卷一八七,中华书局,1965年,第1698页。

与正文相一致，除将"四六札子""叠幅札子"合为"札子"外，类目设置与 100 卷本略有不同，但类目总数则同为 32 种：表、笺、启、状①、制诰、奏状、奏札、上皇帝书、书、叠幅小简、札子、尺牍、青词、疏、祝文、婚书、生辰赋颂诗、乐语、劝农文、檄文、杂文、上梁文、祭文、挽词、记、序、碑、铭、赞、箴、颂、题跋。相比之下，150 卷本《圣宋名贤五百家播芳大全文粹》变 100 卷本"制辞"为"制诰"，变"万言书"（封事）为"上皇帝书"，"长书""慰书"换为"书"，且少 100 卷本"朱表"，并析出 100 卷本"表"中二级类目"皇帝表笺"为"笺"类，这样在类目总数上与 100 卷本相同。相对而言，150 卷本文体分类更为科学严谨。该书被称为"凡世用之文，靡所不备"②，所涉文体 33 类，"骈体居十之六七"③，四六文约近 3000 首，可谓众体皆备，洋洋大观，集宋代四六之大成。

《圣宋名贤五百家播芳大全文粹》表、启、叠幅小简、青词、朱表、颂诗、乐语、上梁文、祭文等文体下亦分细目。"尺牍"虽未细分类目，然卷七十尺牍下始有道释、慰书类目。"道释"一类为了突出书信往来对象，将与僧侣道士往来尺牍汇为一类，而"慰书"所收，则以"慰"题名，将其别目编排，突出尺牍主题与功用。二类目附于"尺牍"之末，似有附录别编之意。以上诸体次级分类中，青词、朱表、上梁文、祭文、乐语因其收录作品数量不多，多按题材内容进行二级分类，"生辰赋颂诗"本以关涉文体应用场合和诸体内容命名，二级分

---

① 《圣宋名贤五百家播芳大全文粹》150 卷本"提要"以"启状"为名，150 卷本《播芳文粹类目》则"启""状"分开，正文中却没有"状"或"启状"一级类目，所选之文编次于"回启"这个二级类目之后。所收之文《迎蔡相裕陵还阙状》之"迎……状"等、《违文太师状》之类《违……状》以及《任满辞太守状》《回两制辞状》《回入国王侍郎辞状》《回谢生日寿香状》《到阙兴侍从先状》《太守入境与文太师先状》，中杂入《迎户部陆侍郎启》《违文太师致仕启》和《违奉使启》。100 卷本将以上篇目列入"启"下"远迎攀违先状"类，编次于"回启"这个二级类目之后，而 110 卷《四库全书》本则位于"状"体下"远迎、攀违、辞、先状"这个二级类目之下。此处分类归属，各版本皆不同。

② 魏齐贤、叶棻《圣宋名贤五百家播芳大全文粹》卷首，《景印文渊阁四库全书》集部第 1352 册，台湾商务印书馆，1983—1988 年，第 2 页。

③ 永瑢等《四库全书总目》卷一八七，中华书局，1965 年，第 1698 页。

类先以"赋颂"与"诗"二分,于"生辰诗"下再分五言长篇、五言八句、七言长篇、七言八句、七言四句等细目。相比之下,表、启、疏体下的次级分类则略显烦琐。如"表"下分为皇帝表笺(上尊号表)、贺表、贺笺、陈情表、进学表、进贡表、起居表、请幸表、慰表、辞免表、谢表、陈乞表、遗表等10余目。二级类目之中,"贺表"因所贺主题不同,又细分为贺登极表、贺逊位表、贺上尊号表、贺庆寿表、贺圣节表、贺诞皇子表(贺诞皇孙表)、贺建储表(贺皇子进封表)、贺宝册表(册皇太后、册皇后、册皇妃)、贺谱牒表、贺冠婚表、贺祭祀表(南郊、北郊、明堂)、贺德音表、贺改元表、贺正冬月旦表(正、冬、月旦)、贺驾幸表、贺籍田表、贺刑恤狱空表、贺祥瑞表、贺讲好奏捷表等类;"贺笺"细分贺皇太后笺、贺皇后笺、贺皇太妃笺、贺皇太子笺等类目,而"辞免表"则因辞免对象不同又分储君、宰执、爵封、侍从、三司、节度、都督、帅守等。"谢表"细分除授、到任、迁秩、状元及第、试馆职、加赠、任子谪降、叙复、起复、赦书、赐赉等类,其中"谢除授表"因官职分宰执、侍从、内外制、琐闼、中司、丞辖、加职、留守、安抚、大帅、经帏、郡守、东宫官、爵封、诸司等类,细目烦琐至极。"启"分贺启、谢除授启、谢到任启、谢满解启、谢启、上启、起居、回启 8类。各类之中,再分细目。如"贺启"分:师保、宰相左相、宰相右相、元枢、大参、知枢、枢贰、签枢、使相、八座(吏书、户书、礼书、兵书、刑书、工书)、西掖(中书、中书侍郎、中书舍人)、翰苑、察官、中司、南床、副端、丞辖(左右丞)、都承、卿监、史掖(左右史)、史馆、学官、爵封、加职、建节、迁秩、被召、宫观、致仕、侍从除帅、帅座、京尹、都督、宣抚、太尉、建置、察访、总领、总管、奉使、茶马、泉使、舶使、漕使、宪使、仓使、两外宗、太守、治中、帅司属官、诸司马官(主管、运干、捉干、检法、总干)、州官(教授、签判、察判、察推、知录、司理、司法、司户)、县官(宰、丞、簿、录)、监官(镇、场、酒、税)、兵官(统制、路分)、试中科目(馆职、贤良、状元、及第、发举)、贺正、贺冬、生日、杂贺等类目。"谢到任启"类之下,再分帅臣、宪使、漕使、仓使、诸司、大尹、太守、卒车、幕职9小类。"谢启"类详细区分改秩、荐举、辟置、馆职、宏词、状元及第、试中、叙事、叙复、起复、宫观、致仕、惠文、杂谢14类。"上启"之类,有赴任、交代、干求、贽见、起居、陈情、纳拜、起复等类目,不一一列举。"疏"体下分国家祈祷、雨旸祈祷、国忌资荐、请疏、劝缘疏、祝赞疏、功德疏、追荐等类。其中,国家祈祷、雨旸祈祷、国忌资荐在《圣宋名贤五百家播芳大全文粹》目录中系于"释疏"类目之下。"请疏"可细分为长老住持、住庵、开堂、讲说等9个三级类目类;"劝缘疏"细分修造、塑相、经典、铸钟、化供、佛事、度牒7大类;"祝赞疏"主要用于祝圣、生日两种场合;"功德疏"细分修造、佛事、祈禳、赛谢、净狱等目。该书收文面广量多,对四六文体分类(包括二级细目划分)尤具重要价值。

另一类四六总集是以若干四六名家之作汇辑而成。如《三家四六》收录《南塘先生四六》(赵汝谈)、《格斋先生三松集》(王子俊)和《梅亭先生四六》各一卷(李刘);《四家四六》收录《壶山先生四六》(方大琮)、《臞轩先生四六》(王迈)、《后村先生四六》(刘克庄)、《巽斋先生四六》(危稹)各一卷;又有《五家四六》为格斋、壶山、臞轩、南塘、巽斋5人的四六集。这些总集均存宋刊本,但所收文体较少,有的仅收启文一体,若从文体学角度着眼,其价值远不如上述两种文备众体的总集。此外,自词科开设后,绍兴年间陆时雍刻有《宏辞总类》41卷,后人又续刻《后集》35卷、《第三集》10卷、《第四集》9卷,共计95卷,收录"起绍圣乙亥,迄嘉定戊辰"[①]间的词科试卷,由于词科所试多用四六,也可看作另一种形式的四六总集。

此外,在宋代诸多四六别集中,尤其值得一提的是《梅亭先生四六标准》40卷。梅亭乃李刘之号,刘字公甫,抚州崇仁(今属江西)人,嘉定七年(1214)进士,官至中书舍人、直学士院。李刘以四六名家,其门人罗逢吉辑录先生"初年馆何异及湖南、蜀川所

---

① 陈振孙《直斋书录解题》卷十五,上海古籍出版社,2015年,第451页。

作",称之为《标准》,"盖门弟子尊师之词也"。① 该书所收全为笺启之作,分为言时政、赞见、荐举、举科目、谢座主、谢到任、谢解任、通交代、谢除授(内除)、谢除授(外任)、谢辟置等66目,总计作品1096首。该书对笺启一体的分类可谓细致至极,简直可用作各类笺启写作的样本,亦可见宋人在文体分类上的登峰造极。《四库全书总目》称:"自六代以来,笺启即多骈偶,然其时文体皆然,非以是别为一格也。至宋而岁时通候、仕宦迁除、吉凶庆吊,无一事不用启,无一人不用启。其启必以四六,遂于四六之内别有专门。……录而存之,见文章之中有此一体为别派,别派之中有此一人为名家,亦足以观风会之升降也。"②高度肯定李刘四六别集的文献价值和典范地位。

二、四六专门类书的编纂

如果说,四六总集主要以类编作品来体现其文体学价值的话,那么,宋代盛行的类书中有一类专用于指导四六写作的类书,更具有文体学意义。这种四六类书主要有《圣宋名贤四六丛珠》《圣宋千家名贤表启翰墨大全》等几种。《圣宋名贤四六丛珠》100卷为南宋叶菜所编,今存明抄本。该书包括的四六门类有表笺、启、诸式、内简、札子、画一禀目、长书、婚启、青词、释疏、祝文、乐语、劝农文、上梁文、挽诗、祭文共16种,各类又分细目,每一类目下皆分为"总说""故事""四六"三栏。"总说"汇辑各类概说、官制源流等资料,"故事"收罗相关官职、地域、姓氏等材料,"四六"采辑四六文偶句或全篇,但均未标明作者和出处。部分类目下(奏状、内简、札子等)则详列各体首尾格式、起结段落等,作为固定体式便于写作时套用。该书主要供作者依据各人需求检索某类文体的相关典故、成句和格

---

① 永瑢等《四库全书总目》卷一六三,中华书局,1965年,第1396页。
② 同上。

式,虽然也保存了不少四六文献,但却是典型的类书编法,与总集的作用不同,更具实用性。由于编者前此已参与编有《圣宋名贤五百家播芳大全文粹》,故《四六丛珠》可视为副产品。《圣宋千家名贤表启翰墨大全》140卷,有庆元六年(1200)刊本,无编纂者名氏,今存20余卷。该书只收表、启两大类文体,分为贺表、贺笺、谢表、陈表、贺启、谢启、上启、回启、类姓、州郡事迹十大门类,后两类主要检索人名、地名材料。每类下再分细目,极为详尽细密;每门类之下,又有总叙、事偶、句联、要段、全篇等栏,尤其大量收录四六文全篇,并注明作者,保留了不少四六作品。为该书宋刊本作序者吴奂然前此也曾为《圣宋名贤四六丛珠》作序,故此种类书当时都是建阳书肆编纂刻印为士子备考服务的,具有明显的商业目的,但也为今人研究四六文体学保存了不少珍贵的文献。其他如《翰苑新书》(又名《新编簪缨必用翰苑新书》)等,性质也与上述两书相似。这几种类书都可视为带有文集性质的四六类专门类书,用于具体指导四六文的写作,同样是四六文体学的文献渊薮。

第三节　四六话、词科专书的产生

一、《四六话》和《四六谈麈》的问世

随着四六文主要用于部分实用性文体,它愈来愈显示出专业文体的特征,词科开设又带来了深入探讨四六文写作的需求。在这样的背景下,北宋后期,文坛上首次出现了专门以四六文为研究对象的四六文话,其时间大大早于专门研讨古文的文话。

完成于徽宗宣和四年(1122)的《四六话》是四六文话的开山之作。作者王铚字性之,汝阴(今安徽阜阳)人,自称汝阴老民。他一生仕途不显,曾任湖南安抚司参议官等职,南渡后避地剡溪山中。

王铚博闻强记,陆游称其"记问该洽,尤长于国朝故事,莫不能记。对客指画诵说,动数百千言,退而质之,无一语缪。予自少至老,惟见一人"①,著述有《祖宗兵制》《七朝国史》《默记》等多种。《四六话》初为 1 卷,后被析为上下 2 卷,共 65 则。作者《自序》称其父曾学文于欧阳修,"铚每侍教诲,常语以为文为诗赋之法",他感叹唐宋以来文人"师友渊源,讲贯磨砻,口传心授","始克大成就",自称曾"类次先子所谓诗赋法度与前辈话言附家集之末,又以铚所闻于交游间四六话事实,私自记焉。其诗话、文话、赋话各别见云"。② 可知,王铚还著有诗、赋、文话,可惜未传,仅《四六话》传世。王铚在《四六话》中提出"四六格":"四六格句,须衬者相称,乃有工,方为造微。盖上四字以唤下六字也,此四六格也。……曾子宣《谢宰相表》曰:'方伤锦败材之初,奚堪于补衮;况覆𫗧折足之际,何取于和羹。'此又妙矣。"③明确四字句与六字句相对是四六的体格。同一般诗话类著述相似,《四六话》的主要内容是记录作家本事、谈论创作方法、评论作品和摘录名联等。如称许《谢自陈移守许表》用典用事工切之处,则云:"一联云:'有汲黯之直,未死淮阳之郊;无黄霸之才,愿老颍川之守。'谓陈州淮阳郡,许州乃颍川郡,黄霸自颍川入为三公,而我不敢愿也。用事亲切有工类如此。"④又如:"子瞻幼年见欧阳公《谢对衣金带表》而诵之,老苏曰:'汝可拟作一联。'曰:'匪伊垂之而带有余,非敢后也而马不进。'至为颍川,因有此赐,用为表谢云:'枯羸之质,匪伊垂之而带有余;敛退之心,非敢后也而马不进。'后为兵部尚书,又作《谢对衣带表》略曰:'物生有待,天地无穷。草木何知,冒庆云之渥采;鱼虾至陋,借沧海之荣光。虽若可

---

① 陆游《老学庵笔记》卷六,中华书局,1979 年,第 77 页。
② 王铚《四六话》卷首,王水照编《历代文话》第 1 册,复旦大学出版社,2007 年,第 5—6 页。
③ 同上书,第 23 页。
④ 同上书,第 19 页。

观,终非其有。'四六至此,涵造化妙旨矣。"①此条则论述四六句式用语的推陈出新。全书列举和评论的四六篇目达 101 篇,涉及的四六作者 57 人,其中绝大部分都出于宋代,而涉及的文体主要为各种表、启,以及麻词(制词)、诰词、敕榜等。《四库全书总目》称:"其书皆评论宋人表启之文。六代及唐,词虽骈偶,而格取浑成。唐末五代,渐趋工巧。……宋代沿流,弥竞精切。故铚之所论,亦但较胜负于一联一字之间。至周必大等,承其余波,转加细密,终宋之世,惟以隶事切合为工,组织繁碎,而文格日卑,皆铚等之论导之也。然就其一时之法论之,则亦有推阐入微者,如诗家之有句图,未可废也。"②四库馆臣将四六"文格日卑"的责任加在《四六话》头上,显然不合事实,因为《四六话》所载恰是当时文坛风气的反映,而它在这一领域的开创之功,则是应首先肯定的。

另一部四六话即《四六谈麈》,比《四六话》约晚 20 年诞生。作者谢伋,字景思,自号药寮居士,上蔡(今属河南)人。绍兴年间曾官大宗正丞等微职,遭祸秦桧,绍兴末知处州、提举两浙路茶盐公事,又被降官。谢伋仕途坎坷,但颇具文气,叶适称其"自汉、魏根柢,齐、梁波流,上溯经训,旁涉传记,门枢户钥,庭旅陛列,拨弃组绣,考击金石,洗削纤巧,完补大朴"③。《四六谈麈》成书于绍兴十一年(1141),自序述唐宋四六沿革云:"先唐以还,四六始盛,大概取便于宣读。本朝自欧阳文忠、王舒国叙事之外,自为文章,制作混成,一洗西昆磔裂烦碎之体。厥后学之者,益以众多。况朝廷以此取士,名为博学宏词,而内外两制用之。四六之艺,咸曰大矣!下至往来笺记启状,皆有定式,故谓之应用,四方一律,可不习知?"④叙

---

① 王铚《四六话》,王水照编《历代文话》第 1 册,复旦大学出版社,2007 年,第 10 页。
② 永瑢等《四库全书总目》卷一九五,中华书局,1965 年,第 1783 页。
③ 叶适《谢景思集序》,《水心文集》卷十二,《叶适集》,中华书局,2010 年,第 213 页。
④ 谢伋《四六谈麈》卷首,王水照编《历代文话》第 1 册,复旦大学出版社,2007 年,第 33 页。

述简明扼要,可称一篇四六小史。全书1卷,共68则,所论皆为宋人四六,北宋为主,兼及南宋初年,涉及文体有制、诰、表、启,以及青词、祭文、赦文、疏文、奏状等。《四库全书总目》谓:"其论四六,多以命意遣词分工拙,视王铚《四六话》所见较深。其谓四六施于制诰表奏文檄,本以便宣读,多以四字六字为句,宣和间多用全文长句为对,习尚之久,至今未能全变,前辈无此格;又谓四六之工在于剪裁,若全句对全句,何以见工,尤切中南宋之弊。其中所摘名句,虽与他书互见者多,然实自具别裁,不同剿袭。"① 这一评价较之《四六话》明显为高,固然切中肯綮,但这两部最早的四六话著述各有优长,不宜过于抑扬,它们都是四六文体学的重要论著。

此外,宋人笔记中也有不少评论四六的条目,只是零碎无系统,但宋代已有加以结集者,如南宋杨囦道《云庄四六余话》即全部辑自宋代笔记,而洪迈《容斋四六丛谈》也由他人辑自《容斋五笔》。这些笔记中的论述,同样是四六文体学的资料来源。

二、《词学指南》:词科应试的专书

随着绍圣词科的开设,清贵显要的词臣成为士人追逐的热门目标,词科考试文体的研讨成为四六文体学的重要组成部分。前述《宏词总类》及其多种续集的编纂即是一例。南宋后期,更诞生了指导词科考试的专书——王应麟的《词学指南》。王应麟(1223—1296),字伯厚,号深宁居士,又号厚斋,庆元府鄞县(今属浙江宁波)人。淳祐元年进士,宝祐四年(1256)举博学宏词科,官至礼部尚书兼给事中,因冒犯权臣遭贬,辞官回乡,专意著述20年。熟悉掌故制度,长于考证。一生著述颇富,计20余种、600多卷。王应麟出身词科,对词科深有研究,他撰成200卷的类书《玉海》,分21门240余类纂辑各类资料,就是为词科举子准备应试而用。《四库全书

---

① 永瑢等《四库全书总目》卷一九五,中华书局,1965年,第1786页。

《总目》对其评价极高:"所引自经史子集,百家传记,无不赅具。而宋一代之掌故,率本诸《实录》《国史》《日历》,尤多后来史志所未详。其贯串奥博,唐宋诸大类书未有能过之者。"①《玉海》之末,王应麟还附有《词学指南》4卷,更是直接指导应试的词科专书。

《词学指南·自序》相当于一篇词科简史,叙述了博学宏词科由唐代到宋代发展演变的过程,对词科体制阐述尤详,并总结道:"盖是科之设,绍圣颛取华藻,大观俶尚淹该,爰暨中兴,程式始备,科目虽袭唐旧,而所试文则异矣。朱文公谓是科习谄谀夸大之辞,竞骈俪刻雕之巧,当稍更文体,以深厚简严为主。然则学者必涵泳《六经》之文,以培其本云。"②卷一分为编题(分类编次题目和材料)、作文法(词科文章的作法要领)、语忌(词科文章的语言要求)、诵书(应熟读的经典篇目)、编文(分类编次经典偶对成句)几部分,主要引用吕祖谦、真德秀、朱熹等名家的论述,加以己见进行发挥,可以视为词科写作总论。卷二至卷四则根据词科试格规定的12种文体,逐体探讨其作法。以"制"体为例,首列文体格式:"'门下'云云。'具官某'云云。'於戏'云云。可授某官,主者施行。"次述文体源流:"唐虞至周皆曰命,秦改命为制,汉因之……唐王言有七,其二曰制书,大除授用之。学士初入院,试制书批答,有三篇。此试制之始也。"三述语体形式及试制目的:"制用四六,以便宣读。皇朝知制诰,召试中书而后除,不试号为异礼。所以试者,观其敏也。"四述字数限定:"制、(限二百字以上成。)制、(限一百五十字以上成。此即诰也。)诏、(限二百字以上成。学士不试,率自知制诰迁。)此科所试文体略同。"③以下详论制体作法,包括破题、制头、褒词、"於戏"云云等,有多位名家论述,更多的是编者的阐述,中间随文穿插相关

---

① 永瑢等《四库全书总目》卷一三五,中华书局,1965年,第1151页。
② 王应麟《词学指南》卷首,王水照编《历代文话》第1册,复旦大学出版社,2007年,第908页。
③ 同上书卷二,第929页。

资料,如关涉地名的《节镇赋》、国名录、郡名录以及名家制体范文等。这部分是"指南"的主要部分,针对性很强,且保存了很多名家中肯之论。最后罗列北宋政和辛卯至南宋咸淳甲戌历届词科考试制体的试题。从列格式开始的整段文字,就是一篇制体的专论,隐然带有《文心雕龙》论文体"原始以表末,释名以章义,选文以定篇,敷理以举统"的框架,只是使用笔记式,而非文章式,并将资料随文穿插,显得较为琐碎,但细读则内容极为丰富,且以文体作法为中心,从而成为较为系统的文体学专论。所有 12 种文体均是如此。词科的 12 种文体中,制、表、露布、檄 4 体,专用四六;诏、诰 2 体,可用四六,可用散文;序、记 2 体,专用散文;而箴、铭、赞、颂 4 体,均为韵文。真德秀认为,其中"所急者,制、表、记、序、箴、铭、赞、颂八者而已",洪咨夔则云:"制、表如科举之本经,所关尤重。"[①]因而从整体看,词科所试 12 种文体中,以制、表为代表的四六文所占比重最大,也最为重要。而从《词学指南》实际着眼,论制、表二体所占的篇幅最大,资料最多,内容最详。从这个意义上说,《词学指南》这部词科专书可以视为一部初具规模的四六文体学的专著。王应麟首次将词科写作的研讨称为"词学",从而更使《词学指南》在宋代文体学中占有重要地位。

第四节　四六文体学内涵举要

上述四六总集、类书、四六文话、词科专书,再加上笔记、别集文章中的大量资料,说明宋代四六文献面广量多,呈现出十分繁盛的景象,而蕴含其中的四六文体学内涵也十分丰富,主要包括四六体制论、四六作法论、四六演进论、四六文病论几方面。

[①]　王应麟《词学指南》卷一,王水照编《历代文话》第 1 册,复旦大学出版社,2007 年,第 916 页。

一、四六体制论

四六文体学强调文章体制的重要性,明确提出"体制为先"论,《词学指南》引倪正父语云:"文章以体制为先,精工次之。失其体制,虽浮声切响,抽黄对白,极其精工,不可谓之文矣。凡文皆然,而王言尤不可以不知体制。龙溪、益公号为得体制,然其间犹有非君所以告臣,人或得以指其瑕者。"①这里指出四六王言尤重体制,以及体制和形式精工的主次关系,确实抓住了其中的关键。所谓体制,一是指各种文体固定的体式、程式,如《词学指南》虽列举的12种词科文体的"定格"(如前举"制"体之例,而"表"体又分贺表、谢表、进书表、进贡表、陈情表等细类);二是指文体的体制特征,如制、诰、诏等王言要求"典重温雅",而表体则以"简洁精致"为先。此类论述甚多。罗大经《鹤林玉露》云:"制诰诏令贵于典重温雅、深厚恻怛,与寻常四六不同。今以寻常四六手为之,往往褒称过实,或似启事谀词,雕刻求工,又如宾筵乐语,失王言之体矣。"②《词学指南》引真德秀语云:"(词科)十二体各有规式,曰制、曰诰,是王言也,贵乎典雅温润,用字不可深僻,造语不可尖新。"③真氏又云:"表章工夫最宜用力。先要识体制,贺、谢、进物,体各不同,累举程文,自可概见。前辈之文惟汪龙溪集中诸表皆精致典雅,可为矜式,录作小册,常常诵之。"④王应麟则称:"大抵表文以简洁精致为先,用事不要深僻,造语不可尖新,铺叙不要繁冗,此表之大纲也。"⑤这些论述都对制、表文体的整体风格以及达到这一标准的写

---

① 王应麟《词学指南》卷二,王水照编《历代文话》第1册,复旦大学出版社,2007年,第946页。
② 罗大经《鹤林玉露》卷四,上海古籍出版社,2012年,第37页。
③ 王应麟《词学指南》卷二,王水照编《历代文话》第1册,复旦大学出版社,2007年,第942页。
④ 同上书卷三,第970页。
⑤ 同上书,第971页。

作要点予以明确揭示,并将其置于考察文体的核心位置,体现了"体制为先"的理念。

二、四六作法论

四六作法探讨,是四六文体学的重要内容。这方面的探讨极为细致,并往往结合作品或对句进行深入剖析。其中又包括论结构、论对偶、论用事等方面。

(一) 论结构

由于四六文主要用于应用文体,结构比较固定,甚至形成定式,用于考试文体的词科十二体更是如此。四六文体学十分重视分析文体结构的关键之处,并提出应对之策。如王应麟《词学指南》引真德秀论把握制词写作的结构云:"制词三处最要用工:一曰破题,要包尽题目不可粗露。(王注:首四句体贴。)二曰叙新除处,欲其精当而忌语太繁。(王注:推原所为之官除授之意,用古事为一联尤好,如莫侍郎《步军制》'法黄帝之兵,允赖为营之重;资汉人之技,莫如用步之强'最妙。)三曰戒辞,'於戏'而下是也,用事欲其精切。(王注:须要古事或古语为联,切于本题,有丁宁告诫之意。如傅景仁《少保侍读》用《说命》《周官》,周子及《扬师制》用'击楫中流',陈自明《宗室观使制》用'秘书仙图',此等事既亲切,而造语妥帖,是为可法。)三处乃一篇眼目灯窗,平日用工先理会此等三处,场屋亦然。"[1]这里强调制体结构的三处关键,并指明了写作要求。又如王应麟论表体破题之重要:"一表中眼目全在破题二十字,须要见尽题目,又忌体贴太露。……盖只用两字该尽题目,最可法也。贴题目处须字字精确,且如进书表,实录要见实录,不可移于日历,国史要见国史,不可移于玉牒,乃为工也。"[2]《词学指南》论表体之

---

[1] 王应麟《词学指南》卷二,王水照编《历代文话》第 1 册,复旦大学出版社,2007 年,第 942 页。

[2] 同上书卷三,第 970—971 页。

末,按结构分类摘编了名家表文中的名句,计有"起联""'窃以'用事""推原""铺叙形容""用事形容""末联"6类约90联,供学子熟读模仿。① 这是用解构范文的方法来提示对文体结构的把握,更具模仿的操作性。

(二) 论用典

自欧阳修倡导"以文体为对属",改革"西昆体"追求藻饰、协律的倾向之后,宋代四六文形式上的元素就集中在对偶和用典两项,它们也成为四六文体学研讨最为广泛和深入的领域。四六话和大量笔记都热衷于摘引四六名联名句,实际上是通过名家范文的评析、鉴赏,探索偶对、用事的规律,其中部分已带有较强的理论性。如《四六话》卷上论"生事对熟事":"四六有伐山语,有伐材语。伐材语者,如已成之柱桷,略加绳削而已;伐山语者,则搜山开荒,自我取之。伐材,谓熟事也;伐山,谓生事也。生事必对熟事,熟事必对生事。若两联皆生事,则伤于奥涩;若两联皆熟事,则无工。盖生事必用熟事对出也。如夏英公《辞奉使表》略云:'顷岁先人没于行阵,春初母氏始弃遗孤。义不戴天,难下单于之拜;哀深陟岵,忍闻禁休之音。'不拜单于,用郑众事,而《公羊》谓夷乐曰'夷休',此生事对熟事格也。"②用典生熟搭配,难易兼顾,既免于平庸无奇,又避免生涩难解,这是长期写作中总结出来的经验之谈。又如同书论"互换格":"文章有彼此相资之事,有彼此相须之对,有彼此相须而曾不及当时事,此所以助发意思也。唐人方有此格,谓之'互换格',然语犹拙,至后人袭用讲论而意益妙。……至永叔《和杜祁公诗》曰:'元(稹)刘(禹锡)事业时无取,姚(崇)宋(璟)篇章世不知。二美惟公所兼有,后生何者欲攀追。'其后苏明允《代人贺永叔作枢密启》曰:'在汉之贾谊,谈论俊美,止于诸侯相,而陈平之属实为

---

① 王应麟《词学指南》卷三,王水照编《历代文话》第1册,复旦大学出版社,2007年,第974—982页。

② 王铚《四六话》卷上,同上书,第8页。

三公;唐之韩愈,词气磊落,终于京兆尹,而裴度之伦实在相府。然陈平、裴度未免谓之不文,而韩愈、贾生亦尝悲于不遇。盖人之于世,美恶必自有伦;而天之于人,赋予亦莫能备。'此又何啻于出蓝更青,研朱益丹也。"①元、刘功业不成,姚、宋文学不显,二美难以兼有,欧阳修反其意用以称颂杜衍;贾、韩才高而不遇,陈、裴不文却位显,苏洵则用来曲折表达希望援引提携之意,说古实为喻今,是为"当时事",因此说青出于蓝而胜于蓝。这样的"互换"用事能使表达含蓄委婉,助发言外之意。如此用典,真可谓竭尽巧思。

(三)论对偶

宋代四六使用偶对,最讲究运用古语,极端的甚至提出"六经循环自对"的主张。楼昉《过庭录》有云:"前辈评四六,谓经句对经句,子句对子句,史句对史句,诗句对诗句,最为的当,且于体制谐协。以予观之,若《书》句自对《书》句之类尤佳。六经循还,自相对之;若不得已,以史句分晓处,对子句或经句,亦不奈何。大要主于缕贯脉联,文从字顺而已,不必大拘。……古人诗句,亦有可用之于表启者,若用之于制诰,则不尊严,不可不知。"②楼氏总结的"大要主于缕贯脉联,文从字顺"的原则,应是颇有价值的,但他主张的"六经循环,自相对之",实在近于苛刻,将古语的出处分成等级,用于尊经,则对表情达意毫无意义,只能视为文人玩弄文字游戏钻入了死胡同。在理论上颇具价值的是"裁剪"论,《四六谈麈》开篇即云:

> 四六施于制诰表奏文檄,本以便于宣读,多以四字六字为句。宣和间,多用全文长句为对,习尚久之,至今未能全变。前辈无此体也。(此起于咸平王相翰苑之作,人多效之。)
>
> 四六之工,在于裁剪,若全句对全句,亦何以见工?

---

① 王铚《四六话》卷上,王水照编《历代文话》第 1 册,复旦大学出版社,2007 年,第 10 页。

② 楼昉《过庭录》,同上书,第 456 页。

> 四六经语对经语,史语对史语,诗语对诗语,方妥帖。太祖郊祀,陶穀作赦文,不以"笾豆有楚"对"黍稷非馨",而曰:"豆笾陈有楚之仪、黍稷奉惟馨之荐。"近世王初寮在翰苑,作《宝箓宫青词》云:"上天之载无声,下民之虐匪降。"时人许其裁剪。①

从谢氏的阐述看,他赞同经、史、诗语分别相对,但反对"全文长句为对"。他主张的"裁剪"是在经史成句的基础上做一定的增减或颠倒,以使对句避免蹈袭,面目一新。谢氏知道,"四六全在编类古语"②,古语有限,通过裁剪可以不断出新,这是四六创作的一大法门。稍后的杨万里也是一位四六名家,其《诚斋诗话》中多有论及四六作法者。他在"裁剪"之法上与谢伋心灵相通,其云:"本朝制诰表启用四六,自熙丰至今,此文愈盛。……中书舍人张安国知抚州,自抚移苏,谢上表云:'虽自西徂东,周爰执事;然以小易大,是诚何心。'增'虽''然'二字,而两州东西小大,乃甚的切。王履道《贺唐秘校及第启》云:'得知千载,上赖古书;作吏一行,便废此事。'前二语用渊明诗:'得知千载事,上赖古人书。'剪去两字。后二句用嵇康书:'一行作吏,此事便废。'而皆倒易二字。东坡《答士人启》云:'愧无琴瑟旨酒,以乐我嘉宾;所喜直谅多闻,其古之益友。'此虽增损五六字,而特圆美。"③杨万里之例即是"裁剪"法的具体注解,对古语成句采用增减倒易,就能起到对句的切、圆美的效果。此类探讨对偶技巧的议论,所在多是,追求偶对精工,是宋人的不懈追求,也成为四六文体学的重要内容之一。

三、四六演进论

四六文的发展演进过程,也是四六文体学的关注点之一。前引

---

① 谢伋《四六谈麈》,王水照编《历代文话》第1册,复旦大学出版社,2007年,第34页。
② 同上书,第35页。
③ 丁福保辑《历代诗话续编》上册,中华书局,2006年,第151页。

谢伋《四六谈麈》的序文,就是一篇简要的唐宋四六文小史,点明了唐代因取便宣读而四六始盛,欧阳修等开创叙事混成的变体四六,词科用四六取士使之地位提升,四六成为四方一律的应用文体等几个关键节点,完全符合四六文的演变过程。而对于四六演进中的关键作家,宋人常有更深入的剖析。如陈师道《后山诗话》云:"国初士大夫例能四六,然用散语与故事耳。杨文公刀笔豪赡,体亦多变,而不脱唐末与五代之气。又喜用古语,以切对为工,乃进士赋体尔。欧阳少师始以文体为对属,又善叙事,不用故事陈言而文益高,次退之云。"①这里拈出"以文体为对属"(后人直接改为"以文体为四六")的根本性特征,揭示出欧阳修改革宋四六的开创性贡献。而《云庄四六余话》所引的材料则进一步勾画出宋四六的流派传承:"皇朝四六,荆公谨守法度,东坡雄深浩博,出于准绳之外,由是分为两派。近时汪浮溪、周益公诸人类荆公,孙仲益、杨诚斋诸人类东坡。大抵制诰笺表贵乎谨严,启疏杂著不妨宏肆,自各有体,非名世大手笔未易兼之。"②这段论述准确地概括了宋代四六"谨守法度"和"雄深浩博"两大流派,梳理出南宋的传承统系,成为考察四六创作不同流派的经典之论。类似的还有《直斋书录解题》所论:"四六偶俪之文,起于齐、梁,历隋、唐之世,表章、诏、诰多用之。然令狐楚、李商隐之流号为能者,殊不工也。本朝杨、刘诸名公犹未变唐体,至欧、苏,始以博学富文,为大篇长句,叙事达意,无艰难牵强之态,而王荆公尤深厚尔雅,俪语之工,昔所未有。绍圣后置词科,习者益众,格律精严,一字不苟措,若浮溪尤其集大成者。"③可见,宋人对四六文演进的看法还是基本相似的。吴子良则称:"本朝四六以欧公为第一,苏王次之。然欧公本工时文,早年所为四六,见《别

---

① 何文焕辑《历代诗话》上册,中华书局,2004年,第310页。
② 杨道《云庄四六余话》,王水照编《历代文话》第1册,复旦大学出版社,2007年,第119页。
③ 陈振孙《直斋书录解题》卷十八,上海古籍出版社,2015年,第526页。

集》,皆排比而绮靡。自为古文后,方一洗去,遂于初作迥然不同。他日见二苏四六,亦谓其不减古文,盖四六与古文同一关键也。然二苏四六尚议论,有气焰;而荆公则以辞趣典雅为主;能兼之者,欧公耳。"[1]这就更将欧公改革四六和苏、王分途发展,以及各自的风格特色组成了完整的演进统系展示出来,为后人留下了权威的宋四六发展路线图。

四、四六文病论

在宋代四六的发展历程中,宋代作家还能经常自觉反省四六文的流弊,以使四六文得以健康发展。宋初作家对杨、刘为代表的"西昆体"流弊的批评,前文已多有揭载。南宋初年,对四六文热衷运用经典成句,叶梦得批评道:"前辈作四六,不肯多用全经语,恶其近赋也。然意有适会,亦有不得避者,但不当强用之尔。……自大观后,时流争以用经句为工,于是相与裒次排比,预蓄以待用,不问其如何,粗可牵合,则必用之,虽有甚工者,而文气扫地矣。"[2]这就揭示出不管内容是否合适,一意争用经语为工的弊病。欧、苏开创的变格四六,以"博学富文,为大篇长句"为特色,本为提振文气,但如刻意追求,反会损害文气。楼钥曾指出:"止论骈俪之体,亦复屡变。作者争名,恐无以大相过,则又习为长句,全引古语,以为奇倔,反累正气。况本以文从字顺,便于宣读,而一联或至数十言,识者不以为善也。惟公与汪龙溪追还古作,谨四六之体,至于今行之。"[3]使用长联依托于作者的才华学识,一味模仿,就会蜕变为僵化的技巧,而弄巧成拙。宋末刘克庄曾指出四六创作中的两种偏向:"四六家以书为料,料少而徒恃才思,未免轻疏;料多而不善融化,流为重浊。

---

[1] 吴子良《荆溪林下偶谈》卷二,王水照编《历代文话》第 1 册,复旦大学出版社,2007 年,第 554—555 页。
[2] 叶梦得《石林避暑录话》卷二,上海书店出版社,1990 年,第 6 页。
[3] 楼钥《北海先生文集序》,《楼钥集》卷四八,浙江古籍出版社,2010 年,第 909—910 页。

二者胥失之。"①他在《跋黄牧四六》中又揭示了五种四六之弊:"有字面突兀不安者,有对偶偏枯者,有蹈袭陈腐者,有堆故事泥全句而乏气骨者,有涣散不相贯属者。"②他在《宋希仁四六序》中另有一段精彩论述:

> 作四六如抡众材而造宫,栋梁榱桷,用违其材,拙匠也。如和五味而适口,咸酸甘苦,各执其味,族庖也。炼字如铸金,一分铢未化,非良冶也。成章如织素,一经纬不密,非巧妇也。用故事如汉王夺张耳军,如淮阴驱市人而战,否则金不止,鼓不前,反为故事所使矣。偶全句如龙泉之合太阿,叔宝之婿彦辅,否则目一眇,支偏枯,反为全句所累矣。
>
> 余阅近人所作数十百家,新者崖异,熟者腐陈。淡者轻虚,深者僻晦。或淳漓相淆杂,或首尾不贯属,均为四六之病。③

这里连用工匠抡材、庖人和味、良冶铸金、巧妇织素四个比喻说明四六文选材要对路,配置要适当,炼字要精切,组织要严密;又用汉王治军、淮阴驱战比喻兵多不听指挥,鸣金不止,擂鼓不前,反为兵所累,说明用事不能"堆垛",否则反为用事所使;再用龙泉太阿相合、岳父女婿互映④比喻要互相贴合,互相映衬,独眼瞎子,四肢不遂,则相互牵累,说明全句对偶要善于"融化",否则反为全句所累。防堆垛、善融化,即是克服上述各种四六文病的良方。刘克庄是宋末四六大家,他关于文病的论述带有总结性,是读了"数十百家"四六作品后得出的经验之谈,具有普遍意义。

上述几方面的内容构成了宋代四六文体学的主体。虽然这些论

---

① 刘克庄《跋方汝玉行卷》,辛更儒笺校《刘克庄集笺校》卷一〇六,中华书局,2011年,第4432页。
② 同上书卷一〇七,第4457页。
③ 同上书卷九七,第4094—4095页。
④ 龙泉、太阿均为古代名剑。叔宝指卫玠,彦辅指乐广,均为晋人,卫玠为乐广之婿。《晋书·卫玠传》曰:"玠妻父乐广,有海内重名,议者以为'妇公冰清,女婿玉润'。"(房玄龄等《晋书》卷三六,中华书局,1974年,第1067页)

述较为琐碎,不成体系,理论性也不强,但整个社会和文坛对四六文的这种充分关注和努力探讨,说明四六文体学在宋代的发达是历史的必然。它早于古文文体学的形成和繁荣,也是文坛值得深入研讨的现象。

第十一章　古文文体学的成型

相对于日益专门化的四六文体,"古文"文体的情况显得更为复杂,古文文体学的发展也更为曲折。自韩愈大力倡导古文后,古文开始登上文坛,但其演进并不顺畅,直至北宋中后期才逐步成为主导文体。南宋时期诞生的大量古文总集和古文文话,开始了古文文体的集中研讨,而直至元代陈绎曾的《文筌·古文谱》,才标志着古文文体学的初步成型。

第一节　"古文"概念的演进

一、韩愈的古文理论和古文的盛衰

"古文"在先秦两汉漫长的文学史进程中,并不是一种特定的文体或文类的概念。后人所称的"先秦两汉古文",一是强调其时代之早,二是突出其作为汉语文章骈散并存、散体为主的自然形态,而非指文坛刻意追求的某种文体。魏晋六朝骈体文学的兴起并逐渐称霸文坛,使文学内部基于语体特征产生了分裂,至六朝后期,"时人论文体者,有古今之异"[1],甚至形成明显的对立,如称"若以今文为是,则古文为非;若昔贤可称,则今体宜弃"[2]。当然,其时今体占据着文坛的主导地位,而且所谓"古今"之体,都涵盖了诗、文诸体。初

---

[1] 令狐德棻等《周书》卷三八《柳虬传》,中华书局,1971年,第681页。
[2] 萧纲《与湘东王书》,姚思廉《梁书》卷四九《庾肩吾传》引,中华书局,1973年,第690—691页。

盛唐时期,仍是"今文"(包括诗、文)的天下,盛唐时期虽有李华、萧颖士等被称为"古文运动先驱"的一批文人在文章领域呼吁尊经复古,抨击浮靡文风,但并未明确提出与"今文"相待的"古文"概念。直至中唐时期,韩愈在复兴儒道的旗帜下,大力倡导古文,要求效法先秦前汉时期散行单句、朴素自然的散体之文,并身体力行,努力创作,从理论和实践两方面使古文正式登上了文坛。

从文体的角度着眼,韩愈的古文理论有如下几个特点:一是宣示"愈之为古文,岂独取其句读不类于今者邪?思古人而不得见,学古道则欲兼通其辞;通其辞者,本志乎古道者也"①,并明确提出"修其辞以明其道:我将以明道"②的主张。二是强调既"志在古道,又甚好其言辞"③,关注文章写作的自身规律,提出了"丰而不余一言,约而不失一辞"④的文章繁简原则、"惟陈言之务去"⑤的语言创新原则、"文从字顺各识职"⑥的文辞表述原则等。三是在文体的使用上,既注意拓展序、记、碑、传等传统文体,又大力开发辨、解、说、释、原、读等适于古文的新文体。韩愈的"古文",在"今文"统治的中唐文坛上,是一种文体革新,是一种创新尝试,在当时并不为文坛普遍接受和欢迎。由于柳宗元等同道的呼应鼓吹,韩愈周围的师友弟子如欧阳詹、李观、李翱、张籍等,以及知名文人如吕温、刘禹锡、白居易、元稹等,都积极参与古文的创作,古文一时间内造成了相当的声势。但由于韩门弟子有的重道,有的尚奇,未能准确把握韩愈古文的精髓,尤其是皇甫湜、樊宗师等矜奇尚怪,古文走入晦涩一途,声势很快衰落下去。到晚唐五代,古文虽然已在文坛"亮相",但这一文类

---

① 韩愈《题欧阳生哀辞后》,马其昶校注《韩昌黎文集校注》卷五,上海古籍出版社,2021年,第431页。
② 韩愈《争臣论》,同上书卷二,第161页。
③ 韩愈《答陈生书》,同上书卷三,第250页。
④ 韩愈《上襄阳于相公书》,同上书,第210页。
⑤ 韩愈《答李翊书》,同上书,第241页。
⑥ 韩愈《南阳樊绍述墓志铭》,同上书卷七,第777页。

的概念尚未明晰,也未在文坛取得独立的地位;而今文则仍然占据着文坛。

二、欧阳修的古文理论和新古文的确立

北宋初年的文坛上,古文重新得到提倡。最早的倡导者,是以继承韩愈、柳宗元相标榜的柳开。他旗帜鲜明地提出"古文者,非在辞涩言苦,使人难读诵之;在于古其理,高其意,随言短长,应变作制,同古人之行事"①,强调古文与儒道的密切关系,但其创作仍是"体近艰涩"②,因此在文坛上影响有限。稍后以杨亿、刘筠等为代表的"西昆体"风靡一时,形成了今体诗文的一个创作高潮。"本朝四六,以刘筠、杨大年为体,必谨四字六字律令,故曰四六。"③与此同时,石介猛烈抨击杨亿等"穷妍极态,缀风月,弄花草,淫巧侈丽,浮华纂组"④的柔靡文风,提出"文道合一"的主张。文坛上"古文"和"西昆体"俨然形成对垒之势。值得注意的是,此时姚铉"纂唐贤文章之英粹",编成总集《唐文粹》。该书"止以古雅为命,不以雕篆为工,故侈言蔓辞,率皆不取",⑤成为一部唐代古体诗文的专集。其中专列"古文"一类,收录原、规、书、议、言、语、对、经旨、读、辩、解、说、评等唐代古文家开创的新文体作品近190篇。可见当时文坛对"古文"特点的基本认识,一是内容以阐扬儒道为原则,二是文体多为短小的议论性体类,三是风格以古雅为规范。

仁宗年间,欧阳修崛起并逐渐领袖文坛。他结合自己的创作经历,对唐宋以来的文体类别做了全面梳理。欧阳修早年应试科

---

① 柳开《应责》,《柳开集》卷一,中华书局,2015年,第12页。
② 永瑢等《四库全书总目》卷一五二,中华书局,1965年,第1305页。
③ 邵博《邵氏闻后见录》卷十六,邵伯温、邵博《邵氏闻见录 邵氏闻见后录》,上海古籍出版社,2012年,第199页。
④ 石介《怪说》中,《徂徕石先生文集》卷五,中华书局,1984年,第62页。
⑤ 姚铉《唐文粹序》,姚铉编《唐文粹》卷首,《四部丛刊》本。

举,"学为诗赋,以备程试"①。进士及第后,他"官于洛阳。而尹师鲁之徒皆在,遂相与作为古文。……其后天下学者亦渐趋于古,而韩文遂行于世"②。欧阳修倡导古文,始于学韩,但又有自己的特点。他主张"道胜者文不难而自至"③,又强调"道"的现实性和实践意义,所谓"其道易知而可法,其言易明而可行"④。他既反对"西昆体"骈文浮夸柔靡的文风,也反对"太学体"古文艰涩怪癖的文风,提倡平易通达、流畅自然的古文,并在主持科举考试时大力奖拔古文后进。经过欧阳修及"欧门"弟子的共同努力,平易流畅的宋代新古文遂风行天下,迅速发展成为文坛的主角。这种新古文的文体大为拓展,除以原、规、辨、说等短篇议论性文体外,策论、奏议、传状、碑志、序记等传统文体,题跋、尺牍、日记、笔记等新兴体裁,无不使用散体行文。契合从论政言事、说理论道、言志抒怀、寄情遣兴,到叙事记人、状景述游,直至伤悼哀祭、立传树碑等各种表达需求,古文的功能得到了充分的开发。新古文扫荡了文坛的衰靡气象,带来了古朴清新的风气,同时,部分文人片面复古、追求怪癖艰涩的文风也被廓清,平易自然、流畅婉转的古文新风成为文坛的主导风格。宋初柳开、石介等古文家对于四六采取对立态度,所谓"时以偶俪工巧为尚,而我以断散拙鄙为高"⑤。新古文则形成了"易奇古为平易,融排偶于单行"的体式特点,从而为当时的文人学士普遍接受,其使用功能不断拓展,表现力也进一步提高,从文体上看显得更为成熟。古文和四六摒弃了对立状态,在体式上并存互补,在体裁上渐趋分疆,它们各有领地,各司其职,或整或散,共同满足不同的社会需求。至北宋中后期,新型古文终于取代统治文坛六七百年的今文,成为流行的主导文体。

① 欧阳修《与荆南乐秀才书》,《欧阳修全集》卷四七,中华书局,2001年,第660页。
② 欧阳修《记旧本韩文后》,同上书卷七三,第1056页。
③ 欧阳修《答吴充秀才书》,同上书卷四七,第664页。
④ 欧阳修《与张秀才第二书》,同上书卷六七,第978页。
⑤ 叶适《习学记言序目》卷四九,中华书局,1977年,第733页。

在古文逐步占据文坛的同时,对古文发展的探讨也开始产生。如元祐间文人张舜民称:"本朝自明道、景祐间始以文学相高,故子瞻、师鲁兄弟、欧阳永叔、梅圣俞为文,皆宗主《六经》,发为文采,脱去晚唐五代气格,直造退之、子厚之闻奥,故能浑灏包含,莫测涯涘。见者皆晃耀耳目,天下学者争相矜尚,谓之古文,皆以不识其人、不习其文为深耻,乃不知君子之言本来如此也。"①其中揭橥出北宋古文的代表作家和基本特色。又如苏门弟子陈师道云:"余以古文为三等:周为上,七国次之,汉为下。周之文雅;七国之文壮伟,其失骋;汉之文华赡,其失缓;东汉而下,无取焉。"②对古文源头的先秦两汉文进行了区别评价,阐明了宋代古文的取法倾向。当然,这些探讨只是随笔性的评述,且无系统,而直到此时,"古文"的概念仍未完全明晰,对这一文类的探讨仍未全面展开,古文文体学仍处于酝酿起步的阶段。

第二节 古文选本的编纂和古文话的产生

一、古文选本的编纂及其古文观

对古文的全面探讨始于南宋乾道、淳熙以后,其重要标志就是一系列题名为"古文"(或题"文章")的文章选本相继问世。这批选本今可确考的约有 9 种(略按时间顺序排列):吕祖谦《古文关键》2卷,楼昉《崇古文诀》35 卷,真德秀《文章正宗》20 卷、《续集》20卷,汤汉《绝妙古今》4 卷、《敩斋古文标准》,王霆震《古文集成・前集》78 卷,刘震孙《古今文章正印・前集》18 卷、《后集》18 卷、《续集》20 卷、《别集》20 卷,谢枋得《文章轨范》7 卷,黄坚《古文真宝》

---

① 王正德《余师录・张芸叟》引张舜民语,王水照编《历代文话》第 1 册,复旦大学出版社,2007 年,第 367 页。

② 王正德《余师录・陈后山》引陈师道语,同上书,第 338 页。

20卷。① 这些选本通过各自不同的选文,体现了编选者对"古文"的理解;而其选文标准的演变,则反映出人们对"古文"这一体类概念认识的不断深化。②

第一部题为"古文"的选本是吕祖谦所编的《古文关键》。吕氏为主编《皇朝文鉴》(即《宋文鉴》)的文章大家,他为初学者选录了唐代韩愈、柳宗元和宋代欧阳修、苏轼、苏洵、苏辙、曾巩、张耒共8家的文章60余篇,并首创评点标注③。吕祖谦将古文选录与评点结合起来,卷首《总论》论及古文写作鉴赏等多方面内容,架构了一个囊括古文效仿对象、文章构思立意、篇章结构架构、字句语言法度等方面学习古文的总纲,同时总论韩、柳、欧、苏诸大家文法。在正文中,吕祖谦则采用题下批注与尾批,以及文中点抹与随行夹注的形式,将所录古文的立意、布局谋篇、句法、体格以及文体风格标明出来,以指导写作。《古文关键》将古文局限在唐宋八家的小范围内,则肯定了唐宋古文在立意构思、篇章结构、体式风格等方面取得的突出成就。以人叙次的编排方式,在凸显唐宋古文大家整体性的同时,也通过选文评点与古文数量确立了韩、柳、欧、苏等人古文的典范地位。从选文文体类别来看,各家入选古文多以议论类文章为主,这也在一定程度上体现了宋代较为纯粹的古文观念。

---

① 以上9种古文总集大多著录于《四库全书总目》,唯《敩斋古文标准》已佚,王霆震《古文集成》前集选录其批点的古文约20篇,敩斋名字待考;参见李由《理学思潮中古文标准的重构——以南宋佚书〈敩斋古文标准〉为中心》,《古代文学理论研究》2019年第1期。又黄坚《古文真宝》国内少见,但流传日本、韩国影响极大。参考黄坚选编《详说古文真宝大全》,湖南人民出版社,2007年。

② 参考吴承学《中国古代文体学研究》下编第六章第二节"从总集看宋人的古文观念",文中提出"宋人古文选本的'古文'一词,不过是古雅文章之含义而已,在文体上并没有太明确的限定与排他性,它差不多可以包含多数的文体",认为古文选本并不强烈地排斥骈体文,其中唐宋文的分量明显重于秦汉文,而又开始从子、史两部选录文章,扩展经典,"古文"与当时科举考试所用的"时文"关系相当密切(吴承学《中国古代文体学研究》(增订本),中华书局,2022年,第534—545页)。

③ 参考吴承学《现存评点第一书——论〈古文关键〉的编选、评点及其影响》,《文学遗产》2003年第4期。

随后其弟子楼昉所编的《崇古文诀》(亦称《迂斋古文标注》)选文达200余篇,时间前溯到先秦、两汉和六朝,但仍以唐、宋大家为主。卷一收先秦3家13篇,卷二至卷七选两汉10家18篇、三国1家2篇、六朝2家2篇,卷八至卷十五收唐4家古文41篇(李汉1篇,韩愈25篇,柳宗元14篇,李翱1篇),卷十六至卷三五收宋28家古文共123篇(王禹偁2篇,范仲淹3篇,司马光5篇,宋祁1篇,欧阳修18篇,王安石9篇,苏洵11篇,苏轼15篇,苏辙4篇,程颐3篇,曾巩6篇,李清臣5篇,张耒11篇,黄庭坚3篇,秦观1篇,陈师道7篇,唐庚5篇,胡寅3篇,邓润甫2篇,李觏、钱公辅、王震、刘敞、李格非、何去非、胡铨、胡宏、赵霈各1篇)。相对于《古文关键》所选唐宋8家63篇古文,《崇古文诀》在录文时代年限和作品数量上皆有很大的拓展。《崇古文诀》将唐前(远溯先秦时期)文章纳入古文视野并加以选录,肯定了先秦两汉、三国六朝古文的创作成就和文学史地位,体现出楼昉溯源探本的学术作风以及博古通今的学术情怀和涵养。从《崇古文诀》所收录作品的文体组成来看,楚辞、赋、诗、论、书、疏、札子、制、序(集序、送序)、表、记、状、对问、檄、封事、移文、传、哀辞、祭文、碑文、墓志铭等众多文体皆被选入,特别是诗、赋、楚辞等体进入古文总集,极大地丰富了古文内涵,使得古文成为宋人心目中高古艺术旨趣的文体样式的总称,其在文体上并没有明确的限定和排他性。① 文章的类别除议论文外,开始拓展到记叙文、抒情文,显示其"古文"观念有了大大的拓展。

其后,真德秀的《文章正宗》首次将经、史典籍(如《左传》《穀梁传》《公羊传》《国语》《战国策》《史记》《汉书》《后汉书》)中的部分段落辑出成文,作为文章的源头经典,且数量大大超过唐代(其不选宋文),另外又选入不少古体诗赋,所谓的"正宗"文章指的是古体诗文。

汤汉的《妙绝古今》则将选文进一步扩展到《孙子》《列子》《庄

---

① 参考吴承学《宋代文章总集的文体学意义》,《中国社会科学》2009年第2期。

子》等子书的节录篇章。其他古文总集的选文标准多在这些基础上有所增损。

总括起来看,南宋多种"古文"总集体现的"古文"体类概念虽各有特点,但其外延和内涵大体包括:以时间论,古文主要涵盖先秦两汉和唐宋时期的文章,魏晋六朝仅有极少数篇章入选;以作品论,古文主要以汉、唐及北宋的作家作品为主,上溯先秦经、史、子典籍中部分节录成文的篇章,下及部分南宋作家作品,而尤以后来被称为"唐宋八大家"的作品为典范,韩、柳、欧、苏四家所占比重最大;以语体论,古文主要以单句散行的散体行文,但不排斥文中穿插俪语偶句,个别通篇骈体的篇章甚至部分古体诗歌,也可包含在古文之中;以体裁论,古文包括了流行的大部分文体,与四六类和时文类文体也有部分的交错(如表、启、策、论等);以内容论,古文以阐明儒道为主要思想倾向,但也不绝对排斥掺杂佛、道思想的篇章;以表现手法论,古文广泛使用议论手法,但叙事、抒情也多有发展,并常有多种手法的融合;以总体风格论,古文以"雅正"风格为主导,也包容多种风格的存在,但排斥浅俗、柔靡、雕琢的倾向。简言之,"古文"是主要以散行单句行文,以"雅正"风格为主导,以韩、柳、欧、苏作品为典范的一种文类,它在文坛上与主要应用于朝廷理政和人际交流的四六文、主要使用于科举应试的"时文"形成鼎足而立的态势。古文符合儒家"明道"的价值观念和复古意识,并将唐宋文集之文扩展到秦汉经、史、子之文,贯通整个文学史,体现了极大的包容性,较之韩愈的古文观念有了极大的丰富。古文体类的逐步确立并为文坛所认同,是古文文体学形成的一个重要前提。

二、古文文话的问世

与古文选本不断探索古文外延内涵的同时,南宋时期一批古文文话也相继问世。这批文话大致可分为四类:

第一,随笔杂记类。这是具有说部性质、随笔式的著作,虽然理论性不足,但表达上灵活自由,时有独到的见解。如楼昉《过庭录》、吴子良

《荆溪林下偶谈》、周密《浩然斋雅谈》、朱熹《朱子语类·论文》、叶适《习学记言序目·皇朝文鉴》、黄震《黄氏日抄·读文集》等。

第二，理论著作类。这是颇见系统性与原创性之理论专著，论述条理明晰，体例较为严整。如陈骙《文则》、孙奕《履斋示儿编·文说》、李涂《文章精义》等。

第三，资料汇编类。这是辑而不述的汇编式著作，集中了相关论述分类编排，为研究提供了便利。如王正德《余师录》、张镃《仕学规范·作文》等。

第四，选本评点类。这是有评有点的文章选集，揭示文章结构脉络，点明文章关键之处，开示文章写作门径。如吕祖谦《古文关键》、楼昉《崇古文诀》、真德秀《文章正宗》、谢枋得《文章轨范》等。①

类似于宋代的古文选本对"古文"概念的理解不尽相同，这些文话著述也程度不同地夹杂有对四六乃至诗赋的评述，但其绝大部分内容无疑是针对古文的。对古文文类的探讨占据了这些文话著述的极大篇幅，显示出古文文体学的丰富内涵。

第三节 古文文体学内涵举要

虽然随着唐代古文的兴起，对古文的评述已时常在序跋、书信、笔记中见到，但毕竟零星出现，也无系统。全面研讨古文文类还是始于宋代，南宋则尤为普遍。古文文体学的内容主要包括文道关系论、古文演进论、古文作法论、古文风格论等方面。

一、文道关系论

韩愈在复兴儒道的旗帜下倡导古文，并明确宣示"文以明

---

① 参考王水照、慈波《宋代：中国文章学的成立》，载于《中国古代文章学的成立和展开》，复旦大学出版社，2011年，第146—147页。

道",由此文道关系遂成为古文家的基本命题,也是古文文体学必须面对的话题。古文与儒道不可分离,这是文道关系的基本前提,连方外之士释智圆也清晰地认识到:"夫所谓古文者,宗古道而立言,言必明乎古道也","今其辞而宗于儒,谓之古文可也;古其辞而倍于儒,谓之古文不可也"。① 但对于"文"与"道"各自的内涵以及相互之间孰先孰后、孰重孰轻、孰本孰末等问题,各家认识并不相同,有的甚至形成明显的对立。韩愈宣称"修其辞以明其道:我将以明道也"②,柳宗元亦云:"圣人之言,期以明道,学者务求诸道而遗其辞。辞之传于世者,必由于书。道假辞而明,辞假书而传,要之,之道而已耳。"③二者都明确表述了"文以明道"的观点。韩愈弟子李汉则提出"文以贯道"论,称:"文者贯道之器也。不深于斯道,有至焉者不也?"④

　　宋代则出现了古文家和道学家对文道关系认识的绝然对立。欧、苏等古文家承袭韩、柳"文以明道"论,并进行了深入阐发。欧阳修提出"道胜文至"论,称:"圣人之文虽不可及,然大抵道胜者文不难而自至也。"⑤又说:"古人之学者非一家,其为道虽同,言语文章未尝相似。……各由其性而就于道耳。"⑥强调文章具有独立性。苏轼一方面说"我所谓文,必与道俱"⑦,另一方面更重视文学本身的价值,认为"有道有艺,有道而不艺,则物虽形于心,不形于手"⑧。道

---

① 释智圆《送庶几序》,曾枣庄、刘琳主编《全宋文》第 15 册,上海辞书出版社、安徽教育出版社,2006 年,第 190—191 页。
② 韩愈《争臣论》,马其昶校注《韩昌黎文集校注》卷二,上海古籍出版社,2021 年,第 161 页。
③ 柳宗元《报崔黯秀才论为文书》,《柳宗元集》卷三四,中华书局,1979 年,第 886 页。
④ 李汉《昌黎先生集序》,韩愈著,马其昶校注《韩昌黎文集校注》卷首,上海古籍出版社,2021 年,第 2 页。
⑤ 欧阳修《答吴充秀才书》,《欧阳修全集》卷四七,中华书局,2001 年,第 664 页。
⑥ 欧阳修《与乐秀才第一书》,同上书卷七〇,第 1024 页。
⑦ 苏轼《祭欧阳文忠公夫人文》,《苏轼文集》卷六三,中华书局,1986 年,第 1956 页。
⑧ 苏轼《书李伯时山庄图后》,同上书卷七〇,第 2211 页。

学家则提出"文以载道"论和"作文害道"论。周敦颐称:"文所以载道也。轮辕饰而人弗庸,徒饰也;况虚车乎!""文辞,艺也;道德,实也。"①他将文纯粹作为"载道"的工具。程颐更做了进一步的发挥,将文道关系推向截然对立:"问:'作文害道否?'曰:'害也。凡为文,不专意则不工,若专意则志局于此,又安能与天地同其大也?《书》曰"玩物丧志",为文亦玩物也。'"②朱熹则提出"文者道之枝叶""文从道中流出"的观点:"道者,文之根本;文者,道之枝叶。惟其根本乎道,所以发之于文,皆道也。"③"这文皆是从道中流出,岂有文反能贯道之理?文是文,道是道,文只如吃饭时下饭耳。若以文贯道,却是把本为末。以末为本,可乎?"④他认为文附属于道,同样否定了文的独立性。

在南宋道学盛行的背景下,浙东文派的作家则不但认可"文以明道"论,还充分肯定文对道的能动作用。吕祖谦指出:"词章,古人所不废。然德盛仁熟,居然高深,与作之使高,浚之使深者,则有间矣。"⑤即认为道(德)先于文,但也不废文。叶适则提出"由文合道"论,称"人主之职,以道出治,形而为文,尧舜禹汤是也。若所好者文,由文合道,则必深明统纪,洞见本末,使浅知狭好者无所行于其间,然后能有助于治"⑥。这就强调了文的能动作用。陈亮更提出了"扶道"说:"比得其传文观之,见其辨析精微,力扶正道,惓惓斯世,如有隐忧,发愤至于忘食,而出处之义终不苟,可为自尽于仁者

---

① 周敦颐《通书·文辞第二十八》,《周敦颐集》,中华书局,1990年,第35、36页。
② 程颐《河南程氏遗书》卷十八,程颢、程颐《二程集》第1册,中华书局,1981年,第239页。
③ 朱熹《论文上》,黎靖德编《朱子语类》卷一三九,中华书局,2020年,第3584页。
④ 同上书,第3569页。
⑤ 吕祖谦《与陈同甫》,《东莱吕太史别集》卷十《尺牍四》,黄灵庚、吴战垒主编《吕祖谦全集》第2册,浙江古籍出版社,2017年,第432页。
⑥ 叶适《习学记言序目》卷四七,中华书局,1977年,第696页。

矣。"①文能"力扶正道",更突出了文对于道的能动性。②

唐宋文坛上,诸家立足不同的立场,从不同的角度阐发对于文道关系的理解,从而建立各自的古文观,因而也使之成为古文文体学中难以绕开又众说纷纭的命题。

二、古文演进论

唐宋的古文发展经历了曲折的过程,宋初的古文家已注意及此,并努力梳理其演进历程。如范仲淹《尹师鲁河南集序》有云:

> 予观尧典舜歌而下,文章之作,醇醨迭变,代无穷乎。惟抑末扬本,去郑复雅,左右圣人之道者难之。近则唐贞元、元和之间,韩退之主盟于文,而古道最盛。懿、僖以降,浸及五代,其体薄弱。皇朝柳仲涂起而麾之,髦俊率从焉。仲涂门人能师经探道,有文于天下者多矣。洎杨大年以应用之才,独步当世。学者刻辞镂意,有希仿佛,未暇及古也。其间甚者专事藻饰,破碎大雅,反谓古道不适于用,废而弗学者久之。
>
> 洛阳尹师鲁,少有高识,不逐时辈,从穆伯长游,力为古文。而师鲁深于《春秋》,故其文谨严,辞约而理精,章奏疏议,大见风采,士林方耸慕焉。遽得欧阳永叔,从而大振之,由是天下之文一变而古,其深有功于道欤!③

这里指出古文从中唐"最盛"至五代"薄弱"的转折,尤其对宋初柳开"起而麾之"、杨亿等"专事藻饰,破碎大雅"以及尹洙、欧阳修"从而大振"的过程进行了具体描述,揭示出韩、柳以来古文演进的基本轨迹。前引张舜民所论,亦集中展示了北宋古文占据文坛主导的景

---

① 陈亮《胡仁仲遗文序》,《陈亮集》卷二三,中华书局,1987年,第258页。
② 参考李建军《宋代浙东文派研究》第十一章第一节,人民出版社,2013年,第588—593页。
③ 范仲淹《范文正公文集》卷八,《范仲淹全集》,中华书局,2020年,第154—155页。

象。南宋初孙觌则云:"逮庆历、嘉祐间,欧阳文忠公以古文倡,而王荆公、苏东坡、曾南丰起而和之,文章一变,醇深雅丽,追复古初。文直而事核,意尽而言止,譬之行云流水,遇物赋形,体质自然,不见刀尺。于是天下翕然以为宗师。"[1]这就更具体地总结了北宋诸家古文的特色。至于北宋后期学术文章的演进,则如周必大《苏魏公文集后序》所揭示:"至和、嘉祐中,文章尔雅,议论正平,本朝极盛时也。一变而至熙宁、元丰,以经术相高,以才能相尚,回视前日,不无醇疵之辨焉。再变而至元祐,虽辟专门之学,开众正之路,然议论不齐,由兹而起。又一变为绍圣、元符,则势有所激矣。盖五六十年间,士风学术无虑四变。"[2]元祐时期的"议论不齐",主要表现为道学家和古文家的分道扬镳。吴子良对此有具体剖析:"宋东都之文,以欧、苏、曾倡,接之者无咎(晁补之)、无己(陈师道)、文潜(张耒)其徒也。宋南渡之文以吕(祖谦)、叶(适)倡,接之者寿老(陈耆卿)其徒也。……自元祐后,谈理者祖程,论文者宗苏,而理与文分为二,吕公病其然,思融会之,故吕公之文早蓓而晚实。逮至叶公,穷高极深,精妙卓特,备天地之奇变,而只字半简无虚设者,寿老一见亦奋跃策而追之,几及焉。"[3]作为陈耆卿和叶适的弟子,吴子良对师长的评述不免有所偏爱,但揭示的"谈理者祖程,论文者宗苏,而理与文分为二",以及吕祖谦、叶适"思融会之"的努力,确实是道出了北宋后期至南宋中期古文演变的轨迹。及至南宋后期,由于理学取得了统治思想的地位,场屋时文充斥着性理之论,以古奥艰涩为特征的变体古文也颇有市场,太学中也有人与之相呼应。宋末周密曾揭示"太学文体"的"三变":"乾、淳之文,师淳厚,时人谓之

---

[1] 孙觌《送删定侄倬赵序》,《鸿庆居士集》卷三一,《景印文渊阁四库全书》集部第1135册,台湾商务印书馆,1983—1988年,第313页。
[2] 周必大《庐陵周益国文忠公集》卷二〇,《周必大全集》,四川大学出版社,2017年,第189页。
[3] 吴子良《筼窗续集序》,林表民、谢铎辑《赤城集》卷十七,中国文史出版社,2007年,第265页。

'乾淳体'。人材淳古,亦如其文。至端平江万里习《易》,自成一家,文体几于中复。淳祐甲辰,徐霖以书学魁南省,全尚性理,时竞趋之,即可以钓致科第功名。自此,非《四书》《东西铭》《太极图》《通书》《语录》不复道矣。"①可见当时文坛之一斑。宋濂则在《剡源集序》中全面揭示宋末文坛弊端:"辞章至于宋季,其敝甚久,公卿大夫视应用为急,俳谐以为体,偶俪以为奇,觍然自负其名高。稍上之,则穿凿经义,隐括声律,孳孳为哗世取宠之具。又稍上之,剽掠前修语录,佐以方言,累十百而弗休,且曰:'我将以明道,奚文之为?'又稍上之,骋宏博,则精粗杂糅而略绳墨;慕古奥,则删去语助之辞而不可以句。顾欲矫弊而其弊尤滋。"②则古文演进至此,衰敝已极。宋元古文家对古文演进的这类概括评述,所在多有,它们往往准确揭示出文坛的真实状态和发展趋势,成为文体学的重要组成部分。

三、古文作法论

韩愈大力倡导古文,并十分重视古文作法的探讨。他曾对文体革新、文章气势、语言创新、表达标准等涉及古文作法的问题发表了一系列重要意见,甚至对运用修辞、提炼语词、使用虚词、使用口语等具体手法,都十分重视,并身体力行,树立典范。这一传统为宋代古文家所继承,欧、苏等大家都注重传授作文之法,如《东坡志林》载:"顷岁孙莘老,识欧阳文忠公,尝乘间以文字问之。云:'无它术,唯勤读书而多为之,自工。世人患作文字少,又懒读书,每一篇出,即求过人。如此,少有至者。疵病不必待人指摘,多作自能见之。'此公以其尝试者告人,故尤有味。"③苏轼在回答王庠如何作科举文章时称:"亦有少节目,文字才尘忝后,便被举主取去,今日皆无

---

① 周密《太学文变》,《癸辛杂识》后集,上海古籍出版社,2012年,第34—35页。
② 宋濂《銮坡前集》卷六,《宋濂全集》,浙江古籍出版社,2014年,第607页。
③ 苏轼《苏轼文集》卷六六,中华书局,1986年,第2055页。

有,然亦无用也,实无捷径必得之术。但如君高材强力,积学数年,自有可得之道,而其实皆命也。但卑意欲少年为学者,每一书,皆作数过尽之。书富如入海,百货皆有之,人之精力,不能兼收尽取,但得其所欲求者耳。故愿学者,每次作一意求之。如欲求古今兴亡治乱圣贤作用,但作此意求之,勿生余念。又别作一次求事迹故实典章文物之类,亦如之。他皆仿此。此虽迂钝,而他日学成,八面受敌,与涉猎者不可同日而语也。"①欧阳修的"勤读书而多为之",苏轼的"实无捷径必得之术"及"八面受敌"读书法,都是指导写作的经验之谈。

随着宋代科举"变声律为议论"的进展,策、论类文体的写作越来越受到关注。苏轼云:"夫科场之文,风俗所系,所收者天下莫不以为法,所弃者天下莫不以为戒。昔祖宗之朝,崇尚辞律,则诗赋之士,曲尽其巧。自嘉祐以来,以古文为贵,则策论盛行于世,而诗赋几至于熄。何者?利之所在,人无不化。"②苏门弟子就十分注重用分析诗赋等科举文体的方法,来探讨古文的写作,并进而提出了时文"以古文为法"的命题。如黄庭坚有云:"可更熟读司马子长、韩退之文章。凡作一文,皆须有宗有趣,终始关键,有开有阖,如四渎虽纳百川,或汇而为广泽,汪洋千里,要自发源注海耳。"③又谓陈师道"作文,深知古人之关键。其论事救首救尾,如常山之蛇,时辈未见其比"④。秦观长于议论,曾作有备考制科的策论50篇,吕本中曾云:"秦少游应制科,问东坡文字科纽,坡云:但如公《上吕申公书》足矣。故少游五十篇只用一格,前辈如黄鲁直、陈无己皆极口称道之。……盖篇篇皆有首尾,无一字乱说,如人相见,接引应对茶汤之

---

① 苏轼《与王庠五首》其五,《苏轼文集》卷六〇,中华书局,1986年,第1822页。
② 苏轼《拟进士对御试策》,同上书卷九,第301页。
③ 黄庭坚《答洪驹父书》,《宋黄文节公全集·正集》卷十八,《黄庭坚全集》,四川大学出版社,2001年,第474页。
④ 黄庭坚《答王子飞书》,同上书,第467页。

类,自有次序,不可或先或后也。"①黄庭坚则作诗称赞道:"少游五十策,其言明且清。笔墨深关键,开阖见日星。陈友评斯文,如钟磬鼓笙。谁能续凤鸣,洗耳听两甥。"②李廌谓:"东坡教人读《战国策》,学说利害;读贾谊、晁错、赵充国章疏,学论事;读《庄子》,学论理性。又须熟读《论语》《孟子》《檀弓》,要志趣正当;读韩、柳,令记得数百篇,要知作文体面",并纵论文章"不可无者有四":"有体,有志,有气,有韵,夫是谓成全。"③可见苏轼和苏门弟子常围绕策论的写作进行传授和研讨。至北宋后期,唐庚在《上蔡司空书》中称:"文章于道有离有合,不可一概忽也。……而自顷以来,此道几废,场屋之间,人自为体,立意造语,无复法度。宜诏有司,取士以古文为法。所谓古文,虽不用偶俪,而散语之中,暗有声调,其步骤驰骋,亦皆有节奏,非但如今日苟然而已。"④"取士以古文为法"的命题,使古文文体学脱离了一般写作指导的范畴,而致力于用时文的研究方法探讨古文的写作规律,再反过来指导时文的写作。

集中体现古文文体学这一宗旨的载体是南宋的一系列"古文"评点,其首创之作是吕祖谦的《古文关键》。吕祖谦是著名的道学家,又是著名的文学家。他继承吕氏家学(吕本中即其伯祖),得"中原文献之传"⑤;他又出身词科,并曾创办丽泽书院,招徒讲学,传授举业,编撰《诗律武库》《古文关键》《东莱博议》等教材,晚年还奉诏编成大型总集《皇朝文鉴》,对文坛上各种文体都有深入研究。《古

---

① 马端临《文献通考·经籍考》著录"秦少游《淮海集》三十卷"引玉山汪氏(应辰)语,马端临《文献通考》卷二三七《经籍考六四》,中华书局,2011年,第6450页。
② 黄庭坚《晚泊长沙示秦处度范元实用寄明略和父韵五首》其五,《宋黄文节公全集·正集》卷三,《黄庭坚全集》,四川大学出版社,2001年,第70页。诗中"陈友"即陈师道。
③ 王正德《余师录·李方叔》引李廌语,王水照编《历代文话》第1册,复旦大学出版社,2007年,第401—402页。
④ 王正德《余师录·唐子西》引,王水照编《历代文话》第1册,复旦大学出版社,2007年,第391—392页。参见祝尚书《宋元文章学》第三章第一节,中华书局,2013年,第62—65页。
⑤ 脱脱等《宋史》卷四三四,中华书局,1985年,第12872页。

文关键》"取韩愈、柳宗元、欧阳修、曾巩、苏洵、苏轼、张耒之文,凡六十余篇,各标举其命意布局之处,示学者以门径,故谓之关键"①,卷首载《看古文要法》一篇,可以视为全书古文文体学的纲领。该文分为三部分,如"总论看文字法"所论:"学文须熟看韩、柳、欧、苏。先见文字体式,然后遍考古人用意下句处。""第一看大概主张","第二看文势规模","第三看纲目关键","第四看警策句法"。② 这就明确揭示出古文以韩、柳、欧、苏四家为典范,首重辨体(文字体式)、立意(用意)、行文(下句等),并指示从宏观到微观把握文章的关键。"论作文法"则从篇章结构到造句下字,全方位阐明作文之法。"论文字病"再从反面揭示各种文病。诚如祝尚书所指出的:《看古文要法》"是《古文关键》的评点原则与方法","它标志着文章学家由对时文程式的关注转向研究古文文法,时文、古文进入相向而行、共同发展的轨道;又标志着由时文逆向研究古文,进入了对古文文法进行全面解析时代的到来,使古文创作从此有了理论指导;同时还标志着时文'以古文为法'有了具体的实施方案和突破性进展"。③

《古文关键》对诸家范文的评点内容,涉及文体、文风、文意、文法等层面。吕氏论文体,将文字体式放在首要地位,并在批点中注意揭橥文章体格,如称韩愈《谏臣论》为"意胜反题格",称柳宗元《捕蛇者说》为"感慨讥讽体",称曾巩《救灾议》为"说利害体"等。其论文风,揭示韩文之"简古"、柳文之"关键"、欧文之"平淡"、苏文之"波澜"等,并进而指出其渊源及应重点借鉴之处,都是简洁精当,一语中的。吕氏论文意,则强调"题常则意新""意深而不晦"以及"意常则语新",针对不同对象提出不同的要求。《古文关键》评

---

① 永瑢等《四库全书总目》卷一八七,中华书局,1965年,第1698页。
② 吕祖谦《古文关键》,黄灵庚、吴战垒主编《吕祖谦全集》第11册,浙江古籍出版社,2017年,第1页。
③ 参考祝尚书《宋元文章学》第三章第二节,中华书局,2013年,第70页。

点的核心在于点明文法技巧,即将"作者之心源、骨髓,一一抉出,不啻口讲手画以指示学者,可谓知之深而与得之者同其难矣。苟读之,而心解神会,则难者正无难耳"①。这些文法技巧包括篇法、句法、字法以及贯通全篇的活法。篇法是文章的谋篇布局之法,涉及纲目、关键、起头、缴结等技巧。纲目即文章展开的主要线索,讲究经纬贯通和血脉相应;关键是文章起承转合的紧要之处,注重铺叙次第和抑扬开合;起头、缴结指文章开头、结尾以及首尾相应之法。句法是遣词造句之法,也是协调句子间关系、灵活运用句式之法。造句求警策,句式穿插要长短结合、整散结合,句子承应要前后勾连,上下衔接。字法是造语下字之法,要避免各种文病,做到造语健壮,下字不苟。除了这些篇、句、字的定法,吕氏还论及贯通全篇的活法,讲究文法应用的辩证境界,所谓"常中有变""正中有奇"。《古文关键》将这些丰富的古文文法技巧,通过选(遴选范文)、评(总评、首批、尾批、旁批)、点(抹、点、界画)多种形式揭示出来,构成了较为完备的体例,开创了新的文体批评方法。吕氏创造了以文法技巧为核心的一系列批评话语,构成了一套古文的批评体系,影响深远,使《古文关键》成为南宋古文作法论的开山之作,后起的诸多古文评点选本无不袭用。②

除了以《古文关键》为首的这批古文评点选本之外,陈骙研讨文法的专著《文则》也值得重视。陈骙博通经史,"于诸经,常参合同异,不随语生说而义理自会。前代故实,无不贯涉;本朝宪令,无不审据。文词古雅,不名一体。间出新意奇句,读辄惊人"③,著有《中兴馆阁书目》《南宋馆阁录》《政鉴录》《古学钩玄》等。《文则》以

---

① 张云章《古文关键序》,吕祖谦《古文关键》卷末附录,黄灵庚、吴战垒主编《吕祖谦全集》第 40 册,浙江古籍出版社,2017 年,第 125—126 页。
② 参考李建军《宋代浙东文派研究》第九章第一节,人民出版社,2013 年,第 508—531 页。
③ 叶适《观文殿学士知枢密院事陈公文集序》,《水心文集》卷十二,《叶适集》,中华书局,2010 年,第 225 页。

五经之文为主要研究对象,称"古人之文,其则著矣,因号曰《文则》"①,明确声明以探索古文之法则为目标。它虽然也论及文体、文风、文意等方面,但重点是以修辞为核心的文法,包括"言有宜""尚文协""文贵简"等修辞原则,助词运用、句法修辞、篇章修辞之法,以及取喻、援引、继踵、交错、同目、类字、对偶、析字等辞格用法。②《文则》在修辞学史上有重要地位,但其所谓"古人之文",与当时文坛上流行的古文已有很大距离,而且其"大旨皆准经以立制"③,偏重纯理论研究,对指导写作少有直接功效,因此其影响在当时远在《古文关键》等评点类选本之下。

四、古文风格论

在唐宋古文发展的过程中,始终存在着不同风格的追求和论争,从而成为古文文体学的重要内容之一。韩愈倡导古文虽然要求"文从字顺",但他更追求"复古",偏爱"尚奇",喜好奇崛的文章风格。韩门弟子中皇甫湜、樊宗师乃至晚唐孙樵、刘蜕等,继承和发展了韩愈古文的这一倾向,主张"意新则异于常,异于常则怪矣;词高则出于众,出于众则奇矣"④,"辞必高然后为奇,意必深然后为工"⑤,从而走上了矜奇尚怪的道路,开启了古文风格"尚奇"的一路。北宋古文发展中,曾流行"太学体"的险怪文风,"时举者务为险怪之语,号'太学体',公一切黜去,取其平澹造理者即预奏名"⑥,欧

---

① 陈骙《文则序》,《文则》卷首,王水照编《历代文话》第 1 册,复旦大学出版社,2007 年,第 135 页。
② 参考李建军《宋代浙东文派研究》第七章第一节,人民出版社,2013 年,第 406—431 页。
③ 永瑢等《四库全书总目》卷一九五,中华书局,1965 年,第 1787 页。
④ 皇甫湜《答李生第一书》,《皇甫持正集》卷四,《景印文渊阁四库全书》集部第 1078 册,台湾商务印书馆,1983—1988 年,第 86 页。
⑤ 孙樵《与友人论文书》,肖占鹏主编《隋唐五代文艺理论汇编评注》,南开大学出版社,2002 年,第 1329 页。
⑥ 韩琦《故观文殿学士太子少师致仕赠太子太师欧阳公墓志铭》,徐正英、李之亮笺注《安阳集编年笺注》卷五〇,巴蜀书社,2000 年,第 1554—1555 页。

阳修用"平澹造理"的古文,奠定了宋代古文主流风格的基础。经欧门弟子的大力弘扬,平易流畅的古文终于占据了文坛的主导地位。但这种险怪文风伴随着古文的演进一直存在①,到南宋仍是如此。如从乾道、淳熙间开始,文坛上就形成了纤巧摘裂、断续钩棘为特征的一派。陆游曾批评当时文人"或以纤巧摘裂为文,或以卑陋俚俗为诗,后生或为之变而不自知"②。袁桷更揭示当时"江西诸贤别为宗派,窃取《国策》、庄周之词杂进,语未毕而更,事遽起而辍。断续钩棘,小者一二言,长者数十言,迎之莫能以窥其涯,而荒唐变幻,虎豹竦而鱼龙杂也"③。这一派甚至延续到宋末,如刘辰翁之文"专以奇怪磊落为宗。务在艰涩其词,甚或至于不可句读,尤不免轶于绳墨之外"④,在当时颇有影响。因而,主流文风对险怪文风的警惕和批评,也成为古文风格论关注的对象。

　　古文风格论更主要的内容,是对古文名家作品风格的描述、概括、比较和阐发。本书第三章曾引述苏洵对欧阳修文风、陆游对吕本中文风的评论,此类评述在宋人文集、笔记中比比皆是。至南宋的古文选本更注重对名家风格的评点,如《古文关键》评诸家文风:

　　　　看韩文法:简古。一本于经,亦学《孟子》。学韩简古,不可不学他法度,徒简古而乏法度,则朴而不文。

　　　　看柳文法:关键。出于《国语》。当学他好处,当戒他雄辩,议论文字亦反复。

　　　　看欧文法:平淡。祖述韩子。议论文字最反复。学欧平淡,不可不学他渊源。徒平淡而无渊源,则委靡不振。

---

① 参考朱刚《北宋"险怪"文风:古文运动的另一翼》,《中国社会科学》2010年第1期。
② 陆游《陈长翁文集序》,朱迎平笺校《渭南文集笺校》卷十五,上海古籍出版社,2022年,第788页。
③ 袁桷《曹伯明文集序》,《清容居士集》卷二二,浙江古籍出版社,2015年,第608—609页。
④ 永瑢等《四库全书总目》卷一六五,中华书局,1965年,第1409页。

看苏文法:波澜。出于《战国策》《史记》,亦得关键法。当学他好处,当戒他不纯处。

看诸家文法:曾(巩)文。专学欧,比欧文露筋骨。子由文。太拘执。王(安石)文。纯洁,学王不成,遂无气焰。李(翱)文。太烦。亦粗。秦(观)文。知常而不知变。张(耒)文。知变而不知常。晁(补之)文。粗率,自秦而下三人,皆学苏者。①

这里不仅有对各家风格的精准概括,而且指明其渊源所自,并告诫后人模仿学习的正、反要点,更切合古文初学者的需求。又"论作文法"中还列举一系列词语,包括明白、整齐、紧切、的当、流转、丰润、精妙、端洁、清新、简肃、清快、雅健、简短、闳大、雄壮、清劲、华丽、缜密、典严等近20个,对古文风格的描绘区分得十分细密,也值得充分关注。

此外,《文则》中有对《左传》不同文体风格的阐述:"春秋之时,王道虽微,文风未殄,森罗辞翰,备括规摹。考诸《左氏》,摘其英华,别为八体,各系本文:一曰命婉而当,二曰誓谨而严,三曰盟约而信,四曰祷切而悫,五曰谏和而直,六曰让辩而正,七曰书达而法,八曰对美而敏。作者观之,庶知古人之大全也。"②对《左传》八体风格的概括具体而微,十分经典,也是古文风格论的一种拓展。

---

① 吕祖谦《看古文要法》,《古文关键》,黄灵庚、吴战垒主编《吕祖谦全集》第11册,浙江古籍出版社,2017年,第1—2页。
② 陈骙《文则》,王水照编《历代文话》第1册,复旦大学出版社,2007年,第177页。

第十二章　时文文体学的兴起

在古文、四六文体不断发展的同时，宋代文坛又流行"时文"一体，主要指科举文体（诗赋、策论、经义等）。随着宋代科举制度的成熟和科举规模的扩大，时文逐步成为文坛关注的中心。时文类总集大量编纂，时文类专著应运而生，时文文体学蓬勃兴起。

第一节　"时文"概念的演进

"时文"在文体学上的原义本指时下流行文体。《文心雕龙·时序》就有"观其时文，雅好慷慨"[1]之说。晚唐刘蜕《上礼部裴侍郎书》称"阁下以古道正时文，以平律校郡士"[2]，亦是此意。但宋前"时文"一词使用并不普遍，也无特定的含义。

北宋时期，杨亿曾编有《笔苑时文录》。《宋史》本传载："亿天性颖悟，自幼及终，不离翰墨。……博览强记，尤长典章制度……人有片辞可纪，必为讽诵。手集当世之述作，为《笔苑时文录》数十篇。"[3]这里的"时文"，仍是泛指流行文体。欧阳修较多地使用"时文"的概念，并明确将其与科举文章联系在一起。他称自己少时"随世俗作所谓时文者，皆穿蠹经传，移此俪彼，以为浮薄，惟恐不悦于

---

① 刘勰《文心雕龙·时序》："观其时文，雅好慷慨，良由世积乱离，风衰俗怨，并志深而笔长，故梗概而多气也。"（詹锳义证《文心雕龙义证》，上海古籍出版社，1989年，第1694页）

② 刘蜕《上礼部裴尚书书》，董诰等编《全唐文》卷七八九，中华书局，1983年，第8256页。

③ 脱脱等《宋史》卷三〇五《杨亿传》，中华书局，1985年，第10083页。

时人"①。他又称"是时天下学者杨、刘之作,号为时文,能者取科第,擅名声,以夸荣当世,未尝有道韩文者。予亦方举进士,以礼部诗赋为事"②。他还在《苏氏文集序》中说:"天圣之间,予举进士于有司,见时学者务以言语声偶摘裂,号为时文,以相夸尚。而子美独与其兄才翁及穆参军伯长,作为古歌诗杂文,时人颇共非笑之,而子美不顾也。其后天子患时文之弊,下诏书讽勉学者以近古,由是其风渐息,而学者稍趋于古焉。"③《六一诗话》则载:"陈舍人从易,当时文方盛之际,独以醇儒古学见称,其诗多类白乐天。盖自杨刘唱和,《西昆集》行,后进学者争效之,风雅一变,谓'西昆体'。"④这些文章中"时文"的含义,既指杨、刘为代表的以偶俪浮薄为特征、与古诗杂文相对立的"西昆体"流行文体,也指以"取科第,擅名声"为目标、以诗赋为主的科举文体,两者在当时是合二为一的。正是看到了这类时文的弊病,欧阳修一方面倡导古文,一方面在庆历新政时期奏上《论更改贡举事件札子》,并执笔制定《详定贡举条例》,提出先策论、后诗赋的考试顺序,变声律为议论,先古文后偶俪,从而开启了宋代科举文体改革的大幕。《古今源流至论》载:"国朝自熙宁之间,黄茅白苇几遍天下。牵合虚无,名曰时学,荒唐诞怪,名曰时文。王氏(按,指安石)作之于前,吕氏(指惠卿)述之于后。虽当时能文之士,亦靡然丕变也。"⑤这里的"时文",就专指熙宁变法后使用的考试文体了。

唐宋科举文体的演变,经历了曲折的变化。自天宝初年始,唐代进士科考试固定为以律诗、律赋为主,并辅以试策的模式,讲究声律的今体诗、赋成为取士的主要标准。晚唐李商隐四六、北宋"西昆

---

① 欧阳修《与荆南乐秀才书》,《欧阳修全集》卷四七,中华书局,2001年,第660页。
② 欧阳修《记旧本韩文后》,同上书卷七三,第1056页。
③ 欧阳修《苏氏文集序》,同上书卷四三,第614页。
④ 欧阳修《六一诗话》,何文焕辑《历代诗话》上册,中华书局,1981年,第266页。
⑤ 林駉《古今源流至论》前集卷四"欧苏之学",《景印文渊阁四库全书》子部第942册,台湾商务印书馆,1983—1988年,第56页。

体"时文的流行,莫不以此为准的。北宋科举改革后,进士科考试逐步由重诗、赋转向重策、论,但两者仍然并存。熙宁变法后又新增经义一体,而罢诗、赋,故科举专以经义、策、论试士。南宋进士科分诗赋、经义两类取士,恢复试诗、赋,继续试经义,同时并试策、论。而两宋制科考试所试文体始终为策、论两种。综合起来看,宋代科举考试"变声律为议论"的趋势十分明显,传统的诗、赋体时用时停,而策、论、经义三种议论性文体后来居上,成为宋代选拔人才的主要考核形式。适应这一演变过程,"时文"的含义虽然仍指流行文体,但主要用来专指各种科举体类;而在科举文体中,它虽然仍包括诗、赋,甚至也可涵盖词科考试所用的诸体,但其最主要的指向,则成了策、论、经义三体。与此同时,"时文"本身也成为文坛上的一个流行词语被广泛使用,至南宋尤为普遍。这反映了科举文体在宋代受到特别的关注,成为一个特殊的体类。将科举所用今体诗、赋,分别归入诗体学、辞赋体学中考察,词科考试文体归入四六文体学中考察,因而本章所谓"时文文体学",也主要围绕对策、论、经义三种议论性文体的研讨而言。

  宋代文人由于入仕的需要,普遍参与到时文写作之中,不少名人更成为时文大家。如三苏均擅长驰骋议论,苏轼、苏辙兄弟更同时在贡举、制举中名列前茅,他们参加应试的大量策、论之文便成为后代举子的时文范本,被反复编印刊刻。陆游《老学庵笔记》所载"苏文熟,吃羊肉。苏文生,吃菜羹"①的民谣,恰是三苏时文在当时崇高地位的形象反映。至南宋时期,以陈傅良、叶适、陈亮为代表的浙东学者在时文写作和教学中影响极大。陈傅良于隆兴初即在永嘉城南讲学时,"以科举旧学,人无异辞,于是芟除宿说,标发新颖,学者翕然从之"②。他撰有《止斋论祖》《永嘉先生八面锋》等著作指导学

---

① 陆游《老学庵笔记》卷八,中华书局,1979年,第117页。
② 永瑢等《四库全书总目》卷一七四,中华书局,1965年,第1541页。

生,他的时文被称为"永嘉文体"①。陈氏弟子叶适也擅长时文写作,所作策论流传至今尚有百余篇,在当时被誉为"策场标准"②。"叶适《进卷》、陈傅良《待遇集》,士人传诵其文,每用辄效。"③陈亮与叶适的文章被合刊为《圈点龙川水心二先生文粹》,其中也以科举时文为主。④ 可以说,作为一种特殊的文类,时文与宋代绝大多数文人都有着不解之缘。正因如此,宋人对时文的研讨也较早地开展,上章讨论古文作法论一节所述苏门弟子围绕策论写作展开的讨论,其实即是对时文的研讨。而进入南宋后,这种研讨更是蓬勃发展起来。

第二节 时文总集、类编的编刊

与四六、古文一样,对时文研讨的基础,是相关时文总集的编纂。宋代时文总集编刊主要有两条途径:一是书坊刻印。由于宋代刻书业的发达和士子需求的日增,民间书坊大量刻印时文集以射利,以至朝臣上奏请求禁止印卖,如淳熙九年(1182)给事中施师点奏称:"窃见书坊所印时文如诗、赋、经义、论,因题而作,不及外事。至于策试,莫非时务,而临轩亲试,又皆深自贬损,以求直言,所宜禁止印卖。"⑤这是从防止时务策泄密的角度提出的建议,很快得到孝

---

① 吕祖谦《与朱侍讲》:"所论永嘉文体一节,乃往年为学官时病痛,数年来深知其缴绕狭细,深害心术,故每与士子语,未尝不以平正朴实为先。"(吕祖谦《东莱吕太史别集》卷八,黄灵庚、吴战垒主编《吕祖谦全集》第2册,浙江古籍出版社,2017年,第423页)
② 参考祝尚书《论宋代时文的"以古文为法"》:"叶适的《进卷》,后世刊本书名就叫《策场标准集》。"(收入祝尚书《宋代文学探讨集续编》,复旦大学出版社,2020年,第101页)
③ 脱脱等《宋史》卷一五六《选举二》,中华书局,1985年,第3635页。
④ 参见王水照、熊海英《南宋文学史》第二章第二节"以古文为法的时文写作",人民出版社,2009年,第127—143页。
⑤ 徐松辑《宋会要辑稿·刑法二之一二一》,上海古籍出版社,2014年,第8349页。

宗的批准。二是朝廷编刊。朝廷为了保证科举的权威性,由国子监审定时文范本,付版印行,以求统一标准,满足时用,如庆元五年(1199)礼部尚书黄由等上书称:"窃见向来臣僚奏请,凡书坊雕印时文,必须经监学官看详。比年所刊,醇疵相半,未足尽为楷则。策复拘于近制,不许刊行。乞将今来省试前二十名三场程文,并送国子监校定,如词采议论委皆纯正,可为矜式,即付板行。仍乞检会陈说所奏,将《三元》《元祐衡鉴赋》,《绍兴前后论粹》,《攉犀》《拔象策》同加参订,拔其尤者并付刊行,使四方学者知所适从,由是追还古风,咸资时用。"①可见朝廷对时文编刊极为用心。

由于民间和朝廷双管齐下,宋代时文总集的编刊品种繁多,规模巨大。既有综合性的如《宋史·艺文志》著录的《儒林精选时文》16卷等,更多的则是分体的时文总集,如《直斋书录解题》集部著录的《指南论》16卷,又本前、后二集46卷(陈氏按:"淳熙以前时文");又有《攉犀策》196卷,《攉象策》168卷(陈氏按:"《攉犀》者,元祐、宣、政以及建、绍初年时文也,《攉象》则绍兴末。大抵科举场屋之文,愈降愈下,后生亦不复识前辈之旧作,姑存之以观世变")。这些篇幅庞大的时文集均已佚失,流传至今的尚有以下数种:魏天应编、林子长注《论学绳尺》10卷,依天干分为10集,甲集12篇,乙集至癸集均16篇,共选编名家应试之论体文156篇,每两篇立为一格,共78格②;《十先生奥论》45卷,选编陈傅良、叶适、杨万里、吕祖谦、胡寅、朱熹等10余人论体文约200篇,分类编辑,加以注释;《策学绳尺》10卷,选录试策19篇,"每篇先录策题,题后有总论,论后

---

① 徐松辑《宋会要辑稿·选举五之二一》《选举五之二二》,上海古籍出版社,2014年,第5351页。

② 《四库全书总目》卷一八七《论学绳尺》提要曰:"凡甲集十二首,乙集至癸集俱十六首,每两首立为一格,其七十八格。"(永瑢等《四库全书总目》,中华书局,1965年,第1702页)然细核可知,乙集至癸集每卷格目数量和论文数量并不平均,卷一分7格,选文12篇,卷二至卷十每卷选文16篇,各卷分格目数量依次为8、10、10、9、8、9、9、9、8,总计87格。除却各卷重复格目,计54格。

有主意，各数行，以下乃录对策之文。……盖坊贾射利，取公私试魁选之作汇为一编，备士人场屋之用，如《诸儒策学奥论》之属"①。另有时文别集如陈傅良著《止斋论祖》、叶适《进卷》(后世称《策场标准集》)等，在当时也十分流行。

此外，还有类编相关资料的"策括""论括"之类书籍。苏轼云："近世士人纂类经史，缀辑时务，谓之策括，待问条目，搜抉略尽，临时剽窃，窜易首尾，以眩有司，有司莫能辨也。"②《文献通考》引巽岩李氏《制科题目编序》曰："乘此暇日，取五十余家之文书，掇其可以发论者，各数十百题，具如别录。间亦颠倒句读，窜伏首尾，乃类世之覆物谜言。"③此为"论括"。岳珂更谓："自国家取士场屋，世以决科之学为先，故凡编类条目、撮载纲要之书，稍可以便检阅者，今充栋汗牛矣。建阳书肆方日辑月刊，时异而岁不同，以冀速售。"④《四库全书》著录的此类科举类书尚有《永嘉八面锋》13卷、《群书会元截江网》35卷、《古今合璧事类备要》366卷、《源流至论》40卷等20余种之多。时文总集和类编的大量编刊，为时文的进一步研讨打下了文献基础。

第三节　时文文体学内涵举要*

作为科举文体，时文的研讨一开始就是适应科举应试的需求而产生，其内容也主要围绕科举考试的要求而展开。时文文体学的内容主要包括时文程式论、时文作法论和时文利弊论等。

---

① 傅增湘《精选皇宋策学绳尺跋》，《藏园群书题记》卷十九，上海古籍出版社，1989年，第961—962页。
② 苏轼《议学校贡举状》，《苏轼文集》卷二五，中华书局，1986年，第724页。
③ 马端临《文献通考·选举考》引巽岩李氏语，《文献通考》卷三三《选举考六》，中华书局，2011年，第979页。
④ 岳珂《愧郯录》卷九"场屋编类之书"，中华书局，2016年，第123页。
* 本节参考祝尚书《宋元文章学》第五、十二、十三章，中华书局，2013年，第94—114、290—318、319—356页。

一、时文程式论

自科举"以文取士"的制度确立后,如何判别应试文章的高下以择优录取,成为考试机构的一道难题。经过长期的实践,在以诗赋为主要考试形式的唐代,逐步形成了一套从结构、句法、声韵、对偶、病犯等方面衡量诗赋水平的标准,成为科举考试的"指挥棒"。这就催生出一大批诗格、赋格类著述,探索应试诗赋的写作规律,其共同特点就是以"格""式"等固定模式使写作程式化,便于应试者模仿学习。与此同理,宋代科举"变声律为议论"后,议论性时文的写作也自然而然地走向了程式化的道路。时文文体学的重要任务之一,就是探索时文的写作程式。

宋代时文除诗赋外,主要有策、论、经义三体。试策始于西汉,在唐代科举中仍占重要地位,宋代则延续使用,又有对策和进策之别。论是传统的议论文体,试论则始于唐代,在宋代科举中普遍使用,与试策并称"策论"。苏轼称"试之论以观其所以是非于古之人,试之策以观其所以措置于今之世"①,大体上概括了二者的不同作用。经义为熙宁变法后新启用的科举文体,以阐述儒家经典文句的义理为指归,局限在经书中出题。其中对策为问答体,不具完整的文章形态;进策则类似于论。论与经义在北宋尚不拘成格,"南渡以后,讲求渐密,程式渐严,试官执定格以待人,人亦循其定格以求合。于是'双关''三扇'之说兴,而场屋之作遂别有轨度。虽有纵横奇伟之才,亦不得而越"②。

《论学绳尺》卷首所辑《论诀》,集中了对论体程式的阐述,诸家所用术语不尽相同,兹以陈傅良之说为基础,参考诸家,做一梳理。

1. 破题。破题即点明题意。陈傅良云:"破题为论之首,一篇之意皆涵蓄于此,尤当立意详明、句法严整,有浑厚气象。论之去

---

① 苏轼《谢梅龙图书》,《苏轼文集》卷四九,中华书局,1986年,第1424页。
② 永瑢等《四库全书总目》卷一八七,中华书局,1965年,第1702页。

取,实系于破题。破题不佳,后虽有过人之文,有司亦不复看。"①冯椅云:"破题贵简而切当,含蓄而不晦。一句两句破者,上也;其次三句;又其次四句者,渐为不得已。破题上所用字,皆是一篇之骨,无虚下者,后面亦须照应。"②欧阳起鸣云:"论头乃一篇纲领,破题又论头纲领,两三句间要括一篇意。"③破题之下又有承题。承题即承接破题,进一步展开题意。冯椅云:"破题以下数句(按,即承题)极难,最要明快,转得怕缓,缓便吃力。"④欧阳起鸣云:"承题要开阔,欲养下文渐下,莫说尽为佳,欲抑先扬,欲扬先抑,最嫌直致无委曲。"⑤承题之下又有小讲。小讲又称起讲,即发挥题意,使文章有曲折。冯椅云:"小讲处最怕紧,怕繁絮,最要径捷,去得快。却不得苟简,不可失之直。又怕几句叠排文字。"⑥又:"小讲中且要斟酌详略,恐是实事题,便要入题,最忌前后重复。"⑦小讲之下又有入题。入题别称举题,即收归原题,开始进入文章正题。欧阳起鸣云:"讲题、举题只有详略两体,前面意说尽,则举题当略;前面说未尽,则举题当详。"⑧以上均为论体文的开头部分,总称"论头""冒子"。吴琼之云:"冒头是说主张源流,要议论多于事实,行文又欲转换处多。"⑨冯椅云:"冒子布置,便是讲题规模,又忌有重复语意。冒子中语最忌圭角,忌重滞,最宜浑融,宜轻峭,宜清快。""冒头贵简劲明切,圆活警策,不吃力,不费辞,不迂。"⑩

---

① 魏天应编《论学绳尺·行文要法》引陈傅良语,王水照编《历代文话》第 1 册,复旦大学出版社,2007 年,第 1082 页。
② 魏天应编《论学绳尺·行文要法》引冯椅语,同上书,第 1079 页。
③ 魏天应编《论学绳尺·行文要法》引欧阳起鸣语,同上书,第 1087 页。
④ 魏天应编《论学绳尺·行文要法》引冯椅语,同上书,第 1079 页。
⑤ 魏天应编《论学绳尺·行文要法》引欧阳起鸣语,同上书,第 1087 页。
⑥ 魏天应编《论学绳尺·行文要法》引冯椅语,同上书,第 1080 页。
⑦ 同上。
⑧ 魏天应编《论学绳尺·行文要法》引欧阳起鸣语,同上书,第 1087 页。
⑨ 魏天应编《论学绳尺·行文要法》引吴琼之语,同上书,第 1079 页。
⑩ 魏天应编《论学绳尺·行文要法》引冯椅语,同上书,第 1080 页。

2. 原题。原题又称论项,是将题目具体化,推明主意,为全文设定方向。陈傅良云:"题下正咽喉之地,推原题意之本原,皆在于此。若题下无力,则一篇可知。或设议论,或便说题目,或使警喻,或使故事,要之,皆欲推明主意而已。"①戴溪云:"原题贵新。"②福唐李先生云:"题下或本意起,或用证起,或辨难起,或连论头便径说去。"③欧阳起鸣云:"题下多有体,先看主意如何,却生一议论起来,或行数句淡文,或立意用事起,或设疑反难起。要之,初学发轫,设疑为易,后用事证佐则不枯。"④则原题手法多样,阐明文章中心是目标。

3. 讲题。讲题又称大讲、论腹,是全文主干,也是论文中心的全面展开。陈傅良云:"讲题谓之论腹,贵乎圆转。议论备讲一题之意,然初入讲处,最要过度精密,与题下浑然,使人读之,不觉其为讲题也。大凡讲题实事处,须是反覆铺叙,方得用语圆转。又须时时缴归题意,方得紧切。如小儿随人入市,数步一回顾,则无至失路;若一去不复反,则人与儿两失矣。初学论者最宜加审。"⑤欧阳起鸣云:"铺叙要丰赡,最怕文字直致无委曲。欲抑则先扬,欲扬则先抑。中间反覆,惟意所之。大概初入须是要宽缓,结杀处要得紧而又紧。"⑥

4. 使证。使证又称论腰,是论腹和论尾之间的层次,意在添加曲折,使文章厚实。陈傅良云:"讲后使证,此论之常格,今则不拘。盖今之为论,多于题下便使事引证,正讲后但随事议论,则或证之,而正使事证题者盖寡。然初学者不可不依常格。善使事者,但

---

① 魏天应编《论学绳尺·行文要法》引陈傅良语,王水照编《历代文话》第 1 册,复旦大学出版社,2007 年,第 1083 页。
② 魏天应编《论学绳尺·行文要法》引冯椅语,同上书,第 1078 页。
③ 魏天应编《论学绳尺·行文要法》引福唐李先生语,同上书,第 1086 页。
④ 魏天应编《论学绳尺·行文要法》引欧阳起鸣语,同上书,第 1087 页。
⑤ 魏天应编《论学绳尺·行文要法》引陈傅良语,同上书,第 1083 页。
⑥ 魏天应编《论学绳尺·行文要法》引欧阳起鸣语,同上书,第 1088 页。

一二句至三五句,而题意已了然。前辈尝谓:学者使事不可反为事所使,此至论也。"①欧阳起鸣云:"(论腰)变态极多,大凡转一转,发尽本题余意,或譬喻,或经句,或借反意相形,或立说断题,如平洋寸草中,突出一小峰,则耸人耳目。到此处文字,要得苍而健,耸而新。若有腹无腰,竟转尾,则文字直了,殊觉意味浅促。"②

5. 论尾。论尾又称结尾,是全文的总结。陈傅良云:"结尾正论关锁之地,尤要造语精密,遣文顺快。盖精密,则有文外之意,使人读之而愈不穷;顺快,则见才力不乏,使人读之而有余味。凡为论,未举笔之前,而一篇之规模已备于胸中;凡结尾,当如反复如何议论已寓深意于论首。故一论之意,首尾贯穿,无间断处,文有余而意不尽。"③欧阳起鸣云:"(论尾)如第八韵赋相似,赋末韵多有警语,如俳优散场相似,前辈所谓'打猛诨出,却打猛诨入'。或先褒后贬,或先抑后扬;或短中求长,或众中拈一;或以冷语结,或以经句结。但末梢文字,最嫌软弱,更须百丈竿头复进一步。"④

从破题到结尾,展示了一篇论体文完整的结构程式,每一层次有相对固定的名称、作用、内容要点及写作要求,从而形成论体文的"常格"。时文评点选本则将这种"常格"落实到每篇范文,让学子在仔细揣摩、领会的基础上进行模仿、习作,从而逐步掌握论体文的写作技巧。

熙宁年间经义作为科举文体之后,也经历了逐步程式化的演变。至南宋末年,经义的程式已经确立,倪士毅《作义要诀自序》简要说明了宋末经义的程式:"至宋季,则其篇甚长,有定格律。首有破题,破题之下有接题,(接题第一接或二三句,或四句。下反接,亦有正说而不反说者。)有小讲,(小讲后有引入题语,有小讲上段,上段毕,有过段

---

① 魏天应编《论学绳尺·行文要法》引陈傅良语,王水照编《历代文话》第 1 册,复旦大学出版社,2007 年,第 1083—1084 页。
② 魏天应编《论学绳尺·行文要法》引欧阳起鸣语,同上书,第 1088 页。
③ 魏天应编《论学绳尺·行文要法》引陈傅良语,同上书,第 1084 页。
④ 魏天应编《论学绳尺·行文要法》引欧阳起鸣语,同上书,第 1088 页。

语,然后有下段。)有缴结,以上谓之冒子。然后入官题,官题之下有原题,(原题有起语,应语,结语,然后有正段,或又有反段,次有结缴。)有大讲,(有上段,有过段,有下段。)有余意,(亦曰从讲。)有原经,有结尾。篇篇按此次序。其文多拘于捉对,大抵冗长繁复可厌,宜今日又变更之。"①书中并引曹泾等人的论述进行了具体阐释。将经义和试论的程式进行比对,可以看到"义诀"和"论诀"可谓一脉相承,只是多了"原经"(说明经义题目在经典中的出处来历)一项,且文字"多拘于捉对","冗长繁复可厌"。王充耘的《书义矜式》六卷在《书经》每篇中摘取数题,撰出程文作为标准,实际是一部提供士人参加科举考试的经义程式之书。该书虽然在经旨方面没有什么发明,但作为一时的场屋之体堪称最工。它将各篇程文的格式,按照破题、接题、小讲、缴结、官题、原题、大讲、余意、原经、结尾十个段落顺序排列,被称为"十段文",②更使时文的程式向标准化的方向迈进。

宋代科举试论和经义的程式化,直接导致了明清科举八股文的诞生,故《四库全书总目》评《论学绳尺·论诀》:"其破题、接题、小讲、大讲、入题、原题诸式,实后来八比之滥觞,亦足以见制举之文,源流所自出焉。"③当时这种考试文体的程式化,既便于士子模仿学习,又便于考官批阅考校,因而被各方接受和认同。然而,其弊端也是十分明显的,清人顾炎武称:"文章无定格,立一格而后为文,其文不足言矣。唐之取士以赋,而赋之末流最为冗滥;宋之取士以论策,而论策之弊亦复如之;本朝之取士以经义(按,即八股文),而经义之不成文又有甚于前代者:皆以程文格式为之,故日趋而下。"④

---

① 王水照编《历代文话》第 2 册,复旦大学出版社,2007 年,第 1498 页。
② 见朱瑞熙《宋元的时文——八股文的雏形》,《历史研究》1990 年第 3 期。《书义矜式》著录于《四库全书》经部书类二。
③ 永瑢等《四库全书总目》卷一八七,中华书局,1965 年,第 1702 页。
④ 顾炎武撰,黄汝成集释《日知录集释》卷十六《程文》,中华书局,2020 年,第 856—857 页。

二、时文作法论

时文的程式主要就文章结构章法而言,宋人对时文作法的研讨还广泛涉及审题立意法、行文法、风格取向等方面。

1. 审题立意法。审题,宋人称为认题、识题或相题。立意,即确立文章的中心思想。陈傅良论"认题"云:"凡作论之要,莫先于体认题意。故见题目,则必详观其出处上下文,及细玩其题中有要切字,方可立意。盖看上下文,则识其本原,而立意不差。知其要切字,则方可就上面着工夫。此最作论之关键也。"① 又论"立意"云:"凡论以立意为先,造语次之。如立意高妙,而遣辞不工,未害为佳论;苟立意未善,而文如浑金璞玉,亦为无补矣。故前辈作论,每先于体认题意者,盖欲其立意之当也。立意既当,造语复工,则万选万中矣。"② 这些都围绕审题立意的重要性反复进行论述,至于审题立意的具体方法,则《论学绳尺》对范文的分格评点,是最为详细的分类说明。有学者对全书分格做了详细统计,指出"此书十卷共 87 格,去其重复,实有 54 格。这些格名本身就表明审题立意作文的方法。每个格名所标示的,都是在审题基础上立意的角度和谋篇布局之法",并将五十四格归纳为就题格(顺从题意展开论述)、贯题格(联通题中多个要素)、摘字格(摘出题中重点文字)、尊题贬题格(尊从或驳难题意)、古今对照格(对照古今引古鉴今)、评品对比格(对比方法品评人物)、心学性理格(发明性理关乎理学)、推原究理格(追溯源流推究逻辑)、题外生意格(题外立意生新出奇)等几类。③ 这些"格""法"再加上前后的详细评点虽然烦琐重复,但对照范文,可以领会作者立意的思路,也体现出宋代时文审题立意极其

---

① 魏天应编《论学绳尺·行文要法》引陈傅良语,王水照编《历代文话》第 1 册,复旦大学出版社,2007 年,第 1081—1082 页。
② 同上书,第 1082 页。
③ 见张海鸥、孙耀斌《〈论学绳尺〉与南宋论体文及南宋论学》,《文学遗产》2006 年第 1 期。

细密。

2. 行文法。行文法主要指行文中的抑扬、照应、转折之法。《论诀》所引林图南《论行文法》是这方面的专论,列举了七种"文"、八种"体",并结合范文的分析来说明时文的各种行文之法。七种"文"指扬文(凡欲扬必先抑)、抑文(凡欲抑必先扬)、急文(文意转换迅捷)、缓文(节奏转换平缓)、死文(断了发挥余地)、生文(开出生发空间)、报施文(含义不详)。其中前六种均两两对应。八种"体"指折腰体(已折断而再续)、蜂腰体(若已断而复续)、掉头体(转其他而拉回)、单头体(不转折而直叙)、双关体(关两层而并收)、三扇体(三设论而跌宕)、征雁不成行体(文意并列而变化句式)、鹤膝体(不直论事而穿插类比)。所谓"八体"大多移植诗格中的名目,但含义并不相同,似是而非,相互间很难区分,或有巧立名目之嫌,但在当时"'双关''三扇'之说兴,而场屋之作遂别有轨度"①,反映出时文研讨成为一时风尚,文坛对这种名目繁多的"格""体""法"之论趋之若鹜的景象。

3. 风格取向。对于时文的风格取向,宋人也有论述。吕祖谦云:"论各有体,或清快,或壮健,不可律看。"又云:"做论有三等:上焉藏锋不露,读之自有滋味;中焉步骤驰骋,飞沙走石;下焉用意庸庸,专事造语。"②吴镒云:"论体有七:一、圆转;二、谨严;三、多意而不杂;四、含蓄而不露;五、结上生下,其势如贯珠;六、首尾相应,其势如击蛇;七、结一篇之意,常欲有不尽之意,如清庙三叹有遗音。"③陈亮云:"大手之文,不为诡异之体而自宏富,不为险怪之辞而自典丽;奇寓于纯粹之中,巧藏于和易之内。不善学文者,不求高于理与意,而务求异于文彩辞句之间,则亦陋矣。"④这里提出的谨

---

① 永瑢等《四库全书总目》卷一八七,中华书局,1965年,第1702页。
② 魏天应编《论学绳尺·行文要法》引吕祖谦语,王水照编《历代文话》第1册,复旦大学出版社,2007年,第1077页。
③ 魏天应编《论学绳尺·行文要法》引吴镒语,同上书,第1081页。
④ 魏天应编《论学绳尺·行文要法》引陈亮语,同上书,第1078页。

严、含蓄、圆转、宏富等,可以看作对时文风格较为共同的要求。

三、时文利弊论*

自科举取士文体逐步定型为时文后,历来对时文的评价形成了绝然不同的意见,对时文的利弊也多有评说,这成为时文文体学的重要内容之一。

总体而言,宋人对时文的负面价值评论较多。这些评论往往从不同的角度展开。如有的认为时文与儒学经典、理学乃至一切学问相对立,学子沉溺其中,甚至不省讲学为何事。阳枋《与袁泰之书》云:"惟潜心进学,必已得其门而入矣。本经自不容不精究,但勿止求为科举之学。《周官》乃姬公治国平天下之法制,然皆正心诚意中一理流出……今人读了,专用诸时文,身与经自为两途,有何济益。"①欧阳守道《青云峰书院记》称:"近岁士习趋下,号称前辈者或亦止于传习场屋之文,谩不省讲学为何事,幸而收科,自谓一第如探囊中物,不复增益其所未能。后学效之,凡书肆所售,谓之时文,空囊市去,如获至宝,而圣贤格言大训、先儒所为恳恳讲切以觉人心者,反弃置之,以为非举子日力暇到。自吾里中士不免病此,他郡之来学者何讥焉。是徒使其不远千里而来,非惟无益,而又害之也。"②有的认为时文为取士的手段,但所取之士不堪任用,足见时文之无益,如杨简《论济民弭寇安社稷疏》云:"今徒聚百官于行都,扰扰焉往来,泛泛焉从事,循循焉度日而已,不使之出其胸中所藏,道其所尝见闻,共议共计。内外多少财用陷没于赃吏之手,郡县多少财用徒费于迎新送旧,而不思择贤久任。内外多少财赋费坏于三年

---

* 本小节参考彭国忠《科举视域下的宋代时文》,第三届中国古代文章学研讨会论文。
① 曾枣庄、刘琳主编《全宋文》第325册,上海辞书出版社、安徽教育出版社,2006年,第350—351页。
② 同上书第347册,第115页。

之科举,取浮薄昏妄、背理伤道之时文,驱士子为不肖,使害民,坏国家。"①甚至宋徽宗亦在诏书中称:"学校养士,以待士之自得于先王之学,非专于宾贡而已。士牵于宾贡,蔽于流俗故习,尚秦、汉、隋、唐,而不见尧舜三代。比阅时文,观其志趣,率浅陋卑近,无足取者。先王之遗文具在,读其书,论其世,可考而知。士不务此,而趋走逐末,则朕稽参成周、建立法度何赖焉?"②也有的认为时文取士制度其实无足损益,反而败坏了文坛风气,如苏轼云:"轼年少时,读书作文,专为应举而已。既及进士第,贪得不已,又举制策,其实何所有。而其科号为直言极谏,故每纷然诵说古今,考论是非,以应其名耳。……妄论利害,搀说得失,此正制科人习气。譬之候虫时鸟,自鸣自已,何足为损益。"③叶适亦谓:"当制举之盛时,置学立师,以法相授,浮言虚论,披抉不穷,号为制举习气。……制举者自以其所谓五十篇之文,泛指古今,敷陈利害,其言烦杂,见者厌视,闻者厌听。"④两位时文大家结合亲身实践后的反思,颇能击中时文的要害。朱熹则揭露士子作文和行事割裂、言行不一的弊病:"专做时文底人,他说底都是圣贤说话。且如说廉,他且会说得好;说义,他也会说得好。待他身做处,只自不廉,只自不义,缘他将许多话只是就纸上说。廉,是题目上合说廉;义,是题目上合说义,都不关自家身己些子事。……若因时文做得一个官,只是恁地卤莽,都不说着要为国为民兴利除害,尽心奉职。心心念念,只要做得向上去,便逐人背后钻刺,求举觅荐,无所不至!"⑤

与此同时,宋人对于时文也不乏正面的评价。如认为时文所讲

---

① 曾枣庄、刘琳主编《全宋文》第 275 册,上海辞书出版社、安徽教育出版社,2006年,第 69 页。
② 宋徽宗《学校士能博通诗书礼乐置之上等御笔手诏》,曾枣庄、刘琳主编《全宋文》第 165 册,上海辞书出版社、安徽教育出版社,2006 年,第 178 页。
③ 苏轼《与李端叔》,《苏轼文集》卷四九,中华书局,1986 年,第 1432 页。
④ 叶适《制科》,《水心别集》卷十三,《叶适集》,中华书局,1961 年,第 801—802 页。
⑤ 朱熹《力行》,黎靖德编《朱子语类》卷十三,中华书局,2020 年,第 260—261 页。

习的毕竟都是经典,自可发明儒学义理。阳枋《答门人王复孙教授书》云:"如考文应用,无不是道,无不是学。贤友既司教职,便是担当此事,不是分外了。……况举子时文,亦是发明义理。若他胸中见理不明,笔下便不是当。只是他说得而行不得,亦奈之何。有司观其是非,亦可以知我之是非,互相长益,便是学矣,非必一一读书诵诗然后为学也。"①而作为宋末遗民的郑思肖,在回忆故国科举时,甚至对其大加称道:"自古有用之才,为君子儒者,尽出于学校。当知学校乃礼义廉耻所自出之地,岂徒有用而已?切勿谓'向之学校,儒者惟业科举时文,腐而无用,何补世道'。然科举时文,其所讲明,皆九经诸史、诸子百家、天地阴阳、五行万象、历代君臣圣贤人物、道德性命、仁义忠孝、礼乐律历、制度政事、战守形势、风俗气数、文章技艺、万事万物、格物致知、诚意正心、修身齐家治国平天下之旨要,其中选者众作綮如,亦未尝不妙也。析理则精微,论事则的当,亦多开发后学。其为人物典刑,气节议论,初未尝亡也,特行之有至有未至,多成空言。今言空言者亦罔闻,更三十年旧儒无矣!后之来者,出何不早,不得一拜斯文之盛,嗟彼之眼何其贫甚!欲问辩,谁其问辩?欲矜式,谁其矜式?欲就有道而正焉,谁其有道?"②虽然这是特定时期的感受,但也从一个侧面道出了时文的正面价值。作为科举的取士手段,士子也不得不走这条道路。文天祥云:"三代以下无良法,取士者因仍科举不能变。士虽有圣贤之资,倘非俯首时文,无自奋之路,是以不得不屑于从事。而其所谓文,盖非其心之所甚安,故苟足以讫事则已矣。"③刘壎亦曰:"宋朝束缚天下英俊,使归于一途,非工时文,无以发身而行志,虽有明智

---

① 曾枣庄、刘琳主编《全宋文》第 325 册,上海辞书出版社、安徽教育出版社,2006 年,第 337 页。
② 郑思肖《早年游学泮宫记》,同上书第 360 册,第 109—110 页。
③ 文天祥《跋李龙庚殿策》,同上书第 359 册,第 112 页。

之材、雄杰之士,亦必折抑而局于此。"①二者都明确道出了时文的"敲门砖"作用,而文天祥这样的爱国名臣,也是从这条路上走出来的。时文也有选拔遗才的功用,周必大称:"前年秋偶见温州叶适者,文笔高妙,即以门客牒漕司。适会有石司户识见颇高,遂置前列。省试幸在行间,廷试遂居榜眼。且夕录其三次程试拜呈。若时文皆尔,亦何不可之有?然叶行年三十,在乡曲未尝发荐,以此知遗才甚多。"②周必大通过"文笔高妙"的时文发现了叶适这位遗才,帮助他以门客的身份参加了漕试,终于使其一步步走到了殿试的榜眼,并进而成为南宋中后期的一代名臣。虽然这也许仅是特例,但说明时文在选拔人才中,还是能够发挥其功用的。

宋人对时文所抱的态度十分矛盾。他们一方面批评时文的各种弊端,经常是鞭辟入里;一方面又要学习时文,写作时文,用时文这块"敲门砖"敲开仕途的大门,以实现其人生理想。因而这种特殊文类的利弊,就成为宋代习见的话题。

第四节 《论诀》《作义要诀》:时文专论的产生

时文研讨的体式,主要分为评点和专论(著)两种。评点都是结合范文展开,因而往往附于相关的时文集,其对时文的研讨具体而微,多着眼于论题论点、转折照应、词语典故等文章细微处的揭示和评议。此类著述今存的主要有前述《论学绳尺》10卷,此书全称为《批点分格类意句解论学绳尺》,可知其探讨时文的路数。其内容大约是"每题先标出处,次举立说大意,而缀以评语,又略以典故分注

---

① 刘壎《答友人论时文书》,《水云村稿》卷十一,《景印文渊阁四库全书》集部第1195册,台湾商务印书馆,1983—1988年,第468页。
② 周必大《与王才臣子俊书》,《庐陵周益国文忠公集》卷一八六,王瑞来校证《周必大集校证》,上海古籍出版社,2020年,第2833页。

本文之下"①,并包括分析文章结构、辑录考官及名家评语、进行两文比较(尾评)等,紧密结合范文阐明论体文写作的标准和规范,故而称作"论学"。另有陈傅良著、方逢辰批点的《蛟峰批点止斋论祖》2卷,方氏对时文大家陈傅良的作品集中进行批点,指示写作门径。

除了文集评点,更值得注意的是有关时文的专论,保存至今的主要见之于《论学绳尺》卷首的《论诀》,包括"诸先辈论行文法""止斋陈傅良云(节要语)""福唐李先生《论家指要》""欧阳起鸣《论评》""林图南《论行文法》"五部分,广泛涉及试论写作的各个方面,重点是归纳总结试论体制结构的特点,赋予其特定的名称。"诸先辈论行文法"摘录吕祖谦、戴溪、陈亮、林执善、吴琮、冯椅、危稹、吴镒八人有关试论行文的论述。"止斋陈傅良云(节要语)"亦即《止斋论祖》卷首所附《论诀》,分为认题、立意、造语、破题、原题、讲题、使证、结尾八项论述试论的结构。"福唐李先生《论家要旨》"包括论主意、论间架、论家务持体、论题目有病处、论用字法、论制度题、论人物题、全篇总论等内容。"欧阳起鸣《论评》"以人体为喻依次阐述论头、论项、论心、论腹、论腰、论尾六项。"林图南《论行文法》"区分行文有抑扬、有缓急、有死生、有施报、有去来、有冷艳、有起伏、有轻清、有厚重,并举例列述扬文、抑文、急文、缓文、死文、生文、报施文,以及折腰体、蜂腰体、掉头体、单头体、双关体、三扇体、征雁不成行体、鹤膝体等文体名目。这些研究都尝试探索论体文写作的结构规律和行文手法,力图确立"定格""定体",从而促使写作趋于程式化,以便模拟学习。从这些专论中可以见到,时文文体学已达到了十分精细的程度。

这种趋势继续发展到元代,又有倪士毅专论经义写作的《作义要诀》一卷,其《自序》称"往年见宏斋曹公《宋季书义说》,尝取其可用于今日者摘录之。兹又见南窗谢氏、临川章氏及诸家之说,遂重

---

① 永瑢等《四库全书总目》卷一八七,中华书局,1965年,第1702页。

加编辑,条具于左,以便初学",但书中仅表明"弘斋曹氏泾曰",其余则标注不明,因此此书应主要是曹泾《宋季书义说》内容的辑录。书中指出宋末经义"其篇甚长,有定格律",亦有所谓破题、接题、小讲、原题、大讲、原经、结尾等名目,"篇篇按此次序",①则经义的程式化与试论如出一辙。此外,清人钱大昕所撰《补元史艺文志》集部科举类还著录有大量此类著述,策论类有欧阳起鸣《论范》6卷、谭金孙《策学统宗》20卷、陆可渊《策准》3卷、曾坚《答策秘诀》1卷,经义类有涂摺生《易义矜式》《易疑拟题》3卷和《易主意》1卷、王充耘《书义矜式》6卷和《书义主意》6卷、倪士毅《尚书作义要诀》4卷、陈悦道《书义断法》6卷、谢叔孙《诗义断法》5卷、林泉生《诗义矜式》10卷、黄复祖《春秋经疑问对》2卷、杨维桢《春秋合题著说》1卷等,总共10余种,可见时文文体学的发展在元代有愈演愈烈、愈分愈细之势(经义著述已分经编纂)。

由于此类著述大都已经亡佚不存,幸存至今的《论诀》《作义要诀》遂成为宋元时文文体学形成的标志。

---

① 王水照编《历代文话》第 2 册,复旦大学出版社,2007 年,第 1498 页。

结语　唐宋元文体学的承前启后

中国古代文体学起源奠基于先秦两汉,发展成熟于魏晋六朝,至明清达于高峰,至近代集其大成,而唐宋元时期则处于其中承前启后的重要阶段。

古代文体学至六朝已趋于成熟,以《文心雕龙》《文选》《诗品》《文章始》等专著为标志,文体学已构建起完备的体系,成为古代文论中相对独立而又最为成熟的一部分。在此基础上,唐宋元文体学对前代文体学的成就既有沿袭继承,又有开拓创新,这主要体现在以下几方面。

第一是观念更新。辨体是文体研究的基本目的之一,也构成了文体学的基本内容。六朝文体学中,虽无"辨体"之名,却有辨体之实。六朝文论的两部经典,《文心雕龙》"究文体之源流,而评其工拙"[1],《诗品》"第作者之甲乙,而溯厥师承"[2],都究心于辨体,且视野已十分宽阔。唐代皎然《诗式》列举"辨体有一十九字",首次明确地提出了"辨体"的概念,在探索诗歌风格中揭举"辨体"之义。"宋时名公于文章必辩体"[3],宋人的辨体由辨风格延伸到辨体制、辨源流、辨正变、辨高下,辨时代、辨地域、辨家数、辨流派,乃至辨字句、辨结构、辨格法、辨程式,将辨体的内涵演绎到极致。《沧浪诗话》构筑起第一个以辨体为核心的诗体学体系,标志着宋人自觉的辨体观念的确立。元代以"辨体"命名的专著《古赋辩体》,使"辨

---

[1] 永瑢等《四库全书总目》卷一九五,中华书局,1965年,第1779页。
[2] 同上。
[3] 祝尧《古赋辩体》卷八,《景印文渊阁四库全书》集部第1366册,台湾商务印书馆,1983—1988年,第817页。

体"进入了文体学核心概念的范畴。

第二是分类演变。文体分类辨析是文体学的基本内容之一,《文选》和《文心雕龙》充分展示了对六朝各类文体的辨析成果。唐宋元时期,文体分类辨析继续深化发展,主要体现在文体类分形成新态势和文体类聚形成新格局。在文体类分方面,唐代之后产生的新兴文体,如杂文、记、传、判、题跋、上梁文、乐语等,在宋元总集中得到立类和确认;诗、赋、序、论、碑志、诏册、奏疏等传统文体也进一步演变和扩容;七、符命、令、教等传统文体则逐步走向衰亡。在文体类聚方面,真德秀开创了主要基于表达方式的四分法(辞命、议论、叙事、诗赋)新途径,郝经则以经典统系全部文体,构建起新的谱系;而传统的"文笔"区分、今古对立的格局演变为诗文分途、多类并列的局面,并逐步定型。韵文领域的诗、赋、词、曲和文章领域的古文、四六、时文,成为文坛的基本文体类聚。

第三是风格研讨。作为古代文体学的重要内涵之一,六朝时期的文学风格研讨已涉及风格与作家个性、作品体制、时代风会、地理风情关系等广泛领域,《文心雕龙》和《诗品》都成为风格论巨著。唐宋元时期的文学风格研讨从多个角度、用多种形式进行深入探索。时代风格论由唐初史家奠定了史书《文学传》序、论总结时代风格的传统;宋代文人则更精细地关注时代风格的流变和特定时段的文风。作家风格论在唐宋时期诗化背景下展开了对风格的形象化描述,名家风格论也不断向深化发展。流派风格论异军突起,"西昆体"论、"江西诗派体"论等热点不断,贯穿宋代。以时论体、以人论体、以派论体成为风格研讨的重要范式。风格类型论既有诗格类著述的辨析探讨,又有总集编选的倡导引领,《沧浪诗话》的九品论更是纯粹的风格类型研究的典范。

第四是体式出新。六朝文体学形成了基本稳定的文体研究体式,主要包括诗文著述序等专文、总集编纂附专论和文体学专著等。唐宋元时期,文体研究的体式多有创新,较之六朝大为丰富。总集编纂既有多体总集,又有单体总集,并采用多级分类方法;编纂体例多有出新,如首冠总论、分列序题、添加批点等。类书编纂向专门化发展,事文兼备的类书更体现文体学价值,科举应试的类书层出不穷。笔记体文体论考辨深入具体,评论见解独到,并留存珍贵资料,成为运用最为普遍、讨论最为深入的一种体式。文体学专著在原有基础上开发出格法体、范例体、叙录体、谱录体等种类,大大丰富了专著的体式。

此外,由于《文心雕龙》构筑起古代文体学的完备体系,唐宋两代并无系统性的文体学论著诞生。直至元代,在总结唐宋文体学新成果的基础上,陈绎曾尝试构建科举背景下的文体学体系,撰成专著《文筌》。它综合了谱录式和格法型体式的特点,以古文、四六、赋和诗四大专类文体组成四谱为经,以法、式、制、体、格、律六项文体学要素为纬,经纬交错作为体系框架;内容以梳理作法、揭举规范为特点,表述以条分缕析、要言不烦为宗旨,构建起一个另类的文体学体系。它有与时俱进的出新,也有明显不足的缺陷,总体上不够成熟,难以与经典文体学体系比肩。

以上诸项,都是唐宋元文体学对前代文体学的主要继承和创新。与此同时,这些继承和创新对后世明清直至近代的文体学,又产生了不可忽视的重要影响,这也可以从以下几方面进行说明。

唐宋元时期确立和风行的辨体观念,至明代继续大行其道。《诗源辩体》《文章辨体》《文体明辨》《文章辨体汇选》等以"辨体"命名的文体学专著不断涌现,对各类文体的辨析全面展开,辨体的视野愈显宽阔,辨体的内涵愈趋深细。辨体发展成为古代文体学理论的核心理念。

唐宋元时期逐步形成的韵文领域诗、赋、词、曲和文章领域古文、四六、时文并列发展的格局,至明清两代并无根本改变。相应的专类文体学在唐宋元三代的基础上持续繁荣:诗、赋之学愈趋精细,词、曲之学后来居上;古文之学不断演进,清代尤盛;四六之学清代重兴,改称骈文;八股文崛起科场,成为时文之学的中心。各专类文体学分途发展的格局延续至清末,至近代才有集成式的著述诞生。

唐宋元文体学的重心偏向科举文体的研讨,尤以作文之法为中心。元代渐兴复古之风,如郝经在《答友人论文法书》中云:"古之为文,法在文成之后,辞由理出,文自辞生,法以文著,相因而成也,非与求法而作之也。后世之为文也则不然,先求法度,然后措辞以求理。……法在文成之前,以理从辞,以辞从文,以文从法,一资于人而无我,是以愈工而愈不工,愈有法而愈无法。"[①]一针见血地指出了科举文法的弊端。这一倾向开启了以明代前后七子为代表的全面复古的先声,也为明清文体学的全面均衡发展指明了方向。

唐宋元小说、戏剧文体论的萌芽,为这两大领域文体学在明清时期的全面展开开辟了道路。小说领域的文体辨析继续向"演义""章回""说部""稗史"等概念拓展,对"草蛇灰线""横云断山"等小说叙事法则进行了深入探索,于各体小说的体制特点、人物形象、艺术手法等层面的研讨日益深入。戏剧领域的曲学继续向剧学的方向发展,对杂剧、传奇、花部等不同体类戏剧的体制特征、叙事方式、表演技巧等都有深入研讨,产生了《曲律》《南词叙录》《闲情偶寄》《剧说》等一系列戏剧名著。小说文体学和戏剧文体学成为明清文体学的重要组成部分。

从具体的实例着眼,如明代文章总集"以体制为先"的编纂原则以及首冠总论、分列序题、添加批点的编纂体例,明清八股文写作指导中以古文为时文的方法,清代《骈体文钞》《经史百家杂钞》等总集对文体的类聚,《二十四诗品》《词品》《文品》等以"品"题名的专著对文学风格的探究,等等,都直接承继了唐宋元文体学的理论和方法。可见从宏观到微观,唐宋元文体学对后世的影响都

---

① 郝经著,张进德、田同旭编年校笺《郝经集编年校笺》卷二三《书》,人民文学出版社,2018年,第613页。

不容小觑。

在古代文体学发展的历史长河中,唐宋元时期处于承前启后的特殊地位。虽然这一时段没有产生体系完备、理论精深的文体学巨著,但在文体学发展史上仍有不少亮点留存,值得珍视。如果说,六朝文体学成熟的背景是骈体文学的全面繁盛,那么,唐宋元文体学则在科举文体崛起、骈散交融、雅俗并兴的背景下,实现了古代文体学的创新转型,并为全面繁荣和集大成的明清及近代文体学的发展开辟了道路。